BERLIN GANGSTAS

STEFAN SCHWEIZER

BERLIN GANGSTAS

ROMAN

SCHWARZKOPF & SCHWARZKOPF

Personen und Handlung sind frei erfunden.
Ähnlichkeiten mit lebenden oder toten Personen
sind rein zufällig und nicht beabsichtigt.

INHALT

Allen, die es nicht geschafft haben

PROLOG

F d s, A!

TEIL 1

KEMAL

1

Fick dich selber, Arschloch!, denkt Kemal, das hintere K von KOKE, gesprochen Kok.

»Das ist nicht einfach«, sagt er aber – und lächelt, was ihm natürlich nicht leicht fällt, denn am liebsten würde er dem Typen sofort zeigen, was er von Erpressern hält.

Dabei hat Kemal eigentlich der Gewalt abgeschworen. Er ist inzwischen friedlich, liebt seine Mitmenschen und auch sich selber. Er ist perfekt mit sich und der Welt im Reinen – so wie man das als Mitte Zwanzigjähriger überhaupt nur sein kann. Alles lief wunschgemäß und war sozusagen im Gleichgewicht, bis dieser Typ hier unaufgefordert zur Tür reinspazierte.

Kemal hat gerade über seine Firma mit Sitz in bester Kreuzberger Lage nachgedacht. Na gut, es ist nicht nur seine Firma, denn die Firma gehört zur Hälfte auch Kolja. Kemal und Kolja sind Partner und Freunde. Ein internationales Dreamteam, das Tag-Team von Berlin, ach was, ganz Deutschland.

Kolja und Kemal. Was den Namen der Firma erklärt. Kok klingt eindeutig besser als Koke oder Keko und weckt angenehme Assoziationen.

1. Kok = Migrantenneudeutsch für Koks
2. Kok = Klanggleich mit Englisch »Cock« = Schwanz.

Also, angenehme Assoziationen dann, wenn das »Kok« und die Bitch gut sind, angenehmes Runterkommen inklusive. Das O in KOKE verleiht dem Namen etwas Rundes, in sich Geschlossenes. Und

Symmetrie ist für Kolja und Kemal wichtig. Eine gleichberechtigte Partnerschaft, das ist es, was sie leben. Äh, klingt irgendwie komisch, ist aber strikt aufs Business und eine klassische Männerfreundschaft bezogen. Ehrlich. Denn nichts liegt Kolja und Kemal ferner, als sich gegenseitig am Pimmel oder am Anus rumzufummeln. Zumindest hegen sie nicht solche Wünsche, denn auf diese Idee sind sie noch gar nicht gekommen. Ihre Schwänze halten sie also schön getrennt.

Mein Schwanz / Dein Schwanz.

Punkt.

Kemal ist so was von Hetero wie es nur geht. Und er ärgert sich über deutsche Vorurteile, die Arabern und aus dem Vorderen Orient stammenden Personen eine latente Homosexualität unterstellen. Als ob jeder Dunkelhäutige den ganzen Tag im Hamam rumhängen würde, um Ali und Hassan gierig auf die Salami zu starren und mit einem Gen geboren werde, das ihn zum gleichen Geschlecht drängt. Kemal vermutet, dass die Deutschen mit diesen Vorurteilen ihre Unsicherheit in Sachen geschlechtlicher Orientierung überspielen möchten.

Aber das sind Marginalien, denn jetzt will die ihm gegenübersitzende Verbrechervisage – er sagte, Arafat, den Kemal vom Hörensagen bestens kennt, denn dessen schrecklicher Ruf eilt ihm voraus, schicke ihn, was Kemal ohnehin klar war, denn Clan-Mitglieder erkennt er – über sein Geschäft reden. Das findet Kemal schon bedenklich.

Der Kerl platzt also herein – »Hallo!«, »Hier bin ich!«, »Das ist mein Anliegen!« –, einfach so und unangemeldet.

Diese Leute besitzen einfach keine Umgangsformen. Nicht dass Kemal eine Lehranstalt für bessergestellte, hm …, Migrantenkinder besucht hätte. Kemal hat früher viel Mist gebaut und die Schule lieber von draußen als von drinnen gesehen, aber er ist ein helles Köpfchen und ein geradezu begnadeter Autodidakt. Er besitzt die Gabe, sich in kürzester Zeit in komplexe Sachverhalte einzulesen, sich die Sachverhalte zu merken und in der richtigen Begrifflichkeit wieder zu geben. Je älter er wird, desto mehr stärkt sich seine Auffassung, dass Höflichkeit das Leben erleichtert. Und sei es nur, um die soziale Kälte und Verlogenheit besser auszuhalten.

Jetzt sitzt der Typ hier, die Beine locker-lässig breit auseinander, und wartet auf eine Antwort oder vielmehr den Beginn einer Unterredung.

Dabei gibt es für Kemal nichts, aber auch gar nichts über sein Geschäft zu bereden, denn Kemal betrachtet das Schleusen von Menschen …

… aus den armen südlichen Regionen dieser Welt …

… in den wohlhabenden Norden …

… als Dienst am Menschen.

Vielleicht sogar als Dienst an der Menschheit. Punkt. Aus. Ende der Diskussion. Okay, ihm ist schon klar, dass vielleicht die Leute, die bereits im Wohlstandsparadies leben, diesen Sachverhalt anders bewerten. Denn die müssen ja schließlich für die Flüchtlinge bezahlen und für sie aufkommen – in irgendeiner Form.

Kemal ist sich sicher, dass es insbesondere der materielle Aspekt ist, durch den sich die starke Abneigung gegenüber Flüchtlingen aller Art erklären lassen. »Die können ihr Asylantenheim neben dem Bundeskanzleramt bauen, aber nicht in meiner Nachbarschaft.« Was Kemal eigentlich für keine schlechte Idee hält, denn neben dem Kanzleramt gibt es eine große Wiese, die für einige hundert Flüchtlinge ausreichen würde und auf der die Kinder schön spielen könnten. »Und für diese Schmarotzer halte ich tagtäglich meinen Arsch hin und arbeite zwölf Stunden am Tag.« Von wegen Arsch hinhalten, denkt Kemal, diese Metapher geht völlig am Kern der Sache vorbei, denn das übernimmt wenn schon die Sekretärin, und zwölf Stunden Wichtigtun ist für Personen, die solche Sprüche äußern, sowieso der Himmel auf Erden. Also, von wegen arbeiten …

Wer solche chauvinistischen Aussagen tätigt, fällt ohnehin nicht unter die Kategorie Mensch. Das ist in Kemals Bewertungssystem nicht drin. Denn seit er in Deutschland wieder mit beiden Beinen auf der Erde steht, sind für ihn sind alle Menschen gleich. Und er spricht dem häufig gehörten Spruch »Wir sind alle nur Menschen« einen großen Wahrheitsgehalt zu, weiß aber, dass er in Deutschland nur für Westeuropäer und Nord-Amerikaner Gültigkeit beansprucht. Alle anderen sind eben nicht »nur Menschen«.

Kemals Theorie über den wohlhabenden Norden lautet entgegen allen Empfindlichkeiten der hier lebenden Menschen: Der Kuchen ist groß genug für alle und alle, die da noch kommen mögen. Siehe Marie Antoinette: Sollen sie doch Kuchen anstatt Brot essen. Ein blöder Spruch mit drastischen Folgen: Ritsch, ratsch, Rübe ab. So oder so ähnlich wie der französischen Königin geht es ja nach Kemals Meinung vielen Flüchtlingen, die als Illegale aufgegriffen werden. Entweder stecken sie ihre Zelle in Brand oder sie erhängen sich und das alles aus der puren Not heraus, weil sie vom großen Futtertrog vertrieben werden sollen und die Exekutive in Deutschland nichts lieber tut, als sich hinter der »Gefahr« der illegalen Zuwanderung zu verstecken und das Land »sauber« zu halten.

Genau hier setzt KOKE an. KOKE tut sehr viel dafür, dass seine Kundschaft nicht sofort von den Polizei- und Zollbehörden geschnappt und wieder abgeschoben wird. Und diejenigen, die die Dienste von KOKE in Anspruch nehmen, sind dankbar für den tollen Service. Diese Dankbarkeit gibt Kemal tiefe Befriedigung. Er hat das Gefühl, in seinem Leben endlich etwas richtig zu machen und dass sein Leben Bedeutung für das Leben Anderer besitzt. Dieser Dank entfacht in Kemal den Wunsch, sein Unternehmen zu vergrößern.

Ein größeres Unternehmen bedeutet …

… mehr Lastwagen …

… mehr Fahrer …

… mehr zufriedene Kunden,

was gleichbedeutend mit mehr geretteten Menschen ist.

KOKE legt größten Wert auf eine zuvorkommende, beinahe luxuriöse Behandlung der zahlenden Kundschaft. Die LKWs sind vollklimatisiert (bei Hitze ist's angenehm kühl, bei Kälte schön warm), das Personal ist freundlich und die Verpflegung erstaunlich gut. Für diesen Service liegen die Preise von KOKE ein klein wenig über und die Gewinne deutlich unter denen der Konkurrenz. Denn Klimaanlagen kosten Geld und Sprit, umweltfreundliche Autos sind teuer in der Anschaffung, und zufriedene Angestellte verlangen soziale Absicherung, die arbeitnehmerorientierte Arbeitgeber, wie Kemal und Kolja es sind, auch gewähren und zum Beispiel beim Stichwort

Elternzeit keinen Tobsuchtsanfall kriegen (im Gegensatz zu Oberstudiendirektoren bei Lehrern oder zu leitenden Angestellten bei beiderlei Geschlecht). Und gutes Essen kostet schließlich. Qualität setzt sich durch, gerade in einem heiklen Geschäftszweig wie dem Schleusen und die Mund-zu-Mund-Propaganda ist wichtig, denn KOKE kann keine Anzeigen in Tageszeitungen schalten wie andere Firmen. Wobei sich Kemal zum Spaß schon manchen Werbespruch ausgedacht hat, den er gerne in Tageszeitungen schalten würde: Illegal reisen – sicher in Deutschland ankommen. KOKE lässt Ihre Träume wahr werden! Dank der ausgeklügelten und stimmigen Geschäftsstrategie von KOKE lautet die Bilanz:

KOKE ist in.

KOKE ist hip.

KOKE ist mehr als ausgebucht.

Im Panjshir-Tal kriegen viele Menschen feuchte Augen, wenn der Name KOKE fällt. Sie glauben dann an eine Zukunft im goldenen Westen (remember my friend, the west is the best) und denken an die Geschichten von denen, die es bereits geschafft haben und schwarz in Fabriken arbeiten, weit unter dem Mindestlohn in 16-Stundenschichten, und dabei voller Wehmut an die Schönheit der Heimat und die Lieben zu Hause denken.

Es ist durchaus ein wunder Punkt, was mit der Kundschaft nach der Ankunft in Deutschland passiert und da Kemals Fürsorge allen seinen Mitmenschen aber insbesondere seinen Kunden gilt, überlegt er sich Strategien, wie KOKE den Geschleusten …

… zu sicheren Arbeitsplätzen …

… guten Wohnungen …

… guter sozialer Integration …

verhelfen kann.

Aber diese Ansprüche übersteigen ihre momentanen Möglichkeiten. Denn bereits die Nachfrage an Plätzen in den LKWs übersteigt das Angebot, das KOKE bereitzustellen in der Lage ist. Es ist eine betriebswirtschaftliche Binsenweisheit, dass der Sachverhalt eine Expansion der Firma nahe legt. Okay, natürlich sollte die Expansion auch auf dem Konto stattfinden. Manchmal verschwimmen die

Nullen vor Kemals Augen, wenn er daran denkt, und ihm wird ganz schwindlig. Dann ruft er sich schnell wieder zur Vernunft. Denn es geht ihm nicht in **erster** Linie ums Geld, sondern er will den Menschen dienen und ihnen helfen.

KOKE – Sicher ankommen

lautet einer ihrer Mundpropaganda-Werbesprüche.

Sicherheit
Sicherheit
Sicherheit
und
Komfort
sind die vier wichtigsten Unternehmensprinzipien.

Als guter Mensch, der Kemal jetzt nun einmal ist, plausibilisiert er sich seine Expansionsgedanken so: Je mehr Menschen mit KOKE ins Paradies geschleust werden, desto weniger Menschen laufen Gefahr, in Lastwagen der Schleuser-Konkurrenz qualvoll zu ersticken oder zu erfrieren. Oder einfach von den kriminellen Schleusern hingemeuchelt und irgendwo in den Weiten des Ostens wie illegaler Sondermüll entsorgt zu werden. Was keiner mitkriegt und auch keinen interessiert. Hauptsache, die Festung Europa bleibt von den Sozial-Schmarotzern verschont. Und im Gegensatz zur Konkurrenz liefert KOKE die Flüchtlinge nicht im nächstbesten Bordell oder einer Großküche ab, wo sie ihre »Schulden« abarbeiten müssen. Das führt schlussendlich zur zwingenden Annahme, dass es das Beste wäre, wenn KOKE ein Marktmonopol besäße. Aber so größenwahnsinnig ist Kemal nicht. Bei KOKE funktioniert im Gegensatz zum Gros der Konkurrenz alles auf einer seriösen Cash-Flow-Basis. Du gibst mir Geld und ich bring dich, wohin du möchtest – nämlich nach Deutschland, ohne Zicken, ohne Kleingedrucktes, ohne Nachforderungen. Einfach fair. Fairtrade sozusagen. Und nachhaltig. Für die Kunden und das Unternehmen. Dass Kemal ein lieber Mensch ist, wurde ja schon erwähnt, dass er in Sachen Nachhaltigkeit und Fairtrade richtiggehend modern ist, habe ich hiermit nachgeholt.

Ökonomische Expansion bedeutet in KOKEs Fall, dass Konkurrenzunternehmen aus dem Feld geräumt und Menschen dadurch geschützt werden. **Damit** kann Kemal gut leben, aber ansonsten ist ihm die unternehmerische Ellbogenmentalität fremd. Er ist weder ein Raffzahn, der bei schwindelerregenden Profiten richtiggehend geil wird noch ein Arschloch, dem einer abgeht, wenn er seine Konkurrenz ungespitzt in den Boden rammt. Aber wenn er Menschen etwas Gutes tun kann, dann ist ihm dafür beinahe jedes Mittel recht. Und er hat das Gefühl, durch sein Unternehmen den Menschen jeden Tag Gutes zu tun. Das gibt ihm eine tiefe Befriedigung und speist sein Selbstwertgefühl sowie sein Selbstverständnis.

Der Kemal gegenübersitzende Typ räuspert sich jetzt – tief. Es hört sich wie das Brummen eines Alpha-Bären an. Der Kerl ist nicht etwa nervös ist oder verspürt ein Kratzen im Hals, sondern möchte Kemals ungeteilte Aufmerksamkeit besitzen, und er hat vielleicht noch etwas Anderes vor, als Kemal beim Sinnnieren zuzuschauen. Denn der überlegt gerade, was wohl im Smart-Phone-Kalender eines Clan-Mitglieds steht. Etwa zahlungsunwilligen Gastwirten ein paar Knochen zu brechen, die nicht einsehen, dass Schutzgeld eben Schutz bedeutet und kein Schutzgeld nun mal gebrochene Knochen? Kemal lässt ihn aber noch ein wenig zappeln und schielt etwas sehnsüchtig auf die perfekt gekühlte Bionade-Cola vor sich auf dem Tisch, den kleinen Joint aus gelbem American Spirit Tabak (keine Zusatzstoffe) und Lemon Haze aus Amsterdam, der neben dem Softdrink liegt. Kemal findet, dass das ein wunderschöner Nachmittags-Joint und beinahe gesund ist, denn was ist heutzutage noch wirklich gesund? Neben Drink und Joint liegt die FAZ, in die er heute entgegen seinen sonstigen Gewohnheiten auch noch nicht reingeschaut hat. Denn Kemal interessiert sich sehr für Politik, Kultur und Zeitgeschehen.

Kemal entscheidet sich dann aber dagegen, seinen Bedürfnissen sofort nachzukommen. Nicht jetzt und nicht vor diesem Typen. Er will keine Schwäche zeigen. Denn Kemal kennt den Kodex der Gesellschaften nur zu gut, aus der dieser Typ stammt. Und er weiß, sobald du nur einmal kurz blinzelst, glauben die, dass du ein Lutscher bist. Kemal vermutet aber, den Gegenüber warten und ein wenig zappeln lassen, ist bei dessen Kaliber nur von bedingtem Wert. Das Spiel kennt der Typ vermutlich beinahe so gut wie den Gezeitentümpel seiner Frau. Kemal möchte gar nicht wissen, wie viele Verhöre durch die Staatsmacht und eigene Leute der bereits erlebt hat.

»Ich muss das mit meinem Partner besprechen«, bricht Kemal das Schweigen und macht eine öffnende Handbewegung, die beinahe staatsmännisch-souverän wirkt, ganz knapp über dem edlen, dunklen Schreibtisch, auf dem vier kleine Flaggen stehen, von links nach rechts:

Russland
Türkei
Deutschland
Berlin

Über die letzte Flagge haben Kolja und Kemal heftig diskutiert. Es war ihnen ein bisschen peinlich, die Berlin-Flagge unter die Flaggen dreier großer Nationen zu mischen. Bis sie sich darauf einigten, dass Lokalpatriotismus immer eine gute Tarnung für ihre Schleuserunternehmen ist. War nicht die ganze Welt ein bisschen Berlin (außer den in Berlin lebenden Schwaben – sorry, aber ihr seid einfach nervig und peinlich)? Oder wie John F. Kennedy mit der Weltklasse-Schmachttolle es vor über fünfzig Jahren ausdrückte: »Ich bin ein Berliner.« JFK, der sich ja bekanntlich beinahe zweihundert Tabletten (gegen Schmerzen, Müdigkeit, Nervosität, für die Virilität …) am Tag reinpfiff, meinte damit nicht die mit Marmelade gefüllte Köstlichkeit.

Sondern jeden, der auf …
… Konsum …
… Konsum …
… Konsum …
stand.

Also eigentlich jeden, der einigermaßen richtig im Kopf ist. Ausgeschlossen sind davon diejenigen, die sich im real existierenden Sozialismus mehr leisten konnten als im Kapitalismus, oder diejenigen, die ihre Tabletten abgesetzt hatten oder die falschen nehmen, was damals viele Menschen betroffen haben muss, wenn man an K-Gruppen, Selbsthilfegruppen, Selbsterfahrungsgruppen, Kommunen etc. pp. denkt. Das Problem ist, dass Kemal die Anfrage nicht sofort mit Kolja besprechen kann, denn Kolja ist mal wieder nicht da. Typisch. Er kommt – wie so oft – seinem angeborenen Bedürfnis nach maximaler biologischer Reproduktion nach. Streng geschützt, versteht sich, da ist Kolja äußerst penibel. Denn Kolja fürchtet nichts mehr als eigene Kinder. Trotzdem legt er Weiber flach, als gelte es, gegen die deutsche Kinderarmut an zu bumsen. Performance zählt schließlich. Oder: Der Weg ist das Ziel – wobei dieser Spruch auf Kolja ansonsten überhaupt nicht zutrifft.

»Arafat hat mit euerm Zögern gerechnet«, sagt der Schrank von einem Mann, der Kemal auf dem komfortablen Ledersessel im KOKE-Büro gegenübersitzt, mit einer beängstigend tiefen Stimme in einem seltsam abgehackten osteuropäischen Akzent.

Dann ist dieser Arafat Hellseher oder er gehört zur verdammten CIA, die vermutlich schon Gedanken lesen oder Selbstgespräche abhören kann, denkt Kemal, schweigt aber und mustert lieber den Boten, der einen buschigen, schwarzen Schnurrbart hat. Der Gesichtsausdruck ist eiskalt und steht im starken Kontrast zu dem affigen Hawaii-Hemd im Neunziger-Retro-Look, das beinahe Augenkrebs verursacht, so sehr strahlt es. Aua. Kemal findet, dass nur die Achtziger noch peinlicher waren als die Neunziger, wobei er erstere nur aus Nostalgieshows und Büchern kennt. Oh ja, Kemal greift seit einiger Zeit gerne zu einem gutem Buch, um seinen beinahe unendlichen Wissensdurst zu stillen. Bei dem Gesamteindruck hilft auch die Ray-Ban-Sonnenbrille mit vergoldeter Fassung wenig, die der Typ nicht abgenommen hat, obwohl die Jalousien in dem Büro heruntergelassen sind und Zwielicht herrscht.

Auf dem rechten Unterarm, der aussieht wie ein Zentralmassiv, befinden sich Knast-Tätowierungen. Eindeutig aus einem osteuropäischen Gefängnis, so unterirdisch wie die aussehen. In Deutschland würden sie einem wegen solcher Tattoos erst in der Dusche kräftig den Hintern einseifen und dann, falls noch nicht geschehen, genüsslich umbringen – auch wenn im deutschen Knast ebenfalls meist nur Rasierapparat und Kugelschreiberminen als Werkzeuge zum Tätowieren vorhanden sind. Das ist eben eine Frage des Stils und der kulturellen Tradierung. Kemal kommt wieder mal ins Sinnieren. Wer ist der Typ? Was will er von mir? Was hat das Ganze mit KOKE zu tun? Kemal spielt im Geiste Multiple-Choice-Varianten durch.

Der ist

A) Bote

B) Geldeintreiber

C) Vollstrecker

D) A) bis C) trifft zu.

Kemal tippt auf D) und liegt … richtig. Jackpot. Die Hunderttausend-Euro-Frage ist geknackt. Postenanhäufungen gibt es auch in Clan-Familien aus dem schwerkriminellen Milieu.

»Ihr werdet eure Route ändern, verlass dich drauf«, sagt der Bote ganz leise, beinahe oberlehrerhaft, aber mit einem bösartigen Gesichtsausdruck, der einem normalerweise das Blut in den Adern gefrieren lässt.

Der Haken ist, dass diese Masche bei Kemal nicht funktioniert. Dafür ist er viel zu ausgebufft und mit guten Nerven ausgestattet, er hat schon zu viel erlebt und ist zu selbstbewusst. Wenn ihm jemand so kommt, dann stellt er erst recht auf stur und bockt. Ganz klarer Fall.

»Das werden wir sehen«, sagt Kemal deshalb ganz ruhig und schenkt seinem Besucher ein verbindliches Lächeln, das ihm nicht leicht fällt, da er kein begnadeter Schauspieler und am liebsten authentisch ist.

Das werden wir definitiv sehen.

2

Ist Schleusen ein Verbrechen? In diesem Punkt ist sich Kemal gar nicht so sicher. Denn die entscheidende Frage lautet für ihn: Ist Schleusen ein Verbrechen? Dem Strafgesetzbuch nach schon, das gibt er unumwunden zu. Und auf das StGB kommt es zunächst einmal an, wenn man danach fragt, was ein Verbrechen ist und was nicht. Aber Kemal gibt seinen Verstand nicht an der juristisch-legalen Garderobe ab, das unterscheidet ihn von den meisten Juristen. Für ihn gehen grundlegende moralisch-ethische Fragen über den legalistischen Rahmen hinaus, bis unter die juristische Gürtellinie sozusagen. Unter moralisch-ethischen Gesichtspunkten betrachtet, ist Schleusen nämlich – da ist er sich ziemlich sicher – eine Wohltat, etwas zutiefst Menschliches, nämlich die Errettung von verzweifelten Menschen aus tiefer Not und ein Hoffnungsschimmer, der manchmal ganze Sippen erfasst.

Kemal erinnert sich an den Flashback von heute Morgen. Wie er schon als kleines Kind Ungerechtigkeiten so sehr gehasst hat, wie Allah die Sünde. Orange, gelbe und blaue Pril-Blumen zieren die beige geflieste Küchenwand. Helles Sonnenlicht fällt durch das Küchenfenster. Seine Schwester Dischle ist zwei Jahre alt und er beinahe fünf. Beide sind Sprösslinge einer in dieser Form und zu dieser Zeit nur in Deutschland möglichen, kurdisch-türkischen Beziehung. Also, sein Papa ist Kurde, die Mama Türkin. Überhaupt versuchen sich Kemals Eltern blendend zu integrieren. Sie feilen an ihren Sprachkenntnissen, kleiden sich modisch, lieben die westlich-liberale Lebensart und akzeptieren die herrschenden Gesellschaftsnormen. Aus der Beziehung entstehen zwei Kinder. Er und Dischle. Ein Pärchen. Wie süß, wie schön. Das spießbürgerliche Idyll im Migrantenmilieu ist vollkommen. So weit ist alles gut. Dischle und er essen Nutella zum Frühstück. Dick aufgetragenes Nutella auf blendend-weißem Toastbrot. Kemals Papa arbeitet schließlich hart, um seiner Familie etwas bieten zu können. Und Kemal tickt total aus – vielleicht ist es der Zucker-Fett-Flash, der ihn unkontrolliert werden lässt oder aber eben seine Empfindsamkeit, die Ungerechtigkeiten anbelangt. Kemal erinnert sich nämlich plötzlich daran, dass er mit drei Jahren noch kein Nutella gekriegt hat. Mit abstrusen Begründungen seiner Eltern. Das sei zu ungesund, dafür sei er noch zu jung, da müsse er noch warten, wie alle anderen Kinder in seinem Alter auch. Schlimme Erwachsenenverarsche. Und jetzt kriegt seine Schwester Dischle, die er eigentlich über alles liebt, das Zeug mit zweieinhalb Jahren in den Hintern geschoben. Kemal wird richtig böse. Und macht seine Eltern zur Schnecke.

Klagt sie dreisprachig an, für sein Alter ziemlich eloquent.
Türkisch …
… Kurdisch …
… Deutsch.

Und wieder von vorne. Zack, Mama, zack, Papa. Beide kriegen ihr Fett weg. Da kennt er nichts. Auch da ist er gerecht. Das, was die beiden Alten mit ihm anstellen, ist nicht gerecht, also stellt er die richtigen Fragen: Ich durfte kein Nutella essen in dem Alter. Warum darf sie das? Papa beruhigt seinen Sprössling … bischi, bischi. Mama macht … öpmek hier, öpmek da. Beide beruhigen … Du bist der Beste und der Tollste. Kemal zeigt sich einsichtig. Ja, das stimmt, Papa und Mama. Deshalb hab ich euch ja eure Fehler aufs Butterbrot geschmiert. Gerechtigkeit ist bei Kemal keine Frage des eigenen Standpunktes. Auch immer dann, wenn er bevorzugt und jemand anderes benachteiligt wurde, ist er ausgetickt. Klar, dass er der Pascha war. King. Erstgeborener, männlich und so … unwiderstehlich.

Als sein Vater ihm mit 14 so gut wie keinen Wunsch abschlagen kann, nutzt er das weidlich aus. Ja, sein Vater kauft ihm eine Bong unter der Bedingung, dass er nur zu Hause kifft, woran sich Kemal natürlich nicht hält, denn die Bong landet öfter im Rucksack als seine Schulsachen. Zwar besitzt Kemal den nötigen Intellekt für die Schule und er saugt begierig Wissen und Gelesenes auf, da er sehr neugierig ist. Kemals angeborene Intelligenz und seine intrinsische Neugierde sind ein perfektes Match, sodass sich der Eindruck eines belesenen und intelligenten Jungen aufdrängt. Er benötigt folglich nicht die Schule, um sich intellektuelle Bestätigung abzuholen, dafür ist er zu unabhängig, was ihm seine Lehrer ziemlich übel nehmen. Im Gegenteil, die Schule gehört für ihn zum System, zu den Anderen, die seine freie Entwicklung verhindern wollen. Ergo mache ich mich frei und … kiffe. »Kiffo ergo sum« könnte sein Lebensmotto damals geheißen haben. Als Dischle zu dieser Zeit beinahe jeder Wunsch verweigert wird, zumal mit ziemlich fadenscheinigen Begründungen – »Wozu, denn? Sie soll ja schließlich vor der Hochzeit keinen Sex haben und erst Kinder in die Welt setzen und sich um den Haushalt kümmern«, stellt er sich hin und ergreift für sie Partei. Und Papas häufige Klagen über Dischles schulische Leistungen und Mamas Standardkommentar »Hoffentlich findet sie einen guten Mann« findet er ziemlich einseitig und unter der Gürtellinie. Das ist nicht fair, das ist ungerecht. Also, scheiß auf die eigenen Privilegien. Und er fordert: So könnt ihr meine Schwester nicht behandeln. Gleiches Recht für uns beide. Was ihr für mich tut, müsst ihr auch für sie tun. Wir sind beide Menschen. Auch wenn ich ein Mann bin und sie ein Mädchen. Die Eltern sind von Kemals Attitüde gerührt, ändern aber wenig an der Situation, was Kemal dazu veranlasst, Dischle ein Stück von seinem Kuchen abzugeben. Was wiederum die Eltern beeindruckt. Die daraufhin ihre Erziehung doch ändern. Was Kemal darin bestärkt, dass es tatsächlich etwas verändert, wenn man etwas gegen Ungerechtigkeit unternimmt. Also hatte Kemal sein Ziel erreicht, aber dadurch wurde Kemals Kuchen, zumindest zeitweilig, kleiner. Was unter anderem ein Grund für ihn war, nach Wegen zu suchen, wo er woanders einen Teil vom Kuchen abbekam. Was ihn zwangsläufig ein wenig auf die schiefe Bahn brachte, denn am schnellsten eignet man sich bekanntlich ein Stück vom Kuchen an, indem man anderen ihren Teil wegnimmt. Was wiederum beweist, dass das Verlangen nach Gerechtigkeit auch Ungerechtigkeit produzieren kann.

Heute framed Kemal das Gerechtigkeitsproblem ein wenig globaler und universaler. Gluniversal sozusagen. Demnach besteht der Nord-Süd-Konflikt – wie er gelesen hat – für ihn aus Asymmetrien in der Verteilungsgerechtigkeit, die einem Teil der Menschheit relativen Wohlstand beschert, wohingegen der andere Teil in ziemlicher Armut lebt. Natürlich bleibt er auf dieser Stufe nicht stehen, denn Kemal weiß, dass diese Verteilungsasymmetrien sich innerhalb einer Gesellschaft fortsetzen. In Deutschland gibt es auch Armut und extremen Reichtum, doch die relative Armut westlichen Ländern nimmt sich immer noch recht wohlhabend aus im Vergleich zur absoluten Armut in der Dritten Welt. Also hat er es sich als Ziel für die Erschaffung einer gerechteren Welt auf die Fahnen geschrieben, möglichst viele Menschen aus dem armen Süden in den reichen Norden zu bringen.

Was Kemal am wenigsten leiden kann, sind Erpressungen und Arschlöcher, die glauben aufgrund ihrer Überlegenheit andere zu etwas zwingen zu können. So wie Luigi – randvoll mit Koks, mit vom Training auf Show gestählte Muskeln – denkt, dass der wie das blonde Fritzchen aussehende Daniel ihm vor versammelter Mannschaft einen blasen muss, nur weil er das jetzt will und er der Stärkere ist. Lustig, der Spaghetti zwingt deutschen Lutscher zum Lutschen. Hä, hä, hä. Daniel, blond, klein, schmächtig, auch randvoll mit Koks, aber eher kurz vorm Wegkippen, ist ziemlich verzweifelt und findet das gar nicht so lustig. Ist das denn der Preis dafür, dass er mit Leuten zusammenhängen darf, die er für cool hält? Äh, klar doch … Verdammt. Dabei will Daniel nur ein klein wenig cool sein. Die Erpressung ist ganz einfach. Wenn er Luigi keinen bläst, setzt es Prügel. Und Prügel tun weh. Und danach muss er ihm dann doch einen blasen und vielleicht noch seinen Arsch hinhalten, also ist er doch besser raus, wenn er ihn lieber sofort bedient und keinen aussichtslosen Aufstand schiebt. Doch dann kommt es anders. »Fick dich selber!« Kemals Lieblingsspruch, wenn er sauer ist. Und er ist sauer, weil er Erpresser jeglicher Art hasst. Aber Luigi lacht, allerdings nicht lange. Denn Kemal prügelt ihm die Scheiße aus dem Leib und hat fortan einen Verehrer und wird den Verdacht nicht los, dass Daniel ihm vor lauter Dankbarkeit am liebsten einen … na was wohl? … würde. Erinnerungsstopp. Kemal landet wieder im Hier und Jetzt. Also, wenn der Clan-Typ jetzt glaubt, dass er ihn mit seinem Harter-Macker-Getue beeindrucken kann, dann hat er sich geschnitten. Aber so was von.

Der Bote streichelt so liebevoll über seinen Schnurrbart, als wäre der das Hinterteil seiner Lieblingskonkubine.

»KOKE? Wirklich kein schlechter Name. Gefällt mir. Hat Potenzial.«

Kemal hat keine Ahnung, wie sein Gegenüber jetzt auf den Firmennamen zu sprechen kommt und warum er auf unverbindlichen Small-Talk wechselt. Der Abgesandte macht eine kleine Pause.

»Und: Istanbul – Griechenland – Italien – Bodensee – Berlin. Wer ist denn auf diese Idee gekommen?«

Mit einem Mal wechselt seine Maskerade, sodass Kemal doch beinahe ein wenig mulmig zu Mute wird, denn der Bote setzt einen starren Blick auf, der knallhart und bedrohlich wirkt.

»Ich wusste gar nicht, dass ich Euch um Erlaubnis bitten muss«, versucht sich Kemal in Sarkasmus, um sich seine Unsicherheit nicht anmerken zu lassen. »Vielleicht überlege ich mir demnächst eine Route über Skandinavien und England ...«

Kemal entscheidet sich für die Gegenoffensive und starrt gnadenlos zurück. Er mag es nicht, wenn jemand versucht, ihn in die Ecke zu drängen. Ein Blick, den er hunderte Male geübt hat. Mit Kolja zusammen. Immer, wenn sie ihren absoluten Lieblingsfilm anschauen.

TMVAJB – Tony-Montana-voll-auf-JAYO-Blick

Beinahe irre. Furchteinflößend. Aber den Typen juckt das kein bisschen. Der ist so was von abgebrüht.

»Istanbul – Rumänien – Tschechien – Berlin. Das ist doch vernünftiger und wirtschaftlicher.«

Klare Ansage. Da soll es also künftig lang gehen. Kemal überlegt kurz, wie er kontern kann und fragt: »Heimweh?«

Der Bote ist nicht auf den Kopf gefallen, obwohl er ein wenig so aussieht.

»Ich bin stolz auf meine Heimat. Und ich werde eines Tages dorthin zurückkehren. Als Privatier.«

Träum weiter, Alter, denkt Kemal. Du endest in einer Pension des deutschen Staats – selbstverständlich als Privatier. Freie Kost und Logis, versteht sich. Jeden Tag ein anderer Zwanzigjähriger, an dem du deine Bedürfnisse befriedigen kannst. Bessere Drogen als draußen und jede Menge Macht. Du wirst es lieben, bis an das Ende deiner Tage. Aber das brauche ich dir nicht zu erzählen. Denn das weißt du besser als ich. Du hast vermutlich mehr Zeit in deinem Leben drinnen als draußen verbracht. Also, scheiß auf dein affektiertes Privatier-Getue. An den ganz großen Schnitt kommst du nie dran.

»Hört sich gut an«, sagt er stattdessen diplomatisch.

Aber so langsam aber sicher hat Kemal keine Lust mehr auf diese Art von Geplauder, denn der Typ geht ihm ziemlich auf den Sack, aber so was von. Also fügt er nach einer Weile hinzu »Privatier. Tolle Sache. Wenn man das richtige Alter hat, es nicht mehr bringt und die Jungen einem das Fürchten lehren, dann ist es besser, sich auf das Altenteil zurückzuziehen.«

Böse Blitze schießen über den Schreibtisch. Der Typ nimmt es wie erhofft persönlich, das ist nicht zu übersehen. Und so langsam verliert Kemal die Geduld, was bei ihm und seinem sanften Wesen selten ist. Das Wasser perlt an der Cola-Flasche herunter. Die perfekte Kühlung ist bald Geschichte, obwohl die Klimaanlage ihr bestes gibt. Vergiss die Selbstbeherrschung, denkt Kemal. Kemal öffnet die Flasche und nimmt einen Schluck, denn er hat Durst und sieht es nicht mehr ein, sich wegen dieser Type verbiegen zu müssen. Als er die Flasche absetzt, gibt er einen wohligen Laut von sich. »Ahhhhh.«

»Heiß heute«, kommt postwendend die Antwort von der anderen Seite des Schreibtisches.

Stimmt, denkt Kemal. Ich hab' trotzdem keine Spendierhosen an. Zumindest nicht für dich.

»Tut mir leid. Das war die letzte Flasche.«

Er grinst. Eine offensichtliche Lüge. Der Bote nimmt es gelassen und mit Humor.

»Apo hat schon schlimmeren Durst gehabt.«

Kemal kriegt die Krise. Er hasst Leute, die in der dritten Person von sich sprechen wie Kleinkinder. Das sind entweder … entwicklungsverzögerte Voll-Spasten … oder … größenwahnsinnige Egomanen. Meistens eine Mischung aus beidem.

»Apo?«, fragt Kemal nach.

»Ich heiße Apostel.«

Jetzt muss Kemal beinahe lauthals loslachen. Doch dann beherrscht er sich, denn keiner kann sich seinen Namen aussuchen.

Deshalb schaut er ostentativ auf seine schwarze Rado, die locker sein schmales, aber kräftiges Handgelenk umschließt. Kemal mag es nicht, wenn ihn Kleidung oder Schmuck zu sehr einengt.

»Um 3 Uhr habe ich eine Verabredung im Hip-Hop-Club.«

Apostel sieht irritiert aus. Vielleicht steht er nicht auf Hip-Hop, obwohl er aussieht wie ein Old-School-Gangster. Aber er hat die Botschaft verstanden. Gib Gas, Alter.

»Okay«, beginnt Apostel, »Arafat möchte …«

4

Kemal glaubt nicht, was er da hört. Apostel spricht druckreif wie ein Vorstandsvorsitzender auf der Aktionärs-Hauptversammlung, nur sein osteuropäischer Dialekt irritiert etwas. Also, was Arafat möchte, ist Folgendes … KOKE soll seine Schleuser-Route von Istanbul – Griechenland – Italien – Bodensee – Berlin auf Istanbul – Rumänien – Tschechien – Berlin umstellen. Das ist bereits bekannt. Aber jetzt kommt es ziemlich heftig. Denn KOKE soll für Arafat bestimmte Waren auf der neuen Route transportieren – natürlich neben der bisherigen Ware, da ist Arafat großzügig. Arafats Mehr an Ware bedeutet aber logischerweise, dass es weniger Plätze für Flüchtlinge gibt, was gar nicht geht. Und es kommt noch dicker, denn die Ware, die Arafat transportieren möchte sind … Kinderprostituierte. KOKE soll diese in Istanbul und in Rumänien aufnehmen und nach Berlin bringen. Kemal hat ernsthaft das Gefühl, gleich unter den Tisch kotzen zu müssen. Dabei hat er heute so gut wie nichts gegessen. Nichts, außer einem mit Frischkäse bestrichenem und mit Salat belegtem Bagel. Bei Kemal ist vieles Bio, versteht sich. Und dabei ist jetzt Nachmittag und der Magen knurrt ein wenig. Kemal hat sich aber schnell wieder im Griff und unterdrückt die Übelkeit, denn er ahnt, dass es noch dicker kommen wird.

»Kinderprostituierte? In Istanbul und Rumänien? Das halte ich für ein einseitiges Geschäftsmodell.«

Apostel klopft eine Marlboro aus einer roten Soft-Box. Ohne Steuermarke versteht sich. Apostel würde sich sicherlich lieber den linken Arm abhacken, als an den deutschen Staat Steuern für Genussmittel zahlen. Er zündet die Zigarette mit einem schweren, vergoldeten Benzinfeuerzeug an. Dann erklärt er, nachdem er einen tiefen Zug genommen hat, dass die Nachfrage in Deutschland nach Sex mit Kindern hoch sei. Okay, schränkt er ein, seien wir einmal ehrlich, nicht nur in Deutschland, aber hier werden dafür hohe Preise erzielt. Zuerst für die Dienstleistung und danach für die Erpressung, die so sicher folgt wie das Amen in der Kirche. Dabei könne der Markt laut Apostel in zwei Segmente geteilt werden. Einmal die Nachfrage nach asiatischen (siehe Istanbul) und zum anderen nach südosteuropäischen (siehe Rumänien) Kindersexarbeitern. Das sei eine Frage des persönlichen Gustos. Kemal hat strikte moralisch-ethische Vorstellungen, aber er versucht Profi zu sein, cool zu wirken und ökonomische Sachverhalte angemessen zu würdigen. Also konzentriert er sich auf das, was Apostel ihm sagt, anstatt das Gespräch für beendet zu erklären und Apostel zum Teufel zu schicken.

»Und in Tschechien nehmt ihr dann Crystal Meth auf«, verkündet Apostel salbungsvoll, als hätte er in der Frühen Neuzeit eine kürzere Seepassage nach Westindien gefunden.

Crystal Meth?

Kemal glaubt im falschen Film zu sein. Apostel strahlt ihn an, als ob er einen Weg gefunden hätte, um aus Scheiße Gold zu machen. Was in gewisser Weise ja auch stimmt, wie jeder weiß, der Crystal Meth kennt. Jetzt ist es mit der Selbstbeherrschung endgültig vorbei, Kemal braucht etwas zur Beruhigung. Sofort. Vergiss also die Maske. Pfeif auf Coolness. Er schnappt sich die gediegene Tüte, entzündet sie und nimmt ein paar tiefe Züge, wobei er den Rauch möglichst lange in den Lungen hält. Das Haze ist 1a-Ware, kratzt nur wenig im Hals und wurde drei Mal hintereinander in Amsterdams lokalem Kifferblatt zum Pot des Jahres gewählt. Kemal tut so, als ob er über Apostels Worte nachdenkt. Ein bisschen muss er die Fassade aufrechterhalten.

»Hmmmmmmmh …«, gibt er von sich, um Zeit zu schinden, während er den Rauch langsam aus seinem Mund entweichen lässt.

Aber Apostel hat noch einen Knaller auf Lager und will den Sack zumachen. Beinahe bedächtig drückt er seine Zigarette in dem schweren Kristall-Aschenbecher aus.

»Ohne Scheiß«, lautet Kemals Antwort auf Apostels »Um die Rentabilität zu erhöhen, den Profit zu maximieren und Ressourcen zu schonen, werdet ihr Waren nach Istanbul transportieren. Das gebietet die ökonomische Logik.«

Kemal vergisst, den Mund wieder zuzumachen. Das sieht nicht sexy aus, aber das ist ihm im Moment egal. Vielleicht liegt es am Kiffen, aber er kommt wirklich nicht drauf, welche Waren Richtung Istanbul Rentabilitäts- und Profitmaximierung gewährleisten sollen. Apostel kostet seinen Triumph aus und mustert interessiert die dunkelbraune, edle Holzvertäfelung.

»Okay«, hat sich Kemal jetzt wieder im Griff. »Um welche Waren handelt es sich?«

Er ist auf die Antwort gespannt.

»COUGARS.«

Cougars? Kemal ist sich sicher, dass er den Namen schon gehört hat, vor langer Zeit, während einer Episode in seinem Leben, an die er sich nicht mehr so gerne erinnert, damals als Dschihadist, als er noch von tiefem Hass erfüllt war. Vielleicht hat sein ES die Erinnerung an COUGARS verdrängt und sein ICH ist darüber recht froh.

Zu Cougars fallen Kemal spontan zwei Dinge ein:

1. Englische Slang-Bezeichnung für ältere Frauen, die einen wesentlich jüngeren männlichen Beziehungs- oder Sexualpartner suchen.

2. Normaler Sprachgebrauch: Puma.

Er stirbt bald vor Neugier, ob sie jetzt alte Schachteln nach Istanbul transportieren sollen, die geil auf junge Alis sind oder ob irgendein abgefahrener türkischer Freak mit einem Haufen Kohle Pumas aus Deutschland zur Belustigung seines Harems geordert hat.

»COUGARS sind Anti-Drohnen-Waffen«, klärt Apostel Kemal dann mit gönnerhaftem Lächeln auf, »die in Pakistan, Afghanistan und Syrien zur Zeit sehr gefragt sind.«

Da fällt es Kemal wie Schuppen von den Augen. COUGARS – natürlich: Einfaches Stahltriebwerk mit zwei Flügeln und einem

Infrarot-Suchsystem. Die Billigwaffe, um die scheißteuren US-Imperialisten-Drohnen vom Himmel zu holen.

»Das dürfte allerdings einen hohen Profit abwerfen«, stellt Kemal beinahe bewundernd fest.

»Siehst du.«

Apostel lächelt zufrieden.

»Und nicht nur das …«

5

Apostel strahlt und Kemal weiß genau warum: Jetzt hat er Kemal am Haken. Seine ungeteilte Aufmerksamkeit. Kemal ist sich sicher, dass Arafat es so vorhergesagt hat. Arafat ist eben ein Mann mit Lebenserfahrung und Menschenkenntnis. Er ist ein Stratege und Taktiker, der jeden Zug seiner Gegner vorhersehen kann. Apostel blinzelt noch einmal für den Bruchteil einer Sekunde zur Cola herüber, verkneift sich dann aber jegliche Schwäche.

»Für KOKE besteht kein Risiko«, beginnt er wie ein arrivierter Risiko-Soziologe (wen es interessiert, der kann es googeln) und spricht dabei den Firmennamen so akkurat aus, als ob es sein eigener wäre.

Über Kemals Gesicht huscht ein Lächeln. Denn kein Risiko gibt es in diesem Geschäft nicht, es hört sich aber gut an. Beinahe zu verlockend.

Ein Leben ohne Risiko ist so wahrscheinlich wie

a) die Wiedervereinigung von Nord- und Südkorea zu einem vor Atomwaffen strotzenden kommunistischen Staat

b) Gangsta-Rap ohne Kraftausdrücke und ohne Beschimpfungen

c) soziale Gerechtigkeit auf der Welt

d) Afrika ohne AIDS.

Also fährt Apostel mit seiner tiefen Stimme fort, die jetzt nicht mehr beängstigend, sondern eher beruhigend klingt.

»Wegen der Grenzüberschreitungen haben wir alles geklärt.«

Alles geklärt heißt, dass die Zöllner an bestimmten Grenzübergängen bestochen wurden. Und zwar so, dass die Grenzkontrollen tatsächlich kein Risiko darstellen. Das bedeutet aber auch, dass die Grenzübertritte zu bestimmten Zeiten an festgelegten Orten zu erfolgen haben, da nur dann die Sicherheit vor gründlichen Durchsuchungen gewährleistet werden kann. Kemal, der zunächst noch sachlich bleiben möchte, hakt an diesem Punkt ein.

»Grenzübertritte zu bestimmten Zeiten an festgelegten Orten lassen sich für uns schwer einhalten, da KOKE Wert auf ein sicheres **und** flexibles Transportsystem legt.«

Unwirsch wischt Apostel Kemals Einwand vom Tisch.

»Das ist doch alles eine Frage der Organisation.«

Kemal ist nicht überzeugt.

»Selbst wenn wir die Grenzübertritte zu den vorgesehenen Zeitpunkten bewerkstelligen, macht mir die Art der Ware zu schaffen. Um es klar zu sagen: Damit bin ich nicht einverstanden.«

Kemal fixiert Apostel, doch dessen tiefbraune Augen weichen ihm aus.

»Kinderprostituierte«, sagt Kemal im anklagenden Ton.

Apostel gibt sich geschäftsmäßig. Ja und?

»Crystal Meth – eine Droge, gegen die Heroin und Crack der reinste Kindergarten sind«, zählt Kemal weiter auf.

Stimmt. Apostel nickt. Genau das ist ja das Tolle an Crystal Meth. Macht hochgradig süchtig und ist in der Herstellung sehr günstig. Kemal neigt dazu, entweder maßlos zu übertreiben oder sich in Understatement zu üben, wenn er ernsthafte Botschaften transportieren möchte. So auch jetzt.

»Das sind keine Kavaliersdelikte«, bringt er es auf den Punkt.

»Das ist beim Schleusen nicht anders«, pariert Apostel. »Im Gegenteil. Da bist du nicht nur Krimineller, sondern auch noch ein Nestbeschmutzer. Und niemand scheißt ungestraft ins eigene Nest.«

Wo Apostel Recht hat, hat er Recht. Und da er sich auf der Siegerstraße wähnt, fügt er genüsslich hinzu: »Außerdem solltest Du die COUGARS nicht vergessen. Du hast ja selber auf Seiten der Gotteskrieger gekämpft.«

Woher wissen die denn das?, denkt Kemal. Die haben Nachforschungen über dich angestellt! Kemal spürt, dass sich ihm die Kehle zuschnürt.

»Ja, …«, will Kemal entgegnen, wird aber von Apostel unwirsch unterbrochen.

Apostel muss von Anfang an gewusst haben, wie er Kemal den Wind aus den Segeln nehmen und ihn von seinem moralischen Ross herunterholen kann.

»Euch passiert nichts. Dafür verbürgen wir uns. Wir genießen in allen Ländern polizeiliche Generalprotektion.«

Kemal macht große Augen und ist wirklich beeindruckt. Woher Apostel diese Sprachpotenz besitzt? Polizeiliche Generalprotektion? Auch KOKE hat sich Schutz gekauft. Sogar in Deutschland. Aber von Protektion in diesem Umfang kann bei ihnen nicht die Rede sein. Dennoch, Risiken gibt es immer, da braucht ihm Apostel nichts vorzumachen.

»Wenn es gar kein Risiko gibt, warum transportiert ihr euren Scheiß nicht selbst?«, fragt er deshalb.

Treffer. »Ähm …«

Jetzt hat Kemal Apostel genau da, wo er ihn haben wollte.

»Es geht um verteilte Verantwortlichkeiten«, aha, »… Ressourcenzusammenführung …«, okay, »… Outsourcing …«, oha, »… partnerschaftliches Zusammenwachsen …«, jetzt aber Obacht, »… und Profitsteigerung …«.

Bestens, Arafat ist also ein wohltätiger Onkel, der um die Profitsteigerung von KOKE besorgt ist. Wer's glaubt, wird selig. Das wäre ja so ähnlich wie eine Unternehmerische Internationale, die solidarisch zusammenhält, komme da, was wolle. So ein Quatsch.

»Ihr könnt also nach wie vor das tun, was ihr immer tut«, sagt Apostel, »eben nur auf einer anderen Route. Und ihr vergrößert Euren operativen Gewinn.«

Wieder strahlt der Bote. Mit anderen Worten, denkt Kemal, ihr sucht einen Dummen, der im Zweifelsfall für euch den Kopf hinhält. Ein geschicktes Bauernopfer. Aber da seid ihr bei KOKE an der falschen Adresse.

»Falls es dich erleichtert«, versucht Apostel nun alles klar zu machen, »sieh es doch einfach so: Ihr stellt uns Stauraum für unsere Ware zur Verfügung. Für die von euch für uns transportierte Ware tragt ihr keine moralische Verantwortung. Wir nehmen nur eine Transportdienstleistung in Anspruch, alles andere ist unser Problem.«

Kemal fühlt sich wie in einem Proseminar Ethik der Ökonomie. Aber Apostel setzt noch eins drauf und kommt ihm mit der reinen Vernunft, für die Kemal zugänglich ist.

»Und Ware ist schließlich Ware. Wo liegt der Unterschied? Ihr transportiert erwachsene Menschen illegal nach Deutschland. Mit uns erweitert ihr die Warenpalette um Kinder, verbotene Substanzen und Waffen, die helfen, den US-Imperialismus zu bekämpfen.«

Einen Moment lang überlegt sich Kemal, ob er antworten soll. Für ihn gibt es da himmelweite Unterschiede. Auf einer abstrakten Ebene gesehen, hat Apostel Recht. Kemal ist sich nicht sicher, was Kolja zu dem Ganzen sagen wird. Vielleicht reizt den der erhöhte Profit so sehr, dass er seine moralischen Bedenken über Bord wirft, um den in Aussicht gestellten Rahm abzuschöpfen. Kemal ahnt, dass ihn dieser Besuch noch lange beschäftigen wird und er empfindet ein unangenehmes Gefühl im Bauch, das sich langsam nach oben in den Brustbereich ausweitet.

6

Der Haken an der Sache ist, dass …

… das, was Arafat vorschlägt, an und für sich …

… gar nicht so unvernünftig ist.

Aus ökonomischer Sicht klingt das Ganze sogar plausibel. Und für KOKE würde unter dem Strich mehr rauskommen, man könnte dann expandieren, was wiederum mehr Flüchtlingen zu Gute käme. Etwas Schlechtes, das Gutes produziert.

Aber erstens asiatische Kinderprostituierte, zweitens südosteuropäische Kinderprostituierte und drittens tschechisches Crystal

Meth – das alles kann und will Kemal mit seinem Gewissen nicht vereinbaren, denn er, als mittlerweile Geläuterter, hat ein gutes Herz und liebt die Menschen. Das geht gar nicht. Auf keinen Fall. Unter keinen Umständen.

Die COUGARS sind wieder eine andere Geschichte, damit hat Kemal kein grundsätzliches Problem. Zumal diese Raketen unbemannte Flugobjekte, sprich Drohnen, vom Himmel holen und der Typ mit dem Joystick in der Hand höchstens Herzflattern und einen hohen Blutdruck kriegt, wenn sein Spielzeug vom Himmel plumpst. Aber dabei passiert niemandem etwas, außer dass die USA mindestens eine Million Dollar in den Sand gesetzt haben und weiterhin mindestens 60% jedes eingenommenen Steuerdollars für die Rüstung ausgeben anstatt für Bildung oder Soziales. Aber das wäre auch ohne COUGARS der Fall, und insofern findet Kemal diesen Aspekt des Vorschlags beinahe reizvoll.

Kemal ist nämlich mittlerweile ein Mensch mit strikten moralischen Grundsätzen. Kemal hat seinen inneren Krieg bereits ausgefochten. Kemal hat sich am Kampf der Kulturen beteiligt. Kemal hat für den Islam gekämpft und getötet und sich gegen die globale, kulturelle Überformung durch die US-Imperialisten gewendet. Kurzum, Kemal war einer von Abertausenden Dschihadis. Er war einer der jungen, orientierungslosen Menschen, die auf der verzweifelten Suche nach Werten und moralischen Grundsätzen für ihr Leben sind und dabei einen Halt suchen, den sie sonst nirgendwo finden können. Kemal hatte also kurzfristig den Weg verloren und Zuflucht gesucht. Diesen Zustand hatten die Islamisten gnadenlos für ihre Verblendung ausgenutzt. Heute ist Kemal nicht mehr auf der Suche. Er ist angekommen. Bei sich. Seinem Freund. Seiner Firma. Seiner Familie.

Aber …

… moralische Grundsätze …

… sind …

… moralische Grundsätze …

… sind …

… moralische Grundsätze.

7

Kemal weiß aus Erfahrung, dass Dschihad Anstrengung, Kampf, Bemühung und Einsatz bedeutet. Es sind der Kampf und die Anstrengung, Gott zu finden. Im Koran und in der Sunna ist mit Dschihad der militärische Kampf gemeint. Im Ausbildungslager haben sie Kemal eingebläut, dass mit Dschihad der allgemeine Kampf gegen alle Andersgläubigen gemeint sei. Der Dschihad stelle zudem die Erweiterung des islamischen Territoriums sicher, bis der Islam die alles beherrschende Weltreligion ist. Außerdem gibt es – und das ist für Kemal heute der wichtigste Aspekt – den Dschihad als Grundgebot des islamischen Glaubens, und damit ist nichts Militärisches gemeint. Der innere Dschihad, den jeder gläubige Muslim mit sich und der Welt ausfechten muss, wird zwar nicht offiziell als sechste zu den fünf Säulen des Islams gerechnet, besitzt aber für ihn dennoch eine große Bedeutung.

»Im europäischen Sprachraum wird der Begriff öfter mit dem Ausdruck Heiliger Krieg übersetzt.« (Wikipedia)

8

Als im September 2011 in New York die beiden Türme sprichwörtlich in Schutt und Asche zusammenfielen – und auf der ganzen Welt für verschwörungs- und erkenntnistheoretische Diskurse sorgten, v.a. im französischsprachigen Nordafrika (»Mais les tours ne sont plus là – n'est-ce pas?«) –, war Kemal 14 Jahre alt und befand sich in einer Sinnkrise. Sinnkrise? Klar, das liegt in erster Linie am Alter. Aber bei Kemal ging es über die allgemeine, pubertätsbedingte Sinnsuche hinaus. Er fragte sich ernsthaft, wer er war und wohin er wollte im Leben. Was ihm wichtig und wo sein Platz in der Gesellschaft war. Deutschland war seine Heimat und Deutschland war ihm fremd. Er fühlte sich nicht wirklich zugehörig. Er hatte Freunde und war beliebt. Andere ließen ihn aber deutlich spüren, dass sie ihn für minderwertig hielten. Immer schien ein gewisser Makel an ihm zu haften, den er nicht loswerden konnte, so sehr er sich auch anstrengte. Seine dunkle Haut und sein fremdartiges Aussehen konnte er nicht abschütteln.

Dabei war Kemal ein beeindruckendes Bürschchen …

… schlank …

… hübsch …

… smart.

Voller Leben und Energie. Und mit den faszinierendsten braunen Augen, die es gab. Diese Augen zeigten Tiefe und Seele und schienen den Betrachter automatisch in ihren Bann zu ziehen und nicht mehr loszulassen. Kemal stellte sich immer wieder die Frage nach dem eigenen Ich. War Deutschland seine Heimat? Oder gehörte er in die Türkei? Istanbul, die Heimat seiner Mutter, kannte er von zahlreichen Besuchen. Oder sollte er das kurdische Erbe seines Vaters nach vorne kehren? Sein Vater war in Sachen Anpassung ein glänzendes Vorbild, denn dieser assimilierte sich so gut er konnte – sowohl bei den Türken als auch bei den Deutschen. Aber irgendwie hatte Kemal das Gefühl, dass das nicht aufrecht war und dass sich sein Vater an den Widersprüchen aufrieb. Und dann kam er, dieser Tag, an dem nicht weniger als ein neues Zeitalter begann. 9/11. Das welthistorische Ereignis schien ihm wie eine Erleuchtung. Und intuitiv wusste er, dass etwas Ungeheuerliches geschehen war und nichts mehr so sein würde, wie es einmal gewesen war. Immer wieder schaute er sich die Endlosschleifen im Fernsehen an. Flugzeug American Airlines 11, um 7:59 Uhr in Boston gestartet, fliegt in den Nordturm des World Trade Center. Recht weit oben, aber trotzdem ein Volltreffer. Flugzeug United Airlines 175, um 8:15 Uhr ebenfalls in Boston gestartet, fliegt kurz danach in den Südturm. Weiter unten. Wieder ein Volltreffer. Flugzeug 1 / Nordturm – Flugzeug 2 / Südturm.

Brennende Türme …

… Feuerwehr …

… Polizei …

… und …

… entsetzte Menschen …

… Massenpanik …
… Evakuierung.
NYC. Manhattan. WTC. Symbole der sogenannten freien Welt. Symbole des Kapitalismus. Symbole des ökonomischen Imperialismus. Sinngemäß sagte Kemal: B4N, WTC. »Bye for now, World Trade Center.« Doch damit noch nicht genug. Auch die Hauptstadt wurde angegriffen. Das Pentagon.
Verantwortlich für …
… Unterdrückung …
… Elend …
… unzählige Kriege …
… auf der ganzen Welt.
United-Airlines Flug 77 flog so mustergültig in die Westseite des Pentagons, dass manche Verschwörungstheoretiker an eine Cruise-Missile-Rakete glaubten. Ein weiteres Flugzeug der Attentäter erreichte sein Ziel nicht. United Airlines 93 stürzte auf einem Acker in Pennsylvania ab, anstatt wie vorgesehen ins Kapitol zu rauschen.
Das alles warf unzählige Fragen auf, und …
… Kemal beschäftigte sich ab sofort nur noch mit …
… Nine Eleven.
Beinahe Tag und Nacht. Und obwohl er innerlich so manchen Zweifel an der offiziellen Version der Ereignisse hegte, überwog doch der Glaube daran, dass hier die Kleinen den Großen eine schmerzliche Niederlage zugefügt hatten. Und natürlich wog er die Ziele der Attentäter in seinem Herzen. Und obwohl Kemal kein genuin gläubiger Mensch war, kam die Vorstellung an etwas Absolutes und Ganzes seinem Naturell sehr entgegen. Allah und Al-Qaida. Kemal ist eben Idealist – durch und durch. Der Dschihad war für ihn ein Glaubenskrieg, aber er war noch viel mehr als das.
Es war der Kampf von …
… Süd gegen Nord …
… arm gegen reich …
… Unterdrückten gegen Unterdrücker.
Ein Kampf, bei dem Gut gegen Böse agierte. Schwarz und weiß – Grauschattierungen nicht in Sicht. Außerdem war der Dschihad ein

Kampf der Kulturen und mindestens so alt wie die Kreuzzüge. Und Kemal wusste ganz genau, auf wessen Seite er stand. Auf der Seite der Unterdrückten, seiner muslimischen Brüder, die aufstanden um gegen die kulturelle Hegemonie und ökonomische Unterdrückung zu kämpfen, ihr Leben hinzugeben für den Glauben an die Selbstbestimmung der islamischen Völker.

»Von wegen Kameltreiber«, pflegte Kemal zu sagen, wenn er damals Kritik an der Aktion des Nine Eleven hörte, die sich auf die vermeintliche Inferiorität der arabischen Kultur bezog. »Kameltreiber hätten ihre Kamele einen großen Haufen vor das WTC machen lassen. Das ist nur halb so viel Geschäft wie die Chose nach 9/11. Kameltreiber greifen nicht das Herz Pentagon und die Seele WTC der Welt-Supermacht mit zu Bomben umfunktionierten Flugzeugen an und zeigen der Welt, wie verletzlich die USA sind.«

Aber irgendwie schien Kemal der Glaubenskrieg in seinem zarten Alter noch nicht greifbar, und so wandte er sich erstmal wieder weltlichen Dingen zu. Ab dem 15. Lebensjahr versuchte er deshalb jede Blondine flachzulegen, die bei drei nicht schnell genug auf den Bäumen war. Hinzu kam seine ausgeprägte Vorliebe für berauschende Substanzen. Mit 16 kiffte er den ganzen Tag. Wirklich, den ganzen beschissenen Tag lang. Nebenher vertickte er wie ein Weltmeister, um sein neues Hobby finanzieren zu können. Dabei nahm er Bushidos Aussage ernst: Scheiß auf Grams, hier gibt's Kilos.

Dann folgten …

… Speed …

… LSD …

… Koks.

Bis ihm schlussendlich die wahre Erleuchtung kam. Scheiß auf den Dreck. Das Zeug macht die Birne kirre und schadet der Psyche. Siehe diejenigen, die hängengeblieben sind. Und das waren nicht wenige. Was ich brauche, sind Sedativa. Ich muss den Geist besänftigen, zähmen.

Damit ich nicht noch mehr am Rad drehe als ohnehin schon und nicht noch mehr Schaden anrichte und … ein besserer Mensch werde.

Drogenkonsum als Selbsttherapie …
… H …
… Morphium …
… Opium.

M und O gab es leider nur selten, sogar in Berlin, der bundesdeutschen Drogenhauptstadt. Wobei M und O für Kemal die absoluten Oberknaller waren – wahre Festtage, das Paradies auf Erden. Und beide gaben Kemal das Gefühl von Ganzheit. Zumindest solange sie in ausreichendem Maße vorhanden waren. M-O-R-P-H-I-U-M. O-P-I-U-M. Beeeeeeestens! Wirklich wahre Festtage. Falls doch trotz allem unternehmerischen Erfindungsgeist Flaute herrschte, fand Kemal immer irgendwelche Alternativen. Manchmal gab es in Berlin öliges Haschisch, das ziemlich nahe an Heroin herankam. Manche behaupteten, da sei Opium drin, aber Kemal glaubte nicht daran. Der Alltag eines Users ist nicht so konstant, wie man das allgemeinhin annimmt. Das trifft insbesondere auf die sogenannten Polytoxikomane zu. Und Kemal war ein Polytox reinsten Wassers. Flexibilität lautete sein Zauberwort, um die vielen Downs meistern zu können, denn die Highs waren natürlich nicht das Problem.

Variation I:
… Hasch (mit Opium) …
… H …
… Speed (zum Fitwerden und Geld-Verdienen) …
… Koks (zum Feiern und Poppen) …
… Opium und Morphium (beides zur inneren Sammlung und Kontemplation sowie zum Wieder-Runterkommen, falls das Speed oder Koks zu stark waren und das Schlafbedürfnis überhandnahm).

Variation II – um Affen zu vermeiden, wenn der Nachschub bezüglich Variation I klemmte:
… Wodka …
… Fluffis (bekannt als Rohypnol, bei Junkies immer beliebt um den bösen Affen zu vertreiben) …
… Noccis (Noctamid) …
… Dias (Diazepam, die Kemal zeitweilig wie Gummibärchen konsumierte) …

… Wodka (aber nur bei ganz bösen Flauten) …

… wieder Fluffis.

Ein Witz, den Kemal früher gerne erzählte, lautet: »Was ist der Unterschied zwischen Speed und Rohypnol? Speed ist zuverlässiger als Streichhölzer für die Augen, plöpp … plöpp. Ich kann alles – tagelang und vor allem … Rohypnol wiegt schwerer als Zentner für die Augen. Klack … Klack. Ich kann tagelang schlafen.« Kemals Glaube damals: Wenn alle Menschen sich das reinpfeifen würden, was ihnen gut tut, dann wäre die Welt eine bessere und friedlicher. Doch nach dem großen Rausch setzte die Ernüchterung ein. Denn Drogen lieferten Kemal nicht die Antwort auf alles, wie sie ihn zeitweilig glauben machten. Sie hinterließen eine innere Leere und als kluger Mensch hinterfragte Kemal die Funktion von Drogen, weg vom individuellen Rausch hin zu ihrer gesellschaftlichen Funktion. Und so landete er wieder bei der Politik. Drogen waren dann nicht mehr als ein Mittel der Herrschenden, um das Prekariat zu unterdrücken. Also beschloss er, weg mit den Drogen. Lass die Finger davon. Das gehört zu **deren** Spiel. Um **dich** zu beherrschen. Um dich klein zu halten. Um die bestehenden Verhältnisse so zu stabilisieren wie sie sind.

Drogen führen nicht zur …

… Revolte …

… oder …

… Revolution.

Drogen meißeln das System … in Zement. Für alle Zeit. Also zog es Kemal einige Jahre nach dem weltgeschichtlichen Ereignis 9/11 nach Waziristan. Denn hier glaubte er sich finden und die Welt verändern zu können. Alles zum Besseren. Kemal war total clean. Cleaner als ein Neugeborenes. Das Al-Qaida-Ausbildungslager war hochprofessionell. Al-Qaida stand nicht mehr ganz auf dem Gipfel der Macht, war aber immer noch ziemlich viril. Die Taliban und Al-Qaida bildeten nach wie vor eine unheilige Allianz. Die Brutstätte des Terrors war alles andere als pompös.

Karge Hütten dienten als …

… Unterkunft …

… Essensstätte …

… Unterrichtsort.

Hunderte von Kämpfern aus der ganzen islamischen Welt befanden sich in dem Lager. Die Zeit in Waziristan war die glücklichste von Kemals bisherigem Leben – von heftigen Drogenräuschen und damit verbundenen Kontakten zum anderen Geschlecht einmal abgesehen.

Kemal erfuhr in Waziristan so etwas wie …

… Kameradschaft …

… Sinnhaftigkeit …

… den festen Glauben an ein Ideal.

Das erfüllte ihn mehr als alles andere, was er bis dato erfahren hatte. Natürlich war der Lageralltag mit zahlreichen Entbehrungen verbunden. Das Essen war dürftig und das Ausbildungsprogramm hart. Und manches Mal fragte sich Kemal insgeheim, warum er sich das alles antat. Doch dann überzeugten ihn wieder der Glaube an die Sache und das Ideal.

Der Lageralltag bestand aus …

… Dauerlauf …

… Kraftübungen …

… Nahkampftechniken.

Der körperlichen Ertüchtigung folgten die theoretischen Unterrichtsfächer, die Kemal aufgrund seines Naturells mehr zusagten.

Kunde …

… der Waffen …

… des Sprengstoffs …

… der Kommunikation.

Kemal war bei seinen Ausbildern beliebt. Er galt als Musterschüler. Aber mit der Zeit spürten seine Mentoren, dass seine Eingliederung und Unterordnung vordergründig waren. Sie bemerkten, dass ein Teil seines Wesens autark blieb, so sehr sie sich auch mühten, ihn vollständig für sich zu vereinnahmen. Sie wussten, dass er sehr intelligent war und seinen eigenen Kopf behielt. Ohne auffällig und aufsässig zu werden. Nachdem er einen Weg gefunden hatte, das Lager verlassen zu können, ohne dadurch alles grundsätzlich in Frage zu stellen, kehrte er als Schläfer nach Deutschland zurück. Wo er sich wiederum neu besann. Denn wieder drängten sich Kemal zahlreiche Fragen auf, welche die Ereignisse in Waziristan in ein anderes Licht rückten. Wurde die Welt wirklich besser, wenn er Ungläubige tötete? Brach er dadurch die US-Hegemonie oder zementierte er sie viel mehr? Wurde die Welt nicht besser, wenn er im Kleinen ansetzte? Erneut spürte er eine innere Leere in sich, die ihm unerklärlich war. Und so beschäftigte er sich mit Dingen, die sein Leben in Deutschland konkret betrafen. Er las, informierte sich und probierte alternative Gedankenmodelle aus.

Waren …

… soziale Gerechtigkeit …

… Nachhaltigkeit …

… Ökologie …

nicht Themen, die die Menschheit voran brachten?

Als radikalem Denker fielen Kemal die Schwachstellen in den Theorien über diese Themen ebenso wie die Mängel bei der praktischen Umsetzung auf. Aber immerhin boten sie einen individuellen Ansatz, der keinem anderen Menschen schadete und der doch versuchte, ein Großes und Ganzes zu verwirklichen. Kemal beschloss ein guter Mensch zu werden, also … weder Gangster noch Dschihadist. Kemal wollte seinen Mitmenschen helfen und die Welt besser machen. Aber wie funktionierte das konkret – abgesehen davon, dass man ökologisch produzierte, fair gehandelte und nachhaltig orientierte Produkte konsumierte? Diese Frage beschäftigte Kemal eine Zeitlang. Wie konnte ein Einzelner das Leben von vielen anderen verbessern? Was konnte er für die Welt tun? Don't ask the world what it can do for you but ask yourself what you can do for the world. Kemals Suche dauerte an, bis er Kolja traf. Und beide auf die Idee mit dem Schleusen kamen. Seither lautet Kemals Lebensmotto: Hilf den Menschen und du hilfst dir. Womit er der Botschaft des Neuen Testaments ziemlich nahe kam, was aber nicht seine Intention war. Intention = Vorsatz. Manchmal ist das Leben seltsam.

9

Flashbackstopp. Innerhalb weniger Sekunden hat Kemal mit diesem inneren Film sich klar gemacht, wer er eigentlich ist und was er will. Und das verbietet jegliches Taktieren bei der Offerte. Also entscheidet er sich jetzt doch für die kurze, aber undiplomatische Variante. Er taxiert Apostel, der unverändert auf dem Sessel sitzt und ihn seinerseits mit einem finsteren Blick fixiert.

»Ich kann Arafat die Antwort jetzt gleich geben«, sagt Kemal.

Über Apostels Gesicht huscht ein ungläubiges Lächeln.

»Ohne mich mit Kolja zu besprechen.«

Apostel wirkt beinahe gelöst, denn er wähnt sich weiterhin auf der Siegerstraße.

»Euer Vorschlag ist völlig indiskutabel. Punkt. Aus. Ende der Diskussion.«

Eigentlich meint Kemal: »Fick dich, Apostel, und Arafat gleich mit«, aber es ist ohnehin klar, dass er das meint, auch ohne dass er es ausspricht, und gewählte Worte können manchmal mehr verletzen als die deftigsten Kraftausdrücke. Apostel entgleitet zuerst das Gesicht und dann schüttelt er den Kopf wie ein Ober-Gescheiter. Das ist mehr als ein Schuss vor den Bug. Es handelt sich um eine Kriegserklärung. Apostel seufzt. Lange und tief. Dann greift er mit der rechten Hand hinter sich. Er zieht einen alten Revolver aus dem hinteren Hosenbund hervor. Kemal stockt der Atem. Eine Mordswumme. Sie sieht so aus, als ob sie einige Kilogramm wiegen würde. Ein bisschen verrostet ist das gute Stück, erweckt aber den Anschein, als ob es einsatzfähig sei. Mit solch einer direkten Reaktion hat Kemal nicht gerechnet.

»Ziehe nie eine Waffe, wenn du sie nicht benutzt«, fordert Kemal Apostel dennoch heraus.

Diesen Spruch hat er von Kolja. Apostels Antwort lässt keine Sekunde auf sich warten: »He, he, he, keine Sorge, das gute Stück ist ständig in Gebrauch, und ich sehe nicht, warum ich bei dir eine Ausnahme machen sollte.«

Apostel entsichert, spannt den Hahn und zielt Richtung Kemal. Das Grinsen, das Apostel jetzt zur Schau trägt, verrät Kemal, dass er absolut keine Angst davor hat, jemanden in die ewigen Jagdgründe zu schicken. Und Apostels Augen blicken so gleichgültig drein, dass es ziemlich beängstigend ist. Kemal lässt seine Hände schön ruhig auf der Schreibtischplatte liegen. Keine hektischen Bewegungen, das könnte fatale Auswirkungen haben. Krampfhaft bemüht sich Kemal nicht zu schlucken.

»Dieser Revolver hat schon meinem Großvater gehört«, verkündet Apostel nicht ohne Stolz. »Bunic hat im Sommer 1943 einem SS-Sturmbannführer die Eier weggeschossen, als ihn dieser als rassisch minderwertig bezeichnete und ins KZ sperren wollte.«

»Wow, tolle Geschichte«, zieht ihn Kemal ein wenig auf. »Der arische Übermensch hat das nicht anders verdient.«

»Und als Rumänien rot war, hat Tata einem Parteibonzen beide Knie kaputt geschossen. Das war 1953.«

»Um zu testen, ob das Ding immer noch tut?«

»Nein, weil der Parteibonze sagte, dass die Faschisten uns besser ins Lager gesteckt und umgebracht hätten.«

»Du kannst stolz auf deine Familie sein«, sagt Kemal – beinahe aufrichtig. »Was ist denn mit deinem Vater passiert? Musste er ins Arbeitslager? Oder haben sie ihm einen Strick um den Hals gelegt?«

Kemal hat zwar immer im Geschichtsunterricht gefehlt, weil er lieber kiffte und Opiate konsumierte, hat aber später als Geschichte-Autodidakt Ehrgeiz entwickelt, da Geschichte für ihn …, nun, begreiflicher macht, warum die Menschen so sind, wie sie sind. Also ziemlich beschissen.

»Kein Mensch hat sich an ihn rangetraut«, antwortet Apostel.

»Das ist der Vorteil, wenn man seinen Standpunkt klar vertritt«, sinniert Kemal.

»Eben«, stimmt Apostel zu und erhebt sich.

Der Revolver bleibt auf Kemal gerichtet. Kemal wünscht sich, dass er das Ding wegpackt oder woanders hinzielt, danach sieht es aber nicht aus. Also beschließt Kemal, weiter seine coole Maske aufzusetzen.

»Arafat und ich bestehen auf unserem Standpunkt«, sagt Apostel.

Laaangsam greift Kemal nach seiner Bionade und nippt daran. Um zu demonstrieren: Ich scheiß mir nicht in die Hosen. Du kannst mich mal. Das ist hohe Schauspielkunst, denn eigentlich fühlt sich Kemal ausgeliefert. Apostel geht auf Kemal zu, bleibt fünfzig Zentimeter von ihm entfernt stehen, streckt den Arm aus und drückt Kemal das kalte Eisen an die Schläfe. Apostel drückt so stark, dass Kemal den Kopf zur Seite drehen muss. Kemal pisst sich beinahe vor Angst in die Hosen und hat Mühe, ruhig weiter zu atmen.

»Hör zu. Du stimmst Arafats Ansinnen sofort zu. Dann überzeugst du Kolja davon. Sonst pustc ich dir dic Birnc wcg.«

10

Kemal dreht sich zu und blickt Apostel in dessen eiskalte Killeraugen, damit der weiß, dass es ihm ernst ist und er keine Angst hat, zumindest nicht so viel, dass er klein beigibt. Es ist ihm verdammt ernst. Und ihm ist intuitiv klar, dass Apostel keine Lizenz zum Abschuss hat – zumindest noch nicht. Und einschüchtern lässt sich Kemal bekanntlich nicht. Da er aber ein lieber und guter Mensch ist, sucht er auch jetzt nach einem friedlichen Ausweg. Also schlägt er vor: »Setz dich, pack das Ding weg und lass uns wie vernünftige Menschen miteinander sprechen.«

Apostel schwankt. Was der Junge da sagt, ist an sich ein guter Vorschlag. Gemäß Arafats Vorgaben. Verhandeln. Vielleicht einen direkten Erfolg erzielen – vielleicht abwarten. Also tritt er den Rückzug an.

»Gewalt ist keine Lösung«, setzt Kemal eins drauf.

Kolja hätte Kemal für diese Aussage kräftig eine gescheuert. Um das Gegenteil zu beweisen und zu zeigen, was er von diesem dummen Pazifisten-Geschwätz hält.

»Wir sind alle Menschen und alle sind wir Teil vom großen Ganzen«, fügt Kemal philosophisch hinzu.

Immer wenn Kemal dieses Gelaber von sich gibt, kriegt Kolja die Krise. Aber er ist ja zum Glück nicht da.

»Alle: Zigeuner, Türken, Deutsche, Arme und Reiche.«

Apostel sieht relaxt aus. Vielleicht denkt er: Hier rein und da raus. Vielleicht tun ihm die Worte aber auch gut, denn als stadtbekannter Roma und lokale Gangstergröße hat man es bekanntlich nicht immer leicht.

»Für Zigeuner ist Gewalt ebenso keine Lösung«, doziert Kemal weiter, »auch wenn patriarchalische Gesellschaften wie die eure dazu neigen, genau das anzunehmen.«

»Kurden und Türken lieben auch das Patriarchat«, kontert Apostel. »Also erzähl mir nichts darüber.«

Wie gesagt, Apostel ist nicht dumm.

»Stimmt«, meint Kemal. »Aber ich bin weder die Kurden, noch die Türken. Sondern ich bin ich, Kemal.«

Om. Kemal macht ganz bewusst einen auf Retro. Postmaterialismus. Selbstfindung. Als würde seine letzte Aussage alles erklären, setzt er akzentuiert eine Pause.

»Also, deshalb noch einmal: Gewalt ist keine Lösung.«

Ahhhhhrrrrr … Kolja würde spätestens jetzt durchdrehen, wenn er denn da wäre. Für solch ein Geschwätz gibt es bei ihm was aufs Maul, und zwar nicht zu knapp.

11

Kemal braucht im Moment keine Rücksicht auf Koljas Befindlichkeiten nehmen. Eigentlich schade, denkt Kemal amüsiert, denn dann könnte ich ihm demonstrieren, wie man mit solchen Situationen umgeht, ohne gleich ein Massaker anzurichten. Massaker ist eines von Koljas Lieblingswörtern, seitdem es im deutschen Gangsta-Rap so prominent in den Lyrics vorkommt. Es gibt nämlich kaum einen Gangsta-Rap-Song, in dem nicht Massaka (sic), ja, die meisten Rapper sind Legastheniker, deshalb sind sie ja auch Rapper geworden – auf rattatta, ihr wisst schon, Machine-gun-Sound, gereimt wird. Es ist schon komisch, wie er und Kolja so dicke Freunde werden konnten, bei den Gegensätzen, die Kolja und ihn prägen.

Würde man das ungleiche Paar einmal beschreiben müssen, dann sähe das in etwa so aus:

Kolja ist die Seele <=> Kemal ist der Geist

Kolja ist Materialist <=> Kemal ist für Ökologie und Nachhaltigkeit

Kolja ist Egoist <=> Kemal ist für soziale Gerechtigkeit

Kolja ist Hardcore-Kämpfer <=> Kemal ist (inzwischen) Pazifist

Kolja liebt das Extrovertierte <=> Kemal liebt die Kontemplation

Man könnte diese Liste stundenlang fortschreiben. Aber es ist jetzt schon klar, worauf das hinausläuft. Wie ist es möglich, dass zwei Menschen mit einer derart unterschiedlichen Charakterausprägung zu Freunden werden?

Entweder man bemüht mit den auf einer chemischen Gleichung basierenden und bereits von Goethe in den Wahlverwandtschaften verarbeiteten Allgemeinplatz, dass Gegensätze sich anziehen, eigentlich liegt jedoch der Schluss nahe, dass es unmöglich ist, aber … die Zauberformel lautet MDMA. Also läuft es doch wieder auf Chemie heraus, aber eben ein wenig anders. Auf MDMA würden das Krokodil und der Wasserbüffel die dicksten Freunde werden. Sie würden sich ewige Freundschaft schwören und gemeinsam den Sonnenuntergang genießen. Auf MDMA hätten Hitler und Stalin den Nichtangriffspakt in einen veritablen Freundschaftsvertrag umgewandelt. Auf reinem MDMA wären Martin Luther King Jr und John Edgar Hoover Blutsbrüder geworden. JEH: Oh, brother, black is beautiful. MLK: I prefer blondes.

MDMA hätte sogar

… Baader und Herold …

… Mohnhaupt und Schleyer …

… Grams und Herrhausen …

an einen Tisch gebracht und miteinander reden lassen.

»Ich verstehe ja, dass ihr von der RAF gegen Ausbeutung seid, aber wer soll dann für unsere Annehmlichkeiten aufkommen?«

»Vielleicht gibt es einen dritten Weg, der die Annehmlichkeiten durch der eigenen Hände Arbeit herstellt?«

»Ich arbeite mindestens 16 Stunden am Tag.«

»Was! Du bist hart drauf. 16 Stunden. Also, das gibt mir schon zu denken. So hart arbeiten wir nur kurz vor Kommando-Aktionen.«

»Siehst du? Ich mache das jeden einzelnen Tag. Und ich arbeite zum Wohl aller Menschen.«

»Genau wie wir. Wir bringen Drecksäcke wie dich um, damit die Welt eine bessere wird.«

»Aber wir sitzen doch alle irgendwie im selben Boot.«

»Das stimmt auch wieder.«

Also, wie aus den zugegebenermaßen ziemlich fiktiven Beispielen ersichtlich geworden sein dürfte: MDMA schüttet Serotonin aus, beinahe wie körpereigene Niagara-Fälle. Das Glücksgefühl ist berauschend, erdrückt einen beinahe, droht einen mit Haut und Haaren zu verschlingen und es passiert nicht selten, dass man den Verstand an der Garderobe abgibt. Und man muss nichts dafür tun, außer dieses kristalline Pulver in den Drink schütten, und dann geht sie ab, die wilde Fahrt. Kein Wunder also, dass in den Sechziger- und Siebzigerjahren MDMA im klinischen Bereich für die ganz harten, suizidgefährdeten Fälle eingesetzt wurde. Wo mehr als nur ein paar Stellschrauben im Oberstübchen nicht mehr richtig justiert waren. Kemal ist heute der Meinung, MDMA sollte kostenlos an die Weltbevölkerung verteilt werden. Denn dann wäre die Welt eine bessere.

Und so lernten Kemal und Kolja sich kennen, mit MDMA versteht sich … Es ist eine laue Sommernacht, mit angenehmen 25 Grad Celsius und wolkenfreiem Himmel. Samstag. Im Berghain (leitet sich aus den Bezirksnamen Kreuzberg und Friedrichshain ab) tobt die Techno-Szene. Eigentlich hat Techno seinen Zenit überschritten. Die Pionier-Phase ist vorbei und die Masse hat sich wieder anderen Musik- und Stilrichtungen zugewendet. Auch Ecstasy ist eigentlich schon out. Klar, die kleinen bunten Pillen gibt es noch wie Sand am Meer, aber der Hype darum ist vorbei. Aber für viele gilt, einmal Raver, immer Raver. Die dumpfen Bässe durchdringen Mark und Bein. Immer neue Volten peitschen die Euphorie im Gehirn voran. Die Tanzwütigen stampfen auf dem Boden, als ob es kein Morgen gibt. Laserstrahlen und Lichtspiele unterstützen die Wirkung der Musik. Wer nicht drauf ist, wird durch die Musik und die Lichteffekte in einen Rausch versetzt. Kolja sitzt locker-lässig an der Bar und nimmt dabei sehr viel Raum ein, was an seinem muskulösen Körper und seiner ausladenden Körpersprache lieg. Er trägt ein stylishes Muscle-Shirt, das teurer ist als ein Boss-Anzug. Er strahlt und strahlt und strahlt. Und das nicht nur im auf die Drogen übertragenen Sinne, sondern er strahlt eine unglaubliche

Präsenz / Aura / Energie

aus.

Eine

physische / seelische / geistige

Präsenz.

Eine Magnum-Flasche Schampus steht auf dem Tresen, neben einer riesigen Flasche Wodka und unzähligen Red-Bull-Dosen. Vier blonde Russen-Girlies tänzeln um Kolja herum. Kurze Röcke, pompöse T-Shirts, knallbunte High Heels. Russische Techno-Schlampen. Mit geschmeidigen Tanzbewegungen. Die wissen, wie sie sich präsentieren. Von Alice Schwarzer, Emma und Feministinnen Lichtjahre entfernt. Die Russinnen rasieren sich nicht nur die Achseln, die Muschi, den Po und die Beine, sondern sie wissen auch, wie man einen Schwanz am besten anfasst und was Ivan und Hans so richtig in Fahrt bringt. Sie liegen Kolja zu Füßen. Tätscheln ihm die Hand, die Wange. Das Bild gefällt Kemal gar nicht. Was für ein dummer Poser, denkt er. Fehlt nur noch, dass sie ihm den Schwanz halten. Der hat es nötig. Aufschneiden um jeden Preis. Das ist einfach billig und abgeschmackt. Kolja schwitzt, obwohl die Klimaanlage auf Hochtouren läuft und die Temperaturen frostig sind. Pille, tippt Kemal, aber da liegt er daneben. Okay vielleicht nicht vollständig, denn in einer Pille ist – wenn man Glück hat – auch ein bisschen MDMA drin, aber auch jede Menge anderer Dreck. Kolja prostet gönnerhaft nach allen Seiten, lässt sich hier und da ein Küsschen geben. Schwere Goldketten hängen um den Hals und um die Handgelenke. Hip-Hop-Attitüde trifft Techno. Die russischen Raverinnen lieben Kolja. Dass sie ihn nicht vom Barhocker ziehen und ungespitzt in den Boden rammeln, liegt alleine daran, dass er das **jetzt** nicht möchte. Was für ein Sackgesicht, denkt Kemal, als er Koljas Treiben einige Minuten halb angewidert, halb fasziniert beobachtet. Kolja ist ein Muskelberg. Durchtrainiert. Blond. Mit strahlend blauen Augen. Und einer Aura, die unglaublich viel Lebensenergie versprüht. Er lebt, um das Leben zu genießen. Er lebt um seiner Seele willen. Er lebt für den Augenblick. Was mache ich eigentlich hier?, überlegt Kemal. Das ist doch gar nicht meine Welt. Ja, was macht Kemal im Berghain? Wo er doch lieber die Stille und die Kontemplation sucht. Vielleicht aber ist es genau das, was er hier zu finden hofft? Stille und Kontemplation im Berghain? Wer das noch nicht probiert hat und es nicht glaubt, der soll es ruhig mal checken.

Manchmal gibt es keinen einsameren Ort als eine Disco und wenn man in der Lage ist, den Beat und die Menschen auszublenden, dann findet man so etwas wie sein inneres Gleichgewicht inmitten dieser Woge aus …

… Musik …

… Licht …

… Energien.

Oder ist Kemal ganz profan auf der Suche nach Drogen? Denn die gibt es hier in rauen Mengen, trotz der Türsteher und der Pro-Forma-Kontrollen. Im Berghain werden mehr Koks, Speed und Pillen vernichtet als irgendwo anders in Deutschland. Wer nicht verstrahlt ist, der fällt auf und ist Außenseiter. Wenn die Türsteher schlecht drauf sind, dann lassen sie einen nüchtern erst gar nicht in den Tempel hinein, denn Typen vom Rauschgiftdezernat haben da drin nichts verloren, solange sie nicht ihre Marke zeigen. Eigentlich bin ich das Gegenteil von diesem Angeber, sagt sich Kemal. Ich lasse meinen Geist leuchten, während der sein Äußeres strahlen lässt.

»**Komm doch mal her!**«

Trotz der Musik hört Kemal die Worte des Typen an der Bar laut und deutlich. Dessen Organ ist der Hammer. Er winkt Kemal energisch her und lächelt. Kemal deutet auf sich. Kolja nickt. Die Girlies strahlen Kemal an. Verschlingen ihn mit den Augen. Langsam geht Kemal auf die Bar zu. Kolja verscheucht eines der Mädels vom Hocker und lädt Kemal mit freundlicher Geste ein, Platz zu nehmen. Er lässt ihm ein Glas Champagner einschenken. Natascha trinkt den ersten Schluck und leckt sich danach die Lippen. Dann stoßen Kolja und Kemal an. Die Gläser klirren. Wie das bei Russen üblich ist.

»Ich bin Ko«, sagt der blonde Riese.

»Ke«, antwortet der dunkle Schöne.

»Magst du MDMA?«, fragt Kolja und holt aus seiner Hosentasche ein gefaltetes Papierbriefchen.

Kemal ist mit der einfachen Frage beinahe überfordert, da sie nicht präzise gestellt ist. Ob er MDMA im Allgemeinen mag oder ob er jetzt welches haben will? Es ist eigentlich egal, wie die Frage gemeint ist, denn beides trifft zu. Er nickt. Kolja schüttet jeweils die Hälfte des kristallinen Pulvers in die Gläser. Eine ordentliche Portion, so will es Kemal scheinen, beinahe eine Elefantendosis, die einen depressiven Dickhäuter in die höheren Sphären des Glücks versetzen könnte. Dann stoßen sie an.

»Auf uns«, sagt Kolja.

»Auf die Freundschaft«, erwidert Kemal.

Also, MDMA verleiht die Fähigkeit, sich in andere Menschen hinein zu versetzen und intensiviert gleichzeitig die Wahrnehmung der eigenen Gefühle. Toll. Empathie und Gefühlsrausch. Der Stoff wäre an sich ja auch für Banker gut geeignet. Die Wirkungsweise erklärt vielleicht, warum sich Kolja und Kemal an jenem Abend so gut verstehen. Trotz der Gegensätze. Was aber nicht mehr erklärt, warum sie sich nach diesem Abend auch ohne den täglichen Konsum von MDMA immer noch so gut verstehen und die besten Freunde werden. Dazu muss man Folgendes wissen:

Was Kemal Kolja an diesem Abend sehr hoch anrechnet, ist, dass dieser seine Girls nach einer Weile wegschickt, um sich mit ihm über das Leben zu unterhalten …

… von Mann zu Mann …

… von Migrant zu Migrant …

… von Sinnsuchendem zu Sinnsuchendem.

»Ich weiß nicht genau, was ich mit meinem Leben anfangen möchte«, gesteht Kolja, als er mit Kemal draußen vorm Berghain sitzt und glänzend vor Glück in den Nachthimmel starrt. »Ich kann nicht klagen. Mir geht es gut. Ich habe Geld, Frauen und zwei Autos, die okay sind. Aber da ist eine Leere in mir, die nicht verschwinden möchte und ich weiß nicht, wie ich sie vertreiben kann.«

Und dann öffnet er Kemal sein Herz und erzählt über

seine Ausbildung bei den Speznas / seine Einsätze in Tschetschenien / die Befehlsverweigerung

und

über seine Kindheit / seine Schwester / Vater und Mutter

und

den Knast / seine Schwester und die Horrordroge Krokodil / seinen eiskalten Mord

und all das voller Glück, obwohl seine Erlebnisse meistens alles andere als glücklich waren.

Trotz des chemisch induzierten inneren Glücks, das ihn offenbar beinahe verzehrt, verzieht Kolja traurig die Mundwinkel, als ihn die Erinnerung übermannt. Er atmet schwer aus der Nase aus und ballt die rechte Faust zusammen. Kemal legt ihm einen Arm um die Schulter und sagt, dass er ihn verstehe.

»Ich habe so viele schlimme Dinge erlebt, dass jetzt in meinem Leben kein Platz mehr für Schlechtes ist«, fasst Kolja die Quintessenz seines bisherigen Lebens zusammen und Kemal muss zwei Mal genau hinschauen, um dann erstaunt zu sehen, dass dem Berg von einem Mann tatsächlich eine Träne über die linke Wange kullert.

So ergriffen ist Kemal schon seit Kindertagen nicht mehr gewesen. Und er beschließt, sich Kolja ebenfalls anzuvertrauen und etwas zu tun, was er seit seiner Kindheit nicht mehr getan hat, nämlich frei über sein Leben zu erzählen. Aber Kolja ist noch nicht fertig. Er legt seine rechte Hand auf sein Herz sagt ganz leise

»Weißt du, ich bin zornig, wütend und aggressiv. Ich bin fertig mit dieser Welt. Und wenn es keine Drogen gäbe, wüsste ich nicht, wie ich jeden einzelnen beschissenen Tag überleben sollte.«

Die Offenheit dieser Aussage rührt in Kemal etwas an, das beinahe sein Herz bricht. Denn es ist, als ob Kolja ihm die Worte aus dem Mund genommen oder in das Innerste seiner Seele geblickt hätte. Denn auch für ihn gilt, dass er enttäuscht ist von der Welt und er niemandem vertraut. Obwohl es das ist, wonach er sich am meisten sehnt.

»Ich war in einem Ausbildungslager in Waziristan«, beginnt Kemal im Gegenzug etwas zaghafter, denn irgendwo hat er ein klein wenig Angst vor den Bildern, die er heraufzuschwören bereit ist, aber … MDMA steigert nicht nur die Körpertemperatur, sondern … auch das Mitteilungsbedürfnis …, was erklärt, dass sich Kolja und Kemal in dieser Nacht so ziemlich alles erzählen, was in ihrem bisherigen Leben von Belang gewesen ist.

Und da ist ziemlich viel …

… Leid …

und

… Angst …

und

… Elend.

Aber auch …

… Stolz …

und

… Ehre …

und

… Mut.

Was beiden aber fehlt sind …

… Liebe …

und

… Mitleid …

und

… Erbarmen.

Kemal legt seine rechte Faust in seine linke Hand und wünscht, die Wirkung des MDMA möge immer anhalten.

»Wir dürfen uns vom Leben nicht unterkriegen lassen«, fordert er seinen neuen Freund auf und blickt direkt in dessen stahlblaue Augen mit den riesigen Pupillen. »Okay, mein Freund«, erwidert Kolja, »wir wollen fortan unsere Depressionen massiv bekämpfen, wollen nie wieder schlecht drauf sein und immer das Positive sehen!«

Kolja betastet mit seiner Rechten die massive Goldkette, die um seinen Hals hängt, und blickt auf den Boden.

»So viel Drogen können die gar nicht herstellen«, sagt Kemal leise, weil er an dem Vorhaben zweifelt. »Aber wir sollten unser Bestes versuchen. Tag für Tag.«

Dann hebt er wieder den Blick, und als dieser Koljas Augen findet, brechen beide in schallendes Gelächter aus. Dabei legt Kolja sich wie ein Embryo auf die Betonstufen, und auch Kemal krümmt sich und hält sich den Bauch vor Lachen. Das ist das erste Mal seit langer, langer Zeit, dass die beiden jungen Männer so herzhaft lachen. Und dieses Lachen tut gut und befreit. Und so beschließen Kolja und Kemal, dass sie von nun an immer gut drauf sein und alles positiv sehen wollen. Komme da, was wolle. Dass das Gute-Laune-und-Anti-Depressions-Programm nur mit einer Unmenge Drogen funktionieren wird, stört sie nicht im Geringsten. Denn wozu gibt es denn Drogen, wenn man sie nicht konsumieren sollte? Bei den Drogen setzt sich dann das fort, was sich bereits an anderen Eigenschaften gezeigt hat. Kolja und Kemal sind ziemlich gegensätzlich, denn:

Kolja = Upper, Kemal = Downer.

12

Nach diesem denkwürdigen Abend fragen sich Kolja und Kemal, was sie denn konkret mit ihren Leben und ihrer jungen Freundschaft anfangen könnten, was sie nach einiger Zeit und viel reichlicher Überlegung zum … Schleusen … führt. Professionelles Schleusen. Als Firma. Die den Namen KOKE tragen soll, Ko für Kolja und Ke für Kemal. Die weiteren Bedeutungen des Namens wurden ja schon dargelegt. Was aber Schleusen genau ist, ist gar nicht so leicht zu bestimmen. Wie am dahin gewürgten Juristendeutsch deutlich werden dürfte …

»Der Begriff Schleuserkriminalität ist somit sehr eng gefasst und in direkter Anlehnung an die unmittelbar einschlägigen Strafnormen definiert. […] Insofern kann Schleuserkriminalität dem Oberbegriff der Schleusungskriminalität untergeordnet werden.« (Wikipedia)

13

»Natürlich gibt es schönere Wörter, um die Tatsache zu beschreiben, Menschen ins Paradies zu führen, als Menschenschmuggel«, erklärt Kemal Kolja, ohne dann zu sagen, welche Worte er meint.

Also, Menschenschmuggel steht für Kemal im Zusammenhang mit illegaler Migration. Das bedeutet, jemand möchte von A nach B kommen, darf das aber nicht.

Denn das ist …

… verboten …

und überall in Deutschland gibt es

… Stopp-Schilder …

und Zufluchtsuchende sind hier

… nicht erwünscht.

Von wegen freier Wille des Menschen und Selbstbestimmung. Das gilt sowieso nur für die oberen Zehntausend im Westen und die oberen Fünfhundert im Rest der Welt. Aber es wird immer Menschen geben, die dennoch unbedingt von A nach B möchten, weil a) sie sich dort ein besseres Leben versprechen b) sie die Möglichkeit sehen, dort ihre Familie ernähren zu können c) sie frei von politischer Repression, Folter und Verfolgung sein möchten. Das sind alles ziemlich triftige und legitime Gründe auszuwandern, wie Kemal findet.

Die meisten Menschen in B möchten aber nicht, dass diese Menschen aus A kommen, denn die Leute von B haben Angst, dass diese Menschen

… Geld kosten …

… Arbeitsplätze wegnehmen …

… der Volksgemeinschaft einen Stück vom kollektiven Wohlstandskuchen wegnehmen …

… schlimme Krankheiten einschleppen …

… Unruhe verbreiten …

… morden …

… und die einheimischen Weiber flachlegen und ihnen eindrucksvoll zeigen, wer einen Längeren hat, lockerer in der Hüfte sind und mehrmals hintereinander können.

Die jüngste Volksabstimmung in der Schweiz beweist, dass die Mehrheit einer Bevölkerung durchaus so denken kann.

»Wir stellen quasi ein Transport-, Dienstleistungs- und Reiseunternehmen zur Verfügung, das Träume wahr werden lässt. Was gibt es Schöneres?«, fragt Kemal seinen russischen Freund, der sich ein wenig schwer damit tut, sich als Wohltäter der Menschheit zu sehen.

Aber Kemal lässt sich nicht beirren, denn er glaubt jetzt an seine Mission und das große Ganze. Wir, also die Schmuggler, doziert er dann in der Regel weiter, erhalten von den geschmuggelten Menschen eine gewisse Summe als Beförderungsendgeld. Das ist so etwas wie eine Dienstleistungspauschale für Autos, Benzin, Ernährung, Papiere und sonstigen Support. Denn das alles kostet die Firma eine Stange Geld, und wenn sie auf den Kosten sitzenbleiben, können sie in Zukunft keine Menschen mehr ins Paradies holen.

»Wir bieten den besten Service, behandeln unsere Kunden als vollwertige Menschen und legen größten Wert auf Sicherheit. Was kann man mehr von uns verlangen?«, möchte Kemal von Kolja wissen, der daraufhin schlagfertig und mit ökonomischem Sachverstand kontert:

»Das alles kostet eine Menge Geld. Unsere Preise werden über denen der Konkurrenz liegen.«

Stimmt. Aber Kolja und Kemal wollen dabei in der Regel nicht wissen, ob die Geschmuggelten sich für KOKEs Dienstleistungen verschulden und ihr gesamtes Hab und Gut veräußern. Ebenso nicht in ihre Zuständigkeit fällt das Thema Lebensgefahr, die immer bei anderen Schleuserorganisationen besteht, wie z.B. auf der Seeroute von Afrika nach Spanien und Italien. KOKE bedient sich zwar auch des Fährgeschäfts, aber ihre Passagiere sind dabei so sicher wie in Abrahams Schoß, solange der griechische Kapitän nüchtern und zurechnungsfähig ist. In der griechischen Luxusfähre verweilt die Kundschaft von KOKE wohlbehütet im Bauch eines vollklimatisierten, edel gepolsterten und mit Unterhaltungsmöglichkeiten versehenen LKWs. KOKEs Kundschaft sitzt eben nicht auf einer kleinen Nussschale, die häufig von den Schmugglern im Stich gelassen wird, sobald ein Küstenwacheboot auf dem Radar erscheint oder die See etwas rauer wird. Überhaupt halten die Jungs ihr Geschäft für edel und gut. Sie wissen, dass sie gute Menschen sind und gute Taten vollbringen. Kolja wird dementsprechend richtiggehend handgreiflich, wenn ihn jemand versehentlich des Menschenhandels bezichtigt.

»Menschenschmuggel bezieht sich auf den Transport von Menschen. Menschenhandel dagegen beinhaltet die ausbeuterische Verwendung von Menschen als Ware. Damit haben wir nichts am Hut!«, stellt er dann klar. »Wir nehmen armen Frauen nicht die Pässe weg, reiten sie ein, schicken sie auf den Strich und kassieren ihre Kohle.«

Dann gönnt er sich meist eine kurze Pause, in der er kräftig ein- und ausatmet, um sich weiter zu kontrollieren und erklärt schließlich weiter: »KOKE nimmt Menschen in Istanbul auf und transportiert sie sicher nach Deutschland. Wir setzen sie in Berlin auch nicht an der nächstbesten Straßenecke ab und scheren uns nicht weiter drum, was mit ihnen passiert, sondern wir unterstützen sie mit den nötigen Papieren und Adressen, damit die Flucht erfolgreich endet und die Menschen sich hier ein neues zu Hause aufbauen können.«

Kemal und Kolja wissen, dass insbesondere der letzte Punkt ausbaufähig ist, sie haben aber nie behauptet, dass sie perfekt sind. KOKE hätte an sich Potenzial, um sich intensiv um die Flüchtlinge zu kümmern.

Indem sie ihnen …

… gute Wohnungen …

… sichere Arbeitsstellen …

… unterstützende Mitmenschen …

vermitteln.

Aber diesen letzten Schritt ist KOKE noch nicht angegangen. Sie scheuen den damit verbundenen Aufwand und die Risiken, obwohl sie wissen, wie wichtig das wäre, um den Menschen nachhaltiger zu helfen. Insbesondere Kolja tritt hier immer auf die Bremse, denn er fürchtet massive Gewinneinbußen, die seinem Lebensstil abträglich sind.

14

»Wir sind gute Menschen, obwohl wir nach dem deutschen Gesetz Dinge tun, die verboten sind«, sagt Kolja immer wieder.

»Wir helfen den Armen und Unterdrückten«, ergänzt Kemal. »Denen, die ganz tief unten sind.«

»So tief unten, wie in Bushidos Song Alles wird gut?«

Schnitt. Ganz abrupt. Aber das ist häufig so mit Kolja. Da diskutiert man ernsthaft und intensiv mit ihm, und er wechselt aus heiterem Himmel das Thema. Okay, Rap und Hip Hop sind für die Jungs äußerst wichtig. Von zentraler Bedeutung sogar. Aber so ernst und wichtig wie ihre Firma und die damit verbundene Schleusertätigkeit nun auch wieder nicht. Aber wenn Kolja die Rede auf Rap und Hip-Hop gelenkt hat, fällt es Kemal in der Regel schwer, wieder zu anderen Themen zurückzufinden. Denn auch Kemal liebt diese Musikrichtung.

Hip-Hop ist für ihn so etwas wie ein …
… ein Lebenselixier …
… eine Lebensphilosophie …
… eine Lebenseinstellung.
Hip-Hop bedeutet
Energie / Power / Macht
für Kolja.

Kemal verzieht das Gesicht. Bushido ist nicht gerade sein Lieblingsrapper, denn Bushido ist keine Intelligenzbestie, zumindest nicht auf den ersten Blick. Aber immerhin muss Kemal zugeben, dass Bushido ein Mordsgeld verdient, weil er über Dinge singt, die er nicht tut, weil er sie nicht tun muss, weil er eben genug Geld damit verdient, nur darüber zu singen. Die Contradictio findet Kemal dann doch wieder irgendwie cool und es nötigt ihm einen gewissen Respekt ab. Zudem beherrscht Bushido das Spiel mit den Medien. Immer wenn er Schlagzeilen braucht, sorgt er dafür. Bad news are good news.

»Ja, so ähnlich«, antwortet Kemal schließlich und meint damit ähnlich tief unten wie in Bushidos Song.

»Bushido ist ein Pisser«, lässt Kolja seinen Gefühlen freien Lauf und zeigt seinen Oberarmbizeps.

Denn genau das hasst er. Bushido singt über Dinge, die er nicht tut. Und dann tut er so, als ob er tough wäre.

»Bushido ist nur ein beschissener Image-Rapper», setzt er voller Verachtung eins drauf. »Den Typ würde ich in drei Sekunden auf den Boden schicken. Und danach für dreißig Jahre in den Bau einfahren, weil er dabei einen Herzkasper kriegt, wenn er meine Dampfhämmer in seinem Gesicht spürt.«

»Image-Rapper oder nicht, seine Melodien sind eingängig«, kontert Kemal, dem es nicht nur auf Lyrics und Rhymes, sondern auf die musikalische Ebene ankommt.

Das bringt Kolja auf die Palme. Er mag harte Beats.

»Schwuchtel-Mucke, wenn du mich fragst. Das ist Kinder-Rap, gemischt mit Soft-Techno. Zum Kotzen.«

Kemal ist nicht überzeugt. Deshalb setzt Kolja noch eins drauf.

»Denk an seinen Song Lass mich nicht allein.«

»Stimmt«, sagt Kemal. »Das ist ziemlich schwul. Igitt. Sehr schwul sogar.«

Nach einer kurzen Pause fällt ihm ein, welches Ziel Bushido mit diesem Song verfolgt haben könnte.

»Das hat er nur gemacht, um eine neue Zielgruppe zu erschließen. Ein Pseudo-Gangster-Rapper, der Schwule als Käufer gewinnen möchte. Bushido muss schließlich hart um Marktanteile kämpfen.«

So ist Kemal. Ein Klugscheißer, durch und durch.

»Ist mir egal. Bushido ist eine schwule Sau.«

So ist Kolja

stur / unnachgiebig / gegen Schwule.

Es ist verwunderlich, dass Putin ihn nicht in seinen engeren Beraterstab aufgenommen hat. Was Kolja und Kemal tatsächlich meinen ist, dass ihre Kundschaft ganz unten ist und sie ihnen mit KOKE wieder helfen hochzukommen, also so wie in Bushidos Song Alles wird gut.

15

Kolja und Kemal sind sich einig – trotz gegensätzlicher Einschätzung von Bushido als Künstler. Er hat Recht. Alles wird gut!

»Das wäre doch ein guter Werbespruch«, hat Kemal eine weitere Idee in Sachen potenziellem Marketing.

16

Zurück im Büro von KOKE – Innen – Nachmittag

Kemal sammelt sich. Die letzten Beats des Bushido-Songs verklingen innerlich.

Kemal: »Peace, yeah!«

Apostel sieht irritiert aus.

Apostel: »Hä?«

Kemal: »Meine Message: Keine Gewalt! Capice?«

Apostel: »Was soll ich damit anfangen? Nicht meine Welt, du Schwanzlutscher!«

Kemal: »Dann fick Deine Mutter!«

Apostel versteht die Welt nicht mehr und sieht irritiert aus. Offensichtlich überlegt er, wie er reagieren soll.

Apostel: »Obwohl ich kein Araber bin und jetzt austicke, sollte man gewisse Grenzen nicht überschreiten.«

Kemal: »Was für einen Ehrbegriff habt ihr denn?«

Apostel: »Ich bringe dir gleich bei, was Ehre ist. Erzähle nie einem Roma, was Ehre ist. Du könntest es bereuen.«

Kemal muss Klartext reden, damit die Botschaft ankommt und legt die Stirn in Sorgenfalten.

Kemal: »Ich muss mit meinem Partner Kolja sprechen. Ob Arafat das passt oder nicht. Obwohl **ich** unsere Antwort schon weiß.«

Apostel schaut entnervt auf den Boden.

Apostel: »Ich dachte, da wären wir schon weiter.«

Kemal: »Falsch gedacht.«

Apostel richtet den Revolver auf Kemals Brust – mit eiskaltem Blick. Kemal schluckt.

Apostel: »Sicher?«

Kemal: »Absolut. Du kannst mir Öffnungen in Herz und Schädel pusten, das ändert nichts.«

Apostel seufzt.

Apostel: »Okay, 48 Stunden.«

Kemal: »Und dann?«

Apostel: »Dann ist das Ultimatum verstrichen …«

Kemal: »Wenn wir ablehnen?«

Apostel fährt sich genüsslich mit der linken Hand quer über den Hals.

Kemal: »Dann beseitigt ihr uns?«

Apostel nickt nachdrücklich.

Apostel: »Worauf du einen lassen kannst.«

Kemal starrt jetzt Apostel mit offener Verachtung an.

Kemal: »Wie primitiv ihr seid. Und was ist, wenn wir uns nicht beseitigen lassen? Herrscht dann Krieg?«

Apostel: »Du willst drohen?«

Kemal: »Nein. Du solltest wissen, wir lassen uns nicht aus dem Weg räumen. Das kannst du Arafat ausrichten.«

Apostel: »Ihr braucht euch nicht kalt machen zu lassen. Ihr müsst die richtige Entscheidung treffen.«

Kemal überlegt.

Apostel: »Ich habe zu tun. Schönen Abend noch.«

17

Du wiederholst dich, denkt Kemal. Typischer Angeber, der betonen muss, wie viel er zu tun hat. Apostel tütet seine Knarre wieder ein und streicht sein Hemd glatt. Dann geht er Richtung Tür. Er sieht aus wie ein alter Lude, der vor dem Abendessen bei einem Fohlen landen möchte.

»Nicht vergessen. Ihr gehört jetzt uns«, sagt Apostel leise, während er Kemal seinen breiten Rücken bereits zugewandt hat.

Dann zieht er Schleim nach oben. Es klingt eklig und will gar nicht mehr aufhören. Dann rotzt er auf den teuren, persischen Teppich, der das Büro von KOKE schmückt. Der Teppich hat ein Vermögen gekostet, das sieht man auf den ersten Blick. Kolja und Kemal lieben ihren Teppich.

Die rot-braune Farbkombination, die spacigen Muster und verrückten Formen sind der Hammer. Außerdem fühlt er sich so gut und weich an, dass Mann den ganzen Tag nichts anderes machen möchte, als darauf

zu hobeln / das Getriebe zu ölen / die Furche zu pflügen.

Siehe Kolja.

Oder aber, wenn man etwas …

… Langsames …

… Sedatives …

… Psychogenes …

intus hat, siehe also Kemal, dann bleibt einem beinahe nichts anderes mehr übrig als auf die Muster …

… zu starren …

… wie sie verfließen …

… wieder zusammenfließen …

… sich auflösen …

… chaotisch werden …

und

… hinter dem ganzen Chaos …

… sie wieder zu einem Ganzen werden zu sehen.

Abgefahren. Beinahe so gut wie Trash-TV. Aber zurück zum Hobeln. Einmal ist Kemal Kolja hart angegangen, als er auf dem Teppich Sperma- und sonstige Schleim-Spuren fand, die er Kolja und irgendeiner Unbekannten zuordnete.

Kolja ist sein bester Freund, wurde aber nicht geschont. Und jetzt rotzt dieser dahergelaufene Apostel auf den Teppich, **Kemals Lieblingsteppich,** also äußert Kemal einen Spruch, den er in der Regel verabscheut.

»Das wird dir noch leidtun«, zischt er, ballt die Faust und spannt seine Muskeln an.

Apostel hebt ganz ruhig seinen linken Fuß und tritt seinen Schleim tief in den Perser hinein, indem er den Fuß kreisförmig auf dem Teppich hin und her bewegt, als würde er eine Zigarette austreten – um sicherzugehen, dass der Teppich in die Reinigung muss, falls der Eigentümer ein von seinen Sekreten gereinigtes Stück haben möchte.

»Wir hören voneinander«, sagt Apostel und verschwindet. »Und dran denken: Wer sich anpasst, lebt länger.«

Auch wenn Apostel das so nicht gemeint hat, aber Darwin adieu, welcome chilenische Autopoiesis. Forget Survival of the Fittest. Driften als Anpassung ist eher schlüssig, um dem brutalen Selektionsdruck standzuhalten und die Idee eines biologisch-teleologischen Determinismus aufzugeben. Kemal macht kein Yoga, um das deutlich zu sagen, obwohl es ihm von der Art her eigentlich liegt, aber er kennt sich ein bisschen mit Atemtechniken aus, die beruhigend wirken. Aber damit hat er jetzt keine Chance, auch wenn er sich noch so sehr bemüht! Die Atemtechniken taugen offensichtlich für frustrierte Muttis, die sich darüber aufregen, dass bei ihren Babys die Pampers-Nachtzone mal wieder nicht gehalten hat, was sie verspricht, die Milch übergelaufen ist und ihr Alter sich mal wieder einen Scheißdreck um sie und die Kinder kümmert und das Konto wieder einmal im Minus ist und … dass sie eigentlich kein eigenes Selbst und Leben mehr haben und weder wissen, wer sie sind noch wo sie stehen. Gar nicht so einfach, nur Mutti zu sein. Willkommen im Leben, Buggy-Bitches! Es hilft nicht, Kemal muss irgendwie herunterfahren. In der Schreibtischschublade liegt deutsche Chemie, aber er entscheidet sich für die natürliche Variante.

Also … nimmt Kemal den erloschenen Joint aus dem Aschenbecher und zündet sich erneut die Gourmet-Tüte an. Klar, gutes Kiffen ist Kontemplation pur. Oder Meditieren mit Weihrauch, so ähnlich wie beim Gottesdienst in der Katholischen Kirche. Aber auch wenn Kemal normalerweise eine ziemlich coole Socke ist, heute funktioniert das nicht so einfach.

Nicht …

… nach diesem Besuch …

… nach der Forderung …

… nach der Todesdrohung.

Soll ich oder soll ich nicht? fragt sich Kemal, während er den Rauch in schönen, gleichmäßigen Ringen Richtung Decke steigen lässt und meint damit nicht die Frage, ob er doch noch mit Chemie nachbessern soll. Der Joint hilft nicht, die Antwort zu auf seine Frage zu finden. Er überlegt sich Strategien hin und her. Tick: Das kann ich auch alleine regeln, sagt er sich. Tack: Nein, das kann ich nicht, korrigiert er sich. Typisch Kiffer. Ausgeprägte Schizophrenie. Tick: Eigentlich müsste ich das irgendwie handeln können, ohne Kolja damit zu belämmern. Tack: Kolja ist mein gleichberechtigter Partner, also geht ihn alles an, was mit KOKE zu tun hat. Kemal ist sich wirklich nicht sicher, was zu tun ist. Und das ist eine Situation, wie sie nur äußerst selten vorkommt. Also beschließt er, eine Tasse guten südamerikanischen Kaffee zu trinken und die Location zu wechseln. Vielleicht hilft ihm das bei seiner Entscheidungsfindung.

Tick – tack.

18

Guter Kaffee gehört zum Orientalen wie

a) Lisa zu Bart Simpson

b) Daisy zu Donald Duck

c) der Coyote zu Road Runner.

Wer a) bis c) angekreuzt hat, liegt richtig. Es ist aber rassistisches Gedankengut, das sich aus dem Zeitalter der Romantik bis heute gehalten hat. Wer das nicht glaubt, soll sich einmal mit dem Volksliedgut beschäftigen, das in Waldorf-Einrichtungen bis auf den heutigen Tag gesungen und gelehrt wird:

»Nicht für Kinder ist der Türkentrank,
schwächt die Nerven, macht dich blass und krank.

Sei doch kein Muselman,
der ihn nicht lassen kann!«

Aber jetzt ganz im Ernst. Kemal liebt richtig guten Kaffee. Guter Kaffee gehört für ihn zu einem gelungenen Tag dazu. Denn nur das schwarze Gebräu vermag es, seine Lebensgeister in Schwung zu bringen. Das Bohnengetränk verleiht ihm Schwung und ermöglicht ihm, seine Aufgaben fokussiert anzugehen. Schon alleine der herrliche Duft von feinen Kaffeebohnen betört Kemals Sinne und gibt ihm einen Energieschub. Und eine Location in Berlin, in der es sehr guten Kaffee gibt – eigentlich den besten in der ganzen Stadt – ist Unsere Kaffee-Villa. Für den besten Kaffee in der deutschen Hauptstadt überwindet Kemal dann auch notgedrungen seine Abneigung gegenüber dem piekfeinen Prenzlauer Berg. Die Heroes der Kaffee-Villa servieren Kaffee auf – sprechen wir es ruhig aus, wie es ist – Weltklasse-Niveau! Dafür sind die Inhaber ein Jahr von London über Italien bis in die USA durch die ganze Welt gereist. Gründlich haben sie die besten Kaffeesorten und vor allem die unterschiedlichen Zubereitungsarten recherchiert. Das Ergebnis kann sich mehr als sehen, riechen und schmecken lassen, einfach ein Hochgenuss! Und das empfindet nicht nur Kemal so! Für das hervorragende Endprodukt verantwortlich ist eine besonders lange sowie magenschonende Röstungszeit von zwanzig bis dreißig Minuten. Pro Tasse gibt's in der Kaffee-Villa 14 Gramm puren Arabica-Kaffee statt der sonst handelsüblichen 7 Gramm. Alle Kaffeesorten des Sortiments sind uneingeschränkt zu empfehlen.

Und das Sahnehäubchen ist, dass sich auf jedem Kaffee ein durch die Milch gemaltes Kunstwerk befindet …

… Blüten …

… Blätter …

… Bäume.

Wer selber Kunde in einem guten Café ist oder den Film The Green Hornet gesehen hat, weiß wovon ich schreibe. Es sind aber nicht nur die verlockenden Kaffee-Spezialitäten und die gut aussehenden Schauspielerinnen, die ab und zu in der Kaffee-Villa anzutreffen sind, die Kemal an diesen Platz locken. Er liebt zudem das tolle Ambiente, die coolen Leute und den superfreundlichen Service. Alleine der Duft, der einem entgegenschlägt, wenn man den Laden betritt, betört die Sinne. Die optischen und akustischen Eindrücke wirken angenehm anregend und doch irgendwie beruhigend auf den Geist. Die Kaffee-Villa besitzt eine durchweg positive Aura und lässt jeden Besucher an den guten Schwingungen teilhaben, sofern er sich nur darauf einlässt. Und: Die Kaffee-Villa handelt ausschließlich mit Fairtrade- und **Bio**-Kaffee, was Kemal besonders gefällt. Das entspricht seiner Vorstellung einer positiven und nachhaltigen Entwicklung in der Welt. Kemal hat eingesehen, dass es nicht unbedingt große, individuelle Taten wie Kampfhandlungen gegen die NATO-Aggressoren sind, die die Menschheit voranbringen, sondern kleine kollektive Anstrengungen aller Menschen, die Ziele wie Umweltschutz und Nachhaltigkeit erreichen helfen. Und fair heißt in diesem Fall also nicht, wie das sonst im Kapitalismus üblich wäre: Ich gebe dir Geld und du gibst mir Kaffee. Fair heißt in diesem Fall, dass die Bauern pro Kilogramm zwei Euro mehr erhalten als handelsüblich und von anderen Käufern. Häufig sitzt Kemal hier und trinkt ein, zwei und manchmal sogar drei Tässchen Kaffee, bis sein Blutdruck ideal ist. Kemal hat einen sehr gesunden Blutdruck. Ein zu niedriger Blutdruck heißt nicht umsonst German Disease. Niedriger Blutdruck ist einfach nur gesund, solange man nicht umkippt und auf den Kopf fällt, was im Übrigen selten vorkommt. Aber mit niedrigem Blutdruck haben die Deutschen ein Problem, denn damit fühlen sie sich unwohl. Deshalb halten sie es für eine Krankheit, wenn ihnen ein wenig schummrig zumute ist. Heute ist Kemals Blutdruck aber schon mehr als ideal. Für seine Verhältnisse beinahe schon astronomisch hoch. Inzwischen nicht mehr auf 180, aber deutlich höher als normal. Da Kemal nicht weiß, wohin mit seinen Armen, fasst er sich kurz mit der rechten Hand an den Hals und massiert diesen. Dann bemerkt er, wie idiotisch das ist, und legt beide Hände ruhig auf seine durchtrainierten Oberschenkel. Trotz gutem Blutdruck bestellt er sich »einen Brasil bitte.« Kemal hat sich seine Bestellung gut überlegt. Brasilianischer Kaffee ist heterogen, um das Mindeste zu sagen. Aber die brasilianischen Kaffees sind in der Regel weich, mild und besitzen wenig Säure. Mit langsamen Connaisseur-Schlucken genießt Kemal das Gebräu, das mit exklusiver Bioheumilch von glücklichen Kühen verfeinert ist. Das Aroma steigt ihm angenehm und unaufdringlich in die Nase. Die ersten Schlucke Kaffee bringen sein Oberstübchen sanft auf Touren. Soll er – oder soll er lieber doch nicht? Tick … und … tack.

»Scheiß drauf!«, murmelt er vor sich hin, obwohl er es hasst, wenn Menschen Selbstgespräche führen.

Am Nebentisch kichert es leise.

»Wie bitte?«, fragt eine sanft klingende Stimme mit weichem Timbre und osteuropäischem Akzent.

Die Stimme klingt überirdisch schön und anziehend, dass ihr Klang bei Kemal einen wohligen Schauer verursacht. Er ist sich nicht sicher, ob er die zur Stimme gehörende Person überhaupt sehen möchte, denn, da ist Kemal sich sicher, das kann nur eine Enttäuschung werden. Zu dieser himmlischen Stimme kann es keine passende irdische Erscheinung geben. Aber er ist dennoch interessiert daran, die Inhaberin der Stimme zu sehen. Er bemüht sich, cool den Blick zu wenden, was ihm vor lauter Neugier aber gar nicht so leicht fällt.

Was er sieht, verschlägt ihm den Atem, denn so unglaublich …

»Einen Moment bitte«, presst er mit Mühe zwischen seinen Lippen hervor und hofft, nicht rot anzulaufen.

… lieblich …

Kemal holt sein schwarzes iPhone5 heraus und fühlt sich sicherer. Dieser Ablauf ist ihm vertraut, im Gegensatz zu dem, was gerade in seinem Inneren passiert. Mit flinken Fingern tippt er seine Message.

… anziehend …

Den vereinbarten Alarm-Code:

»Rettet Art. 2, Abs. 2, Satz 2 GG«

… erotisch …

… ist …

… seine Aussicht.

Der Alarm-Code ist als Joke getarnt. Freiheit der Person in Gefahr? Kolja und er lachten sich schlapp, als sie diesen Code vereinbarten. In jedem Fall hört er sich unverdächtig und demokratisch an.

Denn wer sollte etwas dagegen haben, dass die Freiheit der Person gerettet werden soll, wenn sie in Gefahr ist? Dass KOKE damit die Freiheit von Personen meint, die noch gar nicht in Deutschland sind, aber unbedingt hierhin wollen, das müssen sie ja keinem auf die Nase binden. Wo auch immer Kolja jetzt ist, das wird ihn aufrütteln. Keine Frage. Um ganz sicher zu gehen, ergänzt Kemal:

»Bin im Büro. Ke«

Dann wendet er seinen Blick wieder dem Nachbartisch zu, ist sich unsicher, ob sein Gesicht nicht ein klein wenig errötet, setzt ein charmantes Lächeln auf, räuspert sich und fragt: »Willst du dich nicht zu mir rüber setzen?« Die junge Frau wiegt spielerisch ihren länglichen Kopf mit dem schmalen Gesicht und markant hervorstehenden Wangenknochen ein wenig hin und her, als ob sie sich unsicher wäre. Ihre tiefschwarzen, sauber geflochtenen und langen Pipi-Langstrumpf-Zöpfe fliegen dabei einige Zentimeter hin und her. Dann hört sie abrupt mit den Bewegungen auf und ihre dünnen, blutroten Lippen formen ein Lächeln, das besagt, okay, das war nur Spaß. Denn die Wahrheit ist, natürlich will sie das. Wozu denn sonst das »Wie bitte?« und das Kichern?

19

Das Mädchen erhebt sich elegant und gleitet an seinen Tisch. Sie ist jung, blutjung, auf keinen Fall achtzehn Jahre alt und dennoch strahlt sie eine reife Aura aus.

Sie ist so …

… unbeschreiblich …

… schön …

… und begehrenswert,

dass der Anblick Kemal die Kehle zusammenschnürt und ihn allen Ärger des Tages vergessen lässt.

Seit Ewigkeiten gelingt es ihm mal wieder innerlich zu lächeln und zu strahlen, ohne dabei im Vollrausch zu sein. Und sein Herz klopft, als wollte es sich der jungen Frau angenehm bemerkbar machen. Die Dunkelhaarige streckt ihre grazilen, gebräunten Arme nach vorne auf die dunkelbraune Tischplatte und schiebt sich dann genüsslich einen riesigen Happen Schokoladenkuchen in den kleinen Mund, der von sinnlichen Lippen umschlossen wird. Da wünsche ich mir doch glatt dein Kuchen zu sein, denkt sich Kemal und betrachtet die androgyne, zierliche Gestalt. Ich würde dir zu mehr Glück verhelfen, als es Schokolade jemals vermag. Ihm fällt auf, dass sie eine große Oberweite besitzen muss, die sie geschickt durch einen Sport-BH unter dem eng anliegenden schwarzen Kleid versteckt. Sie wirkt zerbrechlich. Die Zöpfe reichen bis zur Taille. Die Augen sind dunkelbraun und besitzen eine Tiefe, die erahnen lässt, dass diese Frau eine wunderbare Seele besitzt. Aber zugleich entdeckt Kemal in den Augen eine Traurigkeit, die er nur allzu gut von sich selber kennt. Er glaubt, Enttäuschungen und Verletzungen der Seele zu erkennen, wie er selber welche in sich trägt. Kemal erahnt, dass er eine Seelenverwandte gefunden hat. Vom Äußeren her ist das in jedem Fall genau der Typ von Frau, auf den Kemal steht, wie Popeye auf Spinat. Die ist jung, verdammt jung, denkt Kemal, und eigentlich macht sie das für ihn nur umso reizvoller, denn Kemal mag nun einmal die richtig jungen Dinger, alles was älter ist als zwanzig, kommt ihm nicht in die Tüte, äh, in die Falle.

Trotz des zarten Alters spürt er aber bei seiner Gegenüber viel Lebenserfahrung. Von allem, was jünger als 14 ist, lässt Kemal geflissentlich die Finger, da gibt es nicht einmal einen Kuss auf die Wange. Das engt den Kreis der potenziellen Partnerinnen zwar empfindlich ein, aber Kemal sieht wie gut aus, kann charmant sein, hat einen tollen Körper, und sein bestes Stück, so lässt er sich gerne sagen, ist heiß, groß, lang und unersättlich, sobald es einmal in Aktion tritt. Obwohl er also richtig junge Mädchen mag, ist er kein Anhänger eines Kulturrelativismus (das ist die Moralkeule mit denen die Kampflesben alles rechtfertigen, aber wehe, wenn man davon anfängt, dass weibliche Beschneidung ein uralter Kulturbestandteil in Afrika ist, dann würden sie einem am liebsten sofort die Wurst absäbeln) á la:

In Afghanistan heiraten die schon mit acht.

In den südlichen Ländern sind sie schon viel früher entwickelt, das liegt am heißen Klima.

Ach was, vierzehn, mit sieben sind sie genau richtig.

Das Mädchen hat leergekaut und trinkt einen Schluck ihrer heißen Schokolade – mit viel Sahne obendrauf versteht sich. Ihre Zunge kreist einmal um den Mund, um Sahne und Kuchenkrümel wegzuwischen. Sie schenkt Kemal ein bezauberndes Lächeln, bevor sie aus ihrer Louis-Vuitton-Tasche ein weißes Stofftaschentuch mit roten Ornamenten herausholt, um sich sorgfältig den Mund abzutupfen. Je eingehender er sie betrachtet, desto stärker ist Kemal verunsichert, denn das Mädchen wirkt zwar blutjung und in gewisser Weise unschuldig, zugleich gehen aber eine sexuelle Energie und wie gesagt eine starke Aura von ihr aus, wie sie sonst nur sehr erfahrene Frauen zu verbreiten in der Lage sind. Kemal räuspert sich erneut und verscheucht imaginäre Fliegen an seinem Hals. So unsicher und aufgeregt war er seit langem nicht mehr. Die Frau besitzt Wurzeln, die südlich von Deutschlands Breitengraden liegen, da ist sich Kemal sicher, obwohl es auch Deutsche gibt, die so aussehen, z.B. wenn die Vorfahren zu eng mit den Römern zusammengearbeitet haben oder die südfranzösischen Zwangsarbeiter im zweiten Weltkrieg die Herzen der deutschen Bäuerinnen zu intensiv getröstet haben.

»Also, scheiß auf was?«, fragt ihn das Mädchen mit einer raffinierten Mischung aus jugendlicher Unschuld und abgeklärter Koketterie, nachdem sie das Stofftaschentuch wieder sorgfältig in ihrer Handtasche verstaut hat.

Kemal lacht kurz, aber ein wenig zu abgehackt. Er ist sich nicht sicher, was ihn an dieser Geschichte so aus dem Konzept bringt. Seine Augen funkeln voller Begierde. Er ist alles andere als locker, auch wenn er nach außen gerade diesen Anschein erwecken möchte.

»Du bist aber neugierig«, erwidert er freundlich und zwinkert ihr mit dem rechten Auge zu.

Ihr Lachen klingt hell, freundlich und natürlich. Und ihr Zwinkern kommt lockerer aus der Hüfte als seines.

»Stimmt«, gibt das Mädchen unumwunden zu. »Sonst würde ich nicht hier sitzen.«

Ihren vielsagenden Augenaufschlag spürt er bis zu den Zehenspitzen. Er überlegt, ob er sich offenbaren soll und spürt, dass er hier Vertrauen schenken kann und dass er die Chance hat, an ein Äquivalent zu geraten, die er nicht verspielen sollte. Also gesteht er:

»Ich hab Ärger – beruflich. Da ist es manchmal gut, seinen Gefühlen freien Lauf zu lassen. Ich mag Fluchen zwar nicht, es hilft aber.«

Die junge Frau ist interessiert an dem, was er sagt, und Kemal merkt an ihrer Reaktion, dass sie auch in etwa versteht, was er meint. Dumm ist sie also nicht. Sie taxiert ihn von oben bis unten und lächelt wieder, so als ob sie mit dem, was sie sieht, sehr zufrieden ist. Kemal hingegen ist unzufrieden, denn er spürt, dass er sich jetzt nicht so vollständig auf sie einlassen kann, wie er das gerne täte. Und er könnte sich vor Wut auf die Zunge beißen. Auch einem heißen Typen wie ihm passiert es nicht jeden Tag, dass hübsche Frauen von sich aus auf ihn zugehen – und das sei nur erwähnt, damit die männlichen Leser keinen Minderwertigkeitskomplex bekommen -, und er glaubt, seine Traumpartnerin gefunden zu haben. Ausgerechnet heute passiert ihm so etwas, und jetzt muss er zurück ins Büro. Der Notstand ist ausgebrochen, und da hilft es nichts, dass er die junge Frau so was von anziehend findet, dass er sie am liebsten sofort für immer an sich binden würde.

»Was machst du denn so?«, reißt sie ihn aus seinen Gedanken. »Beruflich, meine ich jetzt.«

Tja, das ist eine berechtigte und gute Frage. Auf die er sich eine Antwort zu Recht gelegt hat, die mit der ausgeklügelten Fassade von KOKE übereinstimmt.

»Ich bin Geschäftsmann. Import-Export.«

Klar, was sollte er sonst sagen? Das Setup besteht aus Olivenöl, Humus, Tahini, Baba Ghanoush.

»Kok?«, fragt seine Gesprächspartnerin kichernd mit einem Akzent, der Kemal vermuten lässt, dass sie vom Balkan stammt, denn Milo spricht Kok mit derselben Betonung aus wie sie.

Die Kleine kriegt sich bald nicht mehr ein vor Lachen, und das haut ihn aus den Socken. Kemal spürt Schweißperlen auf seiner

Stirn. Sie ist ein süßes, freches Ding, das längst verschüttet gegangene Bilder aus seiner Seele hervorruft und ihn irgendwie erinnert an …

20

… Ayshe.

Seine erste große Liebe. Er ist zwölf und sie ist sieben. Ayshe wohnt im Nachbarblock. In Berlin-Kreuzberg, Ende der Neunzigerjahre des letzten Jahrtausends, fest in der Hand von Menschen mit Migrationshintergrund. Kreuzberg ist damals so was von multikulturell, dass es sogar für Deutschland eher untypisch ist. Ayshe war die Tochter des Gemüsehändlers an der Ecke. Sie war klein, zart, zerbrechlich und hatte sehr lange schwarze Haare. Ihre Haut war dunkel. Und sie besaß die schwärzesten Augen, die Kemal bis dato kannte. Die einen traurig und seelenvoll anblickten.

Kemal kriegt …

… die Flatter …

… die Düse bei über 140 …

… Atemnot …

… Schmetterlinge im Bauch …

… feuchte Hände im Winter …

… natürliches Serotonin satt (siehe MDMA) …

… wenn er Ayshe in ihrem roten, putzigen Kleidchen sieht – und sie ihn dann voller Zuneigung an die Hand nimmt, um ihn in einen der zahlreichen Berliner Hinterhöfe zu entführen, um …

… sich zu verstecken …

… sich Geschichten auszudenken …

… einfach nur zusammen zu sein.

So seltsam es klingt, aber Kemal ist nie über die erste große Liebe hinweggekommen. Dieses Phänomen ist bei Männern bekannt. Kemal ist ein gestandener Mann, und immer noch ist er mit Gedanken bei seiner Ayshe …

Das Mädchen Ayshe ist für ihn …

… das Ideal der Frau …
… das Absolute …
… das Ganze …
… das Vollkommene …
… nach dem er **immer noch** strebt.

Zum Glück hat er Ayshe irgendwann aus den Augen verloren, sonst würde er das heute vermutlich anders sehen. Denn die Ayshe von heute ist vermutlich ganz anders als die Ayshe in Kemals Erinnerungen.

Denn das ist der Unterschied zwischen …
… Vorstellung und Wirklichkeit …
… Ideal und Realität …
… Theorie und Praxis.

Abgesehen von dem ihn ansprechenden Äußeren glaubt Kemal in Ayshe eine Seelenverwandte gefunden zu haben. Die Bindung zwischen Kemal und Ayshe ging also weit über das schnöde Gefallen von Äußerlichkeiten hinaus und betrifft die tiefsten Ebenen der Seele, ganz so, wie es Kemal bei der jungen Frau aus der Kaffee-Villa erkannt zu haben glaubt. Denn diese berührt in seinem Inneren ebenso etwas, das in ihm eine Melodie zum Schwingen bringt, die er längst verloren zu haben glaubt.

Sie erinnert ihn …
… an einen Urzustand …
… ein goldenes Zeitalter seines Seins …
… das er unwiederbringlich verloren hat.

Kemal beschließt die junge Frau Ayshe zu nennen, solange er nicht ihren Namen kennt, wobei sie auch …
… eine Portugiesin …
… also eine Constanzia …
… eine Griechin …
… eine Helena …
… eine Französin …
… eine Antoinette …
… sein könnte …
… wobei ihr Künstlername Lol lautet,
was er aber erst gleich erfahren wird.

21

Kemal: »Kok?«

Lol kichert wieder.

Lol: »Du weißt, was ich meine. Du siehst nicht so unschuldig aus, wie du mich jetzt glauben machen möchtest.«

Kemal zwinkert ihr zu.

Kemal: »Unsere Firma heißt KOKE. K-O-K-E geschrieben. Spricht sich aber Kok. Wie das Kok, das du wahrscheinlich meinst.«

Lol kichert leise vor sich hin.

Lol: »Das ist der Burner. Hab ich gleich gewusst, dass so was dahinter steckt. Ein cooler Firmenname.«

Kemal: »Und außerdem eine coole Firma. Mit besonders coolen Chefs.«

Kemal deutet mit dem Zeigefinger der rechten Hand auf sich und zwinkert noch einmal.

Lol: »Ich würde mir KOKE gerne mal anschauen. Mich interessieren Start-up-Unternehmen und junge Männer, die bereits in leitenden Positionen sind.«

Kemal kratzt sich vor Verlegenheit sanft am Kinn und überlegt. Offensichtlich kann er ihr jetzt nicht die Firma zeigen, auch wenn er es unbedingt möchte. Also beschließt er ein Ablenkungsmanöver.

Kemal: »Wie alt bist du denn?«

Lol: »Alt genug für dich.«

Kemal: »Ehrlich? Ich weiß nicht. Du siehst jung aus. Auch wenn du erwachsen wirkst. Ich möchte hinterher nur nicht den Staatsanwalt am Arsch haben.«

Lol streicht sich eine Haarsträhne aus dem Gesicht, und es ist klar, dass sie nicht weiß, ob sie beleidigt sein oder eine passende Entgegnung abliefern soll.

Lol: »Oder meine großen Brüder. Oder meinen Chef.«

Kemal: »Mit großen Brüdern werde ich fertig. Und vor Chefs habe ich auch keine Angst.«

Lol: »Mal im Ernst. Du weißt noch nicht einmal, wie ich heiße. Und schon willst du wissen, wie alt ich bin.«

Kemal: »Lass mich raten. Du heißt nicht etwa Ayshe?«

Lol macht ein überraschtes Gesicht.

Lol: »Ayshe? Wie kommst du denn darauf? Nein, ich bin keine Türkin.«

Kemal atmet tief durch, denn er spürt, dass er kurz davor ist, sie zu verärgern, was er vermeiden möchte.

Kemal: »Sorry. So war das nicht gemeint. Ich heiße Kemal. Und wer bist du?«

Lol: »Ich heiße so, wie ich aussehe. Lol.«

Kemal schmunzelt.

Kemal: »Ist das dien echter Name?«

Lol wiegt wieder sachte den Kopf hin und her.

Kemal: »Ich muss jetzt leider etwas Dringendes, Berufliches erledigen. Ich möchte dich aber wiedersehen. Rufst du mich morgen an?«

Kemal reicht Lol seine Visitenkarte.

Lol: »Das ist schade mit heute. Und morgen habe ich keine Zeit. Beruflich, versteht sich. Aber du gefällst mir. Also kannst du bald mit meinem Anruf rechnen.«

Kemal ist sich unsicher, was er machen soll. Sie küssen? Ein paar ernste Worte sprechen? Oder aber mit einem auflockernden Witz sich verabschieden? Er entscheidet sich für das Letztere.

Kemal (lachend): »Und bring bitte das nächste Mal deinen Ausweis mit.«

Lol: »Ah, die Gesichtskontrolle habe ich bestanden? Aber Ausweiskontrolle fehlt noch? Hm. Ich überleg es mir. Außerdem bin ich mir nicht sicher, ob wir den Ausweis beim nächsten Treffen schon brauchen.«

Jetzt lacht Kemal und seine Wangen färben sich rot. Er legt einen 50-Euro-Schein auf den Tisch und nimmt die Hand von Lol, die er zart küsst und dennoch kaum mit den Lippen berührt. Dann entschwebt er sportlich-locker aus der Kaffee-Villa.

TEIL 2

KOLJA

22

Kolja ist

ein Anachronismus / Lebensenergie pur / die russische Antwort auf Rambo.

Kolja ist das Gegenteil von Burnout. Kolja hat einen harten Kern und eine harte Schale. Kolja ist der Sohn von I-Rock'n'Roll und Ego-Gangsta-Rap. Kolja ist ein fleischgewordener Frauentraum (hetero) und Männeralptraum (auch hetero).

Kolja ist

cool / krass drauf / körperbetont.

Kolja lebt einzig und allein für die Seele. Kolja versprüht krasse Vibes. Kolja ist meistens ganz oben. Kolja ist nie deprimiert oder am Boden zerstört. Für ihn heißt ganz unten: Ich will sofort wieder fliegen. Kolja ist wie der Schwanz bei einem Schwarzen (40 cm), denn keiner kriegt ihn klein. Never. Ever.

Koljas Lebensmotto lautet:

Ich / hier / jetzt sofort.

Kolja nimmt Sachen in die Hand. Mit Kolja wäre das Desaster um BER nicht passiert. Kolja hätte an einem Tag eine K-21-Demonstration in Stuttgart aufgelöst und eigenhändig den Tunnel durch die Schlossgartenanlagen gegraben.

Heute ist Kolja besonders gut drauf – wie fast immer. Kolja fliegt die Treppen der billigen Mietskaserne hinunter.

Bei ihm gibt es nur

zack / bumm / bam.

Einen Volltreffer nach dem Anderen.

Der hat Kolja es ganz schön besorgt. Ey, Alter, aber so was von. Das ist ein Grund, warum Kolja Frauen ab dreißig so liebt. Die wissen es zu schätzen, wenn man sie im Bett gut behandelt. Außerdem steigt bei Frauen ab 30 das Bedürfnis nach gutem Sex, das hat er einmal in einem schlüpfrigen Herrenmagazin-Format im Fernsehen gesehen. Das hängt mit einem Stoff zusammen, den Frauen mit zunehmendem Alter produzieren. Den Namen hat er sich nie merken können, er klang kompliziert. Der Name spielt keine Rolle, denn Resultate zählen. Und sein Resultat konnte sich sehen lassen. Das heißt, sein Ergebnis für sich und sie.

In dieser Hinsicht ist Kolja ganz

Gentleman / selbstlos / altruistisch.

Aber nur in dieser Hinsicht. Olga hat ihm sprichwörtlich die Füße geküsst. Hm, ja, russische Frauen. Sie sind seine Nummer eins. Was aber keineswegs bedeutet, dass er irgendeinem Monismus anhängt. Im Gegenteil. Abwechslung und Frequenz lauten seine obersten Gebote.

Und wenn man ganz ehrlich ist und keine Frauenbeauftragte oder die eigene Gattin in der Nähe ist, sollten so die obersten Gebote eines jeden Mannes lauten, der diesen Namen verdient und

vor dem Bumsen die Hose nicht sauber aufhängt / sich nicht zum Pissen hinsetzt / nach dem Fick nicht panisch in die Dusche rennt, um sein bestes Stück zu säubern.

Koljas Beuteschema sieht immer gleich aus – Abwechslung hin, Frequenz her: über 1,80 groß (mit High-Heels also knapp zwei Meter), blond, große Brüste, die wie Wassermelonen geformt sind, ein geiler, d.h. an ein Bergmassiv erinnernder Arsch, ein hübsches Gesicht mit hohen Wangenknochen und gerade Beine. Die Riesen-Möpse und die langen geraden Beine sind seine Mindestanforderung, ohne das geht bei Kolja gar nichts. Am besten ist es für ihn, wenn sie ein bisschen beschränkt im Dachstübchen sind. Damit Kolja sich besser fühlt und seiner perfekten Performance nichts im Wege steht. Wenn also das geschilderte Gesamtpaket stimmt, interessiert es Kolja nicht, ob es sich bei seiner Gespielin um eine Russin, Tschechin, Ungarin, Italienerin, Spanierin, Südamerikanerin, Britin oder Deutsche (Liste kann beliebig fortgesetzt werden) handelt. Kolja spult immer das gleiche Programm ab, das ist bei ihm nicht anders als bei einem Pornoschaupieler.

F / F / F / F / F / F / D / UT, also Fellatio / Ficken / Fellatio / Ficken / Fellatio / Ficken / Duschen / Und Tschüss.

Wobei es innerhalb der beiden Fs Variationsmöglichkeiten gibt, die Kolja ausreizt. Und auf die Dusche verzichtet er manchmal. Aber zum Kuscheln bleibt er nie. Denn sein Interesse gilt ganz allein dem Hobeln. Und wo gehobelt wird, da fallen auch Späne. Wer es also gerne gefühlvoll mag, sollte lieber einen Bogen um Kolja machen. Dabei kümmert sich Kolja um seine Ladies bestens.

Ihm ist es wichtig, dass sie
kommen / kommen / kommen
und
kommen / kommen / kommen.

Kolja ist der Beweis für Darwins Evolutionstheorie. Nur die Stärksten setzen sich durch, weil sie so viel ficken und so stark sind. Bei Kolja zeigt sich, was mit evolutionärer Gendominanz gemeint ist. Geil sein, um zu überleben. Suvival of the fickest sozusagen.

Das triste Treppenhaus mit knarzenden Stufen erscheint Kolja wunderbar.

Durch die
verdreckten / mit Staub bedeckten / mit Fingerabdrücken übersäten
Fenster fällt Sonnenschein, der beinahe so golden ist wie Olgas Haare.

Kolja atmet tief ein – Staub und Treppenhausmief, und dennoch schwebt er im siebten Himmel. Immer wieder hält er es für ein Wunder, dass es so wunderbare Geschöpfe wie Olga gibt. Die ihm jeden Wunsch von den Lippen ablesen und sich ihm völlig hingeben. Kein Wunder, dass sie das tun, denn Olga wird sträflich vernachlässigt. Ihr Mann ist ja eine absolute Witzfigur. Und die zwei kleinen Söhne sind Olga eben auch kein Ersatz für ihn. Sie braucht also einen richtigen Mann, der es einer Frau so besorgt wie kaum jemand auf dieser Welt. Wenn man es richtig bedenkt, wie sonst niemand, denkt Kolja. Trotz des Spaßes, den beide gehabt haben, hat Kolja Sorge, dass Olga einige

Tage herumläuft wie ein Cowboy nach drei Wochen im Sattel. Beziehungsweise – wenn man es genau betrachtet, dann kann sie vermutlich nicht einmal ohne Schmerzen sitzen. Freud und Leid liegen manchmal eng beisammen. Aber die Freude überwiegt. Da ist sich Kolja sicher. Absolutely. Positively. Kolja öffnet die Haustüre und die Hitze schlägt ihm entgegen. Auf der Straße vor der grauen Mietskaserne herrscht kaum Betrieb. Berlin im August. Obwohl Kolja vor wenigen Minuten geduscht hat, schwitzt er wie ein Wasserfall. Sein ansonsten blütenweißes Ripp-Unterhemd strotzt vor Schweiß-Flecken.

23

Kolja scannt die Straße

rauf / runter / rauf.

Sorgfältig und unauffällig. Das ist eine Angewohnheit, die er nicht loswird. Nach dem, was er in seinem jungen Dasein erlebt hat, ist das verständlich. Alles scheint clean zu sein, er sieht nichts Verdächtiges. Sein Instinkt sagt ihm aber, dass er auf der Hut sein sollte. Und auf seinen Instinkt kann er sich verlassen. Also bleibt er weiter aufmerksam. Langsam setzt er sich Richtung Auto in Bewegung, die von Bäumen gesäumte Allee entlang.

An Tagen wie diesen fühlt sich Kolja so

lebendig / feurig wie ein Vulkan / überwältigend wie ein Tsunami.

Oh ja, er verbeißt sich in Olgas Schamlippen wie ein auf farbige Menschen abgerichteter Pitbull in das Gesäß eines dunkelhäutigen Strauchdiebs und lässt erst wieder los, wenn an seinen Lefzen Schleim hinunterläuft. Kolja bewegt sich lässig und doch energisch. Kolja parkt im absoluten Halteverbot. Kolja scheißt auf Politessen und die StVO. Da steht sein schwarzer Cayenne Turbo S.

Bitte glaubt nicht, dass das Koljas Traumwagen ist, trotz

- 550 PS bei 6.000 Umdrehungen pro Minute

- 4,5 Sekunden von 0 auf 100 (damit braucht der Porsche vier Mal länger als Kolja, obwohl es sich angeblich um einen »Turbo« handelt!)

- Höchstgeschwindigkeit: 283 km/h (okay, ihr habt es ja schon geahnt: Kolja lässt einen Mechatroniker-Kumpel ein wenig an der Kiste rummachen, so dass 350 Stundenkilometer kein Problem sind, abgesehen von den anderen Autos auf der Autobahn)

- CO-Emission (sorry, aber das will wirklich niemand wissen oder etwa doch?).

Also, der Cayenne Turbo S ist nicht das Auto, das Kolja sich wünscht. Und Kolja macht eigentlich keine Kompromisse. Aber Kolja ist Kolja, und Kemal ist Kemal. Und Kemal berät Kolja. Diese Interaktion läuft meistens nach folgendem Schema ab:

Kemal: mecker / motz. Kolja: kotz / würg. Zum Beispiel versucht Kemal immer wieder darauf hinzuwirken, dass Kolja Geduld haben soll – egal worum es geht. Was der Lebenseinstellung von Kolja komplett widerspricht, aber so was von.

Denn bei Koja gilt

hier / jetzt sofort / nur vom Allerfeinsten.

Kemal meint, dass Kolja und er Rücklagen bilden sollten, um diese in mehr und bessere Geschäfte zu investieren, damit Kolja in Zukunft noch größere Autos kaufen kann. Kolja wird immer ganz übel, wenn er sich dieses Gelaber von Kemal anhören muss, und dabei mag er Kemal. Sehr sogar. Kemal ist sein bester Freund.

»Was will ich später mit einem größeren Autos anfangen? Mich vom Altersheim in den Puff chauffieren lassen? Damit der Pisser von Altenpfleger meine Rutsche gegen einen Baum setzt, es ist ja nicht seine, und mir vor Schreck meine dritten Zähne rausfliegen?«

Klar, das entbehrt nicht einer gewissen Logik, aber Kemal ist ja wie gesagt eher der nachhaltige Typ, der in die Zukunft blickt und Pläne für ein besseres Morgen schmiedet. Meist muss Kemal andere Geschütze auffahren und bringt die Steuerfahndung ins Spiel, was Kolja dann irgendwie doch einsieht, denn Kolja ist zwar impulsiv, besitzt aber einen ausgeprägten Überlebensinstinkt.

»Ein Cayenne ist bei einer Import-Export-Firma wie KOKE eigentlich auch nicht vertretbar, aber wenn man bedenkt, wie leicht Selbstständige an Kredite kommen, könnte das schon wieder funktionieren.«

Kolja kotzt es an, dass er mit seinem besten Freund diskutieren muss, welches Auto er sich leisten kann. Da ist Heiraten sogar besser, da Tania oder wie auch immer sie dann heißen wird, es vorzieht, das Maul zu halten, als ein paar auf dasselbe zu kriegen. Aber Kemal ist eben Kemal. Was nicht bedeutet, dass Kolja dem nicht gewachsen ist. Also, wenn schon ein Cayenne – der eigentlich wegen der massiven Konturen ganz gut zu ihm passt –, dann bitte den teuersten, also den Turbo S. Und damit nicht genug, Kolja pimpt an dem Wagen rum, bis er ihn für würdig erachtet, seine Wenigkeit zu transportieren, und beinahe so viel kostet wie das Auto, das er eigentlich kaufen wollte.

Bitte schön, das haben jetzt Kemal und das Finanzamt davon, dass sie ständig

nerven / ihm auf den Zeiger gehen / nur sein Bestes wollen.

24

Als Kolja den Liebesbrief unter dem Scheibenwischer sieht, schlägt er mit der rechten Faust auf die linke Brust und lässt eine Art Ur-Schrei los.

»Fuck Politessen!«

Wie gesagt, Kolja mag keine Verkehrspolizistinnen, obwohl es jedes Mal seine Schuld ist. Er ist in diesem Punkt einfach, hm, wie soll man das ausdrücken, modern gesagt, geht es in Richtung Beratungsresistenz. Kolja reißt den Wisch in Stücke und lässt die Papierfetzen auf den Asphalt fallen, während er die Fahrertür aufmacht.

»Berlin wäre ohne mich noch mehr pleite, als es ohnehin schon ist!«, flucht er und lacht.

Die massive Gangsta-Goldkette, die um seinen Hals hängt, fühlt sich gut an und beruhigt ihn.

Kolja

liebt Gold / lebt für Gold / tut beinahe alles für Gold.

Die Kette wiegt über ein Kilo. Was für ihn ein Kinderspiel ist. Bei seinen Nackenmuskeln.

»**Massiv** und **Gold**«, »Aus Antwerpen«, fallen ihm Lyrics eines bekannten Gangsta-Rap-Songs ein. Ha, ha, ha. Diese Idioten. Aus Antwerpen kommen Diamanten. Macht nix. Knapp daneben ist auch versucht. Kolja summt die Rhymes von Massaka Kokain 2 von Massiv vor sich hin.

Am liebsten wäre Kolja

Dealer / Pusher / Pimp,

wobei ein Dealer immer ein Pimp ist und umgekehrt.

Das sind seine Traumberufe und spiegeln am besten seine Lebenseinstellung wider. Aber statt seine Träume zu verwirklichen, hilft er Menschen, nach Deutschland zu kommen. Sie sind selber schuld, diese Idioten, findet er, dass sie auch noch Geld dafür bezahlen, um hierher kommen zu dürfen.

Wenn sie sich

Kartoffelköpfe / Krautschädel / Bluthochdruckbirnen

antun wollen, die rumbelfern, als ob ihre Alte die Tage und ihre Geliebte Migräne hat, bitte schön.

Immerhin ist Schleusen ein erträgliches Geschäft und sorgt für ein auskömmliches Einkommen, auch wenn er sich viel mehr Profit wünscht, was aber an Kemals Einspruch und Widerstand scheitert, diesem alten Moralapostel und Weltverbesserer. Dealer zu sein, der Kokasteine wegpustet wie Staub, das bleibt Koljas Ziel. Das ist einfach nur cool und genial, wie er Kemal mehrfach vergeblich klarzumachen versucht hat.

»Massiv, Massaka Kokain 2 ist total korrekt, Alter.«

Kemal verdreht die Augen.

»Schon der Titel ist dämlich. Außerdem suggerieren die Lyrics ein Gewaltpotenzial, das sogar für Gangsta-Rap selten ist. Außerdem ist Wedding alles andere als Kambodscha. Dummes Geschwätz.«

Kolja winkt Kemal mit zwei riesigen Mittelfingern.

»Ich finde dein Gelalle zum …«

Kolja steckt sich zwei Finger in den Mund und simuliert Würge-Geräusche. Kemal will mal wieder lieber keine Handgreiflichkeiten riskieren.

»Massiv, Kollegah, Haftbefehl und Farid Bang in einem Song. Das ist Weltklasse-Niveau.«

Kolja schaut Kemal herausfordernd an. Wenn Kemal widerspricht, ist es mit der Freundschaft aus. Das kann er ihm schriftlich geben. Mit Unterschrift auf der Fresse.

»Okay, Massiv und Massaka Kokain 2 passen zu dir.«

Pause.

»Okay. Und Massaka Kokain 3.«

»Siehst du?«

Kolja strahlt übers ganze Gesicht. Kemal weiß, dass Kolja auf Koks steht wie der Hundewelpe auf Caesar. Kemal weiß, dass Kolja kein Problem mit Kok hat. Kemal weiß, dass Kolja auch kein Problem ohne Kok hat. Kolja liebt einfach den Nasenschnee und weiße Weihnachten.

Kokain / Kolja / geniale Mischung.

Solange sie gut drauf sind. Denn wenn nicht, verkriecht man sich lieber im Atomschutzbunker und verriegelt die Stahltür dreifach, bevor es zu spät ist und Ko und Ko …

25

Kolja dreht die Bose-Anlage bis zum Anschlag auf – wie immer.

Denn

Bigger and Louder / is better / on **this** planet

Massaka Kokain 2 ist der Hammer: Kolja liebt die Zeile mit dem Wegpusten von Koka-Steinen wie Staub, denn das entspricht seinem Selbstbild.

26

Kolja ist richtig gut drauf. Wiederholt den Refrain immer wieder. Die Rhymes und der Beat gehen ihm unter die Haut. Er fährt langsam an und hämmert im Takt gegen das Lenkrad, das bedenklich vibriert. Aber so ein Porsche ist stabil gebaut. Qualitätsware aus Baden-Württemberg. Auch wenn die Typen von dort unten nerven und der Akzent sich so anhört, als ob alle Schwaben debil sind. Kolja wollte mal einem Typen aus Albstadt in diesem Sinne unter die Arme greifen und ihm ein paar Sitzungen beim Logopäden spendieren. Was besagter Typ überhaupt nicht verstand. Auch nicht, als Kolja ihm ein heimlich aufgenommenes Gespräch vorspielte. Der Typ dachte, er spreche ganz normal – so wie alle in seiner Heimat eben. Unglaublich, wie das als normal gelten kann, aber so hat jeder seine blinden Flecken.

Kolja wirft einen Blick in den Rückspiegel, denn er besitzt einen treffsicheren Instinkt. Kolja täuscht sich nicht. Kolja weiß immer, wenn etwas faul ist. Und der knallgelbe Mercedes SLK verfolgt ihn – auffälliger geht es nicht. Der Mercedes könnte ein Schild mit Beschattungsdient auf der Windschutzscheibe kleben haben. Das würde keinen Unterschied machen. Aber seit wann fahren Cops Pseudo-Zuhälter-Rutschen, fragt sich Kolja, während er sich möglichst unauffällig noch einmal im Rückspiegel vergewissert, ob seine Nerven ihm keinen Streich spielen. Kein Zweifel. Er wird verfolgt. Mit der Sitte habe ich nun wirklich nichts am Hut, denkt er, auch wenn ich das Zeug zum besten Pimp im Universum habe. Die gelbe Flunder hängt an ihm dran wie eine Klette.

»Okay, schauen wir mal, wie ernst es ist«, murmelt Kolja und lässt alle Fenster herunter.

So kann ihn nicht einmal ein Blinder mit Krückstock aus den Augen zu verlieren. Ein schwarzer Porsche Cayenne mit Gangsta-Rap-Mucke vom Feinsten und einem blonden Schrank von Mann hinter dem Steuer, der eine beängstigend aussehende Goldkette um den Hals trägt. Die undurchsichtige Wrap-Around-Sonnenbrille hat riesige Ausmaße und ist nicht gerade unauffällig. Kolja schlägt ein paar Haken. Unnötige Extratouren, in langsamen Tempo. Der Mercedes bleibt problemlos an ihm dran. Das sind keine Bullen, denkt Kolja. Er schaut angestrengt in den Rückspiegel und versucht jemanden zu erkennen. Der Mercedes hat dunkel getönte Scheiben. Nichts zu sehen. Wieder biegt Kolja in eine Seitenstraße ein. Das gelbe Auto folgt ihm. Immer noch sehr offensichtlich. Aber wer könnte mich verfolgen, wenn keine Bullen?, denkt Kolja.

Es ist nicht so, dass ihm da niemand einfällt, denn

FSB / Speznas / Kollegas aus alten Zeiten, die nicht allzu glücklich über seinen Rückzug aus dem Dope-Geschäft sind.

Und gehörnte Ehemänner kommen in Betracht. Keine der Möglichkeiten will ihn recht überzeugen. Kolja schluckt. Also doch Polizei? Kolja denkt nach. Was könnte schief gelaufen sein? Warum verfolgen sie ihn jetzt ? Und warum auf diese Art und Weise? Denn die Verfolgung ist eindeutig darauf angelegt, ihn einzuschüchtern. Kolja fährt auf die Hauptstraße zurück. Gleiches Resultat. Sein Verfolger klebt an ihm dran wie ein Souk-Verkäufer in Marokko an einer Blondine aus Dresden.

»Scheiße«, flucht Kolja. »Die meinen es ernst!«

Und obwohl Kolja nach außen hin très cool bleibt, brodelt es in ihm. Denn das Einzige in seinem Leben, bei dem er sich absolut sicher ist, ist, dass er nie wieder in den Knast geht. Nie wieder. Unter keinen Umständen. Denn Kolja kennt den Knast. Das ist zwar so: 1) Wenn du reingehst, gehst du rein, und 2) Wenn du rauskommst, kommst du wieder raus. Aber Kolja wird nicht mehr reingehen. Nie wieder. Komme da, was wolle. Das hat er sich geschworen. Das ist er sich schuldig, denn da gibt es die Erinnerungen an …

27

… Tschetschenien.

Kolja ist bei den Speznas. Die Ausbildung ist der Horror. Aber Kolja kriegt, was er will. Und er will zu den besten Soldaten der Welt gehören. Zu einer Elitetruppe, wie es kaum eine zweite auf der Welt gibt.

Kolja

beißt / erleidet schlimme Schmerzen / zieht das durch.

Denn

Kolja weiß, dass sein Körper das schafft / Kolja ist härter als die anderen / Kolja hat Eier aus Stahl.

Er liebt es, tagelang im Matsch rumzumarschieren mit Rucksäcken, die mit Steinen gefüllt sind.

48 Stunden am Stück Wache schieben und danach heißt es

Liegestützen / Liegestützen / Liegestützen.

Brückenköpfe aus großen Holzstämmen bauen, mitten im Gewitter. Den Körper bis zum Abwinken und darüber hinaus schinden. Simulierte Folter- und Verhörtechniken über sich ergehen lassen. Simuliert heißt, dass die Stromstöße nicht tödlich sind. Dass niemand ertränkt wird. Kolja mag das Leben als Soldat. Er tut hier das, worin er gut ist, nämlich Schmerzen zu ertragen und seinen Körper zu beherrschen. Wachsam zu sein und loszuschlagen. Kolja hat eine ausgeprägte Vorliebe für Action. Aber bisher leider nur auf dem Übungsplatz. Dann folgt ein brutaler Krieg. In den westlichen Medien gibt es keinen Krieg mehr in Tschetschenien ebenso wenig wie einen Friedensvertrag. Aber es herrscht immer noch ein brutaler Guerilla-Krieg. Und der Krieg gefällt Kolja besser als die Ausbildung. Kolja ist gut. Richtig gut. Er ist der Beste in seiner Einheit. Ein Juwel, vielleicht noch ein wenig ungeschliffen. Die Islamisten sind tapfer. Die Islamisten kämpfen ohne Rücksicht auf Verluste. Die Islamisten sind siegessicher, denn sie wissen, dass Allah auf ihrer Seite ist und ihnen hilft, die Ungläubigen zu vernichten. Kolja weiß es besser. Gegen die russische Militärmaschinerie sind die Gotteskrieger machtlos. Und Kolja ist selber eine Maschine. Die Rebellen verstecken sich. Sie greifen in der Nacht an. Sie legen Sprengfallen, die russische Laster und Panzer in die Luft jagen. Die Terroristen gehen in der Bevölkerung auf. In den zum Teil immer noch zerstörten Städten verstecken sie sich in Häuserruinen. Kolja und seine Kameraden kämpfen gegen Geister. Dann folgen Razzien in Grosny. Haus für Haus und Block für Block. Keine Gnade. Kein Stein bleibt mehr auf dem anderen. Zement wird in Blut getränkt. Es gibt viele zivile Opfer. Kolja besitzt einen sechsten Sinn. Seine Intuition sagt ihm, wo sich die Terroristen verstecken. Er betritt eine Hütte, sieht die Feuerstelle und schnuppert wie ein Hund. Seine Kameraden lachen nicht mehr darüber. Sie wissen, dass Kolja sie auf die richtige Fährte bringt. Kolja erkennt den eigentümlichen Geruch der Tschetschenen und sagt

»Vor einer halben Stunde. Richtung Süden. Wir müssen uns beeilen.«

»Davai, Davai!«, befiehlt der Kommandeur.

Der Trupp macht sich auf die Jagd. Tatsächlich. Kurze Zeit später stellen sie vier muslimische Freischärler und töten sie – alle mit Kopfschuss. Gefangene werden nicht gemacht.

Ganz alttestamentarisch

Auge um Auge / Zahn um Zahn / Leben um Leben.

Wenn sie Informationen benötigen, töten sie nicht sofort, sondern verhören zuerst. Sobald sie die gewünschten Informationen besitzen, erfolgt der Gnadenschuss. Manchmal hilft ihnen die Bevölkerung.

Diese Menschen wollen

keinen islamischen Gottesstaat / keine Burkas / keine Scharia.

Und ihre Angst vor den Rebellen ist nicht groß genug. Also helfen sie den russischen Invasoren und Imperialisten. Sie erinnern sich daran, dass nicht alles so schlecht gewesen ist – im riesigen Sowjetreich. Damals, als es noch in voller Größe erstrahlte. Mit den Tipps der Bevölkerung im Gepäck nimmt Kolja die Fährte auf. Manchmal können sie die Rebellen stellen, manchmal bleiben sie wie vom Erdboden verschwunden. Vielleicht handelt es sich bei den Hinweisen aus der Bevölkerung auch um einen Fake, um die Russen in die Irre zu führen, ihre Kräfte zu zerstreuen und sie zu zermürben.

Tschetschenien ist

rau / karg / ein verschissenes Kaff.

Das ist nicht einmal

Schweinebacke / JWD / Jaaaaaaanz weit draußen,

sondern noch viel abgeschiedener, sprichwörtlich am Arsch der Welt.

Aber Kolja mag Tschetschenien. Trotz aller Entbehrungen. Vielleicht sogar wegen der Entbehrungen. Kolja ist gut darin, Schmerzen und Entbehrungen zu ertragen. Na gut, er mag es nicht besonders, also er steht nicht drauf in dem Sinne, dass ihm dabei einer abgeht, aber es macht ihm auch nicht besonders viel aus. Tschetschenien ist cool – für Kolja. Denn hier kann er das tun, was er am besten kann. Töten. Und Kolja tötet gerne. Er verachtet die asketischen Langbärte, er lehnt es ab, wofür sie stehen, er hasst das, was sie denken. Also, wenn einer auf ihn nachts aus einer russischen Kalaschnikow aus dem Hinterhalt schießt, er den Turban erkennt und den Rauschebart sieht, dann macht er wirklich nichts lieber, als diesen Arschlöchern ihren Traum vom Paradies am liebsten sofort zu erfüllen.

Also
bumm / bumm / Kopftreffer
und weiter im Text.

Teile der tschetschenischen Bevölkerung unterstützen offen die Islamisten. Freiwillig oder gezwungener Maßen. Vielleicht haben sie Opfer zu beklagen und machen das russische Militär dafür verantwortlich. Die feindlich gesinnte Zivilbevölkerung macht den Job des russischen Militärs richtig schwierig, denn Kinder mit Teddy-Bären werden als lebende Bomben eingesetzt. Also gibt es nicht nur den Freiheitskämpfer, der einen auf Märtyrer-Islamist macht, also die klassische Straßenbombe. Sondern da sind auch kleine Kinder, die sich und ihren Lieblingsbären in die Luft jagen oder per Fernsteuerung in die Luft gejagt werden. Und wer schießt ad hoc schon gerne auf kleine Kinder, die ihr Lieblingsstofftier durch die Gegend tragen? Koljas Zug verliert einen Kameraden, zwei werden schwer verletzt. Sie sind Opfer sogenannter Windel-Fallen. Vergeltung ist angesagt. Koljas Zug dringt in ein tschetschenisches Dorf ein, in dem sie die Drahtzieher des Attentats vermuten. Die Bevölkerung wird zusammengetrieben. Es finden sich aber nur alte, gebrechliche Männer, Frauen und Kinder.

»Die Schweine sind Terroristen!« brüllt der Kommandeur.

Die Männer im wehrfähigen Alter sind nicht da. Wie vom Erdboden verschluckt. Okay, denkt Kolja, vielleicht sind die Männer, die nicht da sind, Terroristen und gehören an die Wand gestellt.

Aber auf keinen Fall
die Frauen / Kinder / Greise.

»Niederbrennen und liquidieren!« befiehlt der Kommandeur, der große Stücke auf Kolja hält.

Aber Kolja schüttelt den Kopf.

»Nikoljai?«

Der Kommandeur versteht die Welt nicht mehr. Schüsse fallen und Schreie hallen. Häuser werden in Brand gesteckt. Was ist mit nur mit Kolja los? Der Kommandeur entreißt einem Soldaten eine stämmige Tschetschenin, die ein zweijähriges Kind auf dem Arm hält.

»Nikoljai. Das sind Terroristen. Liquidieren!«

Die Frau trägt ein grünes Kopftuch. Sie hat runde Wangen, die rot und glänzend wie reife Tomaten sind. Ihre grau-grünen Augen sind voller Furcht. Das Gesicht ist zu einer hässlichen Fratze verzerrt. Sie drückt ihr Kind so feste an sich, dass es noch mehr schreit.

»Nein!«

Koljas Halsschlagader pulsiert und rast, und er derht sich – die Kalaschnikow locker in der Armbeuge – langsam zum Kommandeur.

»Das ist Befehlsverweigerung! Meuterei! Ich lasse dich auf der Stelle erschießen, du Hund!«

Kolja ist aber schon längst auf über hundertachtzig. Dass er sein Leben für Mütterchen Russland riskiert: ja. Dass er Menschen tötet, die Terroristen sind: ja, gerne. Dass er Frauen und Kinder abschlachtet?

»Njet!«

Mit diesem Kampfschrei und puterrotem Hals stürzt er sich auf den Kommandeur und streckt ihn mit drei Schlägen seiner Kalaschnikow zu Boden. Die Kameraden eilen herbei und ringen Kolja nieder. Ein gezielter Hieb mit dem Gewehrkolben, und bei Kolja gehen die Lichter aus.

28

Als Kolja wieder zu sich kommt, liegt er in einem Loch. In einem nach Scheiße stinkenden winzigen Loch. Loch stimmt in diesem Fall, denn die Decke ist keinen halben Meter von seinen Augen entfernt. Es gibt weder ein Fenster, noch eine andere Lichtquelle. Russische U-Haft im Militärknast bedeutet in seinem Fall totale Isolation. Kolja hat bisher nur darüber gehört, und jetzt ist er mittendrin. Eine abenteuerlich steife Leinendecke ist alles, was er hier hat. Und er besitzt Erinnerungen, denn diese können sie ihm nicht nehmen.

Sie wollen
ihn weichkochen / kleinkriegen / brechen.

Aber so leicht ist ihm nicht beizukommen, und sie können ihn mal kreuzweise. Obwohl die Einsamkeit schwer auf ihm lastet. Denn Kolja liebt es, unter Menschen zu sein. Die Enge seiner Zelle raubt ihm beinahe den Atem. Sein Hals schnürt sich beängstigend zu.

Und es ist schlimm, dass er keinen Menschen
sieht / mit niemandem spricht / ganz alleine ist.

Hier wird Kolja zum ersten Mal richtig bewusst, was für ein großes Geschenk der Umgang mit Menschen doch ist. Und wie furchtbar es ist, ganz alleine und einsam zu sein. Die Stille in der Zelle drückt ihn schwer, so schwer, dass er beinahe den Verstand verlieren möchte. Aber Kolja weiß, dass er jetzt seinen Verstand behalten muss. Deshalb startet er immer wieder das gleiche Ritual, das er sich ausgedacht hat. Er bekreuzigt sich und betet. Bittet den Vater im Himmel um die Verzeihung aller seiner Sünden und weiß, dass das dem alten Herrn gar nicht so einfach fallen wird. Er betet voller Inbrunst:

Vater unser im Himmel,
geheiligt werde dein Name,
Dein Reich komme,
Dein Wille geschehe,
Im Himmel wie auf Erden
unser tägliches Brot gib uns heute.
Und vergib uns unsere Schuld …

Weiter kommt er nicht, denn er wird die Sünden der Schwanzlutscher aus seinem Zug auf keinen Fall vergeben, und er hofft, dass Gott auf seiner Seite ist. Denn er, Kolja, verschont Leben. Das Leben von Unschuldigen. Und, so legt er sich zurecht, das müsste doch Gott doch eigentlich gefallen. Und dass er die Feinde des Christentums tötet, auch das müsste nach seiner Logik dem Allmächtigen zusagen. Nach dem Beten fängt er mit dem Hobeln an. Das ist Teil des Rituals. Das gehört für ihn zum Beten dazu. Dabei liebkost er zwei Sekunden lang seinen Prachtprügel, um dann mit einer Vehemenz seine Hand die Lanze auf und ab gleiten zu lassen, die sein bestes Stück auf eine harte Probe stellt. Dabei denkt er jedes Mal an eine andere seiner unzähligen Bettbekanntschaften. Das macht er, um seine fünf Sinne zu behalten und seinen Verstand zu trainieren. Nachdem er sich dann auf das grobe Leintuch ergossen hat, fragt er sich, wie vielen es hier schon wie ihm ergangen ist. Nach ein paar Tagen hat er Schwielen an den Händen und sein Panzerschwanz ist rot und blau gequetscht, aber das kann er ohnehin nicht sehen, es würde ihn auch kaum interessieren. Die Zeit in der U-Haft war für ihn die schwierigste in seinem Leben. Auch wenn er es nie zugeben würde, Kolja hat gelitten wie ein Jagdhund, den man für ein Jahr in einen winzigen Zwinger sperrt. Und vor lauter Verzweiflung hat Kolja bittere Tränen vergossen. Weil er sicher sein konnte, dass kein Mensch das mitkriegt. Und so wurde in der winzigen Zelle nicht nur das Leintuch mit seinem Körpersaft begossen, sondern den Zellenboden benetzten Tränen der Verzweiflung. Deshalb: Nie wieder Knast! Also blickt Kolja erneut in den Rückspiegel. Klar, sie kleben immer noch an ihm dran.

Nie wieder Knast, denn Knast bedeutet

a) keine 35-jährigen, vernachlässigten Mütter, die einem den letzten Tropfen Lebenssaft aussaugen / keinen mit Red Bull gemischten Edel-Wodka, der einem die Birne vernebelt / keine Edel-Mucki-Bude, in der trainieren beinahe so angenehm ist wie Champagner-Saufen am karibischen Beach

und

keinen Cayenne, der immerhin besser ist als kein Auto / keine Rolex, auch wenn er sie nur zum Posen trägt / keine Drogenexzesse mit Kemal

und

und / und / und.

»Njet!«, sagt er.

Wir wissen ja schon, wie er drauf ist, wenn er das sagt. Dann kommt ihm ein Gedankenblitz. Ich brauche etwas zu essen. Denn mit leerem Magen kämpft es sich schlecht, das ist Fakt. Also lenkt er sein Auto zum Sushi-Wa, wo ihn das köstlichste Sushi erwartet, das Berlin zu bieten hat.

Denn mit etwas zu essen meint er

japanisches Soulfood / Brainfood / Tinte auf den Füller.

Der letzte Gedanke bringt ihn wieder schlecht drauf. Denn ein Ort, an dem **er** mit Tinte auf dem Füller rein gar nichts anfangen, ist der Knast.

Denn Knast bedeutet

b) nach Schweiß und Testosteron stinkende Zellen / beschissene Drogen zu horrenden Preisen / nach Arschficks und Blowjobs gierende Zellengenossen

und

Trainingsmöglichkeiten, die sogar Sylvester Stallone aus Rocky I und II zu primitiv gewesen wären / aus Kartoffelschalen, Saft- und Brotresten gewonnener Selbstgebrannter, bei dem sich einem alles zusammenzieht / Essen, das diesen Namen gar nicht verdient.

Wenn er a) und b) vermeiden möchte, muss er sich etwas einfallen lassen. Das fällt Kolja nicht schwer. Man muss keine Intelligenzbestie sein, um darauf zu kommen, was das in Koljas Fall ist. Also:

1) Er sieht im Handschuhfach nach, ob die Glock und Eiergranaten einsatzbereit sind, 2) Er tastet nach dem mit Nägeln bespickten Baseballschläger unter dem Beifahrersitz, 3) Er stellt sich auf Töten und Blut ein.

Wer 1) bis 3) getippt hat, liegt richtig. Danach geht es Kolja besser. Sollen sie doch kommen, die Schwanzlutscher. F. e. s., i. W.! Fickt euch selber, ihr Wichser! Kolja spürt die Halsschlagader heftig pulsieren. Das ist – und das sei mal deutlich gesagt – der Unterschied zwischen Kolja und Kemal. Bei Kolja ist das obige Zitat eine Lebenseinstellung. Bezogen auf alles und jeden. Alles und jeder ist ein Wichser. Kemal hingegen muss schon richtig sauer sein, um zu **denken**, dass jemand ein Arschloch ist. Geschweige denn, dass er das laut aussprechen würde. Lieber atmet Kemal zwei bis drei Mal tief ein und langsam wieder aus, am besten so, dass niemand mitkriegt, dass er um Contenance ringt. Und bei Kemal bezieht sich im schlimmsten Fall das Arschloch immer auf einen Einzelfall. Denn die Welt an sich ist gut. Glaubt Kemal. Und er kann sie sogar noch besser machen. Außerdem besitzt Kemal im Gegensatz zu Kolja einen sehr niedrigen Blutdruck. Kolja hingegen neigt wie alle Choleriker zu Bluthochdruck und seine pochende Halsschlagader und ein roter Hals sind vielmehr als pars pro toto denn als einzelne Beobachtungen zu bewerten.

Und Kolja ist jetzt richtig in Fahrt.

»Ich mach euch fertig, ihr Lutscher!«

Koljas Organ übertönt die voll aufgedrehte Bose-Anlage. Sogar das Hintergrund-Umpf, -Umpf, -Umpf. Da ist er wieder. Kolja, wie er leibt und lebt. Das kurze Aufflackern von Unsicherheit und Angst hat kein Mensch wahrgenommen, denn nach außen ist Kolja cooler als cool und abgeklärter als die blonde, flachbrüstige Bitch von Staatsanwältin, auf die er es schon seit Langem abgesehen hat, aber nicht so, wie ihr jetzt vielleicht denkt.

29

Kolja parkt seinen Porsche Cayenne. Wie? Ganz klar, in zweiter Reihe. Direkt vor dem Eingang des Sushi-Wa, in der Friedrichstraße. Er macht sich nicht die Mühe abzuschließen. Sollte sich irgendein Sucker an seinem Auto zu schaffen machen, wird Kolja ihm Respekt einbläuen und zwar richtig. Er steigt aus und strafft den ohnehin schon furchteinflößenden Körper. Also ganz ehrlich. Kolja könnte der siamesische Körperzwilling von The Rock sein. Nur dass The Rock älter **und** schwächer ist. Das Sushi-Wa hat Ko durch Zufall entdeckt.

Denn eigentlich wäre **er** an solch einem kleinen, unauffälligen Laden vorbeigefahren, da

zu viele Touristen / nicht schick genug / zu wenig Bling-Bling.

Aber Sylvia – eine Brasilianerin mit blonden Haaren und allen weiter oben genannten Eigenschaften, die für Kolja eine Frau begehrenswert machen – besteht darauf, hier zu essen, auch wenn sich Kolja in der Friedrichstraße nicht allzu wohl fühlt. Denn Sylvia weiß genau, was ihren Männern gut tut. Nicht dass das bei Kolja in irgendeiner Weise nötig wäre. Aber Sylvia ist mindestens so unersättlich wie Kolja, und sicher ist schließlich sicher, denn auch dem besten Perpetuum Mobile geht irgendwann einmal … Ahhhh, die Frauen haben in diesem Punkt einfach einen Heimvorteil. Die meisten Frauen wissen aber nicht, welche Wunderwerke Kolja mit seinen Fingern und seiner Zunge vollbringen kann. Nur mag er seinen Schwanz einfach lieber. Weshalb er ihn immer wieder zu Höchstleistungen anspornt und damit das weibliche Geschlecht sozusagen im Sturm erobert. Sushi liebt Kolja seit seinem ersten Besuch in dem Restaurant, auch wenn er rohen Fisch bisher nur als Hering gekannt hatte. Nur rohes Fleisch isst Kolja noch lieber – in allen Variationen. Sushi und Kolja – eine Welt für sich. Während der halbwegs kultivierte Sushi-Konsument vorsichtig mit Stäbchen (oder, ui, ui, ui, schon schlimm genug: mit Gabel) die Fisch-Rollen ein klein wenig in die Soja-Wasabi-Mischung tunkt, um dann vorsichtig ein Stück abzubeißen, genussvoll und gründlich zu kauen, um dann durch Mimik, Gestik und leise Stöhn-Geräusche zu verstehen gibt, wie gut es ihm mundet, dauert das ganze Getue Kolja viel zu lange, denn die Röllchen sind ja winzig, und wozu Stäbchen nehmen, wenn es doch mit den Fingern viel schneller geht, außerdem mehr Soße und grüner Meerrettich aufgeladen werden können und mehrere Geschmacksrichtungen sich im Mund vermischen, das lästige Essen verkürzt wird und er es schneller wieder abarbeiten kann. Sylvia, wo bist du? Lass uns schnell zu dir fahren. Kolja schaufelt also Sushi in sich rein wie ein vollautomatisierter Scheunendrescher. Dabei kaut er mit einer

Präzision / Dynamik / Systematik,
die beinahe beängstigend sind.

»Sushi ist gut für den Körper. Wieso soll ich dann nicht viel und schnell davon essen? Sushi gibt Kraft.«

Und die braucht er, denn allein sein Energieverbrauch beim Kauen ist beeindruckend.

»Fisch hat viele Proteine. Die sind wichtig für Muskeln.«

Findet auch Elena aus der Ukraine und denkt dabei vor allem an Koljas einen großen Muskel. Denn sie ist mehr als hingerissen von Koljas Muskel. Deshalb stopft sie Kolja auch immer mit Sushi voll, als gelte es die Ozeane eher heute als morgen leer zu fischen. Kemal sagte mal über Kolja und Sushi: »Das ist eine Hassliebe. Kolja liebt Sushi. Aber Sushi hasst es, so behandelt zu werden. Jede Makrele hat es verdient, würdevoller verzehrt zu werden.« Kemal liebt wie gesagt die Welt – auch als Ganzes. Trotz seiner Essgewohnheiten hat Kolja kein Hausverbot – weder im Sushi-Wa noch sonst wo, denn er lässt hier immer ordentlich Geld liegen, und das stinkt bekanntlich nicht – gute Umgangsformen hin, gute Umgangsformen her. Jeder muss schließlich schauen, wo er bleibt. Außerdem ist Kolja bekannt für seine Großzügigkeit, was sowohl das Trinkgeld betrifft, als auch seine Freundlichkeit anderen Gästen gegenüber. So lässt er es sich manches Mal schon eine Flasche Wodka kosten, um zufällig am Nebentisch sitzende Menschen davon zu überzeugen, dass Wodka ideal zu Sushi passt. Für ihn ist das ein perfektes Match – einfach der Hammer. Geschmacklich und gesundheitlich. Mancher Bürohengst taumelte nach einem Besuch im Sushi-Wa zurück ins Büro, um sich zwei Stunden lang über der Schüssel auszukotzen, was dann zumindest gut für die Linie ist. Zwei winzige Tische stehen vor dem Restaurant auf dem Bürgersteig. SUSHI-WA prangt in roten Lettern über dem schmalen Eingangsbereich. SUSHI ASIA Food. Alles rot, wenige hellbraune Holzbalken und riesige Schaufenster. Die Tische sind unbesetzt.

Kolja betritt den Laden und wirft vorher einen unauffälligen Blick über die Schulter. Der gelbe Mercedes steht knapp hundert Meter hinter seinem Porsche – auch in zweiter Reihe. Kolja überlegt sich, ob er seinem Schatten was mitbringen und in den Auspuff stopfen soll. Kartoffeln wären besser, überlegt er sich. Kolja ist kein Sushi-Connaisseur. Aber er hat inzwischen verstanden, dass das Sushi-Wa eine Reihe von speziellen Sushi-Kreationen anbietet, die es nur hier gibt. Der Chef des Hauses kommt auf ihn zu und deutet mit beiden Armen auf den besten Tisch des Hauses. Kolja ist schließlich VIP-Gast.

»Zum Mitnehmen.«

Der kleine Asiate verbeugt sich, lächelnd.

»Bitte schön, bitte schön.«

Mit einer einladenden Bewegung deutet er auf den Bartresen.

»Gemischte Platte. Mit viel Lachs«, bestellt Kolja.

Kolja steht wie ein Grizzly auf Lachs. Da können auch die viel teureren Fische nicht mithalten.

»Wodka?«

Kolja schüttelt den Kopf. Dann blättert er drei Hunderter auf den Tresen.

»Ich sage dem Chef: Viel Philadelphia-Sushi. Lachs, Avocado, etwas Frischkäse und Sesam.«

Kolja nickt zustimmend.

»Und die Sorte von letztem Mal.«

Der Asiate durchforstet mit einem heftigen Stirnrunzeln sein Gedächtnis, was witzig aussieht.

»Creamy Dragon Roll?«, verkündet er, was lustig klingt, da er das R wie ein L ausspricht, während die Falten sich glätten und ein verschmitztes Lächeln über sein Gesicht huscht.

Koljas Daumen schnellt nach oben. Diese Sushi-Variante ist einfach der kulinarische Wahnsinn, findet er. Mit etwas knuspriger Ei-Paste außen und Lachs und Avocado innen.

»Fünfzehn Minuten.«

Der Asiate will in die Küche eilen, um die Bestellung weiterzugeben.

»Sag dem Chef, er soll sich beeilen.«

Was Kolja auf den Tod nicht ausstehen kann, sind Wartezeiten.

Dann fühlt er sich
hilflos / einsam / ausgeliefert
und weiß nichts mit sich anzufangen.

Deshalb beschließt er, die Pause sinnvoll zu nutzen, auch wenn es in dem Restaurant sehr gut riecht und Kolja hofft, dass der besondere Geruch ihn eine Zeitlang begleitet. Kolja geht zur Tür und tritt ins Freie. Ein kaltes Eisen steckt in einer Seitentasche seiner Army-Hose und ist von außen nur für ein geübtes Auge erkennbar. Erst jetzt fällt ihm wieder ein, dass in der anderen Tasche sein schwarzes Blackberry Q 10 steckt.

»Scheiße«, murmelt er, denn er hat vergessen, es nach dem heißen Ritt mit Olga wieder einzuschalten, denn beim Liebesspiel gilt für Kolja, dass er nicht gestört werden will – unter gar keinen Umständen.

Kolja möchte seinen Verfolger einschüchtern. Was ihm Spaß macht.

Nach zehn Schritten spürt er durch ein sanftes Vibrieren, dass er mehrere Nachrichten erhalten hat. Automatisch holt er das schwarze Blackberry aus der Hosentasche heraus. Die erste Nachricht lautet:

»Rettet Art. 2, Abs. 2, Satz 2 GG

Bin im Büro. Ke«

Kolja

macht auf dem Absatz kehrt / stürmt zum Cayenne / lässt den Motor aufheulen

und

drückt das Gaspedal durch / rast los / scheißt auf Strafzettel.

Kolja ist mit einem Schlag voll da.

Es brennt lichterloh. Sie sind in Gefahr. Sie müssen reagieren. Der gelbe Mercedes versucht an ihm dran zu bleiben. Kolja ist scheißegal, ob ihm das gelingt. Sein Hals schwillt an und ist auf einen Schlag knallrot. Er will jetzt nur so schnell wie möglich zu seinem Freund nach Kreuzberg.

30

Kolja steht ganz kurz davor zu explodieren – A-Bomben-Gefahr. Unter der Decke hängt er jetzt schon.

»Den ficke ich in seinen haarigen Balkan-Arsch, bis er mich um Gnade anwinselt, dieser Hund!«, war seine Reaktion auf Kemals »Arafat möchte, dass wir unsere Route ändern.« Kemal schenkt ihm ein Wasserglas mit Wodka voll. Dann gibt er zwei Eiswürfel hinzu.

»Jetzt beruhig dich erst mal.«

»Ich mich beruhigen?«, brüllt Kolja – und sein Organ bringt das kleine Büro beinahe zum Einsturz.

Kemal nickt, ganz ruhig und gelassen. Kolja schlägt mit der flachen Hand auf den edlen Schreibtisch, sodass die drei Flaggen umfliegen –

nur die von Mütterchen Russland bleibt stehen. Anders als bei Jet Li bricht der Schreibtisch aber nicht in zwei Hälften auseinander.

»Vielleicht liegt in der ganzen Situation eine Chance«, versucht es Kemal philosophisch, aber seine Hand, die über sein Kinn streicht, verrät, dass er selber nicht so recht davon überzeugt ist.

Inzwischen ist Koljas ganzes Gesicht knallrot, er würde Kemal am liebsten eine runterhauen, sodass ihm solch ein dummes Gelaber für immer vergeht. Aber Kemal ist sein Freund. Und Freunden verzeiht man auch hin und wieder mal was Dummes.

»Warum mache ich eigentlich mit dir Lutscher Geschäfte?«, fragt sich Kolja laut und schüttelt den Kopf.

Kemal lächelt. Es wirkt aber nicht echt, sondern ein wenig gekünstelt, was bei ihm selten vorkommt.

»Bisher sind wir ganz gut damit gefahren«, behauptet Kemal dann.

»Einen Maserati habe ich nicht«, kontert Kolja.

Kolja nimmt einen kräftigen Schluck. Der edle Wodka breitet sich in seinem Körper aus.

»Du hättest ihn dir kaufen können, hast es aber nicht getan, weil es klüger ist zu warten«, belehrt Kemal und versucht dabei so verbindlich wie möglich zu klingen, um Kolja nicht noch mehr herauszufordern.

Angespannt setzt sich Kolja in den super-deluxe gepolsterten Ledersessel. Kemal hat ihm nicht verraten, dass Apostel dort gesessen hat, denn sonst wäre der Sessel sofort auf dem Sperrmüll gelandet – sorgfältig in alle Einzelteile zerlegt. Zum Glück stellt sich Kolja in der Regel nicht Detailfragen, wie die, wo Apostel gesessen hat, als der seine Botschaft überbrachte. Wozu auch? Das Leben hat doch so viel zu bieten. Wodka, zum Beispiel. Kolja hat das Glas leergetrunken und reicht es Kemal.

»Wir können doch auch etwas anderes tun, als Menschen in das Paradies zu schmuggeln«, schlägt Kemal vor, während er das Glas auffüllt. »Wir könnten doch zum Beispiel …«

»Was anderes machen?«, schnaubt Kolja empört. »Ich sollte mir einen richtigen Kerl als Partner suchen, nicht solch ein Weichei, das beim ersten Gegenwind sofort alle Segel streicht.«

Kolja hat das Glas im Visier und möchte Kemal gar nicht zuhören. In Gedanken beschäftigt er sich mit Arafat und Apostel und was er mit ihnen macht, wenn er sie erwischt. Das wird auf keinen Fall angenehm für die beiden, so viel steht jetzt schon fest.

»Wie wär's mit Kiffer-Futter?«, holt Kemal den Russen aus seinen Rachegedanken in die Gegenwart zurück.

Kolja führt das Glas erneut zum Mund.

»Hä?«

Klar, er versteht nur Bahnhof. Aber nach Kemals wenigen Hinweisen klingelt es bei ihm.

»Das ist doch legal, du Lutscher«, antwortet er nämlich auf Kemals »Wir machen so etwas Ähnliches wie Ben & Jerry's.« Kemal nickt, von oben herab. Die Reaktion hat er erwartet gehabt. Der Pisser hätte Lehrer werden sollen, denkt Kolja.

»Das ist eine absolute Marktlücke«, gibt Kemal weiterhin sein Bestes, um Kolja für seine Idee zu gewinnen, wobei er seine Worte mit eleganten Gesten begleitet. »Bei uns ist alles Fairtrade und Bio. Und trotzdem Hammerzeug. Verstehst du? Bio und Fairtrade, das die Synapsen dennoch zum Glühen bringt. Die Leute werden uns die Bude einrennen.«

Und dann zählt Kemal auf, was er sich für den Anfang in ihrem Sortiment alles so vorstellt:

… Snacks, Nüsse (z.B. Cashews, Erdnüsse, Pecans, Pistazien …) und Ähnliches in allen Geschmacksrichtungen von Chili bis zu dunkler Schokolade …

… Wurst, im Teigmantel oder schön knusprig, mit garantierter Geschmacksexplosion am Gaumen …

… Käse, fest, den man in Dips tunkt und geschmolzen, gefüllt mit Paprika, Peperoni, Wurst, Pilzen …

… Chips, alle Arten (geriffelt, glatt, groß, klein, Tortilla und Kartoffel) und in allen möglichen Geschmacksrichtungen (siehe Snacks) …

… Dips (hier sind der Phantasie keine Grenzen gesetzt) …

… Pudding (Wackelpudding, Milch, any varieties) …

… Joghurt (Vollfett, no fat, griechisch) …

… Limonade (einfach der Hammer, was man sich hier für unendliche Variationen vorstellen kann).

Kolja hört aber einfach nicht zu. Er ist damit beschäftigt, sich einen Plan auszudenken, was er mit Arafat und Apostel anstellt, sobald … Aber das hatten wir ja schon. Das Leben besteht nun einmal aus Wiederholungen, auch wenn diese langweilig sind.

»Also, Kolja, das musst du dir einmal auf der Zunge zergehen lassen. Fairtrade, Bio und Synapsenburner und alles zu coolen **Preisen**. Die Leute rennen uns die Bude ein. Ehrlich.«

»Das glaub ich nicht!«

Kolja schlägt mit der Faust auf die Sessellehne.

»Doch«, widerspricht Kemal und freut sich, dass Kolja ihm zuhört. »Ich hab mir das überlegt. Pass auf …«

»Dass dieser Schwanzlutscher Arafat tatsächlich die Stirn besitzt, mir den Krieg zu erklären«, zerstört Kolja Kemals Illusionen, während seine Halsschlagader noch heftiger pulsiert.

Okay, Koljas Ego ist riesig, aber er hat ja auch allen Grund dazu, bei seiner Erscheinung und seiner Vita.

»Nachdem wir bei den Kiffern bekannt sind, nehmen wir die gutbürgerlichen Kunden ins Visier«, versucht Kemal sein Ablenkungsmanöver auszubauen, da er um Koljas Gesundheit fürchtet, aber er zweifelt, ob sein Freund überhaupt ein Wort mitkriegt von dem, was er ihm erzählt.

»Ich bin doch schon ein guter Mensch, wozu dann noch etwas Legales machen?«, fragt Kolja jetzt – als wolle er Kemal demonstrieren, dass der ihm einmal mehr Unrecht tut. »Ich verteile Lebenschancen an arme Menschen, die ins Paradies wollen. Ich nehme den Reichen ein Stück vom Wohlstandskuchen weg und lasse auch die Armen an den Futtertrog.«

Warum sieht Kemal nur so erstaunt aus?

»Das alles hast du doch selber schon zig Mal gesagt«, fügt Kolja deshalb hinzu, als wolle er sich dafür entschuldigen, dass seine Sätze länger sind als sonst und auch anders klingen.

Pause. Kolja kippt seinen Wodka hinunter. Dann packt er den Hammer aus, denn Einseifen lassen will er sich nicht, und er merkt genau, was Kemal im Schilde führt. Er will ihn ablenken und beruhigen, um dann nach einer friedlichen Lösung zu suchen.

»Eigentlich sollten wir Arafats Angebot annehmen«, sagt Kolja deshalb ganz ruhig und beobachtet dabei seinen Freund.

Kemal haut es beinahe vom Stuhl. Kolja lächelt. Er kann ihn also noch überraschen. Gut zu wissen.

»Ich habe gesagt: eigentlich«, fügt er dann nach ein paar Sekunden hinzu.

Kemal wirkt beruhigt – fürs Erste.

»Weißt du, warum?«

Ohne eine Antwort abzuwarten, fängt Kolja zu erklären an, was a) Magnum-Flaschen Schampus b) ein Maserati c) eine Datscha in Jalta d) die »kleinen« Geschenke für Olga, Natascha, Tania, Elena usw. kosten. Kemal versteht zwar nur Bahnhof, ahnt aber bereits, worauf das Ganze hinaus soll.

»Was Arafat vorschlägt, ist an sich richtig. Denn dadurch machen wir mehr Gewinn.«

Gewinn bedeutet für Kolja = Ich kann mir a) bis d) viel schneller leisten. Das Problem daran ist, dass der Gewinn für Kolja anders aussieht als der Gewinn für Kemal. Deshalb wendet Kemal mit einem süffisanten Lächeln ein »Du willst also auf die Forderung eines Erpressers eingehen?«, um Kolja wieder auf Linie zu bringen.

»Lieber lass ich mir den Schwanz abschneiden«

Auf Kemals Gesicht macht sich Erleichterung breit.

»Warum sollen wir den Wichsern überhaupt etwas abgeben?«, zerstört Kolja aber schnell alle Illusionen.

Kemal schweigt.

»Wir lassen Arafat verschwinden und übernehmen seinen Laden«, lautet folgerichtig Koljas Vorschlag, der sich unter dem Stichwort Krieg zusammenfassen lässt.

Kolja erkennt, dass Kemal mit dieser Volte gerechnet hat.

»Wie willst du ihn beseitigen?«, möchte Kemal wissen und kratzt sich am Hals, da er als Pazifist selbst das Wort »beseitigen« nur ungern in den Mund nimmt.

»Drive-By«, gibt sich Kolja kryptisch.

»Wie bei Jung, brutal, gutaussehend 2?«
Kolja nickt. Er steht auf Kollegah & Farid Bang.
Auch wenn er genau weiß, dass sie wahrscheinlich nur
Laller / Poser / Image-Rapper
sind.
Aber die Texte sind gut. Siehe Drive-By. So muss Mann in einer richtigen Welt handeln.

31

Büro von KOKE – Innen – Früher Abend

Kemal: »Gewalt ist keine Lösung.«

Kolja lässt seinen imposanten Bizeps spielen.

Kolja: »Schau mal, Alter.«

Kemal schüttelt den Kopf.

Kolja: »Hast du den Text vergessen? Wir machen es wie in Drive-By. Ich schieß aus dem Fenster. Bang, Bang, Bang. Diese Sprache versteht Arafat.«

Kemal: »Werde erwachsen, Ko. Kollegah & Farid Bang sind Laller. Die können nicht mal Deutschland und die USA auseinanderhalten.«

Kolja: »In Deutschland geht es manchmal härter zu, als in den scheiß U Punkt S Punkt A Punkt.«

Schweigen. Die Freunde messen sich mit Blicken.

Kemal: »Arafat ist zu stark, als dass wir ohne Weiteres gegen ihn losschlagen können.«

Kolja: »Wenn du nachgibst und zögerst, verlierst du dein Gesicht. Dann bist du unten durch. Für immer.«

Kemal: »Wir müssen ihn auf eine intelligente Art und Weise schnappen.«

Kolja lacht und ballt die Faust.

Kolja: »Sollen wir mit ihm Diskussion anfangen? Das ist ja beinahe wie in der Schule.«

Kemal: »Wir sollten seine Stärken und Schwächen kennen, bevor wir uns offen mit ihm …«

Kemal hört zu sprechen auf und legt den Zeigefinger seiner rechten Hand auf die Lippen.

Kemal: »Pst.«

Kolja: »Du willst doch was. Spuck's aus.«

Kemal: »Ganz einfach. Wir fragen bei Paul nach.«

Kolja klopft sich mit dem Zeigefinger auf die Birne und macht heftige Mattscheibe.

Kolja: »Paul?«

Kemal nickt. Kolja kann es immer noch nicht glauben.

Kolja: »Unser Paule?«

Kemal: »Yeah, Paul Schulz.«

Kolja: »Den würd ich nicht mal fragen wie das geht, wenn ich zum Wichsen zu blöd wäre.«

Kemal: »Bisher hat er uns Ärger vom Hals gehalten.«

Kolja: »Du meinst, bisher hat er kräftig abkassiert. Der hat keinen Finger für uns krumm gemacht. Das Geld könntest du genauso gut in den Müllschlucker schmeißen. Dann würde dasselbe rauskommen.«

Kemal: »In jedem Fall kann er uns Informationen über Arafats Organisation besorgen.«

Kolja: »Das kostet uns eine Stange Geld, Alter. Du kennst Paul. Der ist beinahe so unersättlich nach Kohle wie die umgepolten Transen beim Christopher Street Day nach Prachtschwänzen.«

Kemal: »Und?«

Kolja schlägt die Augen nieder.

Kolja: »Ich mag den Vollpfosten nicht. Der Typ ist so krank, dass er sogar mir Angst macht.«

Kemal: »Ich mag ihn auch nicht. Aber das spielt keine Rolle. Wir sollten das professionell sehen.«

Kolja: »Ich schwör dir, wenn der Typ auch nur im Geringsten rumspackt, mache ich ihn kalt.«

Kemal: »Du willst einen Cop killen?«

Kolja: »Ja. Außerdem ist das gut fürs Geschäft. Danach kommt dir keiner mehr blöd.«

Kemal: »Du meinst, es erhöht unsere Street-Credibility, falls das überhaupt noch möglich ist?«

Kolja nickt.

Kolja: »Ich bin schon ziemlich kredibil, aber dir könnte solch ein Move nicht schaden.«

Kemal: »Kolja, jetzt einmal ganz im Ernst. Wir sind Schleuser. Keine Staatsfeinde.«

Kolja: »Noch nicht. Aber was noch nicht ist, kann ja noch werden. Hat meine Großmutter immer behauptet. Und die wusste, wovon sie redet.«

TEIL 3

PAUL UND LOL

32

Paul Schulz ist VIP-Gast im Romasi. Die Chefin Georgina umgarnt ihn nach allen Regeln der Kunst.

Er ist ein gern gesehener Gast und genießt
- eine supreme Behandlung,
- Chef-Status,
- und 1a-Kredibilität.

Und, Paul ist der ideale Kunde für das Romasi. Pauls moralisches Empfinden ist nämlich nicht stärker ausgeprägt als bei einem zurückgebliebenen Fünfjährigen und seine Vorlieben werden gerne bedient. Man kommt nicht umhin, Paul moralische Debilität zuzusprechen. Dass Paul so ein gern gesehener Gast ist, liegt nicht unbedingt daran, dass er immer am meisten Asche liegen lässt. Oder daran, dass er andere Kunden anlockt, den Laden also durch seinen Starbonus aufpeppt. Pauls Beliebtheit im Romasi liegt daran, dass er Cop ist und viele Vertreter der Staatsmacht kennt und dadurch für das Romasi aus naheliegenden Gründen interessant ist. Paul stört schon immer das L in seinem Vornamen, weshalb er lieber Pau genannt werden möchte, woran sich leider so gut wie niemand hält. Denn Paul bleibt halt Paul. Er erinnert sich mit Gänsehaut an seine Mutter, eine preußische Matrone mit legendärem Umfang, die ihn immer – im nüchternen oder volltrunkenen Zustand – wie folgt zu sich rief: »Pauuuuuullll …!« Pauuuuullll – was für ein beschissener Name. Paul findet, dass nicht einmal ein Pitbull Paul heißen sollte, was aber immer wieder vorkommt. Für diesen Namen sind die Viecher einfach zu schön und strahlen eine Würde aus, die mit dem Namen Paul nicht zu vereinbaren ist. Pau klingt hingegen geheimnisvoll – findet Paul. Exotisch vielleicht. Und Exotik ist das, wonach Paul sich sehnt. Er wünscht sich, etwas ganz Besonderes zu sein. Er möchte sich durch Exklusivität auszeichnen.

Paul möchte
- wichtig sein,
- von Interesse sein,
- und ernst genommen werden.

Wobei Paul ehrlich gesagt alles andere als exotisch ist. Er besitzt den typischen deutschen, riesigen Kartoffelschädel. Seine Birne leuchtet wie die chinesische Fahne. Bluthochdruckalarm hoch zehn. Die dunkelblonden Haare, die zum Teil ergraut sind, wirken fettig und stumpf. Das heißt, was von ihnen übrig geblieben ist. Der Rest hängt in langen, wirren Strähnen an seinem Kopf herunter wie hässliches Unkraut an kaltem, feuchtem Mauerwerk. Die kleinen Blumenkohlohren kontrastieren mit dem Umfang des Kopfes. Paul hat die – für deutsche Cops immer noch obligatorische – Rotzbremse.

Also einen
- Fliegenfänger,
- Fotzenhobler,
- Schnurrbart.

Und seine schwülstigen Lippen sind immer leicht feucht.

Eigentlich hätte Paul mit sich und der Welt im Reinen sein können, denn seine Rotzbremse ist gut gepudert. Sie sieht aus wie mit Mehl bestäubt. Und Paul hat immer gedacht, dass das der Glückzustand schlechthin sei. Genug Koks in der Birne, um nonstop von Berlin nach Kabul zu fahren, und das andere, was Männerherzen begehren, steht ebenso zu seiner Verfügung. Paul atmet tief ein und aus. Er steht kurz vor dem Abheben. Das Romasi – wooooow – immer einen Besuch wert. Das gibt's doch gar nicht, das ist nicht von dieser Welt. Er liebt die bordeauxroten Tapeten, die vergoldeten Lampen, diese Wahnsinnskronleuchter. Er schätzt besonders, dass hier alles verspiegelt ist, denn er mag es, sich selber zu sehen, am liebsten in mehrfacher Ausfertigung. Paul genießt den kniehohen, weißen Flokati. Der Whirlpool fängt zu blubbern an.

»Wow«, meint Paul ein bisschen abgestumpft – und greift nach der Schampus-Flasche, die am Beckenrand steht.

Er setzt an und trinkt direkt aus der Flasche, schüttet den Inhalt stumpf in sich hinein. Etwas zu optimistisch vielleicht, denn er verschluckt sich böse. Die pompöse Erwachsenenbrause kommt ihm durch die Nase wieder hoch und läuft über die rot glänzenden Wangen das dezente Doppelkinn hinunter, bis zur extrem behaarten Brust und dem Schmerbauch.

»Schlabber-Wasser vom Feinsten!«, brüllt Paul, als er wieder Luft kriegt und lacht irre.

Paul öffnet beide Arme und steht da wie
- der Papst,
- ein Pate,
- irgendein Vollidiot.

Lol lacht. Es klingt putzig, kindlich und verdorben zugleich. Insbesondere das Letztere, aber so was von, obwohl Paul ein bisschen grenzdebil und wie kurz vorm Abkacken wirkt. Aber da sollte man sich nicht täuschen, denn Paul besitzt Steherqualitäten. Lol sieht aus, wie sie heißt – Nomen est Omen, denn ihren Künstlernamen hat sie sich sorgfältig ausgesucht, und sie spielt ihre Rollen so gut wie sonst kaum jemand. Zwei sorgfältig geflochtene rabenschwarze Kinderzöpfe hängen rechts und links an ihrem Gesicht herunter. Das tiefbraune Gesicht mit dünnen, blutrot geschminkten Lippen ist sehr schmal mit hohen, hervorstehenden Wangenknochen. SOS Fellatio! Lol kann als geringfügig ältere Schwester von Goethes Mignon aus Wilhelm Meisters Lehrjahren durchgehen.

»Kannst du denn schon wieder, mein wilder Hengst?«, fragt sie, während sie den Zeigefinger in ihre Champagner-Flasche tunkt und den Finger genüsslich abschleckt.

Paul posed. Seine Gesichtszüge sind angespannt, er streckt die verfettete Hühnerbrust inklusive kleinem Hängebusen raus und zieht den Schmerbauch ein. Sein Schrumpel-Glied streckt er so weit nach vorne wie es geht, was besonders lächerlich wirkt.

»Ob **ich** schon wieder kann?«

Paul lacht irre.

»Können Deutsche Akten anlegen?«

Jetzt lacht Lol.

Dann schreit Paul aus Leibeskräften »Bitch!« Lol starrt auf sein Glied, als ob es eine Bratwurst wäre und sie seit zwei Wochen nichts gegessen hätte.

»Leg deinen kleinen Prachtarsch auf den Beckenrand und mach die Beine breit«, befiehlt Paul mit einem dümmlichen Grinsen. »Dann zeig ich dir, was ich alles kann.«

Der kriegt jetzt sowieso keinen mehr hoch, hofft Lol, weiß aber aus leidvoller Erfahrung, dass die Wirkung von Kokain in diesem Zusammenhang nie unterschätzt werden sollte. Lol gleitet sexy aus dem Becken nach oben. Das macht sie sehr gut. Sie spreizt ihre Beine, als ob sie den Spagat für das Bolschoi-Theater üben würde. Die Spalte ist glatt rasiert und so was von eng, dass Paul beinahe Atemnot kriegt. So rosig, so wohlgeformt, so herrlich eng, so weit vom Blätterteig entfernt, dass man meinen könnte, sie stamme von einer Zwölfjährigen. Im Romasi verstehen sie halt ihr Geschäft. Die lassen knapp Dreißigjährige aussehen wie Kinder und Kinder wie perfekt geformte MILFs. MILFs = Moms I'd like to fuck oder Moms I'd like for fun. Aber so genau will Paul gar nicht darüber nachdenken, wie es sich mit Lol denn verhält. Denn dann kommt er durcheinander, zu welcher Sorte Lol gehört und eigentlich ist das ja auch scheißegal, so lange niemand weiß, dass … Paul schaufelt zwei Gold-Löffelchen Koks in die Nasenluke. Zieht es kräftig nach oben, ein bisschen Rotz inklusive. Es brennt wenig, denn Pauls Nasenschleimhäute befinden sich in einem schlimmeren Zustand als das Atomkraftwerk in Fukushima. Das weiße Pulver türmt sich auf dem versilberten Tablett, das am Beckenrand steht. Dann schleckt sich Paul die drei mittleren Finger ab und taucht sie tief ins KOK hinein. Damit bestreicht er seine Eichel, nimmt seinen Schwanz in die rechte Hand und wichst. Er hat viel Übung darin, ist Vollblutprofi durch und durch, das sieht man auf den ersten Blick. Mit halbsteifem Glied und vollem Goldlöffel watet er drei Schritte durch den Whirlpool zu Lol.

»Jetzt bist du dran, du kleines Luder.«

Lol stöhnt, als ob sie es kaum erwarten kann, dabei ist ihr eher schlecht, und sie hofft, dass sie den Würgereiz unterdrücken kann.

»Paul, bitte komm zu mir«, bettelt sie.

Paul
- sabbert,
- zittert,
- ist geil.

Zumindest in seinem eigenen Gehirnkino. Dann lässt er ein wenig auf Lols Spalte rieseln.

»Das ist sooo gut«, lässt Lol mit einer Stimme verlauten, die sie selber nicht als ihre eigene erkennt.

Paul beugt sich nach unten und verschwindet zwischen ihren Schenkeln. Dann beginnt er sie zu lecken.

Er geht
- hart,
- kompromisslos
- und zielorientiert

vor.

Lol stöhnt kurz und abgehackt: »Oh! Oh! Oh! …«

Paul saugt an ihrem kleinen Kitzler wie ein ausgehungerter Säugling an der Zitze seiner Mutter. Mit der Zunge schiebt er das KOK immer tiefer in ihre Spalte. Lol presst ihr Becken gegen den Widerstand mit zu Fäusten geballten Händen. Ihr Gemächt ist in die Höhe geschoben und ihre Muskeln stehen kurz vor der Entspannung. Dazu ihr Sound: »Oh! Oh! Oh! …« Pauls Glied wird ein wenig steifer. Lol gibt sich ihm hin. Ganz, vollständig und irreversibel, so hat es den Eindruck. Dabei wünscht sie sich nichts sehnlicher, als nicht hier sein zu müssen. Und dann kommt es ihr, ganz gewaltig: »Ooooooohhhhhhh …« In echt?

Paul ist zufrieden, macht aber weiter. »Ooooooohhhhhhh …« So. Der hat er es aber gegeben. Aber davon kann er nie genug kriegen. Das ist wie eine Sucht. Nicht dass er Frauen etwas Gutes tun will. Sondern er braucht das Gefühl der Macht, indem er glaubt, über sie bestimmen und sie zum Orgasmus zwingen zu können. Deshalb hört er nicht auf und schleckt und leckt weiter, bis sie wieder ertönt »Oooooohhhhhhh …« Jetzt reicht es aber. Es ist es höchste Zeit, dass er wieder an die Reihe kommt. Wo käme man denn sonst hin?

Also erhebt er sich und schnappt sich seine Wumme, die achtlos am Beckenrand liegt. »Oh!«, entfährt es Lol, als sie das sieht, und dieses Mal klingt es echt. Lol macht ein erstauntes Gesicht, aber es spiegeln sich keine Angst, Furcht oder Panik darin. Aber Überraschung. Und das lässt Pauls bestes Stück etwas steifer werden.

»Dir passiert nichts«, verspricht er ihr, während er die Waffe durchlädt, auf ihren Kopf richtet und den Hahn spannt, »solange du genau das tust, was ich dir sage.«

Wieder geht es dem schizoiden Soziapathen um Macht. Lol nickt einmal, zweimal, dreimal. Weltklasse, denkt Paul. Es ist einfach Weltklasse. Es gibt Weltklasse-Weiber, es gibt Weltklasse-Ficks und es gibt einen Weltklasse-Paul. Ich bin Weltklasse, gar keine Frage. Er lacht irre.

»Mach den Mund auf!«, befiehlt er Lol.

Die Tour kennt Lol nur zu gut, sie macht schließlich beruflich beinahe nichts Anderes, denn ihre Wangen- und Mundpartien gehören mit zum Erotischsten, was man sich überhaupt vorstellen kann. Also öffnet sie den Mund, schließt die Augen und überlegt, ob sie sofort mit der Hand nachhelfen soll oder ob ihn das verärgert, denn einige Kunden bestehen auf Französisch im Porno-Style, was bedeutet, dass man nicht mit der Hand nachhelfen darf. Allerdings ist das ein Witz, wenn man sich die meisten Blowjob-Pornos anschaut. Doch statt der halbschlaffen Wurst mit leichtem Käsegeschmack spürt sie zu ihrer Überraschung das kalte Eisen in ihrem Mund, das sich vor und zurück bewegt und an ihren Zähnen verdammt weh tut.

»Das gefällt dir doch? Gib's zu, du kleine Schlampe!«

Erschrocken öffnet Lol die Augen, und Paul spürt, wie ihn neue Kraft durchflutet. Diese Angst in ihren Augen ist einfach unbezahlbar. Eigentlich kümmert es ja niemanden, wenn diese Schlampe morgen nicht mehr da ist, denkt er, und er muss ja wissen, denn … Paul arbeitet für das Bundeskriminalamt. Zum Glück im Standort Berlin. Er ist den Referaten So 13 und So 14 zugeordnet. Das eine Referat hat sich auf Menschenhandel und Schleusungskriminalität spezialisiert. Das andere Referat auf aktive Ermittlungen. Paul ist eigentlich ein beinahe unmenschliches Arbeitstier, aber die Kollegen sagen über ihn nur: »Er macht alles, nur nichts richtig.«

Außer
- schleimen,
- Arsch kriechen
- und unterwürfig sein.

Das alles hat er bis zur Perfektion getrimmt. Was seine Kollegen vorsichtig sein lässt, aber hinter seinem Rücken beginnen sie zu tuscheln und meinen, »Paul ist das letzte Arschloch.« Und »Der ist ein richtig kranker Typ. Außerdem besitzt er einige ziemlich ungesunde Angewohnheiten.« Die Kollegen müssen es ja wissen. Und sie unterstellen ihm, dass er erotisch tätiger ist als beruflich, wobei ihnen schon klar ist, dass Paul seine Fantasien vor allem in Sauna-Clubs und Bordellen auslebt. Wenn die heute von der Bildfläche verschwindet, kommen morgen zehn nach, noch bessere, noch geilere Weiber, denkt Paul. Das ist ja das Tolle. Wo die herkommt, gibt es noch mehr. Er greift nach der Schampus-Flasche, ohne mit der Mund-Penetration aufzuhören, schüttelt sie, den Daumen auf dem Flaschenhals, und steckt sie gekonnt mit einem Stoß in Lols Rosette und »**Ooooooohhhhhh**!!!« Dieser Schrei ist echt. Daran kann kein Zweifel bestehen. Er hallt durch das vornehmste VIP- und Deluxe-Zimmer des Etablissements, die King-Suite des Romasi sozusagen.

»Wusste ich doch, dass ich's dir besorgen kann, du kleine dreckige Zigeuner-Fotze«, brabbelt Paul halb von Sinnen vor sich hin, während das Koks in seinem Schädel für eine Explosion nach der anderen sorgt.

Nun hat Paul Schaum vor dem Mund. Sein Penis wird jetzt hart. Richtig hart, während er immer kräftiger und härter, oben mit der Knarre und unten mit der Flasche zustößt und Lols Schreie zu einem erbärmlichen Weinen und Flehen werden, was ihn aber nur noch geiler macht. Diese Nummer hätte ich aufnehmen sollen, ärgert er sich. Die Flasche bahnt sich unaufhaltsam immer weiter den Weg und droht ihren Freudenspender ein für allemal zu sprengen. Ich werde sie …

Pauls Finger spannt sich bedrohlich um den Abzugshahn, während er immer weiter penetriert und seine Birne

- explodiert,
- implodiert
- und kollabiert,

da die letzte Ladung KOK im Oberstübchen angekommen ist und ihn ins Nirwana entführt, ins schwarze Loch, ins Bermuda-Dreieck.

Lol stehen die Todesängste und unsäglichen Schmerzen in ihr zartes Gesicht geschrieben.

Die kleine Nutte schafft es doch tatsächlich, dass ich komme, denkt er zufrieden, trotz

- Koks,
- Alkohol,
- keinem Schlaf

und dem ganzen Scheiß, den er durchmacht, in den er sich selber immer wieder selber rein- und rausmanövriert.

Paul kommt tatsächlich, aber nicht gewaltig, sondern in winzigen Tröpfchen. Erst ein Mal, dann zwei Mal und schließlich drei Mal pumpt sein Schwanz ganz wenig weiß-gelbes Ejakulat heraus, das es nicht einmal bis auf Lols Körper schafft, sondern auf den hellgrünen Fließen vor dem Whirlpool verschwindet und darauf wartet, mit einem Blatt Küchenrolle weggewischt zu werden. Paul hört auf zu penetrieren und sackt zusammen. Sein Brustkorb – schon wieder sein verdammter Brustkorb – krampft sich zusammen und die Schmerzen auf Herzhöhe nehmen ihm den Atem. Er schnappt nach Luft und bedeckt seine Brust mit beiden Armen, während Lol vorsichtig die Champagner-Flasche aus ihrem Allerwertesten zieht, dabei zuschaut, wie langsam der Champagner aus ihrem Anus herausfließt, und sich überlegt, ob sie die auf dem Boden liegende Pistole schnappen soll, um diesem kranken Wichser ein für allemal alle

Lebenslichter auszublasen. Aber das geht nicht, denn so lautet nicht ihr Auftrag, und wenn sie das jetzt tut, waren alle ihre bisherigen Bemühungen umsonst.

»Du warst unglaublich gut«, flötet sie deshalb und lächelt ihm ins Gesicht, was Paul gar nicht mitkriegt, da er immer noch mit sich kämpft, also fällt ihm nichts Besseres ein, als Richtung Spiegel zu robben, und er hält seine Nase einfach in den Kokshaufen, atmet tief ein und zieht so viel Pulver hoch, wie er auf einmal nur kriegen kann.

»Ah, jetzt geht's wieder«, lallt er und richtet sich auf.

Wie gesagt, Paul verfügt über Steherqualitäten.

»Super«, meint Lol, während sie sich eine Zigarette anzündet, um dann auch ihre feine Nase über den Spiegel zu halten und ein kleines Näschen zu ziehen, denn nüchtern hält sie das Ganze nicht mehr viel länger aus.

»Stimmt, wo du Recht hast, hast du Recht«, pflichtet Paul ihr bei und richtet die Wumme auf ihre Birne. »Dann lass uns mal reden.«

34

Romasi – Innen – Früher Abend

Paul: »Dir hat es also gefallen?«

Lol versucht zu lächeln, verzerrt aber wegen der Schmerzen ein wenig das Gesicht.

Lol: »Das war unglaublich. Ich hatte noch nie so einen geilen Orgasmus.«

Sie sieht, dass Paul auf mehr wartet und legt nach.

Lol: »Und so viele.«

Paul: »Auch anal?«

Lol zieht jetzt alle Register ihrer Schauspielkunst und reibt sich genüsslich ihren Hintern.

Lol: »Darauf kannst du wetten.«

Paul: »Angst und Geilheit gehören zusammen wie …«

Paul massiert sich die Stirn. Ihm fällt kein Vergleich ein.

Lol: »Hä?«

Paul: »Sagen wir so, die Angst lässt dich geiler kommen.«

Lol sieht irritiert aus. Dann glätten sich ichre Gesichtszüge.

Lol: »Stimmt.«

Paul: »Noch geiler ist das in echt.«

Lol: »Wie – in echt?«

Paul: »Wenn ich den Abzug wirklich durchdrücke.«

Auf Lols Gesicht macht sich Furcht breit.

Lol: »Du willst abdrücken? Aber dann bin ich ja …«

Paul genießt ihre Angst.

Paul: »Genau das ist das Geile dran. Aber du wirst den besten Orgasmus ever haben.«

Lol: »Wow.«

Paul: »Soll's ich dir zeigen?«

Lol ringt mit sich.

Lol: »Nicht jetzt.«

Sie lacht.

Lol: »Für heute habe ich genug.«

Jetzt lacht Paul – dreckig und zufrieden.

Paul: »Stimmt. In deinem Zustand könntest du die Show gar nicht mehr ansprechend genießen.«

Lol wirkt erleichtert.

Lol: »Das wäre schade, nicht wahr?«

Paul: »Genau. Also machen wir das später mal. Aufgeschoben ist nicht aufgehoben. Auf das Video freue ich mich jetzt schon. Das wird jesusgeil.«

Lol: »Was hab ich denn davon, wenn ich tot bin?«

Paul: »Du hast dich für die Nachwelt verewigt.«

Paul kratzt sich ausgiebig am Sack.

Paul: »Künstlerischer Nachruhm wird dir gewiss sein.«

Als er merkt, dass Lol nicht zufrieden ist, überlegt er sich ein weiteres Argument.

Paul: »Und ich werde dein größter Fan sein.«

Lol: »Kann ich mich jetzt anziehen und frisch machen?«

Paul: »Mhm.«

Lol: »Hast du schon bezahlt?«

Paul geht zu seiner Hose, sucht in den Taschen und wirft Lol einen Zwanzig-Euro-Schein hin.

Paul: »Für dich.«

Lol rollt mit den Augen.

Lol: »Danke, Big Spender.«

Paul: »Werd' nicht frech, Kleine. Oder ich lass deinen kleinen Drecksarsch sofort in dein verschissenes Kaff nach Rumänien abschieben.«

35

Mit zittrigen Händen zündet sich Paul die Kippe an. Es fällt ihm schwer, seinen Körper zu kontrollieren.

»Ob ich bezahlt habe?«, schnaubt er voller Verachtung. »Allein für diese freche Bemerkung hätte ich sie über die Klinge springen lassen sollen. Ob ich bezahlt habe – pah!«

Paul ist verwirrt. Die Birne will nicht so richtig, denn dort herrscht zu viel Nebel, zu viele Gedanken schießen hin und her und gleichzeitig spürt er eine zu große Leere, die alles umfasst.

Also, langsam, denkt er. Step by Step.

Wo liegen

- die Schuhe,
- die Hose
- und das Hemd?

Natürlich überall verstreut im Raum. Paul und zahlen? Ein Paul Schulz zahlt nicht. Denn Paul nimmt sich, was er möchte, und Paul kriegt, was er will. Und dennoch stutzt er, dass er damit durchkommt, denn, wenn er es genau überlegt, muss er sonst immer im Romasi bezahlen. Vermutlich handelt es sich dabei um einen Best-Friend-Preis, denn viel ist es nie, verglichen mit dem, was er für sein Geld geboten bekommt, aber gratis gibt's hier nix. Auch nicht für ihn. Aber heute ist alles anders, denn mit »Geht aufs Haus!« heißt ihn Georgina, die Puffmutter, willkommen. Woraufhin Paul beinahe einen Freudensprung macht und »Echt? AI?« antwortet und Georgina »Besser. Sogar VIP-AI.« retourniert. VIP-AI – incredible. Haben sie endlich auch im Romasi entdeckt, was für ein Schwergewicht er ist, wie wichtig sie ihn nehmen müssen und was er alles für den Puff tun kann, wenn man ihn nur lieb darum bittet? Wurde auch höchste Zeit. Paul hat einen Kollegen namens Marvin bei der Sitte, von dem er wissen will »Drehen die im Romasi Filmchen?« und dessen Antwort »Absolut vertrauenswürdig, denn Georgina steht seit Langem unter unserer Beobachtung« ihn nicht stutzig macht. Was ihm Marvin nicht verrät, ist, dass Georgina diesem monatlich einen Scheck widmet und ihn ab und zu mal an die Mädchen ranlässt, damit seine Abteilung aufpasst, dass im Romasi die Ausländerbehörde nicht unangemeldet auftaucht. Dass Georgina tun und lassen kann in ihrem Puff, was sie will und für richtig hält. Paul zieht sich weiter an. Die Hemdknöpfe bereiten ihm Schwierigkeiten. Warum zieht er kein T-Shirt an? Wie einen die Reihenfolge, der Knopf muss in das Knopfloch und der in jenes, so dermaßen schaffen kann, ist ihm ein Rätsel. Okay, seine Hände zittern extrem, und er kriegt es einfach nicht hin. Scheiß Hemden, denkt Paul, kein Wunder, dass meine Pumpe verrückt spielt. Bei diesem Dreck.

Sein Arzt legt ihm bei jedem Besuch nahe:

- Keine Zigaretten,
- Kein Fast-Food,
- Weniger Kaffee ist mehr,
- Regelmäßige Bewegung.

Pauls Antwort lautet: »Scheiß drauf.« Daraufhin der Doc: »Der Herzinfarkt ist nur eine Frage der Zeit«, was er mit einem lapidaren »Es ist, wie es ist« quittiert. Woraufhin der Arzt wissen möchte: »Nehmen Sie Drogen? Bei Ihren Blutwerten kann das nicht alleine an den paar Schlaftabletten liegen, die ich Ihnen verschreibe, wobei Sie die in letzter Zeit verstärkt genommen zu haben scheinen. Ich glaube, Sie hängen daran.« Woraufhin Paul ihm den Mittelfinger zeigt. Denn für Paul zählt der einzelne Tag. Solange die Qualität des einzelnen Tages stimmt, scheißt Paul auf das Morgen. Solange er seine verkackte Existenz vergessen kann. Und seine Vergangenheit und Gegenwart haben es beide in sich.

Alles schmerzt
- die Ex-Frau,
- seine Kinder
- und die mit ihnen verbundenen Alimente,
diese gottverdammten, beschissenen Alimente.

Wenn er sich das nahekommen lässt, geht es ihm nicht nur an die Nieren, sondern es schlägt auf sein Herz. Und deshalb versucht er alles im Unbewussten zu belassen bzw. ins Unterbewusstsein zu verdrängen. Und dazu braucht er legale wie illegale Substanzen, die alle der Herzgesundheit nicht zuträglich sind. Ein Teufelskreis, aus dem es kein Entrinnen gibt. Außerdem gibt es verkorkste Beziehungen und beschissene Kollegen, was für ihn beinahe dasselbe ist.

Zudem nagen
- entgangene Beförderungen,
- gefakte Berichte und Verhaftungen
- und Dienstvergehen an ihm.

Dienstvergehen, Dienstvergehen, immer wieder diese beschissenen Dienstvergehen. Alles, was ihm hilft, das zu vergessen, ist willkommen. Und dann gibt es einen dunklen Punkt in seiner Vergangenheit, aus der Kindheit, den er am liebsten für immer aus seinem Gedächtnis löschen möchte, so sehr schmerzt er ihn, bis heute. Aber das, was er heute unter Lebensqualität versteht und für ein Leben in der Vergangenheit zu zahlen, kostet unglaublich viel Geld. Was sich Paul nicht wirklich leisten kann.

Klar, er
- ist Beamter,
- verdient ordentlich,
- wird wenig besteuert
- und erhält von der Beihilfe eine 1a-Krankenversicherung,
aber für
- Koks,
- Monster-Whirlpool-Ficks im Edelpuff,
- Autos,

- Handys,
- Uhren,
- AI-Urlaube in teuren Club-Ressorts

und

- Frau,
- Kinder,
- sonstige Altlasten

reicht es nicht einmal ansatzweise.

Also muss Paul schauen, wie der Rubel rollt. Und das macht er ganz gut, denn er rollt wirklich, der Rubel, und das nicht zu knapp, wobei das eine Frage des Maßstabs ist. Dass bei Paul die Kohle fließt, liegt daran, dass er eine ihm vom Staat übertragene verantwortungsvolle Stelle innehat, die sich auf ihre Fahnen geschrieben hat, Deutschland vor ungebetenen Gästen aus fremden Ländern zu schützen. Scheiß drauf, denkt Paul, warum sollen die nicht zu uns kommen – und jeder profitiert davon? Wirklich – jeder. Die Schleuser, die Geschleusten, die daheimgebliebenen Familien, ich, die Sex-Industrie, die Restaurants, die Hotels, wirklich einfach alle. Klingt irgendwo gar nicht so unlogisch, was Paul sich da so in seinem Rausch zusammenreimt. Und Deppen wie dieser Kolja und dieser Kemal zahlen mir eine nette Stange Geld und zwar jeden Monat, so zuverlässig wie der Staat, steuerfrei und bar auf die Kralle, damit ich sie schütze und ihre Geschäfte gedeihen können. Und das wollen wir doch in unserer Marktwirtschaft. Gute Geschäfte – für alle. Paul steht an der Tür. Abmarschbereit. Er ist schlampig angezogen und wirkt verwahrlost. Er weiß, er muss was essen, um wieder gerade aus den Augen blicken zu können. Seltsam, dass er auf Koks irgendwann immer einen Fressflash kriegt. Und kaum hat er alles runtergeschlungen, wird ihm so was von schlecht, dass er am liebsten alles wieder rauskotzen würde. Models sind da anders. Die koksen und koksen und koksen und essen überhaupt nichts. Das funktioniert aber nicht bei Paul.

Und gleich soll er diese beiden Typen im Gent's Club treffen. KOKE? Gesprochen Kok. Saugeiler Name, das muss er den beiden Affen lassen. Die besitzen irgendwo Humor, etwas, was ihm völlig fehlt. Also, was ist einfacher für einen Cop, als sich auf Informantenschutz zu berufen? Deshalb führt er Kolja und Kemal als Top-Informanten und macht jeden Monat horrende Beträge locker, die er den angeblichen Informanten zukommen lässt, aber natürlich am Ende selber einsackt. Wieder ein Mehr an schwarzen Zahlen auf der Habenseite, aber immer noch nicht genug.

Auf dem Papier sind Kolja und Kemal seine

- 1a-Leute,
- Top-Quellen,
- wahre Springbrunnen

staatswichtiger Informationen, die die Sicherheit Deutschlands und Europas betreffen.

Und jeder Cop muss seine Informanten schützen. Niemand kann ihn zwingen, seine Informanten preiszugeben, solange sie keinen Mord begehen, aber davon sind Kolja und Kemal, diese beiden Lutscher, ja so weit entfernt, wie der Mars vom Jupiter oder so ähnlich. Dabei fällt Paul ein, dass er sich eine Erhöhung seiner Bezüge verdient hat, denn schließlich bietet er den beiden Burschen Premium-Schutz. Für KOKE und alle anderen auch. Er ist einfach ein hammergeiler Kerl.

36

Ein Herren-Club in Berlin – Innen – Abend

Kolja und Kemal setzen sich an die auf edel getrimmte Bar zu Paul, der gelangweilt an seinem Screwdriver nippt und dabei den Tänzerinnen zuschaut.

Kolja: »Geile Aussicht.«

Paul: »Scheißladen. In Minsk gibt's an jeder Straßenlaterne geilere Weiber als hier. Die hier sind so was von ausgelutscht und verbraucht, dass Micaela Schaefer im Vergleich zu denen die reinste Jungfrau und Nonne ist.«

Kemal: »Warum bist du dann hier und nicht in Minsk?«

Pauls rechte Hand zittert, während er trinkt.

Paul: »Weil mir das nötige Kleingeld fehlt. Und weil es dort kein gutes Material für mein Oberstübchen gibt.«

Kolja blickt gelangweilt auf seine pompöse Uhr.

Paul: »Ist die echt?«

Kolja: »Ich flieg nicht mit dem Bumsbomber nach Bangkok, um mir eine gefälschte Uhr zu kaufen.«

Paul: »20.000 Steine?«

Kolja: »Leg noch einmal knapp fünf Riesen drauf.«

Paul: »Geil.«

Kolja zieht ostentativ die Uhr ab und legt sie vor Paul auf den Tresen.

Kolja: »Hier, die gehört dir.«

Paul: »Du schenkst mir deine Uhr?«

Kolja: »Klar. Und jetzt hol mal wieder Luft, Alter.«

Kemal: »Sonst macht deine Pumpe schlapp. Du siehst ohnehin nicht sonderlich gut aus.«

Paul: »Das geht aber nicht. Ich bin Beamter.«

Kolja: »Nimm sie als Anzahlung. Okay?«

Paul wird noch etwas bleicher.

Paul: »Anzahlung für was denn?«

Kemal: »Sagen wir für ein paar Gefälligkeiten.«

Paul: »Hä?«

Kolja: »Dienstleistungen.«

Kemal holt einen beeindruckenden Beutel Koks heraus und platziert ihn vor Paul.

Kemal: »Hier eine kleine Entscheidungshilfe.«

Kolja: »Das hilft beim Nachdenken.«

Kolja und Kemal können ihr Lachen kaum verkneifen. Paul starrt auf die Uhr und das Koks.

Kemal: »Bis bald.«

Kolja: »We'll be back.«

Kolja spricht absichtlich mit starkem russischen Akzent, der an Schwarzenegger in Terminator erinnert. Kolja und Kemal lassen den verdutzten Paul im Gent's-Club zurück. Paul schüttelt den Kopf, legt die Uhr an und steckt den Plastikbeutel in die Hosentasche.

Paul: »Geile Uhr.«

Er fummelt nervös an seiner Hosentasche rum.

Paul: »Na, dann wollen wir mal testen, was die beiden Arschlöcher dagelassen haben.«

Paul geht ab in Richtung Toilette.

37

Kemal und Kolja korrumpieren Paul, da sie ihn bestechen. Wo es Korrumption gibt, ist die Korruption nicht weit. Korruption kommt vom Lateinischen corruptus, was übersetzt bestochen heißt. Im juristischen Sinn ist Korruption der Missbrauch einer besonderen Vertrauensstellung in einer Funktion in der Verwaltung, der Justiz, der Wirtschaft oder Politik. Bei Korruption geht es immer um einen materiellen oder immateriellen Vorteil, auf den kein rechtlich begründeter Anspruch besteht. Wo Korruption sich häuft, untergräbt sie den Rechtsstaat. Der Staat verkommt zu einer Bananenrepublik.

38

Georgina stellt Lol eine eisgekühlte Fanta hin. Lol trinkt in hastigen, kleinen Schlucken. Der Zucker verleiht ihr Schwung, trotz Schmerzen.

»Gut gemacht«, lobt sie Georgina – die ehemalige Friseurin mit ihren zum Turm hochgesteckten Haaren – und streichelt Lol sanft über das angespannte Gesicht.

Zwischen Georgina und Lol hat sich eine Mutter-Tochter-Beziehung herausgebildet, wobei die beiden zugleich beste Freundinnen sind.

»Kann ich Arafat jetzt anrufen?«, fragt Lol, begierig darauf, ihrem Boss Meldung machen zu können.

Georgina nickt. Lol drückt die Kurzwahltaste ihres weißen iPhones der neuesten Generation.

»Lol hier.

-

Auftrag ausgeführt.

-

Hardcore … Ziemlich krank.

-

Aber so was von.

-

Er wollte mich umbringen.

-

Das freut mich.

-

Ich glaube, ihm geht einer ab, wenn …

-

Okay …

-

Ciao! Pa!«

Georgina arbeitet unterdessen an ihrem Samsung-Laptop. Lustvolles Stöhnen und wirres Gerede sind zu hören. Lol schüttelt sich. Ihr läuft es eiskalt den Rücken herunter, wenn sie ihr Gestöhne und Pauls irres Gelabere denkt. Lol könnte kotzen. Sie ist viel gewöhnt und hat schon viel mitmachen müssen in ihrem jungen Leben, aber der Typ ist nur krank. Sie reißt sich zusammen. Denn es gibt auch Lichtblicke in ihrem Leben. Und seitdem sie den hübschen, jungen Mann in der Kaffee-Villa getroffen hat, durchflutet sie ein Gefühl, das sie bisher noch nicht gekannt hat. Es wird ihr abwechselnd heiß und kalt, wenn sie an ihn denkt, und es kommt ihr vor, als ob sie Schmetterlinge im Bauch hätte, etwas, das sie bisher nur vom Hörensagen kannte. Irgendwie macht es dieses Gefühl aber schwer, ihrer Arbeit professionell nachzugehen.

»Das wird ein Super-Filmchen, ma petite«, frohlockt Georgina. »Es hat sich gelohnt, die zwölf Kameras in dem Studio anzubringen.«

Obwohl ihr immer noch speiübel und komisch zumute ist, wird Lol neugierig, sie will einen Blick auf den Laptop werfen, um ihre schauspielerischen Leistungen und den Vollspast in Aktion zu sehen. Aber Georgina winkt sie weg.

»Später, Liebes.«

Georgina drückt ein paar Tasten und hält einen rumänischen Reisepass in die Kamera.

»Mai 1990. Ts, ts. Wer's glaubt, wird selig. Dann wärst du ja schon Mitte zwanzig.«

Lol trinkt die Flasche Fanta leer.

»Wenn ich achtzehn bin, werde ich …«, seufzt sie – und lässt den Rest des Satzes unvollendet in der Luft hängen.

»Arafat ist sicherlich zufrieden mit dir. Aber lass es dir nicht zu Kopfe steigen«, ermahnt sie Georgina.

Dann nimmt sie einen anderen Reisepass von Lol, dieses Mal einen moldawischen und hält ihn in die Kamera, sodass das Geburtsdatum wiederum gut erkennbar ist.

»Dreizehn Jahre. Das bringt jeden deutschen Staatsanwalt in Schwung. So oder so.«

39

Als ob Lol etwas zu Kopfe steigen könnte. Denn im Gegensatz zu den meisten westeuropäischen Frauen weiß Lol sehr wohl wo sie hingehört, wem sie was schuldet, und wer das Sagen hat. Arafat hat sie vor zwei Jahren persönlich eingeritten. Er erweist nicht jedem seiner Pferdchen diese Ehre, das würde er schon alleine vom Zeitmanagement her nicht hinkriegen. Entsprechend ist Lol immer noch stolz darauf. Der BOSS himself.

Der Initiationsritus verläuft spektakulär. Arafat holt sie ab. Ihre Mutter steht kurz vor der Ohnmacht. Zu viel Aufregung und zu viel der Ehre. Arafat lässt sich auf ein Glas Weißwein in ihrem Elternhaus nötigen. Plaudert unverbindlich mit dem Vater, der vor Ehrfurcht stottert. Arafat wirkt wie ein netter Onkel. Aber man merkt ihm eine ungeheure Autorität an.

»Ich bin Euch dankbar, Pate, dass Ihr meine Tochter …«, ruft sein Vater Arafat hinterher, als dieser Lol sanft, aber bestimmt zur Türe des Elternhauses hinaus schiebt.

Arafat winkt ab. Dankeshymnen ist er gewohnt, und sie langweilen ihn. Respekt ist wichtig. Denn Loyalität bedeutet Disziplin. Und Disziplin bedeutet, dass der Laden läuft.

»Ich habe alles getan, um sie zu einer guten Frau zu erziehen«, hört Lol ihren Vater ihnen hinterherrufen.

Das hast du, du kleiner Drecksack, denkt sie noch. Der Mercedes schafft es kaum durch den Matsch. In Arafats Haus ist alles vorbereitet. Das Zimmer, in dem er seine Stuten persönlich einreitet, glänzt vor Puff-Ambiente. Alles ist in Rot gehalten. Spiegel hängen an der Decke und an den Seiten. Auf Regalen stehen Dildos in jeder Größe. Ebenso finden sich Peitschen und mit Nägeln gespickte Gürtel. Arafat lässt sich Zeit. Was untypisch für das zu vermittelnde Gewerbe ist. Denn die meisten Kunden haben nichts Eiligeres zu tun als raus und rein und rein und raus. Aber Arafat bereitet sie nach allen Regeln der Kunst auf ihren Job vor. Denn das ist es, um was es sich hier handelt. Berufsvorbereitung – Ausbildung – technischer Unterricht – praktischer Unterricht. Alles in einem. Warum der Staat die Ausbildung im Rotlichtgewerbe in privater Hand lässt? Vermutlich weil die Bürohengste in den Ministerien beim Revidieren der Bildungspläne vor lauter Aufregung einen Herzkasper nach dem anderen kriegen würden. Und wie würde denn die praktische Ausbildung an der Berufsschule aussehen? Oder die Lehrproben? Arafat ist ein gewissenhafter Lehrmeister. Heute noch bereitet es Lol reale Schmerzen, wenn sie an die 48 Stunden mit Arafat zurückdenkt. Dabei hat sie nicht mitgekriegt, dass Arafat Viagra oder Ähnliches genommen hat. Und dennoch nimmt er immer wieder den Unterricht auf. Ein Mann, wie er im Buche steht. Nach Schulschluss kommt es zu folgendem Dialog:

40

Arafats Einreitzimmer – Innen – Abend

Arafat streicht sich über seinen buschigen Schnurrbart.

Arafat: »Das war in Ordnung.«

Lol liegt mit dem Gesicht nach unten auf der zerknüllten roten Decke und schluchzt.

Arafat: »Du bist ein Naturtalent.«

Lol nickt mit dem Kopf.

Arafat: »Ich kann mich an nichts Vergleichbares erinnern – zumindest ist das ziemlich lange her.«

Lol hebt den Kopf – ein wenig. Es fällt ihr schwer, aber sie weiß, welche Erwartungen Arafat an sie hat.

Lol: »Ich bin glücklich.«

Arafat: »Du wirst mir noch viel Geld bringen.«

Arafat steht vom Bett auf und zündet sich zwei Zigaretten an, von denen er eine Lol reicht.

Arafat: »Sieh mich an, Kleine. Solange du mir treu ergeben bist, wird es dir und deiner Familie gutgehen.«

Lol: »Es ist mir eine Ehre, dir dienen zu dürfen. Und für meine Familie tue ich alles.«

Arafat streichelt ihr über den Kopf.

Arafat: »Gutes Mädchen.«

Dann zieht sich Arafat an.

Arafat: »Du gehörst jetzt zur großen Familie. Dir wird es nie wieder an etwas fehlen.«

Arafat verlässt das Zimmer.

41

Im Vergleich zum Martyrium mit Arafat verläuft Lols erstes Mal vergleichsweise sanft und romantisch. Vergleichsweise wohlgemerkt. Und dennoch empfindet sie für Arafat den größten Respekt. Denn er ist der Chef, der Pate, das Oberhaupt, der Boss der Bosse. Aber bis zu Arafat war es ein weiter Weg für Lol. Sie erinnert sich voller Wehmut daran, wie sie als Zehnjährige die Blicke der Männer auf sich zu ziehen pflegt. Die Blicke sind voller Verlangen und falscher Versprechungen. Lol genießt es bis heute, auf diese Art Macht über Männer auszuüben. Sie fühlt sich wichtig, begehrt und mächtig. So kann sie die Männer dazu bringen, alles für sie zu tun. Nur mit dem jungen Mann aus dem Café scheint es ihr anders zu sein, denn hier ist ihre Empfindung eine andere, voller aufrichtigem Verlangen und echter Begierde nach Liebe. Liebe?

Damals aber legen die Frauen ihrer Familie noch schützend die Hand über sie. »Sie ist noch ein Kind«, erinnert sie sich an einen Satz, den sie damals häufig heimlich hört.

Die Männer nicken und streichen sich bedächtig über ihren Schnurrbart, ihre Blicke sagen aber das Gegenteil.

»Sie wird bald eine Frau. Sieh, wie sie heranreift«, legen die Frauen nach, die ihre Männer gut kennen.

Es ist nicht so, dass Lol die Männer nicht reizt. Sie sendet schüchterne und aufreizende Blicke aus. Sie lässt den Rock hochrutschen und gibt Blicke auf ihre geraden und schlanken Schenkel frei. Sie öffnet zwei Knöpfe ihrer Bluse mit der Bemerkung: »Heute ist es aber wieder heiß!« und gewährt damit Einblicke auf ein im Entstehen begriffenes Gebirge, das seinen Reiz aus dem Unvollendeten gewinnt. Ihre Mutter tadelt sie. Weil sie weiß, dass solch ein Verhalten den Männern gegenüber nicht ungesühnt bleiben wird. Nicht dass sie sagt: »Reize nicht die Männer, sonst werden sie über dich verfügen.« Nicht dass sie sagt: »In unserer Gesellschaft wird es nicht toleriert, dass Frauen Herrschaft über die Männer ausüben.« Aber sie gibt ihr mit Blicken zu verstehen, dass sie nicht einverstanden ist, wie Lol sich verhält und so kommt es schließlich, wie es kommen muss. Als Lol ihrem Onkel und ihren Cousins an einem heißen Sommertag auf dem Feld hilft, kommt ihr Onkel auf sie zu, lächelt und bittet sie mit beinahe zärtlicher Stimme: »Leg dich aufs Feld.«

Obwohl Lol weiß, was nun folgen wird, mimt sie die Unschuld vom Lande. »Was ist, Onkel?« Doch ihr Onkel möchte keine Zeit vergeuden. Er drückt sie auf das Feld und fängt an, ihren Rock hochzuschieben. Lol versucht nicht, sich zu wehren, sondern entspannt zu bleiben und das Beste aus der Situation zu machen. Was bleibt ihr übrig? Was passiert, ist unvermeidlich, sodass es besser ist, sich zu fügen. Ändern kann sie es nicht, denn es ist, wie es sein soll. Als der Onkel und seine drei Söhne mit ihr fertig sind, weint Lol. Große Krokodilstränen.

»Was ist denn, Kleines?«, will ihr Onkel wissen.

»Bin ich jetzt eine Frau?«

Der Onkel blickt zu seinen drei Söhnen. Dann zu Lol.

»Ja. Das bist du.«

Lol weint jetzt umso heftiger. VI. Voller Innbrunst.

42

Der Begriff Zigeuner sollte am besten nicht verwendet werden. Und dennoch findet sich in Wikipedia, dem heute alles bestimmenden freien Lexikon, der folgende Eintrag.

»**Zigeuner** […] als soziografische Sammelkategorie für unterschiedliche ethnische und soziale Gruppen, deren Angehörigen eine als unstet, ungebunden, deviant und/oder delinquent beschriebene Lebensweise zugeschrieben wird […] Zugleich […] kam eine ebenfalls abgrenzende romantisch verklärende Sichtweise auf, die negative Stereotype positiv umwertete.« (Wikipedia)

Wird durch die Verwendung des Begriffs Zigeuner die normative Political Correctness außer Kraft gesetzt? Oder wird in Wikipedia etwas beschrieben, das es nicht gibt? Das wäre nicht das erste Mal, wie ein Eintrag über einen erfundenen portugiesischen Kolonialkrieg bewies.

43

Lols Tante weint vor Glück. Ihre Nichte ist jetzt eine Frau. Und ihr Mann hat den Initiationsritus vollzogen.

»Du gehörst jetzt zur Gemeinschaft der Frauen«, verkündet sie Lol voller Stolz.

Aber wenn sie Dankbarkeit erwartet, hat sie sich getäuscht. Lol gehört nicht zur sentimentalen Sorte. Lol hat einen Riecher für Macht. Lol möchte sich nicht mit Krümeln abspeisen lassen, wenn sie den ganzen Kuchen haben kann. Aber Lol ist noch jung, so verdammt jung. Und ihre Erziehung ist noch nicht abgeschlossen. Denn jetzt trägt ihr Vater Sorge dafür, dass aus ihr eine gute Frau wird. Ihr eigener Vater. Lol fällt es schwer zu sagen, wie sie zu ihrem Vater steht, sie kann ihre Gefühle schwer in Worte fassen. Dasselbe gilt anders herum, also, sie kann nicht genau sagen, wie ihr Vater zu ihr steht. In Jedem Fall steht er ihrem Vater immer, wenn er sie aufsucht, und das tut er verdammt oft. Denn Lol ist die Schönste, Beste, Heißeste von all seinen Töchtern. DSdF. Der Stolz der Familie. Tata kümmert sich mindestens drei Mal in der Woche persönlich um Lols Erziehung. Und er bringt ihr eben das bei, was er ihr beibringen kann. Wie sie ihn richtig in den Mund nimmt, und ihn schön langsam hart macht, nur um dann das Tempo zu wechseln und ihn immer wieder kräftig an die Backe zu schieben und dann die Hand zur Hilfe zu nehmen, bis Tata sich nicht mehr unter Kontrolle hat und sich in ihrem Mund ergießt. Tata ist kein Zaubermeister der Liebe, noch ist sein Zauberstab sonderlich beeindruckend. Aber, das muss gesagt werden, Tata gibt sein Bestes. Er gibt sich Mühe, er investiert Zeit (und von welchen Vätern kann man das sonst heute noch behaupten?), er möchte seine Tochter zu einer guten Frau machen, damit sie später einmal einen guten Mann findet. Also Tata, der kleine Drecksack, scheut weder Kosten noch Mühen, um aus Lol eine gute Frau zu machen und ist dann überglücklich, als Arafat – durch Gerüchte neugierig geworden – Interesse an seiner Tochter zeigt, und ihr eine Arbeit in Europa in Aussicht stellt, sie in seine Obhut nimmt und die Familie damit finanziell ausgesorgt hat. Was Lol einerseits stolz macht. Denn sie ist jetzt die Versorgerin der Familie, sie ist das inoffizielle Familienoberhaupt.

Aber sie ist sich im Klaren darüber, welch hohen Preis sie dafür bezahlt. Wenn sie jetzt an all die Schmerzen, Demütigungen und Verletzungen denkt, die sie erlitten hat, fragt sie sich, was sie eigentlich am Leben hält. Und dann fällt ihr wieder der schöne, junge Mann ein, der ihr zum Abschied die Hand geküsst hat.

44

Würde man Kolja und Kemal fragen, ob das Ausmaß von Kindesmissbrauch und Kinderprostitution hoch ist, dann würden sie sofort mit »Ja« antworten. Kolja und Kemal wissen, wie das Leben spielt, und beide haben schon zu viel erlebt, um irgendetwas für unmöglich zu halten. Außerdem spielt Kinderprostitution in einem ihrer liebsten Gangsta-Rap-Songs, Chabos wissen wer der Babo ist, eine Rolle. Wie heißt es da? Irgendwas mit der Pimp macht deine Kinder zu Nutten, ohne dabei mit der Wimper zu zucken.

45

Ausnahmsweise sind sich Kolja und Kemal einmal einig was ihre Vorstellungen von gutem Gangsta-Rap betrifft – beinahe zumindest. Haftbefehl rocks! Yeah! Chabos wissen wer der Babo ist. Kolja kriegt feuchte Augen und er presst seine Lippen fest aufeinander, wenn er den Song hört. Das passiert ihm nur selten. Und auch Kemal findet den Song von Haftbefehl schwer in Ordnung. Allerdings weniger wegen der aggressiven Beats oder brutalen Rhymes. Auch nicht wegen der drogen- und gewaltverherrlichenden Lyrics oder der deutlich frauenfeindlichen Tendenz. Sondern wegen der im Text angesprochenen gesellschaftsrelevanten Themen.

Also, Kemal mag den Song gerade nicht wegen

a) Leute umbringen (Kopf ab, Pushkick, Magnums und Uzis durchlöcherten den Tatort, greift deutsche Rapper mit Glaspfandflaschen an)

b) Drogen rein pfeifen (wie er seine Nasen snifft)

c) Vergewaltigen (Haftbefehl schiebt jetzt grade seinen Cock rein, ich komm vorbei und frage, ist noch ein Loch frei, ich fick deine Mutter)

d) Posen (schwarze Porsches mit den Magnum Motors).

Aber: OMG! Oh, mein Gott. Die Jungs haben vollkommen Recht. In dem Song steckt sooo unglaublich viel Substanz.

Kolja liebt a) bis d).

Kemal mag den Song wegen

a) seiner sozialkritischen Implikationen (arme, unterdrückte Jugend ohne reelle Lebenschancen, die sich in einer kalten kapitalistischen Gesellschaft einfach das Recht nimmt, selber umzuverteilen)

b) der Migrantenthematik (denn in dem Song kommt kein Deutscher vor, nur ein holländischer Rudi, und Kemal findet das bezeichnend für die soziale Realität in deutschen Großstädten, da es hier Viertel gibt, in denen ein Deutscher auffällt wie ein Albino in der Sahel-Zone).

TEIL 4

ENTFÜHRUNG

46

Arafat schüttet den Whisky runter wie Vittel-Wasser. »Aaaah!« Johnnie Walker. Black Label. The Real Stuff. Früher hat er für eine Flasche Johnnie Walker jemandem, ohne mit der Wimper zu zucken, ein Messer in den Bauch gerammt. Heute kann er das Zeug zum Duschen nehmen, wenn er möchte. Aber immer noch müssen Leute dran glauben, damit er sich den Whisky leisten kann. Some things never change. Lediglich die Größendimension hat sich geändert. Von der Flasche zur Badewanne? Wie hatte ein amerikanischer Milliardär erklärt? Obwohl er reich ist, kann auch er nur auf einem Kopfkissen schlafen. Es ist Arafat nicht völlig egal, ob für seinen Whisky Menschen sterben müssen. Aber er legt Wert auf guten Stoff. Das ist ihm wichtig. Und wenn dabei jemand hops geht – too bad. Der kräftige Schluck verätzt ihm bald den Rachen. Arafat zuckt nicht einmal mit der Wimper. Selbstbeherrschung ist eine wichtige Tugend für einen Clanchef. Niemals Schwäche zeigen, obwohl es jetzt kein leichtes, sondern ein sehr unangenehmes Brennen ist. Trotz der Güte des Zeugs, denn Johnnie Walker Black Label ist schon etwas Feines. Nicht einmal blinzeln darf er. Und muss immer cool bleiben. Unnahbar. Arafat ist nicht gut drauf. Zu schlechte Vibes – zu viel um die Ohren. Und keine Besserung in Sicht. Klar, inzwischen kann er sich jeden Tag Johnnie Walker Black Label und Besseres leisten. Mit diesem Whisky aber verbindet er Erinnerungen an alte Zeiten. Als er jung und hungrig war. Anders als heute: arriviert, satt und darum bemüht, am Drücker zu bleiben. Oder anders formuliert. Er muss sich heute regelrecht zwingen, der harte Hund zu sein, den jeder von ihm erwartet. Und das ist hart, denn in seinem Alter, in seiner Funktion und auf seinem Level funktioniert das meiste nur mit ganz viel Kälte – Härte – Brutalität. Das Alter ist in der Tat ein Problem. Für jeden, ganz klar. Aber ganz besonders für Selbstständige im Bereich der organisierten Kriminalität. Je älter er wird, desto stärker muss er sich anstrengen, oben zu bleiben. Und das kostet Kraft, ziemlich viel Kraft, von der er nicht mehr weiß, wie lange sie noch reicht. Aber das ist es, was Arafat auszeichnet: Energie – Ausdauer – Eier aus Stahl. Sonst wäre er jetzt nicht da, wo er ist. Und er darf sich kein Mitgefühl leisten. Gleichgültigkeit – nutzenmaximierendes Kalkül – Entschlossenheit sind die Maximen, auf die er sein Imperium gegründet hat. Das hat ihn groß gemacht. Dahin gebracht, wo er jetzt ist. Arafat besitzt den Vorteil, Patriarch eines rumänisch-kosovarischen Familienclans zu sein. In diesen patriarchalischen Gesellschaften hat man schließlich auch heute noch Respekt – vor dem Alter – vor den vielen Leichen, die er auf dem Gewissen hat – vor seiner jahrzehntelangen Kampferfahrung. Das ist etwas ganz anderes als bei den Nigger- oder Latino-Gangs in den USA, bei denen alleine Leistung, Stärke und die Performance zählen. Arafat kennt die Namen dieser Gangs. Bloods – Crips – MS 13. Er sieht sich gerne Dokumentationen über sie im Fernsehen an. National Geographic lässt grüßen. Und er versucht dabei etwas zu lernen. Und er lernt, dass die Leader dieser Gangs mit spätestens 30 Jahren tot sind oder im Gefängnis sitzen. Das ist in seinem Fall anders. Es fehlt nicht mehr viel, und er ist seit dreißig Jahren Boss seines Familien-Clans. Und für ihn gilt, die Gegenwart wäre nicht das, was sie ist, ohne die Vergangenheit. Hätte Arafat bei jedem Toten, den er auf dem Gewissen hat, sich eine Träne auf sein Gesicht tätowieren lassen, wie die Latinos und Afroamerikaner das tun, dann wäre sein Gesicht ein einziger großer Tintenfleck. Sein Wort bedeutet immer noch etwas, alles um genau zu sein. Er ist der Pate – in etwa so wie Brando oder Pacino im gleichnamigen Film. Auch wenn der Scheiß ganz anders ist als die Wirklichkeit. Die Filme sind so soft gespült, dass es beinahe zynisch der Wirklichkeit gegenüber ist. Aber Arafat steht dennoch drauf. Schaut sich das Zeug immer wieder an. Hollywood-Hochglanz rocks, da verzeiht man auch ein paar Zugeständnisse an den Massengeschmack. An Scarface kommt für ihn allerdings nichts ran, gar nichts – Tony Montana forever. Tony ist so unglaublich cool. Nicht nur die Hip-Hop-Kids von heute stehen auf Tony, sondern auch die hartgesottensten Bosse. Wie Arafat einer ist. Bei den Ostbanden haben die Alten das Sagen, und die Jungen müssen sich fügen. Das war schon immer so und wird immer so bleiben. Oder? Aber auch in traditionellen Gesellschafts- und Familienzusammenhängen setzt sich langsam aber sicher der reine Leistungsgedanke durch. Und das ist ein Gesichtspunkt, der Arafat schon manche Minute Schlaf gekostet hat. Scheiß also auf die Verdienste von früher. Arafat antizipiert nur, was die anderen denken. Was zählt, ist das Hier und Jetzt. Wer keine Leistung bringt, ist weg vom Fenster. Also muss er ständig mehr als sein Bestes geben, um auf dem Thron zu bleiben und weiter zu regieren, was brutales Durchgreifen und Vorgehen gegen Abweichler von Innen und Außen bedeutet. Die Jungen in seiner Organisation sitzen schon so was von in den Startlöchern – nein, sie sind schon weit daraus hervorgekrochen, bereiten sich auf den Endspurt vor, um ihn ein für allemal abzuhängen. Und im Alter fällt es schwer zu spurten, das dürfte jedem klar sein. Aber Arafat hat einen großen Vorteil. Er kennt die Strecke. In- und auswendig. Wenn sie nicht höllisch aufpassen, dann kommen die Jungen nie auf der Zielgeraden an, da er sie einen nach dem anderen über die Klinge springen lässt. Wenn man es in Ruhe bedenkt, ist es aber nur ihr gutes Recht. Die Jungen wollen selber Boss werden. Be – Oh – Doppel – Ess. Das ist alles, was zählt. Boss sein. Keiner der jungen Kerle hat mehr Geduld. Sie wollen alles und zwar sofort. Arafat war, wenn er es genau bedenkt und ehrlich ist, früher einmal selber so. Aber er hatte mehr Selbstdisziplin, mehr Kontrolle und sich besser im Griff. Das sind Eigenschaften, die die Jungen nicht mehr besitzen, denkt er und überlegt, wie viele er schon hat über die Klinge springen lassen, die ihm gefährlich nahe kamen und an seinem Stuhl sägten. Da ist er nicht anders als die deutsche Kanzlerin, schmunzelt er. Die lässt jeden aus ihrer eigenen Mannschaft vollständig auflaufen, der ihr potentiell gefährlich wird, an ihrem Thron sägt und sie beerben möchte. Ziemlich cool eigentlich, die Alte, findet er ehrlich, von der kann ich fast noch etwas lernen. Die Mechanismen in der Politik und in seiner Organisation sind beinahe dieselben. Und für eine Frau ist Angie knallhart. Ach was, nicht nur für eine Frau. Die würde manches Syndikat besser leiten als eingebildete Möchte-Gern-Gangstas, die gerne Champagner saufen und Hummer essen, sich aber nicht die Hände schmutzig machen, sinniert Arafat und ist erstaunt darüber, dass eine Frau ihm so viel Respekt abnötigt. Das Whisky-Glas wiegt schwer in seiner Hand und erinnert ihn an die Last des Lebens. Das Glas ist edel geschliffen und funkelt im Widerschein der gedämpften Lampe wie ein Kronleuchter. Die Sitzbank, auf der sich Arafat niedergelassen hat, ist riesig. Auf ihr könnte eine Fußballmannschaft die Meisterschaft feiern. Arafat residiert hier aber in letzter Zeit lieber alleine. Er weiß, dass das eigentlich nicht gut ist. Er kapselt sich zu sehr ab. Kontakte mit Menschen fallen ihm zusehends schwer. Es sei denn, es handelt sich um etwas, das ihm Spaß macht. Und im richtig zugedröhnten Zustand mit einer gehörigen Ladung intus machen ihm andere Menschen auch nichts mehr aus. Aber die alltäglichen Essen mit seiner Familie kosten ihn zu viel Kraft, auch wenn es sich dabei nur um den engsten Kreis (also knapp über dreißig Personen) seiner Liebsten handelt. Das schafft er nicht mehr. Nervlich. Deshalb nimmt er selten an diesen Veranstaltungen teil, was aber auch niemand wirklich von ihm erwartet. Ich sehe meine Familie zu selten, wirft er sich deshalb immer häufiger vor. Und denkt: Das kann auf Dauer nicht gut gehen. Denn die Familie ist die Familie ist die Familie ist die Familie. Das heißt, für jemanden wie ihn und mit seiner Herkunft ist die Familie alles. Wirklich alles. Aber viel lieber als mit seiner Familie verbringt er die Zeit mit seiner Entourage, den zahlreichen Geschäftsfreunden und seinen unzähligen Gespielinnen. Hier fühlt er sich wohl. Das befriedigt seine Bedürfnisse – psychisch – sexuell – vor allem machttechnisch. Diese Konstellation ist aber nicht gut, ja, das weiß er. Denn alles, was er besitzt und sich erarbeitet hat, hat er für seine Familie getan. Einzig und allein für seine Familie. Und jetzt geht er so stark auf Distanz zu ihr. Denn Familie und Geschäfte – no way, das ist nicht mehr drin. Denn seine Nerven, seine Kraft und sein Geist zeigen ihm in letzter Zeit immer wieder Grenzen auf. Was er sich auf keinen Fall anmerken lassen darf. Sonst könnte er gleich freiwillig den Abgang machen – den Strick nehmen – sich die Pulsadern aufschlitzen – sich eine Überdosis Schlaftabletten gönnen. Was natürlich keine Option ist, nicht für einen Steher wie ihn. Die Sitzbank ist deluxe gepolstert. Schwarzes Edelleder. Vom Allerfeinsten. Das Leder kühlt angenehm und fühlt sich gleichzeitig weich an. Die Klimaanlage ist auf 16°C eingestellt, während draußen die Hitze über dem Asphalt brodelt. Er liebt es angenehm kühl. Der Tisch ist gedeckt wie in einem guten Steak-House. Auf dem Esstisch liegen ein schneeweißes Tischtuch und gestärkte Servietten sowie feinstes Silberbesteck. Ebenso ein weißer Teller mit einem sehr blutigen XXL-T-Bone-Steak. Arafat liebt seine Steaks auf diese Art – mehr braucht er nicht. Es gibt keine Beilagen. Wozu sich mit unnötigen Kohlehydraten vollstopfen? Das hat er nicht mehr nötig. Sollen doch – die Deutschen ihre Kartoffeln – die Italiener ihre Pasta – die Asiaten ihren Reis essen. Arafat hält es da lieber mit reinem Protein und einem Hauch von Fett – vernachlässigbar und beinahe gesund, in jedem Fall geschmacklich der Oberknaller. Proteine sind in. Arafat weiß in jedem Fall Bescheid. Neben dem Teller thronen schwere, schwarze Salz- und Pfeffermühlen, mit denen man problemlos Schädel wie Walnüsse zertrümmern kann. Arafat hat das schon ausprobiert. Wären die Mühlen dabei kaputt gegangen, er hätte sie umgetauscht. Ehrlich. Eigentlich braucht man für diese Dinger einen Waffenschein. Außerdem stehen auf der Tafel diverse Steaksaucen. In der Mitte befindet sich die blaue HP Sauce, die Arafat so sehr liebt. Besonders das Emblem ihrer Majestät verleiht ihm das Gefühl von Würde. Königlicher Würde. Er isst diese köstliche Dignität morgens zum Frühstücksei, zum Mittagessen und am Abend. Er kann gar nicht genug von dem Zeug bekommen. Der Tomaten-Essig-Geschmack hat ihn total angefixt. Er findet, dass diese Sauce ein hohes Suchtpotenzial besitzt und eigentlich verboten gehört. Oder dass verbotene Substanzen erlaubt gehören. Aber dann würde er nicht mehr so viel Profit machen. Die mittelteure Flasche italienischer

Wein bildet den Abschluss des Stilllebens. Tignanello: Antinori-Magnum-Size. Der Burner, um sich die Birne zu vernebeln und sich gleichzeitig der Illusion hinzugeben, dass man Stil besitzt – im Gegensatz zu Junkies und Pennern, die Wodka mit Vanillemilch mixen. Mäusepisse. Bei Arafat hingegen gibt es feinen Rosso aus teuren Bordeaux-Gläsern – so groß, dass mehr als eine 0,75-Liter-Flasche hineinpasst. Im Glas befindet sich aber lediglich ein dezenter Schluck. Nicht einmal ein Achtelliter. Arafat legt nämlich Wert auf gute Umgangsformen und Konventionen. Zu offensichtliches Protzen und Prahlen sind ihm zuwider. Er übt sich lieber in dezentem Understatement. Was nicht unbedingt typisch für einen Gangster seines Kalibers ist, aber nach Außen eine ziemlich gute Tarnung darstellt. Dadurch lebt man länger als Boss. Und das ist ein Punkt, der zählt. Selbsterhaltung und Überleben. Und genau das sind die Punkte, die ihn im Moment so zornig machen und den Appetit verderben.

»Verdammt, das kann ich den Wichsern nicht durchgehen lassen! Was glauben die, mit wem sie es zu tun haben?«

Arafat führt Selbstgespräche. Das ist nicht typisch für ihn. Eigentlich hat Arafat Nerven aus Stahl und einen glasklaren Verstand. Vielleicht wird er doch zu alt für diese Scheiße und sollte sich zurückziehen.

»Ich verliere sonst mein Gesicht. Da können sie mich gleich anscheißen, das wäre dasselbe.«

Arafat denkt nicht im Traum daran, sich aufs Altenteil abschieben zu lassen. Obwohl das kein Problem wäre – finanziell gesehen. Denn Arafat hat ausgesorgt – für immer. Er nimmt erneut einen großen Schluck Whisky statt Wien. Straft sein Steak mit einem verachtenden Blick. Ihm ist der Hunger vergangen. Es ist nicht so, dass er keinen Gegenwind gewohnt ist. Im Gegenteil, eine steife Brise ist ihm sogar recht. Aber was die beiden Jungs von KOKE abziehen, das ist schon mehr als frech. Üben sich im Zwergenaufstand, diskreditieren Apostel, seinen Boten, scheißen ganz offen auf Arafats Forderung und wollen sich bei einem deutschen Polizisten Hilfe holen. Zum Glück hat Arafat diesen Schritt vorausgesehen und seine Vorkehrungen getroffen. Die Cop-Option hat er ihnen verbaut und zwar gründlich, nur wissen sie es noch nicht. Da müsst ihr früher aufstehen, um mich zu überraschen, ihr Wichser, denkt er und freut sich, dass die beiden Schießbudenfiguren dermaßen einfallslos und vorhersehbar sind. Arafat lässt den Blick nicht ohne Stolz durch das Zimmer wandern. Teure, antike Möbel, wertvolle Perserteppiche auf teurem Parkett. Dann eine riesige Glasfront mit atemberaubender Aussicht. Die Skyline von Berlin – beinahe dieselbe Aussicht wie vom Panoramapunkt Potsdamer Platz.

»Dafür lebe ich, dafür töte ich«, sagt Arafat nicht ohne Stolz. »Und das ist jedes Leben wert, das ich nehme.«

Unbezahlbar also – sprichwörtlich und doppeldeutig. Manches Unternehmen würde ihm seine Immobilie inzwischen für den fünffachen Preis abkaufen. Aber Arafat denkt nicht im Traum daran. Das Appartement stärkt sein Standing und gehört zu seinem Selbstverständnis. Er weiß, dass es richtig ist, hier zu residieren. Im Herzen Deutschlands. Im Herzen der Hauptstadt. Auch wenn er – Berlin – Berliner – Deutsche hasst. Sie sind ihm zuwider. Diese Witzfiguren kriegen es ja nicht einmal gebacken, einen Flughafen zu bauen. BER – die Lachplatte der Nation, ja beinahe der Welt. Die Ägypter führen wahre Freudentänze in ihren Pyramiden auf und halten sich den Bauch vor Lachen, wenn sie an das Fiasko von BER denken. Trotz allem Luxus ist Arafat sein Caravan (na gut, sein Caravan ist beinahe eine Stadt für sich) lieber als jede Stadt, ganz ohne Spaß. Dort fühlt er sich zu Hause. Egal, wo er sich gerade befindet. Aber sein Wohnwagen ist eben keine Geschäftsrepräsentanz. Zumindest wenn es um Geschäfte ab einem bestimmten Level geht. Und Geschäfte zählen. Sonst nichts – keine Gefühle – keine Befindlichkeit – keine Stimmung.

KOKE – das Thema kotzt ihn an. Er hat die Schnauze voll von respektlosem Verhalten. Von jungen Pissern, die meinen, dass ihnen die Welt gehört, nur weil sie noch keine 30 sind. Er weiß, dass er Kolja und Kemal in die Knie zwingen wird, das ist kein Problem. Was ihm allerdings ein wenig Sorge bereitet, ist die Tatsache, dass die beiden militärisch gut ausgebildet sind. Das macht die Gefahrenabwägung schwierig und die Situation unübersichtlich. Typen wie diese hat er früher zum Frühstück verspeist. Es wird ihn Kraft und Opfer kosten, das ist ihm bewusst. Er fragt sich, wen er an die Front schicken wird. Vielleicht jemanden, auf dessen Dienste er in Zukunft gerne verzichten möchte. Die Jungs sind aber so was von stur. Was hatte er anderes erwartet, bei einem Russen und einem kurdisch-türkischen Sprössling? Es wäre das Beste für alle gewesen, wenn sie auf sein Angebot eingegangen wären. Eine Win-Win-Situation. Wo also liegt das Problem?, fragt er sich. Haben sie moralische Skrupel? Das kann eigentlich nicht sein. Denn sie sind selber Gangster und verstoßen gegen mehr Gesetze, als ein Staatsanwalt je in einer Anklageschrift erwähnen würde. Oder geht es KOKE einfach nur gegen den Strich, sich jemandem beugen zu müssen? Dann haben sie sich aber mit Arafat den Falschen ausgesucht. Das hätten sie lieber bleiben lassen. Denn das Lehrgeld, das sie in diesem Fall bezahlen müssen, wird schmerzlich hoch sein. Ich werde sie lehren, in Zukunft respektvoller zu sein, schwört er sich. R-E-S-P-E-K-T! Und wenn es gar nicht anders geht, so sinniert Arafat weiter, werden sie dran glauben müssen. Besser aber wäre es, wenn ich meinen Willen wie gewohnt durchsetze. Den Wein rührt Arafat nicht an. Dabei gehört ein guter Rotwein für ihn zu jedem Abendessen. Auch sein Vater hat gerne einen Roten getrunken. Natürlich nicht das edle Rebengewächs aus der Toskana. Daran war nicht im Entferntesten zu denken. Aber sein Vater hatte meistens Geld für einen soliden rumänischen Roten, der so schlecht nicht war – zumindest seiner Erinnerung nach. Arafat beschließt, Apostel zu beauftragen, gute rumänische Weine für ihn ausfindig zu machen. Schließlich bleibt er seinen Wurzeln treu. Was sein Vater mit dem Gürtel mit ihm anstellte, wenn er zu viel intus hatte, daran möchte sich Arafat am liebsten nicht mehr erinnern, denn die Vergangenheit ist – zu schmerzhaft – zu demütigend – zu bitter. Er ruft sich deshalb lieber in die Gegenwart zurück und liest die Nachricht erneut. »Vorbereitungen abgeschlossen«. Das betrifft den Polizisten. Arafat ist ja viel gewohnt im Umgang mit Menschen. Er kennt so ziemlich alle menschlichen Schwächen. Aber solch eine kranke Type ist ihm noch nie untergekommen. Er antwortet. »Kontaktaufnahme sofort!« Der Bulle wird sich wundern. Arafat wird ihm mit absoluter Vernichtung drohen, um ihn dann als Phönix aus der Asche auferstehen zu lassen. Arafat freut sich auf diesen Coup. Exzellente Arbeit. Nichts kann mehr schiefgehen. Nicht einmal bei diesem kranken Arschloch, das so berechenbar ist wie ein Chihuahua mit dicken Eiern. Dann scrollt Arafat zur nächsten Mail. »Di vorbereitet.« Damit hat er die beiden Jungs endgültig erledigt.

»Das wird Kemal lehren, sich mit mir anzulegen«, murmelt er. »Dieser schleimige orientalische Besserwisser, der Sohn einer verdammten Hure.«

Er weiß, dass Türken und Araber drei Achillesversen besitzen – die Mutter – die Schwester – die Tochter. Und wehe man beleidigt sie, die eine oder die anderen. Oder es passiert ihnen etwas. Dann heulen sie wie Schlosshunde. Dann drehen sie durch. Dann verlieren sie die Fassung. Und tun alles, was man von ihnen verlangt. Bis sie Mama, Schwester oder Tochter wieder in die Arme schließen können. Und dann? Das ist allerdings ein Problem, das er noch nicht ganz zu Ende gedacht hat, denn was passiert, wenn …?

47

Apostel ist zufrieden. Die Vorbereitungen sind abgeschlossen. Er hat dem Chef Meldung gemacht, dass die Aktion beginnen kann. Das KOKE-Gefängnis ist bezugsfertig wartet auf seinen Gast. Eine verwöhnte, junge Göre, der es am nötigen Respekt mangelt, so viel kann er jetzt schon sagen. Der Kerker im Knast besteht aus einem gepolsterten Kleiderschrank mit Luxus-Maßen. Gar nicht so schlecht. Eher ein bequemer Bunker. Beinahe ein kleines Appartement im Luxus-Joint. Apostel seufzt. Das sind bessere Zeiten, heute. Er denkt voller Gram an das stinkende Loch im Iran, in dem er über ein Jahr lang stehen musste. Wegen ein paar lächerlicher Gramm Heroin. Dabei hat er das Kilo noch rechtzeitig beiseiteschaffen können. Und untergeschoben haben sie ihm auch nichts, wie das häufig behauptet wird. Dafür ist die Strafe für das wenige Konfiszierte ziemlich heftig. In dem iranischen Loch gab es keine Chance sich zu setzen geschweige denn sich hinzulegen. Überhaupt kein Vergleich mit dem komfortablen Schrank, in dem sich ein flauschiges Kissen, eine warme Decke und – darauf hat er als Gag bestanden – Kuscheltiere, befinden. Für die Schallisolierung hat er persönlich gesorgt und zwar voller Sorgfalt und Hingabe. Kein einzelner Laut kann nach draußen dringen. Was eigentlich beinahe überflüssig ist. Denn das Gefängnis befindet sich auf sicherem Territorium. Es handelt sich dabei um ein Firmengelände, das zu Arafats weit verzweigtem Imperium gehört. Die Firma ist harmlos, legal und dient in erster Linie der Geldwäsche. Illegal verdientes Geld kommt rein, geht über den offiziellen Eigentümer der Firma quasi legal in den Wirtschaftskreislauf wieder ein, wird versteuert und kommt weißer als eine frische Pampers wieder raus. Und offiziell hat Arafat damit nichts zu tun – zumindest nicht auf den ersten Blick. Er hat deutsche Strohmänner eingesetzt, die als offizielle Inhaber fungieren. Ein geübter Steuerfahnder käme nach einigen Wochen intensiver Arbeit und internationaler Kooperation schon dahinter, dass hier nicht alles mit rechten Dingen zugeht. Aber an so etwas will Apostel gar nicht denken. Denn er ist auf Arafat angewiesen. In mehrfacher Hinsicht. So lange die Entführte gefügig ist, gibt es keine Notwendigkeit, sie in den Schrank zu sperren. Der »Partykeller« hat keine Fenster und die Sicherheitstür ist nicht zu knacken. Apostel hat versucht, die verschlossene Tür zu öffnen. Und Apostel ist in solchen Dingen geübt. Wenn er es nicht schafft, dann hat eine knapp über 20-Jährige erst recht keine Chance, die Tür zu öffnen und hier rauszukommen. Obwohl er Nerven aus Drahtseil hat und ihn nichts so schnell aus der Ruhe bringt, drängen sich ihm doch einige Fragen auf. Was passiert, wenn das Mädchen wieder frei ist? Was wird Kemal dann unternehmen? Wird er weiterhin alles tun, was Arafat von ihm möchte? Daran glaubt Apostel nicht unbedingt, denn er schätzt Kemal als dickköpfig ein. Die logischen Schlussfolgerungen, die aus diesen Überlegungen resultieren, behagen ihm aber auch nicht. Denn wer möchte schon für immer eine Gefangene haben? Im Keller befindet sich jedenfalls alles, was ein junges Menschenherz begehrt. Eine PS4 mit diversen Spielen, ein Panasonic-Flachbildschirm und eine Sony-Hi-Fi-Anlage mit Madonna, U2, Elton John und weiteren modernen Interpreten oder zumindest dem, was Apostel für modern hält. Okay, Internet gibt es aus naheliegenden Gründen nicht. Also hat es hier beinahe alles, was ein junger Mensch braucht – bis auf die eine entscheidende Sache. Und gegen die leicht vorhersehbaren Internet-Entzugserscheinungen hat Apostel reichhaltig vorgesorgt. Er hat Diazepam, Valium, Rohypnol, Noctamid und andere Leckereien besorgt, sollte sich die junge Dame ein wenig instabil fühlen und voller innerer Unruhe befinden. Oder einfach mal tief und lange zu schlafen wünschen, was unter gewissen Umständen wie denen einer Gefangenschaft gar nicht so selbstverständlich ist. Kein Internet, okay schlimm genug, aber dafür gibt es einen DVD-Player. Und jede Menge türkischer DVDs. Schlimmste Herzschmerz-Schnulzen. Apostel hat einmal aus Interesse kurz in eine reingeschaut und beinahe sein Mittagessen wieder ausgekotzt. Nicht dass er so etwas generell ablehnt, aber das war alles mindestens eine Nummer zu dick aufgetragen. Türkischsprachige DVDs? Dabei ist sich Apostel gar nicht sicher, ob bzw. wie gut das Opfer türkisch spricht. Bei den abgehörten Telefonaten sprach sie meistens reinstes Hochdeutsch. Selten verfiel sie in Berliner Dialekt. Noch seltener ließ sie ein einzelnes türkisches Wort fallen. Aber sie ist Türkin, das steht fest, also geht Apostel davon aus, dass sie auch türkisch sprechen bzw. es verstehen kann. Um ganz sicher zu gehen, hat Apostel ihr auch ein paar Hollywood-Filme auf Deutsch besorgt. Er weiß nicht wirklich, was eine junge Frau gerne schaut, hat sich aber beraten lassen. Ein bunter Mix aus Komödie, Romanze, Action und Krimi ist es geworden. Es lässt sich schließlich schwer vorhersagen, wie lange besagte Dame zu Gast sein wird. Und Apostel verspürt beim besten Willen keine Lust, ihr zweimal die Woche neue DVDs zu besorgen. Und ansonsten gibt es ja noch die gute, alte Glotze. Kabelanschluss vom Feinsten. Mit Tierdokus, Serienhighlights und Hochglanzschinken. Also langweilig wird ihr hier bestimmt nicht. Abgesehen vom Lagerkoller. Aber gegen den hat Apostel ja bestens vorgesorgt. Siehe oben. Diazepam … (okay, wir werden die Liste nicht wiederholen). Der Kühlschrank ist mit

Fast-Food vollgestopft. Burger, Burger-Buns, Currywurst, Pommes, Hähnchen, Cola, Diet Coke, Säfte und Joghurt-Drinks und jede Menge Knabber-Sachen inklusive Dips. Apostel hat diese Auswahl nach bestem Wissen und Gewissen getroffen. Wenn Apostel türkische Kinder im Grundschulalter beobachtet, stopfen diese ständig Süßigkeiten, Chips und Limonade in sich rein. Tüten- und Flaschenweise. Mit großer Freude und offensichtlichem Hochgenuss. Was recht häufig mit einem adipösen Erscheinungsbild und verfaulten Zähnen einhergeht. Und die meisten dieser Kinder werden nicht wie er später das Glück haben, sich Goldzähne leisten zu können. Apostel hat den Eindruck, dass die Türkengöre sehr auf ihre Linie achtet, kein Wunder, sie wiegt kaum mehr als 50 Kilogramm. Vermutlich sind die auffälligen, runden Silber-Ohrringe das schwerste an ihr. Wobei ihr Vorbau nicht zu verachten ist. Und Apostel achtet auf solche Kleinigkeiten. Einmal observiert er, wie sie sich mit ihren Freundinnen in einem Café trifft. Dort bestellt sie Wasser und Salat. Sonst nichts. Das ofenfrische Weißbrot lässt sie stehen. Und schaufelt den Salat in sich rein, als wäre das Grünzeug eine Art Treibstoff. Und bestellt danach einen weiteren Salat, straft die Nüsse und die Putenbruststreifen mit Verachtung und haut sich wieder das Hasenfutter hinter die Binde, als ob es argentinisches Steak wäre. Apostel versteht die jungen Leute nicht. Bei so viel Grünzeug spielt doch die Verdauung verrückt, was kein Mensch ernsthaft möchte, es sei denn, er hat ein wenig einen an der Klatsche. Und gegen Nüsse und Putenbrust gibt es nichts einzuwenden.

»Wenn sie mein Zeug nicht anrührt, hat sie eben Pech gehabt«, schlussfolgert er und möchte sich einen Ruck geben, um sich an neue Aufgaben zu machen, aber irgendwie hängt er jetzt hier fest.

Denn es hat ihn über einen Nachmittag gekostet, im KOKE-Gefängnis den Kühlschrank zu füllen. Er beschließt, dass er im schlimmsten aller Fälle das Zeug selber essen wird. Ihm läuft jetzt schon das Wasser im Mund zusammen, wenn er an all die leckeren Sachen denkt.

»Soll sie doch sehen, wo sie was zu beißen herkriegt«, antizipiert er den kulinarischen Supergau.

In dieser Hinsicht ist Apostel ohnehin très oldschool. Wenn was nicht passt, Pech gehabt! Wer's Maul aufmacht, Pech gehabt! Wer's gerne auf die harte Tour möchte, bitte schön! Apostel merkt, wie ihn seine Gedanken in Rage versetzen. Wobei er noch gar nicht weiß, was sein wird und sonst eher selten an die Zukunft denkt. Also, wenn die kleine Schlampe bockt, Öko-Grünzeug möchte und einen auf hippe Öko-Hauptstadt-Türkin macht, dann wird er ihr vielleicht ein klein wenig Respekt beibringen. Sie sieht gut aus und wenn Apostel ehrlich ist, findet er sie ziemlich scharf. Er wartet geradezu darauf, dass sie offen rebelliert, dass sie ihn angreift oder austickt. Dann könnte er Arafat gegenüber eine »Disziplinierungsmaßnahme« rechtfertigen und es dem jungen Ding gehörig besorgen, indem er sie rannimmt und ihr zeigt, was ein richtiger Mann ist, der nicht zweimal die Woche ins Waxing-Studio geht, um sein Brustfell entfernen zu lassen. Das wäre der erste wirklich gute Fick, den die Kleine in ihrem Leben hätte. Und Apostel findet, dass es keinen Grund gibt, sie um dieses Erlebnis zu bringen.

Sein Handy vibriert. Apostel wirft einen Blick auf das Display. Der Boss. Ob es losgeht? Apostel geht ran. »Hallo?«

48

Arafat hat das Handy auf Lautsprecher gestellt. Inzwischen hat er doch einen Schluck Rotwein genommen. Der Geschmack edler roter Beeren mit dezenter Würze unterminiert breitet sich in seinem Mund aus. Und er hat sich eine Zigarette angezündet. Eigentlich wollte er seit Langem mit dem Rauchen aufhören. Aber er ist nikotinsüchtig. Und der ständige Erfolgsdruck lässt ihn von den verdammten Sargnägeln nicht loskommen. Für ihn sind Zigaretten und Nikotin die schlimmsten Drogen von allen. Scheiß auf – Heroin – Crack – Meth und anderes Kindergartenzeug. Was wirklich anfixt, sind Ziggis. Und zwar für immer. Das Nikotin beruhigt seine Nerven ein wenig. Nach zwei Zügen fühlt er sich deutlich besser. Tuut – Tuut – Tuut. Verdammt, jetzt geh schon ran, paysan, denkt er. Sonst mache ich dich einen Kopf kürzer. Dann meldet sich Apostel.

»Alles vorbereitet?

-

Dem Mädchen darf nichts passieren.

-

Du trägst die Verantwortung.

-

Wenn ihr etwas zustößt, haftest du mit deinem Kopf.«

Arafat hat mehrere Töchter. Töchter sind nichts wert. Was zählt, sind Stammhalter. Er mag seine Töchter nicht, denn – sie kosten ihn Geld – Nerven – bringen wenig. Er würde aber vor Schmerz und gekränktem Ehrgefühl eingehen, wenn einer von ihnen etwas passieren würde. Weil Arafat auf seine Töchter aufpasst. Außerdem besteht kein Grund, der Türkin etwas anzutun. Sie ist nur das Mittel zum Zweck. Sie hilft ihm, ein Ziel zu erreichen. Warum sollte sie zu Schaden kommen? Wenn etwas schief läuft und sie etwas abkriegt, kann sie ihren Zweck nicht mehr erfüllen. Also ist allen geholfen, wenn es ihr gut geht. Arafats Ton wird – tiefer – schneidender – bedrohlicher. Was bei Apostel nicht nötig ist. Denn einen loyaleren Mitarbeiter als Apostel gibt es nicht. Dabei ist Apostel nur weitläufig mit Arafat verwandt. Manchmal ist es hinsichtlich der Loyalität besser, wenn die Familienbande nicht so eng sind.

»Keine Fehler!

-

Morgen Abend in der XX-Lounge.

-

Gut.

-

Bist du sicher, dass sie sich mit ihren Freundinnen trifft?

-

Wenn Kolja oder Kemal dabei sind, blast ihr die Aktion ab. Sollte das nicht gehen, dann beseitigt ihr die Hurensöhne.

-

Es darf nichts schiefgehen.«

Arafat legt auf. Er inhaliert den Rauch tief in die Lunge und zerdrückt die Filterzigarette in dem schweren Kristallaschenbecher mit viel Vehemenz, also ob er dadurch Druck weitergeben könnte. Die Lieblingsbeschäftigungen von Rauchern sind bekanntlich a) Zigaretten anzünden b) sich an Zigaretten festhalten c) Zigaretten ausdrücken. Wer selber raucht, weiß, dass a) bis c) richtig ist. Da ist es auch egal, ob der Raucher ein Chef in der Organisierten Kriminalität ist oder nicht.

»Ich werde euch lehren, Respekt vor mir zu haben. Ihr Wichser werdet mich noch um Gnade anwinseln.«

Dann nimmt er den Whisky und trinkt das Glas leer. Den Rotwein schüttet er hinterher. Irgendwie ist er durcheinandergekommen. Die Jungs machen ihn meschugge. Er muss aufpassen, dass nicht alles durcheinandergerät. Er muss darauf achten, dass er die Kontrolle behält und Respekt einfordert. Er weiß zu gut, was passiert, wenn man Respektlosigkeiten durchgehen lässt und beginnt, Schwäche zu zeigen.

49

R-E-S-P-E-K-T! Das ist der Kitt, der die Gesellschaft der organisierten Kriminalität zusammenhält. Eigentlich ist Respekt der Kitt einer jeden Gesellschaft. Nur dass im Kapitalismus jeder auf den Respekt scheißt. Hier gibt es keinen Respekt. Denn hier gilt die Regel – Sometimes you win – Sometimes you lose. Das hat mit Respekt nichts zu tun. Das ist Glück. Das ist Survival of the Fittest in der Reinform. Das ist ein wenig Drifting, denn manchmal kacken auch die Fitten ab. Okay, vielleicht gibt es doch einen Zusammenhang von Kapitalismus und Respekt, wenn man damit den Respekt vor der heiligen, unsichtbaren Hand des Marktes meint. Adam Smith lässt grüßen. Wehe, man beugt sich dem US-amerikanischen Diktum der Freiheit ihres einen Marktes nicht. Dann geht es einem schlecht. Sie zerbomben Städte und Dörfer, töten Greise, Frauen und Kinder. Siehe Jugoslawien. Irak. Afghanistan. Oder die USA verhängen Sanktionen. Siehe Kuba. Nordkorea. Birma. Capitalism means no Respect? Yes, es sei denn, man meint den Respekt davor, dass jeder das Recht hat, jeden anzuscheißen. In dieser Hinsicht ist der Turbo- und Spätkapitalismus egalitärer als Kommunismus. Hi Ronny (Reagan). Hi Maggie (Thatcher). How are you? Wieder Millionen von Leben zerstört? Kapitalismus kennt keinen Respekt, es sei denn, man meint den Respekt vor dem Eigentum. Ist das nicht eine anthropologische Grundkonstante? Das Recht auf Eigentum? Oder ist das Recht auf Eigentum eine Erfindung prä-kapitalistischer Gesellschaften? Und wessen Eigentum ist gemeint? Sei es wie es sei. Richtigen Respekt findet man heute nur noch in den Kreisen der organisierten Kriminalität. Wieso? An diesem Punkt muss man etwas ausholen. Sozusagen etymologisch vorgehen. Respectus bedeutet auf Lateinisch Zurückschauen, Rücksicht und Berücksichtigung. Heute wird mit Respekt Wertschätzung, Aufmerksamkeit und Ehrerbietung gemeint. Das bezieht sich einmal auf Personen, zum anderen auf Einrichtungen. Und Institutionen wie die Mafia. Zeigt man dem Paten, Boss, Gang-Leader keinen Respekt, wird es einem böse ergehen (siehe oben, USA). Im schlimmsten Fall bezahlt man mit dem Leben (siehe auch oben, USA). Respekt gründet sich auf Macht und Furcht. Antonyme von Respekt sind Respektlosigkeit, Missachtung und Verachtung. Das kommt in der organisierten Kriminalität täglich vor, ebenso wie Tote. Und häufig sind die Toten ein Resultat von fehlendem Respekt. Selber schuld. Dadurch, dass der Disrespektierte zur Tat schreitet, fordert er wieder Respekt ein. Und Arafat kann sich genau daran erinnern, was passierte, als er mal eine Respektlosigkeit durchgehen ließ. Sein Imperium wäre fast zusammengebrochen, und er hätte um ein Haar mit dem Leben dafür bezahlt. Er hat sich geschworen, dass ihm das nie wieder passiert. Also wird er einen Teufel tun, das Verhalten von KOKE durchgehen zu lassen. Und wenn die beiden und seine Leute deswegen mit dem Leben dafür bezahlen, das ist ihm scheißegal.

50

Man darf an dieser Stelle nicht vergessen, dass Respekt ein wesentlicher Bestandteil der Hip-Hop-Kultur ist. Respekt ist das, was die subkulturelle Bewegung zusammenhält. Respekt ist das, was auf der Straße gilt. Fehlt es an Respekt, dann gibt es auch hier Tote.

»**Hip-Hop** ist eine kulturelle Bewegung, die […] mittlerweile zu einer weltweiten Subkultur […] entwickelt. Aufgrund ihrer Ursprünge versteht sich Hip-Hop als Street Culture […] Darüber hinaus hat sich in der Hip-Hop-Szene ein eigener Jargon entwickelt […] Die Hip-Hop-Kultur wird […] als gewalt- sowie drogenverherrlichend und sexistisch kritisiert.« (Wikipedia)

Na also. Gewalt, Sex, Drogen. Alles Dinge, die mit Respekt zu tun haben. Und gerade Subkulturen basieren auf R-E-S-P-E-K-T. Insbesondere dann, wenn sie ihren Ursprung in der Gosse besitzen.

51

Kolja: »Gewalt- und drogenverherrlichend und sexistisch.«

Kemal: »Quatsch. Hip-Hop war ein Versuch der afroamerikanischen Bevölkerung Wege zu finden, um mit der Unterdrückung durch die weiße Rasse umzugehen.«

Kolja: »Rap hat nichts mit Hautfarbe zu tun. Rap ist gluniversal.«

Kemal kichert – das Wort erheitert ihn jedes Mal.

Kemal: »Gluniversal. Aber im Ernst. Klar, wir sind alle Brüder. Aber Hip-Hop stammt aus den US-amerikanischen-Ghettos.«

Kolja: »Street und Ghetto gibt es überall. Moskau, Dehli, Sao Paolo, Berlin. Das hat nichts mit Amerika zu tun.«

Kemal: »Klar. Aber Gang- und Street-Culture stammen aus den USA.«

Kolja: »Alter, scheiß auf Bloods and Crips. Ich kenne albanische Kinder, die sind härter als hochdekorierte Gang-Members aus L.A., Detroit oder Chicago.«

Kemal: »Es geht doch nicht darum, wer der Härteste ist.«

Kolja: »Darum geht es. Wer der Stärkere ist.«

Kemal: »Nein. Es geht um gegenseitigen Respekt – unabhängig von Hautfarbe, Geschlecht, Rasse und Alter.«

Kolja: »Es geht um Respekt, den meine Gun erzeugt.«

Kemal: »Du bist materialistisch und denkst immer nur mit der Knarre und dem Schwanz. Beim Rap geht es nicht nur darum, auf dem anderen rumzutrampeln, Mädchen anschaffen zu schicken und den Kühlschrank zu füllen …«

Kolja: »… sondern um Felgen für 15 Riesen das Stück, um Gold, um Bitches, um krass-geile Pools, Drogen …«

Kemal: »Beim Hip-Hop geht es vor allem um Ideale. Pass auf. Zum Mitschreiben: Es geht um Gerechtigkeit, Gleichheit, Freiheit. Beim Rap geht es um Gefühle. Menschliche Regungen. Die Rapper beziehen sich doch nicht ohne Grund auf ihre Vorfahren: die Soul-Sänger. Und Soul zeigt ja, dass es um die Gefühlsebene und zutiefst Menschliches geht.«

Kolja: »Das musst du mir nicht sagen. Ich lebe für die Seele.«

52

Respektlosigkeit. Arafat erinnert sich. Heute noch könnte er sich Hand abhacken vor Ärger darüber, dass er damals so soft war. Das rächt sich immer. Sofort. Er zündet sich eine Zigarette an, um die Nerven zu beruhigen. Deshalb gilt es, keine Minute nachzulassen, keine Zugeständnisse zu machen und kein Einknicken zu erlauben. Also ganz anders als damals.

Er sitzt im Bottom up, das ihm gehört – ganz in der Nähe des Stutti. Das alte Jahrtausend ist noch nicht zu Ende gegangen. Er kippt Whisky on the rocks in sich hinein. Schaut sich Frischfleisch an. Gerade eingetroffen. Nichts Sensationelles. Aber immerhin ganz nett anzuschauen. Mit einem gewissen Potenzial. Wenn man hart dran arbeitet.

Sie haben – schöne schwarze Haare – geheimnisvolle braune Augen – dunkle Haut und stammen aus Albanien. Eine interessante Alternative zu den blonden Polinnen und Russinnen, die die Stadt seit der Wiedervereinigung überschwemmen. Arafat ist auf Abwechslung bedacht. Er weiß, dass seine Kunden nicht jeden Tag dasselbe wollen. Man möchte auch nicht jeden Tag Eintopf essen. Und nur mit zufriedenen Kunden bleibt der Cash-Flow in Gang. Denn – Money – Money – Money ist alles, worum es sich dreht. Die Albanerinnen wirken – grazil – zerbrechlich – exotisch. Ganz anders als die blonde Dutzendware, die – stämmig – bäurisch – slawisch ist. Aber an der Performance müssen sie arbeiten. Die Bewegungen an der Stange wirken zu abgehackt, nicht organisch und zu wenig natürlich. Arafat überlegt sich, wie er es den Mädchen beibringen soll. Auf die nette oder die harte Tour. Arafat fühlt sich heute gut. Seltsam gelassen. Er fühlt sich mit sich und der Welt in Einklang. Und er sieht keinen Grund, das zu verheimlichen. Wozu auch? Er ist der Boss. Also winkt er das hübscheste der drei Mädchen zu sich. Das Mädchen fliegt geradezu. Trotz des Lächelns erkennt er die Angst in ihren Augen. Angst ist nichts Schlechtes. Angst bildet die Grundlage für Respekt.

»Du musst stärker mit der Stange verschmelzen. Du und die Stange, ihr müsst eine Einheit bilden.«

Das junge Mädchen nickt eifrig. Er bezweifelt, ob sie verstanden hat, was er meint. Aber er beschließt, die Sache laufen zu lassen und nimmt einen Schluck Single Malt. Dann tätschelt er dem Mädchen die Hand.

»Weitermachen.«

Das Mädchen huscht zurück zur Stange. Arafat fragt sich, ob er, wenn er so weiter macht, nicht als guter Onkel durchgeht. Dann kriegt er, wenn er nicht aufpasst, noch die Schirmherrschaft für eine Spendenaktion aufs Auge gedrückt. Plötzlich hört er von der Türe her Lärm. Er hört laute Stimmen, Schläge und Gepolter. Dann stehen vor seinem Tisch drei Hells Angels. Sie bauen sich vor ihm in ihrer Rocker-Kluft auf. Sie sind furchteinflößende Schränke. Arafat erkennt, dass sie verfettet und langsam sind. Die sind gedopter als Jan Ullrich bei der Tour de France, denkt er. Also kurz vorm Platzen.

»Bist du Arafat?«, will der Typ in der Mitte wissen.

Arafat nickt. Ganz ruhig. Er hat keine Angst. Er hat ein zweites Netz. Er weiß, dass auf Apostel Verlass ist. Deshalb fragt er:

»Wer will das wissen? Und was habt ihr mit Nic, meinem Türsteher, gemacht?« Weil er gut drauf ist, schiebt er einen Joke hinterher. »Er ist nicht krankenversichert.«

Die Hells Angels lachen.

»Ich bin Mike, Präsident des hiesigen Chapters. Dein Türsteher wird es überleben, denke ich.«

»Was wollt ihr?«, setzt Arafat nach, denn um seinen Türsteher macht er sich keine Sorgen, da er ein harter Brocken ist und eine Menge einstecken kann – beinahe ebenso gut wie austeilen.

»Über Geschäfte reden.«

Über Geschäfte reden, warum eigentlich nicht, denkt Arafat. Es ist gut, wenn man im Gespräch bleibt. Und über das Geschäft zu reden ist besonders gut. Auch wenn ich nicht weiß, was es da zu bereden gibt. Aber sprechen wir mal miteinander. Vielleicht erfahre ich etwas Neues. Diese Überlegung ist fatal. Anstatt Apostel, der hinter dem Tresen mit der Pumpgun steht, das Zeichen zum Loslegen zu geben, damit er die Rocker wegpustet, lässt Arafat den Hells Angels ihre Respektlosigkeit durchgehen und meint: »Dann lass uns mal reden.« Mike bleibt mit einem überheblichen Gesichtsausdruck stehen, und schlagartig wird Arafat klar, was für einen kapitalen Fehler er gemacht hat. Wer von Anfang an keinen Respekt besitzt, wird ihn von selber auch nicht lernen.

»Wir übernehmen jetzt in Berlin das Rotlicht-Biz.«

Arafat muss sich auf seinem Stuhl festhalten. Ihn schüttelt es kräftig. Mike grinst ihm unverhohlen ins Gesicht – eindeutig eine Siegertype. Das ist unglaublich, dumm und frech, schlichtweg bodenlos, denkt Arafat. Diese Missgeburten wissen wohl nicht, mit wem sie es zu tun haben. Na, dann muss ich es ihnen eben beibringen. Jetzt will er Apostel das Signal geben, um aus den drei Fettsäcken Küchensiebe zu machen, aber einer der Hells Angels hat sich bereits in Richtung Bar bewegt, die Hand in der Nähe seiner Knarre. Klar, kein Problem für Apostel, er wird ihn wegballern, aber in der Zwischenzeit muss Arafat es alleine mit zwei Rockern aufnehmen. Im Club ist er zudem unbewaffnet, da er auf seine Männer vertraut. Aber bekanntlich ist Vertrauen gut und Kontrolle besser. Nur dass er sich dieses Mal nicht unter Kontrolle hat, sondern zu weich und zu langsam ist. Was sich jetzt rächt. Arafat würde am liebsten die Fettsäcke auf der Stelle in Säurefässer tunken und zusehen, wie ihre Gesichter weggeätzt werden. Es nützt aber nicht. Jetzt sind sie am Drücker und er ist in der Defensive.

»Wie meinst du das?«, versucht er es diplomatisch, auch wenn er an der Antwort keinerlei Interesse hat.

Mike strahlt über das ganze Gesicht.

»Wir bieten dir Schutz. Und dafür werden wir dein Teilhaber, mit Entscheidungsrecht bei organisatorischen, personellen …«

In Arafat herrscht ein Erdbeben der Stärke 10. Tsunamigefahr nicht ausgeschlossen …

»Fickt euch, ihr Wichser …«

Doch weiter kommt Arafat nicht, denn Mike schnappt den Whisky und schüttet ihn und das Eis auf Arafat.

»Kapier's endlich, Alter. Deine Zeit ist abgelaufen. Jetzt sind wir dran. Ende der Durchsage.«

Dreht sich um und verlässt mit seinen Gorillas die Bar. Arafat sitzt da wie ein begossener Pudel und würde sich am liebsten selber sofort an die Gurgel gehen. Diese Typen bringe ich um, schwört er sich – langsam – grausam – sehr schmerzhaft. Er weiß, dass er ihnen persönlich die Köpfe abtrennen wird. Ein solcher Fehler unterläuft ihm kein zweites Mal. Er registriert die Blicke der Mädchen und selbst Apostel scheint ein wenig von seinem Respekt verloren zu haben, obwohl er sofort herbeigeeilt kommt und fragt: »Soll ich ihnen nach, Chef?« Apostel hebt die Pump-Gun in die Höhe. Arafat schüttelt den Kopf. Die Gelegenheit haben sie verpasst.

»Nicht jetzt. Aber wir werden die Schweine erledigen.«

Arafat weiß, dass der Blutzoll hoch sein wird. Und er schwört sich, dass er nie wieder eine Respektlosigkeit durchgehen lässt, denn hinterher bereut man es bitter. Er wird sofort brutal draufschlagen, beim ersten Anzeichen von Respektlosigkeit. Also ist KOKE jetzt dran. Kemals arme Schwester …

53

Paul steht an einer Currywurst-Bude, wie sie in dieser archaischen Form nur noch in der Bundeshauptstadt anzutreffen sind. Die Fritteuse blubbert vor sich hin und die Currywürste und roten Würste geben typische Zischgeräusche auf der Grillplatte von sich. Die typischen Düfte steigen ihm unangenehm in die Nase.

- Fett,
- angebratene Wurst

und

- gebratenes Fleisch.

Und

- Ketchup,
- Mayonnaise

und

- Currymischungen.

Dazwischen Geschmacksverstärker ohne Ende. Schon komisch, dass er trotz in Mitleidenschaft gezogener Nasenschleimhaut die Gerüche so differenziert wahrnimmt. Ihm wird schlecht, er muss sich bald übergeben und er fragt sich, ob er überhaupt was bestellen möchte. Auf der anderen Seite braucht er dringend was zum Beißen, da er sonst auf dem Zahnfleisch läuft. Paul nimmt Geräusche wahr. Bestellungen, die gemurmelt und mit Nachfragen gewürzt werden. Kleingeld, das auf dem Tresen klimpert. Plastikschalen, die befüllt und Brötchen, die aus großen Plastiktüten genommen werden. Vor Paul steht ein langhaariger Freak und gibt seine Bestellung auf. Die fettigen, dunkelblonden Strähnen hängen ihm am Rücken über das Batik-T-Shirt herunter, beinahe bis zum Gesäß, das in einer blauen Achtzigerjahre-Adidas-Hose steckt. Paul fragt sich, ob er ihn einfach beiseiteschieben und – wenn er protestiert – durchsuchen soll. Mit dem Hinweis auf Gefahr im Verzug oder irgend so einem Scheiß. Vermutlich findet er dann einen winzigen Krümel Haschisch und eine Menge ekliger Residuen, die in den Taschen der Jogginghose stecken. Zum Glück hat der Typ schnell seine Bestellung aufgegeben, sodass Paul erst gar nicht in Verlegenheit gebracht wird. Scheiß

Hippies, denkt Paul. Die sind so überflüssig wie Pferdemist auf dem Kudamm. Und keiner mag sie. Die mögen nur sich selbst. Eigentlich sollte man das Pack ins Arbeitslager stecken. Wenn Paul so drauf ist, schreckt er vor nichts zurück. Dann macht er vor niemandem und nichts halt. Während er bestellt, muss er beinahe auf den Tresen kotzen, und es ist ihm nicht möglich, seine Beute mit ruhiger Hand zu transportieren. Er hinterlässt Soße auf dem dunklen Fliesenboden, die wie eine Blutspur aussieht. Als er an dem Stehtisch seinen Platz eingenommen hat und die Sachen in sich hineinstopft, geht es ihm gleich besser. Er schlingt das Essen in großen Bissen hinunter. Dabei kaut er wenig und das Wenige mit offenem Mund, sodass er eklige Schmatzgeräusche von sich gibt. Pauls erste Ehefrau Kerstin hatte versucht, ihm Essen-Manieren beizubringen. Aber was in der Kindheit versäumt worden war, kann sie ihm auch nicht mehr vermitteln.

Wenn Paul an seine erste Frau denkt, kriegt er
- Gänsehaut,
- feuchte Augen
und
- das große Zittern.

Dann wird es ihm ganz eng in der Brust und es fällt ihm schwer, kontrolliert zu atmen.

In diesen Momenten fühlt er sich
- klein,
- bedeutungslos
und
- sehr einsam.

Kerstin meint es gut – mit ihnen und mit ihm. Sie versucht, eine anständige Ehe zu führen und ihm eine gute Frau zu sein. Aber sie kriegt es nicht hin, ihn so sein zu lassen, wie er nun einmal ist, denn sie möchte einen guten Menschen, einen guten Ehemann und einen guten Vater aus ihm machen. Das ist aber eine Sackgasse, auf Dauer nicht tragbar und schlichtweg der Beziehungskiller, da Paul zu Veränderungen nicht bereit ist. Dabei gibt es eigentlich nur eine wirkliche Meinungsverschiedenheit zwischen den beiden.

Sein Standpunkt »Wenn du mich liebst, dann akzeptierst du mich so wie ich bin« versus den ihren »Wenn du mich liebst, versuchst du dich zu ändern« oder »Du solltest zumindest den Kindern ein Vorbild sein.« Da der Mensch nach den Erkenntnissen der modernen (deutschen) Neurophysiologie à la Roth und Singer machtlos gegen seine Gene ist (oder zumindest ist das bei Paul so), kann er sich nicht ändern – auch nicht für seine Frau oder seine Kinder. Was unabdingbar zur Scheidung führt. Paul ist verzweifelt. Ihm bricht das Herz entzwei, und er hat das Gefühl, den winzigen Rest seiner Seele zu verlieren. Stundenlang liegt er auf dem Bett und weint wie ein kleines Kind und wartet darauf, dass ihn jemand in den Arm nimmt. Die Erlösung bleibt aus. Diese Erfahrungen machen ihn endgültig zum seelisch-moralischen Krüppel und treiben seine moralische Devianz geradezu ins Abstruse. Und nach der Scheidung wird Paul erst recht so, wie er denkt, dass Kerstin immer dachte, wie er sei. Was aber nicht zutrifft, denn so mies hat ihn nicht einmal Kerstin eingeschätzt, und bis zuletzt hat sie die Hoffnung nicht aufgegeben, allerdings umsonst.

Also lässt sich Paul nach dem Auftritt vor dem Scheidungsrichter völlig gehen und wirft

- den letzten Funken Anstand,
- moralische Skrupel

und

- Wertvorstellungen

über Bord.

Ist der Ruf erst ruiniert, lebt's sich völlig ungeniert – klammert er sich an die banale Weisheit eines Sprichworts. Beinahe noch schlimmer als der menschliche Verlust wiegen die materiellen Einbußen. Paul lernt auf die harte Tour, dass man sich nicht nur im Kasino ruinieren kann, sondern dass eine Scheidung das Gehalt empfindlich reduziert. Hinzu kommen die noch nicht zurückbezahlten Hypotheken für das Haus, das nun mit großem Verlust verkauft werden muss. Und dann muss er Kerstin und den Kindern Monat für Monat einen schönen Teil seines ohnehin massiv geschrumpften Einkommens zukommen lassen.

Wenn Paul an
- seine Ex,
- das Haus
und
- das daraus resultierende Desaster
denkt, fühlt er sich ohnmächtig.

Er spürt dann starken Schwindel und befürchtet zu kollabieren. Die Angst umklammert ihn wie eine Boa Constrictor und lässt ihn erst wieder los, wenn er sich an berauschenden Substanzen gütlich getan hat. In seinen lichten Momenten, die seltener werden, weiß Paul, dass er in einem höllischen Teufelskreislauf drin steckt. Er sieht aber keine Möglichkeit jemals wieder herauszukommen. Und die Parole »Es gibt für alles eine Lösung!« hält er für dummes Psychologen- und Sozialarbeitergewäsch. Denn für ihn gibt es keine Lösung mehr. Paul wirft einen Blick auf die Uhr. Eine halbe Stunde hat er noch. Denn trotz aller Fehler ist Paul ein Typ, der seine Verpflichtungen einhält, komme da, was wolle. Auch wenn es ihm noch so sehr stinkt. Aber Schnaps ist ja bekanntlich Schnaps und Dienst ist Dienst.

Und heute stinkt es ihm ganz besonders, denn KOKE, also Kolja und Kemal, diese
- Kriminellen,
- Ausländer
und
- Mongos
haben ihn einbestellt.

Ihn! Ihn stört es, wenn zwei junge Spacken über ihn verfügen. Aber es gibt die Kehrseite der Medaille.

Die heißt
- Geld,
-Zaster
und
- Schotter.

Und das nimmt er wiederum gerne. Damit hat er überhaupt keine Probleme. Egal von wem.

Da macht er keinerlei Unterschiede zwischen

- Deutschen,
- Ausländern,
- Jungen,
- Alten,
- Hübschen,
- Reichen,
- Männern

und

- Frauen.

Denn Geld ist nun einmal Geld ist Geld ist Geld. Ganz unabhängig von dem Kontext in dem es erworben, verdient oder ausgegeben wurde. Anders formuliert, ist Geld ein generalisiertes, binär codiertes Kommunikationsmedium, das in unterschiedlichen Systemzusammenhängen Geltung besitzt. Das Handy vibriert. Paul schaut nach. Eine SMS. Dienstlich? Paul kann den Absender nicht erkennen, denn seine Optik ist trotz der Nahrung immer noch ziemlich verpeilt. Dann stellt er den Blick scharf. kinderglueck@aol.com? Daraus wird er nicht schlau. Was soll das? »Keine macht dem KOK« – Was ist das denn für eine abgefuckte Betreffzeile?

Handelt es sich um eine

- Verarsche,
- Spamwerbung
- oder …?

Das Oder bereitet Paul Kopfschmerzen. Er schiebt seine Essensreste zur Seite und studiert die Nachricht. Kein Text. Er spürt, wie seine Pumpe heftig hämmert. Ein wenig hat er Angst, vor einer Situation, die er nicht kontrollieren kann. Er hat Angst davor, dass etwas geschieht, das ihn stärker in den Abgrund reißt, als er selber das jemals tun könnte. Dabei ist Paul niemand, der leicht die Flatter kriegt. Aber mit dieser Mail stimmt was nicht. Das ist klar. Das wirkt bedrohlich. Dann fällt ihm auf, dass die Mail einen Anhang besitzt. Er stellt den Blick noch einmal schärfer und erkennt ein Filmdokument. Ein großer Anhang, mit dem Namen Kinderglueck. Er lädt das Dokument herunter. Das dauert. Selbst bei einem modernen Hightech-Produkt wie dem seinen. Dann flimmern Bilder auf seinem Smart-Phone. Er erkennt einen moldawischen Reisepass, ein Datum und Lols Passfoto. Paul hält sich am Stehtisch fest. Das darf doch nicht wahr sein! Lol soll 13 Jahre alt sein? Stöhnen und wirres Gebrabbel reißen ihn aus den Gedanken.

Er blickt auf das Display und sieht

- sich

und

- Lol

und

- die Knarre

und

- die Flasche.

Schnell stoppt er den Film. Sein Brustkorb klemmt mehr als je zuvor. Böse Schnappatmung. Er kriegt kaum Luft. Er steht ganz kurz vor dem Hyperventilieren. Wieder spürt er ohnmächtig, wie sich eine bisher nicht gekannte Furcht seiner bemächtigt. Paul sinkt vorsichtig zu Boden. Verdammt, was soll das? Es gibt keinen identifizierbaren Absender, der Betreff ist Schwachsinn und einen Text gibt es nicht. Die Botschaft ist aber glasklar, soviel steht fest.

»Du bist ein Stück Scheiße! Du bist am Sack! Du gehörst uns!«

Paul ist ein Steher, keiner, der beim ersten Windhauch umkippt. Er zieht sich vorsichtig am Stehtisch wieder nach oben. Stützt sich mit beiden Armen auf dem Tisch ab.

»Verdammt, auf den Schock brauche ich erst einmal eine Line«, murmelt er vor sich hin.

Er klopft seine Taschen ab. Wo ist dieses gottverdammte Koks? Ein erneuter Check. Wieder nichts. Er wird es doch nicht irgendwo verloren haben. Paul wird panisch. Er sucht in seinen Hosentaschen, der Hemdtasche und fummelt sich sogar in den Socken und Schuhen herum. Nichts zu machen. Das Koks bleibt wie vom Erdboden verschwunden. Paul flucht darüber, dass er so verpeilt und unorganisiert ist. Er wirft einen erneuten Blick auf die Uhr. Vor dem Meeting mit Kolja und Kemal schafft er es nicht zurück ins Romasi, denn er ist sich ziemlich sicher, dass er hier sein Beutelchen hat liegen lassen. Das Romasi? Da haben sie den Film gedreht! Das geht doch nicht mit rechten Dingen zu. Paul holt sein Portemonnaie hervor und greift auf seine Notration zurück.

»Scheiß drauf. Das pack ich sonst nicht«, legt er sich seine übliche Rechtfertigung für den Konsum von Drogen zurecht, in der ein Fünkchen Wahrheit steckt.

Er schmeißt sich anderthalb der grünen Rohypnol-Tabletten ein und spült mit dem Rest Bier nach. Dieselbe Ration hebt er für einen weiteren Notfall auf. Zumindest dürfte er es bis zu seinem Meeting und nach Hause schaffen, und dort hat er ja noch andere Vorräte – strikt für den Notfall versteht sich.

»Verdammte Scheiße!«, entfährt es ihm, und er wirkt wie ein Borderliner, der Selbstgespräche führt.

Und dann hört es nicht auf zu rattern. Denn trotz aller charakterlichen Defizite ist Paul nach wie vor ein Polizist. Also überlegt er. Wer? Warum? Zu welchem Zweck? Aber er kommt auf keinen grünen Zweig, denn sein Geist ist verwirrt. Nur das Resultat ist ihm sehr klar. So oder so. Sie haben ihn an den Eiern. Und zwar gewaltig. Die Gretchenfrage lautet nur, was wollen sie, wer auch immer sie sein mögen?

1) Ihn fertig machen

2) Geld

oder

3) Protektion

2) täte besonders weh. Paul denkt scharf nach. Und ihm dämmert, was sie mit Kinderfickern und Polizisten im Knast anstellen.

»Mein Gott, hab ich ein Glück, dass ich beides bin«, brabbelt er sabbernd vor sich hin, trinkt das Bier leer und ist froh, dass die Wirkung des Flunitrazepams einsetzt.

Zumindest bildet er sich das ein. Aber wenn der Schädel einmal so abgefuckt ist wie bei ihm, dann ist es ohnehin schwierig, präzise Ursache-Wirkungsbeziehungen zu identifizieren. Dann gibt er sich einen Ruck und macht sich auf den Weg. Er fühlt sich ganz einsam, verraten und verkauft. Auf sich zurückgeworfen. Aber das ist alles nichts Neues für ihn, und manchmal fragt er sich, wie lange er die Last noch wird aushalten können.

54

Die Freundschaft zwischen Kolja und Kemal ist vielleicht gerade deshalb entstanden und so stark geworden, weil sie sich nicht rational begründen lässt. Die beiden Jungs sitzen im Starbucks am Alexanderplatz. Bequem gepolsterte Ledersessel mit ziemlich unbequemer Sitzhaltung. Drei der Sessel stehen platzsparend um einen kleinen Holztisch gruppiert, der farblich zum dunklen Parkett passt. In dieser Ecke sitzen sie völlig ungestört. Nur die leise vor sich hin plätschernde World Music stört – vor allem Kolja. Bei solch einer Musik kriegt er die Krise, und er sitzt für seine Verhältnisse ziemlich unentspannt da. Vor dem Café herrscht eine Menge Durchgangsverkehr. Arafat kann nicht wissen, dass sie diese Filiale aussuchen, es sei denn, er verfügt tatsächlich über telepathische Qualitäten oder bedient sich einer Hellseherin, was aber Kolja und Kemal ausschließen. Also ist die Chance, dass sie hier abgehört werden, recht gering. Kemal ist aus moralisch-ethischen Gründen dagegen, das Starbucks als Treffpunkt zu nehmen, auch wenn er Koljas praktische Argumente einsieht und deshalb nachgibt.

»Die verkaufen keinen fair gehandelten Kaffee. Außerdem mag ich diese US-Läden nicht. Die zwingen der ganzen Welt einen einheitlichen Stempel auf. Unter weltweiter Gleichheit stelle ich mir etwas anderes vor.«

»Du bist und bleibst ein Taliban«, entgegnet Kolja. »Und was heißt ›nicht fair gehandelt‹? Der Bauer gibt Starbucks Kaffeebohnen, und Starbucks gibt dem Bauern Geld. Das ist doch fair. Als unfair würde ich bezeichnen, wenn Starbucks die Bohnen dem Bauern ohne Bezahlung wegnehmen würde.«

Als Kemal abwinkt, erkennt Kolja, dass er ernsthafte Argumente für Starbucks ins Feld führen muss, sonst ist der ideale Treffpunkt gestorben.

»Ke, bei Starbucks gibt es auch Fairtrade-Kaffee.«

Kemal will davon nichts wissen.

»Ein Zugeständnis an den Massengeschmack. Außerdem gab es da einen Riesenskandal. Das kann ich so nicht stehen lassen, weil es nur die halbe Wahrheit ist.«

Also wird Kolja pragmatisch und macht Kemal in plastischen Bildern klar, dass Paul nur vier Locations finden kann – und zwar so treffsicher wie ein Trüffelschwein, nun ja eben, Trüffel:

1) Bierbars
2) Table-Dance-Bars
3) McDonald's
4) Starbucks

Kemal versteht zwar nicht, wieso Paul so treffsicher Starbucks finden soll, aber es ist für ihn ohnehin beinahe unmöglich, Paul als Menschen zu verstehen und da er noch weniger Lust auf McDonald's, Bierbars und Table-Dance-Bars als auf Starbucks hat, stimmt er zähneknirschend zu.

»Aber bitte nicht die Filiale im Alexa-Shopping-Center«, lautete Kemals Minimalforderung, denn noch mehr als Starbucks hasst er uniforme Einkaufszentren.

Kolja kann das nicht nachvollziehen, denn er findet, dass der Mensch sich hin und wieder etwas Cooles gönnen sollte. Man muss sich belohnen. Und nur hart arbeiten hat noch keinem genützt. Also, wozu dann Shopping-Center hassen? Hier gibt es die ganzen Annehmlichkeiten, die für Kolja das Leben so lebenswert und angenehm machen. Kolja trinkt einen Iced Flavor Latte und ist zufrieden mit seinem Getränk. Er versteht nicht, wieso Kemal bei Starbucks so den Moralischen kriegt. Den Latte kann man trinken und er erfrischt. Kemal hat sich nach viel Überlegung und Tamtam dazu durchringen können, einen Caramel Macchiato zu bestellen, und würde diesen jetzt am liebsten über den Tisch verschütten, so sehr hat er sich von dem ersten Schluck bereits seine Geschmacksnerven verdorben. Kaffee und USA passen nicht zusammen. Außerdem setzen die Amerikaner allen Lebensmitteln Hunderte von Geschmacksverstärkern und Konservierungsstoffen hinzu, was schlichtweg überflüssig ist und die Speisen verdirbt.

Kolja und Kemal kommen sich vor wie zwei Idioten.

Sie sitzen in dem auf Kühlschrankniveau temperierten Raum mit einigen Trotteln herum, die sich besonders

hip / stylish / cool

vorkommen und voller Verbissenheit in iPads starren.

Paul ist nicht pünktlich. Was ja irgendwie glasklar ist. Er ist inzwischen 15 Minuten überfällig.

»Meinst du, ob ihm etwas passiert ist?«, fragt Kemal.

Kolja lacht nur und erwidert: »Vielleicht ist ihm der Stoff unterwegs ausgegangen.«

Kemal setzt eins drauf; »Oder die Pumpe hat verrückt gespielt. Paul entspannt nie – der ist voll drauf und …«, während Kolja abwiegelt: »Du malst immer gleich den Teufel an die Wand. Keine Sorge, Unkraut vergeht nicht.«

Inzwischen hat ihr Informant über eine halbe Stunde Verspätung. Kolja und Kemal beraten, ob sie die Zelte nicht lieber abbrechen sollen. Ein weiteres Getränk verkraften beide nicht, vor allem aber Kemal befindet sich bereits am Rande eines Nervenzusammenbruchs. Und wenn sie dieselbe CD noch einmal auflegen, dann kann Kolja für nichts mehr garantieren. Da stupst Kolja Kemal in die Seite und deutet auf das große Glasfenster. Paul presst seine Nase dagegen und starrt ins Innere, wobei sein Blick leer ist. Die Gesichtszüge sind ihm entglitten. Sein Körper sackt langsam nach unten – Zentimeter für Zentimeter. Und er ist noch um einiges bleicher als sonst.

»Was macht er denn da?«, wundert sich Kolja.

»Er sucht uns, Ko.«

»Dann beeil dich und hol ihn rein, bevor er als Sittich verhaftet wird.«

Und tatsächlich, Kolja hat Recht. Pauls Hosenladen steht sperrangelweit offen. Keine Unterhose.

»Taaach auch«, grüßt Paul, als er und Kemal es endlich bis in die Sitzecke geschafft haben.

Kemal hilft ihm, sich zu setzen, sodass er sich nicht verletzt. Paul legt sich in den Sessel, streckt alle viere von sich und blickt an die Decke. Seine Pupillen sind verschwunden. Die Augen sind ihm nach hinten weggeklappt. Es ist nur das Weiße im Auge zu erkennen.

»Hey, komm schon Paul, reiß dich zusammen!«, wird Kolja ärgerlich und will ihn hochziehen. »Es ist inzwischen einige Jahre her, seit ich den Pupillen-Trick gesehen habe. Und der Typ hatte 14 Hammer und Sichel intus. Du kennst die schon. Die guten alten Hammer und Sichel. Das sind die geilsten Ecstasy überhaupt.«

Versteht sich. Koljas Lieblingspillen: Hammer und Sichel. Klar, was sonst? Kemal winkt ab.

»Vergiss Ecstasy. Paul hat Tapes und Weißes intus«, flüstert er Kolja ins Ohr. »Keine gute Mischung.«

»Wär ich selber drauf gekommen, Einstein«, gibt Kolja zurück. »Ich finde, er soll sich zusammenreißen.«

Aber es ist nichts zu machen. Paul bleibt in der inneren Versenkung verschwunden. Liegt im Sessel, atmet ganz flach, das Hemd total verknittert und mit Flecken verunziert, Curry-Soße und Koksreste im Schnurrbart.

»Haaawe meinen Eute … velolen.«

Hört sich an, wie habe meinen Euter verloren. Kolja und Kemal platzen bald vor Lachen.

»Der braucht mehr als starken Kaffee«, flachst Kolja.

»Also Plan B«, schlussfolgert Kemal.

Plan A war, dass Paul wegen zu viel Koks kurz vor dem Herzkasper steht und Sedativa braucht. Das Beruhigungszeug können sie wieder mit nach Hause nehmen oder ihm für später schenken. Kemal beugt sich zu Paul herunter, der wie eine Kloake aus dem Mund stinkt.

»Komm mit, ich hab' was für dich.«

Mit »Hääääää?« setzt Paul ein Lebenszeichen.

»Ich leg dir eine Line. Nicht hier, sondern auf dem Klo.«

»Weißes, du Kameltreiber?«

»Klar«, bestätigt Kemal.

»Heeer mit dem Zeug.«

Kemal steckt Paul unauffällig einen Plastikbeutel in dessen Hemdtasche, schätzungsweise fünf Gramm. Paul rappelt sich hoch und als Kemal ihm helfen und ihn stützen will, stößt er ihn mit einem gehässig klingenden »Tucke!« von sich.

»Dann soll er sehen, wie er klarkommt«, meint Kemal.

Kolja und Kemal blicken besorgt Paul hinterher. Sie wollen Informationen und keinen Schwerverletzten.

Er schwankt und schlingert a) wie ein Schiff bei fünf Meter hohen Wellen b) ein Seemann im 18. Jahrhundert auf Landgang nach mehreren entbehrungsreichen Monaten an Bord c) ein leicht überdosiertes 18-jähriges Mädchen auf Liquid Ecstasy, das weder weiß, wie sie heißt, noch, wo es wohnt.

»Weißt du, was du dir alles holen kannst, wenn du von einer öffentlichen Toilettenbrille dein Zeug sniffst?«

»Viel«, meint Kolja sybillinisch.

»Genau. Im besten Fall einen verdorbenen Magen, aber auch Syphilis, Tripper, Hepatitis, AIDS …«

»Jetzt sei nicht so pingelig«, gibt Kolja zurück. »Hat schließlich jeder gemacht. Auch du, wenn ich daran erinnern darf. Wir haben schon so manchen Abend in einer Disco-Toilette verbracht, in der wir uns irgendetwas hochgezogen haben.«

Kolja grinst und wird dann wieder ernst. Denn er hat sich an ein Ereignis erinnert, das sein Leben verändert hat und für immer prägen wird. Seit damals ist Koljas Herz entzwei gebrochen.

»Ke, in Moskau, die Krok-Süchtigen, das kannst du dir gar nicht richtig vorstellen …«

Und Kemal weiß, dass er jetzt lieber die Schnauze hält. Denn Koljas Schwester war eine Krok-Süchtige. Und er weiß, wie sehr sein Freund an dieser Erinnerung leidet. Dass ihn das in den Tiefen seiner Seele unendlich schmerzt und ihm keine Ruhe lässt. Denn Kemal weiß, dass Kolja nach außen hin ein Eisberg ist und keine Gefühle zeigt. Er weiß, dass Kolja cool ist. Er weiß aber auch, dass es in Koljas Innerem manchmal ganz anders aussieht. Und dass einige Dinge Kolja stärker beschäftigen, als dieser zugeben würde. Und ihn verrät der rot gefleckte Hals. Also überlegt Kemal, wie er Kolja schnell von Moskau und Krok ablenken kann. Wohl am besten nicht zu auffällig, was bedeutet, dass er bei dem Thema bleibt, aber den Schauplatz wechselt.

»Istanbul war nicht nur in den Sechziger- und Siebzigerjahren, die Heroin- und Opium-Hauptstadt der Welt.«

Kolja rollt mit den Augen und meint damit »Fick dich!«. Du mit deinen uralten Geschichten. Da kannst du gleich bei Adam und Eva anfangen. Aber er steigt auf Kemals Offerte ein, obwohl er in Gedanken bei seiner Krok-süchtigen Schwester ist und erwidert lapidar: »Und die Sowjetunion hat einmal mehr als die halbe Welt beherrscht.

Damals, früher, du weißt schon, in den guten, alten Zeiten. Bla, bla, bla, yadda, yadda, yadda.« Paul kommt nicht von der Toilette zurück. Und Kemal macht sich Sorgen. Obwohl er Paul als Menschen schwierig findet, hat er Mitleid mit ihm, denn er spürt, dass der eine arme Seele ist und dass der sich nach nichts mehr sehnt, als in den Arm genommen und getröstet zu werden. Was er durch sein unmögliches, ja beinahe sogar unmenschliches Verhalten wieder verhindert, denn niemand möchte mit Paul kuscheln und ihm Trost zusprechen.

»Der kommt wieder, vertrau mir. In Russland hab ich einige gekannt, die waren noch viel krasser drauf. Paul ist im Vergleich zu denen geradezu moderat, glaub mir«, lautet Koljas Antwort auf Kemals »Vielleicht sollte ich doch mal nachsehen gehen«. Und Kolja hat Recht. Denn Paul kommt zurück. Nicht aufrecht, aber immerhin ohne Seegang. Er ist kreidebleich. Er lässt sich in den Sessel plumpsen und schaut zuerst zu Kemal und dann zu Kolja. Immerhin sind jetzt die Pupillen und die Iris zu sehen.

»Danke für die Stärkung, Jungs. Den Kaffee könnt ihr euch sparen. Worum geht's?«

Kolja blickt ungläubig zu Kemal, und Kemal sendet fassungslos den Blick zu Kolja zurück. Hat Paul da tatsächlich Scheiße an der Backe hängen? Was hat er auf dem Klo gemacht? Sich mit der Klobürste die Wangen massiert? Wie kann man nur so eklig sein? Dann haben die Jungs so etwas wie eine Gedankenübertragung – Schnauze halten, solange er klar ist und sie von ihm Informationen erhalten können, die sie dringend benötigen.

Deshalb sagt Kemal nur »Arafat.«

»Meint ihr **den** Arafat?«

»Genau den.«

»Oh, Scheiße.«

Paul verdreht die Augen. Schwer zu sagen, ob es Show ist oder er wieder kurz vor dem Abtreten steht.

»Habt ihr Vollpfosten euch mit ihm angelegt? Dann könnt ihr Schwanzlutscher einpacken!«

»Geht's präziser?«, hakt Kemal nach.

Paul seufzt doch tatsächlich. In seinem Zustand.

»Das kostet einen Beutel Weißes und fünf Riesen.«

Kolja grinst. Schön, dass Paul so vorhersehbar ist.

»Okay und jetzt bist du dran, Paul«, sagt er, während er ihm das Verlangte in die Hemdtaschen steckt.

55

Als Paul checkt, dass KOKE seine Forderungen erfüllt, fühlt er sich besser. Life can be easy – sometimes.

Er hat jetzt

a)

- Zaster,
- Knete,
- Schotter,
- Asche

und

b)

- Jayjoe,
- Schnee,
- Hohes C und
- Pulver der Götter.

Was will Mann mehr, außer vielleicht noch die eine oder andere Ische klarzumachen, aber das ist ja bekanntlich mit a) und b) überhaupt kein Problem – ein Selbstläufer sozusagen.

»Danke, Jungs. Dann werde ich euch mal erklären, weshalb ihr gegen Arafat keine Chance habt. Das ist in etwas so wie …« Paul sucht nach einem passenden Vergleich. »… David gegen Goliath.«

Paul lächelt zufrieden. Manchmal überrascht er sich und seine Mitmenschen. Und dass ihm die Überraschung mit dem Bibelbezug gelungen ist, da ist er sich sicher. Und dann beginnt Paul seine Erklärung. Wobei Kolja und Kemal richtig erstaunt sind, wie flüssig und zusammenhängend Paul erzählt, denn sie wissen ja, in was für einem desolaten Zustand er sich befindet. Aber genau darauf legt es

Paul jetzt an. Er will posen. Dafür lebt er. Und manchmal steht er dabei mit einem Bein im Grab. Pauls Geschichte lautet in etwa so. Bei Arafat muss man sich klar machen, dass man es nicht nur mit einer Person, sondern mit einem Clan zu tun hat. Der Begriff Clan bezeichnet dabei eine Gruppe von Familien, die eine bestimmte, zusammengehörende geographische Einheit bewohnen. Beim Clan ist von einem gemeinsamen genealogischen Ursprung auszugehen.

»Das ist bei Arafat der Balkan?«

Mit einem Senken der Augenlider bestätigt Paul Kemals Vermutung, ergänzt aber, dass Arafat auch Vorfahren aus Palästina hat, was den Clan unübersichtlicher mache.

»Ich wusste nicht, dass es in Palästina Zigeuner gibt.«

Mit einer unwirschen Handbewegung gibt Paul zu verstehen, dass er nicht durch dumme Kommentare unterbrochen werden möchte. Die Personen in einem Clan müssen nicht unbedingt miteinander verwandt sein. So kann man Clanmitglieder adoptieren, wodurch sie zu vollwertigen Familienmitgliedern werden. Arafat stammt mütterlicherseits aus Palästina, der Vater ist in Rumänien geboren und aufgewachsen. Arafat ist heute der unumstrittene Clan-Chef, der uneingeschränkte Boss und selber keinen übergeordneten Strukturen untergeordnet. Arafat besitzt als Boss die absolute Gewalt über das Hab und Gut sowie das Leben seiner Clan-Mitglieder.

»Das bedeutet, dass er mit den Clanmitgliedern tun und lassen kann, was er möchte, und niemand wagt es, etwas dagegen zu unternehmen?«, wirft Kemal erstaunt ein.

Paul nickt. Das versteht sich, denn Clan ist ursprünglich eine Verwandtschaftsgruppe, die sich auf einen einzigen gemeinsamen Ahnen bezieht. Das gibt dem Chef das Recht über Leben und Tod. Heute ist die Lineage nicht mehr das Entscheidende, aber Blut ist immer noch dicker als Wasser. Bei dieser Bemerkung verziehen sich Pauls Mundwinkel traurig nach unten. In Arafats Clan sind die Verwandtschaftsverhältnisse das prägende Merkmal, auch wenn Mitglieder durch Adoption hinzugestoßen sind. Das führt Paul zum wichtigsten Merkmal von Arafats Clan. Nämlich dem, dass der Clan quasi die organisierte Kriminalität lebt. Organisierte Kriminalität meint dabei die von Gewinnstreben und Machtstreben dirigierte planmäßige Begehung von Straftaten. Oha.

Paul klingt jetzt wie
- ein Dozent,
- ein Oberlehrer
- oder ein Volltrottel

von der Polizeihochschule.

Mit »Organisierter Kriminalität« sind einzelne oder akkumulierte Straftaten gemeint, die von erheblicher Bedeutung sind. Wichtiges Merkmal ist, dass mehr als zwei Personen arbeitsteilig unter der Verwendung gewerblicher oder geschäftsähnlicher Strukturen agieren. Sie benutzen die Gewalt oder andere Mittel zur Einschüchterung, um ihre Ziele zu erreichen. Sie versuchen zudem, Einfluss auf die Politik, die Medien, die öffentliche Verwaltung, die Justiz oder die Wirtschaft auszuüben.

»Klingt beinahe so ähnlich wie bei Al-Qaida«, frotzelt Kolja, wobei Kemal verärgert die Stirn runzelt.

Späße auf Kosten seiner Vergangenheit mag er nicht.

»Nein«, nimmt Paul die Bemerkung ernst, »organisierte Kriminalität ist kein Terrorismus.«

Allerdings sei das bei Arafat gar nicht so trennscharf zu sagen, da dem Boss Verbindungen zur Hamas und Hisbollah nachgesagt werden, was auch immer das heißen möge. Vielleicht existieren unscharfe Drohnenbilder der Amerikaner, die Arafat oder einen seiner Leute mit einem Hamas-Kämpfer oder Hisbollah-Mitglied beim Teetrinken oder Kathblätter kauen zeigen. Paul bemerkt nicht, wie sehr seine Ausführungen Kolja und Kemal den Wind aus den Segeln nehmen. Jetzt auch noch das: Arafat hat Beziehungen zum Terrorismus, zur Hisbollah. Au, au, au. Nicht ungefährlich. Die Jungs haben die Hosen nicht unbedingt gestrichen voll, aber das erleichtert nicht gerade ihr Vorhaben, Arafat in die Pfanne zu hauen. Währenddessen doziert Paul weiter. Er kommt in Fahrt, das Koks gewinnt die Oberhand in seinem Gehirnstübchen. Auch wenn er seinen Beruf nicht liebt – so ist er doch ziemlich gut darin und kennt sein Fachgebiet a) im Schlaf oder aber b) vd voll drauf wie jetzt. Dann wird Paul spezifischer. Bei Arafats Clan handelt es sich um eine klar strukturierte, streng hierarchisch aufgebaute Organisation mit Arafat an der Spitze. Die ethnische Solidarität, eine gemeinsame Sprache, ähnliche Sitten und häufig derselbe soziale und familiäre Hintergrund sorgen für Abschottung nach außen. Die Merkmale sind meistens dafür verantwortlich, wieso organisierte Kriminalität in ethnischen Minderheitsgesellschaften floriert, denn die Gruppen vertrauen den Behörden nicht.

»Nicht unvernünftig, wenn man dich kennt«, kann sich Kolja eine Gehässigkeit nicht verkneifen.

Paul überhört das geflissentlich. Unter solchen Umständen können kriminelle Organisationen mit weniger polizeilichen oder rechtlichen Eingriffen rechnen, da niemand singt oder eine Ratte ist. Und bei Arafats Clan gilt zudem die Todesstrafe für diejenigen, die mit der Polizei zusammenarbeiten. Arafat ist es außerdem gelungen, die kriminellen Strukturen seiner Organisation gesellschaftlich und sozial zu verankern.

»Konkret?«

»Konkret?«, schnaubt Paul, sodass Schneereste von seinem Schnurrbart umhergewirbelt werden. »Wir sind uns ziemlich sicher, dass er Polizisten, Verwaltungsbeamte, Staatsanwälte und sogar Senatoren auf seiner Gehaltsliste stehen hat.«

Kemal schaltet am schnellsten.

»Und du?«

»Bisher hatte ich noch nicht die Ehre.«

Kolja und Kemal schlucken. Das sagt alles. Paul wartet auf ein Angebot.

Schluck …

… schluck …

… schluck …

und

schluck / schluck / schluck.

Diese Kiste wird enger als gedacht, verdammt eng sogar. Paul erklärt weiter, dass es sich bei Arafats Clan um grenzüberschreitende organisierte Kriminalität handelt, da die Straftaten in mehr als einem

Staat begangen und geplant werden. Menschenhandel, Schmuggel, Glücksspiel, Sex-Business, Betrug, Produktpiraterie, Schutzgelderpressung, Drogenhandel, Umgehung von Embargos, Erpressung, Waffenhandel, Zinswucher und Entführung seien die wichtigsten Standbeine von Arafats Organisation, was Kemal prosaisch als Diversifizierung etikettiert. Fliegt jemand aus Arafats Organisation auf, stellt Arafat versierte Anwälte, bezahlt Kautionen, leistet Fluchthilfe, stellt Entlastungszeugen und schüchtert Zeugen der Staatsanwaltschaft ein. Arafat sorgt sozusagen für das Rundumpaket. Arafats Clan gehe zudem hochkonspirativ vor, mit Decknamen, gleichzeitiger Verwendung mehrerer Mobilfunkarten und einer hermetisch nach außen abgeschlossenen Organisationsform. Paul weist darauf hin, dass es Arafat durch Korruption, Abhängigkeiten wie Sex, Glücksspiel und Zinswucher sowie damit verbundenen Erpressungen gelungen ist, sich bei Polizei und Justiz Freunde zu machen, auch bei denen, die nicht auf sein erstes freundliches Angebot eines zweiten Gehalts eingegangen sind. Elite-Polizisten und Staatsanwälte zittern vor Arafat, weil er sie in der Hand hat. Packt Arafat aus, wandern die Typen für lange Zeit in den Bau. Weshalb diese Leute penibel darauf achtgeben, dass Arafat nicht belangt wird. Kollegen der Steuerfahndung vermuten, dass Arafat die durch die organisierte Kriminalität erzielten Gewinne durch legale Set-up-Firmen, Offshore-Konten und so weiter wäscht. Für Kolja ist das spannend, ihn interessiert aber ein praktischer Aspekt.

»Wie sieht es mit seiner militärischen Stärke aus?«

Paul lacht – ein wenig irre.

»Arafat selbst hat wenige Clan-Mitglieder, die über eine militärische Ausbildung verfügen, was aber nicht bedeutet, dass sie ungefährlich sind. Er besitzt hervorragende Kontakte zur albanischen, russischen und serbischen Mafia. Und hier tummeln sich Ex-Militärs aus Spezialeinheiten, die für gutes Geld jeden Auftrag übernehmen.«

Kolja ist ein wenig mulmig zumute. Vielleicht wird er es mit ehemaligen Kameraden zu tun kriegen. Und er weiß aus eigener Anschauung, wie gut sie sind.

»Mit anderen Worten, ihr seid so was von am Arsch, dass ich keinen einzigen Cent auf euch wetten, sondern alles auf Sieg der Gegenseite setzen würde«, schließt Paul seinen Vortrag und verdreht die Augen.

Seine Energie ist verbraucht. War ja auch eine Riesenanstrengung, den Vortrag auf die Reihe zu kriegen. Jetzt kämpfen die Rohypnol und das Koks um die Vorherrschaft. Ein Kampf der Titanen. Kolja und Kemal sind erschlagen. Wie sollen sie nur mit Arafat fertig werden?

56

Dischle hat sich schick gemacht. Man könnte auch neudeutsch sagen, sie hat sich aufgebrezelt. Aber sie trägt nicht ausschließlich stylische Must-Haves, die höchstens einen Sommer schick und dann total lächerlich sind, wie die meisten anderen Chicks. Auch ziert sie recht wenig unnötiges Bling-Bling. Dischle besitzt Geschmack. Dischle mag Klassiker und liebt guten Style. Was Dischle nicht zu viel hat, ist Geld. Also muss sie beim Shoppen immer ein wenig auf den Preis schauen. Aber mal ehrlich, wer muss das nicht? Dischle liebt ihre Unabhängigkeit. Und Dischle liebt ihren Bruder. Der ihr mehr als genug Geld geben möchte. Das sie aber zurückweist. Denn Dischle ist Dischle. Und bei Dischle heißt es, selbst ist die Frau. Das kleine Schwarze, ein schlichtes Trägerkleid von Zara, ist der Hammer. Es betont gelungen ihre schlanke Taille, die ein Bauarbeiter mit seinen riesigen Händen spielend umfassen könnte. Dischle zeigt gern ihr schönes Dekolleté. Sie hat große und feste Melonenbrüste. Es ist kaum zu glauben, dass so eine zierliche Frau einen so imposanten Vorbau besitzen kann, der echt ist. Das Kleid verbirgt durch eine feine Netzstruktur ihren Brustansatz bis zum Hals. Das Kleid betont ihren hübschen, festen und runden Hintern und endet über den Knien. Dischle weiß, dass sie ein Hingucker ist. Sie genießt es und legt es drauf an. Sie steht drauf. Deshalb geht sie zweimal in der

Woche ins Solarium. Manchmal auch im Sommer. Denn sie weiß, dass die braune Haut zu ihren dunkelblonden, gelockten Haaren einfach hammermäßig gut passt.

»Die Typen stehen einfach drauf«, sagt sie zu ihrer Freundin Tugba. »Die kriegen schon aus hundert Meter Entfernung einen Ständer.«

Kicher, kicher, kicher. Wobei sie und Tugba doch beinahe Mitleid mit den armen Kerlen haben. Wer sieht schon gerne junge Männer leiden, außer den deutschen Kampfemanzen, die gerade daraus ihren Lustgewinn ziehen? Woraufhin Tuba dann seufzend entgegnet: »Und wenn du dann noch deine schwarzen High Heels anziehst, dann bist du vor niemandem mehr sicher.« Stimmt, Dischles High Heels sind der Burner. Natürlich von Zalando. Es ist Sommer und warm. Und Dischle könnte als Baywatch-Babe von Berlin durchgehen, wenn sie ein wenig größer wäre. Ihr Outfit wird vervollständigt durch goldene Ohrringe, eine kleine goldene Rolex, die Kemal ihr geschenkt hat, und eine Goldkette mit einem goldenen Delfin, der ein markantes grünes Auge besitzt. Die Kette hat ihr Kolja geschenkt, was aber wirklich nicht so gemeint war, wie man jetzt denken könnte, denn a) Dischle ist Kolja viel zu jung und b) außerdem ist Dischle die Schwester seines besten und einzigen Freundes, und die Freundschaft mit Kemal ist Kolja heilig.

In der stylishen XX-Lounge herrscht kein Betrieb, denn außer Dischle und ihren Freundinnen ist niemand da. Es ist früh am Abend. Die Mädels hängen nonchalant auf den weißen Sofas rum und trinken Arizona-Eistee aus elegant geformten und spacig bemalten Flaschen.

»Vor zig Jahren stand ich mal total auf Tarkan«, gesteht Tugba und zündet sich eine Zigarette an, inhaliert tief und hält den Glimmstengel mit leicht angewinkeltem Arm von sich weg.

Der Rauch verteilt sich in gleichmäßigen Kringeln im Raum. OMG! Was: »Oh, mein G-Punkt!« heißen kann oder aber auch »Oh mein Gott!«. Tülay kreischt und verdeckt ihren hübschen Mund mit drei Fingern. »Ich habe mir früher jeden Abend vorgestellt, was ich mit Tarkan anstelle, wenn er eine Nacht lang mir gehört.« Hi, hi, hi.

Kicher-Konzert. Sie wissen alle ziemlich gut, was Tülay meint, denn sie waren alle mal jung. Jetzt, da sie richtige Frauen sind, lieben sie aber andere Sachen, die erwachsener sind. Sie stehen auf Sex and the City, Desperate Housewifes und Two and Half Men. An Charlie Sheen scheiden sich die Geister, allerdings setzt sich die Meinung durch, dass er scharf sei. Oh Charlie, bad boys are sooo sexy. Über diese Themen klatschen sie meist tage- und manchmal nächtelang. Sorry, aber mit Big Bang Theory oder ARTE können die Mädels nix anfangen. Nicht einmal die Darsteller in der bei Intellektuellen beliebten US-Serie sind sexy. Und über was für Themen die reden.

»Ich hab gelesen, bald kommt Sex and the City 3«, kreischt Özlem wie ein kleines Mädchen, und ihre Augen sprühen vor Lebenslust.

Als ob Özlem lesen würde! Ha, ha, ha, aber mal ehrlich, das hat ihr der Friseur erzählt. Aber die Mädels stehen nicht nur auf Ami-Scheiß. Auch deutsche Serien stehen bei ihnen hoch im Kurs. Der Bachelor, Big Brother und The Biggest Loser sind der Knaller. Natürlich schauen sie sich auch andere Sendungen an, außer Lindenstraße und Tatort. Das bleibt deutschen Möchtegernbildungsdeppen vorbehalten. Denn so ein Fernsehabend ist schließlich lang. Und es kann nicht ständig ein Feuerwerk nach dem anderen kommen. Das geht gar, wie Cemre einmal ihren Freundinnen erklärt hat »Das ist wie beim Sex. Da kannst du auch nicht einen Höhepunkt nach dem anderen haben.« Was Yasemin eigentlich ganz anders sieht. Nachdenklich blickt Dischle auf den Strohhalm, der aus der Arizona Iced Tea Mandarin-Flasche ragt und mit Lippenstift verschmiert ist. Dischle sucht hektisch in ihrer Louis Vuitton-Tasche, die ein Geburtstagsgeschenk von Mama ist. Sie findet den Lippenstift und ist dann beruhigt.

»Soll ich mitkommen?«, fragt Sibel, denn sie und Dischle sind das am besten eingespielte, weibliche WC-Tag-Team von Berlin.

Aus irgendeinem Grund schüttelt Dischle den Kopf, erhebt sich und geht Richtung Toilette, die sich in der Nähe des Notausgangs befindet. Mehmet, der hinter der Bar im Muscle-Shirt steht und Gläser abtrocknet, wirft ihr ein bezauberndes Lächeln zu. Im hinteren Teil der XX-Lounge sind die Lichter gedimmt. Für den Toilettenbereich lädt man sich am besten eine Taschenlampen-App für sein Handy herunter. Netter, gutaussehender Junge, dieser Mehmet, denkt Dischle, aber ein bisschen unreif. Dafür kann er aber nicht wirklich was, denn das bringt der Job so mit sich. Wer im Gastro-Bereich arbeitet, kriegt eben mehr Angebote, als er mitnehmen kann. Als Dischle die weiße Tür mit vergoldetem Knauf öffnet, spürt sie, wie sich blitzschnell ein Arm um ihre Halspartie legt, dann ein feuchtes Tuch auf ihre Mund- und Nasenpartie gedrückt wird, das einen süßlichen Duft verbreitet. Dischle wird schwarz vor Augen und sie fällt in ein tiefes Loch. Apostel fängt sie sanft auf und lässt sie zu Boden gleiten.

57

Im Gegensatz zu seiner Schwester Dischle liebt Kemal The Big Bang Theory. Er steht auf den Scheiß. Und er findet, dass Sheldon Cooper ein richtig cooler Dude ist, auch wenn er ein bisschen anders ist als die Typen, die er so kennt. Und theoretische Physik ist für Kemal inzwischen der Hammer, ganz im Gegensatz zu dem Scheiß, den er in der Schule lernen musste und wo er sich lieber auf das Klo verkrümelte, um mal kräftig einen durchzuziehen und Dampf abzulassen – nur um sich danach noch mehr über den Kasper von Lehrer zu ärgern, der immer Beispiele rechnen lässt, die so jenseits von jeglicher Realität sind, dass es schon geradezu mehr als lächerlich ist. Also sieht man mal wieder, für was Fernsehen alles gut sein kann. Big Bang ist für Kemal der coolste Scheiß … seit … ja, seit was eigentlich?

Seit …

… Simpsons …

… Futurama oder …

… hm, BBC-Sherlock Holmes (sorry, Benedict, aber für Dischle bist du zu intellektuell, deine Cumberbitches musst du dir schon woanders besorgen) …?

Kemal sitzt also vor der Glotze, zieht sich Big Bang Theory rein, um sich ein wenig abzulenken, lacht immer wieder herzhaft und mampft Studentenfutter, was seine Birne am Laufen hält und auch für den Body gut ist. Dazu trinkt er sein Lammbräu-Bier – Light – bio, na klar, von einer kleinen Brauerei, die noch im Familienbesitz ist. Kemal schüttet Bier nicht sinnlos in sich hinein. Aber an heißen Sommertagen überkommt ihn doch hin und wieder das Verlangen nach einem gut gekühlten Gerstensaft. Da er weiß, dass er die im Bier enthaltenen zahlreichen Kalorien nicht unbedingt braucht, greift er auch gerne zur leichteren Variante. Das Festnetztelefon klingelt. Kemal zuckt zusammen. Wer ist denn das? Eigentlich ruft ihn niemand auf dem Festnetztelefon an. Das Ding ist so überflüssig wie ein Kropf. Kemal überlegt scharf. Niemand? Wirklich niemand? Doch. Manchmal, also eigentlich ziemlich selten, ruft ihn auf dieser Verbindung seine … Oh nein! Nicht heute. Kemal fühlt sich nicht in der Stimmung mit seiner Mutter zu reden. Er fühlt sich nicht gelassen genug, um das Gespräch mit seiner Mutter entspannt anzugehen.

Zu viel Stress …

… zu viel Paul …

… zu viel Apostel.

Und sie haben immer noch keinen blassen Schimmer, wie sie mit Arafats Forderung umgehen sollen. Kolja und er haben sich tüchtig den Kopf zermartert, aber keine Antwort gefunden – und nach Pauls Vortrag sieht die Gesamtlage noch beschissener als vorher aus. Dabei weiß Kemal, dass das alles nur eine Ausrede ist. Denn ihm passt es immer schlecht, mit Mama zu telefonieren. Obwohl er seine Mutter von ganzem Herzen liebt und sich freut, wenn sie ihn anruft. Denn eigentlich liebt Kemal sie, und er sehnt sich nach wenig mehr, als nach der fürsorglichen Liebe seiner Mutter. Ein Blick auf das Display bestätigt seinen Verdacht. Ayshe! Na gut, was muss, das muss. Hoffentlich ist bei ihr alles in Ordnung, denkt Kemal, denn als guter Sohn ist er ständig in Sorge um seine Mama. Völlig überflüssig, denn Ayshe kann bestens auf sich selber aufpassen. Und es handelt sich dabei um vertauschte Rollen, da es nicht die genuine Aufgabe des Sohnes ist, sich um die Belange der Mutter zu kümmern, aber Kemal ist da très old school, denn immerhin ist er der Mann im Haus und muss sich um Mama und Dischle kümmern. Also atmet er tief durch und drückt die grüne Taste.

»Mama! Schön, dass du dich mal wieder …

-

Danke, mir geht es gut. Und dir?

-

Das freut mich.

-

Dischle ist nicht hier.

-

Wie, du hast seit vorgestern versucht, sie zu erreichen?

-

Warum ist es dringend? Ist etwas passiert?

-

Dann bin ich ja beruhigt.

-

Und bei ihr geht nicht einmal die Mailbox an?

-

Das heißt, du vermutest, dass das Handy komplett ausgeschaltet ist. Das ist seltsam.

-

Vielleicht ist es kaputt und sie hat es zur Reparatur gegeben.

-

Nein, ich weiß das nicht genau, und sie ist, wie gesagt, im Moment nicht hier. Sie wollte zu einer ihrer Freundinnen gehen, um mit ihr …

-

Sibel …«

Der investigative Ton seiner Mutter missfällt ihm. Nicht dass er ihn seiner Mutter übelnimmt. Er macht sich nur Sorgen um sie. Denn die gute Frau ist wirklich in Sorge um ihre Tochter, das ist ihrer Stimme deutlich anzuhören. Und mit ihren Fragen kreist sie ihn immer mehr ein und er muss aufpassen, dass das Cover-up nicht auffliegt, denn dann gibt es Ärger und zwar richtig. Also schluckt er seine Verärgerung herunter und fokussiert sich. Zum Glück kann ihn seine Mutter nicht sehen, denn seine linke Hand fährt immer wieder nervös an seinem Hals auf und ab.

»Natürlich kommt sie immer nach Hause und schläft hier.

-

Selbstverständlich passe ich gut auf sie auf.

-

Möchtest du mir unterstellen, dass …?

-

Also, das verstehe ich jetzt wirklich nicht …«

Aua, das schmerzt. Nicht dass seine Mutter sagt, ich glaube dir nicht. Nicht dass seine Mutter sagt, ich weiß, dass du lügst. Nicht dass seine Mutter sagt, ich weiß, dass etwas nicht stimmt. Aber Kemal spürt ein latentes Misstrauen, dass seine Mutter seine Antworten nicht ganz für bare Münze nimmt und dass eventuell sogar Zweifel an der sorgfältig von ihm und Dischle konstruierten Legende bestehen.

»Ich sage ihr Bescheid, sobald sie nach Hause kommt.

-

Oder wenn ich sie auf dem Handy erreicht habe.

-

Mach dir bitte keine Sorgen, Mama. Es ist alles in bester Ordnung. Wirklich. Kein Grund, um sich aufzuregen.

-

Danke, das wünsche ich dir auch.

-

Gute Nacht, Mama …«

Nach diesen Worten hält Kemal den Hörer ein paar Sekunden lang fassungslos in der Hand und ringt um Contenance. Das einförmige Tuten ruft ihn in die Realität zurück. Verdammt, Dischle würde niemals ihr Handy ganz ausschalten. Ausgeschlossen. Nicht einmal beim Schlafen, wenn sie auf der Toilette oder mit Ali Can bzw. jemand anderem zugange ist. Im Gegenteil, meistens nimmt sie es mit aufs WC und surft nach Kleidung und Make-up, wobei sie es nicht zu stören scheint, dass sie dabei von der Handykamera aufgenommen wird und die Bilder zu Marktforschungszwecken ausgewertet werden.

»Wenn die auf so was stehen, ist das deren Problem«, erklärt sie ihrem kritischen Bruder. »Außerdem sehe ich immer gut aus. Auch auf der Toilette. Da muss ich mir keine Gedanken machen.«

Kemal atmet langsam ein und aus. Jetzt hat er zwei Probleme. Einmal muss er Dischle schnell finden. Und zum anderen muss er schauen, dass sich seine Mutter wieder beruhigt und nicht herausfindet, dass Dischle und er nicht zusammenwohnen, wie die Geschwister ihr seit Jahren erzählen und glauben machen wollen, denn nur durch diese Notlüge war Mama bereit, Dischle in Berlin zurückzulassen und alleine nach Istanbul zu ziehen. Kemal drückt die Kurzwahltaste. Das Resultat überrascht nicht. Der Teilnehmer ist momentan nicht erreichbar. Nicht einmal die Mailbox geht dran. Die Sorge von Mama scheint nicht unbegründet.

»Dischle, wo bist du?«, flüstert er.

Plötzlich steht Kemal unter Strom. Ein Bauchgefühl sagt ihm, dass Dischle in großer Gefahr ist …, denn er vermutet einen Zusammenhang mit Arafat und Apostel. Dann aber gnade ihnen Gott. Denn seiner Schwester darf nichts geschehen, unter keinen Umständen, das würde ihm das Herz brechen und seine männliche Integrität in Frage stellen. Er muss sie finden. Auf jeden Fall. Und zwar schnell. Aber wo beginnen? Kemal beschließt, ihre Freundinnen der Reihe nach anzurufen und einen auf Sherlock Holmes zu machen. Kemal hat zum ersten Mal seit Ewigkeiten wieder Angst. Dabei geht es nicht um ihn. Was ihm beinahe den Verstand raubt. Mit der rechten Hand massiert er sich ruckartig die Stirn. Verdammt, wo steckt Dischle?

58

Es ist bekannt, dass die Beziehungen zwischen Entführten und Entführern nicht immer nach dem gleichen Schema verlaufen. Also, dass der Entführte zum Beispiel einen unbändigen Hass auf den Entführer spürt. Oder, dass da nur die Angst vor denen ist, die einen in der Gewalt haben. Manchmal bauen sich auch positive Beziehungen zwischen Opfer und Täter auf. Das heißt Stockholm-Syndrom. Also ein mehr oder weniger psychologisches (manchmal auch physisches) Phänomen, bei dem das Opfer einer Geiselnahme ein positives emotionales Verhältnis mit seinen Entführern aufbaut.

»Dies kann dazu führen, dass das Opfer mit den Tätern sympathisiert und mit ihnen kooperiert.« (Wikipedia)

59

Als Dischle aufwacht, hat sie einen Brummschädel. Sie kann sich ziemlich genau daran erinnern, wann sie das letzte Mal mit demselben Gefühl aufgewacht ist. Das war nach Emres Geburtstagsfeier, die als nette Party beginnt und sich zum ziemlich wüsten Fest steigert. Nach vier Caipirinhas hört Dischle zu zählen auf, lässt sich gehen, hat jede Menge Spaß und wacht am nächsten Morgen mit ebenjenem Kopf auf, der sie jetzt auf die Matratze drückt und in ihr den Wunsch nach Schlaf, beinahe sogar nach ewigem Schlaf, wach werden lässt. Die Augenlider werden von Zentnerlasten niedergedrückt, und Dischle kann es sich im Moment nicht vorstellen, sie je wieder öffnen zu können. Die Zunge ist trocken und scheint durch einen superstarken Klettverschluss mit dem Gaumen verbunden zu sein. Dischle bewegt den Kopf ein paar Millimeter, aber stechender Schmerz, pochende Schläfen und eine explodierende Stirn belehren sie eines Besseren. Also bleibt sie ruhig liegen und bewegt sich nicht mehr. Okay, sie muss sich zuerst sortieren. Bevor sie überhaupt nachdenken kann. Überlegen kann, wo sie ist. Was ihr passiert ist. Ichr kommen wirre Gedanken. Was würde Heidi Klum ihren Topmodels jetzt sagen? Was würde Cosimo (ach, dieser gutaussehende möchtegern Coiffeur und Star-Dancer mit seinem süßen italo-schwäbischen Akzent) von Big Brother jetzt tun? Wie würde Alissa (diese algerische Schlampe, die es den anderen Bitches gezeigt hat) vom Bachelor reagieren und ihr Malheur überspielen? Das führt Dischle zu einem anderen Problem. Wieso war bei der letzten Bachelor-Staffel keine

Kandidatin mit türkischen Wurzeln dabei? Die hätte doch gewonnen. Hundertprozentig. Und wieso ist RTL nicht auf die Idee gekommen, sie zu nehmen? Dischle beantwortet sich ihre Fragen der Reihe nach – bis auf die letzte, denn hierauf gibt es keine vernünftige Antwort. Richtig, alle würden die Zähne tapfer aufeinander beißen und lächeln. Einfach nur lächeln und versuchen, schön zu sein. Was sie alle sind, ebenso wie Dischle. Sie atmet erleichtert auf. Ihr Kopf funktioniert wieder. Also beißt sie die Zähne aufeinander und versucht zu lächeln, die Augen zu öffnen, den Kopf zu heben und schön zu sein. Alles ohne Erfolg. Sie hört ein Räuspern und versucht erneut, ihr Programm abzuspulen. Jetzt klappt es ein wenig besser.

»Gut, dass du aufwachst, Kleine«, hört sie eine sehr tiefe Stimme, die sie nicht uninteressant findet.

Dischle versucht den Blick scharf zu stellen und nimmt grelles Decken-Licht und weiße Wände wahr. Fenster kann sie keine erkennen. »Kleine« hat sie seit Jahren niemand mehr genannt, obwohl sie wirklich nicht die Größte ist. Dischle fragt sich, auf welcher üblen Kellerpartie sie denn gestern gelandet ist, kann sich aber nicht daran erinnern. Das letzte, was in ihrem Gedächtnis abgespeichert ist, sind Eistee und ein Filmriss aus heiterem Himmel. Und im Eistee ist kein Alkohol drin, da ist sie sich ziemlich sicher, obwohl sie auf der Flasche nicht nachgeschaut hat. K.o.-Tropfen? OMG! Vielleicht ist sie von Gang-Bangern entführt worden. Das letzte Mal, als sie in einem Partykeller versackt ist, ist sie die einzige Ausländerin unter lauter deutschen Sturköpfen. Ausschließlich Männer, die denken sie sei eine hitzige Hündin, die nichts mehr brauchte als einen Hans oder Kurt mit pickliger Haut und schlechtem Atem. Und die spießigen Kartoffelköpfe wollen sie abfüllen, um sie dann flachzulegen. Na klar. Aber nicht mit Dischle. Da müssen Hans und Peter schon früher aufstehen. Dischle kippt ihren Sauren Apfel und Pflaume tüchtig unter den Tisch, spielt ein bisschen besoffen und macht einen auf jovial, naiv und sexy. Klar, das kann ins Auge gehen. Aber nicht bei diesen trüben Tassen. Peter, Fritz und Hans picheln munter weiter. Bis sich einer nach dem anderen verabschiedet, um sich über die Schüssel zu hängen.

»Hier!«

Die Stimme ist tief und klingt wie das Brummen eines Alpha-Bären. Keine Berliner-Jünglingsstimme, die erst noch reifen muss. Dischle justiert ihren Blick in Richtung Stimme. Da sitzt ein Schrank von einem Mann in einem bunten, scheußlichen Hawaii-Hemd auf einem Küchenstuhl. Das Hemd sieht so schrecklich aus, dass Dischle sicher ist, dass sie auch im normalen Zustand von dessen Anblick Kopfschmerzen kriegen würde.

»Du bist jetzt unsere Gefangene.«

Dischle glaubt im falschen Film zu sein. Der Typ trägt doch tatsächlich eine schwarze Ski-Mütze mit Löchern, für Augen und Mund. Die Mütze passt überhaupt nicht zum scheußlichen Hemd. Über der Mütze trägt er eine ziemlich coole Ray Ban-Sonnenbrille, die die Gesamterscheinung aber nicht rettet. Neben dem Stuhl steht eine abgesägte Schrotflinte und auf dem Schoß hält er eine riesige Machete, mit der er eine durchschnittliche kubanische Palme innerhalb von zwei Minuten fällen kann. Der Mann hat riesige Schaufeln von Händen und wirkt bedrohlich.

»Macht ihr das öfter?«, fragt Dischle.

»Hä? Was?«

Der Mann steht offensichtlich auf dem Schlauch.

»Motto- und Verkleidungspartys?«

Dischle meint es ernst. Sie ist fest davon überzeugt auf einer dieser abgefahrenen Feste gelandet zu sein, die manchmal ein bisschen aus dem Ruder laufen. Erst neulich hat sie im Internet gelesen, wie eine amerikanische Soldatin von ihren Kameraden auf einer Toga- (Männer Toga) und Yogaparty (Frauen Jogginghose) vergewaltigt wurde und dies erst viel später aus eindeutig schlüpfrigen Facebook-Kommentaren der beteiligten Männer erfuhr. Und dann musste die arme Frau auch noch vor Gericht ihre sexuellen Präferenzen offenbaren, zum Beispiel wie weit sie den Mund aufmacht, wenn sie die Sucuk richtig in den Mund nimmt. Aber bei Dischle fühlt sich im Moment alles normal an, sie verspürt keine Unterleibsschmerzen, aber man kann ja nie wissen, und ein wenig mulmig ist ihr jetzt schon zumute, denn der Typ scheint das Rollenspiel ernst zu nehmen. Vielleicht waren ihre Partner nicht sonderlich gut bestückt, was das Ausbleiben von Nachwirkungen erklären könnte. Hoffentlich haben sie Lümmel-Tüten benutzt, denkt Dischle und hofft, dass sie nicht bei einer jener berühmt-berüchtigten Gang-Bang-Partys gelandet ist, von denen sie bisher immer nur gehört hat. Immerhin hat sie nichts davon mitgekriegt und außerdem ist ja nicht sicher, ob überhaupt irgendetwas …

»Keine Party. Gefangene. Wenn du Theater machst, kommst du da rein und erst wieder raus, wenn du dich beruhigt hast«, sagt der Mann autoritär und deutet auf einen riesigen Schrank. Dischle schluckt, ihr ist schlecht, denn sie hat Platzangst, auch wenn ihre Ein-Zimmer-Wohnung recht klein ist, so hat sie die Möglichkeit nach draußen zu gehen, und jetzt wird ihr unverhohlen angedroht, auf unbestimmte Zeit in einen Schrank gesperrt zu werden. Sie spürt leichte Panik in sich aufkommen und sucht eine Strategie, um sie zu bekämpfen. Was wollen die?, überlegt sie. a) Einen günstigen Haarschnitt b) Lösegeld c) Sex. Oder alles drei? Und wer sind die? Wieder fallen ihr drei Antworten ein. a) Türkischer Geheimdienst b) Nazis c) Kranke Freaks. Jede Antwort könnte richtig sein. Sie erinnert sich voller Schrecken an Nachrichten über Entführungsopfer, die jahrelang in der Hand ihrer Peiniger blieben, jeden Tag vergewaltigt wurden und Kinder kriegten, die sie abtreiben mussten (zum Glück, findet Dischle). Na, das sollten sie nur mal mit ihr probieren. Sie und Kinder kriegen. In ihrem Alter. Außerdem würde das ihre Figur für immer ruinieren, und das geht ja mal überhaupt nicht. Klar weiß sie: Man macht's mit oder man macht's ohne. Aber sie hofft inständig, dass die es hier mit machen. Wenn schon rumgeferkelt wird, dann bitte safer. Und obwohl sie kein Englisch kann, liebt sie den Ausspruch »Better safe than sorry«. Zumindest sollen die ihr die Pille oder eine Spirale besorgen. Die tiefe Stimme reißt sie aus ihren Überlegungen. »Essen ist da drin, hier hast du Fernsehen und DVDs …« Aber Dischle hat nur einen Gedanken: »Wo ist mein Handy?« Der Mann lacht.

»Träum weiter, Kleine. Das hier ist nicht das Hilton.«

»Kann ich nicht mal Mails checken?«, fragt Dischle mit einem leicht panischen Unterton.

Dischle denkt an die Zalando-Mail mit dem Hammer-Gutschein steht kurz davor zu explodieren, denn der Drecksack nickt. Was soll sie nur machen? Keine Mails, keine What's App, also gar kein Kontakt zur Außenwelt. Der Mann steht auf.

»Wir haben in diesem Raum überall Kameras angebracht und sehen immer alles, was du machst.«

Oh Gott, denkt Dischle. Was wollen die von mir? Filmen alles, damit sie es ins Netz stellen, diese kranken Typen. Und wenn ihr die Zeit zwischen den Vergewaltigungen zu lange wird? Hat sie dann kein Recht auf Intimsphäre, sondern wird auch dabei gefilmt, wie sie …?

»Wenn du was brauchst, sprich einfach mit der Wand. Wir kümmern uns um dich.«

Na fein, denkt Dischle, das wollen wir doch mal sehen. Vollmundig Versprechungen machen und dann ist der Typ durch die Tür verschwunden. Dischle sackt wieder in sich zusammen. Das ist doch ein schlechter Alptraum. Keine Motto-Party kann so beschissen abgefahren sein. Aber dann erinnert sie sich an den Film The Bachelor Party Las Vegas, den sie drei Mal anschauen musste, um die Handlung zu kapieren, und daran, wie dort alles gestaged war, die Show-Girls, die Verhaftungen und der Mord, und sie hofft, dass es sich in ihrem Fall auch um einen schlechten Scherz handelt. Aber trotz dieser Vermutung weiß Dischle nicht recht, was sie von der Situation halten soll. Wenn sie es genau bedenkt, ist das Wasserglas eher halbleer als halbvoll. Vielleicht nicht einmal halbvoll. Und sie wünscht sich mit einem Mal ganz heftig, dass ihr geliebtes Bruderherz Kemal weiß, wo sie ist, und sie befreit.

60

Dischle vergräbt ihren Kopf in dem weichen Kopfkissen. Der Kopf tut immer noch höllisch weh. Immer wieder beschwört die Erinnerungen des gestrigen Abends herauf. Ihre Freundinnen. Die XX-Lounge.

Der Ice Tea. Das letzte Stück fehlt. Das Fragezeichen schmerzt. Wenn Kemal Bescheid wüsste, würde er sie hier schneller rausholen, als die Arschlöcher auf ihre Überwachungsbildschirme schauen können. So wie damals, als sie noch Kinder sind, auf einem Heimatbesuch in Istanbul. Ihre Mutter legt Wert auf Heimatverbundenheit, auch wenn Papa nicht mitkommt. Denn Papa ist Kurde und fühlt sich bei seiner angeheirateten türkischen Verwandtschaft nicht wohl, um es vorsichtig auszudrücken. Vermutlich ohne Grund, denn eigentlich mögen sie ihn alle, aber wenn sich einmal was im Kopf verfestigt hat, dann kriegt man diese fixe Idee so schnell nicht mehr los.

»Fahr du nur mit den Kindern nach Istanbul. Ich bleibe lieber hier«, meint Papa und Dischle weiß ganz genau, dass Mama gleich wieder unter der Decke hängt.

Tatsächlich. Sie macht ihm Vorwürfe. Ohne Ende.

»Ich habe dich geheiratet, du sturer kurdischer Bock, und meine Familie mag dich, aber wenn du immer so …«

Vater lacht, beinahe hysterisch.

»Ach ja. Erinnerst du dich nicht mehr an die Zeit vor der Hochzeit, als diene Familie alles daran setzte, um unsere Ehe zu verhindern?«

Eins weiß Dischle ganz genau, wenn es so weiter geht, fängt sich der Alte gleich eine.

»**Vor der** Hochzeit war eine schwierige Zeit, und schließlich hat meine Familie dich eingeladen, aber da wolltest du nicht und hast dich angestellt wie der letzte Mensch.«

Papa schnaubt, doch Mama lässt nicht locker.

»Im Gegensatz zu deinen kurdischen Verwandten, die es nicht für nötig halten, mich auch nur zur Kenntnis zu nehmen. Auf eine Einladung von denen warte ich bis heute und werde sie wohl nie mehr erhalten.«

Jetzt wird Baba traurig, denn was Ayshe sagt, ist wahr und es schmerzt, lässt sich aber nicht ändern.

»Du weißt, dass ich nichts dafür kann und dich über alles liebe.«

Oh, jetzt gibt es die Versöhnung. Sie umarmen und küssen sich, aber es bleibt dabei, Ayshe fährt mit Kemal und Dischle nach Istanbul, während Papa in Berlin bleibt. Und dort – am Bosporus – haben die Sprösslinge es nicht immer leicht. Klar, sind alle nett. Klar, sind sie willkommen. Klar, sind sie als kuzen und kuzen Teil der Familie.

Aber Kemal und Dischle spüren Vorbehalte. Sie gehören nicht wirklich dazu und merken, dass alles auf Goodwill basiert. Und das kotzt Kemal tierisch an. Goodwill von anderen kann er ums Verrecken nicht brauchen. Dischle hat damit weniger Probleme. Sie schaut, wo sie den Spaß abgreifen kann. Aber Kemal macht sich so seine Gedanken und frisst ständig in sich hinein, dass es schon nicht mehr gesund ist. Eines Tages spielen die Kinder Verstecken. Also, die Cousins und Cousinen entführen Dischle, und Kemal muss sie finden. Sie wollen besonders gemein sein. Sie sperren Dischle in ein Abwasserrohr, in dem es furchtbar schmutzig ist und stinkt, als ob alle Kläranlagen der Welt hier zusammenfließen. Dann stellen sie ein Gitter vor das Rohr, sodass Dischle es nicht entfernen kann, stecken ihr von außen noch einen Socken in den Mund, damit sie nicht schreit und machen sich aus dem Staub. Dischle hat furchtbare Angst, sie fürchtet hier drin sterben zu müssen. Das hat mit Spaß nichts mehr zu tun. Das ist bitterer Ernst. Dischle spürt Tiere. Dischle kippt gleich um. Dischle ist kurz vorm Hyperventilieren. Und Dischle betet, dass Kemal sie findet und rettet. Sie weiß, dass ihr Bruder ihre einzige Rettung ist. Und tatsächlich taucht Kemal keine zehn Minuten später auf, denn er hat alles unternommen, um sie zu finden, und er befreit sie. Dann nimmt er sie in den Arm, tröstet sie und verspricht Rache. Aber Dischle will davon nichts wissen, sie ist nur froh, dass Kemal da ist und sie nicht in dem stinkenden, elenden Loch sterben muss. Als sie ihre Cousins und Cousinen wiedertreffen, legt Kemal sofort los und stürzt sich auf alle und bläut ihnen Respekt ein. Und es würde ihnen (und Kemal allerdings auch) böse ergehen, wäre da nicht der Onkel, der dazwischen geht und die Streithähne lachend voneinander trennt.

»Kinder«, seufzt Ayshe und schüttelt den Kopf.

Wenn sie wüsste …

61

Dischle ist sich auch jetzt sicher. Kemal wird sie hier rausholen. Auf ihren Bruder ist Verlass. Hundertprozentig. Und so ruhig, besonnen und süß Kemal auch erscheint, wenn etwas mit seiner Schwester oder Mama ist, tickt er aus. Dann setzt er Himmel und Hölle in Bewegung, um ihnen beizustehen. Kemal ist in solch einem Fall nicht wiederzuerkennen. Er wird zum Tsunami. Aber Kemal behält auch immer kühlen Kopf. Wägt alle Optionen sorgfältig ab und entscheidet dann. Kemals Verhalten birgt nicht immer Vorteile für eine kleine Schwester. Manchmal kann ein großer Bruder mit ausgeprägtem Beschützer-Instinkt störend sein. Dischle hat einen weiteren Flashback. Die Erinnerung reicht weit in die Jugend zurück. Dischle ist in der 8. Klasse. Es ist ein heißer Sommer. Dischle hat Schmetterlinge im Bauch. Denn Dischle ist ja so was von verliebt. In Franco. Franco ist Italiener und geht auf die Berufsschule. Dischle lernt Franco beim Bäcker vor der Schule kennen. Franco ist jeden Morgen dort und kauft groß ein: Kaffee, Brötchen und süße Stückchen. Franco lässt ganz schön Kohle liegen. Macht einen auf Big Spender. Dischle traut sich nicht, mit ihm zu reden. Franco ist groß. Franco ist schlank. Und Franco sieht gut aus. Ihre Freundinnen nehmen Dischle ins Gebet. Reden Tacheles mit ihr. Klartext: Wenn du etwas von ihm willst, musst du ihn ansprechen. Ohne das läuft es nicht. Trau dich, du bist doch kein Angsthase. Was soll passieren? Er steht auf dich, ganz bestimmt. Jetzt hat Dischle nicht nur Schmetterlinge im Bauch. Sondern auch Angst. Den Flattermann. Sie schluckt ihre Angst hinunter und geht in den Bäckerladen hinein. Wo Franco bereits an der Theke einen auf Großeinkauf macht. Als er an ihr vorbeiläuft, sagt sie: »Ich finde dich süß.« Franco glaubt, sich verhört zu haben. Mustert Dischle von oben bis unten. Überlegt ein paar Sekunden.

»Ich dich auch«, erwidert er, lacht und verlässt den Bäcker.

Dischle weiß nicht, wie sie das verstehen soll. Aber immerhin hat er gesagt, dass er sie süß findet. Dischle lässt nicht locker. Ein Nein, Vielleicht oder Ich weiß nicht akzeptiert sie nicht. Da ist sie stur wie ihr Bruder. Also gibt es am nächsten Tag dasselbe Spiel. Immer wieder. Bis sie Franco da hat, wo sie ihn haben möchte. Dischle genießt ihren Triumph. Sie weiß nun, wie es ist, Macht über Männer auszuüben. Franco gibt nach und trifft sich mit ihr. Außerhalb des Bäckers. Wartet auf sie nach der Schule. Hängt mit ihr rum. Unterhält sich mit ihr. Die Gesprächsthemen sind banal. Aber über was soll man schon in diesem Alter groß reden, wenn man sich kennenlernt? »Was ich total gerne esse …« »Am liebsten mag ich Techno …« »Mein Deutsch-Lehrer ist voll scheiße …« Diese Themen funktionieren in diesem Alter und bei dem Altersunterschied. Und dann lässt Franco immer mehr die Katze aus dem Sack. Was er für einer ist. Und wie er sich selber sieht. Franco ist ein Coolio, ein Gras-Verticker und ein Checker. Was ihn nur noch interessanter für Dischle macht. Und Dischle ist nicht dumm. Deshalb wird sie einen Teufel tun und ihrem Bruder ein Sterbenswörtchen von dem erzählen, was Sache ist. Dischle fühlt sich bei Franco sicher. Er bedrängt sie nicht, was beinahe enttäuschend ist. Im Gegenteil, er scheint ihr sogar ein bisschen schüchtern zu sein. Er küsst sie zur Begrüßung und zum Abschied auf die Wange, aber mehr ist nicht drin. Dischle denkt nicht einmal im Traum daran, dass Franco eine Freundin hat – oder sein bestes Stück irgendwo versenkt. Auch, dass er früh zu seinem Vater nach Hause muss, stört sie nicht. Sie glaubt ihm alles. Schließlich geht sie von der Macht der Liebe aus. Nach einiger Zeit möchte sie ihn mit Zunge küssen, wie die meisten ihrer Freundinnen es schon getan haben, zumindest wenn man ihren Erzählungen glaubt. Wenn sie daran denkt, wird ihr siedend heiß und eiskalt, gleichzeitig. Als sie Franco danach fragt, runzelt der die Stirn.

»Wenn wir damit anfangen, möchte ich vielleicht mehr und ich weiß nicht, ob du das möchtest.«

Dischle weiß, was das bedeutet und sie schätzt Francos Gentleman-Qualitäten. Schließlich ist sie begeisterte BRAVO-Leserin und Internet-Userin. Sie weiß nicht genau, wie weit sie gehen möchte, aber sie ist unsterblich in Franco verliebt. Oh, er ist ja unglaublich süß und beinahe eine Zuckervergiftung. Franco lässt Nachsicht walten und küsst sie, dieses eine Mal mit Zunge. Als Verheißung auf mehr, für beide. Und Dischle ist beinahe fällig. Denn das nächste

Treffen mit Franco ist vereinbart. Aber da hat sie die Rechnung ohne Rabia gemacht. Rabia geht in ihre Klasse und kann sie nicht leiden, da Dischle besser aussieht, smarter und lockerer ist und außerdem oft einen coolen Spruch auf Lager hat. Aber das ist nicht der springende Punkt. Denn Rabia ist in Kemal verliebt. Und Rabia erkennt, dass ihre Stunde gekommen ist, um Punkte zu sammeln. Also verrät sie ihm Dischles Geheimnis.

»Dischle geht mit Franco.«

Kemal trifft bald der Schlag.

Seine Schwester und …

… und dieser …

… unglaublich schmierige …

… Spaghetti.

Er kennt Franco, weiß, was der für ein Typ ist. Er ist ein Pusher, ein Megachecker und eine schleimig-gefährliche Spaghetti-Type, also genau das Arschloch, das auf keinen Fall deine kleine Schwester entjungfern sollte. Kemal ist es egal, wie Franco drauf ist. Franco ist nicht anders als die meisten anderen in seinem Alter. Kemal hat kein Problem mit Franco. Aber: Er hat ein Riesenproblem damit, dass der Wichser mit Dischle rummacht und Dischle auf den schleimigen Kerl reinfällt. Und Kemal überlegt lange, wie er Dischle und Franco eine nachhaltige Lektion erteilen kann, die im Gedächtnis haften bleibt. Er denkt fünf Minuten lang nach. Und entscheidet sich für den erlebnispädagogischen Ansatz. Denn nur was man selber erlebt, wird nachhaltig in den kognitiven Strukturen des Gehirns gespeichert und ermöglicht Lernen. Und das scheint ihm in vorliegendem Fall nötig zu sein. Rabia hat ihm den Treffpunkt von Dischle und Franco verraten. Und Kemal kommt wie zufällig vorbei.

»Franco, was machst du da mit meiner Schwester?«

»Oh, Scheiße!«

Und dann geht Kemal auf ihn los und prügelt ihm die Scheiße aus dem Leib, dass es nicht mehr feierlich ist. Franco trägt Schürfwunden und Platzwunden davon, dass er aussieht wie ein räudiger Straßenkater. Dischles »Bitte nicht, Ke!« hilft nichts, und wenn Dischle ehrlich ist, gefällt es ihr sogar beinahe ein klein wenig, wie Kemal ihren

Freund um ihretwillen vertrimmt, auch wenn sie den Grund dafür nicht versteht, denn es ist ja nichts passiert und vor allem ist es ihre eigene, freie Entscheidung. Dischle fühlt sich hin und her gerissen zwischen Bevormundung und dem Gefühl von Sicherheit, dass ihr großer Bruder immer für sie da ist. Franco sieht Dischle nie wieder und lässt in Zukunft die Finger von Minderjährigen, die große Brüder haben. Und Dischle hat ebenso ihre Lektion gelernt. Fürs Erste zumindest. Fange nie etwas mit größeren Jungs an, ohne dass dein Bruder Bescheid weiß und die Beziehung absegnet. Das Letzte ist illusorisch, denn Kemal würde das niemals tun – selbst wenn es sich um George Clooney handeln würde. Aber Kemal gelingt es trotz aller guten Vorsätze nicht für immer, die Unschuld seiner Schwester zu zementieren. Denn Dischle hat die wichtigste Lektion gelernt: Lass dich nicht erwischen.

62

Kemal hält inne. Er hat gefühlte zwanzig Stunden telefoniert und nun zeichnet sich für ihn ein Bild ab, was mit Dischle passiert ist. Kemal braucht eine Verschnaufpause.

Er fühlt sich …

… leer …

… schlecht …

… ohnmächtig.

Er muss in dieser Situation die Nerven bewahren, was ihm normalerweise nicht schwer fällt.

Er muss …

… Informationen sortieren …

… Präferenzen ordnen …

… Wahrscheinlichkeiten …

abwägen.

Kemal checkt Mails. Was eine Ablenkungsstrategie ist, um die Nerven zu kontrollieren. Er scrollt in seinem privaten Account rauf und runter. Eine Menge Spam- und Werbemails. Eine Nachricht findet aber seine Aufmerksamkeit. FB/Freundschaftsanfrage. Kemal findet Facebook ziemlich beschissen. Seiner Meinung nach ist Facebook so echt wie eine designte Monster-XXL-Titte bei einem Transsexuellen.

Kemal denkt, dass es abartig ist, dass Menschen mehrere Stunden am Tag damit verbringen, um zu posten,

… dass die Katze Verstopfung …

… der Hund Migräne …

… der Hamster seine Tage hat.

Außerdem hat er gelesen, dass Facebook vom FBI initiiert worden ist, um die Gangster-Jagd zu erleichtern. Das findet er krass, passt aber in sein Bild von den amerikanischen Bundesbehörden.

Und er findet es seltsam, dass, wenn man eine Reise unternimmt, nichts Wichtigeres zu tun hat, als Fotos von dem zu posten,

… was man gerade gegessen …

… was man gerade gekauft …

… was man gerade so gemacht hat.

Als ob das so wichtig wäre.

Unter den Bildern finden sich seltsame Unterschriften

… beste Spaghetti Carbonara ever …

… 1 Boss Anzug – so damn happy …

… beim Chillen auf dem Campingplatz.

Kemal hat gehört, dass es sogar Menschen gibt, die Bilder von den im Hause verstreuten Socken oder Krawatten ihrer Ehemänner posten mit Unterschriften wie »Eine Socke auf Reisen«. Unglaublich findet Kemal, dass die Leute sich so wichtig nehmen und die Welt daran teilhaben lassen möchten. Super! Am komischsten findet es Kemal aber, dass die Leute so einen Scheiß abonnieren, also nicht nur unnötige Ich-Botschaften in die Welt hinausposaunen, sondern ebenso unnötige Ich-Botschaften von anderen konsumieren. Es ist doch abartig, sagt sich Kemal, zu schauen und zu lesen, was der oder die gerade machen. Sollen sie sich treffen, mailen, zusammentelefonieren, irgendwie direkt miteinander in Kontakt treten. Das scheint Kemal ohnehin der Knackpunkt bei Facebook zu sein: Jeder für sich allein, das aber zusammen.

Es entspricht der kapitalistischen Logik, wenn auf Facebook Tausch- und Transaktionsmechanismen im großen Stil gehandelt werden à la I like yours … if … you will like mine … oder umgekehrt. Kolja hingegen fängt sehr gerne mit Kemal eine große Grundsatzdiskussion über Facebook an.

Warum er Facebook so
cool / trendy / angesagt
findet.

Facebook ist für Kolja zudem vorteilhaft, um Frischfleisch kennenzulernen. Sogenannte Facebook-Schlampen. Und da Kemal nicht immer Böcke auf die große Diskussion mit Kolja hat, ist er Facebook beigetreten. Und kriegt seitdem unzählige Mails. Zumindest am Anfang. Seitdem ignoriert er über 90% der Facebook-Nachrichten geflissentlich. Aber diese eine findet jetzt wie gesagt seine Aufmerksamkeit. Kontaktanfrage Kardes. Klar weiß Kemal, dass Kardes auf Türkisch Schwester heißt. Aber wieso sollte Dischle an ihn eine Kontaktanfrage stellen? Zumal er bereits mit ihr auf Facebook befreundet ist. Das macht für ihn alles keinen Sinn. Kemal spürt einen Kloß im Hals. Er schluckt leer, aber er sieht keinen anderen Weg, als dem Geheimnis jetzt auf den Grund zu gehen. Also klickt Kemal auf Freundschaftsanfrage anzeigen. Und sein Herz bleibt beinahe stehen. Er sieht ein Bild von Dischle.

Dischle sieht
… anders …
… älter …
… fertig …
aus.

Was ist mit ihr passiert?, fragt sich Kemal und spürt, wie sein Herz zu rasen anfängt. Er spürt, wie sich Schweiß auf seiner Stirn bildet und findet, dass es sehr heiß ist im Zimmer.

Eine Sekunde lang überlegt er, ob es sich um
… ein Set-up …
… ein Fake …
… eine Falle …
handelt.

Wenn er herausfinden will, was mit Dischle passiert ist, bleibt ihm keine andere Wahl. Deshalb drückt er den Button Freundschaftsanfrage bestätigen und wählt danach sofort Koljas Nummer.

»Komm sofort ins Büro«, bittet er auf eine Art und Weise, die beinahe schon ein Befehl ist. Kolja hält dagegen, dass er gerade mit Irina beschäftigt ist und das Ganze voraussichtlich noch einige Stunden dauern wird, da er ausgiebig Sushi getankt hat.

»Es geht um Dischle.«

Mehr braucht Kemal nicht zu sagen.

»Bin unterwegs«, erwidert Kolja. »Eigentlich schade, denn Irina hat ein paar Sachen drauf, die sind so was von scharf. Außerdem ist mein Tintenstand immens …«

Kemal ist zum ersten Mal froh, dass Kolja aus seinem Porsche Cayenne immer das Letzte herausholt.

63

Kolja und Kemal halten Kriegsrat.

Kemal raucht …

… eine winzige Tüte …

… White Widow …

… beinahe homöopathisch dosiert.

Das soll die Gehirnzellen in Schwung bringen und beruhigen, denn er ist im Moment nicht die Ruhe in Person.

Kolja hält sich am Wodka fest und schnupft eine Line

Peruvian Flakes / 97% / vom Allerfeinsten.

Das Zeug hebt er sich ausschließlich zum Bumsen und für Notfälle wie diesen hier auf. Die Jungs spüren den Druck, der auf ihnen lastet. Sie haben bessere Zeiten erlebt und denken mit Wehmut daran zurück. Die Kiste hat nichts mit gesunder Konkurrenz zu tun.

Hier geht es …

… um die Familie …

… um die Ehre …

… um Leib und Leben.

»Ich schwöre dir, wenn sie Dischle etwas antun, bringe ich Arafat und seine ganze Sippe eigenhändig um!«

Um zu demonstrieren, was er meint, formen Koljas riesige Hände einen um einen imaginären Hals gelegten Kreis und drücken dann kräftig zu.

»Das hilft uns jetzt nicht weiter«, ruft ihn Kemal zur Räson. »Wir müssen verhindern, dass Dischle was passiert.«

Doch Kolja ist für diese Feinheiten nicht empfänglich. Er steigert sich in seinen Hass hinein. Für ihn ist das mehr als ein persönlicher Affront, für ihn ist das eine Vendetta.

»Wenn ich dieses Schwein erwische!«

Kolja sieht aus wie ein kurz vor der Kernfusion stehender Atommeiler. Kemal betrachtet das ein klein wenig nüchterner. Arafat möchte etwas von ihnen, das sie ihm nicht geben wollen. Also nimmt Arafat ihnen etwas weg, um seinen Willen zu erhalten. Noch nie zuvor hat Kemal auf eine Facebook-Nachricht so dringend gewartet.

Normalerweise hält er es für Symptome einer kranken Zeit und einer kranken Gesellschaft, dass Menschen mit …

… zittrigen Händen …

… Schweiß auf der Stirn …

… Magengeschwüren …

auf eine neue virtuelle Nachricht warten.

Kemal weiß, dass es richtige Entzugserscheinungen sein können, wenn sich jemand nicht mehr wichtig fühlt, weil andere ihn ignorieren. Aber jetzt, in seinem Fall ist das anders. Denn hier geht es um das Wohl und Wehe seiner Schwester. Und seine Schwester ist ihm das Wichtigste, zusammen mit Mama und Kolja.

Und so ist es nur allzu verständlich, dass

… ihm die Muffe sausen geht …

… die Hände schweißig sind …

… und zittern.

»Beruhig dich, Alter«, hat Kolja jetzt die Rolle gewechselt, denn er merkt, dass Kemal im Moment nicht ganz die coole Socke ist, die er sonst immer raushängt.

Kemal winkt ab à la Komme schon klar.

»Ich schwör dir, es ist besser, wenn du nicht rumzitterst, wenn es losgeht«, setzt Kolja nach.

Kemal überlegt. Hm, könnte was dran sein. Also bricht er die Hälte einer Sedativa-Tablette ab und schluckt sie mit Wasser herunter.

»So ist es besser, glaub' mir«, bekräftigt Kolja.

Gegen Benzodiazepine gibt es an sich nichts einzuwenden. Kemal steht ohnehin auf Downer.

In richtigem Maße genossen …

… beruhigen sie …

… bauen Hemmungen ab …

… machen selbstsicher.

Das Geräusch verrät, dass Kemal eine neue Nachricht erhalten hat. Kolja und Kemal stürzen zum Mac. Neue Sexkontakte – Frauen in deiner Umgebung suchen Dich!

»Hahaha, klingt interessant. Wäre vielleicht was für dich, um ein wenig Druck abzubauen«, lästert Kolja.

Kolja ist in jeder Lebenssituation für Schweinereien zu haben. Was es nicht immer einfach macht. Verärgert klickt Kemal die Nachricht weg.

»Ich weiß nicht, wieso ich die Nachrichten erhalte«, rechtfertigt er sich und merkt, wie blöd seine Bemerkung war.

Wer denkt, dass Kolja jetzt rücksichtsvoll ist, hat sich geschnitten, aber so was von, denn mit der kleinen Line und dem Wodka intus, kommt er in Fahrt.

»Klar, Ke, ich weiß auch nicht, woher das Schwanzjucken kommt, weil ich ihn noch nie irgendwo reingehängt habe, wo ich nicht sollte, bis der Doc mir sagt, dass das nicht sein kann.«

»Hey, willst du mir unterstellen«, braust Kemal auf, »dass ich …« und realisiert wieder zwei Sekunden zu spät, wie peinlich sein Protest ist.

Hektisch fährt sich Kemal über sein Gesicht. Aber Kolja hebt beschwichtigend beide Arme.

»Es ist nichts Schlimmes dabei, Internetpornos anzuschauen. Sieh es mal so. Man lernt immer etwas dabei.«

Kemal will ihm jetzt Saures geben, denn so etwas lässt er sich nicht unterstellen, auch nicht von Kolja, als … 1 Neue Nachricht – Facebook. »Oh!« Betreff: Dischles neues Zuhause.

»Diese kranken Wichser«, entfährt es Kolja, bevor Kemal die Nachricht überhaupt angeklickt hat.

Mit wummerndem Herzen öffnet Kemal die Nachricht und den Anhang. Er zieht abwechselnd die Unter- und Oberlippe in den Mund und knetet sie mit den Zähnen.

Sie sehen Dischle auf einer Matratze liegend, den Kopf verzweifelt in ihr Kissen vergraben mit der Unterschrift »Dischle ruht sich aus«. Kemal holt tief Luft, bevor er weitermacht. Das nächste Bild zeigt Dischle mit einer noch ungeöffneten Tüte Chips und einem Dip, der daneben steht mit dem Subtitle »Dischle ist um ihre Figur besorgt!«

»Diese Sadisten«, entfährt es Kemal, der weiß, wie sich Dischle um den Erhalt ihrer tollen Figur kümmert.

Sie ist nicht magersüchtig, steckt sich keinen Finger in den Hals und liebt Essen über alles. Gleichzeitig möchte Dischle aber auch gut aussehen, damit sie von Männern und Frauen gleichermaßen bewundert und beneidet wird.

»Die Schweine quälen sie mit Fast-Food, das sie eigentlich über alles liebt, sich aber nicht zu essen getraut«, presst Kemal zwischen den Lippen hervor und hofft, dass das Ganze sich nicht langsam zu einer Klimax aufbaut.

Auf dem nächsten Bild sitzt Dischle sitzt vor dem Fernseher. Der zynische Kommentar lautet »Dischle schaut Filme auf Türkisch an«.

»Die Arme, sie hasst türkische Filme«, ist das Einzige, was Kemal dazu einfällt.

Das wird es doch nicht schon gewesen sein? Da kommt noch etwas Bitterböses, denkt Kemal und spürt, wie er schlucken möchte, aber nicht kann. Und tatsächlich. Beim letzten Bild handelt es sich um eine Fotomontage, die Kemal den Atem stocken lässt. Dischle liegt auf der blutüberströmten Matratze, mit Hunderten von Messereinstichen am ganzen Körper übersät. »Dischles Zukunft?« Kemal kippt gleich unter den Tisch. Ihm ist schlecht. Er hat Angst. Verdammte Angst. So hat er sich schon seit Kindertagen nicht mehr gefühlt, eigentlich noch nie in seinem ganzen Leben. Das Gefühl wird immer stärker und droht ihn in einen Abgrund zu reißen. Trotz Joint und Benzodiazepin. Wo sind seine Ruhe und innere Gelassenheit hin? Kemal fühlt sich als neuer Mensch, und er ist sich nicht sicher, ob er das gut findet. Die Emotionen überwältigen ihn. Kemal reißt sich zusammen und scrollt im Textfeld weiter runter. »Neue Route?«

»Diese Wichser!«

Kolja betont das W stark, gefolgt von einem kurzen i und einem ck, schließend mit scharf-s, kurzem e und rollendem r. Dann schlägt er mit voller Wucht auf den Schreibtisch, sodass die Wodka-Flasche und der Mac einen riesigen Satz machen.

»Dafür werden sie bezahlen!«

64

Büro KOKE – Innen – Mittag

Kolja: »Diese Wwwickßerrrr!«

Kemal atmet tief ein und aus und schließt die Augen. Er nimmt die andere Hälfte der Tablette und spült sie mit Wodka herunter.

Kolja: »Wow. Das habe ich bei dir noch nie erlebt. Tapes, die du mit Alkohol runterspülst. Möchtest du vielleicht auch noch hiervon?«

Er hält Kemal ein Tütchen mit weißem Pulver hin. Kemal wirft zuerst einen abschätzigen Blick darauf, der dann doch freundlicher wird.

Kemal: »Aber spar nicht, Alter.«

Kolja: »Nicht doch. Wer die Portion verträgt, der kann Holzköpfe von mexikanischen Kartellen beeindrucken.«

Kolja legt eine Monsterline auf den Firmenschreibtisch, die Kemal auf zwei Mal wegzieht und sich dann seinen Joint erneut anzündet, den er ziemlich hastig raucht.

Kolja: »Arafat versteht nur eine Sprache. Ich weiß, wie man mit solchen Typen umspringt, glaub mir.«

Kemal: »Das ist zu riskant.«

Kolja: »Was ist daran gefährlich? Ich schnappe mir meine M 16 mit Granatwerfer, eine UZI, ein paar Handgranaten, zwei Glocks, genügend Munition und puste diese Arschlöcher zurück in ihre Wagenburg.«

Kemal: »Ich weiß, dass du dir 20 tschetschenische Freischärler als Betthupferl reinpfeifst. Das ist kein Thema. Aber was du jetzt vorhast, ist für Dischle zu gefährlich.«

Kolja legt sich eine große Line, die er mit einem Nasenloch im Tony-Montana-Style wegzieht.

Kemal: »Ko, wir dürfen nichts unternehmen, was sie gefährdet. Absolut nichts.«

Kolja: »Genau damit rechnen die Penner doch. Dass wir uns vor Angst in die Hosen scheißen. Aber nicht mit mir Alter. Das mache ich nicht mit.«

Kemal: »Aber sie haben doch Recht. Denn sobald wir was unternehmen, ist Dischle dran. Also müssen wir einen anderen Weg finden, als sie offen anzugreifen oder gar nichts zu tun.«

Kolja: »Quatsch. Wir müssen nur schneller sein. Sie überraschen. Dann passiert Dischle nichts.«

Kemal: »Nein. Im Moment besitzen wir noch zu wenige Informationen. Das kann nicht gut gehen.«

Kolja: »Scheiß auf Infos. Wir sollten zuschlagen.«

Kemal: »Auf keinen Fall. Die Sicherheit meiner Schwester geht vor. Punkt. Aus. Ende der Diskussion.«

Kolja: »Du tust grade so, als ob mir ihre Sicherheit egal wäre. Dischle ist auch meine Schwester, Bruder.«

Kemal: »Ich weiß. Tut mir Leid, Kolja. Aber wir wählen die langsamere Variante und ficken die Typen später.«

Kolja: »Aber wir ficken sie richtig. Versprochen?«

Kemal: »Versprochen.«

Kolja braucht erst einmal einen Schluck Wodka, um das Ergebnis der Diskussion zu verdauen, da er ungern nachgibt. Dann verzieht sich sein Gesicht, da er sich über einen Punkt besonders ärgert.

Kolja: »Aber ich schick denen nicht unsere Kapitulationserklärung. Unter keinen Umständen.«

Kemal: »Überlass die Kriegslist mir.«

Kolja: »Hey, Odysseus, ich habe als einziger von uns beiden in einem richtigen Krieg gekämpft.«

Kemal: »Willst du damit sagen, wir haben damals nur unsere Eier geschaukelt und die NATO durch Gedankenübertragung oder so etwas angegriffen?«

Kolja kichert.

Kolja: »So in etwa habe ich mir das schon vorgestellt. War das etwa anders?«

Kemal: »Worauf du einen lassen kannst.«

65

»Also«, sagt Kemal und schluckt leer.

Das ist etwas, das ihm normaler Weise nie passiert. Aber normal ist gerade nichts mehr. Seine Schwester befindet sich in Lebensgefahr. Arafats Message ist klarer als destilliertes Wasser. Wenn ihr unsere Forderung erfüllt, geht es Dischle gut. Wenn ihr sie nicht erfüllt, wird sie sterben. Es wird kein leichter Tod sein. Hunderte von Einstichen auf der Fotomontage sind eindeutig. Ich könnte ihm jetzt sagen, dass er nicht die Eier hat, um das Ganze kurz und schmerzlos durchzuziehen und stattdessen lieber den Schwanz einzieht, denkt Kolja, aber er möchte seinen Freund nicht bloßstellen oder diskreditieren. Dann taxiert er seinen Kemal. Er ist sich unsicher, deutet Kolja die Zeichen richtig, denn Kemal stützt sein Gesicht mit einer Hand und runzelt ständig die Stirn, als ob er selber mit sich ringen würde. Kolja weiß, dass Angst oft mit einem weichen Herzen zusammenhängt. Und Kemal tendiert dazu, ein weiches Herz zu besitzen. In diesem Fall kann Kolja seine Angst nachvollziehen. Und er empfindet Mitleid, etwas, was bei Kolja so gut wie nie vorkommt. Tatsächlich ist Kemal hin und her gerissen zwischen a) Ich hole Dischle da sofort raus und b) Es ist klüger abzuwarten. Mach es deinem Freund nicht schwerer, als er es ohnehin schon hat, sagt sich

Kolja. Stelle ihn nicht als Weichei hin. Das ist er nicht und das hat er nicht verdient. Auch wenn ich weiß, dass es besser wäre, jetzt anders zu handeln. Dann denkt Kolja an seine Schwester und ihren qualvollen Tod und er fühlt einen unsäglichen Schmerz tief in seinem Inneren, den er für immer einsperren möchte. Es ist ein seltsames Gefühl, denn Kolja denkt selten über seine Gefühlsregungen nach. Normalerweise leitet ihn eher sein Instinkt. Jetzt aber vermischt sich die Angst mit Mitleid und diese Erfahrung ergreift Kolja in einem Ausmaß, das er nicht für möglich gehalten hat. Kemal sieht nicht gut aus. Klar, er hat sich im Griff, aber wer ihn kennt, weiß, dass es in ihm brodelt wie in einem Vulkan, auch wenn er nach außen ganz ruhig wirkt … Kemal klickt unter »Neue Route?« auf Kommentieren. Es fällt ihm schwer.

»Just do it!«, zitiert Kolja den Nike-Werbespruch und versucht seinerseits, seinen Gefühlshaushalt unter Kontrolle zu kriegen.

Nike mag er nicht sonderlich.

»Den Scheiß trägt jeder dahergelaufene Straßen-Nigger in den USA«, ist, was ihm zu Nike einfällt.

Den Werbespruch findet er aber cool. Kemal seufzt und gibt sich einen Ruck. Er tippt mit flinken Fingern Wir ändern die Route. KOKE und sendet die Botschaft. Kemal fährt den Mac herunter.

»Wir holen sie da raus, verlass dich drauf«, versucht Kolja ihn aufzumuntern und Mut zu machen.

»Danke«, erwidert Kemal. »Ich weiß, dass ich mich immer auf dich verlassen kann.«

Sie blicken sich in die Augen. In ihren Köpfen arbeitet es ununterbrochen. Die Prozessoren rauchen schon. Und dennoch spüren sie beide tief in ihrem Inneren dieselbe Regung und umarmen sich. Es tut gut, in den Arm genommen zu werden. Aber nach wenigen Sekunden lösen sie die Umklammerung, da sie spüren, dass diese Situation ein wenig peinlich ist. Also verfallen sie in Verhaltensmuster, die sie besser kennen und die einfacher sind. Koljas »Wir machen uns frisch und überlegen dann einen Schlachtplan« klingt überzeugend, zumal er den Beutel peruanischen Koks auf den Bürotisch knallt, als ob es eine Packung M&Ms wäre.

»Und zwar einen hinterhältigen«, ergänzt Kemal, und das Glitzern in seinen Augen zeigt, dass er eine Idee hat.

Und dann machen sie sich frisch. Ein paar Lines genügen, um die beiden Jungs in Schwung zu bringen. Schluss mit der Gefühlsduselei. Arafat kann sich warm anziehen.

66

»Wir ändern die Route. KOKE«

»Ha! Ich habe gewusst, dass diese Schwuchteln und Schwanzlutscher einlenken werden. Sie sind einfach zu weich, diese Wichser. Bloß weil sie einmal ein Gewehr in der Hand gehalten haben, heißt das noch lange nicht, dass sie sich mit mir anlegen können.«

Arafat trieft vor Hohn. Er beschäftigt sich so lange mit seinem Schnurrbart, dass man meinen könnte, er wolle jedes Haar geradebiegen.

Apostel nickt gefällig. Das ist auch in der organisierten Kriminalität nicht anders als bei einem mittelständischen Unternehmen, bei dem der Assistent immer einen auf Headbanger und Kopfnicker macht, sobald der Chef etwas gesagt hat.

»Immerhin sind sie zur Vernunft gekommen«, stellt Arafat nicht ohne Genugtuung fest.

Er hält eine große Cohiba in den Händen, zieht genüsslich dran und blickt erneut auf den Laptop.

»Nimmt man ihnen die Schwester weg, lutschen sie einem den Schwanz. Das machen sie sowieso am liebsten. Schwänze lutschen. Und sie wissen das tief in ihrem Inneren. Sie sind schwach. Haben Emotionen wie Mütter, die geworfen haben. Wirkliche Flachwichser. Haben nicht einmal annähernd mein Format, meinen aber aufmucken zu müssen. Ich habe sie eines Besseren belehrt.«

Arafats schneeweißes Hemd ist bis zur Brust offen. Um den Hals hängen Goldketten. Dezent, aber exklusiv. Seine Vacheron Constantin Grande Complication passt gut zum Schmuck. Sie steht ihm. Wie sie jedem auf diesem Planeten steht, der es sich leisten kann, über eine halbe Million Euro für eine Armbanduhr auszugeben.

»Du hast gesagt, dass sie die Route ändern werden, Boss«, stimmt Apostel unterwürfig zu.

Arafat läuft langsam auf und ab und wirft einen Blick aus der Glasfront auf die Berliner Skyline.

»Das ist der Anfang meiner Expansion, Apostel«, ergänzt er. »Der Testlauf. Jetzt legen wir richtig los. Kolja und Kemal. Pissköpfe. KOKE, ha, ha, ha. Gesprochen Kok. Die haben nichts drauf. Die bringen's nicht. Das sind Dummies zum Üben. Nicht mehr als ein Sparring-Partner. Pappkameraden, auf die man losballern kann.«

Apostel nickt, wobei er nicht weiß, was Arafat meint. Aber Arafat redet sich in Fahrt. Ist kaum zu stoppen.

»Wir werden das Business in Berlin übernehmen. Das Ganze, verstehst du? Wir werden alle Wichser in Grund und Boden rammen. Wir werden eine Politik der verbrannten Erde betreiben. Wer sich wehrt, beißt ins Gras. Wer sich nicht wehrt, muss sich fügen und wird in den Arsch gefickt.«

Arafat lacht dreckig. Apostel stimmt ein. Das Letzte hat er gut verstanden. Damit kennt er sich gut aus.

»So oder so: Wir vervielfachen die Profite, und ich gewinne die absolute Macht. Es wird keinen Geschäftsbereich in der organisierten Kriminalität in Berlin und Umgebung mehr geben, in dem ich nicht das Sagen habe.«

Apostel fragt sich, ob sein Chef nicht ein bisschen übertreibt, hütet sich aber, sich in dieser Richtung zu äußern. Klar, Arafat war immer auf Wachstum bedacht. Klar, Arafat hat immer neue Geschäftsbereiche gesucht und gefunden. Klar, Arafat hat immer Gegner unterworfen. Und zwar ohne Gnade, brutal und rücksichtslos.

»Du wirst sehen. Wir werden die neuen Könige von Berlin. Ach was, von ganz Deutschland.«

Apostel weiß nicht genau, was er sagen soll. Vielleicht hat sein Chef ein bisschen zu viel getrunken. Oder mal wieder kräftig Weißes geschnupft. Oder sich was Anderes hinter die Binde gehauen. Oder alles drei auf einmal. In jedem Fall hat er Visionen, was die Zukunft des Clans angeht. Und Apostel kann sich nicht beklagen. Arafat hat immer gut für ihn gesorgt. Ziemlich gut, um genau zu sein.

»Das ist es, was die Deutschen verdienen. In den Arsch gefickt zu werden«, setzt Arafat einen drauf. »Nach dem, was sie unseren Vorfahren angetan haben ...«

Hoffentlich erzählt Arafat jetzt nicht die Geschichte vom Nationalsozialismus, denkt Apostel, denn wenn sein Chef in dem Fahrwasser ist, kann der Vortrag lange dauern.

»Natürlich, Chef ...«

Arafat fixiert Apostel, zwirbelt dabei weiter seinen Schnäuzer und hält die Cohiba in der anderen Hand. Er hat Augen, die kälter sind als ein frostiger Januarmorgen. Er ist – knallhart – ohne Gnade – ohne Gefühle. Er kennt keine Kameradschaft. Er hat die gemeinsame Geschichte von Apostel und sich vergessen. Er ist Boss, Apostel der paysan. Klarer Fall. So was von vertikal, dass es nicht mehr zeitgemäß ist, aber in der organisierten Kriminalität ticken die Uhren anders als in der Demokratie. Und der Boss ist nun einmal der Boss. Genossenschaften oder einen ähnlichen Scheiß gibt es hier nicht.

»Pass auf, dass der kleinen türkischen Nutte nichts passiert. Sie ist der Schlüssel zum Erfolg. Solange sie in unserer Gewalt ist, müssen Kolja und Kemal nach unserer Pfeife tanzen.«

So langsam nimmt es Apostel persönlich, auch wenn es sich um seinen Boss handelt. Wie oft möchte Arafat ihm immer wieder dasselbe erzählen? Als ob der je Anlass zur Klage gehabt hätte.

»Ich kümmere mich darum. Keine Sorge, Chef.«

Arafat nickt.

»Wir testen die neue Route«, fährt Arafat fort. »KOKE trägt das Risiko. Wir streichen den Großteil der Gewinne ein und speisen KOKE mit ein paar Peanuts ab. Wir vervielfachen ...«

Arafat hat Eurozeichen in den Augen. €-€-€. Euro – Euro – Euro. Zur Not auch $ – $ – $. Dollar – Dollar – Dollar. Da ist Arafat flexibel. In einer Welt des Turbokapitalismus darf man nicht wählerisch sein, sondern muss mitnehmen was geht. Das tun alle. Auch wenn er die Drecksamerikaner hasst. Ihre Währung liebt er.

67

Kolja: »Du siehst nicht aus wie ein Islamist.«

Kemal lacht.

Kemal: »Stimmt, ich sehe smart und gut aus. Westlich und zugleich exotisch.«

Kolja: »Jetzt übertreib mal nicht. Aber in jedem Fall besser als die Bartträger aus Kandahar.«

»Die **Taliban** […] sind eine deobandisch-islamistische Miliz, welche von September 1996 bis Oktober 2001 große Teile Afghanistans beherrschte.« (Wikipedia)

68

In Arafats Augen vermischen sich Euro- und Dollarzeichen mit Hass. Unbändigen Hass auf den Abschaum der Menschheit. Und der Abschaum der Menschheit sind in seinen Augen – Amerikaner – Judenschweine – anderes dekadentes Krebsgeschwür. Insofern verdient Arafat zwar Geld mit der Ware, die KOKE nach Istanbul transportieren soll. Zugleich ist der Schmuggel von Anti-Drohnen-Waffen für ihn eine ideologisch motivierte Tat. Er findet, die Amerikaner sollten erschossen werden wie tollwütige Hunde, wobei dann jede Kugel für sie zu schade wäre. Am besten wäre es für ihn, wenn man die Amerikaner wie ungewollte Töchter in China im Fluss ersaufen würde.

»Jetzt geht's ab, Apostel«, zischt er und drückt die Kurzwahltaste. »Die Party kann steigen.«

Apostel bewundert Arafat, denn er gehört zur zupackenden Sorte. Arafat hält nichts davon, die Füße hochzulegen und sich ein schönes Leben zu machen. Arafat kümmert sich um alles.

»Macht die C's klar!«

Keine Code-Worte. Nur Abkürzungen. Ohnehin würde niemand glauben, dass es Arafat gelungen ist, Anti-Drohnen-Waffen zu besorgen. Die er den Taliban in Afghanistan für einen horrenden Preis verkaufen möchte. Aber der Preis ist es nicht allein, was ihn in dieser Geschichte antreibt, denn Arafat hasst nur eines mehr, als keinen anständigen Profit zu machen. Und das sind nun mal Amerikaner, die verdammten Hurensöhne, die sich anmaßen, die Welt zu beherrschen und allen vorzuschreiben, wie sie leben sollen. In diesem Punkt sind sie nicht anders als die Kommunisten, die Arafat ebenso hasst wie die Pest und die er bekämpft hat. Und die afghanisch-pakistanischen Gotteskrieger sind scharf auf die Cougars. Sie haben ihm einen Deal vorgeschlagen, den er auf keinen Fall ausschlagen kann. Die Taliban bezahlen in H – O – M. Nicht mit dem postmaterialistischen H-o-m oder O-h-m zu verwechseln, sondern H – O – M. Also Heroin – Opium – Morphium. Die heilige Trinität der Junkies. Mekka und Medina der Fixer-Szene. Mehr Transzendenz ist nicht möglich. Das pure Zeug aus Afghanistan kann er schneiden und verticken. Die Aussicht auf Profitmaximierung lässt ihn beinahe schwindeln. Denn allein die Fuhre nach Afghanistan via Istanbul fährt ihm einen Gewinn ein, der mehr als traumhaft ist und jedes Börsen-Unternehmen vor Neid erblassen lässt.

»Zur Adresse. Keine Änderung«, gibt Arafat den Befehl.

Die letzten Worte sagt Arafat nicht ohne Stolz. Denn sein Plan funktioniert. Arafat reibt sich gierig die Hände. Schenkt sich einen großzügigen Whisky ein. Nimmt eine Tablette aus einem massivgoldenen Döschen. Spült die Tablette mit dem Malz-Getränk runter. Er ist in einem Alter, wo man aufpassen muss. Herzkasper machen auch vor harten Hunden wie ihm nicht halt. Und bei dem Stress, den er hat, schaden Sedativa auf keinen Fall, um die Pumpe zu beschützen. Arafat räuspert sich, um die Aufmerksamkeit seines Mitarbeiters zu erhalten.

»Okay. Apostel. Du fährst zu Rigo. Dann bringt ihr die Cougars bei Kolja und Kemal vorbei. Sollte was schieflaufen, gebt ihr Bescheid. Dann werden wir der kleinen Türken-Bitch langsam das Hälschen umdrehen und das Ganze für die Ewigkeit auf Zelluloid bannen.«

Apostel nickt dienstbeflissen. Arafat wirkt entrückt – unberechenbar – sehr gefährlich. Er schüttet mehr Stoff ins Glas.

»Danach triffst du die Vorbereitungen für unsere Waren aus Istanbul und Bukarest.«

Apostel weiß, was das bedeutet. Waren aus Istanbul und Bukarest = Kindersexarbeiter beiderlei Geschlechts. Das bedeutet 1) die putzig-versaut hergerichteten Kinderfick-Zimmer überprüfen und vor allem auf ausreichend Gleit-Gel, Kondome, Lutscher etc. achten 2) die Technik, d.h. Kameras und Sound checken 3) die Kunden kontaktieren, wobei staatliche Funktionsträger Vorrang haben, denn Geld hat Arafat schon mehr genug, was er wirklich braucht, sind Protektion – Macht – Einfluss 4) Schicht- und Einsatzpläne schreiben, da es sonst wieder Streit gibt, wer welche Schicht nimmt und wer wann frei hat. Und Apostel hasst nichts mehr, als wenn sich die Jungs wegen solcher Lappalien streiten und unprofessionell werden. Das fällt negativ auf ihn zurück.

»Du hast die Jungs nicht im Griff«, ist das Netteste, was Arafat ihm dann sagt.

Also, es gibt jede Menge Arbeit für Apostel. Aber Arafat ist noch nicht fertig. Arafat vergisst nie etwas.

»Danach kehrst du zu Dischle zurück und leitest die Überwachungsmaßnahmen vor Ort. Dischle ist die Achillesverse unserer Operation.«

Apostel fragt sich, wieso Arafat bei dem organisatorischen Talent keine Karriere beim Staat (Militär, Polizei, Geheimdienst) gemacht hat. Aber er kennt die Antwort. Erstens, Arafat ist Zigeuner. Und zweitens verdient Arafat hier mehr. Viel mehr. Unendlich viel mehr. Arafat winkt mit der Hand. Apostel nickt, will sich umdrehen und die ihm aufgetragene Arbeit erledigen.

»Ich will über alles auf dem Laufenden gehalten werden.«

»Klar, Chef.«

»Alles.«

Apostel hebt den Daumen, als er zur Tür rausläuft.

»Logisch …«

69

Kemal liest Kolja eine Überschrift aus der Zeit vor: »Krieg gegen Terror: Drohnenangriffe töten weit mehr Zivilisten, als die USA angeben«.

Kolja: »Drohnen sind schon eine krasse Erfindung. Du sitzt im angenehm klimatisierten Zimmer, süffelst eine eisgekühlte Coke und legst dir eine Line, während du den Joystick kalibrierst und dein Opfer anvisierst.«

Kemal: »Die technische Dimension ist beachtlich.«

Kolja: »Das ist wie ein War Game auf PS4.«

Kemal: »Da gibt es Unterschiede. Bedenklich sind für mich die Kollateralschäden. Frauen und Kinder, die getroffen werden. Siehe Überschrift. Auf der anderen Seite sollten Drohnen aber nicht überschätzt werden. Denn Drohnen sind kein Allheilmittel. Im Urwald und in Gebäudekomplexen funktioniert das nicht so ohne Weiteres.«

Kolja: »Wie man an deinem Vorbild Osama sieht.«

Kemal: »Der Scheich ist klug. Er hängt Tücher über dem Garten auf, sodass er spaziert, ohne dass ihn die Drohne erfasst. Was beweist, dass Bettspanntücher eine Waffe gegen milliardenschweres Hightech sein können.«

Kolja: »Was ihm aber auch nichts genützt hat.«

Kemal: »Eine Zeitlang schon …«

70

Kemal versucht, die Fassung zu bewahren, was ihm schwer fällt. Er schwankt zwischen weinerlicher Resignation und eruptiver Zerstörungswut. Er versucht, die Mitte zu finden und sein psychisches Gleichgewicht auszutarieren. Bleib locker, ermahnt er sich. Zeig ihnen nicht, wie sehr dir die Sache an die Nieren geht. Wenn du Schwäche zeigst, werden sie das gnadenlos ausnutzen. Also reißt er, eigentlich ganz untypisch für ihn, einen Joke mit »Ey chillen, Alter.

High Five und den ganzen Scheiß sparen wir uns. Okay?« Kolja ist der einzige, dem der Witz gefällt. Apostel grinst müde. Höflich ist er ja. Und vor allem hat er dem orientalischen Schleimscheißer gezeigt, was eine Harke ist, blöder Spruch hin, blöder Spruch her.

»So schnell sieht man sich wieder«, kontert Apostel, als könne ihn kein Wässerchen trüben und als ob seine Anwesenheit nicht demütigend genug für die Jungs wäre.

Kemal würde ihm am liebsten die Sonnenbrille vom Gesicht reißen, die Augen mit chinesischen Essensstäbchen auspieken und sie ihm in den Rachen stopfen, sodass er sich übel daran verschluckt und sein Mittagessen rauskotzt. Das geht aber auf keinen Fall a) wegen des persischen Teppichs, an dem Kemal wie gesagt sehr hängt und den er bald in die Reinigung gibt b) wegen seiner Schwester, die er über alles liebt.

»Wo lagert ihr die Teile bis zur Tour?«, fragt Rigo.

Rigo ist ein junger Mann, Mitte zwanzig. Er sieht wie ein typischer Ungar aus, falls es das überhaupt gibt, einen typischen Ungarn. Er ist klein, drahtig, hat braune Haut, schwarze Haare und Augen. Zudem ist er schlank und durchtrainiert. Sein Gesicht könnte als hübsch durchgehen, wäre da nicht ein verhärteter Zug um die Mundpartie herum. Die Augen zeigen, dass Rigo kalt sein kann und sein Gefühlshaushalt auf ein Minimum reduziert ist. Man muss kein großer Menschenkenner sein, um zu erkennen, dass er einen großen Haufen auf seine Mitmenschen setzt, solange es ihm nützt. Rigo hat Killeraugen.

»Ihr Idioten habt die Cougars hierher gebracht?«

Nicht notwendig zu erwähnen, dass Koljas Puls bereits bei 120 liegt, mit reichlich Spielraum nach oben. Er wirkt wie eine im Bahnhof stehende Dampflok mit überheißem, kurz vor der Explosion stehendem Kessel und angezogener Bremse. Wehe, wenn man die Bremse löst.

»Wieso?«, zuckt Apostel mit den Schultern. »Das sind kleine Holzkisten mit englischer Beschriftung. Da könnten auch Campingausrüstungen oder antike Möbel drin sein.«

Dir werde ich deine Gangsta-Coolness austreiben, du Arsch, denkt Kemal, bemüht ruhig zu bleiben.

Was gar nicht so einfach ist, wenn es um seine Schwester geht. Kolja ist natürlich um Dischle in Sorge, aber ihn regen die Typen an sich tierisch auf. Dass er sich von solchen Wichsern diktieren lassen muss, was er tut, das geht gar nicht. Kolja steht kurz davor, Plan B umzusetzen. Plan B bedeutet, dass er Apostel und Rigo umnietet und Dischle befreit, indem er die anderen Wichser ebenfalls ins Jenseits befördert. So einfach ist das.

»Dann bleibt nichts anderes übrig, als die Kisten hier im Büro zu lagern«, sagt Kemal, der bemerkt, dass Kolja kurz vor der Explosion steht und er hofft, dass sich sein Freund nicht zu Kurzschlussreaktionen hinreißen lässt.

Denn eine Eskalation ist für Kemal nach wie vor indiskutabel. Auch wenn es schwerfällt, sich zurückzuhalten.

»Okay«, sagt Apostel und macht keine Anstalten, sich auch nur einen Zentimeter zu bewegen.

»**Ihr** meint doch nicht etwa, dass wir die Dinger hier selber rein schleppen?«, empört sich Kemal.

Apostel lächelt.

»**Eure Kommissionsware, eure Aufgabe** sie zu verstauen. Wir haben die Ware hierher gebracht.«

Genau, Apostel ist nicht blöd.

»Du dreckiger, kleiner Köter ...« – mit genau diesen Worten will Kolja Apostel an die Kehle gehen.

Doch blitzschnell wirft sich Kemal dazwischen und stoppt seinen Freund, indem er ihm beide Hände auf die Brust stemmt.

»Denk an Dischle!«, flüstert er.

»Genau, denk an Dischle«, echot Apostel höhnisch.

Apostel starrt Kolja an, Kolja zurück. Fick dich, Wichser.

»Unser Transporter steht im Hof«, fügt Rigo hinzu und klimpert mit den Fiat Ducato-Schlüsseln. »Ich hoffe, ihr habt heute noch nicht so viel trainiert, damit ihr das gut hinkriegt, ihr Lutscher.«

Gute Tarnung, denkt Kolja, der Rigos letzte Worte zum Glück nicht gehört hat, denn sonst wäre er spätestens jetzt explodiert. Die letzte Spaghetti-Rutsche. Gut für Gemüseläden und Dönerbuden. Da kommt keiner drauf, dass hier modernstes Kriegsgerät drin ist. Eigentlich, findet er, sieht Apostel aus wie ein Döner-Imbiss-Inhaber.

»Wenn Dischle ein Haar gekrümmt wird, bist du als erster dran«, warnt Kemal Apostel. »Und dann nehme ich mir Arafat und seine Familie vor.«

Apostel lacht abgeklärt.

»Wenn ich das ausrichte, kann er nicht mehr schlafen«, witzelt er mit Balkan-Akzent. »Außerdem hast du dann eine Menge zu tun. Arafats Familie ist ziemlich groß.«

Kemal schnappt sich die Schlüssel.

»Warte, bis ich aus dir Borschtsch gemacht habe, dann vergehen dir deine dummen Witze«, droht Kolja.

»Hm, Borschtsch«, lacht Apostel, sodass seine Schnurrbartspitzen kräftig hin und her wippen und streicht sich mit beiden Händen über seinen Bauch, der über dem breiten Gürtel drüber hängt.

»Gutes Stichwort«, meldet sich jetzt Rigo zu Wort. »Ich hab heute noch was mit einer russischen Muschi vor.«

Er zieht die Backen mit je einem Zeigefinger auseinander und nach hinten und lässt die Zunge vor- und zurückschnellen und zwischen den Lippen kreisen. Das macht er ziemlich gut, was auf viel Erfahrung hindeutet.

»Lass uns mit dem Kindergarten aufhören und es hinter uns bringen«, ermahnt Kemal Kolja.

»Bei der Muschi handelt es sich um Koljas Mutter«, setzt Rigo eins drauf und blickt Kolja in die Augen, was mutig ist, wenn man bedenkt, wie stark Kolja ist.

Wieder kann Kemal seinen Freund nur mit Mühe davon abhalten handgreiflich zu werden.

»Regt sich auf, weil ich seine Mutter, die alte Schlampe, ficke«, dreht Rigo jetzt endgültig auf.

Vernichtender Blick von Kolja. HLV, M! Hasta la vista, Motherfuckers! Wir sind noch nicht fertig. Kolja und Kemal gehen in den Hof, um die Ware zu inspizieren. Nachher ist Gulasch in den Kisten und der Kontaktmann in Istanbul macht Kleinholz aus ihnen, denn was sollen die Taliban mit rumänisch-ungarischem Schweinegulasch anfangen?

TEIL 5

ON THE ROAD

71

Kolja: »Nachdem die Amis euch eingeheizt haben, ist al-Qaida in Afghanistan kaum noch präsent.«

Kemal: »Aber in Pakistan. Es stimmt, der Krieg in Afghanistan hatte das Ziel, unsere Organisation zu vernichten.«

Kolja: »Du kannst doch nicht im Ernst bestreiten, dass al-Qaida damals Schwerpunkte in Mali, im Jemen und in Somalia aufgebaut hat. Du warst weg vom Schuss.«

72

»Reg dich wieder ab, Mann«, versucht Kemal Kolja zu beruhigen, als sie gerade auf Bratislava zusteuern.

Aber Kolja ist weit davon entfernt, sich zu beruhigen. Gleich hinter der tschechischen Grenze hat er einen Vietnamesen-Markt angesteuert und sich eine Riesenportion Jaba besorgt.

Der Scheiß kommt aus
Thailand / Birma / Laos
oder sonst einem Dreckloch in Asien und ist so ziemlich das stärkste Amphetamin, das es gibt, seit der Scheiß im Auftrag von Onkel Adolf erfunden worden ist, um die Unterhosen der deutschen Landser im Zweiten Weltkrieg sauber zu halten.

»Sorry, Mann«, entschuldigt sich Kolja, »aber lange Autofahrten ohne Wachmacher und ohne irgendeinen Kick in der Birne, das kriege ich nicht hin. Stillsitzen war noch nie meine Stärke.«

Kolja und Kemal beschließen, den Trip nach Istanbul selbst zu machen. Auch sie keine Lust haben. Es sprechen zu viele Gründe dafür, sich selbst hinters Steuer zu klemmen: 1) Die Verantwortung Dischle gegenüber 2) Das soziale Gewissen ihren Mitarbeitern gegenüber, denn es ist ein Unterschied, ob man Flüchtlinge illegal über Grenzen schmuggelt oder modernste Hightech-Waffen, zumal man nie weiß, wer die Waffen in Empfang nimmt 3) Nun gut, nennen wir es Abenteuerlust. Kolja und Kemal verspüren Lust, mal wieder was Neues zu machen, aus ihrem Alltag auszubrechen und Abenteuer auf der Straße zu erleben, wie bei ihren ersten Fuhren oder – jeder für sich – bevor sie sich kannten. Zudem haben Kolja und Kemal entschieden, das Ganze sozusagen als Leerfahrt zu machen. Klar, sie transportieren Arafats Waren. Drogen, Menschen, Waffen. Aber sie haben beschlossen, keine eigenen Passagiere an Bord zu nehmen. Das wäre zu riskant. Wenn es sich um eine Falle handelt oder etwas schief läuft, dann sind ihre Passagiere dran. Der Ruf des Unternehmens steht auf dem Spiel. Außerdem trauen sie Arafat nicht für einen Cent über den Weg. Seitdem sich Kolja das Zeug reingepfiffen hat, labert er wie ein Wasserfall. Haut auf das Armaturenbrett des LKWs, als ob es sich um eine Trommel handelt und er der tanzende Derwisch vom Souk aus Marrakesch ist. Kemal, der sich auf die Straße konzentriert, bemerkt, dass Kolja seit vier Stunden eine Erektion hat und diese nicht wahrnimmt. Was passiert, wenn Kolja seine Latte bemerkt? Und Kemal kennt sich mit Speed-Latten aus.

Das dauert und dauert und dauert …

… egal ob alleine …

… zu zweit …

… oder zu dritt …

… oder sogar beim Gangbangen.

»Wir haben keine Zeit für einen Fick-Stopp«, stellt Kemal deswegen prophylaktisch klar und hofft, dass er Kolja dadurch nicht erst auf dumme Ideen bringt.

Aber die Sicherheit seiner Schwester liegt ihm schwer im Magen. Da kennt er gar nichts. Nicht einmal Rücksichtnahme auf seinen Freund.

»Hä? Wieso Fick-Stopp?«

Kolja hält nicht viel von tschechischen Weibern und genießt stattdessen lieber seinen Laber-Flash.

Viel

Gelaber / Gelaber / Gelaber

und

bla / bla / bla

und

yadda / yadda / yadda

ohne Punkt und Komma.

Kolja kümmert weder Fick-Stopp noch Erektion.

Er sprudelt Worte heraus wie ein Bergquell und schildert, was er mit

Arafat / Apostel / Rigo

und »den ganzen Schmeißfliegen, dem schlimmsten Abschaum, dem Bodensatz, **den perversesten** Mutterfickern, den verkommenen Hurensöhnen und (jetzt aber Obacht!) den verfickten Nachfahren Rasputins« vor hat. Dann folgt eine ganze Kloake von weiteren Schimpfwörtern, die es in sich haben. Kemal zweifelt keine Sekunde lang daran, dass Kolja das umsetzen wird, hält das Geschilderte aber nach wie vor für keine kluge Strategie. Nicht einmal für eine akzeptable Taktik.

»Möchtest du nachher übernehmen?«, fragt er und blickt auf das große Steuer des Mercedes.

Trick 17 funktioniert.

»Yep. Dann habe ich was zu tun.«

Kolja blickt schneller auf die Uhr als ein mit Coca Cola und Mokka-Eis vollgepumptes Eichhörnchen.

»Sind ohnehin nur noch 15 Stunden Fahrt.«

Kemal weiß um die Zeitwahrnehmung auf Amphetaminen. Einer von vielen Gründen, warum er sie nur ungern nimmt. Kolja lässt er frühestens in ein paar Stunden ans Steuer. Sonst onaniert der noch beim Fahren, während Kemal die Augen zufallen. Bei Kolja kann man nie wissen. Und Kemal hat sich geschworen, seiner Schwester zuliebe den Trip ohne Drogen durchzustehen. Das fällt ihm bereits jetzt schwer, aber er hat es sich geschworen. Er möchte nüchtern bleiben, um den Überblick zu behalten. Um das Ganze zu einem guten Ende zu führen. Und das, findet er, dieser freiwillige Verzicht auf Drogen, ist ein großer Liebesdienst. Denn es ist nicht einfach, diese Sache nüchtern zu tragen und durchzustehen. Und es widerspricht dem Gute-Laune-und-Anti-Depressions-Programm, dem sich Kolja und Kemal verschrieben haben. Aber die Zeiten ändern sich. Kolja hört schlagartig auf zu reden und hängt seinen eigenen Gedanken nach, erinnert sich daran, wie …

73

… er im Butyrka-Gefängnis in Moskau einsitzt. Von der totalen Isolation der U-Haft im Militärknast in den Overkill der Sinne. Auch wenn es in Butyrka nicht mehr so schlimm ist wie in der Zeit des Großen Terrors. Da beherbergt die für tausend Gefangene ausgelegte Butyrka bis zu 30.000 Inhaftierte. Das bedeutet immerhin 275 Personen pro 25-Betten-Zelle. Der Butyrka-Joint nahe dem Butyrka-Stadttor entstand gegen Ende des 18. Jahrhunderts. Und er dient immer noch als Untersuchungsknast oder im Beamtenrussisch: Untersuchungshaftanstalt 2. Natürlich haben sich die Zeiten geändert. Und von 275 Knackis pro Zelle weiß Kolja nichts zu berichten. Er hat maximal neunzig Insassen pro Zelle gezählt. Hohes Gemäuer. Stockbetten, die in die Höhe ragen. Mit Platz für bis zu sechs Gefangene übereinander. Kalte, feuchte Gemäuer. Ein ewiger Mief und Gestank. Sobald die Gefangenen aus den Betten steigen, platzt die Zelle, es ist unmöglich, sich umzudrehen und wenn man Pech hat, piekst einem der Hintermann seine Morgenlatte in den Allerwertesten. Aber Kolja weiß, dass es Achillesfersen geben muss, und er hat schnell den Schwachpunkt des Systems ausgemacht. Die Wärter verdienen umgerechnet 125 Euro pro Monat. Hundertfünfundzwanzig Mäuse, was beinahe ein Ding der Unmöglichkeit ist. Auch wenn viele der Bediensteten aus genau diesem Grund von außerhalb Moskaus kommen, wo das Leben günstiger ist. Die Wärter sind in jedem Fall dankbar für kleine Spenden. Die Korruption floriert. Und im Knast geht es schlimmer zu als in einem Supermarkt.

Es gibt

selbstgebrannten Wodka / Drogen / frisches Fick-Fleisch.

Das Problem ist, dass jeder jeden aufs Kreuz legt. Und zwar schlimmer als draußen.

Das Spiel heißt

Jeder gegen jeden / Urzustand à la Hobbes / Survival of the fittest.

Und Kolja ist ja fit. Deshalb muss man sich um ihn keine Sorgen machen. Er kommt klar als Elitekämpfer, ausgebildet in allen erdenklichen Nahkampftechniken und staatlich geschult, um Menschen zu töten. Aber dennoch schafft ihn der Knast. Ohne Ende. Die Zeit im Knast geht ihm sprichwörtlich an die Nieren und sie schlägt ihm aufs Herz. Er hat das Gefühl, hier einzugehen wie die sprichwörtliche Primel. Die tiefsten Regungen seiner Seele sind empfindlich getroffen. Kolja ist verzweifelt, darf sich das aber nicht anmerken lassen. Er darf niemandem seine Seele öffnen und sich offenbaren, da er weiß, dass das als Zeichen der Schwäche bewertet und gegen ihn verwendet wird. Und er hat nur das Ziel, schnellstmöglich wieder rauszukommen.

Die

ständige menschliche Niedertracht / Boshaftigkeit / durch markerschütternde Schreie begleitete Massenvergewaltigungen

kotzen ihn an.

Aber so was von. Es zehrt an seinen Nerven und der sonst so souveräne und starke Kolja drückt in der Nacht, wenn er sich unbeobachtet wähnt, heimlich manchmal eine Träne heraus. Das hilft und befreit. Er versucht sein Herz im Griff zu haben und keine Weichheit zu zeigen.

Der Knast

nagt an ihm / schafft ihn / lässt ihn an sich zweifeln.

Aber er gibt nicht auf, auch wenn es schwer fällt, und beweist Standing.

Denn so ist er,

zäh / hart / nicht so leicht in die Knie zu zwingen.

Was für eine Befreiung also, als Kolja vor die Tore der Botyrka tritt und Stadtluft schnuppert, die sprichwörtlich frei macht. Und natürlich hat Kolja im Knast einen Plan gefasst, was er mit seinem Leben anfangen möchte, wenn er draußen ist. Der Plan ist so simpel wie genial.

Kolja möchte nach

Europa / Teutonien / Berlin.

Er freut sich auf das Ziel. Denn das Ziel ist das Ziel ist das Ziel. Scheiß auf den Weg. Vorher hat er aber noch eine Aufgabe zu erfüllen.

Denn im Knast hat ihn die Nachricht erreicht, dass seine Schwester Alexandra qualvoll gestorben ist an

Krok / dem Krokodil / Schnapp-schnapp.

Krok bedeutet

Leber / innere Organe / Brain,

adios – für immer.

Die Nachricht vom Tod seiner Schwester hat Kolja den Boden unter den Füßen weggezogen.

Kolja

strauchelt / schwankt / taumelt

aber er fällt nicht.

Kolja bleibt standhaft. Auch wenn das nur unter größten Opfern möglich ist. Kolja weiß, wer für den Tod seiner Schwester verantwortlich ist. Und er hat sich geschworen, den Tod seiner Schwester zu rächen. Er kann nicht zu ihrer Beerdigung, da der russische Staat nicht genügend Wachpersonal hat. Es bricht ihm das Herz, denn Kolja hat seine Schwester abgöttisch geliebt. Wenn es etwas in seinem Leben gibt, das ihm etwas bedeutet, dann sein Schwesterherz. Und die ist jetzt tot. Für immer. Und sie kommt unter die Erde, ohne dass er sich von ihr verabschieden kann. Das ist bitter. Für Kolja ist klar, wer an ihrem Tod Schuld trägt.

Der Schuldige ist
ihr Stecher / ihr Dealer / ihr Zuhälter.

Freund ist ein Euphemismus für so eine kleine Ratte, die es nicht verdient hat, auch nur eine Sekunde länger zu leben. Kolja weiß, wo er ihn findet und was er mit ihm anstellen wird, ihm, der ihm die Schwester nahm.

74

Der Zweite Tschetschenienkrieg dauerte zehn Jahre (1999-2009). Es handelte sich um einen militärischen Konflikt in der Kaukasusrepublik Tschetschenien.

Kolja: »Wir versuchen in Tschetschenien Recht und Ordnung wiederherzustellen. Die Banden und Terroristen zu vertreiben. Der Zivilbevölkerung das Vertrauen in den Rechtsstaat zurückzugeben.«

Kemal: »Welches Interesse hast du an Tschetschenien?«

Kolja: »Keines. Krieg ist Krieg. Wenn Tschetschenien fällt, kippen die anderen Kaukasusrepubliken um und werden zu islamischen Emiraten.«

75

Und auch Kemal verfällt eine Zeitlang ins Gedankenkino, denn der Road-Trip löst bei ihm Erinnerungen aus, an eine längst vergangene Zeit, an die er heute nicht mehr so gerne denkt … Sie reisen in Richtung Osten, in die Heimat seiner Mutter – auch seine gefühlte Heimat … Istanbul, die Stadt am Bosporus.

Das Problem ist, dass Kemal nicht so genau weiß, wo **seine**, die Heimat eigentlich liegt, denn dafür sind seine Wurzeln zu diversifiziert …

… Berlin …

… Istanbul …
… Diyarbakır.
Beziehungsweise …
… türkisch …
… kurdisch …
… deutsch.
Wenn der Spruch gilt, dass Heimat kein Ort, sondern ein Gefühl ist, fällt es Kemal schwer zu sagen, wo seine Heimat liegt. Denn er fühlt sich überall zu Hause und dann auch wieder nicht.
Zudem bedrückt Kemal immer wieder die Einsicht …
… dass er noch auf der Suche …
… unterwegs …
… und noch nicht angekommen ist.
Also gilt für ihn immer noch …
… Dschihad …
… innerer …
… äußerer?
Also … als Kemal Waziristan den Rücken kehren möchte, besitzt er gemischte Gefühle.
Die Amerikaner machen ihnen Druck. Versuchen, ihnen gehörig den Arsch aufzureißen. Eigentlich sitzen sie in Pakistan im sicheren Hafen – trotz der offiziellen Lesart, dass Pakistan ein Verbündeter der USA ist.
Aber es gibt Gerüchte, dass der pakistanische Geheimdienst ISI …
… al-Qaida …
… die Taliban …
… alle Gotteskrieger …
unterstützt.
Und zwar …
… logistisch …
… finanziell …
… technologisch …
… informationell.
Die Oberturban-Träger unterdrücken diese Gerüchte, denn hier gilt nur die Eigenmarke etwas …

… das Fundament …
… die Dschihad-Basis …
… al-Qaida.
Also von wegen …
… Unterstützung …
… Kooperation …
… Joint Venture.
Man hört auch, dass …
… Usāma ibn Muhammad ibn Awad ibn Lādin …
… der Drahtzieher von 9/11 …
… der erleuchtete Scheich …
… also genau dieser Osama bin Laden …
… Zuflucht in Pakistan gefunden hat.
Dabei ist nicht sicher, ob er sich bei …
… Stammesältesten …
… hochrangigen Politikern …
… ISI-Geheimdienstleuten …
aufhält.

Andere Stimmen sagen, er sei in Somalia, andere sehen ihn in Südamerika und das sind vermutlich dieselben Typen die vermuten, dass Adolf Hitler sich bis zum heutigen Tage dort aufhält. Kemal glaubt nicht an Verschwörungstheorien. Theorien, die besagen, dass die Geheimdienste **überall** ihre Finger drin haben. Kemal glaubt an ein Ideal, ein großes Ganzes. Daran hängt er sein Herz, auch wenn er weiß, dass die Gefahr besteht, sich zu irren. Aber er braucht den Glauben an eine Ideologie.

Also, Verschwörungstheorien bedeuten für ihn die generelle …
… Diffamierung …
… Diskriminierung …
… Diskreditierung …
einer
… politischen …
… bewaffneten …
… revolutionären …
Bewegung.

Für Kemal ist damals al-Qaida alles, aber er spürt tief in seinem Inneren, dass das nicht für immer so bleiben wird.

Kemal findet also diesen billigen Propaganda-Trick, jede revolutionäre Bewegung als geheimdienstinfiltriert und geheimdienstgesteuert ohnehin darzustellen …

… unbeschreiblich niederträchtig …

… höchst subversiv …

… Cointelpro in Reinform.

Nach der Theorie werden alle revolutionären Bewegungen als von den Geheimdiensten der herrschenden Mächte initiiert dargestellt, um …

… die Revolution zu diskreditieren …

… die reaktionären Kräfte zu stärken …

… Gesetze eines globalen Überwachungsstaats durchzusetzen.

Jede Revolution wird damit auf ein höchstgeheimes Geheimdienstprogramm reduziert, also …

… die Black Panther zum FBI-Programm …

… die RAF zum Joint-Venture von CIA und BND …

… 9/11 wird als Inside-Job von den amerikanischen und israelischen Geheimdiensten dargestellt …,

… um …

… einen Krieg zu beginnen …

… eine Regierung zu stärken …

… neue Politikinhalte auf die Agenda zu setzen.

Klar sagen Verschwörungstheoretiker, schaut euch …

… den Reichstagsbrand …

… den Zwischenfall im Golf von Nanking …

… Saddams Atomwaffen-Programm …

an.

Kemal hasst Verschwörungstheorien, weil sie der Revolution und den Menschen, die sie betreiben, Authentizität und Radikalität absprechen. Aber Kemal hat irgendwann einmal die Schnauze voll von al-Qaida.

Um das klarzustellen, Kemals Gefühlslage erklärt sich nicht daraus, dass die Amerikaner

… ihnen auf den Fersen sind …

… ihre Lager aufspüren …

… ihnen gehörig Druck machen.

Denn Kemal ist kein Feigling. Auch die Exekutionen der al-Qaida-Spitze durch Drohnen beunruhigen ihn nicht.

Kemal weiß nicht mehr genau, was er vom Dschihad halten soll, denn er hat …

… Schmerz …

… Opfer …

… Tote …

auf beiden Seiten gesehen und das menschliche Leid hat ihn in seinem Innersten erschüttert.

Er hat erkannt, dass es …

… menschliche Schwäche …

… menschliche Niedertracht …

… Verrat …

hüben wie drüben gibt und sein Idealbild vom heiligen, reinen Krieg ist zerbröselt wie ein Blätterteig.

In Kemal nagen heftige Zweifel daran, dass der Krieg, der sein Krieg ist, gerecht ist, ob es eine richtige Seite gibt, ob hier alles Gold ist, was glänzt. Kann es überhaupt gerechte Kriege geben? Kann es irgendeinen Grund geben, der rechtfertigt, zu töten?

Also fragt er sich konkret, wie er aus dieser Kiste herauskommt, ohne dass die Chef-Bärte Lunte riechen, denn wenn sie spitz kriegen, dass er die Schnauze voll hat und innerlich zum Abweichler geworden ist, pferchen sie ihn sofort auf einen Lastwagen mit einer 100-Kilogramm Bombe und schicken ihn ins …

… Nirwana …

… Paradies …

… Nichts.

Und ob da siebzig Jungfrauen warten, bezweifelt er ernsthaft, denn wenn man die moralische Grundlage eines Krieges in Frage gestellt hat, dann glaubt man auch nicht an allzu idealistische Belohnungen. Es ist ihm in jedem Fall herzlich egal, er verspürt nur wenig Lust, zahlreiche Menschen mit in den Tod zu reißen, denn er findet das nicht mehr in Ordnung, Herr über Leben und Tod zu spielen und unschuldige Zivilbevölkerung ins Visier zu nehmen. Jeder Mensch ist einzigartig und hat es verdient zu leben. Und woher sollte er, Kemal, das Recht nehmen, diesen Menschen ins Jenseits zu befördern?

Also …

… schottet sich Kemal immer mehr ab …

… wird einsilbiger …

… täuscht psychische Probleme vor …

und

… isst immer weniger …

… wird wehleidig …

… erfindet Krankheiten …

und versucht immer wieder, sich

… Dünnschiss (Latrinengang ohne anschließende Reinigung der Hände)

… Fieber und Kotzen (Tabak essen und siehe Dünnschiss) …

… Zahnschmerzen (schwer empirisch zu validieren, zumal mit den Methoden der Camp-Ärzte) …

zuzulegen bzw. vorzutäuschen.

Kurzum, er wird zur Belastung für …

… das Camp …

… die Moral …

… die Kameraden.

Die Kehrseite dieser Medaille ist die, dass die Obergurus mit ihm Gespräche führen und er aufpassen muss, in seiner Rolle zu bleiben und nicht zu stark zu übertreiben, damit sie ihn nicht gleich an die Wand stellen oder am Strick aufhängen und kurzen Prozess machen, wegen …

… Feigheit …

… Zersetzung der Kampfmoral …

… Verrat.

Aber Kemal will raus, koste es, was es wolle.

Als Kemal dann die geniale Idee kommt, eine Krankheit seiner Mutter und Probleme der Schwester in Berlin vorzutäuschen …,

… wird er von den Lager-Großkopfeten mit dem goldenen Handschlag in den Westen verabschiedet …

… als Schläfer …

… potenzieller Attentäter …

… einer der ihren.

Win-Win: Er ist draußen und sie haben ihn los.

Und Kemal ist ihnen beinahe noch dankbar dafür, dass sie ihn nicht direkt ins Flugzeug stecken, sondern ihm Zeit geben, über den Landweg nach Hause zu kommen, um seine Spuren zu verwischen, denn so kann er …

… über sich nachzudenken …

… sich auf die Reihe kriegen …

… sich selbst finden.

Denn Kemal ist ein wenig …

… desillusioniert …

… desorientiert …

… auf dem Boden der Tatsachen gelandet …

und der lange Weg zurück kann ihm helfen, sich wieder zu finden und auf den rechten Weg zu gelangen.

76

»Aufwachen!«

Kemal öffnet die Augen und blinzelt verschlafen in die Morgensonne. Er fühlt sich ein wenig verspannt. Der Hals und Nackenbereich schmerzen. Der Beifahrersitz ersetzt eben nicht das heimische Bett.

»Wir sind gleich da.«

Kolja hämmert mit den Backenzähnen auf dem Kaugummi wie ein Besessener. Schlimmer als ein 15-Jähriger, der sich zum ersten Mal eine Pille reingepfiffen hat.

Ein Grund, warum Kemal …

… Upper …

… Speed …

… Pep …
nicht mag.

Dieses obercoole Kaugummi-Gekaue, das findet er eklig. Deshalb hat sich Kemal vorgenommen, dass er sich lieber die Zähne kaputt beißt, als jemals in diesem Zustand wieder einen Kaugummi zu kauen, weil das so bescheuert aussieht – wie bei einer Kuh auf Ecstasy.

»Sind wir schon in Üsküdar?«, fragt er verschlafen.

Denn Kemal hat geschnallt, wo sie sind. Seine Heimat kennt er.

»Ja. Schon da, und wir sind gleich am Bahnhof.«

Arafat hat ihnen via Skype übermittelt, die Ware an seinen Geschäftspartner Mesoud in der Nähe des Haydarpaşa Garı zu übergeben. Kemal kennt den Stadtteil Selimiye nicht, hat aber etwas über den Bahnhof gelesen, in dem die Züge aus östlicher Richtung enden. Das bedeutet seiner Meinung nach, dass Mesoud die Cougars schnell in den Zug laden möchte, um diese Richtung Pakistan ostwärts zu schicken. Der Bahnhof wurde Anfang des 20. Jahrhunderts mit deutscher Hilfe erbaut und bildet den Ausgangspunkt der berühmten Bagdad-Bahn.

»Istanbul, ein Scheiß-Kaff«, schimpft Kolja und konzentriert sich auf den Verkehr. »In Moskau würde es so etwas nicht geben.«

Findet Kemal nicht. Selimiye ist eine weitläufige Wohnstadt, aber das Stadtbild mit alten Bauten ist gut erhalten.

»Die fahren hier wie die Gehirnamputierten«, schimpft Kolja weiter.

Ausgerechnet Kolja, dessen Fahrstil ja auch nicht gerade massentauglich ist. Kemal bewundert die alten Moscheen und Medresen. Die Kolja natürlich zum Kotzen findet. Von Weitem sieht Kemal den im Bosporus gelegenen Leanderturm, einen ehemaligen Leuchtturm.

»Weißt du, dass die Erste Türkische Armee hier ihr Hauptquartier hat?«, reißt Kolja ihn aus seinen Gedanken.

Nein, das weiß er nicht.

»Und wir transportieren Cougars durch die Gegend. Da können wir gleich den dritten Weltkrieg erklären.«

Kemal fragt sich, ob Kolja jetzt Nerven zeigt.

Denn Kolja
stoppt abrupt / schwitzt / hat riesige Monsterpupillen.

Der hat kräftig nachgelegt, denkt Kemal. Hoffentlich hebt er nicht ab und bleibt locker.

Kolja überprüft seine **beiden** Glocks, während er wartet, dass sich der Stau auflöst.

»Wenn der Pisser mir blöd kommt, puste ich ihm zwei weitere Nasenlöcher in seinen Schädel«, sagt Kolja.

Kemal will ihm sagen, dass er die Dinger wegstecken soll, denn das hat doch keinen Wert und gefährdet Dischle. Er weiß aber, dass sich Kolja manchmal wie ein großes Kind benimmt und er genauso gut versuchen könnte a) einem Reservat-Indianer sein Feuerwasser wegzunehmen b) aus einer Pattaya-Thai-Nutte eine treue, fürsorgliche Ehefrau zu machen c) einen CSU'ler von einer Koalition mit den GRÜNEN zu überzeugen. Also schweigt er und hofft, dass alles gut geht und Kolja die Pistolen stecken lässt. Er kann Koljas Anspannung nachvollziehen, weiß aber, dass sie sich keine Aggressionen erlauben können. Und Kemal rutscht das Herz in die Hose, als Kolja den Anweisungen des Navigators folgt und in immer kleinere Seitenstraßen abbiegt. Der neue Mercedes-Benz-LKW passt kaum durch die engen Gassen.

»Das ist eine Falle«, schmatzt Kolja, dessen Kaumuskeln immer noch unablässig auf und nieder hämmern.

»Wozu sollten sie uns eine Falle stellen?«, versucht Kemal seinen Freund zu beruhigen.

Kolja zuckt mit den Schultern.

»Die nehmen die Cougars und bringen uns um.«

»Das macht keinen Sinn, Ko. Die wollen uns einspannen, damit sie einen Dummen haben, der die Scheiße für sie transportiert.«

»Fuck!«

Kemal sieht, was Kolja meint. Das Navigationsgerät zeigt an, dass der LKW links in den Zielort abbiegen soll, aber da ist lediglich eine winzige Toreinfahrt.

»Da passen wir nie durch«, stammelt Kemal.

Von links und rechts treten Männer an das Auto heran. Unter ihren Umhängen tragen sie Maschinenpistolen und Handgranaten. Das sind keine Türken, denkt Kemal.

Er tippt auf
… Indien …
… Pakistan …
… Ceylon.

»Kolja, bitte, bleib ganz ruhig«, bittet Kemal. »Zeig, wie cool du sein kannst.«

»Ich zeig dir, wie cool ich bin, und fahr da einfach durch – auch wenn die im Hinterhof menschliche Springbrunnen mit Blutfontänen aus uns machen«, motzt Kolja zurück.

Und tatsächlich, die Bewaffneten wollen den LKW durch das Nadelöhr winken. Kolja fährt vor, zurück, justiert und dann nach vorne. Die Seitenspiegel werden eingedrückt. Der Lack kriegt schlimme Kratzer ab.

»Stopp! Unser Lastwagen!«

Aber Kolja hört nicht auf Kemal.

Stattdessen erwidert er seinem Freund: »Denk an deine Schwester. Die werden wohl kaum die Cougars auf offener Straße ausladen und die Kinder einladen.«

Also Augen zu und durch. Im Hinterhof erwarten sie mehr bewaffnete Wachleute, die ihnen mit Gesten befehlen auszusteigen und den LKW zu öffnen, und dann kommt ein kleiner, übergewichtiger Mann auf sie zu, kein Sympathieträger, sondern ein nach Knoblauch und Schweiß stinkender, haariger Affe, der ihnen ein Blatt Papier gibt. Er trägt einige Fetzen am Leib und sieht aus, als ob man ihm ein paar Euro zustecken müsste. In gebrochenem Deutsch spricht Massoud ein paar Worte der Begrüßung: »Ich bin Masoud. Dieses Papier ist von Arafat.« Masoud zündet sich eine filterlose Zigarette an. Übelstes pakistanisches Kraut, das stinkt wie verbrannter Kuhfladen.

»Dort holt ihr eure neue Ware ab. Aber nicht vor Morgen«, gibt Masoud die Anweisungen weiter.

Kolja hört für den Bruchteil einer Sekunde auf zu kauen.

»Hat der Ziegenficker wirklich Morgen gesagt?«

Kemal bleibt das Herz für eine Sekunde stehen, aber völlig umsonst, denn Masoud versteht kein Deutsch.

»Sei ruhig, Mann, wir tun was immer es braucht, um Dischle lebend zu befreien.«

»Shut up!«

Es ist kaum zu überhören, dass Masoud Befehlston gewohnt ist. Kolja und Kemal sind ruhig und blicken ihn an wie zwei Schüler, die von einem cholerischen Lehrer beim Schnacken ertappt worden sind.

»Sobald die Ware abgeladen ist, verschwindet ihr, sonst verfüttere ich euch an die Hunde«, droht Masoud.

Er deutet mit weltmännischer Geste auf seine Krieger, die Kolja und Kemal argwöhnisch im Blick behalten.

»Cool bleiben«, flüstert Kemal zu Kolja, der kurz vor der Eruption steht. »Immerhin müssen wir die Ware hier nicht persönlich abladen.«

Kolja hält inne, bis er den Joke versteht. Die Anspielung auf Apostel und Rigo gefällt ihm und er grinst.

»Siehst du«, entgegnet Kolja dann lächelnd und reckt den Daumen der rechten Hand nach oben. »Es gibt überall auf der Welt etwas Positives, sogar in diesem stinkenden Drecksloch. Und wenn es nur ist, dass wir die Ware nicht entladen müssen. Ich hätte dennoch gute Lust, diesem Mohamed da ein für allemal die Luft raus zu lassen.«

77

Kolja und Kemal parken ihren Lastwagen beim Hilton ParkSA, Istanbul Hotel. Wie, das geht nicht? Klar, geht das. Kein Problem. Kolja hat dem Portier fünf Hunderter (Euro, keine türkische Lira) zugesteckt und gesagt, dass sie nicht lange brauchen. Der Portier ist beeindruckt und ein wenig verängstigt.

»Okay, aber nur für ganz kurze Zeit.«

»Schon klar, Alter.«

Von der Bayildim Caddesi hat man einen wunderschönen Ausblick auf den Bosporus und die beiden Jungs genießen für einen Moment lang die Aussicht und atmen tief durch. Vor dem Fluss liegen Häuser, Moscheen und Minarette. Der Fluss ist gewaltig, majestätisch und imposant. Die Sonne wirft ihre goldenen Strahlen in das kalte Blau. Kemal denkt mit gemischten Gefühlen an das, was jetzt bevorsteht, aber er hat sich ja freiwillig dafür entschieden. Er stützt sich auf die Mauer, um sich sicherer zu fühlen.

»Und Ayshe wohnt wirklich **hier?**«

Nicht dass Kolja das nicht glauben **möchte**. Aber er ist zutiefst beeindruckt. Denn auch in seinem Amphetamin-berauschten Zustand ist ihm klar, dass diese Halbhöhenlage ziemlich teuer ist, auch wenn er davon ausgeht, dass die Prachtstraßen in Moskau kostspieliger sind.

»Ja«, lautet Kemals einsilbige Antwort, denn Kemal ist im Moment nicht sonderlich nach Konversation zumute.

Alles, was mit seiner Mutter und ihrem neuen Leben in Istanbul zu tun hat, verdrängt er. Umso erstaunlicher ist es, dass er sie dennoch angerufen hat, als klar war, dass sie ein bisschen Zeit haben, bis sie die neue Ware aufnehmen. Und er hat am Telefon ohne Umschweife gesagt, dass sie **beide** vorbeikommen, obwohl Kolja alles andere als einen guten Eindruck macht. Nicht dass es Kolja schlecht geht. Oder dass er sich nicht im Griff hat. Kolja sieht nur ein wenig heruntergekommen und ausgepowert aus.

Er sieht aus wie eben wie ein Russe, der eine Woche lang mit
Ecstasy / Wodka / Red Bull
in Clubs durchgefeiert hat und ein wenig durchhängt.

Vielleicht tut ihm eine kleine Aufmunterung gut und er sieht danach ein wenig besser aus, denkt Kemal.

»Leg eine Prise nach, Ko«, fordert er ihn auf, um es sofort zu bereuen.

Denn Kolja legt natürlich gerne nach. Sofort. Ohne Wenn und Aber oder mit der Wimper zu zucken. Das lässt er sich nicht zwei Mal sagen.

Aber nicht
eine viertel / eine halbe / eine dreiviertel
sondern gleich eine ganze Jaba.

Er schluckt sie trocken runter, was Kemal ekelhaft findet, denn er kann immer noch den bitteren Geschmack dieser Pillen schmecken. Bei dieser Erinnerung überfällt ihn Übelkeit. Durch den Pilleneinwurf ist das Programm für die kommenden Stunden glasklar.

Er wird

kauen / labern / wich …

An den letzten Programmpunkt möchte Kemal gar nicht denken, sonst wird ihm richtig schlecht.

Die ganze Tablette Jaba, die sich Kolja auf sein Geheiß gegönnt hat, beunruhigt ihn ein wenig …

… denn der Rückweg wird lang …

… sie haben heiße Fracht an Bord …

… Dischle befindet sich in Lebensgefahr.

Besonders der letzte Aspekt scheint Kemal zu lähmen. Die ganze Tablette bedeutet, dass Kolja jetzt wieder abgeht wie Sputnik, dann aber irgendwann irgendwo wieder landen muss. Man kann Houston viele Probleme melden, aber nicht, dass man nicht mehr runterkommt. Es sei denn, man ist auf LSD hängengeblieben, wovon Kolja zum Glück nichts hält.

»Du willst Halluzinationen?«, lautet Koljas Standardkommentar zum Thema LSD. »Dann haue ich dir ein paar runter, dass es sich gewaschen hat.«

Kemal weiß, dass der so schnell nicht wieder runterkommt, denn bevor der runterkommt, verfolgt er eine andere Strategie, er

legt nach / legt nach / legt nach.

Also, nachdem Kemal die Idiotie begeht, die Handy-Nummer seiner Mutter zu wählen, ist ihm sein Fehler schlagartig klar, denn mit Kolja bei seiner Mutter aufzutauchen, ist nicht ideal. Dafür sind er und sein Freund in viel zu schlechter Verfassung.

Aber Ayshes Freude und ihr enthusiastisches »Ihr müsst **unbedingt** vorbeikommen. Auch wenn es nur ganz kurz ist. Ich freue mich ja so!« haben ihm alle Fluchtmöglichkeiten verbaut. Ah, Mütter! Also stapfen Kolja und Kemal die engen Treppen weiter nach oben. Sie klingeln am herrschaftlichen Tor und bewundern die Blumen, die die Mauer umgeben. Die Bougainvillea strahlen im kräftigsten Pink und verströmen einen zauberhaften Duft, wofür aber keiner der beiden Jungs eine Antenne besitzt.

»Ja?«

Ayshe ist an die Gegensprechanlage gegangen. Ihre Stimme verströmt ein warmes Timbre und klingt zugleich ein wenig rau. Kemal hat einen schlimmen Kloß im Hals und Herzflattern, denn er liebt seine Mutter. Es ist nur nicht immer ganz so einfach, wenn er sie konkret trifft.

Denn dann gibt es …

… Missverständnisse …

… Peinlichkeiten …

… Erniedrigungen.

»Wir sind es, Ayshe.«

Obwohl er weiß, dass es seine Mutter hasst, mit dem Vornamen angesprochen zu werden, ist ihm das vor lauter Gedankenlast rausgerutscht.

»Oh. **Anne** lässt euch rein.«

Natürlich hat Ayshe kein **deutsches** Dienstmädchen namens Anne. Ayshe hat Kemal bereits in Deutschland immer wieder erklärt, dass sie keine deutsche Sozialpädagogin, Grundschullehrerin oder Psychologin ist und deshalb von ihm und Dischle als Mama oder Anne angesprochen werden möchte. Was für Kemal kein Problem ist, denn er hasst Sozialpädagogen, Grundschullehrer und Psychologen. Das vergoldete Tor öffnet sich und Kolja und Kemal gehen die sorgfältig geharkte Kieseinfahrt hinauf. Die Blumenbeete links und rechts der Einfahrt sind gepflegt. Kemal weiß noch von der kleinen Kreuzberger Wohnung her, wie sehr seine Mutter Blumen liebt. Kemal ist nervös. Er möchte, dass sie einen guten Eindruck machen und dass seine Mama nicht stutzig wird. Zugleich fühlt er sich wie ein Erstklässler vor der Einschulung. Und er weiß, dass seine Mutter einen sechsten Sinn dafür besitzt, wenn etwas nicht in Ordnung ist. Wie gerne würde er jetzt auf dem Absatz kehrt machen, aber das geht nicht, denn dafür ist es zu spät.

»Nimm den Kaugummi raus«, schnauzt er Kolja an.

Kolja kennt Ayshes Geschichte. Er weiß, dass sie, nachdem Baba spurlos verschwunden war, irgendwie und irgendwann einmal einen reichen englischen Geschäftsmann kennengelernt hat. Und – so erstaunlich das klingt – aber Ayshe und George sind seit Jahren ein Paar. Und da George hauptsächlich Geschäfte in der Türkei abwickelt, was liegt da näher als eine stattliche Repräsentanz in Istanbul mit traumhaftem Blick auf den Bosporus zu kaufen? Eben – nichts. Solange man über das nötige Kleingeld verfügt. Was bei George kein Problem ist.

78

Ayshe erwartet sie im Salon. Der einem den Atem verschlägt. Es gibt edelstes Parkett, schwere, bunte Teppiche, und alle Wände sind mit Edelholz vertäfelt. Die Möbel sind antik, teuer und erlesen. Die Aussicht auf den Bosporus und auf die Altstadt wirken atemberaubend. Aber auch Ayshe ist ein Hingucker. Der Hammer. Sie sieht aus wie Ende zwanzig oder höchstens Anfang dreißig. Sie hat dunkelblondes, gelocktes, gesundes und langes Haar, das sie zu einem kunstvollen Knoten verwoben hat. Das Gesicht ist glatt, zwei blau-grüne Augen wandern lebhaft hin und her. Das Gesicht weist keine Falten auf und beweist, wie wichtig gute Gene und teure Kosmetik sind. Ihr gebräunter Body ist in einem 1a-Zustand. Sie hat große, feste Brüste, einen festen Po und wohlgeformte, lange Beine. Ihr immer noch schlanker Körper mit hübschen Rundungen an den richtigen Stellen steckt in einem türkisfarbenen Satinkleid, das ihr Dekolletee betont und knapp über den Knien endet. Ihr Lächeln ist umwerfend – strahlend weiße, ebenmäßige Zähne.

»Komm her, Kemal! Ich bin ja so froh, dass du da bist.«

Zuerst sträubt er sich ein wenig, dann gibt er sich der Umarmung seiner Mutter hin, die zauberhaft riecht. Sie küsst ihn auf beide Wangen, drückt ihn feste und innig an sich und seufzt, wie nur Mütter seufzen können. Dann streichelt sie ihm sanft über seine Stirn, fährt ihm über die kurzgeschorenen schwarzen Haare und meint »Du bist ein bisschen mager. Du solltest dir mehr Zeit nehmen für das Essen. Und blass siehst du aus. Arbeite nicht so viel.«

Kemal würde am liebsten im Erdboden versinken. Mütter!!! Aaaaaaahr! Er bereut zutiefst, her gekommen zu sein, auch wenn er seine Mutter über alles liebt und ihre Umarmung um nichts auf der Welt missen möchte.

Dann erinnert sich Ayshe an ihre Gastgeberpflichten und wendet sich Kolja zu, der …

Umarmung / Küsschen / … und – hä, was isn' das?

Kemal bleibt beinahe das Herz stehen. Kolja tätschelt Ayshe am Hintern rum, während sie Küsschen austauschen. Und Ayshe scheint das nicht zu stören. Kolja streckt noch einmal seinen Kopf nach vorne, während er »Freut mich wirklich, dich wiederzusehen, Ayshe« murmelt, um weitere Küsschen auszutauschen. Die intime Vertrautheit zwischen Kolja und seiner Mutter verursacht Kemal noch mehr Unbehagen, als er ohnehin verspürt, zumal er weiß, wie sehr Kolja auf ältere Semester abfährt, besonders in seinem jetzigen Zustand, und last but not least, wenn das ältere Semester so yummy ist wie Ayshe.

Ehrlich, Kemal fühlt sich so …

… unsicher …

… als ob er gleich im Boden versinken würde …

… kurz, richtig unwohl.

Endlich lösen sich Kolja und Kemals Mutter, und Ayshe deutet souverän auf das Rokoko-Sofa, vor dem ein goldenes Tablett mit Tee-Tassen und einer dampfenden Kanne auf einem vergoldeten Servierwagen steht. Als der Tee eingeschenkt ist und Kolja und Kemal wie zwei Schuler-Buben nebeneinander auf dem Sofa sitzen und versuchen so locker und unverkrampft wie möglich zu sein, kostet Ayshe ihre Mutterrolle voll aus. Das heißt, sie wird den Erwartungshaltungen an eine Mutter gerecht.

»Wie laufen die Geschäfte?«

Zack, erste Volltreffer und schon Schlagseite. Dazu Ayshes zuckersüßes Lächeln. Eine Mama, die ihren Sohn und seinen besten Freund danach fragt, wie die Geschäfte laufen, das ist doch ganz natürlich. Kolja malmt ein bisschen mit dem Kiefer, knirscht mit den Zähnen und versucht, nicht ins vornehme englische Porzellan zu beißen. Kemal räuspert sich und schluckt leer. Scheiß Frosch im Hals. Dass ihm das in letzter Zeit immer wieder passiert, ist so ziemlich das Letzte. Er kriegt keinen Ton heraus. Kolja stellt die Tasse auf den Untersetzer.

»Guuut. Wir sind guuut im Geschäft.«

Uff, Kolja klingt normal, bis auf die Vokaldehnung.

»Unser Absatz von türkischem Olivenöl ist in diesem Jahr um fünfzehn Prozent gestiegen«, hat sich Kemal wieder im Griff. »Bei den Pistazien konnten wir den Umsatz sogar verdoppeln.«

Ayshe lächelt zuckersüß.

»Deshalb seid ihr wohl auch hier? Um nach neuen Geschäftspartnern für euer« – kurzes Räuspern – »Import-Export-Unternehmen zu suchen.«

Ayshe, Ayshe, Ayshe. Der Ausdruck in ihren Augen verrät alles. Falsch, er soll alles verraten. Ohne, dass sie ein Wort darüber verlieren muss. »**Ich** weiß Bescheid!« »**Mir** braucht ihr nichts vorzumachen!« »Ich habe **euch** durchschaut!« Dennoch spielen Kolja und Kemal weiter ihre Rolle. »So ist es, Mama.« Mama nickt stolz.

79

Kemal zuckt unmerklich zusammen, denn sein Handy vibriert. Er zwingt sich, langsam in seine Hosentasche zu greifen, um keine Nervosität zu zeigen. Aber seine Hand zittert ein wenig. Und ihm wird plötzlich warm. Die Hitzewelle ergreift ihn und lässt ihn nicht mehr los. Er spürt, wie sich Schweiß auf der Stirn bildet und atmet ganz bewusst ein und wieder aus. Eine Million Fragen kommen ihm in den Sinn. Die wichtigste lautet: Ist es Arafat, der ihn erneut erpressen oder unter Druck setzen möchte? Eine Sekunde lang zögert er, überhaupt dran zu gehen, denn er hält den Salon seiner Mutter für einen denkbar ungeeigneten Ort, um telefonisch Verhandlungen mit Arafat über das Schicksal seiner Schwester zu führen.

»Ich glaube, dein Handy vibriert«, weist ihn seine Mutter liebevoll-fürsorglich, aber insistierend auf den Umstand hin, der nicht zu ignorieren ist. »Möchtest du nicht antworten? Vielleicht ist es Dischle. Ach, was wäre ich erleichtert, wenn es Dischle ist.«

Kemal würde vor Zorn am liebsten das Handy aus der Tasche nehmen und kräftig reinbeißen. Dass Mütter einen in aller Öffentlichkeit immer auf das allzu Offensichtliche hinweisen müssen, auch bzw. gerade wenn es offensichtlich ist, dass den Kindern die Situation unangenehm ist. Solche Zornesanwandlungen kennt Kemal nicht von sich. Besser gesagt, er hat geglaubt, diese hinter sich gelassen zu haben, und er befürchtet, dass die Geschichte mit Dischle einen anderen Menschen aus ihm macht. Kemal blickt also endlich auf das Display, das besagt, dass ihm die Nummer unbekannt ist. Das hilft ihm nicht weiter.

Also nimmt er den Anruf mit einem knappen »Hallo?« entgegen. Er hört wenige Sekunden zu, dann läuft er im Gesicht ein klein wenig rot an und fragt hastig und begierig zugleich: »Lol?« Als sein Blick den seiner Mutter trifft, wird Kemal rot und es hat den Anschein, als ob seine Atmung kurz aussetzt. Seine Augen flitzen im Bruchteil einer Sekunde durch den Salon und entdecken keine Rückzugsmöglichkeit. Für Zurückgezogenheit müsste er den Raum verlassen, was noch auffälliger ist, als offen zu sprechen. Es ist ihm nicht möglich, still sitzen zu bleiben. Also erhebt er sich, geht ein paar Schritte von dem Sitzarrangement weg und läuft auf und ab. Jetzt fühlt er sich besser, da freier. So sehr er sich über den Anruf freut, er hätte zu kaum einem ungünstigeren Zeitpunkt kommen können.

»Doch, ich freue mich, dass du mich anrufst!«, bringt er trotz seiner inneren Nöte halbwegs überzeugend heraus.

Kemal sieht aus dem Augenwinkel heraus, wie sich die Blicke von seiner Mutter und Kolja kreuzen und beide wohlwollend lächeln. Kolja formt mit den Händen ein Herz und grinst Ayshe an, die mit den Lippen ein O formt. Das macht ihn jetzt wütend ..., aber er muss sich kontrollieren und versuchen ... diese Emotionen nicht auf das Gespräch abfärben zu lassen ..., denn er ist glücklich, dass Lol ihn anruft. Er hat trotz allen Ärgers und Stresses mit Arafat so sehr auf diesen Anruf gewartet und es bereut, dass er in der Kaffee-Villa nicht Lols Handy-Nummer im Gegenzug für seine Visitenkarte verlangt hat.

Aber jetzt ist ja alles gut …

… sie meldet sich und …

… sie klingt immer noch interessiert …

… und so nah.

Wenn er nur nicht gestresst wäre, aber was will er machen? Die Gelegenheit darf er sich nicht entgehen lassen.

»Aber natürlich möchte ich mich mit dir treffen!«, sagt Kemal ein wenig zu laut und hastig in den Hörer.

Als er sieht, dass Kolja krampfhaft auf den Fußboden blickt und beim Versuch sein Lachen zu unterdrücken wohlig erschauert, würde er gerne im Erdboden versinken. Er fühlt sich jetzt wie ein 15-Jähriger mit Schmetterlingen im Bauch, der von seinen pubertierenden Freunden wegen seiner ersten großen Liebe gehänselt wird. Nachdem er mit Lol ein wenig Small Talk betrieben hat, möchte er Ort und Zeitpunkt für ein Treffen vereinbaren.

»Ähm, ich würde mich freuen, wenn wir uns bald treffen.

-

Auf einen Kaffee? Oder ins Kino? Klingt gut.«

Als Lol ihm mit trauriger Stimme mitteilt, an sich gerne, aber dass sie erst in einer Woche Zeit hat, ihn zu sehen, verziehen sich seine Mundwinkel traurig nach unten. Er blickt auf den Boden. Aber wenn er es genau bedenkt, passt das schon, denn ihre Rückkehr nach Berlin wird dauern und das Abwickeln der Geschäfte auch. Und dass er ausgeruht zum Treffen mit Lol kommt, ist kein Nachteil.

»Das passt gut«, sagt er deshalb so fröhlich, wie es ihm im Moment möglich ist.

Er ist glücklich, dass er Lol wiedersehen wird, und im Moment ist für ihn nichts wünschenswerter. Lols sanfte Stimme besitzt einen unglaublich anziehenden Klang, der ihn beruhigt. Und er spürt durch den Äther, dass Lol ebenso den großen Wunsch verspürt, ihn zu sehen. Also ist es beinahe logisch, dass er sagt: »Ich freue mich auch, dich dann zu sehen.« Er bremst sich im letzten Augenblick, einen Luftkuss in den Hörer zu hauchen. Dann schließt er die Augen, um alles um ihn herum für einen Moment auszublenden und den Augenblick zu genießen. Und er stellt sich vor, dass sich seine und

Lols geistige Energien in diesem Moment vereinigen, und er denkt, dass diese Symbiose mehr bedeutet, als aller Sex dieser Welt, spürt aber zugleich, dass er ein konkretes, körperliches Verlangen nach Lol besitzt. Lols zärtlich-ermahnend gehauchtes »Pass gut auf dich auf, Kemal!« holt ihn wieder in die Gegenwart zurück. Ja, denkt er, das sollte ich. Und du, pass auch auf dich auf. Du bist mir schon teurer als alle Frauen, die ich bisher gekannt habe. Dann legt er auf.

80

Für kurze Zeit herrscht Schweigen in dem Raum. Und aus irgendeinem unerfindlichen Grund besitzen seine Mama und Kolja das nötige Taktgefühl, nichts zu sagen. Dafür ist Kemal dankbar. Aber dann stellt seine Mutter die Frage, vor der sich Kemal am meisten gefürchtet hat.

»Und wie geht es Dischle? So langsam mache ich mir richtig Sorgen. Ich habe sie immer noch nicht erreicht!«

Da ist es also – bam. Knallhart und offen auf dem Tisch, worum es Ayshe wirklich geht. Einen Augenblick vorher hätte er jubeln wollen und jetzt hat ihn seine Mutter knallhart auf den Boden der Tatsachen zurückgeholt. Eine Kunst, die nur Eltern in dieser Perfektion beherrschen. Kindern Erfolgserlebnisse zu vermiesen, indem sie ihre Finger in die offenen Wunden legen.

»Sie hat sich nicht bei mir gemeldet, wie du es mir versprochen hattest«, bohrt Ayshe unerbittlich weiter.

Kemal kennt diese Gefühlswelt, die ihn im Moment umgibt gar nicht und er würde sich am liebsten …

… die Zunge abbeißen …

… die Augen auskratzen …

… die Arme abhacken …

… so sehr ist er hin und her gerissen …

… weiß weder ein noch aus …

… und so ohnmächtig fühlt er sich jetzt.

Also gut, es geht Ayshe um Dischle. Kemal fokussiert sich, lenkt alle Energie auf seinen Geist und versucht ein Maskenlächeln zu erzwingen.

»Es geht ihr sehr gut. Sie studiert hart. Einen Freund hat sie nicht. Du weißt ja, wie sie ist. Ein bisschen zu ehrgeizig und spröde. Sie geht weder aus noch auf Partys.«

Punkt. Natürlich alles erstunken und erlogen. Was offensichtlich ist. Es spielt keine Rolle. Denn die Wahrheit will keiner wissen. Nur mit dieser blütenweißen Legende ist es möglich, Dischle in Berlin zu lassen und Ayshe davon abzuhalten, sie in das Luxusanwesen nach Istanbul zu holen und ihr einen Ehemann zu suchen. Was für Dischle das Letzte wäre. Dischle mag ihr Leben. Sie ist glücklich. Sie will keinen Pantoffel-Pascha-Mustafa, der zu Hause eine eiserne Diktatur führt. Es folgt peinliches Schweigen. Ayshes Blick verrät, dass sie Bescheid weiß oder ahnt, dass einiges an der Geschichte nicht stimmt.

»Ich würde so gerne mit Dischle sprechen«, wiederholt Ayshe ihren Wunsch, wobei dieses Mal ihre Stimme am Ende des Satzes unnatürlich hoch klingt.

Ayshes Augen sind intensiv, durchdringend und fordernd auf ihren Sprössling gerichtet.

»Ich würde mich so freuen, wenn sie mich mal wieder hier besuchen kommen würde.«

Kemal blickt an seiner Mutter vorbei aus dem Fenster.

»Oder ich komme euch in Berlin besuchen.«

Jetzt steht Kemal in der Ecke. Wie ein angeschlagener Boxer. Die Drohung seiner Mama, in Berlin aufzutauchen, hat ihn mit einem Schlag aus allen Träumereien geholt.

»Wir kümmern uns drum«, lautet seine Antwort.

Paff. Nicht mehr. Nur, wir kümmern uns drum.

Kolja steht auf und strahlt, als ob er Putins
Fußball / Atomköfferchen / Ei
zum Spielen mit nach Hause bekommen hätte.

Ayshe blickt Kolja an und schenkt ihm ein zauberhaftes Lächeln, während sie sich langsam erhebt.

»Oh, ihr wollt schon gehen?«

Kemal sitzt. Er ist schwer von Begriff.

»Geschäftstermine«, murmelt Kolja.

»Ich freue mich ja so, dass ihr da gewesen seid«, sagt Ayshe und versucht, ihren Worten viel Wärme zu geben.

Kemal steht ganz langsam auf, wie im Trance.

Das ist alles ein wenig zu viel für ihn …

… Dischles Entführung …

… seine insistierende Mama …

… ihre Fahrt, um Waffen, Drogen und Kinderprostituierte zu transportieren …

… Lols Anruf …

… während Mama und Kolja zuhören.

»Und bitte, denkt an Dischle. Sie soll sich unbedingt mal bei mir melden. Ich mache mir solche Sorgen.«

»Ja, Mama«, ist alles, was ihm einfällt.

Er war schon mal viel besser in Form, und er fühlt sich ausgelaugt. Zum ersten Mal in seinem Leben erahnt er, was Burnout heißen könnte. Bisher hat er sich darüber immer nur lustig gemacht und war voller Unverständnis.

»Und ich wünsche dir viel Vergnügen bei deinem Rendezvous«, hört er Ayshes ein wenig vor Ironie vibrierende Stimme, als er und Kolja dem Haus seiner Mutter bereits den Rücken zugekehrt haben. Ahhhhhhh. Da ist sie wieder. Seine Mutter, wie sie leibt und lebt. Kemal beschleunigt seinen Schritt und sieht zu, dass er Land gewinnt. Alles ist besser, als noch länger hierbleiben zu müssen. Dabei liebt er seine Mama. Aufrichtig und wirklich. Nur wenn er mit ihr zusammen ist, merkt er, dass es für sie beide besser ist, in räumlich getrennten Welten zu leben. Aber ist das nicht bei allen Eltern und Kindern so?

81

Ayshe beobachtet Kolja und Kemal, wie sie die Einfahrt hinunter laufen. Sie seufzt und denkt an Dischle, als sie noch ein kleines Kind war. Und obwohl es in Ayshes Kulturkreis immer wichtig ist, Söhne zu haben, hängt sie in besonderem Maße an Dischle. Bei Kemal weiß sie, dass er seinen Weg gehen wird. Auf die eine oder andere Art. Kemal wird immer irgendwie durchkommen. Denn sie weiß, dass Kemal tough und klug ist und Standing hat. Dischle ist die Jüngere, ein gefühltes Nesthäckchen sozusagen und besitzt ganz andere Eigenschaften als Kemal. Also, um präziser zu werden, Dischle ist eine Prinzessin, sie ist naiv und sie ist wunderhübsch. Und Ayshe und ihr Ehemann haben nichts unternommen, um dem Mädchen die Prinzessinnen-Attitüde auszutreiben. Also nichts mit Hilf mir beim Kochen, deck den Tisch und näh den Knopf an. Im Gegenteil. Sie kaufen lila Taschen, Spängchen und Schminke und so weiter, was das Zeug hält. Und so ist Dischle zu einer Tussi geworden. Nicht dass Ayshe das jemals so sagen würde. Aber das ist es, was sie denkt. Und Ayshe weiß, für eine türkische Tussi ist es schwierig, einen guten Ehemann zu finden. Vielleicht kann sie einen deutschen Typen finden. Doch Ayshe erinnert sich aus ihrer Zeit aus Deutschland, dass deutsch-türkische Ehen nicht einfach sind. Und dass deutsche Ehemänner nicht pflegeleicht sind. Ayshe wird ein wenig schwindelig. Seitdem sie die 40 überschritten hat, ist ihr manchmal ganz anders zumute. Sie versucht aber, klar im Kopf zu bleiben und geradeaus zu gehen. Und an das Thema, ob Dischle noch Jungfrau ist, will sie gar nicht denken. Das ist ausgeschlossen, sagen ihr Gefühl und ihr Verstand. Was die Chancen, einen guten türkischen Ehemann zu finden, beträchtlich schmälert bis unmöglich macht. Dass Kemal und sein russischer Freund Kolja sie angelogen haben, ist offensichtlich. Und es schmerzt sie. Aber Kinder und Eltern haben Geheimnisse voreinander. Das ist nun einmal so und das ist ganz normal. Ayshe hofft, dass der Junge alles im Griff hat. Und dass er seine Schwester in nichts reingezogen hat, aus dem es jetzt kein Entrinnen mehr gibt. Ayshe wendet sich ab und blickt auf den Bosporus. Sie verspürt den Zwang auf ihren Nägeln herum zu kauen, denkt aber an die sündhaft teure Maniküre, die sie sich dadurch versauen würde. Ayshe beschließt, mal nach dem Rechten zu schauen, vor Ort, in Berlin, sollte sich nicht bald etwas ändern.

82

Kemal liebt Beyoğlu. Einmal ist Beyoğlu ziemlich europäisch, was sich an den zahlreichen Gebäuden vom Ende des 20. Jahrhunderts zeigt. Es gibt viele Jugendstilgebäude, die Kemal gerne hat. Gut, Istanbul ist nicht Wien, aber immerhin schön. Kemal findet, dass das Nachtleben in Istanbul intensiver und bunter als in Berlin ist. Das ist eine gewagte Unterstellung, denn Kemal hat in Berlin das Nachtleben ausgekostet bis zum geht nicht mehr. Aber links und rechts, in den von der berühmten Istiklal Caddesi aus einsehbaren Seitengassen, befinden sich unzählige Lokale und Bars. In den Nebenstraßen und Seitengassen erlebt Kemal ein ums andere Mal das pulsierende Leben des Stadtteils. Es gibt Straßenmusiker, Backpacker, Imbisse, Cafés, Restaurants, Generalkonsulate und Luxushotels. Alle Scenes sind vertreten, die Trans- und Homoszene sowie die Musikszene machen diesen Stadtteil zu einem einzigartigen Ort. Rund und um die Uhr herrscht Hochbetrieb. Und das alles in der Nähe der Sıraselviler Caddesi und des berühmten Taksim-Platzes. Kemal hat hier manche Nacht mit interessanten Menschen durchgefeiert. Jetzt kommt so was wie ein Charaktertest, denkt Kemal, als sie den Lastwagen bei der angegebenen Adresse in Beyoğlu parken. Wenn sich Kolja jetzt im Griff hat, ist er ein guter Mensch. Ich weiß, dass er ein guter Mensch ist, auch wenn er mit Drogen bis zum Anschlag abgefüllt ist. Die von Arafat angegebene Adresse hat die beiden Freunde immer weiter in die Seitengasse hineingeführt. Und nun steht der Laster vor einem thailändischen Restaurant. Das Gebäude sieht heruntergekommen aus. An den Fenstern hängen bunte Lichterketten.

»Bringen wir es hinter uns«, meint Kolja, der immer noch unablässig mit dem Kiefer hin und her malmt.

Kemal ist nicht sicher, ob seinem Kumpel der Kaugummi ausgegangen ist. Oder ob er noch einmal mit dem Teufelszeug nachgelegt hat. Es stimmt ihn ein wenig traurig, dass sie hier die Ware abholen sollen. An diesem Ort, den er so sehr mag und mit dem er schöne Erinnerungen verbindet.

»Alles klar«, versucht er sich seine trüben Gedanken nicht anmerken zu lassen.

Sie gehen in den Laden und stehen in einem thailändischen Restaurant, wie es sie überall auf der Welt gibt.

Sie sehen …

… sorgfältig eingedeckte Tische …

… eine imposant bestückte Bar …

… einen Karaoke-Bereich.

Auf den Sofas hängen Kinder und Heranwachsende herum. Ein Mädchen, kaum älter als zwölf, trällert thailändische Herz-Schmerz-Schnulzen ins Mikro. Sehr zur Belustigung der anderen Mädchen und der drei Jungs. Die unablässig kichern. Und Zigaretten rauchen. Auf den Tischen vor den Sofas stehen Cola- und Mekong-Whisky-Flaschen. Und Eis. Die Mädchen bemerken Kolja und Kemal. Das Kichern verstummt. Münder stehen offen.

Dann …

… lachen …

… Pfiffe …

… Hey-Rufe.

Kolja und Kemal blicken sich an. Es ist nicht so, dass ihnen jetzt die Muffe geht, aber über zehn Mädchen und Jungs mit dem schwierigen Hintergrund den sie nun einmal haben, da wird der Transport sicherlich nicht einfach. Schluck. Ob da ihre pädagogischen Fähigkeiten ausreichen? Das Mädchen, das gesungen hat, steht auf und bewegt sich auf die beiden Jungs zu. Taxiert erst Kemal von Kopf bis Fuß, dann Kolja.

Die anderen Mädchen

… kichern unentwegt …

… ziehen an ihren Zigaretten …

… klimpern mit dem Eis in ihren Drinks.

»You ah beautifull. Ih wanna suck youl dick.«

Kaum hat sie's ausgesprochen, geht sie vor Kolja ein auf die Knie, bleibt aber im Prinzip stehen, da sie dem Riesen ohnehin nur knapp bis über die Hüfte reicht und schleckt seine Hose im Genitalbereich ab. Das Kichern nimmt zu. Zurufe werden laut. Ihre Hände wandern

Richtung Gesäß. Eine Hand kommt wieder nach vorne und bewegt sich Richtung Reißverschluss.

»Njet!«

Kolja greift das Kind sachte am Arm und zieht diesen hinter seinem Rücken hervor. In der Hand des Kindes befindet sich Koljas Geldbeutel.

»Trick 17 gibt's auch in Moskau«, sagt er lachend. »Das machen sie auf der Straße. Du hast im Freien einen geblasen bekommen, aber der Geldbeutel fehlt.«

Kolja hebt die junge Dame von ihren Knien auf und tätschelt ihr wie einem kleinen Kind über den Kopf. Dann blickt er Richtung Sofa.

»You come back in twenty years.«

Die Mädchen lachen. Als sie verstummt sind, erklärt Kemal ihnen das Procedere.

Im vorderen Teil des Lastwagens, hinter einer Tarnschicht von Paletten

… aus Olivenöl …

… Olivendosen …

… anderen Köstlichkeiten …

gibt es

… bequeme Sitzbänke …

… Porta Potti …

… Essen …

… Trinken …

… Süßigkeiten …

… Fernsehen …

… iPods …

… Kuscheltiere …

… eine Klimaanlage.

Die Mädels sind weder begeistert noch schockiert. Aber sie spüren, dass Kolja und Kemal sie ernst nehmen und um ihr Wohlergehen besorgt sind. Wobei sie diese Nummer nur allzu gut kennen. »I'll take care of you, if you are nice to me. You know, what I like best is if you suck it really hard.» Aus der Küche kommt ein knapp 50-Jähriger Asiate. Er ist klein, aber kräftig. Die Kippe hängt ihm schräg im

Mundwinkel. Vorne im Hosenbund steckt ein kleiner Revolver. Er wedelt mit einem Blatt.

»You need to sign heeel. Fifteen boys and giiills.«

Kolja zeigt ihm den Mittelfinger. Kemal ist kurz davor, dem Typen an die Gurgel zu springen. Wir wissen ja, dass Kemal nur im Falle äußerster emotionaler Erregung zu solchen Aktionen fähig ist. Und Kemal wundert sich über seine bis dato nicht gekannten Aggressionen. Er hat Angst, dass die Liebe zu seiner Schwester einen anderen Menschen aus ihm macht. Und dabei beobachtet er bei Kolja beinahe das Gegenteil. Wie freundlich Kolja mit dem thailändischen Mädchen umgegangen ist.

»Get lost!«, ist das Höflichste, was Kemal einfällt. »We are late anyhow. We have to hurry up.«

Eigentlich wollte er das F-Wort benutzen, hat es sich aber gerade noch verkneifen können.

»Ladies, get on board, gentlemen, start the engines«, lädt Kolja die Mädels Richtung Türe ein.

Der Russe kann charmant sein. Auch im Speed-Rausch. Die Mädchen erheben sich. Geschnatter und Gegacker. Klassenfahrtstimmung. Aber mit einer Klasse der besonders verdammten Art.

83

Paul kriegt die Krise.

Denn
- die Zeit im Büro bringt ihn noch um,
- die Zeit im Kasten ist eine Folter,
- die Zeit im Dienst ist das Letzte.

Er sitzt am Schreibtisch. Seine Hände zittern.

Paul
- will nicht mehr,
- kann nicht mehr,
- hat es an den Nerven

und zwar gewaltig.

Aber heute ist Bürodienst angesagt. Ohne Gnade. Es gibt keine Ausflüchte mehr, denn er hat sein Pulver in den letzten Wochen verschossen. Immer neue Ausreden erfunden, um nicht in sein Büro eingesperrt zu bleiben.

Im Büro kriegt er
- Zustände,
- Atemnot,
- Panikattacken.

So viel kann die deutsche chemische Industrie gar nicht produzieren, dass er da ruhig bleibt.

»Du musst deinen Papierkram auf Vordermann bringen, sonst sehe ich bei der Beurteilung schwarz«, hat sein Referatsleiter ihm einen gut gemeinten Tipp gegeben.

Fick dich selber, du Wichser, denkt Paul wie aus der Pistole geschossen, antwortet aber stattdessen mit einem devoten »Ja, geht klar, Boss!«, was sein Boss mit einem zufriedenen Lächeln zur Kenntnis nimmt.

So funktionieren deutsche Bürokratien
- arschbuckeln,
- schleimen,
- brownnosen.

Das hat mit Qualität und guter Arbeit nichts zu tun. Und das hat er jetzt davon. Beinahe 40°C im Büro.

Trotz
- offener Fenster,
- heruntergelassener Jalousien,
- selbst bezahltem Ventilator

kriegt er bald einen Hitzeschlag.

Der deutsche Staat bringt es nicht zustande, seinen Bediensteten Klimaanlagen in den Büros zu ermöglichen. Wo Beamte das Rückgrat des Staates sind – insbesondere natürlich deutsche Beamte. Und der Staat besitzt qua Gesetz ja auch eine besondere Fürsorgepflicht gegenüber seinen, ähm, treuesten (oder untreuen), ähm, Dienern (oder Bedienern). Wo krieg ich Cash her?, denkt Paul verzweifelt.

Alles, was ich brauche ist
- Money,
- Money,
- Money.

Dann können mich die Wichser hier mal kreuzweise, und ich steige aus und setze auf die nächste Beförderung einen großen Haufen.

Denn Paul ist mal wieder
- broke,
- ohne Koks,
- kurz vorm Rumschnappen.

Hätte sein Arzt ihm nicht was zur Beruhigung verschrieben, auf Kosten des Staates natürlich, würde er durchdrehen. Aber Paul hat auch diese Vorräte bedrohlich dezimiert, denn er hat einige der Tapes an Junkies vertickt, damit er sich – glasklar! – Weißes kaufen kann. Es klopft. Paul schreckt kurz zusammen, ist aber zu faul, sich zur Tür hin umzudrehen.

»Is' offen«, motzt er, »und wenn's Arbeit ist, dann …«

Den Rest des Satzes verschluckt er, und als er ein tiefes Brummen hört, dreht er sich um. Das ist nämlich eindeutig kein Beamtenbrummen. Im Türrahmen steht ein großer, starker Mann mit beeindruckendem schwarzem Schnurrbart, bis zum Bauchnabel offenem Hawaii-Hemd und einer coolen Ray Ban-Sonnenbrille auf der Nase. Was will denn die Witzfigur hier?, denkt Paul. Wobei doch solch ein Kollege doch mal ganz interessant wäre. Vielleicht könnte er mit dem etwas erleben, denn nichts ist tödlicher als die Langeweile in deutschen Amtsstuben, aus der so viel Niedertracht, Intrigen und Hass entsteht. Der Mann schließt die Tür, während Paul ihn mit offenem Mund anstarrt.

»Hallo, ich bin Apostel. Hast du unseren kleinen Film erhalten?«

Paul ist sich nicht sicher.

Soll er
- den Ahnungslosen mimen,
- sich dumm stellen,
- den Typ hochkant aus seinem Büro schmeißen?

Oder ihn – noch besser – abknallen?

Obwohl er Panik hat, dass sie sein Büro
- verkabelt,
- verwanzt,
- mit Kameras bestückt
haben, sagt er »Ahm.«
Ein kleiner Film kann alles sein. Scheiß drauf, denn ein Ahm ist nichts Gerichtsverwertbares. Apostel grinst fies.
»Und hat's dir gefallen?«
Paul gönnt sich eine Sekunde, denkt an
- die Knarre,
- die Flasche,
- die kleine Lol.
»Nicht übel, aber etwas fade.«
Apostel lacht. Fährt sich langsam mit dem Daumen am Hals entlang. Woher weiß dieser kranke Wichser das?, denkt Paul unruhig.
»Du weißt, dass wir dich in der Hand haben?«, stellt Apostel eine rhetorische Frage. »Dass wir dich wie eine Schmeißfliege zerquetschen können?«
Paul schluckt und blinzelt. Apostel senkt die Stimme, dass sie zu einem gefährlich klingenden Flüstern wird.
»Du weißt, was sie im Knast mit Bullen und Kinderfickern machen?«
Paul schluckt leer, ganze drei Mal hintereinander.
»Was willst du?«, bringt er mühsam hervor.
Apostel lacht.
»Absolute Loyalität.«
»Für den Papst?«
»So ähnlich. Für Arafat.«
Zuerst ist es ein dünnes Lächeln – dann ein Grinsen. Paul reibt Mittel-, Zeigefinger und Daumen aneinander. Apostel reagiert nicht. Er würde dem kranken Kartoffelkopf am liebsten eine Abreibung verpassen.
»Loyalität ist gut. Aber das Leben ist teuer. Und ich muss Abstand nehmen – von anderen Loyalitäten.«
Apostel hat mit vielem gerechnet und er ist eindringlich gewarnt worden, wie krank Paul drauf ist. Aber diesen Typen live zu erleben,

das schlägt dem Fass den Boden aus. Arafat hat alles vorhergesehen. Deshalb holt Apostel ein Bündel Tausender aus seiner Hosentasche.

»10.000. Das reicht bis zum nächsten Ersten.«

Apostel schmeißt Paul das Bündel vor die Füße. Paul taucht nach unten wie ein Hundchen und, das ist ganz klar, zählt auf dem Boden nach. Eins, zwei, drei …

»Wenn Arafat eine Quittung braucht, soll er Bescheid geben. Das kann er dann von der Steuer absetzen.«

Fieses kleines Frettchen. Als er wieder hoch kommt, hat Apostel ihm bereits den Rücken zugedreht und möchte die Tür öffnen. Mit diesem kaputten Typ will er keine Sekunde länger zusammen im Zimmer sein.

»Und übrigens – für Schnee bin ich immer empfänglich. Das treibt meine Loyalität ins Unermessliche.«

Einfach unglaublich, dieser Paul, denkt Apostel. Ein Steher und ein Marder. Genaugenommen ein Monster, für das es keine passende Bezeichnung gibt.

84

»Ich hab die alte Route immer gemocht«, meint Kolja, als sie an Yambol vorbeifahren.

Kemal sitzt auf dem Beifahrersitz und blickt auf die Uhr.

»Wir sind rechtzeitig an der rumänischen Grenze. Dieser Teil des Planes funktioniert.«

Kolja hat seinen x-ten Amphetamin-Rausch. Hämmert wieder auf einem Kaugummi rum wie ein Bulle, der seit Tagen zum ersten Mal wieder frisches Heu erhält. Inzwischen sieht Kolja aber gar nicht mehr so verpeilt aus. Vielleicht ist er auch schon jenseits von gut und böse.

Nur seine Gesichtszüge wirken ziemlich seltsam
weich / verschoben / anders.

»Weißt du: Griechenland – Italien – Bodensee, das hat was, Stil«, pflegt Kolja weiter seine nostalgische Ader.

Kemal fragt sich, ob Kolja jetzt sentimental wird.

»Es hilft nichts«, antwortet er. »Wir müssen jetzt diese Route nehmen. Stil hin, Stil her.«

Kolja nickt, ist aber nicht überzeugt.

»Wir sollten die Route aber bald wieder ändern.«

»Jetzt müssen wir an Dischle denken«, meint Kemal und seufzt, als er den Namen seiner Schwester erwähnt. »Und nicht daran, wie gut uns eine Route durch die östliche, tiefste Provinz gefällt oder eben auch nicht.«

Ein Geräusch ertönt. Der Laptop verkündet, dass eine neue Nachricht eingetroffen ist.

»Fahr rechts ran«, befiehlt Kemal.

Auf dieser Autobahn ist nachts nichts los. Kolja stoppt auf dem Seitenstreifen.

»Das sind sowieso nur neue Sex-Kontakte«, versucht Kolja einen Witz zu landen. »Aber bitte schön, wenn du die mit mir anschauen möchtest. Vielleicht ist was Interessantes dabei.«

Kemal schüttelt den Kopf. Auch in den schwierigsten Momenten macht Kolja immer einen Spaß. Deshalb hält er ihm das Handy unter die Nase, mit dem er schon längst gecheckt hat, von wem die Nachricht stammt. Okay, es ist eine Facebook-Nachricht von Dischle. Jetzt ist Kolja nicht mehr zum Lachen zumute. Kemal loggt sich ein und drückt auf das Abspielen der Videobotschaft. Dischle sitzt auf der Matratze. Eine Flasche Cola Light steht neben ihr. Eine Tüte Chips und Erdnussflips liegen um sie verstreut.

»Sie stopfen sie mit Junk-Food voll«, stellt Kemal konsterniert fest. »Das wird sie bitter bereuen. Hoffentlich begeht sie keine Kurzschlussreaktion und lässt alles absaugen …«

»Vielleicht kann sie dann bei Biggest Loser mitmachen, wenn sie wieder draußen ist«, schlägt Kolja vor und möchte durch den Joke seinen Freund ein wenig aufheitern, da er merkt, wie sehr dieser leidet.

»Das würde ihr gefallen«, lacht Kemal tatsächlich. »Sie wollte immer schon ins Fernsehen …«

Dischle blickt unsicher, wie im Trance in die Kamera.

»Es sieht aus, als ob sie ihr Beruhigungsmittel gegeben haben. Sie wirkt komisch, sediert«, schlussfolgert Kolja, um es seinem Freund zu ersparen, die Worte aussprechen zu müssen.

Die Kamera zoomt an ihr Gesicht heran. Dischles Augen sind stumpf. Unsicher irren sie hin und her. Dischle bewegt ein wenig ihr rechtes Bein. Das Geräusch macht die Szenerie noch unwirklicher. Die Kamera schwenkt. Sie zeigt einen großen Fernseher. DVD-Hüllen. Eine Stereo-Anlage. CD-Hüllen. PS4.

»Schlecht geht es ihr wohl nicht«, möchte Kolja Kemal Mut machen.

»Das ist das, was sie dich denken machen möchten«, erwidert Kemal.

Dann schwenkt die Kamera auf Dischle zurück. Nimmt wieder ihr hübsches Gesicht in den Fokus. Dischle räuspert sich. Blickt in die Kamera.

»Mir geht es gut«, flüstert sie mit farbloser, blasser Stimme. »Ich habe alles, was ich brauche und niemand hat mir etwas Schlimmes angetan.«

Es folgt eine Pause.

»Sie haben sie gezwungen, das zu sagen«, versucht Kolja erneut das Offensichtliche zu verbalisieren.

Dischles Augen werden klarer. Sie blickt in die Kamera.

»Kemal, bitte hol mich hier raus.«

Dann ist der Bildschirm schwarz. Bis ein weißer Text in der Bildschirmmitte erscheint.

Genau, Kemal. Dischle ist ein Star. Bitte hol sie hier raus. Du weißt, wie es geht.

»Die machen sich über uns lustig«, stellt Kemal fest. »Na wartet. Wer zuletzt lacht, lacht am besten.«

Was Besseres ist ihm nicht eingefallen. Kolja grinst.

»Also die Anspielung auf die Fernseh-Show finde ich nicht unlustig. Irgendwo haben die Humor, und es wäre zum Lachen, wenn es nicht um Leben und Tod ginge.«

Ein eisiger Blick von Kemal bringt ihn zum Schweigen.

»Also, weiter nach Bukarest«, macht sich Kemal Mut. »Und dann nach Prag. Crystal Meth. Und wehe, du rührst was von dem Zeug an. Dann ziehe ich dir deine Hammelbeine lang.«

Kolja macht einen heftigen Scheibenwischer.

»Bist du bekloppt, Alter? Ich habe noch ein paar Jaba. Da brauche ich kein Crystal Meth. Ist doch ohnehin irgendwo alles dieselbe Kacke.«

85

Kemal findet Farid Bang nicht wirklich gut. Er geht sogar so weit, zu behaupten »Da ist sogar Pusher von Steppenwolf besser als der gleichnamige Titel von Farid.« Woraufhin Kolja wütend wird, denn Kolja findet Farid Bang cool. Und angestaubte Hippie-Musik ist für ihn so ziemlich das Schlimmste.

Dann erklärt er Kemal, was ihm an Farid Bangs Pusher gefällt,

scheiß auf Deutsch-Rapper / es jemandem mit dem Base zu besorgen / dem Cop den Scheibenwischer zu zeigen.

Kemal findet eher den gesellschaftskritischen Teil interessant, also das mit dem HARTZ IV-Album. Und wie das in der deutschen Gesellschaft stigmatisiert wird.

»Mit dem Refrain stellt er die natürliche Hackordnung her«, kann sich Kolja nicht verkneifen. »Ich Pusher – du cracksüchtiger Kunde.«

Dann wäre das auch noch geklärt.

»Das finde ich plump«, erwidert Kemal.

Typisch Klugscheißer.

»Jetzt passt du besser auf, Alter«, droht Kolja.

86

»Ich habe schon einiges gesehen, aber das hier ist ziemlich krass«, gibt Kemal Einblick in seine Gefühlswelt.

Kemal biegt nach links ab und fragt sich, wieso sein Nervenkostüm so dünn ist.

»Klar, du kennst so ziemlich jedes Scheißloch auf diesem Planeten. Du warst auch schon in Afghanistan«, kontert Kolja. »Ich hingegen habe nichts gegen realsozialistischen Wohnungsbau. Immerhin haben viele Menschen eigene Wohnungen mit fließendem Wasser erhalten.«

Ferentari ist wirklich übel und liegt im Südwesten der rumänischen Hauptstadt. Knapp zweieinhalb Kilometer vom Stadtzentrum entfernt. Öffentlicher Nahverkehr existiert kaum. Da es hier so gut wie keine Steuereinnahmen gibt, sind staatliche Leistungen so gut wie nicht vorhanden. So einfach ist das. Kaum zu glauben, dass Ferentari einst das erste moderne Industriegebiet Rumäniens war. Plastiktüten und Schmutz türmen sich am Straßenrand auf. Jugendliche stehen in Gruppen um Straßenlaternen gruppiert herum. Kolja und Kemal werden mit argwöhnischen Blicken verfolgt. Der neue Mercedes-Transporter weckt Begehrlichkeiten. Uh, uh, uh – wenn ihr nicht aufpasst, ist er weg. Was der auf dem Schwarzmarkt bringt.

Kolja spottet überall Gang-Aktivitäten

kleine Tütchen / Geld / Pistolen.

Dann

leicht bekleidete junge Mädchen / junge Männer in Unterwäsche / lächerliche Luden in Lederkleidung,

alle mit demselben, der Welt entrückten Blick.

Alle -

Zuhälter / Kunden / Fickfleisch

sind total drauf.

Kolja findet es nicht schlecht hier. Das entspricht seinen Vorstellungen von einer korrekten City. Hier könnte er seinen Traum vom weltbesten Pimp ausleben.

Er sieht

Verhandlungen / wieder Geld, das den Besitzer wechselt / Pärchen, die von dannen ziehen.

Schwer zu sagen, wohin,

in den Block / hinter den Busch / unter den Balkon.

Er sieht die tödlichen Blicke der Zuhälter.

Die sagen, wir wollen

mehr / mehr / mehr.

»Schwer zu sagen, wer hier dealt und wer den Körper verkauft«, gibt Kemal seine Verwirrung zum Ausdruck.

»Hier sind die Grenzen fließend. Der Dealer ist Kunde beim Zuhälter und umgekehrt. Die Nutten bedienen die Zuhälter, Dealer und die Kunden. Das ist wie mit ...«

Kolja sucht nach dem richtigen Wort.

»Subventionen?«, greift im Kemal unter die Arme.

»Genau, richtig. Subventionen.«

Kemal lacht – obwohl ihm nicht danach zumute ist. Er fühlt Beklemmung. Das hier schlägt ihm auf den Magen. Sogar Kolja muss schlucken, als sie vor der riesigen Zigarettenschachtel stehen bleiben.

Denn das ist sozialistischer Wohnungsbau in Reinkultur
quadratisch / klaustrophobisch / zynisch.

Die Wände sind grau und der Beton hat Risse. Links und rechts von der Haustüre türmen sich Müllberge.

Vor dem Haus steht eine Riesenmeute
kurze Hosen / Unterhemden / Goldketten.

Junge Männer mit dunkler Haut, jeder Menge Testosteron und auf einem abgefahrenen Drogenmix.

Die Pistolen stecken vorne in den Hosen. Maschinenpistolen liegen auf den Sessel-Lehnen.

»Lass deine Artillerie hier«, bittet Kemal. »Die machen sonst ein Küchensieb aus uns.«

Kolja ist eine Sekunde lang hin und her gerissen. Er hat seinen zu allem entschlossenen Ich-mache-den-Weg-frei-Blick drauf. Dann legt er aber die Knarren in das Handschuhfach zurück. Sie steigen aus, die Hände sind sichtbar. Ein junger Mann tritt auf sie zu. Drahtiger Körper und jede Menge antrainierter Muskeln. Die Kippe hängt ihm lässig im Mundwinkel. Seine Pupillen sind riesig, beinahe so groß wie die von Kolja. Der Typ deutet mit dem Kopf Richtung Hauseingang. Sie bemerken, wie sich der Kreis hinter ihnen schließt. Vor dem Hauseingang, der in das Hochhaus führt, steht ein breiter Sessel. Er ist verschlissen, signalisiert aber ganz klar, hier steht ein Chefsessel.

»Der sieht aus wie Apostel, vielleicht ist das sein Schwager«, kann sich Kolja nicht verkneifen.

Kemal betet, dass Kolja jetzt die Schnauze hält. Der Mann legt eine Patience. Auf einem alten Campingtisch. Blickt auf, nimmt die Zigarette aus dem Mundwinkel und mustert die beiden Freunde.

»Ich wusste gar nicht, dass Arafat Schwule einstellt.«

Sein Deutsch ist nicht schlecht – Ruhrgebietsakzent.

»Und ich wusste gar, dass Arafat Ruhrpottkanaken als Geschäftspartner hat, die sich in Bukarest ihre Zeit mit Kartenlegen vertreiben.«

Bam – Koljas Konter sitzt. Der Typ lacht.

»Wollt ihr die Ware testen? Es hat einen netten Jungen dabei. Noch keine zehn Jahre alt, kennt aber schon alles, was das Schwulenherz begehrt.«

Kolja fällt es schwer, sich zurückzuhalten, denn am liebsten würde er dem Typ für seine Bemerkung die Fresse polieren und vor allem dafür, dass er offensichtlich einen zehnjährigen Jungen als reines Objekt der Begierde sieht und jegliche Menschlichkeit vermissen lässt.

»Wir laden die Ware ein und verschwinden dann«, versucht Kemal aufs Tempo zu drücken.

Er hat Angst, dass bei Kolja die Sicherungen durchbrennen. Er kennt Kolja und viel fehlt nicht mehr. Anspielungen auf Homosexualität und Kinderfickerei, das ist einfach too much für einen Bilderbuch-Russen wie ihn.

»Schade«, meint der Mann, zuckt mit den Schultern.

Er gibt einem seiner Lakaien das Zeichen, mit dem Verladen der Kinder anzufangen.

»Und dass ihr mir gut auf die Ware aufpasst und vorsichtig fahrt. Dein Freund sieht mitgenommen aus.«

Die dreckige Lache ist das Letzte und, als der Schnauzbart auf Kemal deutet, fällt diesem beinahe die Kinnlade herunter, denn es erschreckt ihn, dass er übler aussehen soll als Kolja.

Und Kemal betet, dass Kolja cool bleibt

… für ihn …

… für Dischle …

… für KOKE.

»Du hast die Ware doch bestimmt versichert«, gibt Kemal schlagfertig zurück.

Der Typ lacht – und streichelt liebevoll seinen Schnurrbart, als wäre es ein Besen aus sanften Schweineborsten.

»Keine schlechte Idee. Eine Versicherung für Waren, die nicht versichert werden können.«

»Was kostet es wohl, ein Kilogramm H zu versichern?«, setzt Kemal eins drauf, nur um die belanglose Konversation am Laufen zu halten.

Der Typ prustet los.

»Du hast Humor, Ali, das muss man dir lassen.«

Jetzt fehlt nur, dass er mich als Kümmeltürken beschimpft, denkt Kemal. Aber gut, wenn er im Pott gelebt hat, hat er einiges in dieser Richtung zu hören bekommen.

»Ob es auch eine Versicherung gegen Eigenkonsum gibt?«, steigert Kemal die Volte.

Der Roma bricht in lautes Lachen aus.

»Du bist ein geborener Komiker, Ali. Du kannst hierbleiben. Wir benötigen einen Hofnarren.«

Und das ist als Riesenkompliment gemeint. Aber auch diese Bemerkung kratzt an Kemals Selbstbewusstsein, denn er hat sich bisher als ziemlich vieles gesehen, aber noch nie als Hofnarren.

87

Als Kolja und Kemal wieder auf der Straße sind, sind sie erleichtert. Das Thema menschliche Ware ist abgeschlossen. Den Asiaten und Asiatinnen geht es gut. Manche schlafen und andere sind wach. Es gibt ein wenig Gemurre, da sie enger zusammen rücken müssen. Die rumänischen Kinder drängen sich in den hinteren Teil des Lastwagens. Entdecken die Annehmlichkeiten. Ticken aus vor Freude. Insofern ist alles gut. Es gibt keine Probleme.

»Ist Jaba eigentlich identisch mit Crystal Meth?«, fragt Kolja, da Kemal ein wandelndes Lexikon in Sachen Drogen ist.

Klar, Kolja hat eine Prise nach gelegt. Und sitzt am Steuer des LKWs, die Straße Richtung Prag fest im Blick.

»Mhm, kann man so sagen«, entgegnet Kemal. »Zumindest handelt es sich bei beiden um ein Methamphitamin. Bei mir wirkt der Mist nie, wie man das immer liest.«

Kemal erklärt, was er meint.

»Also, da steht immer: Peng, ich probierte Crystal Meth und war sofort abhängig. Ging auf den Straßenstrich, um mir das Zeug besorgen zu können.«

Kolja lacht abgehackt, nicht, weil er mit den Menschen kein Mitleid hat. Oder weil er das für menschliche Schwäche hält. Er lacht alleine über Kemals lustige Art, sein Verhältnis zu Meth zu erklären.

»Also, das mit der Abhängigkeit ist übertrieben, da hast du Recht«, stimmt Kolja zu. »Das hängt von der inneren Willensstärke ab. Manche werden von Leim abhängig. Oder manche dosieren ihren Kamillen-Tee zu hoch, sodass sie das Nervenflattern kriegen.«

»Ich finde das Gefühl auf Meth so ekelhaft. Ich fühle mich einfach so ausgelutscht und ausgewrungen. Mir könntest du das Zeug kiloweise schenken, und ich würde es im Leben nicht anrühren. Außerdem finde ich, dass Kristaller stinken wie Chemiebaukästen«, macht Kemal seine Aversionen gegen das Zeug deutlich und wundert sich, denn eigentlich fühlt er sich im Moment ausgelutscht und ausgewrungen wie auf Meth, ohne dass er das Zeug angerührt hätte.

Nur dass er nicht stinkt. Kolja wendet den Kopf von der Straße ab und blickt bedrohlich lange zu Kemal rüber.

»Willst du sagen, dass ich stinke?«, nimmt er den einen Teil von Kemals Ausführungen persönlich.

»Du bist kein Kristaller«, beruhigt Kemal den Russen.

Endlich, Kolja blickt wieder nach vorne.

»Ich bin ja froh, dass du dir das Zeug nicht intravenös gibst«, fügt Kemal versöhnlich hinzu.

Kolja winkt mit der Hand ab.

»Mein Herz hängt nicht an dem Scheiß«, erklärt er dann. »Aber ich brauche was, um fit zu bleiben, keinen Hunger zu schieben und ein bisschen Kopf-Kino zu haben. Mit Glücklich-Sein oder so einem Scheiß funktioniert das bei mir sowieso nicht. Ich verstehe nicht, wie du den Scheiß ohne Hilfsmittel durchstehst? Du hast doch nicht ein bisschen Weißes vor mir versteckt, das du dir heimlich reinpfeifst, oder?«, fragt er seinen türkischen Freund, da er glaubt, ihn durch die Drogenkonversation ein wenig von seinen eigentlichen Problemen abzulenken.

Schnell hebt Kemal den Kaffeebecher hoch und zeigt ostentativ mit dem Mittelfinger darauf.

»Nichts. Ganz ehrlich, rein gar nichts. Kaffee. Und ich habe noch ein paar Koffein-Tabletten genommen.«

Kolja lacht und meint beinahe liebevoll:

»Du bist ja putzig.«

Langsam scrollt Kemal auf seinem iPhone, denn das Gespräch mit Kolja fängt an ihm Spaß zu machen, und sagt: »Also, hier steht: Crystal Meth sei a) hochpotent b) gefährlich und c) chemisch. Zuerst stimuliert es, dann zerstört es.« Kolja winkt ab und entgegnet:

»Lies mal einen Beipackzettel von einer Aspirin. Da steht Schlimmeres drin als das da.«

»Gesundheitsprobleme wie Gedächtnisverlust, Aggressivität, psychotisches Verhalten, Herz- und Hirnschäden«, doziert Kemal weiter.

Die Freunde blicken sich an und prusten dann los.

»Ich kenne eine Menge Leute, die nehmen kein Meth, haben aber alle diese Symptome«, wiehert Kolja.

»Einen Moment noch«, beruhigt Kemal. »Der Oberknaller kommt noch. Hier steht, viele Meth-User sterben.«

Wieder schallendes Gelächter in der Fahrerkabine.

»Wenn das nicht so wäre, würden alle Menschen Meth nehmen«, schlussfolgert Kolja.

Als er sich wieder beruhigt hat, scrollt Kemal weiter.

»Lass mal stecken, Alter«, wiegelt Kolja jetzt ab, der Angst hat, vor lauter Lachen keine Luft mehr zu kriegen. »Bloß weil du keine Upper – außer ein wenig Koks und bestimmte Ecstasys – magst, musst du nicht auf dem Zeug rumhacken. Sonst fährst du jetzt und ich lese dir was aus dem Internet über Heroin, Opium und Morphium vor.«

Kemal seufzt.

Ja, das wäre doch in der Tat jetzt nicht so schlecht, eine kleine Prise Braunes …

… beruhigt die Nerven …
… gibt einem mütterliche Wärme …
… setzt einen in einen wunderschönen Kokon.

»Wenn du es in Prag mit dem Zeug übertreibst, kriegst du Ärger mit mir«, droht er Kolja.

»Ach was«, wiegelt der ab. »Ich will bloß heil zurückkommen. Und einer von uns muss ja schließlich fahren.«

88

Weiterhin erfolgt ein glatter Durchlauf an den Grenzen. Kein einziges Problem. Nicht dass KOKE das anders erwartet hätte. Bei ihrer Bodensee-Route läuft das schließlich auch so. Das ist eine Frage der Organisation. Aber das hier ist so was von smooth, dass es beinahe verdächtig wirkt. Bei den Kids ist alles okay, abgesehen von einem kleinen Streit um die PS Portable, den Kolja aber schnell und pädagogisch geschickt gelöst hat.

»Sag mal, fällt dir eigentlich nichts auf?«, fragt Kolja Kemal, als sie knapp 14 Stunden später in der tschechischen Hauptstadt angelangt sind.

Die goldene Stadt sieht einem neuen, herrlichen August-Tag entgegen. Die Karlsbrücke, die die Altstadt mit der Kleinseite verbindet, liegt unter ihnen. Es herrscht geschäftiger Verkehr.

»Was meinst du?«

»Berlin – Istanbul – Bukarest – Prag?«

»Alle vier sind Hauptstädte«, schlussfolgert Kemal.

»Richtig, Einstein.«

»Ja – und dann?«, meint Kemal ein wenig ratlos.

»Arafat operiert international und …«

Kolja sucht nach dem richtigen Wort. Einige Pillen Jaba und kein Schlaf haben die Funktion seines Gedächtnisses geschmälert.

»Urban, großstädtisch, hauptstädtisch», versucht ihm Kemal zu helfen.

»Genau«, stimmt Kolja zu.

»Und dann?«, will Kemal die Pointe wissen.

»Ja – und dann? Ist dir das denn nicht klar?«

Doch Kemal versteht nichts und schüttelt den Kopf. Kolja versucht es zu erklären und kann es nicht. Die Worte wollen nicht zu seinen Gedanken passen oder umgekehrt. Seine Gedanken sind zu komplex und die Worte irgendwie nicht greifbar.

»Reiß dich zusammen«, ermahnt ihn Kemal. »Wir haben es bald geschafft. Es darf nichts mehr schiefgehen.«

»Geht klar«, meint Kolja. »Ich brauch nur mal eine Pause. Irgendwie fühle ich mich ein wenig müde.«

An der roten Ampel schmeißt sich Kolja dann aber doch lieber eine der kleinen, braunen Jaba-Pillen ein und spült sie mit Wodka aus einem silbernen Flachmann herunter. Kemal stöhnt auf und meint »Hey Ko, bleib locker!«

»Hey, bleib du mal locker, Alter!«, schnauzt ihn Kolja sofort an, während der LKW losrollt. »Ich muss den Scheiß doch irgendwie durchstehen.«

Kemal beruhigt sich wieder. Seine Nerven sind nicht gerade die besten. Seine Entscheidung, die Geschichte ohne Hilfsmittel durchzustehen, war vielleicht etwas zu optimistisch gewesen. Einen Joint und was zum gemütlichen Sedieren könnte er gut gebrauchen.

»Vaclav erwartet uns im Oz«, trichtert er Kolja ein, damit dieser den Übergabeort nicht vergisst.

»Oz? Cooler Name«, meint Kolja. »Und der Schuppen ist wirklich in der Nähe des Wenzel-Platzes?«

Kemal findet auch, dass es erstaunlich ist, mehrere Kilos Meth in der Nähe des berühmten Platzes von Prag abzuholen, inmitten der Touristen. Aber er hält sich strikt an die Anweisungen. Schließlich geht es um Dischles Wohlergehen und nicht seine persönliche Einschätzung. Das Oz hat geschlossen, natürlich. Es ist kurz nach 11 Uhr. Den Mercedes haben sie einfach vor den Hintereingang gestellt. Es sieht so aus, als ob sie Ware anliefern würden. Von Innen sind gedämpfte Beats zu hören. Technomucke vom Feinsten. Kolja hämmert mit seiner riesigen Faust gegen die Türe.

»Erinnerst du dich noch an die guten alten Zeiten damals?«, will er von Kemal wissen.

»Klar, das Berghain war geil.«

Die Tür öffnet sich und ein Zwei-Meter-Schrank streckt einen hässlichen, kahlrasierten Schädel nach draußen. Er trägt ein Ripp-Unterhemd und eine goldene Kette.

»Hi, ich bin Vaclav. Ihr seid die beiden deutschen Komiker, die Arafat erwähnt hat. Kommt rein, Jungs.«

Sein Deutsch weist einen starken tschechischen Akzent auf, ist aber verständlich. Vaclav hämmert auf einem Kaugummi herum, dass es echt abnormal ist. Der ist verdammt verpeilt, wenn er uns für Deutsche hält, denkt Kemal. Wobei das an sich nicht unmöglich ist, mit Einbürgerung oder Migranten in der zweiten oder dritten Generation. Das Licht im Club ist gedimmt. Die Anlage wummert dumpf vor sich hin. In einer Nische liegt eine junge Frau. Sie ist schlank. Sehr schlank. Im Gesicht hat sie Pocken. Narben. Ihr Gesichtsausdruck ist entrückt. V-A-M. Voll-auf-Meth. Aber so was von.

»Ich hole das Zeug. Ihr wartet hier.«

Vaclav verschwindet durch eine Tür bei der Bar. Kolja und Kemal schauen sich um. Sonst ist niemand in dem Laden zu sehen. Koljas Kau-Aktivitäten nehmen mit der Musik zu. Er geht zur Nische und betrachtet die Frau. Ihre Augen sind leicht geöffnet. Ihr Kopf nickt zum Takt, in Zeitlupe. Die Lippen bewegen sich in Slow-Motion.

»Alles klar?«, fragt Kolja.

Die Frau reagiert nicht. Ihre Augen sind tot. Vaclav ist mit zwei silbernen Pilotenkoffern zurückgekommen. Kemal nimmt ihm die Ware ab und checkt die Koffer. Alles in Ordnung. Crystal Meth. 30 Kilogramm.

»Gefällt sie dir?«

Vaclav legt einen Arm um Koljas Schulter, der immer noch das menschliche Wrack anstarrt.

89

»In der Tschechei kannst du zehn solcher Weiber an jedem Finger haben.«

»Sie sieht mitgenommen aus«, antwortet Kolja mitfühlend, denn der Anblick der Frau löst bei ihm schmerzliche Erinnerungen aus – seine geliebte Schwester.

Vaclav lacht.

»Wer tut das nicht heutzutage? Die Zeiten sind hart.«

Wieder tätschelt er Koljas Schulter.

»Außerdem täuscht das. Nicola ist so fit wie ein Turnschuh«, beteuert er dann.

Tatsächlich, Nicola setzt sich auf. Hebt eine stark verschmutzte, beinahe schwarze Glas-Pfeife in die Höhe.

»Sie tut mir leid«, sagt Kolja.

Er denkt wieder an seine Schwester Alexandra,

die ein menschliches Wrack war / die elendiglich an einer verdammten Droge verreckt ist / deren Tod er fürchterlich gerächt hat.

Und je stärker er sie fixiert, desto mehr verwandelt sich Nicola in Alexandra. Es scheint Kolja, als ob seine Schwester vor ihm liegen würde, und es bricht ihm beinahe das Herz entzwei, so sehr schmerzt ihn die Erinnerung.

»Von wegen, sie tut dir leid. Jetzt pass einmal auf, was das Zauberzeug hier alles kann.«

Vaclac holt einen Plastik-Beutel aus seiner Jeans und krümelt ein bisschen Zeug in Nicolas Pfeife.

»Du wirst staunen. Vaclavs Zauber-Elixier.«

Dann reicht er ihr Feuer. Nicola raucht. Ihr Gesichtsausdruck wird entspannter. Vaclav setzt sich neben sie und fängt an, an ihr rumzuschrauben. Kneift in die kleinen Brüste. Schiebt ihr drei Finger in die Backentasche. Greift ihr unsanft zwischen die Beine und an den Arsch.

»So machst du das mit tschechischem Fick-Fleisch«, verkündet Vaclac beinahe stolz.

Immer noch ist Kolja davon überzeugt, dass sein geliebtes Schwesterherz auf dem Sofa liegt.

Und Vaclav wird immer mehr zu

Alexandras Zuhälter / diesem Schwein / diesem Stück Dreck

das sie auf dem Gewissen hat.

»Komm, wir müssen weiter«, versucht Kemal Kolja von dem widerlichen Geschehen los zu eisen.

Kolja hebt den linken Arm und signalisiert: Warte! Vaclav zündet sich eine Zigarette an.

»Mit Nicola kannst du alles machen, Kumpel«, verkündet er und seine Stimme trieft vor Gehässigkeit.

Um zu demonstrieren, was er meint, drückt er die Zigarette auf ihrem Oberarm aus. Nicola verzieht das Gesicht, gibt aber keinen Ton von sich. Sie grinst bestialisch.

»Sie mag das, ehrlich.«

Kolja gelingt es nicht, den Blick von der Szene zu wenden. In ihm steigt Wut auf, grenzenlose Wut. Für ihn sind das jetzt Alexandra und ihr damaliger Stecher, den er eigenhändig aus dieser Welt geschafft hat.

»Weißt du, auf was mein Aschenbecher am allermeisten steht?«, fragt Vaclav. »Wenn er angeschissen wird.«

Vaclav steigt auf die Bank und zieht sich die Jeans bis zu den Kniekehlen runter. Dann steigt er mit dem einen Fuß auf den kleinen Tisch und mit dem anderen auf die Banklehne. Kolja bemüht sich, seine Atmung zu kontrollieren.

Kemal legt ihm eine Hand auf die Schulter, denn er hat Angst um seine Schwester, obwohl ihm beinahe schlecht wird von dem, was er sieht.

»Kolja, komm schon, wir müssen weiter.«

Doch Kolja schüttelt den Kopf.

»Ah, jetzt kommt's gleich«, verkündet Vaclav voller Vorfreude auf den Kaviar.

Doch das ist zu viel. So sehr Kolja um Contenance bemüht ist, jetzt brennen seine Sicherungen durch.

»N-J-E-T!«

Kolja macht einen schnellen Schritt nach vorne, packt Vaclavs Kopf mit den Händen und zieht ihn nach unten, direkt auf sein Knie. Die Nase bricht. Vaclav schreit auf wie ein Mädchen, hält sich die Hände vors Gesicht und krümmt sich am Boden.

»Weißt du, was ich mit Schweinen wie dir mache?«, brüllt Kolja.

Vaclav wimmert weiter, kriegt aber sein »Bist du verrückt?« mühsam heraus. Kolja hebt den Fuß und lässt ihn auf Vaclavs Schädel niedersausen. Keine Knochen, die brechen, aber unsägliche Schmerzen. Vaclav dreht sich weg. Er versucht zu kriechen.

»Und das ist für die Zigarette«, meint Kolja, während er Vac an der Schulter packt, gewaltsam herumdreht und ein Feuerzeug an seinen Sack hält. »So geht man mit Frauen nicht um, du kranker Wichser.«

Vaclav schreit jetzt, seine Haut wird knallrot – natürlich ist sein Sack rasiert, sonst würde Kemal spätestens jetzt wegen des Geruchs unter den Tisch kotzen. Vaclav holt aus und versucht Kolja einen Faustschlag zu versetzen, doch Kolja fängt die Rechte spielend mit der Linken ab.

»Das versuchst du nur einmal, kranker Wichser«, flüstert Kolja, während er mit der Rechten Vaclavs Armgelenk festhält und es dann mit einer ruckartigen Bewegung …

Das Geräusch brechender Knochen klingt furchtbar. Vaclav schreit in den höchsten Tönen. Kolja erhebt sich und platziert einen weiteren Kick gegen Vaclavs Schädel. Dann ist Ruhe eingekehrt, denn Vaclav ist bewusstlos. Kolja will weiter machen, ihn am Kragen schnappen, um ihn aufzurichten und wach zu kriegen, doch Kemals »Das reicht, Ko!« holt ihn wieder in die Gegenwart zurück. Kemals »Wir gefährden Dischles Leben!«, ruft ihn endgültig zur Vernunft, und er lässt Vaclav wie einen nassen Sack auf den Boden der Diskothek fallen.

»Ich schwör dir, wenn Dischle nicht wäre, würde ich ihn jetzt umbringen. Dieses Schwein.«

90

Oz – Innen – später Vormittag

Nicola erhebt sich von der Bank, läuft zu Vaclav, tritt ihn gegen den Kopf und spuckt auf ihn. Dann wendet sie sich zu den beiden Jungs.

Nicola: »Danke – für alles.«

Kolja: »Ich töte ihn, wenn du möchtest.«

Nicola: »Verdient hätte er es. Aber das bringt nur Ärger.«

Nicola blickt an sich herab und betrachtet traurig ihren ausgemergelten Körper.

Kemal: »Sollen wir dich mitnehmen und irgendwo absetzen? Wir können dich mit nach Deutschland nehmen und dir helfen, eine neue Existenz aufzubauen.«

Nicola blickt sich traurig um.

Nicola: »Das hier ist mein Zuhause.«

Kolja: »Hast du keine Eltern?«

Nicola: »Doch, aber zu meinen Eltern gehe ich unter gar keinen Umständen zurück. Ausgeschlossen. Es gibt nichts Schlimmeres als meine Eltern.«

Kemal: »Können wir sonst etwas für dich tun?«

Nicola starrt sehnsüchtig auf die beiden Koffer und deutet mit dem rechten Arm darauf. Kemal schüttelt aber vehement den Kopf.

Kemal: »Nein. Aber wir können dir etwas Geld da lassen.«

Kolja nimmt eine Rolle 200-Euro-Scheine aus seiner Hosentasche und gibt Nicola fünf davon.

Nicola: »Danke. Ihr seid gute Menschen.«

Nicola laufen ein paar Tränen an der Wange herunter.

Kolja: »Pass auf dich auf!«

Kemal: »Alles Gute!«

Nicola: »Ahoj!«

Kolja: »Paka!«

Kemal: »Güle, güle.«

Kolja und Kemal verschwinden mit den beiden Koffern durch den Hintereingang.

Nicola durchsucht die Hosentaschen von Vaclav nach … man muss wirklich keinen Jugend-forscht-Preis gewonnen haben, um darauf zu kommen … M-E-T-H.

91

Der Nachmittag ist schön, aber es ist heiß. Kemal setzt den rechten Blinker. Abfahrt bei der Raststätte. Neue Anweisungen von Arafat: Ware dorthin bringen – Auf Kontaktaufnahme warten – Der LKW soll da bleiben und KOKE kann mit einem kleinen PKW weiterfahren – Autotausch zu einem späteren Zeitpunkt.

»Weiß Arafat eigentlich, wie gefährlich es ist, Deals auf deutschen Autobahnraststätten abzuziehen?«, fragt Kemal. »Hier wimmelt es vor Fahndern, Zöllnern, Kripo, Döner-Polizei und so weiter.«

Kemal liebt Alarm für Cobra 11, aber nur im bekifften Zustand, um mal wieder richtig ablachen zu können. Kolja zuckt mit den Schultern.

»Auf deutschen Autobahnraststätten werden ständig irgendwelche Dinger abgezogen. Und wenn es nur Parkplatz-Sex ist.«

Kemal fährt an der Tankstelle vorbei Richtung Parkplätze, aber nicht, weil Kolja ihn auf eine Idee gebracht hat. Er befolgt nur die Anweisungen von Arafat.

»Außerdem ist das alles nur eine Frage des Cashs, also wie gut Arafat die Cops schmiert. Wenn die Kohle stimmt, laden diese die Ware auch persönlich um«, fügt Kolja hinzu. »Das ist hier auch nicht mehr anders als bei uns in Russland. Deutschland hat sich gewandelt …«

Wie aufs Stichwort winkt ein ziviler Polizist mit einer Kelle den KOKE-Laster auf ein freies Areal. Zwei rote Kripo-Passate stehen Spalier und fünf Beamte mit Artillerie und Maschinenpistolen bilden das Empfangskomitee. Kemal schluckt.

»Verdammt, ist das eine Falle? Sind die Cops Fakes?«

Kolja gluckst.

»Du verstehst Arafat nicht. Er steht auf die Mafia-Mentalität und möchte Macht demonstrieren.«

Ein Polizist gibt Kemal ein Signal anzuhalten. Kemal und Kolja steigen aus. Dann fährt ein dunkelblauer Maybach vor und hält direkt hinter dem Cop, der Kemal gestoppt hat. Apostel steigt auf der Fahrerseite aus, läuft um das Auto herum und öffnet die hintere rechte Türe. Arafat entgleitet beinahe staatsmännisch dem Wagen. Trotz der Hitze trägt er einen schwarzen Armani-Anzug mit schwarzem Hemd und schwarzen, maßangefertigten Lederschuhen. Eine massive Goldkette mit einem riesigen, quadratischen Goldanhänger hängt um seinen Hals und passt irgendwie nicht zum Ensemble, was das Ganze schon wieder cool erscheinen lässt. Komisch, dass der Typ keinen Hitzschlag kriegt, denkt Kemal. Arafat richtet sich auf, klatscht und spendiert KOKE Beifall – im Zeitlupentempo und recht theatralisch. Seine Mundwinkel verziehen sich zu einem höhnischen Lächeln.

»Gut gemacht, ihr Wichser.«

Nicht mehr – nicht weniger. Pause.

»Wieso nicht gleich so?«, setzt er eins drauf. »Dann hätten wir uns viel Scheiße ersparen können.«

Er behandelt sie wie unartige Kinder, die nach einer Tracht Prügel endlich das gewünschte Verhalten zeigen. Dann deutet er zum LKW, nickt zu Apostel und sagt: »Überprüfen!« Apostel setzt sich in Bewegung. Kemal schmeißt ihm den Autoschlüssel rüber, den er problemlos auffängt.

Kolja fixiert Arafat

stechend / mit großen Augen / Hammer-Pillen-Fix-Blick.

»Wehe, es fehlt auch nur ein Gramm von meiner Ware, du Arschloch«, lacht Arafat und droht Kolja mit dem Zeigefinger. »Wie du aussiehst, hast du die Hälfte unterwegs geraucht.«

»Fick dich selber!«, lautet Koljas Antwort.

Obwohl Arafat lacht, muss Kemal schlucken. Keine Konfrontation. Jetzt, so kurz vor dem Ziel.

»Kolja ist ein wenig unausgeschlafen. Außerdem besorgt er sich sein Zeug immer selber«, fügt er deshalb hinzu und würde sich gleich gerne die Zunge abbeißen, dass er diesem Drecksack von Arafat jetzt noch so in den Allerwertesten kriecht.

Lässt sich aber nicht ändern, denn das Leben seiner Schwester steht auf dem Spiel, und er möchte keinesfalls, dass alle Anstrengungen umsonst waren und ihr das Lebenslicht ausgeblasen wird. Apostel kommt zurück, nickt, hebt den Daumen in die Höhe und sagt: »Alles in Ordnung, Boss.« Arafat bewegt den Kopf nach vorne, als ob er auch gar nichts Anderes erwartet hätte.

»Das könnte der Beginn einer wunderbaren Geschäftsbeziehung sein«, sagt er dann, wohlwissend um die Intertextualität seines Ausspruchs, denn er hat Casablanca mindestens fünf Mal ganz gesehen.

Kolja verschluckt sich und muss husten, und sein türkischer Freund ist ob der kulturellen Bewandertheit des Mafia-Bosses verwundert.

»Aber eins muss ich klarstellen«, verkündet Arafat mit tiefer, dunkler Stimme und kalten, stechenden Augen. »Wenn dein russischer Gorilla sich noch einmal an meinem tschechischen Geschäftspartner vergeht, werde ich Dischle zuerst die Ohrläppchen, dann die Nase, dann die Schamlippen und so weiter abschneiden lassen. Habt ihr beiden Flachwichser das verstanden?«

Kemal will kein Wort mehr hören, denn ihm wird ganz schwindlig und vor lauter Müdigkeit ist er der Ohnmacht nahe. Ihn überkommt das unbändige Gefühl, sich auf den Asphalt zu legen.

»Es wird nie wieder vorkommen«, sagt er so devot, wie er kann. »Ich verbürge mich dafür.«

»Wir dürften hiermit unsere Geschäftsbeziehung ein für allemal geklärt haben«, triumphiert Arafat.

92

Rasthof Waldeck West/Waltersdorf – Draußen – Nachmittag

Arafat: »Jetzt reden wir weiter Klartext. Ich sage das alles einmal. Kooperativ zu sein, das ist eure einzige Chance, unbeschadet aus dieser Geschichte rauszukommen.«

Kemal: »Wann lässt du Dischle frei?«

Arafat: »Ihr stellt die Route mit allen verfügbaren Fahrzeugen um. Bis auf Weiteres. Und sobald wir uns bei euch melden, transportiert ihr Waren für uns. Wie gehabt.«

Kemal: »So weit war ich schon. Wann kommt Dischle wieder frei?«

Arafat: »Nicht so schnell. Du bestimmst hier nicht das Geschehen, du osmanischer Gartenzwerg.«

Kolja steht kurz vor der Explosion, kann sich aber gerade noch zurückhalten.

Arafat: »Sobald ihr eure Loyalität ausreichend unter Beweis gestellt habt, kommt Dischle frei.«

Kemal: »Das ist mir zu wachsweich. Ich hätte das gerne konkreter. Also?«

Arafat: »Also, wirtschaftlich gesprochen: Sobald wir ein Gewinn-Minimum eingefahren haben, bin ich bereit, Dischle frei zu lassen.«

Kemal: »Meinst du nicht eher Gewinn-Maximum?«

Arafat: »Nenn es, wie du willst.«

Kemal: »Und wann wird das sein?«

Arafat: »Dann, wenn ich es dir sage.«

Kolja: »Jetzt wissen wir so viel wie vorher, du dummer Balkan-Möchtegern-Gangster! Ich hätte echt gute Lust, dir deine Fresse …«

Kemal legt Kolja, der nach vorne preschen möchte, die Hand auf die Schulter.

Kemal: »Du musst nicht immer das letzte Wort haben.«

Kolja: »Ich bin mit diesem Jugoslawen-Opa noch nicht fertig, verlass dich drauf!«

Kemal: »Komm, wir gehen jetzt besser.«

Arafat schnippt mit dem Finger. Apostel übergibt Kemal einen braunen DIN-A-4-Umschlag.

Apostel: »Arafats Unkostenbeitrag. Arafat steht nämlich immer zu seinem Wort.«

Die Menschenansammlung löst sich auf.

TEIL 6

RACHE

93

Das Licht ist gedimmt – très stylish. Kolja und Kemal sitzen auf dem mondänen, weißen Ledersofa. Die Füße haben sie hochgelegt. Sie sind geduscht und haben dabei versucht, sich reinzuwaschen.

Sie fühlen sich

… schmutzig …

… missbraucht …

… am Ende.

Da hilft auch noch so langes Duschen nicht, ebensowenig wie superexklusives Duschgel.

Die Jungs tragen bequeme Hauskleidung

… kurze Hosen …

… Armedangels-T-Shirts …

… Reef-Flip-Flops.

Auf der eleganten Stahl- und- Glastisch-Kombination liegt ein weißes Häufchen Pulver,

… weißes H …

… Äitsch …

… Horse.

Einige lange, elegante und dünne Lines, die eindeutig Kemals Handschrift tragen, sind gelegt. Ein filigranes Goldröhrchen liegt zum Schnupfen bereit. Daneben steht eine Magnum-Flasche Absolut-Wodka. Kemals Lieblings-Wodka, wenn es Wodka sein muss. Und heute muss es Wodka sein.

Sein Deal mit Kolja lautet – Du Heroin – Ich Wodka. Kolja hat eingeschlagen, obwohl er den schwedischen Wodka nicht besonders gerne mag.

Kolja benötigt das Heroin ohnehin, um von seinem Super-Meth-Trip wieder zu landen, denn schließlich ist

zu viel / zu viel / zu viel.

Auch für den stärksten Russen – und Kolja ist sehr stark. Der Deal zwischen Kolja und Kemal besagt zudem, dass sie sich abdichten. Das ist eine Erneuerung ihres Wir-haben-immer-gute-Laune-durch-Drogen-und-Anti-Depressions-Programms – im Kleinen versteht sich.

Schluss mit

… Anweisungen befolgen …

… Waren durch Osteuropa transportieren …

… sich Sorgen um seine Schwester machen …

und Schluss mit

moralischem Beistand für den besten Freund / bösen Flashbacks / sich nur mit Mühe unter Kontrolle halten.

Jetzt wollen die jungen Männer loslassen können …

… sich gehen lassen …

… Träumen …

oder

fliegen / abheben / ins All starten.

Aber die Vibes in dem komfortablen Wohnzimmer sind immer noch sehr angespannt. Die Bose-Anlage spielt Wild Horses von den Stones.

»Die Musik hält man nur mit Heroin aus, Alter«, seufzt Kolja, während er das sündhaft teure Wodka-Glas anhebt.

Kemal besitzt Stil, auch bei seinen Gläsern achtet er auf Qualität. Und er gönnt sich gerne feine Sachen in seinen eigenen vier Wänden, ohne dass er dabei protzig wird.

»Es muss nicht immer Gangster-Rap oder Techno sein«, entgegnet Kemal sehr langsam.

Er hat schließlich einiges aufzuholen. Den ganzen Trip stocknüchtern durchzustehen, ist für ihn nämlich schon eine Glanzleistung. Eigentlich ein Ding der Unmöglichkeit. In den heimischen vier Wänden hat er eine Line nach der anderen gezogen. Seine Augen sind bestenfalls auf Halbmast. Die Pupillen sind so klein, dass sie kaum noch zu erkennen sind. Und es kommt Kemal vor, als ob Wild Horses von den himmlischen Heerscharen gespielt würde.

»Mann, Alter, ich bin dicht und am Ende«, behauptet Kolja und hält sich damit präzise an die Vorgaben ihres Pakts. »Ich weiß nicht, was man an dem Zeug gut finden kann. Wenn du müde sein willst, geh ins Bett und schlafe, aber wozu Heroin nehmen? In diesem Zustand kann doch kein Mensch auf die Straße oder in den Club gehen wollen. Das kann ich mir beim besten Willen nicht vorstellen, nicht einmal im Traum.«

In seinem Herzen muss Kemal lächeln, denn sein Freund wird niemals die Vorzüge von Opiaten erkennen. Das widerspricht zutiefst seinem Naturell. Und wieder fragt er sich, was ihre Freundschaft so besonders macht – bei all den Gegensätzen. Er fragt sich, warum er für seinen Freund alles zu tun bereit wäre und umgekehrt. Und er ist sich nicht sicher, ob es hierfür eine vernünftige Begründung gibt. Vielleicht ist es das Merkmal ihrer Freundschaft, dass sie sich nicht rational erklären lässt. Was die Gefühle zwischen ihnen nur umso stärker werden lässt. Vielleicht basiert ihre Freundschaft ausschließlich auf Gefühlen. Und dieses Gefühl rettet ihn vor der ganz großen Einsamkeit, die im Grunde aller Menschen hockt. Stattdessen sagt er: »Dann denk mal an John Travolta in Pulp Fiction. Aber mal ehrlich, Kolja, zum Runterkommen findest du das Äitsch okay, oder?« Kolja wiegt den Kopf ganz sachte hin und her. »Okay. Aber Schlaftabletten würden es auch tun. Weißt du, ein paar Rohypnol.« Das nimmt Kemal jetzt bald persönlich. Sein geliebtes H mit Schlaftabletten geichzusetzen. Das geht gar nicht. Auch wenn Fluffis in der Scene äußerst beliebt sind. Aber nur, um vom Affen runter zu kommen oder wieder einmal eine Stunde schlafen zu können. Er überlegt, wie er Kolja die Vorzüge von Opiaten darlegen soll. Und er beschließt, in die Vollen zu gehen und Kolja seine tiefsten Überlegungen bezüglich Heroin darzulegen.

»Kolja, du musst endlich mal eins verstehen. Nur durch Heroin kommst du der Transzendenz nahe. Das gibt uns die Möglichkeit, am Göttlichen teil zu haben.«

»Deiner Trans … Trans … Trans …«

Kolja lacht, denn er kriegt das Wort nicht hin und was er rausbringt klingt für ihn nach Transen, aber die meint Kemal vermutlich nicht. Nach so vielen Stunden ohne Schlaf und so vielen Drogen ist es kein Wunder, dass er Probleme mit dem Fremdwort hat.

»Ich will sagen, jeder steht eben auf was anderes«, erklärt er Kemal. »Und wie unser Ex-Wowi sagt: Das ist auch gut so.«

Kemal lacht und beschließt, es für heute auf sich beruhen zu lassen, denn ernste Gespräche widersprechen dem Geist ihrer Vereinbarung für den heutigen Abend. Und so denkt er, weise gesprochen von unserem ehemaligen Stadtoberhaupt, auch wenn er den Edel-Sozialisten nicht gerne mag, und er belässt es dabei. Erneut beugt sich Kemal gemächlich nach vorne und zieht eine Line. Langsam und genüsslich.

Er will die letzten Tage vergessen und sich in einen künstlich herbeigeführten Zustand versetzen, in dem es

… keinen Arafat …

… keine entführte Dischle …

… keine Kinderprostituierten …

gibt.

Die Anspannung ist aber da, das Gedankenkino lässt sich nicht einfach per Knopfdruck abstellen. Und er spürt die Angst, dass Dischle etwas passiert.

Also …

… das funktioniert nicht wie geplant …

… nicht heute …

… nicht mit der History.

Obwohl Kemal sein Bestes gibt, wollen sich der Rausch und die große Leere nicht einstellen.

Die Substanzen vermögen heute nicht

… seinen Körper …

… seine Seele …

… seinen Geist …

zu berühren, da er sich

… zu sehr in Unruhe …

… im Ungleichgewicht …
… aus der Balance gebracht …
fühlt.

Strenggenommen ist es eine Bankrott-Erklärung, aber ihr Pakt wird zum ersten Mal nicht gelingen. Die Anlage spielt immer noch die Stones. Brown Sugar, klar.

»Ich gebe zu, Meth ist der Hammer und H ein Scheiß-Zeug. Ich kann einfach nicht runterkommen«, bestätigt Kolja Kemals Gefühl und gibt damit zu verstehen, dass auch er innerlich nicht zur Ruhe kommen kann.

Das aus Koljas Mund zu hören, ist konsternierend.

»Dann leg mal nach«, sagt Kemal und weiß gar nicht wieso, denn das ist es gar nicht, was er sagen wollte. »Das hilft in der Regel. Hat es zumindest bisher immer.«

Kolja seufzt, als ob er eine mit Fäkalien übergelaufene Toilette pümpeln müsste. Er beugt sich gerade so weit nach vorne, dass sein Kopf über dem Glastisch ist und zieht eine kleine Line. Dann trinkt er einen Schluck Wodka und lehnt sich zurück.

»Ich kann es einfach nicht ertragen«, fängt Kolja zu erklären an, während das bittere H ihm brennend den Rachen hinunterläuft, »wenn mich jemand zu etwas zwingt. Sozusagen in den Arsch fickt.«

Trotz H und Wodka – Kolja steht kurz davor zu
platzen / detonieren / explodieren.
Gleich gibt es eine Havarie im Kernkraftwerk.

»Und ich hasse es, dass Arafat das Leben meiner Schwester aufs Spiel setzt, um seine Interessen durchzusetzen. Ich würde ihn gerne persönlich enthaupten und mit seinem Kopf Fußballspielen.«

Es ist so, als ob Kemal neben sich stünde und sich selbst zuhörte, und was er hört, erschreckt ihn. Denn das ist nicht er, und so was würde er im Normalzustand nie sagen.

Kolja und Kemal tauschen einen vielsagenden Blick aus … Bruder, ich weiß, wie du im Herzen fühlst!

»Nein, das geht gar nicht«, stimmt Kolja zu. »Und was der kranke Wichser von Vaclaf in Prag abgezogen hat, hat mich so sehr an Alexandras Schicksal erinnert. Mann, das war auch nichts anderes als das, was damals bei ihr gelaufen ist. Das trifft das Innerste meiner Seele …«

Kolja fällt es schwer, eine Träne zurückzuhalten. Seine stahlblauen Augen werden wässrig und er wischt sich mit dem T-Shirt-Ärmel über das Gesicht, um die verräterischen Spuren zu beseitigen.

Es ist nicht zu übersehen, er ist

fertig / aus / am Ende.

So viele Gefühle hat er schon seit Jahren nicht mehr zugelassen. Und ihn beschleicht das Gefühl, dass er aus dieser Geschichte als ein anderer Mensch herausgehen wird. Kemal kriegt deutlich mit, dass sein Freund schlecht drauf ist, kann aber seine Worte nicht stoppen, denn erneut ist ihm, als ob ein Fremder spräche.

»Und denk an die armen Kinder, Ko. Was die hinter sich haben. Was die in ihrem jungen Alter schon erlebt haben. Und wir transportieren sie weiter in ihre unglückliche Zukunft. Das kann ich moralisch nicht verantworten. Mann, das kriege ich einfach nicht hin!«

Schnitt / … Pause … / Stille.

Jetzt hängt jeder seinen eigenen Gedanken nach. Kolja setzt sich zurück und legt die Füße wieder hoch.

Eigentlich ist

Chillen hoch achtzig / High-Flying-Bird / Space-Time

angesagt.

Aber es gelingt beiden nicht, ihre Bilder im Kopf los zu werden. Trotz aller Anstrengungen, die sie unternehmen.

94

Kolja mag Sido nicht, denn Sido ist für ihn ein kleiner, beschissener Emo-Rapper. Und für Emo-Rapper gibt's – das ist klar – ein paar aufs Maul. Kemal sieht das anders.

Nicht dass er Sido für den größten Künstler

… des Planeten …

… von Deutschland …

… von Berlin …
hält.

Aber er mag die Art von Lyrics. Wie bei Sidos Bilder im Kopf. Große Klasse. Er steht auf die Art, die Themen spielerisch zu behandeln. Auf mehreren Ebenen so zu sagen. Okay, so etwas gibt es bei Gangster-Rappern auch. Aber eben weniger intelligent, findet Kemal. Und Kolja findet das – richtig – zum Kotzen.

95

Und obwohl Kolja Sido nicht mag, hat auch er an diesem Abend seine eigenen Bilder im Kopf

konserviert / archiviert / paraphiert.

Also, wenn er es genau überlegt, findet Kolja diese Lyrics gar nicht so schlecht. Denn sie beschreiben perfekt seine Befindlichkeit.

96

Kolja versinkt in einen traumartigen Zustand. Obwohl er beim Tod seiner Schwester nicht dabei war, weil er in einem der schlimmsten Knäste Russlands einsaß, sieht er Alexandra vor seinem inneren Auge leibhaftig vor sich, in der kleinen Wohnung in Moskau. Es existiert ein Foto aus dieser Zeit, das sich ihm bis in die Tiefe seiner Seele eingebrannt hat und präsenter ist als die Erinnerung an Alexandra, wie er sie aus eigener Erfahrung kennt. Er sieht die winzige Küche, in der sich schmutziges Geschirr bis unter die Decke stapelt. Alexandra hat den Oberarm abgebunden und sitzt auf einem einfachen Holzstuhl und wartet. Trotz der schrecklichen Bilder fühlt sich Kolja ruhig. Es ist ihm warm, angenehm warm. Ein beinahe pränataler Zustand. Über seinem Kopf hat sich jetzt doch eine Schutzglocke aufgebaut, die gerade durch nichts durchbrochen werden kann, auch wenn die innere Unruhe, die Kolja sonst immer durchflutet, noch latent da ist. Sein Körper entspannt sich immer mehr, bis in seiner Vision Wladimir auftaucht. Die imaginierte Erinnerung flimmert wie ein HD-Film-Format durch seinen Sinn, sodass das Ganze beängstigend real ist. Wladimir trägt ein zerschlissenes Unterhemd und eine Boxer-Shorts. Wladimir hat zwei Pumpen in der Hand. Beide Spritzen sind gut mit Krok gefüllt. Es ist alles fertig zur Injektion.

Kolja werden die inneren Bilder zu heftig und er zwingt sich, die Bilder an Kemals Wänden zu betrachten:

Dali / Matisse / van Gogh.

Das weiß Kolja, weil Kemal es ihm erzählt hat. Es handelt sich um ansprechende Kopien. Die Namen der anderen Maler hat er vergessen. Die Sammlung stellt in jedem Fall eine seltsame Mischung dar, aber sie ist interessant. Dann hängen noch große Fotografien an den Wänden. Vom Souk in Essaouira. Istanbul natürlich. Aber auch New York. Mumbai. Keine persönlichen Fotos von Kemal, seiner Familie oder seinem Freund, also ihm. Und dann versinkt Kolja, obwohl er das gar nicht möchte, wieder in einen traumartigen Zustand. Die Vision holt ihn ein, er schließt die Augen und er sieht, wie Wladimir an den Küchentisch herantritt und Alexandras Kopf unsanft in die freie Hand nimmt. Er zieht sie an den Haaren nach oben und küsst sie. Es ist widerlich, mit Zunge.

Alexandras Augen sind

stumpf / leblos / tot.

In ihr ist kein Leben mehr. Sie ist apathisch, und eine Puppe strahlt mehr Willenskraft aus. Wladimir wedelt wie ein Kindergartenkind mit den Spritzen vor ihrer Nase herum à la Sieh mal, ich hab den tollsten Lastwagen in der Bauecke. Es zeichnet sich so etwas wie ein winziges Lächeln auf Alexandras Gesicht ab, und dann bemerkt Kolja, dass er die Musik nicht mehr kennt. Auf jeden Fall keine Rolling Stones mehr. Aber es ist irgendetwas, was sich wie Rock'n'Roll anhört. Mit sanfteren Gitarren-Rhythmen und geschmeidigeren Riffs. Eine sonore Stimme singt.

Sie klingt wie von einem Alt-Hippie, der sein Leben lang

Gras geraucht hat / Gras geraucht hat / Gras geraucht hat.

Aber die Musik ist nicht unangenehm, wie Kolja auf einmal findet, und er kann sich nicht erklären, warum die Musik, die er sonst so verabscheut, auf einmal ganz gut klingt. Es ist, als ob seine Seele jetzt anders justiert ist als sonst und er für Dinge empfänglich ist, die er sonst ablehnt. Doch dann ist er wieder in seinem Traum gefangen, und Wladimir beugt sich zu Alexandra herunter. Er führt ihr liebevoll die Nadelspitze in die Vene ein und sucht Blickkontakt. Alexandra gibt ihm die Genugtuung und erwidert den Blick, und er drückt den Inhalt der Spritze in Alexandra langsam hinein. Alexandra flüstert »Danke.«

»Für Drogen sagt man nicht Danke«, erwidert Wladimir, dieses kleine, schmierige Stück Scheiße.

Trotz reichlich Heroin in der Blutbahn wird Kolja unruhig. Ohne H würde er total austicken. Kolja kratzt sich ausgiebig am Bein. Dann am Hals. Langsam. In Slow Motion. In seinem Kopf brodelt es, trotz Wärme und Schutzschild. Er würde am liebsten in seinem Traum Wladimir an die Gurgel springen, aber die Traumgebilde sind für ihn nicht steuerbar. Hilflos muss er zusehen, wie Alexandras ausgemergelter Körper zusammensackt. Ihre Lebensenergie ist verbraucht.

Schnapp, schnapp, schnapp, das Krokodil hat wieder zugeschlagen und alles aufgefressen

Organe / Willen / Kraft.

Alexandra liegt auf dem Küchenboden. Ihr hübsches Gesicht ist weiß wie eine Wand. Auf dem Gesicht trägt sie ein diabolisches Lächeln. Sie sieht besser aus als die meisten Krok-Süchtigen. Manchen fault das Fleisch vom Knochen weg und sie laufen rum wie ein Skelett.

Das Krokodil hat sie dennoch

gefressen / erledigt / ausgekotzt.

Wladimir sieht zu, wie sie elendiglich verreckt und zuckt mit den Schultern. »Selbst schuld, die Schlampe«, dann setzt er sich in aller Ruhe den eigenen Schuss. Dann geht Wladimir wie ein alter Mann aus der Küche. Alexandra liegt am Boden, ihr Körper zuckt, sie schäumt aus dem Mund und ihr Gesicht verwandelt sich in das von Nicola aus Prag.

97

Während sein russischer Freund den Tod seiner Schwester durchlebt, ist auch Kemal in seinem eigenen Film gefangen. Er atmet ganz gleichmäßig und ist völlig bei sich.

Er liebt diesen Zustand
… der inneren Ausgeglichenheit …
… der Ruhe …
… des In-sich-selbst-Seins.

Trotz Musik spürt er plötzlich eine Stille, die auf ihn eindringt. Die Wärme versetzt ihn in ein Equilibrium, das er sonst selten erreicht, aber nach dem er strebt. Es ist nicht das Absolute und Ganze, dessen ist er sich durchaus bewusst, aber es ist nahe dran. So nahe, wie man diesem Zustand nur kommen kann. Kemal weiß, dass der damit verbundene Preis in die reale Welt zurückzukommen, hoch ist. Denn nichts ist absolut und ganz – nicht auf dieser Welt. Nicht im Hier, nicht im Jetzt. Wenn man aber um die Diskrepanz der beiden Welten weiß, ist der Schmerz des Zurückkommens nicht ganz so hoch. Im Prinzip ist es dann einfach. Es gibt diese und es gibt jene Welt. Und beide Welten sind integraler Bestandteil meines Daseins. Und mein Dasein ist gut so, wie es ist. Mit oder ohne weißem Heroin. Drogen sind für Kemal im besten Falle psychologische Mittel, um das Gleichgewicht der Seele wieder herzustellen. Aber heute schleichen sich in Kemals innere Balance immer mehr Störsignale ein. Kemal kommt nämlich trotz seiner starken Sedierung nicht klar mit dem, was er in den letzten Tagen erlebt hat. Der Road-Trip ist ihm sprichwörtlich an die Nieren gegangen und hängt ihm jetzt böse nach.

Denn das kriegt er nicht hin …
… nicht vor sich selber …
… nicht vor anderen Menschen …
… nicht vor Gott …

nicht vor irgendetwas, was jenseits unserer Wahrnehmung liegt und wie immer man es nennen möchte.

Kemal erinnert sich an die moralischen Tugenden und die Laster, wie sie in der Lehre des Islams vertreten werden. Dass ihm die Lehre viel bedeutet hat. Alles sozusagen. Und dass er für die Lehre Menschen getötet hat. Nämlich diejenigen, die er für schlecht hielt, die Ungläubigen. Menschen, denen er unterstellte, hehre moralische und ethische Werte mit Füßen zu treten. Kemal denkt an die armen Kinder in ihrem LKW. Und was mit ihnen wohl passiert, nachdem sie diese bei Arafat abgeladen haben. Er fragt sich, was sie alles tun müssen, um am Leben bleiben zu dürfen. Welche Monster-Dildos sie sich in welche ihrer kleinen Öffnungen schieben lassen müssen … welche Körperstellen sie ihren Kunden wohl lecken müssen … und was sie sonst noch über sich ergehen lassen müssen, damit sie am Leben bleiben.

Trotz …

… Heroin …

…Wärme …

… Sicherheit …

… Schutzschild …

ist Kemal übel.

Speiübel. Es ist einfach so, dass Kemal niemand ist, der etwas auf die leichte Schulter nimmt. Kemal ist zart besaitet. Und er glaubt an das Gute und an die Gerechtigkeit. Auch wenn er weiß, dass die Welt an sich so nicht ist und nie war. Dass Kemal sich nicht im Rausch des Heroins völlig fallen lassen kann, hängt in erster Linie mit Dischle zusammen. Kemal ist für Dischles Wohlergehen verantwortlich. Er ist der Mann im Hause. Und er trägt die Verantwortung. Seine Mutter Ayshe hat einen Riecher dafür, wenn etwas nicht stimmt. Und dass Ayshe ihm jetzt so sehr zusetzt, das macht ihn zusätzlich fertig. Das ist keine Situation, aus der es ein leichtes Entrinnen gibt. An der Welt an sich kann Kemal nichts ändern. Das ist ihm klar. Auch das Verhalten anderer kann er nicht steuern. Diese Binsenweisheit hat er aus dem Bhuddismus. Also liegt die Schlussfolgerung nahe, dass er Arafat ändern kann. Der Ansatzpunkt, der Kemal bleibt, ist sein eigenes Verhalten. Und mit seinem eigenen Handeln kann er die Welt ändern. Er kann Menschen verändern. Was vielleicht wiederum die

Welt verändert. Das alles legt nur den logischen Schluss nahe legt, dass …

98

Kolja schaut sofort, nachdem er aus dem Byturka entlassen worden war, bei Roman vorbei. Roman ist gut sechs Monate vor Kolja entlassen worden. Er und Kolja haben eine Männerfreundschaft im Knast entwickelt. Also natürlich nicht so, wie ihr euch das jetzt vermutlich vorstellt a) Damit ist weder was Anzügliches gemeint, wie zum Beispiel, Roman fummelt Kolja unter der Dusche an seiner Wurst rum, noch b) eine falsche Männerfreundschaft, im Sinne von, Ich schmiere dir Honig um den Bart, um dich bei der nächsten Gelegenheit brutal über den Tisch zu ziehen, du dummes Arschloch. Natürlich gibt es a) und b) im Bau zuhauf. Viel häufiger als einem lieb sein kann. Weshalb der Knast in der Regel so beliebt ist, dass sich jeder, der einmal drin war, schwört, nie wieder einzufahren, komme da, was wolle. Was selten was nützt, denn die meisten sind schneller wieder drin, als der Staatsanwalt die Anklageschrift vom letzten Mal in seine Akten einsortieren lassen kann. Aber es gibt auch positive Aspekte im Gefängnis. Nicht alles ist schlecht. Ganz ehrlich.

Die meisten Männerfreundschaften im Knast verlaufen nach dem folgenden Schema:

- Wo kommst du her? Aha, kenn ich. Das gibt's ein Restaurant, in dem ich mal gewesen bin oder ein Mädchen, das ich mal gekannt habe.

- Warum sitzt du ein? Oh, wow. Also mich haben sie wegen X dran gekriegt. Möchtest du meine Haftpapiere sehen?

- Der Hurensohn von Staatsanwalt wollte mir doch tatsächlich noch Y anhängen und der Drecksack von Verteidiger war die ganze Zeit besoffen.

- Zum Glück haben sie den ganzen Rest nicht rausgekriegt, sonst würde ich hier nie wieder rauskommen.

- Ich habe noch einiges versteckt. Niemand, aber auch wirklich niemand weiß davon. Du musst schwören, dass du das für dich behältst. Das ist meine goldene Reserve für später. Damit kann ich mich zur Ruhe setzen.

- In den Knast gehe ich nie wieder, das schwöre ich dir.

- Das nächste Mal erwischen sie mich nicht mehr, darauf kannst du einen lassen. Dafür bin ich viel zu clever. Ich habe schließlich was gelernt.

- Ich kann dir einen todsicheren Tipp geben, für deinen nächsten Coup.

- Wenn du wieder draußen bist und Matt oder sonst etwas brauchst, komm bei mir vorbei. Ich besorge dir alles.

- Wenn wir rauskommen, müssen wir mal die Reeperbahn unsicher machen. Die kennen mich sowieso alle …

Die Freundschaft von Kolja und Roman verlief in etwa nach diesem Muster, wobei die Betonung in diesem Fall auf dem letztgenannten Punkt liegt. Als Kolja also raus kommt, macht er sich schnurstracks auf den Weg zu Roman. So wie er das im Bau versprochen hatte. Und als Kolja klingelt, hat er Glück, dass Roman zu Hause ist.

Es gibt

Umarmung / Brüderküsse / Schulterklopfen.

»Hey, Alter! Kolja, gut dich zu sehen.«

In der Küche gibt es Wodka. Aus Wassergläsern. Als Kolja zwei davon getrunken hat, will Roman wissen: »Du willst doch jetzt bestimmt eine Frau? Sonst brauchst du für deine Eier noch eine Schubkarre.« Als Kolja den Kopf schüttelt, ist Roman fassungslos. Das widerspricht so ziemlich seiner gesammelten Lebenserfahrung und dem, wie er Kolja einschätzt. Denn er ist oft eingefahren und ebenso oft wieder rausgekommen. Und jedes Mal, wenn er raus kommt, trinkt er zuerst ein paar Glas Wodka und legt dann eine Alte flach. Bis sie nicht mehr kann.

»Fehlt dir was? Haben sie dir im Knast was angetan?«

Kolja schüttelt den Kopf.

»Ich brauche eine Pistole mit Schalldämpfer und ein Armeemesser.«

Jetzt ist für Roman die Welt beinahe wieder in Ordnung. Dass man den Typ, der einen in den Knast gebracht hat, sofort nach der Entlassung um die Ecke bringen möchte, ist gut verständlich. Auch wenn er vorher lieber fickt, damit er entspannter ist.

»Lass dich nicht erwischen und falls doch, schweigst du wie ein Grab«, befiehlt Roman, der an den Knast-Kodex der Mafia glaubt.

Der besagt: Wer auspackt, muss dran glauben.

»Ich räche meine Schwester und dann verschwinde ich nach Europa«, erwidert Kolja, um Roman zu beruhigen.

»Deine Schwester ist tot?«, fragt Roman entsetzt.

Schneller als Kolja sich ein neues Glas Wodka einschenken und leer trinken kann, hat er die gewünschten Sachen auf dem Tisch liegen.

»Ich schicke dir das Geld«, verspricht Kolja Roman.

Roman steht auf, umarmt ihn und meint: »Versprich mir, dass du deine Schwester rächst. Die Kohle kannst du mir schicken, wann immer du kannst.« Kolja macht sich auf die Suche nach Wladimir, diesem elendigen Schwein. Kolja weiß, in welchem Viertel sich die Ratte aufhält. Und er vermutet, dass er immer noch in der Wohnung haust, in dem seine Schwester ihren unrühmlichen Tod gefunden hat. Kolja ist traurig und wütend zugleich, aber die Wut überwiegt. Er ist wie ein Vulkan, der kurz vor der Eruption steht. Und wenn er die Wut nicht bald auslebt, droht sie ihn aufzufressen. Sie ist sein inneres Gefängnis, aus dem es kein Entrinnen gibt. Seine Seele hängt wie eine alte Tür schief in den Angeln. Und Kolja weiß, dass das Einzige, das dagegen hilft, Taten sind. Er muss Taten sprechen lassen, dann geht es ihm vielleicht wieder besser.

Kolja hat sich von Roman
eine Sonnenbrille / ein Halstuch / einen Hoody
besorgt.

Zur Tarnung. Derart vermummt verschafft er sich Zutritt zum gigantischen Wohnblock, indem er über alle fünfzig Klingelknöpfe mit seinem Arm streicht. Es handelt sich um sozialistischen Wohnungsbau in Reinkultur. Die grauen Betonwände strahlen im Treppenhaus eine Kälte aus, die dem sibirischen Winter entspricht. In den Fluren vermischen sich unzählige Düfte. Der Geruch von gekochtem Kohl ist dominant. Der Aufzug ist mit Graffiti besprüht. Außerdem riecht es nach Urin. Die alte Kiste rumpelt und pumpelt wie ein schwerer Asthmatiker, als sie nach oben fährt. Im dreizehnten Stock gibt es einen Schlauch, der kalt und unpersönlich ist. Graffiti ziert die Wände. Einige Lampen sind kaputt. Das Licht ist gedimmt. Kolja sucht die Nummer 13/13. Er klopft kräftig. Nichts rührt sich.

»Aufmachen, Miliz.«

Dann hört er Geräusche in der Wohnung. Ein Mann flucht. Er kann nicht deutlich sprechen und stammelt.

»Habt ihr Bastarde immer noch nicht genug? Ich habe euch diesen Monat schon bezahlt.«

Die Tür geht einen Spalt weit auf. »Oh!« Wladimir versucht schnell, die Tür zuzuschmeißen.

Aber Kolja ist darauf vorbereitet, zielt und

Plopp / Plopp / Plopp.

Der Schalldämpfer schluckt die Schussgeräusche. Es hört sich an, als ob drei Luftballons zerplatzen würden. Die Plastiktüte, die Kolja um die Pistole gewickelt hat, fängt die ausgeworfenen Patronen auf. Wladimir sinkt auf den Boden, mit drei Kopftreffern. »Hey?« Kolja hört Stimmen aus der Wohnung. Er versucht die Tür zu öffnen und möchte Wladimir am liebsten den Schwanz abschneiden und in den Mund stecken. Aber die Tür-Ketten sind stark. Welcher Freak lässt sich schon drei Tür-Ketten einbauen? Kolja wirft sich gegen die Tür. Heftig. Vergeblich. Noch einmal, mit ganzer Wucht. Nichts zu machen.

»Hey, was ist da los?«

Er hört, wie sich jemand in der Wohnung in Bewegung setzt und muss jetzt in Sekundenschnelle abwägen. Entweder seine Schwester so zu rächen, wie er es sich jeden Tag im Knast ausgemalt hat und dabei Gefahr laufen, weitere Menschen zu töten oder den Abgang machen. Kolja weiß, was Alexandra wohl gewollt hätte.

Also zielt er auf den am Boden liegenden Wladimir und

Plopp / Plopp / Plopp.

Drei Volltreffer im Genitalbereich. Wladimir liegt im Unterhemd auf dem Fußboden. Sein Gesicht ist nicht mehr existent. Um seinen

Kopf herum hat sich eine große Blutlache gebildet. Gehirnmasse tritt an zwei Stellen aus.

»Du miese Ratte!«, zischt Kolja, bevor er den Abgang macht und atmet tief durch.

Nach Deutschland. Er fühlt sich befreit. Es geht ihm besser. Manchmal bleibt einem eben im Leben nichts anderes übrig als …

99

… zu töten. Findet auch Kemal. Als er hinter einem Felsvorsprung sitzt und die Wüstenstraße fest im Blick hat. Die Hitze flimmert unerbittlich über der Schotter-Piste. Es ist unerträglich heiß.

»Denke immer daran. Die Ungläubigen haben den Propheten und Allah verunglimpft«, schärft ihm Omar, der Bärtige aus Marokko, gebetsmühlenartig ein. »Sie verdienen es nicht zu leben, diese Hunde.«

Das ist die Feuerprobe für Kemal …

… ob er es bringt …

… ob er Mann genug ist …

… oder die Flatter kriegt und demnächst das Hammelfleisch in der Kantine kleinschneidet und Zwiebeln schält.

»Die Hurensöhne haben unsere Kinder getötet, unsere Frauen geschändet und unsere Ernten zerstört.«

Kemal ist kein schlechter Mensch, aber er hat kein Problem damit den Knopf zu drücken. Denn er hat sich diesen Akt überlegt und plausibilisiert. Und er hat lange mit sich gerungen, um dann eine Entscheidung zu treffen.

Den Knopf drücken bedeutet, dass eine Sprengladung, die am Rand der Straße platziert ist, detoniert, um die …

… Unterdrücker …

… Weltpolizei …

… verfluchten Scheiß-Imperialisten …

in die Luft zu jagen.

Und die Gegenseite hat mehr Blut an ihren Händen, glaubt Kemal. Und er denkt, dass er etwas Gutes tut, wenn er die Menschheit von dieser Geißel befreit. Also ist es eine gute Tat, den Knopf zu drücken. Als Kemal die Staubwolke am Himmel sieht und weiß, dass sie jetzt definitiv kommen und alles nicht mehr aufzuhalten ist, wird ihm ein wenig anders zumute, und er wünscht sich weit weg. Denn das sind nicht nur Fahrzeuge einer fremden Militärmacht, die sich rechtswidrig ein Land nach dem anderen zu Untertan macht, sondern da sitzen auch leibhaftige Menschen drin. Menschen wie du und ich.

Das sind Soldaten, die ausgebildet wurden, um zu …

… unterwerfen …

… beherrschen …

… töten …

aber es sind eben auch – Menschen.

Kemals Kehle schnürt sich zu, er ringt nach Atem, die Sicht verschwimmt. Er presst die Lippen feste zusammen und sein bleiches Gesicht wird rot.

Denn das sind Menschen mit …

… Frauen …

… Kindern …

… Familien.

Und die US-Army ist für viele dieser Menschen die einzige Möglichkeit, um aus ihrer Armut auszubrechen und sich das aufzubauen, was man unter einer bürgerlichen Existenz versteht. Kemal hat sich mit dem Erzfeind beschäftigt und gelesen, dass große Teile der US-Army …

… aus den unteren Schichten …

… dem Proletariat …

… Trailer-Gesocks …

rekrutiert wird.

Aber er hat dem entgegengehalten, diese Menschen – das amerikanische Prekariat – versuchen auf Kosten anderer es zu etwas zu bringen, indem sie …

… besetzen …

… rauben …

… plündern …

so wie die USA überhaupt ihren Reichtum auf Kosten anderer produzieren, früher auf dem Rücken der Afro-Amerikaner und heute zu Lasten anderer Nationen.

Und die Amis versuchen, so hat sich Kemal seine Weltanschauung weiter zurecht gerückt, der Welt ihren kulturellen Hegemonial-Stempel auf zu drücken, um …

… kulturelle …

… individuelle …

… nationale …

Identitäten zu eliminieren und alles gleich zu machen und alles der Verwertbarkeit des Kapitals unterzuordnen.

Also schluckt Kemal den Kloß im Hals und seine Angst herunter und fokussiert den roten Knopf auf der Fernbedienung. Dann folgt der betont kühle Blick auf die Wüstenstraße. Das erste Fahrzeug des Konvois hat die Sprengladung bereits passiert. Omar betet unablässig leise vor sich hin, »Allahu akbar …«, was Kemal jetzt ehrlich gesagt nichts hilft, denn schließlich ist er es und nicht Allah, der den Knopf drücken wird und der einige Tote vor seinem eigenen Gewissen verantworten muss. Der Konvoi hat gleich die Zielposition erreicht und Kemal hat jetzt gehörig den Flattermann und zittert ein wenig. Es wird eng in seiner Brust und fällt ihm schwer zu atmen.

»Jetzt, Bruder!«, ermahnt ihn Omars strenge Stimme.

Und Kemal tut es. Er drückt den Knopf und zittert dabei vor Angst. Er befürchtet, dass sein Herz stehen bleibt und tatsächlich ist es ihm, als ob der Herzschlag aussetzt.

Es folgen …

… eine ohrenbetäubende Explosion …

… ein orangefarbener Feuerball …

…zwei LKWs, die durch die Luft fliegen …

und dann fallen Schüsse aus schweren Maschinengewehren.

Zudem werden Raketenwerfer auf die intakten Fahrzeuge des Konvois abgeschossen. Omar klopft Kemal auf den Rücken.

»Der Prophet sei mit dir!«

Manchmal muss man eben töten, damit Gott mit einem ist und damit man ein guter Mensch ist …

100

... zum Beispiel dann, wenn Krieg ist. Ein Blick in die Geschichte überzeugt einen schnell von dieser Einsicht. Man denke an die Kreuzzüge und den Dreißigjährigen Krieg. Das Seelenheil der Menschen hängt daran, dass sie ihre Glaubensbrüder oder die Heiden ins Jenseits befördern.

Und jetzt ... hat Arafat ihnen den Krieg erklärt. Ich, Arafat, erkläre KOKE den Krieg.

Die Jungs landen aus ihren

... Flashbacks ...

... Erinnerungen ...

... Versenkungen ...

wieder

im Hier / im Jetzt / in Kemals Wohnzimmer.

»Schenkst du nach?«, fragt Kolja, der, objektiv gesehen, inzwischen ziemlich relaxed auf Kemals weißem Sofa chillt und eine Schlafhaltung eingenommen hat.

Auch Kemal ist alles andere als fit. Aber er kriegt es hin, schenkt beide Wodka-Gläser randvoll, reicht Kolja eins und stößt mit ihm an.

»Prost, Ko!«

Die Gläser klirren.

»Hau weg das Zeug!«, murmelt der Russe.

Jetzt kauert sich Kemal auf dem riesigen Sofa zusammen wie ein Embryo.

»Wir müssen Arafat erledigen«, sagt er dann mit ziemlich schwerer Zunge. »Wir dürfen kein Erbarmen zeigen.«

Diese Worte aus dem Mund seines Freundes zu hören ist für Kolja nicht selbstverständlich. Denn Kemal ist sonst immer für Frieden und Ausgleich. Und Kolja ist sich seinerseits im Moment gar nicht sicher, ob er den Krieg möchte, von dem sein türkischer Freund spricht. Und das findet er höchst seltsam. Er schiebt es auf das Heroin, weiß aber, dass diese Erklärung zu einfach ist. Und er hofft, dass er durch diese Geschichte nicht zu einem anderen Menschen wird, denn der Gedanke an Veränderung schmeckt ihm nicht. Es macht ihm Angst, dass etwas nicht mehr so sein könnte, wie es einmal war. Denn so wie es jetzt ist, könnte es eigentlich für immer bleiben.

Trotz aller Begehrlichkeiten nach
größeren Autos / mehr Profit / teuren Datschen.

Also staucht sich Kolja innerlich – so gut er das noch hinkriegt – ein wenig zu Recht und sagt »Genau. Dieses Schwein ist zu weit gegangen. Wir müssen ihn ein für allemal aus dem Weg räumen.« Erschrocken stellt Kolja fest, dass es sich nicht richtig anhört, was er sagt und wie er dies sagt. Und er hofft, dass Kemal das entgeht. Aber Kemal harkt schon wieder zwei kleine Lines. Es kommt Kolja so vor, als ob sie die Rollen vertauschen würden.

»Oh Mann, der Scheiß bringt mich noch um«, stöhnt Kolja und beißt sich auf die Zunge, denn er versteht nicht, was los ist. »Wie man so darauf stehen kann wie du.«

Kemal lacht und retourniert: »Sagst ausgerechnet du, mit knapp fünfhundert Speed-Pillen in drei Tagen. Außerdem macht H auch wieder fit ab einem bestimmten Level – zumindest glaube ich das.« Kolja winkt ab, denn das kann er sich beim besten Willen nicht vorstellen – saudummes Lettengeschwätz. Ihm kommt es so vor, als ob 100 Kilogramm schwere Sandsäcke an seinen Augenlidern hängen würden.

»Wir müssen Dischle aus Arafats Händen befreien«, fährt Kemal fort, als er seine Staub-Piste auf dem Glastisch beseitigt hat und hält Kolja das Röhrchen hin.

Kolja stöhnt, als ob Kemal ihn aufgefordert hätte, Scheiße zu fressen, bringt sich unter Stöhnen in eine sitzende Position und murmelt von wegen immer Krieg.

»Wenn wir Arafat beseitigen, wird die Welt eine bessere«, meint Kemal, als er sich zurücklehnt und bemerkt gar nicht, dass er einen ähnlichen Gedanken schon als Mudschaheddin gehegt und ihn später als falsch befunden hat.

Kolja prustet wie ein Elefant – wegen einer eleganten Mini-Line. Dabei haut er, ohne mit der Wimper zu zucken, Koks-Lines weg, die deutlich breiter sind als die neue achtspurige Pekinger Autobahn.

»Ich denke«, meint Kolja, als er sich bequem zurückgelehnt hat, »eher an eine Art Geschäftsübernahme.«

Es folgt eine dem Heroin geschuldete Pause, denn der Stoff legt die meisten Synapsen auf Eis.

»Wir übernehmen seinen Laden und stellen ihn ein«, führt Kolja seine Überlegungen dann zu Ende.

Kemal seufzt.

Wenn Kolja doch nur nicht immer nur an …

… Kohle …

… Materielles …

… Gewinn …

denken würde.

Und die Paradoxie daran ist jetzt, dass er das jetzt auf dem Zeug tut, das einem eigentlich hilft, Abstand von allem Materiellen zu nehmen, zumindest solange man genügend Stoff vorrätig hat.

»Wir lagern natürlich die Geschäftsbereiche von Arafat aus, die wir mit unserem Gewissen nicht vereinbaren können«, fügt Kolja hinzu und seine Stimme klingt merkwürdig leise und sanft.

So einfach ist das im Turbokapitalismus à la Kolja: Outsourcen und Abgeben, damit der Rubel rollt und das Gewissen schön rein bleibt.

101

Also veranstalten die beiden Freunde eine Art Brain-Storming. Wie sie Dischle befreien und Arafat ruhig stellen können. Ich stelle mir das in etwa so vor, fängt Kolja an, während er sich aufrappelt und vornimmt, jetzt ganz der Alte zu sein und sich keinem sentimentalen Quatsch hinzugeben. Und er richtet seine Augen an die Decke und schiebt ein paar moderate Optics, während er erzählt. Kolja kennt da eine Kneipe in Berlin, in der widerliche Neonazis verkehren.

Diese Typen sind wirklich
das Letzte / der Abschaum / Dreck
und sie sind ja so was von ihrer Sache überzeugt.

Und er, Kolja, könnte als russischer Nazi (die blonden Haare, die blauen Augen und die Statur hat er ja) sogar gut bei ihnen um einen Kameradschaftsdienst bitten, den sie ihm auf jeden Fall erfüllen würden. Dafür müsste er ihnen nur erzählen, was für einer Arafat denn ist.

Das heißt, er erzählt ihnen, dass Arafat ein
Zigeuner / Drogendealer / Kinderficker
ist.

Mit Nachdenken wird Kolja klar, dass das nicht ausreicht, um die Neonazis auf seine Seite zu ziehen.

Also wird er für die Nazis erfinden, dass Arafat
deutsche / blonde / arische
Frauen
missbraucht / vergewaltigt / anschaffen schickt
und kleine deutsche Jungs mit strohblonden Haaren und wässrig blauen Augen stundenlang in den Arsch fickt, bis die arisch-reine und nicht mehr ganz so stramme Rosette aussieht wie ein Bombenkrater nach einer Atombombenexplosion.

»Stell dir nur vor, Ke, wie die abgehen und was die mit Arafat anstellen. Das will man gar nicht so genau wissen.«

Eigentlich findet Kemal die Idee nicht schlecht. Er formuliert aber ein paar kritische Einwände. – Sind die Nazis überhaupt in der Lage, eine Aktion wie Arafats Eliminierung zu orchestrieren? – Handelt es sich bei den Typen nicht um ideologische Holzköpfe, die zu nicht viel mehr in der Lage sind, als den rechten Arm zu heben, HH zu proleten und sich die Birne mit Bier zuzunebeln? Aber Kolja ist von seiner Idee nach wie vor überzeugt und bringt das Argument ins Feld, dass damit keine konkrete Verantwortlichkeit bei KOKE liegen würde.

»Denk an den NSU«, versucht er Kemal zu überzeugen.

»Der NSU bildet die Ausnahme«, erwidert Kemal. »Und außerdem weißt du nie, wie viel Verfassungsschutz bei denen mitmischt. Das ist bekannt.«

Ups, jetzt hat Kemal das Argument, das er so verabscheut, selber verwendet, natürlich gegen eine Organisation, die er hasst, nämlich den NSU, und am liebsten würde er die Zschäpe in München besuchen, um sie unter vier Augen zu fragen, ob sie im Ernst an diese idiotische Rassentheorie und den anderen Schwachsinn glaubt. Kolja muss zugeben, dass an Kemals Einwänden was dran ist. Also lehnt er sich noch eine Spur entspannter zurück, lässt die Augenlider zurück auf Halbmast sinken und fordert Kemal auf: »Dann mach du einen Vorschlag, Einstein.« Was sich Kemal nicht zweimal sagen lässt. Also, seine Idee ist ganz einfach die, nach einem unzufriedenen Soldaten in Arafats Reihen Ausschau zu halten.

Diesen wirbt KOKE dann an …

… setzt ihn via Erpressung unter Druck …

… bezahlt ihn …

… stellt ihm Arafats Imperium in Aussicht.

Und schließlich arbeitet KOKE einen Plan aus, wie dieser unzufriedene Soldat Arafat um die Ecke bringt.

»Das kannst du vergessen«, unterbricht ihn Kolja. »Erstens sind die Zigeuner-Clans schwerer zu infiltrieren als die CIA. Und zweitens dauert die Aktion viel zu lange. Anwerben, Plan entwerfen, umsetzen. Bis dahin ist Dischle eine alte Frau – und sie wird keine Kinder kriegen, was zweifellos dir und Ayshe das Herz brechen wird.«

Okay, das mit dem Zeitfaktor sieht Kemal ein. Zum Glück hat Kolja eine weitere Idee. Er möchte Arafat an einem fingierten Herzinfarkt sterben lassen. Am besten beim Einreiten von Kinderprostituierten. Das würde am natürlichsten und unverdächtigsten aussehen und alle glücklich machen. Arafat befindet sich schließlich in einem für Männer nicht ungefährlichen Alter, was Herzkasper anbelangt. Und dann der ständige Umgang mit den blutjungen Dingern, das ist nicht Ohne für die Pumpe. Am besten wäre es, wenn KOKE die Aktion mit einem von Arafats Fohlen abstimmen und ihm zusätzlich noch eine Überdosis Digitalis verabreichen könnte, um sicher zu gehen. Der einzige Wehmutstropfen wäre dabei, findet Kolja, dass es für Arafat ein recht glücklicher Tod sei, aber man kann schließlich nicht alles haben. Was Kemal auf eine neue Idee bringt. Wie wäre es, wenn sie Arafat tödliches Matt zukommen ließen? Ihn mit ein, zwei, drei fingierten Deals in die Falle lockten, um ihn dann gnadenlos mit als Heroin getarntem Strychnin in die ewigen Jagdgründe zu schicken.

»Soweit ich weiß, nimmt Arafat kein Heroin. Oder selten. Er trinkt lieber Whisky.«

Der Einwand nimmt Kemal den Wind aus den Segeln.

»Scotch oder Bourbon?«

Auch das hilft nicht weiter.

»Bis seine Leber den Abgang macht, dauert es …«

Womit die Freunde wieder am Anfang wären. Keine ihrer Ideen scheint zu funktionieren. Es hilft aber nichts. Ein Plan muss her. Und zwar schnell.

102

In Kemals Wohnzimmer herrscht für ganz kurze Zeit …

… das Schweigen im Walde, und …

… die Stille dringt auf einmal …

… von allen Seiten auf die Jungs ein.

Die zündende Idee fällt nicht vom Himmel und erscheint den beiden Jungs als Offenbarung. Die Gehirne von KOKE sind leer. Tabula rasa. Alles ist dumpf und in Watte gepackt. Und dennoch ist es den beiden nicht möglich, frei zu sein im Kopf und sich ihrem Rausch hinzugeben. Deshalb tritt sich Kemal erneut in den Hintern und versucht noch einmal, die für Logik und Sprache einschlägigen Gehirnareale zu aktivieren.

»Komm schon, Alter«, versucht er sich selber anzuspornen, »dir fällt doch immer irgendetwas ein.«

Aber es herrscht innere Leere.

Kolja sitzt neben ihm
ruhig /sediert / sabbert beinahe aus dem Mund.

Das kommt selten vor – nie, um genau zu sein. Was können sie denn nur tun? Es sieht so aus, als ob Arafat sie endgültig an den Eiern gegriffen und in den Sack gesteckt hätte. Was aber nicht sein kann und nicht sein darf – da sind sich beide unausgesprochen einig.

Also: »Ich komme mir vor wie die Sowjets im Zweiten Weltkrieg. Arafat ist Hitler und wir sind die Guten.« Kemal weiß auch nicht, wie er auf dieses Geschwätz kommt. Kriegsgeschichten und militärische Vergleiche sind nicht sein Bier, erst recht nicht aus dem Zweiten Weltkrieg. Vielleicht kommt es ja aus dem Bedürfnis heraus, seinem Freund zu gefallen. Denn Kolja liebt Militärgeschichte und Geschichten über den Krieg. Insbesondere diejenigen über Russland und die Sowjetunion.

»Dann geht es uns jetzt zwar schlecht, aber es wird Arafat noch schlimmer ergehen«, fasst Kolja die Lehre aus der Geschichte prägnant zusammen.

Kolja ist auf den Zug gesprungen und lässt nicht locker.

»Nach Stalingrad haben wir eine Einkesselung der Deutschen nach der anderen hingekriegt. Die Deutschen wurden aufgerieben wie …«

Ihm fällt das passende Wort nicht ein.

»Wir beide können Arafat schwer einkesseln«, lautet Kemals ironischer Kommentar.

Kolja ist im Fahrwasser und lässt sich nicht irritieren.

»Kursk, die Sommer-Offensive in Belarus, dann die zweite Zerstörung der deutschen sechsten Armee in Rumänien, der Verlust der Ölfelder und und und …«

Kolja seufzt à la

Das waren Zeiten / Schade, dass ich nicht dabei war / **Ich** hätte den Deutschen noch mehr Feuer unterm Arsch gemacht.

Dann verfällt Kolja ins königliche Wir, denn wir haben die Wehrmacht in großen Zangen-Bewegungen

zerquetscht / ihr den Nachschub abgeschnitten / ihnen jegliche Fluchtmöglichkeit verbaut.

Mit den Armen versucht er zu demonstrieren, was er meint. Dabei sieht er wie ein hilfloses Riesenbaby aus, das nach seinem Schoppen greifen möchte, motorisch dazu aber nicht in der Lage ist.

»Hier gab es auch eine Zangen-Bewegung, oder?«, will Kemal wissen. »Also ein Angriff von zwei Seiten und …«

»Hier?«

Kolja kann seine Augen kaum noch offen halten.

»In Berlin.«

Der große Russe klatscht sich mit der flachen Hand auf die Stirn und seufzt, als ob er es schwer habe im Leben.

»Berlin. Klar. Berlin war eine riesige Einkesselung. Hier bestand der Hauptzweck darin, den westlichen Alliierten den Zugang nach Berlin zu verbauen, damit wir als Erste die deutsche Hauptstadt befreien. Churchill und Roosevelt haben geschäumt vor Wut und Väterchen Stalin hat sich vor Freude die Hände gerieben.«

Entgegen sonstiger Gepflogenheiten macht Kolja vor lauter Erschöpfung jetzt bei diesem Thema einen Punkt, denn normaler Weise würde er

erzählen / erzählen / erzählen.

Kemal hingegen brütet weiter dumpf vor sich hin und versucht abzuwägen, was er jetzt tun soll. Er kann 1) sich eine weitere Line reinpfeifen 2) Wodka tanken wie ein Schluckspecht 3) die Augen schließen und ein wenig schweben im guten alten Gehirn-Orbit beschützt vom Super-Raumschiff H. Aber er entscheidet nicht für 1), auch nicht für 2) oder 3).

Denn in seinem Kopf spukt es …

… Zangen-Bewegung …

… Einkesselung …

… Angriff von zwei Seiten.

Und plötzlich kommt sie ihm, die Erleuchtung, ganz einfach, als ob alles ein Kinderspiel wäre.

»Ich hab's.«

Kolja wendet ganz langsam den Kopf mit einem Gesichtsausdruck: Klar-Alter-du-hast-mal-wieder-die-Weltformel-entdeckt-aber-dieses-Mal-bin-ich-ein-wenig-skeptisch-sorry-aber-das-ist-gar-nicht-so-gemeint-wie-es-jetzt-vielleicht-klingt.

»Ich habe die Idee, funktioniert hundertprozentig«, orakelt Kemal.

»Das ist die Theorie, aber ob das in der Praxis funktioniert?«, lässt Kolja ihm gleich ein wenig die Luft raus.

»Das ist immer die Frage bei Theorie und Praxis«, kontert Kemal. »Siehe der Song von Freund Bushido.«

»Pass auf, was du sagst, Alter, Bushido ist nicht mein Freund, und wer das behauptet, ist auch nicht mehr lange mein Freund.«

Kemal kichert.

»Aber das hat er doch ganz gut hingekriegt. In einfachen, eindrücklichen Bildern zu erklären, wie sich Theorie und Praxis zueinander verhalten. Die Theorie möchte meist hoch hinaus, aber die praktische Umsetzung ist immer schwierig.«

Kolja ist ein wenig ratlos.

»Was bedeutet das für uns?«

»Ich versuche jetzt, dir die Theorie zu erklären. Aber wie du gehört hast, kann die Praxis ganz anders aussehen.«

103

Also beginnt Kemal damit, seinen Master-Plan zu erklären. Und erinnert Kolja an die Geschichte mit Dr. Weber. Ihrem Dr. Fritz Weber, den sie, wenn sie unter sich sind, den alten Fritz oder einfach nur Fritz nennen. Der ist Staatsanwalt, den KOKE vor zwei Jahren anzuwerben versucht hat, aber grandios gescheitert ist. Denn Fritz ist ein preußisch-protestantischer Pietist, wie er im Buche steht. Und er nimmt seine Pflichten als Staatsdiener und Christen-Mensch ernst. Fritz hat keine Leidenschaften, keine Liebschaften. Er wohnt bei seinen Eltern. Ist jeden Tag der Erste im Büro und geht als Letzter. Weshalb er es in Rekordzeit zum Oberstaatsanwalt gebracht hat. KOKE hat versucht Schwachpunkte rauszukriegen.

Geld / Autos / Schmuck

oder

… teure Reisen …

… Briefmarken …

… Spielsucht …

und andere geheime Leidenschaften.

Niente, nüscht, nix zu machen. Fritz ist gegen alle weltlichen Verlockungen immun. Er hat einen Panzer aus Stahl, an dem alle

Versuchungen abprallen. Und als Kolja den letzten, verzweifelten Versuch unternahm und mit einer Tasche voller Bargeld in Fritzens Büro spazierte, sie auf den Schreibtisch stellte und dumm und naiv meinte: »Die habe ich am Hauptbahnhof gefunden, Herr Oberstaatsanwalt Doktor Weber. Ich denke, ich lasse sie am besten auf ihrem Schreibtisch stehen. Vielleicht freut sich die protestantische Kirche über eine kleine Spende«, erwiderte Fritz knapp: »Wo das Fundbüro ist, wissen Sie ja. Und ich mache jetzt nur keinen Ärger, weil ich etwas Wichtigeres zu tun habe«, und wandte sich seinen Akten über die polnische Mafia zu. »Machen Sie die Tür hinter sich zu.« Also, in der Praxis ist bei Fritz nichts zu holen. Das hat KOKE bereits herausgefunden. Wie der gute, alte Bushido singt, liegen Welten zwischen Theorie und Praxis, und das Wunder klappt in der Regel nie. Oder?

104

Kemal kommt zum Kern seines Plans.

»Wir gehen zu Fritz und liefern ihm Informationen über Arafat, damit er gegen ihn Ermittlungen einleitet.«

Ah, Kolja nickt, das hört sich unblutig an und hält KOKE aus der Schusslinie. Dann aber ist er irritiert

»Du willst petzen? Alter, ich hasse Petzen!«

Begriffe wie Gangster- oder, antiquierter, Ganoven-Ehre sind Kolja nicht immer wichtig, aber im Grunde ist es das, was er hochhalten möchte und was Kemals Plan fundamental im Wege steht.

»Fällt dir was Besseres ein?«

Da schüttelt Kolja allerdings nur den Kopf. Eben.

»Dann«, fährt Kemal fort, seinen Plan zu erklären, »zwingen wir unseren guten alten Paul dazu, dass er gleichzeitig Ermittlungen von Seiten des BKA und anderer Polizeidienststellen einleitet.«

Also …

… Zangen-Bewegung …

… Einkesselung …

… Aufreiben.

»Bist du dir bei Paul sicher?«, wendet Kolja ein, denn er traut Paul nicht für einen Cent über den Weg.

Kemal denkt nach.

»Ich weiß nicht. Aber du weißt, das ist die Theorie, und die Praxis wird zeigen, wie gut das klappt.«

105

Also, in der Theorie hört sich der Plan ganz gut an …

… aber in der Praxis stehen Kolja und Kemal …

… auf der anderen Seite der Turmstraße.

Also gegenüber der Staatsanwaltschaft Berlin.

Staatsanwaltschaften sind – wie jedes Kind weiß – die Grundpfeiler unseres Rechtsstaats. Und der Rechtsstaat ist das Fundament der Theorie unserer Demokratie. Aber: Rechtsstaat = Der Staat hat Recht. Das hat mit Gerechtigkeit nichts zu tun. Das muss man sich ein für alle Mal klar machen. Die Staatsanwaltschaften in Deutschland sind – von wenigen Ausnahmen abgesehen – in zwei Arten von Gebäuden untergebracht.

a) Entweder in modernen Multifunktionsbauten,
die durch ihre
Hässlichkeit / Anonymität / seltsamen Farbkombinationen
einschüchtern.

Und den Menschen auf sich selbst zurückwerfen und ihm bewusst machen, wie klein und unbedeutend er ist. Beziehungsweise wie herzlich egal dem System der Mensch ist, denn wer hier seinen Tag verbringt, ist mehr als ein armes Schwein. Aber dieser Mensch hat wohl auch nichts anderes verdient.

Das betrifft
Staatsdiener / Rechtsanwälte / Delinquenten
gleichermaßen.

Denn auch die, die sich von Berufswegen aus mit dem Recht befassen, sollen nicht vergessen, wem sie gehören.

b) Oder sie sind in alten Jugendstil-Gebäuden untergebracht …

… die um die Jahrhundertwende erbaut worden sind …

… die voll altbackenem Charme das Stadtbild bereichern und …

… die von Abgasen völlig ergraut sind.

Und deren Schönheit sich beinahe diametral zur Funktion der in ihr untergebrachten Institution verhält.

Die Staatsanwaltschaft Berlin befindet sich in b). Damit zählt sie ja eigentlich noch zu den privilegierten Staatsanwaltschaften. Denn b) ist eigentlich eindeutig besser als a). Okay, sieht man einmal von den Wintern, der schlechten Isolierung und der immensen Feuchtigkeit ab.

»Eigentlich schade, dass man das Gebäude nicht kaufen kann. Man könnte was draus machen«, meint Kemal.

»Klar, eine Bombe reinstecken«, stimmt Kolja zu. »Dann wäre das Ganze ein großer Schrotthaufen. In ist, was drin ist«, gibt er seinem Hass auf Staatsanwaltschaften unverhohlen Ausdruck.

»Na«, meint Kemal, der sich nicht ernst genommen fühlt. »Das haben sie in den Siebzigerjahren ja auch gemacht. Richtern und Polizisten eine Bombe unter den Arsch geschoben.«

»Wirklich? Hier? In Deutschland?«, fragt Kolja und will kaum glauben, was er da hört.

Kemal erzählt Kolja kurz von …

… den Hasch-Rebellen …

… den Tupamaros …

… der Bewegung 2. Juni …

… und ihren Taten gegen …

… das System …

… die Polizei …

… die Justiz.

Und erwähnt auch die RAF und Buddenberg.

»Krasse Geschichten, denn ich dachte, dass es nur die russischen Anarchisten in dieser Hinsicht drauf gehabt hätten«, sagt Kolja, »aber das hilft uns nicht weiter. Wir müssen jetzt einen anderen Weg einschlagen und zu Fritz gehen und ihn überzeugen. Ihn um die Ecke zu bringen, damit ist uns nicht geholfen.«

Sagt Kolja, nur damit keine Missverständnisse entstehen, und wieder spürt er, dass eine Veränderung in ihm vonstattengeht, die er nicht erklären kann. Und so hat er Kemal seine Zustimmung zu dem Petz-Plan gegeben.

Auch wenn das nicht

die hohe Schule ist / seinen Idealvorstellungen entspricht / seinen Unternehmergeist widerspiegelt.

»Nehmen wir den Hintereingang«, schlägt Kemal vor.

Die Freunde überqueren die Straße, laufen am Eingang vorbei und um das Gebäude herum und … sehen Fritz, der beim Aschenbecher steht und an einer Zigarette zieht.

»Der sieht anders aus, als ich ihn in Erinnerung hatte«, ist alles, was Kolja dazu einfällt. »Fertig, irgendwie.«

106

Stimmt.

Fritz sieht aus …

… wie ein kleiner Lude …

… der seriös wirken möchte.

Das Gesicht ist eingefallen und aschfahl, obwohl einzelne Adern unter der weiß marmorierten Haut geplatzt sind. Die weiß-blonden Haare sind zu einer dynamischen Sturmfrisur zurückgegelt. Der Schnauzer ist widerlich-akkurat gestutzt, ganz im Hitler-Format. Die Augenringe sind nicht ohne. Tiefschwarz. Groß. Beeindruckend. Sie sehen nach kaum mehr als drei Stunden Schlaf pro Nacht aus. Fritz macht den Eindruck eines gehetzten Tieres, das mit dem Rücken zur Wand steht. Er trägt ein weißes Hemd, das markante Schweißflecken unter den Achseln aufweist. Die obersten vier Knöpfe des Hemdes sind offen. Er hat keine Krawatte um. Hm, klar, es ist heiß, aber Kolja hat ihn anders in Erinnerung und an diesem Bild stimmt was nicht. Die

Goldkette mit dem Buddha-Anhänger wirkt befremdlich. Seit wann hat der Spitzenjurist und vorbildliche Christ etwas mit Buddha zu tun? Soweit KOKE das recherchiert hat, handelt es sich bei Fritz um einen fundamentalistischen Protestanten. Einen von der ziemlich üblen Sorte sogar. Die schwarze Hose ist verknittert und weist Essens- und Schmutzflecke auf. Die schwarzen Sommerschuhe sind mit Staub verdreckt. Fritz zieht erneut angestrengt an einer Zigarette und inhaliert den Rauch tief in seine Lunge. Starrt dabei den Aschenbecher an, als ob der mit ihm reden würde. Fritz brabbelt vor sich hin und gestikuliert zur Wand. Er führt Selbstgespräche. Kemal räuspert sich. Fritz dreht sich um und macht große Augen. Hä, wer seid ihr denn? Verdammt, so benimmt sich kein normaler Mensch. Und solch ein Gedankengang von Kolja will schon etwas heißen, denn er ist weiß Gott liberal, was das Aussehen und das Verhalten seiner Mitmenschen betrifft.

»Wir wollten Sie sprechen. In Ihrem Büro, falls möglich. Wir haben wichtige Informationen über …«

Den Rest des Satzes lässt Kolja in der Luft hängen. Fritz kneift die Augen zusammen, bis sie zu zwei Mini-Schlitzen geworden sind und starrt die Jungs an.

Dann fixiert er Kolja und meint: »Dich kenne ich …« Die Kippe schmeißt Fritz auf den Boden und zertritt sie, obwohl der runde Aschenbecher direkt neben ihm steht. Sein Blick ist irre, stechend und kalt. Wenn du dem im Gerichtssaal begegnest, brauchst du im Knast erst mal 20.000 Therapie-Stunden, denkt Kemal. Der ist abartig und ganz anders als Kolja ihn damals beschrieben hat.

»Wir haben Informationen für Sie, die wichtig sein könnten«, versucht Kemal erneut den Köder auszuwerfen.

Fritz lacht – bösartig.

»Jetzt macht mal einen Punkt, Jungs. Seid ihr wirklich Spitzel? Oder seid ihr die neuen Rechtsreferendare? Ich erwarte nämlich zwei Vollpfosten, die gerade erst von der Uni kommen. Prädikatsexamen. Dass ich nicht lache.«

Kolja und Kemal sehen verdutzt aus. Fragezeichen türmen sich in ihren Gesichtern. Was soll der Scheiß? Wie ist der denn drauf? Was geht denn hier ab?

»Hasan und Oleg, stimmt's?«

Fritz kichert …

… angelt sich eine neue Zigarette

… aus dem Marlboro-Softpack

»Oder seid ihr von der CDU? Nachdem sogar Bushido ein Bundestags-Praktikum absolviert hat, kann man nie wissen, wen Mutti Merkel als nächstes zum Kopieren und Kaffeemachen schickt.«

Kicher, kicher, kicher. Bushido, hirnt Kolja. Woher kennt der Spacker denn Bushido? Hat er einmal eine Anklageschrift gegen ihn verfasst? Auf jeden Fall geht es ihm so, wie Bushido eines seiner Alben genannt hat. Zeiten ändern dich. Denn so hab ich dich nicht in Erinnerung.

»Von den GRÜNEN seid ihr nicht. Der Ströbele achtet darauf, wen er einstellt. Und ihr seht nicht so aus, als ob ihr eurer Schwester an die Wäsche gehen wollt.«

Ach so, jetzt kommt die GRÜNEN-Ströbele-und-die-Inzest-Schiene. Kolja und Kemal stehen also vor dem Oberstaatsanwalt als das, was sie sind. Zwei Spitzel, die auspacken wollen, aber zuerst über die rechtlichen Konsequenzen ihrer Handlung aufgeklärt werden und dabei nichts kapieren, weil Fachchinesisch nun einmal Fachchinesisch bleibt, nur dass hier Fritz nicht Juristen-Deutsch, sondern in sieben Siegeln spricht. Dann wird Fritz' Blick klarer. Er fokussiert. Die Züge um die Mundpartie werden ernst. Jetzt wirkt das schmächtige Männchen wie der Vorzeigeprotestant, der er einst war.

»Entschuldigt bitte, wenn ich ein wenig zerstreut bin. Ihr wollt eine Aussage machen?«

Endlich haben sie ihn da, wo sie möchten. Also setzt Kolja mit »Über Arafat« nach und wirft den Köder aus. Aber – was ist das? Anstatt dass Fritz in die Luft springt und »Sie sind der Meinung, das war spitze!« ruft, macht er eine wegwerfende Handbewegung und grunzt nur verächtlich. Dann stellt er klar: »Ich mag den Typen zwar überhaupt nicht, und einen saftigen Prozess hätte er schon verdient, aber gegen Tote ermitteln wir nicht. Und außerdem wäre da der Internationale Strafgerichtshof in Den Haag zuständig.« Obwohl Kemal den Witz verstanden hat, bleibt ihm das Lachen im Halse stecken. Der Typ hat sie nicht mehr alle. Doch bevor er weiterdenken kann, macht Fritz eine einladende Bewegung.

»Dann unterhalten wir uns in meinem Büro.«

KOKE atmet auf. Ihr Plan scheint doch zu funktionieren.

107

Was Kolja und Kemal nicht wissen, ist, dass Fritz zu einem neuen Menschen geworden ist. Und so fing sie an, die Geschichte von Fritz' Verwandlung …

… Fritz sitzt anderthalb Jahre vor dem Besuch von Kolja und Kemal am Essenstisch seiner Eltern – so wie er das jeden Abend tut, denn das gemeinsame Essen ist den Eltern wie dem Sohn heilig – auch wenn der Sohn schon lange jenseits der 30 ist. Fritz ist ein klein wenig aufgeregt, denn er weiß nicht, was er tun soll, und dreht die Einladungskarte ein wenig ratlos hin und her. Die schöne Altbau-Wohnung mit hohen Wänden ist im Stil der Fünfzigerjahre eingerichtet. Durchaus mit Geschmack und nicht billig, aber very anachronique. Auf dem Tisch steht eine dampfende Suppenschüssel – so wie jeden Mittwochabend. Als guter Sohn hat Fritz seine Eltern um Rat gefragt, denn das nimmt die Last von ihm, selbstständig entscheiden zu müssen, und er läuft nicht Gefahr, etwas Falsches zu tun, was ihm furchtbar auf das Gewissen schlägt.

»Du solltest dort hingehen«, sagt Fritz' Mutter Sieglinde mit Nachdruck, »auch wenn unser Oberbürgermeister ein Sünder vor dem Herrn ist und der Unzucht huldigt.«

Bei diesen Worten nestelt Sieglinde an ihrem sorgfältig aufgetürmten Dutt herum und strafft die ohnehin schon streng nach hinten gekämmten grauen Haare noch mehr. Der Vati von Fritz faltet daraufhin die Hände über seinem nicht mehr nur christlichen Wohlstandsbauch zusammen und nickt bedächtig. Was er immer tut, wenn seine Frau etwas sagt. Die Symbiose von Vater und Mutter ist einmalig wunderschön und hat Fritz viel Halt, Kraft und Glauben gegeben in seinem bisherigen Leben.

»Es ist wichtig, gute Verbindungen zur Politik zu besitzen, gerade wenn man eine öffentliche Position wie du bekleidet«, bringt der Vater den Sohn auf Linie, was ihm nicht schwer fällt, denn Fritz hat schon immer nach seiner Pfeife getanzt. »Da ist es wichtig, über gute, ähm, hm, Kontakte zu verfügen.«

Fritz ist noch nicht überzeugt, ob es richtig ist, zu der Veranstaltung hinzugehen. Schon allein wie sein Vater das Wort »Kontakte« ausspricht, zeigt ihm, dass seine Eltern alles andere als überzeugt davon sind, wie wichtig die Politik ist oder zumindest für wie anständig sie sie halten. Aber dafür gibt es laut Vater eine Erklärung und vor allem einen Beleg aus der Bibel, denn: »Ein jegliches hat seine Zeit«, beginnt der bibelfeste Vater jetzt zu zitieren, der seinem Sohn das Auswendiglernen der Bibel mit Gottes Segen in der Kindheit quasi eingebläut und somit dessen Talent zum späteren Memorieren von Paragraphen und Gesetzestexten gelegt hat, »und alles Vorhaben unter dem Himmel hat seine Stunde: geboren werden hat seine Zeit, sterben hat seine Zeit; pflanzen hat seine Zeit, ausreißen, was gepflanzt ist, hat seine Zeit; töten hat seine Zeit, heilen hat seine Zeit; abbrechen hat seine Zeit, bauen hat seine Zeit; weinen hat seine Zeit, lachen hat seine Zeit; klagen hat seine Zeit, tanzen hat seine Zeit; Steine wegwerfen hat seine Zeit, Steine sammeln hat seine Zeit; herzen hat seine Zeit, aufhören zu herzen hat seine Zeit; suchen hat seine Zeit, verlieren hat seine Zeit; behalten hat seine Zeit, wegwerfen hat seine Zeit; zerreißen hat seine Zeit, zunähen hat seine Zeit; schweigen hat seine Zeit, reden hat seine Zeit; lieben hat seine Zeit, hassen hat seine Zeit; Streit hat seine Zeit, Friede hat seine Zeit.« Der Vater senkt die Augenlider – oh, welch eine Gnade, diese Worte des Einen, Alleinigen und Höchsten aussprechen zu dürfen. Welche Gnade, dass ich diese Worte sprechen und die Welt dadurch besser machen kann. Dann blickt er seinen Sohn direkt an, fest und bestimmt und überträgt das Bibelzitat auf dessen Lebenswelt, so wie er das von den Predigten aus seiner Gemeinde nicht anders gewohnt ist.

»Und für dich ist es an der Zeit, dich um Belange der Politik zu kümmern und sie zu einem menschlicheren Ort zu machen, in dem das Wort Gottes Gehör findet.«

Fritz möchte schon widersprechen, hält dann aber inne, da er sich an das 4. Gebot erinnert.

»Und schließlich kriegt nicht jeder eine Ehrenkarte«, schließt Mutti das Thema ein für allemal ab, während sie ihrem Sohn mit christlich-verrücktem-Blick, der-Herr-hat's-gegeben-und-ich-hab's-gekocht-oh-welche-Gnade-uns-widerfährt, den tiefen Suppen-Teller füllt.

Also geht Fritz schweren Herzens in den Wintergarten, denn eigentlich wäre ihm ein gemütlicher Abend zu Hause lieber gewesen. Aber seine Eltern haben ihn ja praktisch hingeprügelt, was will er machen? Und Fritz möchte nichts tun, das seine Eltern enttäuscht. Er hat einen Platz an einem Tisch ziemlich weit vorne beim Podium bekommen. Der Tisch ist klein und unbesetzt, und Fritz fühlt sich nicht wohl, in der glamourösen, auf Show ausgerichteten Atmosphäre. So hört er sich die launischen Reden der Honorigen an, immer den Blick starr auf die Bühne gerichtet. Und nach einer gewissen Zeit fragt er sich, warum er eigentlich hier ist. Aus seiner Behörde hat er noch niemanden gesehen. Auch der Generalstaatsanwalt scheint nicht da zu sein. Und der Polizeipräsident glänzt ebenfalls durch Abwesenheit; genauso wie seine Vertreter. Nach einer guten Stunde kommt eine Asiatin angerauscht. Sie ist anständig, ja sogar luxuriös angezogen, das sieht Fritz auf den ersten Blick. Sie ist keines von diesen billigen Thai-Flittchen, mit denen er berufsbedingt immer wieder zu tun hat und die ihn furchtbar anekeln, so billig und primitiv sind sie. Die Asiatin schaut verlegen auf ihre Ehren-Karte und dann auf den Tisch. Sie schenkt Fritz ein bezauberndes Lächeln mit ihren schneeweißen Zähnen und ihrem gesunden Zahnfleisch. Wenn man genau hinschaut, erkennt man, dass sie einen minimalen Überbiss hat, der aber aus irgendeinem Grund nicht unattraktiv aussieht. Diese Dame hat Stil, denkt Fritz. Sie trägt ein teures Kleid, erlesenen Schmuck (Wo sie dieses Diamant-Collier nur her hat, das ist bestimmt ein Vermögen wert, wundert er sich) und schöne Schuhe.

Und alleine die Louis Vuitton-Handtasche hat ein paar Tausend Euro gekostet und dabei handelt es sich um keine Fälschung, das erkennt er auf den ersten Blick. Fritz – ganz alte Schule – steht auf und rückt ihr den Stuhl zurecht – so wie es ihm seine Mutter beigebracht hat. Setzt sich dann wieder, und ihm wird beinahe ein wenig bang und weh ums Herz, weil ihm auf einen Schlag bewusst wird, dass er sich einsam fühlt. Aber, so tröstet er sich, er hat es besser als die meisten Menschen, denn er hat seine Eltern, und die meinen es gut mit ihm. Dennoch spürt er zum ersten Mal seit langer Zeit, dass ihm was fehlt und dass ihn das auf Dauer krank macht. Er fühlt sich nicht komplett, unvollständig, und ihm kommt die Einsicht, dass Gott dem Mann die Frau erschaffen hat. Denn Gott hat alles mit gutem Grund getan. Schließlich sind seine Eltern das beste Beispiel für die Gottgefälligkeit der Verbindung von Mann und Frau.

»Ick heiße Bum«, stellt sich die Asiatin vor, streckt ihre Hand grazil über den Tisch, die Fritz geistesgegenwärtig galant ergreift und sie – kaum spürbar – auf den weißen, hauchdünnen Seidenhandschuh küsst.

Das ist keine Thailänderin, wie ich sie sonst kenne, versucht er sich zu beruhigen, denn etwas in ihm gerät in Aufruhr, und er kann sich seinen Zustand nicht erklären. In seinem Unterleib regt sich etwas, das er eigentlich mit Gottes und seiner Eltern Hilfe für immer ad acta gelegt zu haben glaubte, denn selber Hand anzulegen ist eine Sünde, wie seine Eltern ihn immer wieder eindringlich wissen haben lassen. Fritz wird ein wenig schwindelig. Also entschuldigt er sich, verlässt kurz den Saal, schöpft vor der Türe frische Luft und siehe da, es geht wieder. Als er zurückkehrt, steht ein frisches Glas Mineralwasser an seinem Platz. Bum erhebt ihr Glas – auch sie trinkt Sprudel und keinen Alkohol wie er wohlwollend zur Kenntnis nimmt – und sagt: »Zum Wohl!« Kurzes U, langes O. Sie stoßen an, und vor lauter Verlegenheit schüttet Fritz den Sprudel runter, als ob er feinstes, sanft sprudelndes Rebengewächs aus der Champagne wäre. Die Veranstaltung steuert dem Höhepunkt zu und erste Wowi-Rufe werden laut – halb im Ernst, halb im Spaß. Im Saal wird es immer wärmer und Bum schenkt Fritz bezaubernde Blicke und ein sexy Lächeln, sodass er nicht mehr weiß, wie ihm geschieht. Fritz wird gleichzeitig warm und heiß, er kann seinen Blick kaum noch von Bum wenden, obwohl im Saal einiges los ist. Er verschlingt die Thailänderin geradezu mit den Augen, was ihm unangenehm ist. Er kann es nicht ändern. Bum versucht, ein wenig Konversation und Small-Talk zu betreiben, was aber wegen ihres beschränkten Wortschatzes nicht einfach ist. Und Fritz, der eigentlich jede Verhör-Taktik aus dem Eff-Eff kennt, gelingt es nicht, sich zu fokussieren und herauszukriegen, was Bum hier macht, woher sie die Ehrenkarte hat und wer sie an seinen Tisch gesetzt hat. Und so sehr Fritz den thailändischen Akzent normalerweise abstoßend findet, so sehr findet er ihn jetzt exotisch, anziehend und erotisch. Der letzte Punkt verursacht ihm einerseits Unbehagen, andererseits löst es ein großes Verlangen aus, das er in diesem Ausmaß bisher nicht gekannt hat. Sein Magen und sein Unterleib vollziehen Kapriolen und je genauer er die kleine Asiatin betrachtet, desto mehr steigt in ihm eine Sehnsucht auf, die in der Kirche auch heute noch aufs heftigste gegeißelt wird: Gier, Lust, Geilheit. Immer wieder schickt Fritz leise Stoßgebete zum Himmel, in denen er den Allmächtigen um Beistand bittet und darum, ihn von allen Versuchungen und Sünden fernzuhalten, bis Bum »Oh Gott, mir ist ein bisschen schwindelig!« sagt und sich mit ihrer Ehrenkarte energisch Luft zufächelt und dabei Fritz mit ihren lebhaften braunen Augen fixiert. Fritz weiß nicht, wie man sich in solch einer Situation verhält und möchte sich nach einem Sanitäter umschauen, als Bums »Wären Sie so freundlich, mich nach draußen zu begleiten?« ihn vorläufig aus der unangenehmen Situation rettet. Und er erhebt sich – immer noch ganz Gentleman – und bietet Bum intuitiv und als guter Christenmensch seinen Arm an, damit sie nicht auf dem Weg nach draußen zusammenklappt und er hilflos daneben steht. Bum nimmt gerne seinen Arm an. Und wie er mit Bum am Rande des Saals auf den Ausgang hin zusteuert, da spürt er ihren warmen Körper dicht an dem seinen, und ihn durchflutet auf einmal eine Wollust, die er bisher nicht für möglich gehalten hat. Als sie nach einer kleinen Ewigkeit aus dem Saal draußen sind, seufzt Bum kurz und lehnt ihren Kopf sachte an seinen schmalen Brustkorb.

»Oh, jetzt geht es mir wieder etwas besser«, sagt sie, während sie sich noch an seiner Hüfte und Schulter festhält, was Fritz so unglaublich unbeschreiblich schön findet, dass er sie nur ungerne an seinen Arm an der Seite zurücklässt, aber schon nach wenigen kleinen, vorsichtigen Schritten entfährt Bum ein kleiner Schrei und sie sagt, dass ihr schwarz vor Augen würde, und mit letzter Kraft kann sie gerade noch auf eine Tür deuten und mit schwacher Stimme sagen: »Ick glaube, da ist ein Sanitätsraum drin.« Das glaubt Fritz nicht, aber es ist ihm völlig egal, denn er würde jetzt alles, wirklich alles, für die kleine, zerbrechliche Frau tun und er öffnet die Türe und sieht, dass er Recht hat, denn das ist bestenfalls eine Besenkammer. Aber Bum zieht ihn dort hinein, murmelt was von »Hinsetzen!«, »Ausruhen!«, noch einmal »Schwarz vor Augen!« und bittet ihn die Türe zuzumachen. Und – bumm – ist Fritz bei Bum in der berühmt-berüchtigten Besenkammer gefangen. Und es ist höchste Zeit, dass sie hier drin sind, denn bei Bum versagen die Beine den Dienst, und sie geht vor ihm in die Knie, hält sich an seinem Gesäß fest und ihr heißer Mund presst sich mit Vehemenz an sein Gemächt, während ihre flinken Finger … Bum …

108

… macht also das, was sie schon hundert-, ach, eher zigtausend Mal gemacht hat. Zuerst in Chiang Mai, dann auf Phuket und schließlich im Lust-Tempel und Höllen-Loch Pattaya. Sie macht das, was sie kann, und was sie kann, das macht sie sehr gut. Finden auch Fritz und unzählige Thailand-Touristen aus Deutschland, England, Frankreich, Italien Russland und Australien, vor allem die in Pattaya, da Bum hier ihre Könnerschaft perfektioniert hat. Und Pattaya ist auch der Ort, wo Arafat sie vor einem Jahr entdeckt hat. Und das kam so … Bum arbeitet seit Kurzem in einer kleinen Go-Go-Bar in der berühmten Walking Street. Hunderte von Touristen schieben sich durch die Straße. Es herrscht tropische Hitze. Die Hemden und

T-Shirts kleben auf den deutschen, britischen und holländischen Bierbäuchen. Aus den Bars dröhnt laute Musik. Techno-Beats und die neuesten Songs aus den USA und aus Europa. Girls tanzen ausgelassen an der Stange. Tragen einen Hauch von Nichts, der mehr freigibt, als verdeckt. Dicke Engländer heben große Singha-Bierflaschen und prosten der vorbeidefilierenden Menge zu. Bei den teureren Bars stecken die Bierflaschen in grellbunten Neopren-Coolern. Was wenig nutzt, denn der Gerstensaft wird dennoch schnell warm. Da hilft es nur, das Bier schnell zu trinken, was beinahe alle beherzigen. Vor den Catwalks mit den langbeinigen Girls und der Riesen-Oberweite gibt es einen Stau. Männer starren ganz ungeniert mit offenen Mündern und bannen alles auf ihrem Handy oder mit der Video-Kamera. Aber Obacht! Hier ist alles ein Fake. Denn die bestens ausgestatteten Girls sind Lady-Boys. Arafat treibt sich in Pattaya **persönlich** rum. Nicht weil er Abwechslung bräuchte. Oder auf Palmen, Strand und den anderen exotischen Scheiß steht. Im Gegenteil. Der Lärm, der Trubel und die Hitze sind ihm lästig. Aber Arafat tut nichts ohne handfesten Grund. Arafat ist auf Talentsuche, ganz nach dem Motto: Hauptsache, sie ist – in Berlin – bei den Cops und – bei der Justiz völlig unbekannt. Und für so etwas ist Thailand keine schlechte Anlaufstelle. Hier gibt es jede Menge Auswahl, natürlich aber auch Rückkehrerinnen aus Deutschland, die dann in ihrer Heimat die Arbeit wieder aufnehmen. Aber diese Rückkehrerinnen sind die Minderheit und außerdem leicht zu identifizieren. Arafat sucht nicht auf der Straße. Er geht in die nächstbeste größere Go-Go-Bar und gönnt sich das volle Programm. Lässt sich eine verschlossene Flasche Whisky bringen, denn er kennt alle Tricks mit K.o.-Tropfen. Deshalb untersucht er den Korkverschluss auf Nadeleinstiche. Klar, er trinkt keinen Mekong-Scheiß, den die Reisfresser so gerne schlürfen und der bei ihm nur Sodbrennen und Kopfweh verursacht. Für ihn muss es Johnnie Walker sein. Kostet hier ein Heidengeld, aber dafür arbeitet er ja schließlich auch hart. Diese Show muss man gesehen haben. Arafat überlegt, ob das Konzept auch in Europa Zukunft hätte. Zwei Mädels, die sich auf der Bühne von Kopf bis Fuß abschlecken. Und die eine die andere danach mit einer Riesengurke vorne und hinten penetriert. Es ist unglaublich, was die weibliche Anatomie alles zulässt. Okay, es ist nicht die Esels-Show aus Tijuana, aber auch nicht von schlechten Eltern. Und als Bum nach dem Schlangen-Girl in ihrem orangefarbenen Bikini die Bühne betritt, weiß Arafat, dass er gefunden hat, was er sucht. Bum hat einen netten, kompakten Körper und eine dezent-braune Haut. Sie ist sexuell attraktiv, ohne dabei eine Sexbombe zu sein, die verdächtig wirkt, und verfügt gleichzeitig über genug Mutter-Attribute, um einen Lutscher wie den Oberstaatsanwalt Dr. Fritz Weber anzusprechen. Sie sieht auch nicht unbedingt aus wie die typische Thai-Nutte, die Weber sicherlich aus Verhören zur Genüge kennt. Und Arafat stellt sich Bum in teuren Klamotten vor und kommt zum Ergebnis, dass es ein perfektes Match sein wird, falls sie noch so etwas mitbringt wie die Fähigkeit zur Konversation und den Willen, Manieren zu erlernen. Das alles ist nämlich Teil des Plans, um den protestantisch-pietistischen Rechtsverdreher an die Angel zu kriegen. Bum soll sein Herz erobern und für immer in der Mausefalle gefangen halten. Und mit welcher Grazilität Bum die Goldfische in ihrer Grotte verschwinden lässt! Um sie dann wieder einzeln hervor zu holen und zurück in das Fisch-Glas gleiten zu lassen. Bum bleibt kurz auf der Bühne stehen, um zu warten, ob sich nach der Show ein Freier findet. Und tatsächlich, Arafat erhebt sich und geht auf sie zu. Bum sieht auf den ersten Blick, dass der Typ Geld hat, was sie erfreut, denn die blutjunge Konkurrenz macht ihr zusehends zu schaffen. Als Arafat »I want to book you longtime« sagt, ist Bum höchst erfreut, denn das bedeutet mehr Geld und, dass sie heute Nacht nicht mehr nach anderen Kunden Ausschau halten muss. Als Arafat hinzufügt »And maybe I want to take you to Germany« sagt, kippt Bum vor Glück beinahe aus den Latschen. Sie macht vor Arafat einen Knicks und lächelt, wie man eben lächelt, wenn man einen Sechser im Lotto hat, und antwortet: »Vely happy«, sieht dann aber einen Augenblick irritiert aus, bevor sie sich den letzten Goldfisch aus ihrer Muschi angelt.

Kolja und Kemal glauben im falschen Film zu sein und fühlen sich noch unbehaglicher als ohnehin schon. Denn auf einmal ist Fritz ganz umgänglich. Rückt Kemal sogar den Besucherstuhl zurecht, woraufhin Kolja ihm am liebsten eine scheuern würde, denn das Getue kommt ihm reichlich schwul vor. Der Oberstaatsanwalt hat doch nicht etwa eine neue Seite von sich entdeckt und möchte Kolja nun an die Wäsche? Kolja hat ein Déja-vu-Erlebnis, denn hier war er schon vergeblich, da hat sich Fritz als unbestechlich herausgestellt. Das Büro des Oberstaatsanwalts sieht immer noch nach Arbeit aus – oder besser, nach unerledigter Arbeit. Auf dem Schreibtisch stapeln sich Akten und grüne Mappen, die mit roten Signaturen gekennzeichnet sind, meterhoch. Kolja entfährt unwillkürlich ein Seufzer, denn er weiß, welche schlimmen Schicksale sich hinter jeder einzelnen Aktenmappe verstecken. Existenzen, die auf einen Schlag durch die Justiz vernichtet werden. Leben, die mit einem Mal vorbei sind.

»Vertraulichkeit und Informantenschutz – das ist kein Problem«, meint Fritz und seine Stimme klingt jetzt wie die des Friedensengels, würde nicht ein schleicherischer Unterton herausklingen.

Kemal macht dieser plötzliche Sinneswandel und dann die wachsweiche, puddinggleiche Art stutzig. Biegbar in alle Richtungen, aber Hauptsache sich nicht festlegen müssen. Typisch Jurist, denkt Kemal und spürt, dass die Hände, die auf seinen Oberschenkeln ruhen, schweißig sind. Vor ihrem Besuch hat Kolja unmissverständlich klargestellt, dass er nicht alles auf den Tisch packt und die Ratte spielt. Notwehr hin, Notwehr her, und so recht ihm die vergleichsweise friedliche Lösung auch ist, im Übrigen ein Zustand über den er sich immer noch wundert. Aber er bringt es einfach nicht über sich, vor einem deutschen Behördenvertreter auszupacken, auch wenn es gegen den Erzfeind schlechthin geht und er Arafat alles Böse auf dieser Welt wünscht. Also, er kommt zwar mit, aber hält ansonsten seine Klappe. »Deine Schwester – deine Aussage«, hat er Kemal klargemacht, wie das laufen wird. Und seien wir einmal ehrlich, auch Kemal fühlt sich mies dabei, die Petze zu mimen, auch wenn es gegen den Drecksack Arafat gerechtfertigt ist und Dischle in Gefahr ist. Kemals Atmung ist ungleichmäßig und sein Gesicht ungewöhnlich rot, aber es handelt sich nicht um natürliche Färbung, sondern Flecken.

Der Blutdruck ist für seine Verhältnisse bedenklich hoch …

… also gefühlt …

… 129/79 …

… bei einem Puls von 92.

Bei diesem Blutdruck und Puls denkt Kemal normalerweise, dass er kurz vor dem Herzkasper steht, also zum Beispiel nach einem Halbmarathon oder dem Genuss von zu vielen Amphetaminen – weshalb Kemal um beides recht gerne einen großen Bogen macht. Aber das Leben spielt manchmal anders. Kemal räuspert sich lange und fasst sich dann ein Herz, nachdem er sich noch einmal klar gemacht hat, dass dieser Schritt unvermeidbar ist, um seine Schwester zu befreien und Arafat ein für alle Mal eine Lehre zu erteilen.

»Wir wollten die Staatsanwaltschaft darüber informieren, dass …«

Fritz bringt Kemal mit einer Handbewegung zum Verstummen, hebt einen Bleistift und einen Block in die Höhe.

»Ich mache mir eine informelle Akten-Notiz, die natürlich nirgendwo offiziell auftauchen wird.«

Sein Gesichtsausdruck straft ihn Lügen. Dann kritzelt er ostentativ Datum, Ort und Anlass auf das Papier. Das glaubst du ja selber nicht, denkt Kemal. Und er wundert sich darüber, dass Fritz überhaupt zu Block und Stift gegriffen hat, denn ein Profi wie er müsste doch wissen, dass so etwas in der Regel den Erzählfluss der Delinquenten oder Informanten hemmt. Aber Kemal fängt zu erzählen an, über Arafat und seinen Clan, alles, was sie von Paul in Erfahrung bringen konnten. Fritz notiert eifrig alles mit, nickt an manchen Stellen oberlehrerhaft und schiebt sich die Brille mit Stahlfassung wieder zurecht. Dann unterbricht er ihn erneut. »Kaffee?« Obwohl Kaffee das Letzte ist, was die beiden Jungs jetzt gebrauchen können, nicken sie. Und Fritz ruft die junge, flachbrüstige und blonde Rechtsreferendarin herein und bestellt bei ihr von oben herab drei Kaffees, was die junge Frau mit einem devoten Nicken zur Kenntnis nimmt. Auf dem Gang hören sie den schweizerischen Vollautomaten brummen.

Im Höheren Dienst gibt es wohl zahlreiche Annehmlichkeiten, die den unteren Chargen verwehrt bleiben, zum Beispiel gute Kaffeemaschinen. Kemal führt weiter aus: »Arafat schmuggelt also nicht nur Kinder vom Ostblock und Südostasien nach Deutschland. Er schickt sie hier zum Anschaffen. Dann erpresst er auch seine Kunden.« So weit zum Kern seiner Aussage.

»Das deckt sich mit unseren Informationen«, meint Fritz und tippt mit dem Bleistift auf einen der zahlreichen Aktenordner. »Wir haben Arafat schon lange im Visier, uns fehlen aber die gerichtsverwertbaren Beweise.«

Kolja findet, Fritz grinst bei seinem Statement 1) wie ein 16-jähriges Mauerblümchen, das in Amsterdam seinen ersten Space-Cake verputzt 2) ein Hertha-Fan nach einem 3:0-Pokalsieg gegen Union 3) wie ein Oberstaatsanwalt bei einem Verhör. 3) stimmt natürlich selten, denn ein Oberstaatsanwalt grinst nicht beim Verhör. Also, kurzum, Fritz verhält sich irgendwie amtsuntypisch und nicht rollenkonform – so würde es Kemal sicherlich in seiner besserwisserischen Art ausdrücken. Und Kemal spürt ihn, diesen unerbittlichen Kloß im Hals, der es ihm unmöglich macht, zu schlucken und fragt sich, wo denn seine jugendliche Lockerheit und Unbekümmertheit hin sind. Sein massives Unbehagen kann doch nicht nur daher rühren, dass er sich unwohl fühlt, weil er Arafat bei der Staatsmacht anschwärzt oder etwa doch? Verdammt, klar, von daher rührt dieses Unbehagen natürlich auch, denn niemand auf dieser Welt ist gerne ein Snitch, abgesehen von den kranken Typen. Aber er wird das Gefühl nicht los, dass hier etwas faul ist im Staate Dänemark, was natürlich mit Hamlet gesagt rein metaphorisch gemeint ist. Oder aber neudeutscher formuliert, das Ganze stinkt und riecht nach einer Falle, wobei es doch eigentlich Kolja und Kemal sind, die den Köder auslegen möchten, um Arafat auflaufen zu lassen.

»Vielen Dank, bitte stellen Sie den Kaffee auf den Tisch« – und plötzlich ist Fritz wieder völlig in seiner Rolle – vom Ober-Mufti-Staatsanwalt zur Deppin-vom-Dienst-Referendarin, die genau weiß, wie das Spiel läuft, und Fritz ein bezauberndes Lächeln schenkt und ihn dabei innerlich zum Teufel wünscht – aber genau weiß, dass sie in zehn Jahren in der Position sein wird, in der sie die anderen wie den letzten Dreck behandeln und zum Kaffee holen schicken kann.

Nachdem sie alle am Kaffee genippt haben, der trotz Vollautomat so seltsam schmeckt, als ob die Rechtsreferendarin als Revanche persönlich reingepisst hätte oder aber die Behörde nur den letzten Dreckskaffee kauft, greift Kemal den Faden auf und konzentriert sich darauf, die strafbewährten Straftatbestände herauszustellen, um Fritz so richtig heiß zu machen, und als Fritz auf Kemals »Auf jeden Fall wollen wir anonym bleiben, das ist unsere Bedingung, sonst verleugnen wir unsere Aussage« mit einem »Ich sehe, was ich machen kann« antwortet und dabei seltsam die rechte Augenbraue nach oben zieht, ist KOKE intuitiv klar, dass sie so ziemlich alles verschissen haben. Na ja, vielleicht noch nicht ganz verschissen, aber ihnen dämmert es, dass ihr Schlachtplan nicht so bombensicher ist, wie sie dachten, und ihre Menschenkenntnis reicht aus, um zu erkennen, dass mit Fritz was nicht stimmt. Und in Kemals Hals steigt so etwas wie Ekel auf, die ganze Geschichte geht ihm tierisch auf die Nerven, sodass er sich am liebsten in seinem Bett verkriechen und die Decke über den Kopf ziehen würde.

»Sehr gut, das klingt vielversprechend«, resümiert Fritz, klopft mit dem Bleistift dreimal auf den Block und schmunzelt dabei so abartig, dass es keinesfalls ersichtlich ist, auf was er sein Fazit denn bezieht.

Zum Abschied hängt Fritz den Charme-Bolzen raus und komplementiert sie mit einem arschkriecherisch-seidigen »Wir freuen uns immer über Bürger, die ihre Pflichten so ernst nehmen und mit den Behörden kooperieren!« zur Tür hinaus. Er winkt ihnen noch im Gang hinterher und sieht, wie sie im Aufzug verschwinden. Ganze drei Sekunden später steht er hinter seinem Schreibtisch, drückt die Kurzwahltaste seines Handys und steckt sich als Zeichen innerer Erregung eine Zigarette in den Mund, die er aber nicht anzündet. Denn ein Rauchverbot in einer Oberbehörde missachtet kein Jurist, zumindest solange er es nicht zum Generalstaatsanwalt oder Bundesverfassungsgerichtsrichter gebracht hat. Also kurzum, die Rauchverbote in deutschen Behörden werden beachtet, komme da, was wolle. Fritz ist erleichtert, als nach dem fünften Tuten abgenommen wird und er die Bombe endlich platzen lassen kann. Seine Stimme klingt seltsam erregt und die Spitzen seines Schnurrbartes beben vor Erregung.

»Kolja und Kemal waren gerade da und haben über dich ausgepackt.

-

Sie wissen Bescheid.

-

Ich wollte dich als Zeichen meines guten Willens sofort warnen.

-

Das freut mich.

-

Das ist eine Menge Geld.

-

Du kannst dich auf mich verlassen.«

Fritz hat seine protestantische Seele verkauft. Und das in den heiligen Hallen von Justitia und mit seinem Handy. Judas nahm 30 Silberlinge. Fritz nimmt 30.000 €. Die er gut gebrauchen kann. Denn Bum ist eine kostspielige Geliebte und sein neuer Lebensstil ist nicht günstig. Fritz legt auf und verlässt pfeifend das Büro, wobei er tief in sich drinnen einen Zweifel an der Rechtmäßigkeit seines Tuns vor sich, Gott, den Menschen und vor seinen Eltern hegt. Aber, wer hat denn heute schon noch ein reines Gewissen? Eben. Also, wer will es ihm verübeln?

110

Niemand, aber auch wirklich niemand. Fritz setzt sich nicht ohne Stolz an das Steuer seiner nagelneuen, silbergrauen S-Klasse und fährt direkt nach Berlin-Schöneberg ins Ko Samui, wo Bum auf ihn wartet. So wie sie das jeden Tag tut. Das Ko Samui ist zugleich eine Karaoke-Bar und Restaurant, das der thailändischen Exilgemeinde in Berlin und eingefleischten Sextouristen und Thailand-Urlaubern seit Jahrzehnten ein Refugium bietet. Unter den Thailand-Urlaubern, die auch im teutonischen Berlin nicht auf Exotik und drolligen Akzent verzichten wollen, befinden sich Polizisten, Lehrer und seit Kurzem auch ein Oberstaatsanwalt. Seit Fritz bei den Eltern ausgezogen und mit Bum zusammengezogen ist, hat sich sein Tagesablauf geändert. Das ist wie vom Regen in die Traufe. Oder vom Gottesdienst zum Gangbangen. Aber eine stabile, immer ähnliche Tagesgrundstruktur ist erhalten geblieben, die jetzt anstatt »Beten, aufstehen, essen, arbeiten, beten, essen, schlafen« heißt: »Aufstehen, arbeiten, Party machen, wilden Sex haben, zwei, drei oder maximal vier Stunden schlafen«. Die protestantische Arbeitsethik à la Weber wird in diesem Modus für Fritz beinahe stärker befriedigt als früher, da es nicht einfach ist, sich neben dem Party-Machen, Sex und Saufen immer noch für die alltägliche Erwerbsarbeit zu motivieren. Aber genau in dieser Dichotomie liegt ein großer Teil der Lust (neben anderen Annehmlichkeiten, für die Bum sorgt), die Fritz aus seiner jetzigen Lebenssituation heraus gewinnt. Sich in den Arsch treten zu müssen zum Arbeiten, um danach umso heftiger zu feiern. Davor war die Arbeit sein alleiniger Lebenszweck. Arbeiten um des Arbeitens willen. Das Feiern und Genießen überlässt er schön den Katholiken und anderen Heiden, in der überlegenen Gewissheit, den Himmelslohn dafür später mit Zins und Zinseszins zu erhalten. Es gilt für ihn die Maxime: Arbeiten, um Gott zu gefallen. Jetzt hingegen arbeitet Fritz, um angenehm leben zu können. Er arbeitet, um die Rechtfertigung für sein zuckersüßes Leben zu haben. Und um die materielle Grundlage dafür zu schaffen, damit er … Also ehrlich, wenn das keine Veränderung im Leben ist. Vielleicht kann man auch von Fortschritt und Weiterentwicklung reden. In jedem Fall ist Fritz richtig aufgeblüht, vom dumpfen Mutter-Söhnchen zum Party-Tier, zum Alpha-Hengst und zum ach-ihr-wisst-schon-Bescheid. Als Fritz die Treppen zur Karaoke-Bar hinuntersteigt, schlägt ihm der eindrückliche Duft südostasiatischer Gewürze entgegen. Er liebt dieses exotische Essen und ist der Meinung, dass er in seinem Leben genug Eintopf, Kartoffelsuppe mit Würstchen und Kasseler mit Sauerkraut und Kartoffelpüree gegessen hat. Auch von gebratener Leber, Grünkohl und Buletten hat er genug. Die thailändische Küche hat ihn angefixt mit ihrer Schärfe und den fremden, ja eigenartigen Geschmacksdimensionen. Immer wenn er das leicht schäbige Ko Samui mit dem ein wenig abgewetzten Interieur betritt, verspürt er einen Hauch der großen, weiten Freiheit, die ihn reizt und die einen wichtigen Gegenpol zum Mief seiner Amtsstube bildet. Die Bar ist leer, ganz klar, denn es ist früher Nachmittag und die meisten Thailänderinnen schlafen aus, umsorgen ihre Göttergatten oder Kunden zu Hause. Nur Bum sitzt auf dem schwarzen Ledersofa, blickt interessiert auf den riesigen Fernseher und löffelt nebenher die riesige Suppenschüssel, aus der mächtig Dampf hochsteigt. Hinter der Bar steht Ferdinand, der deutsch-österreichische Zuhälter und Inhaber der Bar. Seine Frau Pim ist sicherlich in der Küche und trifft die Vorbereitungen für den allabendlichen Run. Ferdinand hebt die Hand zum Gruße und sagt mit vornehm klingenden Wiener Dialekt: »Ah geh, der Herr Doktor und Oberstaatsanwalt. Erfreut, dich zu sehen, Fritz. Die Frau Gemahlin ist auch schon da.« Fritz grüßt locker mit der Hand zurück und fühlt sich wertgeschätzt, ganz anders als von der blonden Rechtsreferendarin, die zwar zu allem Ja und Amen sagt, ihm aber am liebsten ins Gesicht spucken würde. Fritz mag Ferdinand, auch wenn der Katholik und Zuhälter für ihn im früheren Leben ein rotes Tuch gewesen wäre – beruflich wie privat. Bum wendet den Kopf, und ein zauberhaftes Lächeln macht sich auf ihrem Gesicht breit, als sie ihren Liebhaber und Lebensabschnittsgefährten sieht. Ihr Gesichtsausdruck sagt: Oh, big Daddy-Oh, da bist du ja endlich! Sie steht auf und umarmt Fritz mit einer Innigkeit, dass Fritz vor Glück platzen möchte. Unbeholfen küsst Fritz Bum auf den Mund, wobei er sich weit nach unten beugen muss und ihm die Brille beinahe von der Nase rutscht. Bum seufzt vor Glück und streichelt Fritz über das Gesicht.

»Was isst du denn da?«, fragt Fritz, als sie die Umarmungs-Zeremonie beendet haben. »Das sieht gut aus und duftet verführerisch, he, he, he.«

Bum zieht ihn aufs Sofa und antwortet »Lindfleisch-Nudelsuppe … Kom, plobiel … Ist gut und gesuuund.« Und so lässt sich der Herr Doktor und Oberstaatsanwalt von Bum füttern wie ein kleines Kind. Aber er genießt jeden einzelnen Löffel davon und die Art, wie sie ihm fürsorglich und mit einem Hauch Erotik den Löffel zum Mund führt und vorher ein wenig pustet, damit es nicht zu heiß ist. Dann tupft sie ihm sorgfältig mit der Serviette den Mund ab.

»Und schmeckt es meinem Mann gut?«

Ja, das tut es. Das magere Rindfleisch, die dünnen Reis-Nudeln, das Chili-Gewürz und das Zitronengras munden Fritz besser als jeder Gaisburger Marsch, den seine Mutter jemals gekocht hat. Auch wenn er das niemals seiner Mutter sagen dürfte, ohne sein Seelenheil oder irdisches Leben aufs Spiel zu setzen. Bum fächert Fritz mit der Speisekarte etwas Luft zu, denn im Karaoke-Keller staut sich die August-Hitze und die warme Suppe mit den scharfen Gewürzen tun das Übrige, um den Schweiß ausbrechen zu lassen.

»Hast du wiedel gut Geld veldient?«, fragt Bum beiläufig und nicht ernsthaft, aber wer thailändische Nutten kennt, weiß, dass das die allesentscheidende Frage ist.

»Ja, das habe ich in der Tat. Sehr viel Geld sogar«, entgegnet Fritz nicht ohne Stolz und denkt an das kurze Telefonat mit Arafat, das mindestens sechs Monatsgehälter wert war und auch einer dauerhaften Anhebung seiner monatlichen Bezüge den Weg geebnet hat. Bum sieht ihren Mann voller Stolz zufrieden an.

»Ehllich?«, vergewissert sie sich.

»Klar doch, wenn ich es dir sage.«

Bum greift seine Hände und will wissen: »Kommst du mit auf die Toilette? Füll eine kleine Belohnung?«

Welcher Mann könnte da schon widerstehen und Fritz' Herz macht beinahe einen Luftsprung, er denkt voller Dankbarkeit an sein schönes Leben und das viele Geld, das Arafat ihm zukommen lassen wird.

»Dir fehlt wohl die Wurst in der Suppe«, antwortet er und fühlt sich dabei ziemlich verrucht.

Bum lächelt.

»Ich hab Liesen-Hungel. Ich mag XXL-Wülste.«

Was nicht gelogen ist.

ııı

Arafat hat sich wieder ein kleines bisschen beruhigt. Was bedeutet, dass er keine Gegenstände mehr im Zimmer herumschmeißt, aufgehört hat, rumzubrüllen wie eine Reinkarnation von Adolf Hitler, und nicht mehr ganz so herzinfarktrot und schlaganfallviolett im Gesicht ist. Aber er ist immer noch wütend, so unglaublich wütend, dass er am liebsten Kleinholz aus seinem Raum machen würde.

»Die Schwanzlutscher sind zu weit gegangen. Ich werde sie lehren, so was nie wieder zu tun! Ich werde ihnen die Haut bei lebendigem Leibe abziehen! Ich werde ihnen die Schwänze abschneiden und sie zwingen, sie zu essen!«

Arafat ist von der riesigen schwarzen Ledersitzbank aufgestanden und fixiert Apostel, den er zum Rapport einbestellt hat. Obwohl er Apostel seit Ewigkeiten kennt, verspürt jetzt gute Lust, ihm eine reinzuhauen, dass es sich gewaschen hat. Schließlich muss sich Apostel nicht mit den Problemen herumschlagen, die ihn jetzt drücken. Aber Apostel ist immer ein guter und zuverlässiger Mitarbeiter gewesen und insofern verbietet es sich jetzt, ihm gegenüber ohne jeglichen Anlass handgreiflich zu werden.

»Du fährst zu der kleinen Türken-Bitch und …«

Arafat listet einen genauen Aktionsplan in einer Lautstärke auf, die jeder Dorfdisko Konkurrenz machen kann. 1) Video und Audio einrichten. 2) Dischle das rechte Ohrläppchen vor laufender Kamera abschneiden. 3) KOKE auf der Facebook-Seite das Video schicken. 4) KOKE das Ohrläppchen in einem Schmuck-Kästchen an die Firmenadresse senden.

»Geht klar, Boss«, sagt Apostel, der sich hütet nachzufragen, da er weiß wie explosiv sein Chef gerade ist.

Arafat straft ihn mit einem vernichtenden Blick.

»Nichts ist klar, du Null, die zwei Pisser haben versucht, mich bei der Staatsanwaltschaft in die Pfanne zu hauen. Das ist ungeheuerlich. Lachhaft geradezu.«

Arafat kriegt erneut einen hochroten Kopf und bebt am ganzen Körper. Er brüllt. Aus Leibeskräften. Diese Ungeheuerlichkeit, dass

KOKE versucht, ihm, Arafat, dem Boss der Bosse, weiter Widerstand zu leisten. Arafat würde vor Zorn am liebsten in die massive Goldkette beißen, die sein Handgelenk schmückt, und auf ihr herumkauen.

»Ist das alles?«, rutscht es Apostel raus, da er den Drang verspürt, sich schnell vom Acker zu machen, zumal ein Unwetter herrscht, das lebensgefährlich ist.

Aber die Frage war eindeutig eine zu viel. Arafat baut sich vor Apostel auf, holt die rechte, schlagringbestückte Hand aus der Hosentasche und schlägt Apostel mit voller Wucht auf die rechte Wange. Apostels Kopf fliegt nach links, es knirscht und Blut strömt aus zwei Wunden, während Apostel sich anstrengt, auf den Beinen zu bleiben.

»**Ich** sage dir, wann wir fertig sind, du Versager«, schreit er ihn an.

Apostel richtet sich wieder auf und versucht, nicht mit der Wimper zu zucken. Was gar nicht so einfach ist, da er ein paar Zahnbrocken und Blut ausspuckt und der vor Wut schnaubende Arafat direkt vor ihm steht und sich offensichtlich überlegt, ob er noch einmal kräftig zulangen soll, um seinem Angestellten ein für alle Mal zu demonstrieren, wer die Hosen anhat und dass es besser ist, sich allzu blöde Fragen zu verkneifen.

»Entschuldigung, Boss«, stammelt Apostel, während er auf Keramikresten herumkaut.

Arafat macht eine wegwerfende Handbewegung. Er schaut auf den Boden, der mit dem wundervollen Teppich bedeckt ist und dann aus dem Glasfenster auf die Berliner Skyline, nimmt beides nicht wahr, so sehr frisst ihn die innere Wut auf. Denn wie können sie es nur wagen, ihm die Stirn zu bieten, ihn so offensichtlich zu düpieren?

»Wir verfahren jetzt wie folgt mit KOKE. Wir haben inzwischen keine andere Wahl mehr, als eine rein aggressive Übernahme-Strategie zu fahren.«

Arafat klingt wie ein Unternehmensmanager, obwohl er vor Wut nicht ganz bei sich ist. Er hält einen Moment inne und bemerkt seinen Fehler und fährt fort »Also, nachdem KOKE unser Kooperations-Angebot, unser Joint-Venture-Ansinnen dermaßen mit Füßen getreten hat, bleibt uns nichts anderes übrig als die feindliche Übernahme anzustreben.« Und er erteilt Apostel weitere Befehle. »Also du …«

Die Befehle lauten wie folgt: Im Büro von KOKE ohne Spuren zu hinterlassen, einzubrechen, eine Spritze, 13 mg, mit mindestens 70%-reinem Heroin und den üblichen Fixer-Scheiß-Utensilien in einer der Schreibtisch-Schubladen zu deponieren. »Und dann?«, fragt Apostel, als Arafat zu reden aufhört. Aua, das tut jetzt schon weh. Und Apostel bereut sofort das »Und dann?« Denn Arafat holt aus und landet einen wuchtigen Upper-Cut auf Apostels linker Wange, wieder inklusive Schlagring versteht sich. Apostel stolpert zwei Schritte nach rechts, bleibt aber auf den Beinen. Spuckt wieder Blut, Füllungen und Zähne auf den Boden.

»Das nächste Mal hole ich mit voller Wucht aus, du Witzfigur«, droht Arafat, der kurz vor der Eruption steht.

Aber die Drohung ist unnötig, denn spätestens jetzt hat Apostel kapiert, dass er die Schnauze halten muss und lediglich Befehle entgegenzunehmen hat.

»In dem Video an KOKE muss die Botschaft enthalten sein, dass sie sich morgen um 18:30 Uhr in ihren Büroräumen für ein Skype-Meeting zur Verfügung halten, sonst stirbt Dischle.«

Punkt. Aus. Ende der Botschaft. Arafat checkt, ob Apostel Anstalten macht, wieder voreilig zu werden. Aber Apostel steht vor ihm wie eine Wachsfigur, die aus der linken Wange blutet und nicht bereit ist, die rechte noch einmal hin zu halten.

112

KOKE – Büro – Innen – früher Abend

Kolja und Kemal sitzen vor dem Laptop und sind bereit zum Skypen. Kemal sieht mitgenommen aus.

Kolja: »Reiß dich zusammen, mon Vieux. Wenn er sie umbringen wollte, hätte er das längst getan. Bei dem Ohrläppchen handelt es sich um eine Warnung.«

Kemal: »Eine Warnung? Das Ohrläppchen ist in jedem Fall ab und kann nicht mehr angenäht werden. Weißt du, wie sehr Dischle darunter leiden wird? Sie fühlt sich dann nicht mehr perfekt und wunderschön.«

Eine Melodie ertönt, die besagt, dass KOKE um die Annahme eines Skype-Gesprächs gebeten wird.

Kolja: »Bist du in der Lage? Oder soll ich sprechen?«

Kemal lacht unnatürlich.

Kemal: »Auf keinen Fall. Das übernehme ich.«

Kemal klickt auf Annehmen. Arafats eiskaltes Gesicht erscheint auf dem Bildschirm.

Arafat: »Die Geschichte mit Oberstaatsanwalt Dr. Weber hat mich, gelinde gesagt, irritiert. Das Ohrläppchen ist meine letzte Warnung. Eigentlich hätte ich ihr die Schamlippen abschneiden lassen sollen und das werde ich das nächste Mal machen.«

Kemal: »Wir werden alles tun …«

Arafat: »Das werdet ihr. Kemal, schwöre mir bei Allah und allem, was dir heilig ist, dass ihr die Route für immer ändern und keinen Widerstand mehr leisten werdet.«

Kemal: »Ich schwöre bei Allah und allem, was mir heilig ist, dass KOKE die Route für immer ändert und wir keinen Widerstand mehr leisten werden.«

Arafat: »Und jetzt der blonde Fettsack. Aber mit Gott anstatt Allah, auch wenn ich nicht glaube, dass das Kommunisten-Schwein besonders gläubig ist.«

Widerwillig hält Kolja sein Gesicht in die Kamera und leistet den Schwur.

Arafat: »Sehr gut. Sogar solchen Wichsern wie euch sollte klar sein, dass man heilige Schwüre nicht bricht.«

Arafat räuspert sich. Sein Gesicht wechselt von eiskalt zu besonders fies.

Arafat: »Kemal, öffne jetzt die zweitunterste Schublade des Schreibtisches und lege den braunen Briefumschlag auf die Tischplatte.«

Kemal sieht irritiert aus, führt dann aber den Befehl aus.

Arafat: »Öffne den Umschlag und platziere den Inhalt gut sichtbar auf den Schreibtisch.«

Kemal folgt wieder den Anweisungen. Er legt die Spritze, ein Plastikbeutelchen mit Heroin und Fixer-Utensilien auf den Schreibtisch.

Arafat: »Und jetzt setzt du dir vor laufender Kamera einen Schuss. So, dass ich alles ganz genau sehen kann.«

Kolja ballt die Fäuste und schluckt einen Schrei herunter, denn er würde am liebsten Arafat an die Gurgel …

113

… aber Kemal nimmt ruhig das Plastikbeutelchen mit dem braunen Pulver drinnen, schüttelt es, so wie er das auf der Straße macht, um Qualität und Quantität zu checken.

»Du weißt wie das geht?«, hört er Arafat von weit weg.

Anstatt mit einem Ja zu antworten, fragt er »Alles?« Doofe, rhetorische Frage. Also, Arafat lacht darüber. Er hat Spaß an der Sache. Kemal ist mulmig zu Mute.

»Wir sind doch hier nicht im Kindergarten«, setzt Arafat eins drauf. »Du bist doch ein gestandener Mann, der einen richtigen Druck verträgt.«

Kemal ist kein Depp, denn …

… er sieht, dass die Menge Heroin riesig ist …

… er weiß, dass das der goldene Schuss sein kann …

… er weiß, dass er Arafat ausgeliefert ist –wenn er Dischle retten möchte.

Der letzte Aspekt ist der springende Punkt. Ich muss es für Dischle tun, sagt er sich. Er nimmt die Plastikhülle von der Spritzennadel ab.

Eigentlich ist gegen einen gepflegten Schuss nichts einzuwenden, denkt Kemal, aber nur dann …

… wenn ich das möchte …

… wie viel ich möchte …

… wo ich das möchte …

und nicht wie hier

... auf diese Erpresser-Tour ...

... der Typ ist ein Vergewaltiger ...

... der keine Gnade kennt.

Immerhin hat Arafat ihm eine sauber aussehende Spritze zukommen lassen, denn er kann keine klebrigen Blutreste entdecken. Das ist doch schon mal was.

In der Spritze befindet sich keine Flüssigkeit, also ...

... kein Junkie-Blut ...

... kein Hepatitis A, B und C ...

... kein HIV.

Der Briefumschlag enthält eine Wundertüte. Arafat hat ein wenig Ascorbinsäure in Pulverform beigelegt. Kemal nimmt den Löffel, mischt Heroin, A-Säure und ein wenig Wasser, das ihm Kolja auf den Löffel getan hat. Es kann sein, dass du das nicht überlebst, denkt Kemal. Es kann sein, dass das Arafats Rache ist und es das dann war. Du krepierst hier vor seinen Augen und er lässt Dischle trotzdem über die Klinge springen. Aber ich habe keine Wahl. Ich muss alles tun, um Dischles Leben zu retten. Vielleicht hat er Strychnin mit braunem Kirchenmauerstaub gemischt. Dann verrecke ich sofort – elendiglich. Er macht sich auf die Suche nach der richtigen Einstichstelle. Er weiß, dass hierfür Venen an Unter- und Oberarmen sowie am Handrücken geeignet sind. Er entscheidet sich für den linken Unterarm.

»Auf geht's, du türkischer Waschlappen«, zischt Arafat. »Du sollst keinen Schönheitspreis im Drücken gewinnen, sondern dir das Zeug die Venen hochjagen.«

Er ist scharf darauf, mich leiden zu sehen, denkt Kemal. Er möchte meine Mannesehre beschmutzen und dass ich vor ihm zusammenbreche. Wahrscheinlich hat er die Menge Heroin so kalkuliert, dass ich kollabiere, aber überlebe. Hoffentlich. Aber wenn ich den Abgang mache, dann ist mein Freund bei mir, und es passiert nicht auf der Straße oder in der Bahnhofstoilette wie bei so vielen. Und obwohl er und sein Freund Kolja so gerne den Drogen zusprechen, ist Kemal in diesem Moment klar, dass die Drogensucht als Aussatz der Gesellschaft gelten könnte. Kemal legt den Abbinder sorgfältig am

Oberarm an. Ein blaues Halstuch. Wieso hat Arafat ihm dieses zum Abbinden in den Umschlag gelegt? Hat das etwas mit den Crips zu tun? Oder ist es Zufall, weil gerade etwas anderes nicht zur Hand war? Kemal weiß, dass sich durch das Abbinden die Venen dehnen und das Heroin, ohne zu platzen, aufnehmen können. Er bindet aber nur so stark ab, dass seine Blutzirkulation ohne Unterbrechung stattfindet. Kemal macht eine lose Schlaufe und hält das Ende mit den Zähnen fest. So kann er die Blutstauung rechtzeitig lockern, bevor er die Lösung injiziert. Jetzt gilt es, denkt Kemal. Auf Alter, für deine Schwester. Dann blickt er zu Kolja. Sein Freund steht ruhig neben ihm und ist in sich gekehrt, was sehr selten vorkommt. Vermutlich hat sich Kolja ebenso plausibilisiert, dass die Dosis nicht tödlich sein wird. Aber riskant ist das Unterfangen allemal und eine leichte Überdosierung ist garantiert. Das kann bei der Menge beinahe gar nicht anders sein. Kemal schluckt seine Angst herunter, kocht die Mischung, zieht sie in die Spritze auf und achtet genau darauf, in Richtung Herz einzustechen. Dann zieht er etwas Blut an. Okay, es ist dunkel. Jetzt löst er kurz vor dem Abdrücken den Abbinder, damit seine Venen nicht platzen.

»Und jetzt schießt du dich auf einen Druck ins All«, sagt Arafat. »Auf keinen Fall langsam, so wie eine Schauspiel-Schülerin das tut, die in sein möchte, weil sie fixt und das zum Beruf dazu gehört, sondern wie ein richtiger Mann. Wenn du das nicht bringst, ist Dischle dran.«

Kemal möchte schlucken, kann aber nicht, denn sein Mund ist zu trocken. Er weiß, was das bedeutet, diese Ladung auf einen Schwung in den Körper zu pumpen. Ihm ist heiß und er hat Schwierigkeiten mit dem Atmen. Auf seinem Hals bilden sich rote Flecken. Also, dann werde ich vor Arafat abkacken. Wenn ich das H schnell und in einem Zug hochschieße, wird mein Kreislauf in jedem Fall kollabieren. Ich werde auf dem Stuhl zusammensacken.

Dann ermannt er sich …

… atmet noch einmal tief durch …

… versucht positive Vibes zu sammeln und …

… drückt ab.

Innerhalb von drei Sekunden füllt sich sein Körper mit Wärme und ein waaaaaaahnsinniges Glücksgefühl breitet sich in ihm aus, bevor er zwei Sekunden später nach vorne zusammensackt und mit dem Kopf auf dem Tisch aufschlägt. Die Spritze hängt in seinem Unterarm, und er sieht aus wie der berühmte Fixer, der sich auf der Bahnhofstoilette den goldenen Schuss gesetzt hat. Kolja bleibt ruhig stehen, auch wenn es in ihm brodelt, es sein Herz zerreißt und er am liebsten durch die Laptop-Kamera kriechen würde, um Arafat die Lebenslichter auszupusten. Gleichzeitig ergreift aber eine Wehmut sein Herz, die er bisher nicht gekannt hat. Er stützt sich auf dem Schreibtisch auf wie ein alter Mann. In seinem Inneren betet er für seinen besten und einzigen Freund und er hofft, dass er sich in der Gewalt hat und nicht weinen muss. Er saugt seine Unterlippe ein und beißt darauf, um durch den Schmerz wieder die Kontrolle über die Situation zu gewinnen.

»Ein weiterer Fehltritt und ich lösche euch alle aus.«

Arafats Antlitz trieft vor menschenverachtendem Zynismus, dass es Kolja kaum gelingt, ruhig zu bleiben.

»Ihr habt mir Treue geschworen, ihr Schwanzlutscher! Ihr seid durch einen Eid an mich gebunden.«

114

Dann trennt Arafat die Skype-Verbindung. Kolja zieht Kemal die Spritze aus dem Arm und hievt ihn aus dem Sessel, um ihn in die stabile Seitenlage zu bringen, damit er nicht Gefahr läuft, an seinem Erbrochenen zu ersticken. Kemal hat die Augen ein klein wenig geöffnet und scheint bei Bewusstsein zu sein.

Kemal murmelt etwas wie …

… Taqiyya …

… und Kolja versteht sofort …

… der Kampf geht weiter …

… denn Kemal hat ihm häufig über die Taqiyya erzählt.

Das bedeutet, ihr Schwur Arafat gegenüber ist eine Täuschung. Da Arafat ein Ungläubiger ist und KOKE sich in Gefahr befindet. Taqiyya ist die im Islam erlaubte Notlüge. Kolja denkt einen Moment nach, wie viel ihm ein erzwungener Schwur bedeutet – nichts.

»Ja, Alter. Jetzt wehren wir uns erst recht«, möchte er sich und seinem Freund Mut machen.

Aber Kemal ist ins Nirwana des Heroin-Knockouts abgeglitten und für irdische Schwingungen nicht empfänglich. Verdammt, da muss ein Notarzt her, denkt Kolja. Sonst kackt mir der Junge noch in meinen Armen ab.

Ein offizieller Notarzt, das geht nicht, da sonst

zu viele Fragen / Stress / der Staatsanwalt.

Also ruft Kolja den Doc an. Der seine Approbation verloren hat, wegen seiner Liebe zu verbotenen Substanzen und weil er seinen Patienten verbotene Substanzen ohne Rezept besorgt hat. Der Doc geht sofort ran und meldet sich mit einer heiseren, leisen Stimme.

»Das ist ein Notfall. Schwing deinen Arsch wie der Blitz in unser Büro, bevor Kemal den Abgang macht!

-

Es ist mir egal, was du gerade machst, wie du dich grade fühlst und überhaupt!

-

Zwei Riesen. Aber mach schnell!

-

Und packe genügend Adrenalin ein, Mann, Kemal braucht davon eine Elefantendosis.

-

Mach schon Alter!«

Kolja steht da und betrachtet mit bangem Herzen seinen Freund. Dann steckt er das Handy in die Hosentasche. Seit Jahren hat Kolja nicht einmal ansatzweise so etwas wie Angst empfunden. Doch nun ist es ihm ganz eng ums Herz. Er betrachtet Kemal und schaut genau, ob er atmet, kann aber nichts erkennen. Jetzt stockt ihm der Atem. Er zwingt sich, noch genauer hin zu schauen und auf die kleinste Regung zu achten. Der Brustkorb scheint sich weder zu heben noch zu senken. Verdammt, denkt Kolja. Du kannst mich nicht alleine lassen. Wo wir schon so viel zusammen erlebt haben. Ich weiß nicht, was ich ohne dich auf dieser Welt soll. Dann ermannt er sich, schämt sich ein wenig ob seiner melodramatischen Gedanken, schüttelt sich wie ein Hund und geht zum weißen iPod-iPhone-Dock, das im Regal steht, das in demselben dunklen, edlen Farbton wie der Schreibtisch lackiert ist.

»Sorry, Alter, aber das brauche ich jetzt, für meine Nerven und dir macht es sicherlich nichts aus«, entschuldigt er sich bei dem mit einem verzückten Lächeln auf dem Boden liegenden Kemal.

115

Und wir werden bei Arafat einfallen wie das Stiernackenkommando von Farid Bang und Kollegah, denkt Kolja. Dieser kleine Wichser wird mich noch kennenlernen! Wie heißt es sinngemäß in dem Song Stiernackenkommando? Eine Glock mit Patrone im Lauf und es ist egal, wer dein Gegner ist, ob Gangster oder Möchtegern-Gangster, alles wird ausradiert. Die aggressiven Beats und die eingängigen Rhymes des Songs verleihen Kolja Sicherheit. Und er weiß, dass er mit einem Gramm Koks und zwei Bierflaschen Arafats gesamte Organisation ausschalten könnte.

116

Genau, Arafat, ich werde deinen Kopf malträtieren wie einen Sandsack, bis er aussieht wie Lamm-Ragout, denkt Kolja, den der aggressiv-dynamische Sound und die dominant penetrierenden Beats des Rap-Songs immer mehr aufbauen und in ihm den alten Kampfgeist wecken. Jetzt hat sich Kolja wieder im Griff, und er beugt sich zu Kemal herunter und spricht mit sanfter Stimme: »Auch wenn Arafat

Scarface, der Pate und Rambo in einer Person wäre, jetzt ist er dran! E-R-L-E-D-I-G-T!«

Aber es scheint, als ob Kemal aus dem Leben geschieden wäre, denn er atmet nicht mehr.

»Ich werde ihn für dich umlegen, Kemal«, verspricht Kolja seinem Freund. »Halt durch, Mann!«

Kolja weiß, dass bei überdosiertem Opiat die Atmung durchaus auf ein Minimum reduziert wird. Dennoch stirbt er beinahe vor Sorge um seinen Freund. So nahe war Kolja der Verzweiflung und den Tränen seit Jahren nicht mehr. Was ist, wenn Kemal es nicht schafft? Was soll er dann verdammt noch mal tun, nachdem er Arafat grausam und langsam zur Strecke gebracht hat? Dann ist er alleine in der Welt und hat niemanden mehr. Verdammt, wenn nur der Doc schon da wäre!

117

Der Doc hat am Telefon nicht gelogen. Der Doc sagt, was er meint, und eiert nicht drum rum wie die meisten anderen. Er sieht mitgenommen aus. Fertig, am Ende und verbraucht. Und würde er das Geld nicht so dringend benötigen und würde er nicht noch ein klein wenig den hippokratischen Eid in Ehren halten, dann hätte er heute Abend alles lieber getan, als zu KOKE ins Büro zu kommen, auch wenn er die beiden Jungs eigentlich ganz gerne mag. Die dünnen Lippen sind traurig nach unten gebogen, und es wirkt, als ob er eine Maske tragen würde, so starr sind seine Gesichtszüge.

»Mach diese schreckliche Musik aus, sonst kehre ich sofort um«, schnauzt er Kolja an, als er noch vor der Türe steht und ihm die aggressiven Gangster-Rap-Beats wie ein wilder Orkan entgegenschlagen.

»Fick dich selber«, antwortet Kolja. »Du bist nicht zum Vergnügen hier. Und für dich mache ich keine Oldie-Night mit Beatles und Gitarren-Geklimper.«

»Von wegen kranker Scheiß«, kontert der Doc. »Nach den Beatles ist die Musik-Entwicklung stehen geblieben. Und so ein Affen-Gestampfe hält keine Sau aus, so viel Sedierung ist gar nicht möglich, dass man das als normaler Mensch ertragen kann.«

Der Doc ist knapp über 50, sieht aber aus wie 70. Weiße, lange Haarsträhnen hängen ihm wirr an den Seiten herunter. Das Gesicht ist lang und hager. Die Zähne sind verfault. Die Haut vom Doc ist weiß-gelblich. Richtig, der Doc hat d). a) Hepatitis a b) Hepatitis b c) Hepatitis c d) a) bis c). Das kommt vom 1) Berufsrisiko. Wenn du als Arzt einen Junkie zusammenflicken musst, hast du schneller d), als du boff sagen kannst. 2) Freizeitverhalten. Unter dem Einfluss von Sedativa wird der Doc in der Freizeit nachlässig und nimmt Pumpen, die nicht sterilisiert wurden und zwei Sekunden vorher in einem Junkie-Arm drin hingen, der mehr Krankheiten in sich trägt, als man allgemeinhin annimmt. Kolja zerrt das Gespenst in das Büro.

»Wir müssen uns beeilen, denn ich bin mir nicht sicher, wie lange er durchhält.«

Der Doc lacht ein bisschen irre, bleibt stehen, fährt sich mit der rechten Hand durch die wirren Haare und blickt Kolja in die Augen.

»Keine Angst, Unkraut vergeht nicht, da musst du nur mich anschauen«, versucht er den Russen zu beruhigen.

Kolja sieht die winzigen Pupillen vom Doc, sieht, dass der voll drauf ist, und das ist auch gut so, denn »Ich würde mich niemals von dir operieren lassen, wenn du nüchtern bist oder einen Affen hast«, sagt er dem Doc, während er ihn fixiert. »Denn sobald du nicht auf Drogen bist, bist du zu nichts zu gebrauchen. Dann würde ich mir nicht einmal Augentropfen von dir verabreichen lassen.«

Der Doc gähnt ausgiebig.

»Aber solange du drauf bist, würde ich mich bei dir unters Messer legen, auch für die komplizierteste Operation«, fährt Kolja fort und ein Lächeln umspielt den Mund des Doc, als er das Kompliment hört. »Kümmere dich um Kemal, denn es steht nicht gut um ihn.«

Der Doc schüttelt den Kopf à la Muss die Liebe schön sein, stellt seine abgewetzte, braune Arzttasche aus Leder auf den Boden und kniet sich neben Kemal hin. Er schiebt ein Augenlid hoch und leuchtet mit einer kleinen Taschenlampe hinein, um die Pupillenreaktion zu testen.

»Der hat sich ganz schön abgeschossen«, kichert er in sich hinein. »So kenn ich ihn gar nicht. Beneidenswert.«

»Das ist eine lange Geschichte, die wir uns für ein anderes Mal aufheben«, macht Kolja unmissverständlich klar, dass er jetzt nicht in der Stimmung ist, Drogengeschichten zum Besten zu geben, auch wenn er sonst so gerne darüber redet.

Der Doc holt eine Spritze aus seinem Koffer.

»Das Adrenalin ist nur der erste Schritt. Danach spritze ich ihm noch ein paar Vitamin- und Mineralienpräparate. Es wird eine Weile dauern, aber Kemal wird beinahe so frisch erholt wie ein kleines Baby aufwachen, vielleicht mit ein paar kleinen Zipperlein, aber nichts Ernsthaftem.«

Kolja nickt und beobachtet, wie der Doc gekonnt seiner Arbeit nachgeht. Es stimmt, es gibt kein Zittern oder Zögern. Der Doc weiß, was getan werden muss. Und er kennt sein Geschäft gut. Kemal fängt an, sich ein wenig zu regen und zu blinzeln. Aber er befindet sich noch weit weg in einem Parallel-Universum und bereitet erst langsam seine Landung auf der Erde vor. Der Doc erhebt sich und schaut auf seine billige Kinder-Armbanduhr, auf der Micky Maus abgebildet ist.

»Gib ihm ein wenig Zeit und dann könnt ihr wieder Händchen halten oder auf die Walz gehen. Aber richte Kemal aus, dass er es heute am besten nicht mehr übertreiben soll. Schließlich ist er keine 18 mehr«, gibt er Kolja einen Rat und kichert stumpfsinnig in sich hinein.

Kolja verzieht das Gesicht, baut sich vor dem Doc auf und steckt ihm vier brandneue Fünfhunderter in die Tasche seines braun-grün karierten Hemdes. Der Doc schnalzt zufrieden mit der Zunge und in das ansonsten starre Gesicht kommt ein wenig Leben.

»Die Firma dankt, Bruder!«, zollt er dem Russen jetzt unumwunden den nötigen Respekt.

Dann sucht er in der Hosentasche und gibt ihm vier Tapes.

»Diazepam. Für Kemal. Wenn nötig, zum Entspannen. Und dir würde das auch nicht schaden, so wie du aussiehst. Hast du seit drei

Stunden nicht mehr gebumst oder was stimmt mit dir nicht?«, verfällt er dann wieder in seinen ironischen Modus.

Der Doc kneift die Augen noch stärker zusammen und setzt nach.

»Oder kriegst du keinen mehr hoch? Ist es das? Bist du deshalb so verspannt? Brauchst du blaue Tabletten?«

Es folgt ein kurzes, dreckiges Lachen.

»Danke, um mich musst du dir keine Gedanken machen«, zeigt sich Kolja unwillig, auf ein Scheingefecht einzugehen. »Hauptsache Kemal kommt wieder auf die Beine. Das ist alles, was zählt, Mann.«

Der Doc macht auf dem Absatz kehrt, überlegt es sich, bleibt stehen und fragt: »Brauchst du was?«

Kolja runzelt die Stirn. Was soll er jetzt machen? Wäre es nicht das Klügste, nüchtern zu bleiben? Oder soll er sich mit Vorräten eindecken, damit er für das, was auch immer da kommen möge, gewappnet ist?

»Weißes, Pep?«, vergewissert er sich vorsichtshalber, da er die Vorliebe des Doc für Downer kennt.

Der Doc stellt seine Arzt-Tasche auf den Boden und öffnet sie.

»So viel du brauchst. Ich hoffe, dass du das nötige Kleingeld parat hast. Denn du weißt ja, bei mir gibt's nur Cash-and-Carry-Geschäfte, ansonsten bleibt die Apotheke geschlossen.«

Kolja raschelt verheißungsvoll mit den Scheinen in seiner rechten Hosentasche.

»Na, dann pack mal auf den Tisch, was du dabei hast, du Großmaul«, fordert er den Doc auf.

Und der Doc packt aus.

»Okay«, ist alles, was Kolja jetzt noch einfällt.

TEIL 7

TERRORISMUS

118

Probleme mit Terrorismus beginnen bei dem Wort selbst. Denn es stellt sich die Frage, was Terrorismus ist. Eine einheitliche Definition des Begriffs ist nicht auszumachen.

Es gibt

… zahlreiche Definitionen von Terrorismus …

… Tausende Bücher über Terrorismus …

… unzählige Konferenzen über Terrorismus, wie zum Beispiel die in Jerusalem im Jahre 1979 …,

… wo unter Terrorismus verstanden wird …,

… dass er vorsätzlich und systematisch mit Waffengewalt das politische System bekämpft, um eigene politische Ziele realisieren zu können.

Diese Definition besitzt den Vorteil, dass sie einem erspart zu fragen … **wer** der Terrorist eigentlich ist. Früher behauptete Kolja, die tschetschenischen Langbärte seien Terroristen und Kemal hingegen beschuldigte die USA und die NATO. Heute sind Kolja und Kemal die besten Freunde. Bleibt aber die Frage: Wer ist also der Terrorist? Eben. Also, der Terrorist ist immer der, … der vorsätzlich und systematisch mit Waffengewalt das politische System bekämpft, um eigene politische Ziele zu realisieren. Punkt. Unabhängig vom Standpunkt und der Perspektive. Keine Fragen mehr, wer ist hier eigentlich der Unterdrücker und wer der Freiheitskämpfer? Eine Vereinigung, die in aller Radikalität die Eliminierung westlicher demokratischer Institutionen und die Errichtung eines muslimischen Gottesstaates, in dem die Scharia herrscht, anstrebt, dürfte also als terroristisch eingestuft werden. Ziemlich sicher sogar. Eigentlich keine Frage. Oder etwa doch?

119

KOKE-Büro – Innen – Später Abend

Kemal liegt in der stabilen Seitenlage auf dem Teppichboden, schlägt langsam die Augen auf und blickt benommen um sich.

Kemal: »Was für ein Trip. Einmal ans Ende des Universums und wieder zurück.«

Mit der linken Hand fasst er sich an die Stirn.

Kolja: »Ganz ruhig, Alter. Alles ist gut. Du bist wieder auf der Erde gelandet.«

Kemal stöhnt auf vor Schmerzen.

Kemal: »Alles ist gut? Das nennst du gut? Arafat hat Dischle ein Ohrläppchen abgeschnitten und mich beinahe mit einem goldenen Schuss ins Jenseits befördert.«

Kolja: »Du hattest keine Wahl! Du musstest dir vor seinen Augen einen Wahnsinns-Schuss setzen, der sogar einen Elefanten in die Knie gezwungen hätte!«

Kemal: »Dafür geht es mir erstaunlich gut.«

Kolja: »Der Doc war da und hat sich um dich gekümmert.«

Kemal: »Wie viel Adrenalin und wie viele Liter Vitamine und Mineralien hat er denn in mich reingepumpt?«

Kolja: »Das willst du gar nicht wissen.«

Kemal: »Ich hatte eine Vision …«

Kolja lacht dreckig.

Kemal: »Ich weiß. Wer Visionen hat, soll zum Arzt gehen. Aber ich weiß, wie wir Arafat in die Knie zwingen.«

Kolja: »Dann lass mal hören, Alter.«

Kemal: »Wir lassen uns auf jeden Fall nicht dermaßen ins Nest scheißen.«

Kolja: »So weit war ich auch schon. Dafür brauche ich kein Heroin, um den Schmalspur-Einstein raushängen zu lassen.«

Kemal: »Ich weiß, wie wir Arafat für immer dran kriegen.«

Kolja: »Spann mich nicht so auf die Folter, sonst muss ich mir noch zur Beruhigung eine von den Diazepam einschmeißen, die der Doc für dich da gelassen hat.«

Kemal blinzelt zweimal – in Super-Slow-Motion.

Kemal: »Hat der Doc sonst noch was da gelassen? Dias sind das Letzte, wonach mir der Sinn steht. Ich brauche was, um in Schwung zu kommen, um die Pumpe richtig in Gang zu setzen, damit wir uns ans Werk machen können.«

Kolja grinst – breit.

Kolja: »Das hört man selten von dir. Aber du hast Glück gehabt, ich habe uns ein paar Vorräte zugelegt.«

Kemal: »Dann lass mal rüberwachsen, und ich erzähle dir von meinem Traum. Von Anschlägen, dem Nahen Osten und den Palästinensern.«

120

Wieder einmal wird Wikipedia zurate gezogen, wo die beiden Freunde in etwa Folgendes finden: Palästina liegt geographisch gesehen an der südöstlichen Küste des Mittelmeeres. Es umfasst Teile der Gebiete des heutigen Israel, Golan, Gazastreifen, Westjordanland und Jordanien. Es ist klar, dass für das Judentum, den Islam und das Christentum diese Region eine ganz besondere geschichtliche und religiöse Bedeutung besitzt.

Kolja: »Bushido hatte eine Palästina-Karte auf seiner Homepage, auf der es Israel nicht gibt.«

Kemal: »Bushido ist halber Araber. Bushido hat mächtige palästinensische Blutsbrüder. Bushido ist außerdem immer aufmerksamkeitsgeil. Der würde sogar Hundescheiße fressen, wenn er dadurch in die Schlagzeilen kommt. Oder sich als Osama bin Laden verkleiden.«

Weiter lesen die Freunde, dass der Staat Palästina am 15. November 1988 in Algier von der PLO als Staat der Palästinenser ausgerufen wurde.

Kemal: »Die Sowjets haben den Kampf der PLO unter Arafat gegen Israel unterstützt und Waffen geliefert.«

Kolja: »Als Teil des Kampfs gegen die US-Imperialisten.«

»Palästinensische Autonomiegebiete

Sie bestehen aus dem Gazastreifen und 40 Prozent der Fläche des von Israel besetzten Westjordanlandes. Die Palästinensische Autonomiebehörde beansprucht jedoch das gesamte Westjordanland und Ostjerusalem.« (Wikipedia)

Kolja: »Die PLO war nie so sehr auf die Vernichtung Israels und der Juden aus wie die Hamas heute.«

Kemal: »Genau. So sehen sie das auch bei der BAW.«

121

… BAW … ?

»Was hast du dir vorgestellt?«, fragt Kolja.

Kemal erzählt von seiner Vision.

»Wir gehen zur BAW.«

»Hä?«

B-U-N-D-E-S-A-N-W-A-L-T-S-C-H-A-F-T!

»Und dann?«, steht Kolja immer noch auf dem Schlauch.

»Das sind diejenigen, die sich bei terroristischen Straftaten einschalten, die Deutschland gefährden.«

Aber Kolja hat die Schnauze gestrichen voll von

Petzen / Anschwärzen / in die Pfanne hauen.

»Wir scheißen niemanden mehr an, indem wir ihn bei der Staatsmacht anschmieren, Alter. Das mache ich nicht mehr mit. Du kannst höchstens Selbstanzeige als ehemaliger Taliban einreichen.«

Also muss Kemal Überzeugungsarbeit leisten. Was nicht einfach ist, mit seinem H-Schädel, der …

… brummt …

und

… brummt …

und

… brummt.

»Die BAW ist unbestechlich«, versucht es Kemal weiter.

»Bullshit, alles nur eine Frage des Preises«, wischt Kolja das Argument vom Tisch. Wie gesagt, dieses Mal wird es nicht einfach für Kemal Kolja von seinem Plan zu überzeugen.

Aber eine Vision

… ist …

… eine Vision …

… ist …

… eine Vision.

Klar, Helmut Schmidt hat gesagt, wer Visionen hat, soll zum Arzt gehen. Aber das ist ein Statement eines Realpolitikers, der seine politischen Gegner diskreditieren und mundtot machen möchte.

Um Kolja zu überzeugen, sind

gute Argumente / plastische Bilder / eindringliche Vergleiche

gefragt.

Also versucht es Kemal wie folgt: »Hör mal Ko, nur weil du einmal einen Döner erwischt hast, der nicht schmeckt, hörst du doch nicht auf, Döner zu essen.« Döner ist zwar nicht Koljas Lieblingsgericht, aber hin und wieder genehmigt er sich gerne einen oder zwei.

»Zumal es in Berlin mehr Döner-Läden gibt als Suppenküchen in Saigon«, gibt sich der Russe zugänglich. »Außerdem besitzt jeder Türke, den ich kenne, einen Döner-Laden, weshalb die sagenhaft günstig sind.«

Wirklich. Jeder Türke. Außer Kemal. Aber der ist ja auch halber Kurde. Dann erinnert Kemal Kolja daran, dass er nichts anderes tun möchte, als sein Lebensmotto mit Hilfe der BAW umzusetzen. Hilf den Menschen = ziehe Arafat aus dem Verkehr und du hilfst dir selbst = KOKE ist aus der Schusslinie und Dischle wird befreit.

Also die Bundesanwaltschaft …
… ist ganz scharf auf …
… terroristische Vereinigungen …
… Attentate mit terroristischem Hintergrund …
… Terroristen.

Die brauchen das wie die Luft zum Atmen oder der Fisch das Wasser. Dafür sind die da. Dafür leben die. Und ohne Terrorismus kann sich die BAW abschaffen. Deswegen schnappen die nach jedem noch so abgewetzten Knochen, den man ihnen hinhält.

Und nachdem die Bundesanwaltschaft bei der nationalsozialistischen Terrorgruppe, dem …
… NSU …
… äh, sagen wir mal …
… ziemlich abgekackt hat …
… oder aber, sagen wir es etwas versöhnlicher …,
… keine so glückliche Figur abgegeben hat …,
… sind sie scharf auf Wiedergutmachung.

Warum sie bei den Glatzköpfen keine gute Figur gemacht haben, will Kolja wissen, und Kemal ist um die Antwort verlegen, weil das gar nicht so einfach zu erklären ist. Also, da gibt es die Verdachtsmomente, dass a) die Polizeibehörden der Länder ziemlich beschissen ermittelt haben b) Beweismaterial verlorengegangen (ähhhhh, vernichtet, ahhrr) worden ist, das heißt, die NSU-Bombe wurde für Schulungen eingesetzt, und die einzig verwertbaren Fingerabdrücke stammen von Polizisten, na wenn das kein hinreichender Anfangsverdacht ist c) die Polizei auf dem rechten Auge blind ist (sorry Weimar, aber die Geschichte wiederholt sich bekanntlich) d) der NSU aus von der Staatsmacht bezahlten Spitzeln bestand bzw. von Agenten geführt wurde e) vom Staat bezahlte Ratten den NSU mit Waffen, Unterkünften, Pässen und weiteren lebensnotwendigen Dingen versorgten f) eventuell ein Verfassungsschutz-Agent selber einen der Döner-Morde ausgeführt hat.

»He, he, he«, lacht Kolja, als Kemal bei f) angekommen ist, obwohl das Ganze natürlich zum Heulen ist, für Kolja aber eher lustig, da es für ihn einmal mehr beweist, in was für einer Bananen-Republik-

Deutschland (BRD) er lebt. Also – greift Kemal den Faden wieder auf – sucht die BAW verzweifelt nach einer passenden Gelegenheit, die NSU-Scharte auszuwetzen und um sich und die Ermittlungsbehörden von jeglichem Verdacht reinzuwaschen. Und diese Gelegenheit will KOKE der BAW doch nur allzu gerne bieten. Und das soll laut Kemal so funktionieren: 1. KOKE liefert der BAW Beweise dafür, dass Arafat als Halb-Palästinenser Teil der HAMAS ist 2. KOKE fingiert ein Bekennerschreiben und schiebt Arafat Indizien unter, die belegen, dass er Anschläge auf die Israelische Botschaft und auf die Neue Synagoge verüben möchte. Natürlich fragt Kolja: »Und was wird aus Dischle?«, was Kemal zum nächsten Punkt führt. 3. KOKE simuliert den Angriff eines israelischen Sondereinsatzkommandos, das Arafats Basis angreift und vernichtet woraufhin Kolja sich ein »Das kann doch nicht dein Ernst sein – so etwas von dir zu hören, erstaunt mich sehr« nicht verkneifen kann. 4. KOKE befreit Dischle während des Angriffs. Kolja ist baff. Ihm ist die militärische Lösung gar nicht so recht. Er hat ein ungutes Gefühl. Warum immer nur alles mit Gewalt lösen wollen? Und es kommt ihm vor, als ob er und Kemal die Rollen tauschen, denn sein bester Freund spricht gar nicht mehr vom Versuch, eine friedliche Lösung finden und den Dialog zu suchen, wohingegen ihm diese Lösungsalternative immer sympathischer erscheint, da er sich nach Frieden und Ruhe sehnt.

»Hast du keinen anderen Plan? Drittens und viertens verstehe ich. Aber, wozu brauchen wir erstens und zweitens?«, wendet Kolja kritisch ein.

»Um zu verdecken, dass wir drittens und viertens begangen haben und um in den Augen der Staatsmacht die moralische Rechtfertigung zu besitzen, Arafat als Terroristen aus dem Verkehr zu ziehen.«

»Also erstens und zweitens Desinformation. Drittens und viertens militärischer Teil«, systematisiert Kolja den Plan. »Gibt es keine friedliche Lösung?«

Kaum ist diese Frage verklungen, staunt Kemal mit offenem Mund. Das von Kolja zu hören, der sonst lieber zuerst draufhaut und erst dann nachfragt. Deshalb schüttelt Kemal nachdrücklich den Kopf. Aber Kolja hat praktische Einwände.

»Hör mal, es gibt zwei Haken. Erstens, weißt du, was das kostet? Und zweitens, weißt du, wie viel Zeit wir für die Vorbereitungen brauchen?«

Kemal richtet sich auf. Dann steht er auf Beinen, die sich anfühlen wie Wackelpudding. Er fühlt sich schwach und unsicher wie ein Neugeborenes, verspürt aber einen unbändigen Willen, Arafat zu vernichten.

»Eben. Lass uns mit den Vorbereitungen anfangen.«

Und nach einer kurzen Pause fügt er hinzu:

»Arafat hat uns doch unseren Anteil an der Balkan-Route ausgezahlt. Das ist unser Startkapital. Damit kaufen wir einen Teil der israelischen Ausrüstung.«

122

Ist der Plan von KOKE hinterhältig? Wird mit Arafat ein Unschuldiger in die Pfanne gehauen? Klar, Arafat ist in keiner Weise unschuldig. Aber er hat doch nichts mit Terrorismus zu tun, oder? Und so unglaublich es klingen mag, aber Arafat hat auch in dieser Hinsicht Dreck am Stecken. Es ist schwierig zu vermitteln, hört sich an wie ein billiges Klischee und ist auch eines, aber es entspricht der Wahrheit. Arafats Beziehungen zum Terrorismus sind vor allem genetisch bedingt. Nicht so, wie sich das jetzt anhört, aber er hat quasi durch die Geburt den Terrorismus in die Wiege gelegt bekommen. Oder, um ein anderes Bild zu bemühen, er hat den Terrorismus mit der Muttermilch aufgesaugt. Arafat hat es in dieser Hinsicht nicht einfach, das muss der Gerechtigkeit halber einmal erwähnt werden. Denn seine Mutter gehört zum Jet-Set des palästinensischen Terrorismus und kümmert sich mehr um Hijack-Taktiken als um Kind, Heim und Herd. Oh ja, es fällt heute schwer zu glauben, aber die Palästinenser sind in den Sechziger- und Siebzigerjahren des 20. Jahrhunderts radikale Vorreiter in Sachen Gleichberechtigung – zumindest auf dem Papier. Emanzipation bedeutet für die Palästinenser, dass Frauen gleichberechtigt mit Männern an Terror-Aktionen teilnehmen dürfen. Das heißt, sie dürfen Waffen schmuggeln, schießen, töten und vor allem mit den Anführern den Beischlaf ausüben. In dieser Hinsicht sind die Palästinenser doch noch nicht so weit, denn das Sagen haben die Männer. Äh, klar, wer denn sonst? In diesem Teil der Welt und bei diesen gesellschaftlichen Strukturen? Aber immer schön der Reihe nach. Fatima stammt aus einem recht wohlhabenden Elternhaus aus Rafa. Ihr Vater ist erfolgreicher Kaufmann, dem es egal ist, mit wem er Geschäfte macht, so lange der Profit stimmt. Und der ist nicht übel. Die Tragik ihres Elternhauses besteht darin, dass er sich nach einer Weile fragt, für wen er den Profit erwirtschaftet. Denn Fatimas Eltern haben keinen männlichen Nachkommen. Nur drei Töchter – und das hat schon manchen liberal-aufgeklärten Europäer aus dem emotionalen Gleichgewicht gebracht. Fatima ist die Älteste. Sie ist klug und reüssiert in der Schule. Obwohl die Familie Geld besitzt, ist an eine Erziehung in England nicht zu denken – so wie es die richtig reichen Palästinenser ihren Kindern ermöglichen. Da ihr Vater auch Geschäfte mit Ostblock-Ländern macht, keine ideologischen Scheuklappen auf hat und viel von der autoritär-straffen Erziehung im Kommunismus hält, beschließt er, Fatima auf die Universität in Bukarest zu schicken. Es ist jetzt bei Weitem nicht so, dass Fatima undankbar wäre. Sie weiß, dass ihre Ausbildung teuer ist und ihren Eltern Opfer abverlangt. Sie spürt die Abwesenheit vom Elternhaus als Befreiung. Endlich ist sie weg vom strengen Vater und der ewig nörgelnden Mutter, der sie nie was recht machen kann, egal wie sehr sie sich anstrengt. Und als sie Roman in einem Bukarester Straßencafé kennenlernt, ist es um sie geschehen. Sie verliebt sich Hals über Kopf in den kräftigen, exotischen jungen Mann, der unverhohlen um sie wirbt und ihr den Hof macht. Roman geht nicht auf die Universität, denn er ist Zigeuner und Zigeuner haben es auch unter Ceausescu schwer. Aber für Politik interessiert sich Fatima noch nicht, und sie verliebt sich stehenden Fußes in Roman, gibt sich ihm hin und schenkt ihm ihre Unschuld. Nach wenigen Wochen ist Fatima schwanger. Der Schock sitzt tief und weder sie noch Roman haben eine Idee, wie sie mit der Situation umgehen sollen. Nach einigem Nachdenken möchte Roman, dass Fatima zu seiner Familie zieht, hat aber keine Ahnung, wie seine Familie darauf reagieren wird. Und Fatima weiß inzwischen, dass Zigeuner Stigmatisierung und Ghetto bedeuten, auch im kommunistischen Rumänien, wo angeblich alle Menschen gleich sind. Fatima ist sich nicht sicher, was sie tun soll, obwohl sie Roman liebt, und sie sucht die Nähe zu anderen Palästinensern in Bukarest, was sie in Kontakt mit den Radikalen bringt. Schließlich kehrt Fatima schweren Herzens zurück nach Rafa und bringt dort einen gesunden Sohn zur Welt. Arafat. Die Beziehung zu ihrer Familie gestaltet sich nicht einfach, denn jetzt ist sie der Schandfleck und eine Belastung und Roman ist weit weg und sie hat Sehnsucht nach ihm. Fatima sitzt zwischen den Stühlen und es scheint kein Ausweg in Sicht, denn dass Roman nach Rafa kommt, ist so undenkbar wie ein Papst, der erklärt, dass Jesus homophil war. Als 1967 die PLO gegründet wird, ist Fatima hellauf begeistert. Sie besitzt noch Kontakte zur palästinensischen Linken aus ihrer Zeit in Bukarest und radikalisiert sich. Arafat ist allerdings ein Klotz am Bein. Und obwohl sie ihren Stammhalter liebt, entscheidet sie sich für das Primat der Politik. Damit steht sie in einer Linie mit vielen Frauen ihrer Zeit wie a) Gudrun Ensslin und b) Ulrike Meinhof. Alle haben sie ihre Kinder aufgegeben, um bewaffnet für eine bessere Welt ohne Ungerechtigkeit und für eine Gesellschaft voller Menschlichkeit zu kämpfen. Aber was passiert mit Arafat? Wohin mit ihm? Bei ihren Eltern möchte sie ihn nicht lassen. Das geht unter keinen Umständen, denn inzwischen ist der Graben zwischen ihr und ihren Eltern unüberbrückbar tief. Das Tischtuch ist zerschnitten. Also ruft sie Roman an und fragt, ob sie das Kind bei ihm lassen kann, während sie in den bewaffneten Kampf für die Weltrevolution und einen freien Staat Palästina zieht. Roman erkennt Chancen und Potenziale, die in diesem Angebot stecken, denn auf diese Art und Weise 1. bindet sich Fatima dadurch wieder stärker an ihn 2. ist er seinem Sohn nahe 3. kann er einen guten Mann aus ihm machen. Was er nicht kann, ist, den Namen seines Kindes zu ändern. Also heißt Arafat weiterhin Arafat.

»Ich werde einen tapferen Mann aus ihm machen«, verspricht Roman Fatima, und kurze Zeit später befindet sich der kleine Arafat in seiner neuen Heimat.

123

Kemal ist immer noch ein bisschen tattrig auf den Beinen. Der Heroin-Schuss, der beinahe golden war, steckt ihm gehörig in den Knochen. Dennoch schlägt sein Herz schneller als sonst und er kann es bis hoch zu seinem Hals spüren. Sein Magen befindet sich in Aufruhr. Der Mund ist trocken. Kemal steht vor dem Badezimmerspiegel und gelt sich seine pechschwarzen, feinen Haare nach hinten. Im Gegensatz zu den meisten Osmanen besitzt er recht dünnes und seidiges Haar. Die kurz geschnittenen Haare türmen sich dynamisch über seiner schönen Stirn, die weder zu groß noch zu klein ist. Er blickt in den Spiegel und findet, dass seine dunkelbraunen Augen das Faszinierendste an ihm sind. Und dass er diese bei seinem jetzigen Vorhaben gut und gekonnt einsetzen sollte. Dann seift er sich mit dem Bio-Rasierschaum ein und rasiert sich sorgfältig. Die Haut ist schön glatt. Er überlegt, ob er ein sehr teures, konventionelles After-Shave auftragen soll, entscheidet sich dann aber für die günstigere Bio-Variante. Er möchte authentisch sein. Wäre es ihm nicht so ernst und würde es ihm nur darum gehen durch guten Geruch jemanden ins Bett zu kriegen, hätte er sich für das edle Rasierwasser entschieden. In seinem Schlafzimmer legt er drei T-Shirts nebeneinander auf das luxuriöse Bett, das eine tolle Spielwiese ist. Die Message mit dem T-Shirt ist eindeutig. Er will zeigen, dass er Hip-Hop liebt. Und Samy Deluxe scheint ihm da ein geeigneter Kandidat zu sein. Es geht in diesem Fall ja nicht darum, einen Albaner mit einem endlos langen Vorstrafenregister durch seine Gangsta-Rap-Attitüde zu beeindrucken. Sondern er möchte einer jungen Frau sein Wesen präsentieren. Ehrlich und unverfälscht. Er entscheidet sich gegen die Shirts mit dem Dollarzeichen $ und Superheld. Seine Wahl fällt auf das anthrazitgraue, kurzärmelige T mit dem knallgelben Aufdruck Sonne Raus! Dazu zieht er eine dunkelblaue Superdry-Skinny-Jeans an. Die Jeans hat Löcher – aber dezent dosiert und an den richtigen Stellen. Kemal ist sich im Klaren darüber, dass die Löcher an der Jeans teurer sind als der Stoff, und er ist sich durchaus bewusst, dass Superdry weit davon entfernt ist, ökologisch korrekte und biologisch wertvolle Kleidung herzustellen. Aber er steht auf die abgefahrenen Schnitte und mag, wie die Jeans sich anfühlt und trägt. Er betrachtet sich im Ganzkörperspiegel seines Schlafzimmerschranks und ist zufrieden mit dem, was er sieht. Und wer nicht Bescheid weiß, kann auch seine Heroin-Eskapade nicht erahnen. Er blickt auf sein weißes iPhone. Er hat noch zwanzig Minuten. Er atmet tief durch. Er ist ganz versessen darauf, Lol wiederzusehen. Wenn er nur nicht so aufgeregt wäre. Aber das gehört zum Menschsein dazu, beruhigt er sich. Also wozu sich darüber aufregen.

124

Sie haben den besten Platz im Sappho. Sie sitzen beinahe ungestört im hinteren Teil des großen Saals. Auf dem kleinen Tisch liegt ein schneeweißes, dickes Tischtuch. Ein schwerer, silberner Kerzenleuchter thront in der Mitte des Tisches. Die Klangatmosphäre an sich ist bereits etwas Besonderes. Besteck, das leise mit teurem Porzellan in Berührung kommt. Gedämpfte Gespräche. Die Bedienungen bewegen sich beinahe lautlos und erkundigen sich mit leiser Stimme nach den Wünschen der Gäste, wenn sie diese nicht bereits im Vorfeld wissen. Das Saltimbocca sieht exquisit aus. Und die Magnum-Flasche mit sündhaft teurem Rotwein aus der Toskana verlangt geradezu danach, geleert zu werden. Aber am Tisch herrscht Stille. Und Bewegungslosigkeit. Kemal ist zu fasziniert von seinem Gegenüber. Denn Lol scheint ihm überirdisch schön zu sein. Sie trägt ein weißes Abendkleid, das ihre straffe, braune Haut exotisch zur Geltung bringt. Ihre Haare sind sorgfältig frisiert und hängen nicht mehr in zwei Kinderzöpfen an den Seiten herab. Und sie hat sich geschminkt. Sehr dezent und stilvoll. In ihrem Blick liegt eine Ernsthaftigkeit, die Kemal Respekt einflößt. Ihre Augen verweilen ineinander. Kemal wünscht sich, diesen Augenblick für immer fest halten zu können.

»Es ist wirklich schön, dass wir uns wiedersehen«, sagt Lol mit gedämpfter Stimme zum zweiten Mal. »Ich weiß, dass es komisch klingt, aber ich habe dich vermisst. Beinahe sogar Sehnsucht gehabt.«

Kemal nickt. Er verspürt das Bedürfnis, dieses überirdisch schöne Wesen in seine Arme zu schließen und sachte an sich zu drücken. Um es dann nie wieder loslassen zu müssen. Und er erkennt an den Blicken Lols, dass es ihr wohl genauso geht.

»Ich weiß nicht, was ich sagen soll«, erwidert Kemal schüchtern. »Ich bin überwältigt. So etwas ist mir noch nie passiert.«

Und das stimmt. Es ist ihm noch nie passiert, dass er eine Frau so anziehend von ihrer Erscheinung und ihrem Wesen her fand, dass er sie nicht bedrängte, sofort mit ihm zu schlafen, ja, dass er sogar beinahe Angst hat, dass der Liebesakt den magischen Moment entzaubern könnte.

»Für mich ist das auch etwas Neues«, sagt Lol wahrheitsgemäß und lässt Kemal dabei nicht den Bruchteil einer Sekunde aus den Augen. »Ich habe das Gefühl, auf dich mein ganzes Leben gewartet zu haben.«

Die letzten Worte bringen in Kemal eine Saite zum Schwingen, die ihn beinahe weinen lässt, denn genauso empfindet er es auch. Aber Männer weinen nicht. Schon gar nicht in der Öffentlichkeit. Also reißt er sich zusammen, blickt sich um und meint: »Ich wäre jetzt gerne mit dir alleine.« Lol spitzt ein wenig die Lippen à la Oh, das ist jetzt aber ein wenig überraschend und plötzlich. Da sie aber nicht genau weiß, wie sie seine Äußerung verstehen soll, versucht sie das Ganze durch eine spaßhafte Bemerkung aufzufangen und fragt: »Wolltest du nicht zuerst noch meinen Ausweis kontrollieren?« Aber Kemal steht weder der Sinn nach Späßen noch nach wildem Gerammele und Austausch von Körperflüssigkeiten. »Den benötigen wir nicht für das, was ich vorhabe.« Lols Herz macht einen Luftsprung. Denn sie hat sich nicht getäuscht. Mit Kemal ist es anders. Ganz anders. Als mit allen Männern, mit denen sie bisher zu tun hatte. Kemal holt ein durch eine Geldklammer zusammengehaltenes Geldbündel aus seiner Hosentasche und legt zwei Fünfhunderter auf den Tisch. Das dürfte reichen. Inklusive Trinkgeld. Dann reicht er Lol den Arm und entgleitet mit ihr den erstaunten Blicken der livrierten Kellner, wobei es nichts gibt, was die nicht kennen. Die erste Berührung lässt beide ein wenig erbeben.

125

Es handelt sich um ein KOKE-Joint-Venture erster Güte. Tobias und Samuel sieht man selten bis überhaupt nicht an einem Tisch sitzen. Jetzt aber schon. KOKE hat sie einbestellt. Aber pronto, das Ganze eilt nämlich. Die arme Dischle ist mehr denn je in Gefahr und es ist unsicher, wann Arafat vollends die Nerven verliert. Tobias ist der Computer-Nerd, ein unabhängiger Berater von KOKE, der von seinem Teilzeit-Job gut leben kann. Er checkt die Firewalls, damit niemand auf die Firmen-Computer zugreifen kann und schaut, dass der Computer-Kram technisch immer auf dem neuesten Stand ist. Tobias trägt ein weißes, verwaschenes T-Shirt, das seinen Limonaden-, Chips- und Süßigkeiten-Bauch (sein Sixpack ist ja so was von gut verpackt!) nur knapp bedeckt. Dann folgt eine kurze Blue-Jeans-Hose mit Fransen, wie man sie vielleicht in den Siebzigerjahren getragen hat, aber nur, wenn man von einem bösen Trip nicht mehr runter gekommen ist. Das Beste an Tobias sind seine Jesus-Latschen von Birkenstock. Auch noch in Weiß, das inzwischen eher ein schmutziges Grau ist. Auf dem Gesicht thront ein rotes AOK-Kassengestell, das mindestens zwanzig Jahre auf dem Buckel hat und beinahe schon wieder scharf aussieht. Dunkle, lange Locken verteilen sich wild in alle Himmelsrichtungen. KOKE schenkt Tobias jedes Jahr zum Geburtstag ein Parfüm- und Deo-Set, bisher ohne merklichen Erfolg. Tobias dünstet die Chemie gnadenlos aus, ohne dabei an seine Umwelt zu denken, was ihm bisher jeglichen Erfolg beim weiblichen Geschlecht verwehrt hat, ihn aber nicht zu stören scheint, denn ihm liegen ja die unendlichen Weiten des World Wide Web zu Füßen. Chemie sind in Tobias Fall keine Drogen, sondern Geschmacksverstärker, Farbstoffe und Ersatzstoffe. Eigentlich ist Tobias ein ganz Lieber, Anständiger. Stammt aus einem liberalen Akademikerhaushalt mit bodenständigen Eltern. Die ihn aber eben tage- und nächtelang vor dem PC hocken ließen, anstatt ihm manchmal ein paar gute Lehren fürs Leben mitzugeben.

»RUReady 4?«, schreibt To auf einen Post-It-Zettel und schiebt ihn zu Samuel rüber.

KOKE fällt es schwer, ruhig zu bleiben. Kolja rollt mit den Augen. Tobias und Samuel stellen sich schlimmer an als zwei 14-jährige.

»Meinst du, mit dem Kindergarten können wir Arafat aufs Kreuz legen?«, flüstert Kolja.

Kemal macht eine beschwichtigende Handbewegung.

»Denk daran, warum wir Samuel eingestellt haben.«

Stimmt. Kolja erinnert sich. Samuels Bewerbung sah folgendermaßen aus: Er marschierte eines Tages bei KOKE rein, klappte seinen Laptop auf und zeigte Kolja und Kemal einen Eingang auf seinem Konto in sechsstelliger Höhe. Dann wies er KOKE darauf hin, dass der Betrag von ihrem Firmenkonto stammte. Kolja wollte Samuel auf der Stelle kaltmachen. Kemal schaltete schneller und bot ihm einen Job an.

»Überleg doch mal, Kolja, so viel Potenzial«, hatte seine Begründung gelautet. »Wir benötigen diese Art von Expertise. Dringend.«

Stimmt, und heute sind sie froh, Mitarbeiter mit so umfangreichem Know-How zu besitzen. Tobias und Samuel haben ihre Laptops und Zubehör auf dem riesigen Bürotisch in der KOKE-Zentrale aufgebaut. Auf dem Tisch stehen Cola-Dosen, Chips-Tüten, Pizza-Reste und Süßigkeiten. KOKE ist nicht für die gesunde Ernährung seiner Mitarbeiter verantwortlich, und wenn die beiden Nerds auf das Zeug stehen, dann ist es ihr Problem. Und solange das ihre Schwäche ist, interessiert es niemanden.

»Hm«, antwortet Samuel und reibt sich die Hände, um eine Handvoll M&Ms in den Mund zu schieben.

Als Kemal den beiden einige Stunden früher den Plan erklärt, werden beide kreidebleich und schütteln den Kopf. Tobias sieht aus, als hätte er Kreide gefuttert, so sehr freut er sich auf den Job, und aus heiterem Himmel fängt er das Stottern an.

»Ich werde nicht dafür bezahlt, mich mit Terroristen und einem Schwerstkriminellen anzulegen.«

Kemal blinzelt einmal gelangweilt und retourniert: »Wieso? Ich dachte, ihr liebt Herausforderungen? Eine Aufgabe, die über Sandkastenniveau heraus geht.«

Bang. Das sitzt. Kemal trinkt gemütlich einen Schluck Bionade und fixiert beide, von oben herab.

»Ich dachte, ihr seid die besten. Wahrscheinlich habe ich mich getäuscht und ihr seid billiger Durchschnitt. Bah.«

Bang …

… bang …

… bang.

Mit dem letzten Satz hat er sie. Tobias und Samuel wollen ums Verrecken die Besten sein, auch wenn das bedeutet, dass sie eben verrecken. Okay, blöde Redewendung, aber Tobias und Samuel sind jetzt dermaßen scharf darauf, KOKE zu beweisen, dass die Umsetzung des Plans für sie ein Kinderspiel ist, dass sie alle Bedenken und ihre Furcht über Bord werfen.

»Das kriegt ihr doch hin?«, will Kolja wissen.

»Macht Fifa-Soccer-Laune?«, bafft Tobias zurück.

Klar, jetzt ist er sauer. Was gut ist. Denn ein geweckter Ehrgeiz ist eine gute Motivationsbasis.

»Also, lassen wir den Rubel rollen«, verkündet Samuel zufrieden und gibt Tobias Anweisungen, während beide wie behämmert in die Tastaturen ihrer Laptops hacken. Kolja und Kemal folgen fasziniert dem Geschehen.

»Jetzt schicken wir die Kohle ein paar Mal um den Globus, sodass sie nicht mehr zurückverfolgt werden kann und weißer gewaschen als mit Ariel wieder herauskommt«, erklärt Samuel, was Kemal mit einem »So ist's geplant« kommentiert, woraufhin Samuel fortfährt: »Und parken sie dann auf einem Konto einer Hamas-nahen Organisation im Libanon.« Tobias nuschelt die ganze Zeit Befehle wie Enter und Alt und anderes Zeug vor sich hin, während er seine Arbeitsschritte mit denen von Samuel sorgfältig synchronisiert.

»Selbst den Hamas-Finanzexperten dürfte es schwer fallen festzustellen, woher das Geld auf ihren Konten stammt, zumal die winzigen Beträge ohnehin kaum auffallen dürften«, erklärt Samuel weiter.

Typisch Finanz-Heini. Labert wie ein Wasserfall. Wenn alle Banker immer so mitteilsam sind, wozu dann das Bankgeheimnis? Endlose Minuten tauschen Tobias und Samuel Fachchinesisch miteinander aus, wobei die Sprachcodierungen kompatibel zu sein scheinen. »9.900 € …«, »9.500 € …«, »9.700 € …« Es folgen weitere Überweisungen.

»Selbst dem größten Vollpfosten bei der Bundesanwaltschaft dürfte auffallen, dass es sich bei diesen Beträgen unter 10.000 € um Überweisungen handelt, die bewusst nicht ins Terror-Raster der Behörden fallen sollen«, hängt Samuel den Finanztrottel raus.

»Seit den Anschlägen von 9/11 ist das die übliche Vorgehensweise, bei Auslandsüberweisungen Beträge von unter 10.000 € zu nehmen«, pflichtet ihm Tobias bei, als ob er selber Teil einer Terror-Organisation wäre.

Es folgt weiteres Tastatur-Klacken. Samuel schiebt sich eine viertel Packung Pringles rein und schüttet reichlich Cola nach. Dabei ist Samuel ein Strich in der Landschaft. Keine Ahnung, wie der das hinkriegt. Sitzt den ganzen Tag nur am Laptop, verfolgt Aktienkurse, klickt auf Kaufen und Verkaufen und sieht aus, als ob er einen Bodymaß-Index von 19 hätte. Sport betreibt er keinen, wozu sich denn auch anstrengen, wenn es anders geht? Kolja und Kemal beobachten angespannt das Geschehen. Sie haben vollstes Vertrauen zu Tobias und Samuel, aber das heute ist kein Business as usual.

»Jetzt müssen wir den Schotter auf Arafats legale Firmenkonten verteilen«, verkündet Samuel.

»Na, dann leg mal los«, fordert Kemal ihn auf. »Schließlich entlohnen wir euch fürstlich dafür, oder?«

Das sieht er absolut richtig. Und das lassen sich Tobias und Samuel nicht zweimal sagen. Weiteres Tastengehacke und eine Menge Fachchinesisch. Dann steht Samuel auf, in Siegerpose und hebt die rechte Hand. Tobias braucht noch ein paar Sekunden, dann gibt er ein lasches High Five. Hoffentlich hat der Kindergarten keine Scheiße gebaut, denkt Kemal. Schließlich hängt Dischles Leben davon ab. Plötzlich ist es wieder da, dieses unheimliche Gefühl. Angst. Unsägliche Angst. Was ist, wenn etwas schief läuft? Um seine Angst besser zu kontrollieren, nimmt er sich vor, seine Handlungen nicht mehr zu hinterfragen. Just do it. Und erneut steigt der Verdacht in ihm auf, dass er wie sein russischer Freund denkt und handelt.

126

Arafat besitzt bei der PLO jahrelang ein sehr gutes Ansehen, bis es Ende der Achtzigerjahre zum Zerwürfnis kommt. Sein Standing bei der PLO verdankt er vor allem den Heldentaten seiner Mutter und nicht eigener Initiative. Fatima stirbt nämlich Ende der Siebzigerjahre als Märtyrerin in einem vom militärischen Flügel der PLO entführten Flugzeug auf dem Flughafen in Rom, als sie versehentlich eine Handgranate zündet, während sie auf der Toilette etwas ganz Alltägliches verrichtet. Schließlich sind Terroristen auch nur Menschen und müssen hin und wieder menschlichen Bedürfnissen nachgehen. Kurzum, Fatima geht als glorreiche Heldin in die Annalen der Geschichte der PLO ein, und Arafat profitiert von diesem Ruhm und kommt sogar in einen Genuss, von dem die meisten Palästinenser nur träumen dürfen, denn auf Jassir Arafats Geheiß wird ein Flugticket und etwas Geld nach Rumänien geschickt, damit Arafat in die Heimat seiner Mutter fliegen kann, um dieser die letzte Ehre zu erweisen. Seinen Antrittsbesuch bei der PLO macht Arafat also mit zwölf Jahren, als das, was sie von seiner Mutter mühsam in der Flugzeugtoilette zusammengekratzt haben, in Ramallah in einem Sarg theatralisch zu Grabe getragen wird. Der ältere Arafat, also Jassir Arafat, streichelt dem jungen Arafat mit der rechten Hand über den Kopf und strahlt ihn an, als ob er vor den Vereinten Nationen verkündet, dass Israel von der politischen Landkarte verschwunden sei und er allein diese Heldentat vollbracht habe.

»Deine Mutter hat sich einen Platz in den Geschichtsbüchern des palästinensischen Volkes verdient, und was ich für dich tun kann, werde ich tun, denn die Söhne unserer Kämpfer und Kämpferinnen sind unsere Zukunft und werden helfen, dieses Krebsgeschwür Israel …«

Und so weiter und so fort. Während der folgenden Schimpftirade findet Arafat, dass der alte Arafat einen recht eigenartigen Mundgeruch besitzt, ja beinahe aus dem Maul stinkt, aber er weiß, dass Arafat ein hohes Tier ist, viel Macht besitzt und noch mehr Reichtum anhäuft und für seine Zukunft wichtig sein kann. Und Arafat besitzt bereits den richtigen Riecher, wie wichtig es ist, über Kontakte zu solch zentralen Persönlichkeiten zu verfügen. Denn obwohl ihn die Kindheit im Ostblock ziemlich ankotzt, weiß Arafat genau, dass er es einmal zu etwas bringen möchte. Sein Vater Roman bläut ihm jeden Tag erneut ein, wie entscheidend es ist, materiellen Wohlstand für die Familie anzuhäufen, ohne sich dabei von den Kommunisten-Schweinen hindern oder gar erwischen zu lassen. Also schweigt Arafat, lächelt sogar tapfer, ballt die linke Hand zur Faust zusammen und erwidert mit Holger Meins und Rudi Dutschke: »Der Kampf geht weiter!« Der Junge ist ganz nach Arafats Geschmack, was nicht extra erwähnt werden muss. Weshalb Arafat »Bis zum Sieg!« erwidert – also mit einem der Nachwelt nicht überlieferten Zitat, und dabei sabbert er tatsächlich ein wenig aus dem rechten Mundwinkel. Arafat überredet Fatimas Familie, den Jungen für eine Weile bei sich aufzunehmen, was dem kleinen Arafat einige Jahre in Palästina beschert, die besten Jahre seiner Jugend sozusagen, aber wo liegt denn der Unterschied zwischen einem Zigeunerlager im kommunistischen Ostblock und den von Israel besetzten Palästinensergebieten im Nahen Osten? Eben, das ist beinahe Jacke wie Hose. Oder wie vom Regen in die Traufe. Aber keine Sorge, denn Arafat kotzt Palästina zwar an – die Wüste – die ewige Hitze – die Israelis, aber im Vergleich zu anderen Kindern aus zerrütteten Familien erkennt er schnell den Wert einer abwechslungsreichen Kindheit. Und so lässt er sich in jungen Jahren von Arafats Kämpfern militärisch ausbilden. Er nimmt an Aktionen gegen die Israelis teil, tötet die verhassten Juden, sieht aber mehr Opfer in den eigenen Reihen, als ihm lieb ist. Als zehn Jahre später sein Vater Roman stirbt, kehrt er in die andere Heimat zurück und erweist dem rumänischen Elternteil die letzte Ehre. Und Arafat erkennt schnell die Chance, sich an die Spitze des rumänischen Familien-Clans zu setzen, denn er – hat Eier aus Stahl – besitzt militärisches Know-How und – ist ehrgeizig genug, um alle Widersacher aus dem Weg zu räumen. Zudem ist es die Zeit für den berühmt-berüchtigten Wind of Change. Die Dinge kommen also Ende der Achtzigerjahre im Ostblock kräftig ins Rollen, und Arafat sieht die Möglichkeit im Schatten der freien Marktwirtschaft und an der Spitze eines Clans zu unermesslichem Reichtum zu kommen, was er von nun an mit unerbittlicher Konsequenz und Härte verfolgt. Zur gleichen Zeit bildet sich im Nahen Osten eine Konkurrenzorganisation zur PLO heraus, die Hamas, die im Gegensatz zur PLO keinen sozialistisch-säkularen, sondern einen theokratisch-islamistischen Staat errichten möchte. Und Arafat ist weder dumm noch prinzipientreu, und so sucht er den Kontakt zur Hamas-Spitze, da er spürt, dass die Hamas langfristig das bessere Pferd ist, auf das er setzen sollte. Also reist er Mitte der Neunzigerjahre als erfolgreicher europäischer Unternehmer mit politischen Ambitionen gegen die Juden und die Amerikaner wiederholt in den Nahen Osten und trifft sich mit der Hamas-Führung, um Attentate – zu besprechen – zu planen – zu finanzieren – zu orchestrieren. Das bleibt natürlich – der PLO – den Israelis – den USA nicht verborgen, und auf dunklen Kanälen findet die Kunde sogar den Weg zu bundesdeutschen Geheimdiensten, verschwindet dort aber in Schubladen und in der Versenkung, bis eines Tages KOKE auf die Idee kommt, genau aus dieser Konstellation Arafat einen Strick zu drehen.

127

Berlin, Bezirk Neukölln. Es ist heiß und dämpfig. Die Sonne schafft es nicht durch die dichte Wolkendecke, heizt aber gnadenlos. Kemal steht auf dem Türkischen Friedhof Berlin, der der älteste islamische Friedhof in Deutschland ist und 1866 errichtet wurde. Der islamische Friedhof grenzt an das Gelände des Neuen Garnisonfriedhofs am Columbiadamm an. Kemal trägt, wie vereinbart, eine blaue Adidas-Tasche, in der sich eine Menge Bares befindet. Ein mittlerer fünfstelliger Betrag, um genauer zu sein. Kolja besteht darauf, ihn hierhin zu begleiten, aber Kemal lehnt kategorisch ab.

»Ich kenne Yussuf aus Afghanistan. Er ist zuverlässig und für mich ungefährlich. Außerdem räume ich jeden aus dem Weg, der mir jetzt Probleme bereitet.«

Kolja ist überrascht, solche Worte aus Kemals Mund zu hören, aber er ist nicht überzeugt. Eben dass Yussuf Gotteskrieger in Afghanistan ist, macht ihn misstrauisch. Denn dass Kemal seinen alten Kumpel Yussuf kaltmacht, sollte es Probleme geben, glaubt er nicht.

Wobei er allerdings wahrnimmt, dass in Kemal eine Veränderung stattfindet, ebenso wie in ihm, allerdings unter umgekehrten Vorzeichen, denn er sehnt sich nach

Ruhe / Frieden / Glück,

also nach

Irina / Irina / Irina

und genug

Jayjo /Jayjo / Jayjo,

um Irina glücklich zu machen.

»Ich folge dir unauffällig und gebe dir Rückendeckung.«

Aber Kemal ist unerbittlich.

»Wenn Yussuf das mitkriegt, ist der Deal geplatzt. Und Yussuf ist gut darin zu bemerken, wenn ihn jemand aufs Kreuz legen will. Der arbeitet nicht ohne zweites Netz. Das bedeutet, dass er vermutlich Leute hat, die ihn beschatten, und die bemerken dich sofort.«

Kolja ist beleidigt. So ein Statement kratzt an seiner Integrität. Als ob er sich entdecken lassen würde.

»Okay, dann geh halt alleine, du Köfte-Sturkopf«, murmelt er zerknirscht, »aber wenn dir etwas passiert, bist du selber schuld dran. Und wenn dich der Araber mit der Kohle abzieht, dann haben wir den Salat.«

Kemals »Yussuf geht es nicht ums Geld, und außerdem ist er nur halber Araber, denn er hat eine deutsche Mutter und einen tunesischen Vater« quittiert Kolja mit einem Augenrollen. Das heißt: Vergiss es, Alter, jedem geht's ums Geld. Aber auch wirklich jedem. Yussufs Kindheit verläuft tragisch. Der Vater verschwindet in Nordafrika, als Yussuf zwei Jahre alt ist. Und die Mutter ist, gelinde gesagt, nicht unproblematisch. Sie durchläuft sporadisch Zyklen nach dem folgenden Muster: Die Grünen und Umweltschutz, Yoga, Töpferkurse in der Toskana, Meditation, teurer Wein, Selbsthilfegruppe, sehr viel teurer Wein, katholische Kirche, Pillen und sehr viel teurer

Wein und Entzug. Danach geht das Ganze von vorne los. Und Yussuf wird bei Bedarf zu den überstrengen, katholischen Großeltern abgeschoben, die die Seele des kleinen Heiden retten wollen. Was Yussuf dermaßen auf den Zeiger geht, dass er sich überlegt, wie er am besten dieser ganzen Klapsmühle entkommen kann und dem dabei Afghanistan als das Paradies erscheint.

Kemal betrachtet nachdenklich die 2005 fertig gestellte Sehitlik-Moschee. Da er sich damit beschäftigt hat, erkennt er, dass als bauliches Vorbild der Moschee die osmanische Architektur des 16. und 17. Jahrhunderts dient. Kemal möchte wie ein Tourist wirken. Also nimmt er den Berlin-Reiseführer aus der braunen Stoffhosentasche, blättert darin und liest sich fest. Er erfährt, dass die Bauten aus der klassischen Periode durch architektonische Terminologie nach dem Tragwerk klassifiziert werden.

Kemal versucht Coolness in Person zu sein, obwohl …

… es in ihm brodelt …

… er kurz vor der Eruption steht …

… er vor Sorge um seine Schwester beinahe stirbt.

Nach außen verschwendet er keinen auffälligen Blick, um die Umgebung zu sondieren, sondern gibt sich nur dem Textstudium hin. Also liest er weiter, dass die bei der Sehitlik-Moschee benutzten Formen grundsätzlich vier-, sechs- und achtkuppeltragenden Pfeiler sind.

So langsam wird Kemal nervös, denn Yussuf ist überfällig. Das sieht ihm nicht ähnlich, denn Yussuf ist die Zuverlässigkeit in Person. Vermutlich beobachtet er Kemal. Um sicherzugehen, dass Kemal allein gekommen ist. Also liest Kemal weiter über das Vordach als einem profanen Bauelement, das bei Moscheen sehr selten genutzt wird. Innerlich schickt er ein Stoßgebet gen Himmel, dass Yussuf auftaucht, denn ohne ihn ist sein Plan Makulatur.

»Salem Aleikum«, reißt ihn eine sanfte Stimme hinter seinem Rücken aus seinen Gedanken … und ohne sich umzudrehen, weiß er, dass es Yussuf ist, den er jederzeit an seiner Stimme erkennen würde und erwidert: »Alleikum es salam.« Dann dreht er sich langsam um und sieht seinen alten Kampfgefährten, mit seinem markanten, roten

Bart und blauen Augen, die er von seiner Hamburger Mutter hat, und einem schlanken, durchtrainierten Körper.

Heute gibt es kein …

… High-Five …

… Ghetto-Faust …

… Shake-Hands …

oder große Umarmungen, sondern nur freundlich gesonnene Blicke, die still hin und her wandern.

»Lass uns spazieren gehen«, schlägt Yussuf vor.

Kemal ist nicht nach Spazierengehen zumute, aber er freut sich, den alten Kampfgefährten wieder zu sehen.

»Du bist lange aus Afghanistan weg«, beginnt Yussuf die Konversation, während sie nebeneinander her trotten.

Obacht, denkt Kemal. Das ist sein Check.

»Du bist auch hier«, entgegnet er geistesgegenwärtig.

»Nur, weil ich hierher gesandt wurde«, erwidert Yussuf, um klar zu machen, dass Befehl halt Befehl ist.

Kemal spürt, dass er sein Blatt jetzt besser clever ausspielt, sonst ist der Deal geplatzt. Das macht ihm Angst, also konzentriert er sich.

»Nach einer Pause und Phase der Orientierung bin ich zur Einsicht gelangt«, erklärt er so salbungsvoll wie möglich, »dass es an der Zeit ist, den Kampf wieder aufzunehmen, um den Ungläubigen Stiche zuzufügen.«

»Und KOKE?«, schneidet ihm Yussuf das Wort ab, um zu signalisieren, dass er nicht alles für bare Münze nimmt und seine Hausaufgaben gemacht hat.

Trotz der beinahe tropischen Hitze spürt Kemal, wie es ihm eiskalt den Rücken runterläuft.

»KOKE dient als Set-up.«

Ein mildes Lächeln zeigt sich auf Yussufs Gesicht.

»Und was ist mit deinem ungläubigen Geschäftspartner? Ihr seid doch ziemlich dicke miteinander?«

Verdammt, dass Yussuf so gut informiert ist, empfindet Kemal als unangenehm. Er versucht, nicht zu schlucken.

»Auch Kolja erfüllt seinen Zweck in dem Ganzen«, antwortet er sibyllinisch.

Eigentlich möchte Kemal den Deal über die Bühne bringen. Denn er benötigt den Sprengstoff, sonst kann er Arafat nicht wie geplant attackieren. Und das ist es, was er möchte. Arafat zertrümmern und vom Angesicht dieser Erde vertilgen. Aus dem schnellen Deal wird aber nichts, denn Yussuf lässt nicht locker.

Er löchert ihn …

… Fragen über Fragen …

… Schwachstellen …

… Gefährdungen …

… Logik-Löcher.

Kemal gerät noch stärker ins Schwitzen, auch wenn er äußerlich ruhig bleibt. Er hat mit der Tour gerechnet, denn Yussuf ist Geheimdienst-Abwehrspezialist.

»Welches Ziel habt ihr?«, will Yussuf schließlich wissen.

»Die Neue Synagoge.«

Yussuf pfeift.

»Inschallah«, verleiht er seiner Hoffnung Ausdruck.

Er stellt die blaue Adidas-Sporttasche auf den Boden.

»Dein C4.«

Kemal beugt sich herunter, stellt sein Double auf den Boden und nimmt Yussufs Tasche.

»Ich hoffe, du weißt, was du da tust«, murmelt Yussuf und hebt die Tasche mit dem Geld vom Boden auf. »Wenn du Scheiße baust, dann sind wir dran.«

»Wir sind alle in Gottes Hand.«, erwidert Kemal.

Dann schüttelt Yussuf den Kopf.

»Ich weiß auch nicht, warum ich das hier tue. Deine Geschichte ist so löchrig wie ein Schweizer Käse.«

Kemal hat ihm einmal das Leben gerettet. Wenn das kein Grund ist, was dann? Kemal grüßt mit der Hand und entfernt sich schnellen Schritts Richtung Ausgang.

128

Dischle findet sich beinahe damit ab, Gefangene zu sein. Es gibt Schlimmeres. Sie hat aufgehört, sich Gedanken wegen ihrer Figur zu machen. Vergiss es, denn Pfunde kommen und Pfunde gehen. Also schaufelt sie inzwischen munter Chips, Pizza und Eiscreme in sich hinein, als ob sie im fünften Monat schwanger wäre. Es schmeckt alles wunderbar (im ersten Moment zumindest), und die Geschmacksverstärker und das Glutamat sind die einzigen Explosionen in der Birne, die sie im Moment erlebt. Ihre Verdauung ist wegen des Essens und der nicht vorhandenen Bewegung auf dem Tiefpunkt angelangt, aber hey, wen stört das schon, wenn man eine Geisel ist? Eben. Dann mache ich bei The Biggest Loser mit, sobald die Scheiße hier vorbei ist, denkt sie. Die nehmen mich auf jeden Fall, bei meiner Statur. Und drehen dann einen kleinen Teaser, in dem sie zeigen, was ich alles in mich reinstopfen kann. Danach werden die Zuschauer ganz schön Augen machen, wie viel ich abnehmen kann. Was für einen eisernen Willen ich besitze. Welche Disziplin und Ausdauer. Was für eine harte Ische ich bin. Das ist aber nur die Hälfte der Wahrheit. Denn, woran sich Dischle nicht gewöhnen kann, ist, dass ihr jemand ein Ohrläppchen abschneidet, dieses in eine leere Schmuckschachtel stopft und an ihren Bruder und dessen besten Freund schickt. Es ist weniger der Schmerz, der sie trifft (sie schätzt sich durchaus zutreffend als harte Ische ein), als vielmehr das Bewusstsein, dass Kolja und Kemal jetzt mit dieser Sache behelligt werden und sich sicherlich schlimme Sorgen machen. Das vermittelt ihr ein beschämendes Gefühl, das viel schlimmer ist als die Schmerzen. Okay, Hand aufs Herz, die Schmerzen waren auch nicht ohne. Aber nachdem der Ober-Berserker Arafat Wut-Tänze aufgeführt hat, die einem Derwisch zur Ehre gereicht hätten und aus dem Zimmer gestürmt ist, hat ihr Aufpasser Apostel ihr ein paar Schmerz- und Schlaftabletten zugesteckt. Und ihr dabei zugeschaut, wie sie ein paar von den Dingern nimmt. Danach verfällt sie in einen nicht unangenehmen Schwebezustand. Ab auf den fliegenden Teppich und eine Runde durchs Zimmer-Universum. Hui, dabei kann einem ganz schön schwindelig werden. Aber trotz gepolsterter rosaroter Wölkchen ist sich Dischle dem Ernst der Lage durchaus bewusst. Denn sie traut Arafat und Apostel alles zu. Sogar, dass sie sie tatsächlich umbringen. Und sobald Dischle daran denkt, wird sie traurig. Denn Dischle liebt dieses Leben viel zu sehr, als dass sie sich sang- und klanglos aus ihm verabschieden möchte. Sie hat noch so viel vor. Sie vermisst ihren Bruder, ihre Mutter und ihre Freunde. Es gibt viel zu sehen und zu erleben. Die Vorstellung, dass jede Sekunde alles vorbei sein kann, weil Arafat oder Apostel ihr das Hälschen umdrehen, lässt sie erschaudern. Und so stemmt sie sich mit aller Macht gegen die schlimmen Gedanken. Außerdem bedient sie sich reichlich in ihrer Apotheke, sodass alles nur noch gedämpft und weit weg erscheint. Apostel hat ihr sogar Prosecco besorgt, und Dischle findet die Kombination von Alkohol und Tabletten angenehm, sie kann zum ersten Mal verstehen, was Kolja und ihr Bruder so toll an Drogen finden. Außerdem tut sie mit dem Prosecco etwas für ihre Figur. Dischle zwingt sich, positiv zu denken und mit interessanten Themen abzulenken, die ihre Zukunft betreffen. Sollten Kolja und Kemal sie befreien, wovon sie unter Tabletteneinfluss ausgeht, und dann als fette Tonne aus ihrem Verließ herausrollen, wird es mindestens zwei Staffeln dauern, bis sie beim Bachelor mitmachen kann. Und dann bleibt ja die eine Frage, die ihr ebenso wie das Gewicht schwer im Magen liegt … Was mache ich nur mit meinem Ohrläppchen? Denn eine Türkin mit einem verunstalteten Ohrläppchen hat sicherlich keine Chance, beim Bachelor gecastet zu werden, es sei denn, sie besorgt es dem Produzenten auf der Besetzungs-Couch so brutal gut, dass dem Hören und Sehen vergeht, aber auch da bleibt die Frage, ob der sich nicht an dem ästhetischen Schandfleck stört. Also bleibt mir nichts anderes übrig, als riesige Ohrringe zu tragen, die die Verstümmelung überdecken, denkt Dischle pragmatisch. Wohl ist Dischle bei dem Gedanken nicht, denn sie hält zu große Ohrringe für eine modische Verirrung und hat bisher nur innerlichen Spott für die vielen Türkinnen übrig gehabt, deren Ohrringe größer als die Kinderschokoladentaler zu Weihnachten waren. Irgendwie ist sie sich sicher, dass sie es schaffen wird, für den Bachelor genommen zu werden, denn an Selbstvertrauen hat es ihr noch nie gemangelt und ist sie erst einmal bei der Sendung angekommen, dann wird es ihr gelingen, das Herz des Bachelors im Sturm zu erobern, um ihn wenige Wochen nach der Sendung wie eine heiße Kartoffel fallen zu lassen, um es ein letztes Mal auf die Titelseiten zu schaffen. Ja, das Show-Biz ist knallhart, da gibt es keinen Platz für wahre Gefühle, oder etwa doch?, seufzt Dischle. Die Geschichte mit Kemal hat ihr wenig Kopfzerbrechen bereitet – auch wenn Apostel sie ihr bis ins letzte Detail erzählt hat, um sie wuschig zu machen und um ihren Bruder als Waschlappen hinzustellen. Dass Arafat und Apostel Kemal gezwungen haben, sich vor ihren Augen einen Schuss H zu setzen, auch wenn er ein bisschen hoch dosiert war, das findet sie lächerlich, und es nimmt ihr ein wenig die Furcht vor diesen Menschen. Denn das ist in ungefähr so, als wenn ein Junkie von einem wissenschaftlichen Labor dafür bezahlt wird, sein Bestes zu geben und neue chemische Substanzen auszuprobieren, die dann zehn Jahre später Eingang in das Betäubungsmittelgesetz finden. Vermutlich hat Kemal es sogar genossen, einen richtig guten Schuss spendiert zu kriegen, dazu noch von diesem Drecksack Arafat, auch wenn er kollabiert ist. Wie gesagt, über diesen Punkt macht sich Dischle keine Sorgen, denn sie weiß, aus welchem Holz Kemal geschnitzt ist, nämlich aus demselben wie sie. Einem geschenkten Gaul schaut man nicht ins Maul. Und sollte Arafat Kemal wirklich umbringen wollen, dann würde er zu einem anderen Mittel greifen und Kemal einen unangenehmen Abgang verschaffen und ihm nicht zum Himmel auf Erden verhelfen. Dischle kennt ihren kleinen-großen, verdrogten Bruder, der die Downer dieser Welt so sehr ins Herz geschlossen hat. Dischle ist sich ohnehin sicher, dass Arafat sie und Kemal aus irgendeinem Grund benötigt, auch wenn ihr nicht klar ist, wofür. Und so lange das der Fall ist, ist ihr Leben nicht in Gefahr, allen Drohgebärden und abgeschnittenen Ohrläppchen zum Trotz. Sie hofft aber, dass ihr Bruder es nicht übertreibt und Arafat dermaßen zur Weißglut bringt, dass der es sich doch noch anders überlegt und ihr Gott weiß was abschneidet. Dann wäre der Traum vom Fernsehen passé. Dennoch wünscht sich Dischle im Moment nichts sehnlicher, als diesem Keller-Verlies zu entfliehen, denn sie verspürt große Sehnsucht nach ihren Freundinnen und den Gesprächen mit ihnen. »Stellt euch vor, nur alte, notgeile Säcke …« Sie wird jedes noch so kleine Detail austappen und ihre Freundinnen werden sie bewundern. Und wenn sie ehrlich ist, sie vermisst gutaussehende Jungs, die ihr den Hof machen und ihr zu Füßen liegen. Natürlich weiß sie, dass der Alte, der auf sie aufpasst, mehr als scharf auf sie ist. Das ist nicht zu übersehen. Dass der nicht das Sabbern anfängt und einen Ständer kriegt, wenn er sie nur ansieht, grenzt an ein Wunder. Und auch Arafat hat ein Auge auf sie geworfen – keine Frage. Aber diese alten, abgewrackten Typen sind nicht nach ihrem Geschmack. Da lebt sie lieber abstinent, auch wenn es ihr inzwischen schwer fällt. Dischle seufzt folgerichtig und nimmt eine Handvoll Chips mit Thai-Chilli-Geschmack aus der Plastiktüte. Immerhin etwas Scharfes, wenn auch nur ein Notbehelf. Dischle beschließt nach den Chips noch zwei Valium zu nehmen, damit die Zeit schneller vergeht und sie nicht wieder unangenehme Gedanken hegt. Sie krümelt gerade gemütlich und ein wenig gedankenverloren vor sich hin, als sich plötzlich die Tür öffnet und … Dischle fallen vor Schreck einige Krümel aus dem Mund auf die Matratze, die ohnehin schon wie das Winterlager eines Hamsters aussieht. Arafat hat sich martialisch im Tür-Rahmen aufgebaut und hält – oh mein Gott – eine Kettensäge in den Händen.

»Wenn KOKE meine Forderungen nicht erfüllt und weiterhin quer schießt, dann werde ich …«

Mit einer ruckartigen Bewegung startet er den Anlasser. Rrrrrrrrrrrrrrrrr! Rrrrrrrrrrrrrrrrr! Rrrrrrrrrrrrrrrrr! Was will denn der mit diesem Ding?, fragt sie sich, um sogleich drei Möglichkeiten zu benennen: 1) Ihr einen gehörigen Schrecken einjagen. Okay, das ist ihm gelungen, er kann das Ding jetzt ruhig wieder wegpacken. 2) Ihr den Kopf absägen – was eine Art Urangst auslöst, denn die Vorstellung, kopflos zu sein missfällt ihr zutiefst, auch wenn sie bereits tot ist, denn das sieht einfach nicht gut aus, wenn Kopf und Körper voneinander getrennt sind. 3) Oder will der alte Sack seine Drohung wahrmachen und ihr im unteren Stockwerk …? Also folgt sie der Logik, wählt drittens und sagt so ruhig wie möglich »Meine

Schamlippen sind wunderschön und mein Kitzler ist klein, aber sehr oho. Für beides benötigst du keine Kettensäge, allenfalls eine Nagelschere oder ein kleines Skalpell, falls dir danach ist. Also pack das Ding ein.«

Einen Moment lang ist sich Dischle nicht sicher – bricht Arafat gleich in schallendes Gelächter aus? Stattdessen verfinstert sich seine Miene à la Tony Montana, als dieser erfährt, dass sein Hermano Manny seine kleine Schwester als Matratze benutzt.

»**Bevor** ich dir die Schamlippen und den Kitzler abschneide werde ich dich stundenlang vergewaltigen und dich **danach** meinen Männern überlassen, du Schlampe!«, schnauzt Arafat sie an.

Oha, denkt Dischle und ist froh, dass sie sich mit Tabletten abgefüllt hat, denn sonst würde sie vor Angst zittern. So ein Angeber. Stundenlang vergewaltigen. Das will ich erst einmal sehen. Der nimmt den Mund ganz schön voll, der Alte. Wahrscheinlich kommt's ihm nach ein paar Sekunden bei solch einer geilen Tussi wie mir und dann gibt es ganz schön das Gewürge, dass er zumindest wieder halbsteif wird. Und mich dann seinen Männern überlassen. Weil er selber nicht viel hinkriegt! Aber sie zieht es vor, zu schweigen. Denn Dischle ist eine kluge, junge Frau mit reichlich Lebenserfahrung, die weiß, dass es besser ist, einen Mann wie Arafat nicht mit **diesem** Thema zu reizen, es sei denn, man legt es darauf an, ihn sich zum Feind zu machen und sein Leben aufs Spiel zu setzen. Beides hat sie im Moment nicht vor. Deshalb sagt sie nur: »Wenn du mir etwas antust, wird Kemal dich töten. Langsam und grausam, verlass dich drauf.« Arafat lacht nur. Aber Dischle weiß, wovon sie spricht, denn …

129

… sie erinnert sich an Tomas, mit dem sie vor knapp zwei Jahren befreundet war. Eigentlich, so denkt Dischle damals, ist Tomas ein Glücksgriff, denn Tomas stammt aus einem angesehenen Berliner Elternhaus. Seine Eltern betreiben eine seit Generationen gut gehende Weinhandlung am Gendarmenmarkt und gehören zum Berliner Establishment. Der CDU-Kreisverband gibt hier seine Weinbestellungen auf; repräsentative Präsente für Redner oder feine Tropfen für Großveranstaltungen. Dischle lernt Tomas, das ist klar, in einer Lounge kennen, und findet den jungen, blauäugigen, blonden und etwas blassen Mann mit den dünnen Lippen von Anfang an sympathisch. Sie tauschen Telefonnummern aus, Tomas ruft sie tatsächlich an, sie treffen sich zum Essen in einem vornehmen Restaurant und Tomas bezahlt. So weit ist alles gut, denn Tomas hat perfekte Manieren, er weiß, wie man Messer und Gabel richtig hält, schmatzt nicht beim Essen und nippt sehr distinguiert am Weinglas. Also ein Säufer ist Tomas nicht. Und er ist auch kein Poser, wie Dischle inzwischen sehr viele kennengelernt hat. Tomas kann außerdem zuhören, was für Frauen wichtig ist, aber er erzählt auch schön. Von seinem wirtschaftswissenschaftlichen Studium und dass seine Eltern wollen, dass er danach in Weinsberg (das hört sich für Dischle an wie Bibi Blocksberg oder Harry Potter, gibt es aber tatsächlich in Süddeutschland) und Bordeaux noch Önologie studiert. Eigentlich mag Dischle einen anständigen Cocktail lieber als Wein, aber sie mag es, wie Tomas von verschiedenen Reben, Hanglangen und Vinifizierungsarten erzählt. Das hört sich gebildet und kultiviert an. Und Tomas ist ein sehr Anständiger. Denn nach dem von ihm gezahlten Essen verabschiedet er sich – zögerlich – mit einem Kuss auf die Wange und will nicht wie die meisten anderen Jungs in dieser Situation auf der Stelle, hier und jetzt, das Quid pro quo. Es dauert drei weitere Treffen, bis Dischle **ihn** dazu bringt, sie **richtig** zu küssen. Warum das bei ihm so lange dauert? Nun, Tomas scheint ein wenig unbeholfen, vielleicht sogar verklemmt zu sein, aber da kann Dischle für Abhilfe sorgen, da ist sie sicher. Sie findet es süß, dass Tomas schüchtern ist. In seinem Fall übernimmt sie sehr gerne das Motto von KOKE fürs Zwischenmenschliche. »Hilf den Menschen und du hilfst dir.« Also lädt sie ihn zu sich ein, um etwas Türkisches zu kochen, denn bei seinen durchweg ernsthaften Absichten, muss sie ihr Gesamtpaket präsentieren. Also ruft sie Sibel an, damit die ihr beim Essenmachen hilft. Sibel kann das (keine Frage, denn sie hat eine Mutter, die sich um ihre Erziehung kümmert) und Dischle hat kein schlechtes Gewissen, denn sie ist sich sicher, dass sie die Küche früher oder später beherrschen wird. Sibel kocht also und Dischle deckt den Tisch, bis es wunderbar duftet und herrlich romantisch ist. Sibel macht sich rechtzeitig vom Acker, aber erst nachdem ihr Dischle hoch und heilig versprochen hat, ihr später telefonisch alles bis ins kleinste Detail zu erzählen. Tomas kommt, ist angetan und Dischle hat wohl zu Recht den Eindruck, als ob Tomas ihre Bemühungen zu würdigen weiß. Und als sie es sich nach dem Essen auf dem roten Sofa mit Mission Impossible 4 – Phantom Protocol (Dischle steht nicht auf Tom Cruise, aber irgendwie findet sie ihn doch schnucklig, vor allem sein Traumkörper hat es ihr angetan, und sie weiß, dass Männer auf solchen Action-Scheiß abfahren, selbst wenn sie so verkopft sind wie Tomas) bequem machen, da rutscht sie Stück für Stück immer näher an Tomas heran, streichelt ihn, öffnet ein paar Hemdknöpfe und, oh welche Enttäuschung: Tomas lässt alles mehr oder weniger stoisch über sich ergehen und sich weiter entblättern, ist dabei aber immer noch steif (nur an der Stelle nicht, an der es angebracht wäre) und Dischle fragt sich, ob sie etwas falsch macht oder ob mit Tomas etwas nicht stimmt. Vielleicht steht er ja auf Jungs und weiß es noch nicht? Und da Tomas jetzt immer noch keine Anstalten macht, an ihr herum zu fummeln, hilft sie eben ein bisschen nach und hofft, mit der sündhaft teuren Unterwäsche von Victoria's Secret wird's schon klappen, sonst wird sie reklamieren und ihr Geld zurückverlangen. Aber es hilft alles nichts, denn nichts regt sich, und Tomas sitzt total unlocker auf dem Sofa und starrt auf den Fernseher, als ob er den Scheiß spannend fände. Also fängt Dischle ihn zu küssen an, am Hals, dann auf die Brust und versucht ihr verlockendes Dekolleté in seine Optik reinzubringen und ihren kleinen, straffen Hintern, der in dem rosa Spitzenunterhöschen steckt, aber es ist zum Verzweifeln, denn nichts regt sich, also wirklich, aber auch rein gar nichts. Also, überlegt sich Dischle, entweder gehe ich jetzt aufs Ganze oder wir entspannen die Situation etwas durch Lachen. Sie entscheidet sich für Zweiteres, lacht also und fragt: »Und jetzt?« Tomas guckt wie ein Auto, aber wie ein ganz großes, beinahe schon wie ein LKW. Dischle schenkt ihm ein mädchenhaftes Lächeln, kichert in sich hinein und meint mit rauchiger Stimme: »Entspann dich.« Sie streichelt ihm zart über die Brust und lacht. Ein mädchenhaftes Lachen, das Tom auflockern soll. Aber Tomas verspannt sich noch mehr. Sehr hoher Unwohlfühl-Faktor, das ist nicht zu übersehen. Scheiße, denkt Dischle, das geht in die falsche Richtung, und bevor sie es sich richtig überlegt hat – »Kann es sein, dass du noch Jungfrau bist?« Dann lacht Dischle wieder. Aua, sie merkt jetzt, das Ganze kommt in ein ungutes Fahrwasser, aber jetzt ist sie schon auf dem Dampfer und legt also nach. »Oder ist das immer so bei dir?« Hi, hi, hi. Dabei meint sie das gar nicht so, aber sie ist halt ein wenig gekränkt, da Tomas offensichtlich mit ihren Reizen nichts anzufangen weiß und apathischer da sitzt als ein 16-jähriger auf zwei Haldol in der Nervenheilanstalt. Aber ihre letzte Frage war dann doch zu viel, und Tomas erhebt sich mit ultraschlaffer, winziger Gurke und fängt an, auf Dischle einzuprügeln, zwar wie ein Mädchen, aber es reicht, um ihr ein blaues Auge, aufgeschlagene Lippen und blaue Flecken im Gesicht zu verpassen. Bis Dischle die Situation realisiert hat und sich zu wehren beginnt und Tomas Kleiner noch viel kleiner wird und er plötzlich die Flucht ergreift, da das türkische Weib viel wehrhafter ist, als es aussieht, und ihm ernsthaft zu Leibe rückt. Aber passiert ist nun einmal passiert, und als Kemal am nächsten Morgen seine Schwester sieht, fragt er entsetzt: »Wer hat dir das angetan?« Dischle druckst rum, sie hätte das selber geregelt und Gleiches mit Gleichem vergolten und rückt nicht raus mit der Sprache. Kemal wird massiv, denn er will unbedingt wissen, wer seine kleine Schwester da so zugerichtet hat, aber nichts zu machen. Dischle ist stur ist stur ist stur. Also geht Kemal nach draußen, damit Dischle nichts mitkriegt und tätigt zwei Telefonanrufe »Hi Tugba, wie geht's? …« und » Na Sibel, ich wollte nur mal …« und schon hat er den potenziellen Verursacher identifiziert. Er lauert Tomas auf, in einer dunklen Straßenecke und ohne Zeugen, und als er ihm links und rechts eine runterhaut, gesteht Tomas die ganze Geschichte und verwechselt Kemal mit einem Sozialpädagogen (oh ja, ein Sozialpädagoge in Berlin ist wie ein Fischer in einem übervollen Aquarium) und kriegt dann die Rechnung serviert. Kemal richtet Tomas dermaßen übel zu, sodass dieser …

… Platzwunden …

… Schürfungen …

… Brüche …

davon trägt.

Aber damit noch nicht genug, denn Kemal gibt ihm nicht nur ein paar kräftige Hiebe mit, sondern auch noch Ratschläge (ja, wir wissen es ja, liebe Oberlehrer, Ratschläge sind die schlimmsten Schläge): »Das nächste Mal, wenn du keinen hochkriegst, probiere es mit dem anderen Geschlecht, anstatt unschuldige Frauen zu verprügeln!« (äh, nun ja gut, mit unschuldig wird Kemal Dischle gemeint haben, auch wenn das, wie wir wissen, nicht zutrifft).

»Vielleicht solltest du dir mal was Entspannendes vom Onkel Doc verschreiben lassen oder eine von diesen kleinen, blauen Pillen, die die Durchblutung im unteren Stockwerk fördern!« »Ist es nicht an der Zeit für ein Weichei wie dich, mit knapp 30 von zu Hause auszuziehen?« »Wenn du mich identifizierst, dann bringe ich dich und deine in Wein ersaufende widerliche Sippschaft um!« »Wenn dich jemand fragt, wer das war, sag die Neonazis oder die Antifa.« Tomas' Wahl bei Kemals letztem Vorschlag liegt auf der Hand. Klar, mit der besten Kundschaft des Elternhauses legt man sich lieber nicht an und ins eigene Nest scheißt man auch nicht, deshalb wird Tomas erzählen, dass er von der Antifa überfallen worden ist. Klingt ja irgendwie auch plausibel. Also zieht Kemal sein Messer und ritzt ihm das A der Anarchisten auf die Stirn. Pech gehabt. Gebrandmarkt fürs Leben. Zwei Tage später steht in der Zeitung: Opfer gebrandmarkt und Berliner Weinhändler von Antifa krankenhausreif geschlagen. Dischle seufzt, als ihre Erinnerungen abrupt enden. Schwer auszumalen, was Kemal mit Arafat anstellt, wenn er ihn in die Finger kriegt. Sie fürchtet, dass er ihn umbringt. Je länger sie darüber nachdenkt, desto besser gefällt ihr der Gedanke.

130

Kolja findet Samy Deluxe bescheiden. Warum? Das liegt doch wohl auf der Hand? Samy ist kein Poser. Er sagt no zu dirty lyrics. Bei ihm heißt es nix mit Gangsta-Rap.

Außerdem ist er
ziemlich anspruchsvoll / poetisch / klugscheißerisch.

Kemal hingegen steht auf Samy.

Er mag …

… seine Intellektualität …

… die klugen Rhymes …

… die Poesie.

Im literaturwissenschaftlichen Diskurssystem ist von Poetizität die Rede, wenn man begründen möchte, warum Johann Wolfgang von Goethe literarisch höherwertig als von Arnim einzuschätzen ist. Dieser Begriff trifft es ziemlich gut, was Kemal an Samy so sehr schätzt.

»Lebende Legende ging in die richtige Richtung«, macht Kolja Zugeständnisse, denn das Album schätzt er. »Harte Beats und Lyrics, die das Leben widerspiegeln.«

»Du meinst Chicks und so weiter?«

»Genau. Aber Dis wo ich herkomm ist trotz des Titels weichgespülter Intellektuellenscheiß«, fängt Kolja an, Samy zu dissen. »Und Schwarzweiß ist noch übler.«

Kemal ist nicht einverstanden.

»Poesiealbum ist fett. Ich will nicht sagen Weltklasse, aber, hör mal, das besitzt Substanz.«

131

»Okay, was soll ich jetzt damit?« fragt Kolja, der Mühe hat, dem Flow der Rhymes und dem Inhalt von Poesiealbum zu folgen. Kemal lächelt – typisch Schlaumeier. Wenn Kemal diesen überlegenen Gesichtsausdruck an den Tag legt, würde Kolja ihm am liebsten kräftig links und rechts eine runterhauen.

»Jetzt spuck's schon aus, du osmanischer Kaffeebohnenlutscher«, pfeift er ihn an. »Soll ich zum Dichter werden? Oder zum kleinen Mädchen, das abends alles in ihr Poesiealbum schreibt?«

Fehlt nur noch, dass er »oder was« hinten dranhängt. Aber wer das annimmt, der ist schief gewickelt und unterschätzt Kolja und zwar gewaltig. Immerhin hat Kolja erkannt, worum es in Samys Song geht, auch ohne Neuere Deutsche Literatur oder Anglistik studiert zu haben. Ja, ihr lieben Damen der geisteswissenschaftlichen Fakultäten, die euch ein Leben im Höheren Schuldienst oder als belesene Mutter und Hausfrau erwartet, das müsst ihr euch schon einmal sagen lassen: Auch Normalsterbliche besitzen ein Verständnis für die Bedeutung, den Sinn und Unsinn von Worten.

»Also zum Mitschreiben. Radio Eriwan meldet: Wir schreiben jetzt unser Poesiealbum.«

Kolja versteht nur noch Bahnhof.

»Wir müssen das Bekennerschreiben formulieren.«

Kolja sieht nicht glücklich aus.

132

»Du kennst dich aus«, fordert ihn Kolja auf, loszulegen.

Aber so einfach geht das nicht.

»Die Hamas ist eine andere Baustelle als al Qaida«, erwidert Kemal missmutig. »Du kannst nicht Äpfel mit Birnen vergleichen oder David Hasselhoff mit 2Pac.«

Bang. Das hat gesessen – ein Seitenhieb gegen 2Pac, das geht gar nicht. Aber Kolja pariert sofort.

»Ich wusste gar nicht, dass al Qaida Hasselhoff ist.«

Pass bloß auf, Kolja, sonst springt Kemal dir noch an die Gurgel. Denn worüber Kemal vor einigen Tagen noch müde gelächelt hätte, treibt ihm heute das Adrenalin in die Blutbahn. Nerven sind nicht vorhanden und er fährt bei jeder Kleinigkeit aus der Haut. Inzwischen ist Kolja zum ruhenden Pol von KOKE geworden, der alles auffängt.

Als sich Kemal abgeregt hat, googelt er als Erstes …

… und landet bei …

… ganz klarer Fall …

… Wikipedia.

Wo sonst? Ohne Wikipedia wäre die Welt heute eine andere. Auf Wikipedia gibt es Kriege und Menschen, die es gar nicht gibt. Das macht Sinn – oder? Wie sonst sollte man die virtuelle Dimension des Ganzen verstehen. Aber ohne Wikipedia würde heute nichts mehr gehen. Zum Mitschreiben: N-I-C-H-T-S M-E-H-R!!! Jeder, wirklich jeder, greift darauf zurück. Und Wikipedia ist die Büchse der Wissens-Pandora. Also liest Kemal

»Die **Hamas** […] ist eine sunnitisch-islamistische Palästinenser-Organisation, die den Staat Israel mit terroristischen Mitteln beseitigen und einen islamisch-theokratischen Staat errichten will. […] Sie besteht aus den paramilitärischen Qassam-Brigaden, einem Hilfswerk und einer politischen Partei.« (Wikipedia)

»Das wissen wir«, ist Kolja enttäuscht. »Bei Wikipedia erfährst du nichts Neues. Ich glaube, da schreibt einer einen Artikel und alle anderen schreiben davon ab.«

Nach einer kurzen Pause fügt er hinzu: »Das ist so ähnlich wie bei dem deutschen Minister, der seine Doktorarbeit komplett kopiert hat.«

Aber Kemal ist nicht nach lustigen Anekdoten zumute, da er weiß, dass jede Sekunde zählt, um seine Schwester zu retten, also liest er weiter, in der unerschöpflichen Quelle des virtuellen Wissens. Er erfährt, dass die Hamas seit 1993 ihr Unwesen treibt und Israel mit Selbstmordattentaten überzieht. Zudem gilt die Hamas der EU und den USA als Terrororganisation. Und der Rest?

»Bei dem Artikel geht es darum, dass die Hamas die Regierungsmacht an sich gerissen hat«, resümiert Kemal.

»Terrorist bleibt Terrorist«, lautet Koljas Fazit.

»Gilt das auch für Menachem Begin?«, frotzelt Kemal.

Kolja winkt unwirsch ab, à la: Verarschen kann ich mich selber. Denn hat jemand die Staatsmacht inne, dann kann er kein Terrorist mehr sein. Es würde ja niemandem einfallen, Lenin als Terroristen zu bezeichnen. Oder Mao …

133

Die Spitzen von Pauls Schnurrbart beben. Dieser Auftrag passt ihm gar nicht. Schweiß hat sich auf seiner Stirn gebildet und er ringt mühsam nach Luft. Verdammter Sommer. Es ist so heiß, dass es schwer fällt zu atmen. Und dann das noch. Was bildet sich dieser Ostblock-Typ eigentlich ein, ihm Befehle zu erteilen? Ihm, einem deutschen Beamten, dem Rückgrat der deutschen Gesellschaft. Mit einem Seufzer über die Verkommenheit der Welt drückt Paul die Kurzwahltaste von KOKE. Wenn Arafat befiehlt, er soll KOKE unter Druck setzen, dann macht er das.

Denn

- Arafat ist sein neuer Favorit,
- Arafat zahlt am meisten Cash,
- Arafat spendiert ihm Drogen, nicht zu knapp, wobei es – klarer Fall – ein wenig mehr sein dürfte.

Also wird er den Jungs sagen, dass sie mit Arafat Frieden schließen sollen, sonst wird es ihnen leidtun.

»Hallo Kamelficker, du und dein schwanzlutschendes Wodka-Fass haltet die Füße still, sonst …«

Erneut zittert Pauls Schnurrbart vor Wut. Aber nicht auf die beiden Jungs, sondern auf Arafat, der ihn wie einen Lakaien behandelt. Paul hat sich für die bequeme Straße entschieden, die zu materiellem Wohlstand führt, aber der Zoll, den er entrichten muss, um auf dieser Straße wandeln zu dürfen, heißt Selbstachtung und gutes Gewissen. Und das ist ein Zustand, der zusehends an ihm nagt und sein ohnehin hauchdünnes Nervenkostüm noch mehr zerrüttet. Denn er kennt sich selber nicht mehr und fragt sich, für wen er den ganzen Wohlstand und die ganze Scheiße eigentlich möchte.

134

Kemal tut sich schwer. Und Kolja ist weiß Gott keine Hilfe. Kemal formuliert ein paar Sätze und ist nicht zufrieden. Dann schreibt er ein paar neue Zeilen und Kolja stellt sie mit einer Bemerkung in Frage. Ergo, es ist nicht einfach, ein Bekennerschreiben zu fingieren. Kolja und Kemal überlegen, ob sie sich professionelle Hilfe holen sollen. Dazu googeln sie …

… islamwissenschaftliche …

… politologische …

… nah- und mittelöstliche …

Institute.

Als sie die Bilder der Ordinarien sehen, beschließen sie, es sein zu lassen.

»Die schreiben ein Buch über Bekennerschreiben, aber selber eins verfassen, das kannst du vergessen«, bringt Kolja die Sache auf den Punkt.

Was tun?

»Also packen wir Guttenberg aus«, beschließt Kemal.

Wozu sich auch die Mühe machen?

Also …

… googeln …

… anklicken …

… Copy …

… and …

… Paste …

… einfügen.

Da haben sie das Bekennerschreiben.

»Das können wir so nicht stehen lassen. Das fällt sogar denen von der BAW auf«, treibt Kolja Kemal an.

Also macht sich Kemal ans Werk, bis auf dem Papier, ähm, dem Bildschirm steht, dass die fortgesetzten israelischen Angriffe auf palästinensische Widerstandsgruppen auch eine militärische Reaktion in Europa erforderlich machen und dass ein Angriff auf die Jüdische Synagoge in Berlin dem zionistischen Regime zeigt, dass die HAMAS es bis zum letzten auf der ganzen Welt bekämpfen wird.

»Da fehlt was«, merkt Kolja kritisch an, als Kemal ihm das Ganze vorgelesen hat.

»Stimmt«, pflichtet Kemal bei »religiöse Bezüge und so was wie Durchhalteparolen am Schluss. So was wie: Hasta la Victoria Siempre! Socialisme o Muerto!«

Kemal überlegt. Er denkt scharf nach.

»Kolja, wir können das Bekennerschreiben als Fragment auf Arafats Laptop schmuggeln, dann wirkt es authentischer, es befindet sich im Entstehungsprozess.«

Kolja denkt einen Moment lang darüber nach.

»Okay, so machen wir es.«

Gesagt, getan.

135

»Pause? Du siehst mitgenommen aus. Kein Wunder, nach deinem Keith-Richards-Auftritt.«

Kolja winkt verführerisch mit einem Beutelchen Speed. Vom Allerfeinsten versteht sich, denn der Doc verkauft keinen Scheiß. Kemal lehnt dankend ab.

»Du kannst mir eine Bionade aus dem Kühlschrank holen und danach einen Kaffee rauslassen. Ich muss mich an die Arbeit machen, denn Dischles Leben steht auf dem Spiel. Alles woran du wieder denkst, sind Drogen.«

Das ist nicht die Antwort, die sich Kolja erhofft hat, und außerdem hat ein bisschen Speed noch keinem geschadet, der hart arbeiten muss, aber er tut seinem Freund den Gefallen, der schließlich alt genug ist und wissen muss, was er tut. Kolja geht also zum Kühlschrank und lässt eine Crema aus dem Schweizer Kaffeevollautomaten. Es trifft Kolja, dass Kemal ihm unterstellt, nicht in Sorge um Dischle zu sein, aber er sieht es seinem Freund nach, da der unter Druck steht. Er beschließt aus Mitgefühl und Solidarität, keine Line zu ziehen. Ein wenig Rücksichtnahme ist die solide Grundlage von Respekt. Aber er hat sich ein Bier mitgebracht.

»Ich war im Sappho«, lässt Kemal die Bombe platzen, da es ihn drängt, seinen Freund an seinem Glück teilhaben zu lassen, aber er hat zugleich Angst, dass sich Kolja über ihn lustig macht.

Kolja lässt sich die Überraschung anmerken, aber versucht, drüber wegzubügeln.

»Hat es geschmeckt?«

Aber Kemal will sich ernsthaft mit Kolja unterhalten. »Ich war nicht wegen dem Essen dort«, sagt er deshalb ernsthaft und seine Stimme wird eine Nuance leiser und sanfter als sie ohnehin schon ist.

Kolja trinkt vor lauter Verlegenheit einen Schluck Bier. Er ahnt, dass was Besonderes ansteht. Denn normalerweise geht man ins Sappho um hervorragend italienisch zu essen und dafür einen astronomischen Betrag hinzublättern. Auch wenn die Portionen für Koljas Geschmack viel zu klein sind.

»Du wolltest die Sommelière abchecken?«, fragt er deshalb. »Das kann ich verstehen. Die ist zwar nicht mein Typ, aber für dich wäre die genau die Richtige. Ziemlich androgyn, aber sie hat ein gewisses Etwas …«

Aber wieder schüttelt Kemal den Kopf. Kolja beschleicht der Eindruck, dass etwas mit Kemal anders ist als sonst. Auch wenn er den Grund dafür nicht kennt. Denn sie haben genug Matt, um ihr Anti-Depressions-Programm und Gute-Laune-Training für mindestens eine Woche aufrecht zu erhalten. Und mit Dischle werden sie alles ins Lot kriegen, zumindest tun sie alles Menschenmögliche dafür.

»Ich war im Sappho, weil …«

Kemal bricht ab, schweigt und blickt auf den Boden. Ich muss ihn aufheitern denkt Kolja, sonst wird er schwermütig.

»Ich habs «, sagt er also. »Du hast unsere Geschichte vom Luxus-Hotel wiederholt. Aber wieso hast du mich nicht mitgenommen? Das hätte mich auf andere Gedanken gebracht.«

Nicht einmal die Erinnerung an ihr gemeinsames Erlebnis im edlen Hotelrestaurant vermag Kemal ein Lächeln abzuringen, während Kolja kämpft, um nicht lauthals loszuprusten. Kemal und er waren in ihrer Street-Wear gen Luxusschuppen losgezogen. Kemal hatte Baggy-Pants und ein verwaschenes Guardian of the Sea T-Shirt mit einem Blauwal darauf an. Kolja trug eine Armee-Hose und sein bestes Feinripp, mit der kiloschweren Goldkette um den Hals, versteht sich. Der Empfangschef wollte sie keines Blickes würdigen und schon gar nicht in die heiligen Hallen einlassen, aber 250 Euro änderten seine Meinung. Als Erstes gingen Kolja und Kemal auf das WC, bestaunten die edle Ausstattung und die goldenen Armaturen und pfiffen sich dermaßen viel rein, dass es beinahe zu viel war. Während Kolja total auf Koks beinahe drei Meter über dem Boden schwebte und wie ein Dampfkessel unter Hochdruck wirkte, torkelte Kemal in seinem H-Rausch an seinen Platz, wobei der zwei Meter breite Gang beinahe zu klein war und die Tische ihm bedrohlich nahekamen. Um nicht kleinlich zu wirken, orderten sie fürs Erste eine Flasche Champagner, eine Flasche Weißwein und Austern. Die Gäste und Kellner befanden sich in heller Aufregung, aber keiner wagte es, die beiden Freunde anzusprechen oder gar rauszuwerfen, da sie – nicht zu Unrecht – eine noch peinlichere Szene befürchteten. Als Kolja und Kemal versuchten, die ersten Austern herunterzuwürgen, kam es, wie es kommen musste. Kolja kotzte unter den Tisch, während Kemal noch genug Stil besaß, den Champagner-Kübel zu benutzen. Als der Oberkellner nach dem Rechten sehen wollte, fing Kolja zu poltern an, dass er das Restaurant wegen verdorbener Muschis, äh Muscheln verklagen werde, während es sich Kemal auf dem Boden gemütlich machte und alle Viere von sich streckte wie ein Hund an einem heißen Sommertag.

»Schaut euch an, wie es meinem Kumpel geht, von euren verfaulten Austern!«, brüllte Kolja den Oberkellner an. »Er ist ganz gelb und grün im Gesicht, krümmt sich am Boden und kann die Augen kaum öffnen.«

Der affektierte Bedienstete lief selber beinahe grün im Gesicht an und wollte widersprechen. Erst als Kolja damit drohte, seine russische Verwandtschaft für eine Woche einzuquartieren und ihnen jeden Tag ein Essen im Restaurant zu spendieren, zeigte sich das Hotelpersonal umgänglicher. Kolja und Kemal wurden unter Entschuldigungen und Beteuerungen aus dem Hotel komplettiert und erhielten als Entschädigung jeweils eine Flasche Champagner, die sie im Taxi öffneten und damit die Sitzpolster versauten. Als sie mit den Flaschen anstießen, war der Fahrer reif für die Nervenheilanstalt.

»Nein, ich habe nicht unseren Stunt von damals neu aufgelegt«, holt Kemal Kolja aus seinen Erinnerungen zurück und ist ein wenig traurig, dass es so schwierig ist, seinem Freund zu erzählen, dass er ernsthaft in eine junge Frau verliebt ist.

Woher sollte Kolja das wissen – und vielleicht spürt er es, schneidet das Thema aber aus Taktgefühlt nicht an? Taktgefühl ist etwas, das Kolja nicht einmal ansatzweise besessen hat, aber inzwischen bemerkt Kemal bei seinem Freund die leiseren Töne, während er in seinem Inneren das Heranwachsen eines Tornados verspürt. Bisher haben sie sich über die Liebe lustig gemacht und waren sich einig, dass ein wenig Kuscheln nach dem Rein-raus-Spiel schon zu viel des Guten war. Wenn er Kolja jetzt erzählt, dass er Lol nicht auf den Mund geküsst, sich aber unsterblich in sie verliebt hat, bricht für Kolja vermutlich eine Welt zusammen, und er möchte erst nicht daran denken, was das für ihre Freundschaft bedeuten kann. Kemal hat erkannt, dass es besser ist, Kolja die Geschichte von sich und Lol noch nicht zu erzählen. Deshalb beschließt er, seinen Freund abzulenken, um dann zur Arbeit zurückzukehren. Denn Platz für große Gefühle gibt es im Moment nicht. Zuerst muss er eine Mission erledigen. Auch wenn er ständig an Lol denkt. Und sie so präsent in ihm ist, wie noch nichts in seinem Leben zuvor.

»Ein wenig später würde ich vielleicht doch gern ein Näschen ziehen«, sagt er deshalb.

Kolja grinst. Für ihn ist die Welt wieder in Ordnung, auch wenn ihm ein bisschen bange davor ist, dass Kemal einmal nicht wird umhin kommen können, das ausstehende, ernste Thema anzusprechen.

136

»Das meiste ist Psychologie«, meint Kemal, womit Kolja nichts mit anfangen kann.

Deshalb prostet er Kemal zu und bedauert, sich nicht für den Wodka entschieden zu haben.

»Karlsruhe hat einen Neuen. Der jetzige Generalbundesanwalt ist erst seit wenigen Wochen im Amt. Da gab es Querelen, bis es einen Nachfolger des in den Ruhestand getretenen Generals gab.«

Kolja mimt Die drei Fragezeichen. Okay, wenn man nicht wie Kemal den Politik-Teil der FAZ liest, der das tut, um in Sachen Politik, Ökonomie und Kultur am Ball zu bleiben und um eine gewisse Intellektualität unter Beweis zu stellen, kriegt man die Feinheiten der politisch-institutionellen Niederungen der deutschen BRD (Bananen-Republik-Deutschland) nicht mit. Da geht es schlimmer zu als im kindergärtlichen Sandkasten: Du hast mir deine blaue Schaufel nicht gegeben, deshalb schütte ich dir jetzt Sand in den Nacken, und so weiter.

»Der Typ, der ursprünglich für den Posten vorgesehen war, wurde von allen Seiten abgesägt«, erklärt Kemal, »richtig gedisst. Eine Mischung von Parteipolitischem und persönlichen Aversionen. Da sagt dann schon mal ein Häuptling zum anderen, dass er ihn moralisch für nicht fähig hielte, eine Kleinstbehörde zu leiten. Das ist ein Originalzitat. Nach der Schlammschlacht hat es gedauert, bis ein neuer Kandidat gefunden wurde. Und der jetzige Generalbundesanwalt Halt gilt als Notlösung.«

»Und was hat das mit uns zu tun?«, wendet Kolja ein, dem die praktischen Implikationen nicht einleuchten.

»Der neue General lechzt nach Aufmerksamkeit und interessanten Fällen, bei denen er sich profilieren und beweisen kann, dass er keine Notlösung ist.«

»Also tun wir was?«

»Wir werfen einen Köder aus, indem wir dem General eine Mail schreiben, in der wir auf Arafat und seine Pläne hinweisen. Dann kommt eins zum anderen und wir können loslegen.«

Jetzt ist der sonst so coole Kolja ein wenig aufgeregt. Dass er einmal dem Generalbundesanwalt von Deutschland eine Mail (obgleich auch anonym) schreiben würde, die keine Drohungen und Beschimpfungen enthält, das hätte er sich in seinen kühnsten Träumen nicht vorgestellt. Aber Zeiten ändern dich, und das Leben steckt voller Überraschungen.

»Der Witz daran ist«, führt Kemal aus, während er überlegt, »dass Halt in seiner eigenen Behörde den Spitznamen ›der Bartträger‹ hat. Wegen seines Vollbarts. Aber Halt hasst die Taliban und alle islamistischen Terroristen, denn er entstammt einem katholischen Elternhaus und hat seine Erziehung bei den Jesuiten genossen.«

Jetzt bricht der alte Kolja durch, er lacht dreckig und formt mit dem Daumen und dem Zeigefinger der linken Hand einen Kreis und schiebt den Zeigefinger der rechten Hand ruckartig vor und zurück.

»Du weißt ja, dass diese Brüder besonders gerne heftigen Analverkehr haben«, kann er es sich nicht verkneifen, seine Gesten auch noch für den letzten Depp – also in dem Fall Kemal – zu erläutern.

Kemal zuckt mit den Schultern, denn an Sauereien denkt er, seitdem er Lol kennt, gar nicht mehr.

»Das entzieht sich meiner Kenntnis. Aber es ist bekannt, dass er gerne rosa Hemden und Krawatten trägt.«

Kolja lacht – ganz im altbekannten Fahrwasser.

»Also siehst du, er ist doch schwul?«

Kemal verdreht die Handflächen nach außen und streckt die Arme.

»Man weiß es nicht. Auf jeden Fall ist bekannt geworden, dass er seinen Fahrer und die Bodyguards nach drei Wochen im Amt ausgetauscht hat, ohne Angabe von Gründen.«

»Hö, hö, hö, das klingt verdächtig nach analen Verschleißerscheinungen«, weiß Kolja.

»Und fünf Tage nachdem Halt die Berufung erhalten hat, haben ihm Linksautonome eine Kugel geschickt.«

»Das ist ja wie bei der russischen Mafia. Die machen das manchmal. Nur dass die das auch wirklich so meinen, im Gegensatz zu diesen dummen Ich-seif-Dich-mit-Worten-ein-linken-Arschlöcher.«

Jetzt fällt Kemal nichts mehr ein. Alle Geschichten aus dem Kuriositätenkabinett des neuen Generalbundesanwalts sind erzählt. Da gibt es nicht mehr. Zumindest nichts, das er wüsste. Und jetzt geht es ans Eingemachte, an den zweiten Teil des Poesiealbums, um es mit Samy zu formulieren: 1. Bekennerschreiben Hamas 2. Die Mail.

Sehr geehrter Herr Generalbundesanwalt Dr. iur. Halt,

ich gestatte mir hiermit, Sie darauf hinzuweisen, dass ein Sprengstoffattentat auf die Neue Synagoge in Berlin in Kürze bevorsteht. Ein in der Berliner Unterwelt unter dem Namen Arafat bekannter Boss eines rumänischen Clans plant in Kooperation mit der Hamas, das Attentat innerhalb der nächsten zwei Wochen auszuführen. Das Ziel der Aktion besteht neben der Zerstörung der Synagoge darin, viele Menschen zu töten und zu verletzen. Arafat besitzt seit Jahrzehnten Verbindungen in den Nahen Osten, da seine Mutter Palästinenserin ist. Nachdem Arafat ursprünglich mit der PLO sympathisiert hat, paktierte er in den letzten Jahren verstärkt mit den radikalen Islamisten. Arafat selber ist kein gläubiger Muslim, aber ihn verbindet mit den Gotteskriegern der unbändige Hass gegen Juden und Amerikaner. Die Hamas akzeptiert Arafat als einen ihrer Verbündeten, da er in Europa über eine hervorragende Infrastruktur, Know-How und Manpower verfügt. Last but not least beliefert Arafat seit kurzem die afghanischen und pakistanischen Taliban mit Cougar-Anti-Drohnen-Waffen – direkt aus Berlin. In der aufrichtigen Hoffnung, Blutvergießen verhindern und Menschenleben retten zu können!

Hochachtungsvoll

Ein Freund Deutschlands

»Ich weiß nicht, ob das zündet«, meldet Kolja Zweifel an und legt sich eine Line auf dem Schreibtisch. »›Hochachtungsvoll‹ schreibt kein Mensch mehr. Das weiß sogar ein Legastheniker wie ich.«

Nachdem Kolja die Line gezogen hat, denn das Formulieren der Mail hat sich in die Länge gezogen, fallen ihm Verbesserungsvorschläge ein, die er Kemal unterbreitet. Statt Hochachtungsvoll kann man CU schreiben.

»Du alter Beckmesser. Zuerst nichts Konstruktives beitragen und hinterher rummeckern«, weiß sich Kemal zu wehren, nimmt Kolja den zusammengerollten 500-Euro-Schein aus der Hand und klopft fordernd auf die Schreibtischplatte.

»Und das ist mal wieder typisch du. Zuerst einen auf vornehm zurückhaltend machen – Nein danke, Kaffee ist ausreichend – und mir dann meine Pep-Vorräte wegziehen«, beschwert sich der Russe und legt eine neue Line – nur etwas größer. »Aber mi casa es su casa, conjo.«

Die Jungs geben sich die Ghetto-Faust.

»Das Pep benötige ich für den Feinschliff«, erklärt Kemal. »Ich feile an der Mail und dann ab die Post.«

»Aber bitte nicht von unserem Server aus, Ke, sonst haben wir alle Bundesbehörden der Welt am Arsch.«

»Ich bin nicht verrückt. Ich kenne ein Internetlokal, in dem es keine Kameras gibt und der arabische Inhaber ist halb blind und taub, gibt also keinen glaubwürdigen Zeugen ab.«

»Das ist vermutlich derselbe Laden, in dem Paul sich immer seine Kinderpornos reinzieht«, lacht Kolja.

Paul? Das erinnert die Freunde an Pauls Anruf. Nicht dass dieser sie beunruhigt hätte. Es war klar, dass Paul jedem, der fünf Cent mehr zahlt als sie, seine Dienste anbietet. Aber dieser kleine Drecksack hat eine Abreibung verdient, nach seinem Erpressungsversuch und nachdem er sie zwingen wollte, mit Arafat Frieden zu schließen. Ergo: »Wir sollten Paul eine Abreibung verpassen. Und zwar eine, die sich gewaschen hat.« Sieht Kolja genauso, aber ihm ist nicht danach, Paul aufzulauern und aufzumischen. Wie gesagt, etwas stimmt mit Kolja nicht.

»Wir müssen Paul den Dämpfer verpassen, sonst pfuscht der uns rein«, bringt Kemal Kolja auf Linie.

Kolja seufzt. Dass es ihm so schwerfallen würde, sich für Gewalt zu motivieren, hätte er nicht gedacht. Aber für seinen kurdisch-türkischen Freund würde er schließlich auch durchs Feuer gehen. Warum dann nicht auch eine Schmeißfliege wie Paul das Fürchten lehren?

137

»Payback-Time! Paul hat es nicht anders verdient. Der würde Dischle umbringen, wenn er hundert Gramm Koks dafür kriegt!« schimpft Kemal vor sich hin. KOKE – die Jungs tragen Masken von Helmut Kohl und Willy Brandt – hat sich in einen Hauseingang gegenüber des ROMASI versteckt, und die beiden Jungs sehen aus wie Party-People.

»Paul kommt bestimmt sofort ...«

Haben die Masken von Kolja und Kemal etwas mit ... Party-Zipation ... oder ... In-Clusive-Governance ... zu tun? Wohl eher nicht, sie sind in als Party-Spaß und bieten Gesichts-Schutz, auch wenn man unter den Scheißdingern höllisch schwitzt, insbesondere im August, auch in der Nacht, wenn es immer noch heiß ist, obwohl der Asphalt allmählich abkühlt. Endlich. Das Taxi kommt und hält. Ein alter Daimler der C-Klasse, Typ Panzer. Kolja zieht schnell die Helmut-Kohl-Maske fest – Kemal hält es lieber mit Willy Brandt, klarer Fall. Helmut Schmidt war beiden zu brutal. Wie der Wehrmachtsoffizier den Linksradikalen Respekt vor der Staatsmacht hat einbläuen lassen, geht über das Verständnis von Kolja und Kemal hinaus. Das finden sie nicht gut, denn Gewalt vom Staat gegen Bürger können sie nicht nachvollziehen.

Karneval ...

... im August ...

... in Berlin?

Mitnichten. Denn jetzt gibt's nichts zu lachen. Paul versucht vergeblich sich aufzurichten und die Tür aufzubekommen, aber seine Hände greifen am Türgriff vorbei.

»Soll ick helfen, wa?«, bafft der Berliner Taxifahrer (so was gibt's in der Hauptstadt), bleibt aber vorerst sitzen.

Kolja sprintet zum Taxi, öffnet die hintere Türe, holt aus und landet einen kräftigen Schwinger. »Ahhhhhh!« Kemal rutscht auf den Beifahrersitz und drückt dem Taxifahrer die Glock 19 in die Seite.

»Losfahren.«

Der Taxifahrer erleidet den Schock seines Lebens, tut aber, was Kemal ihm befohlen hat. Kemal blickt sich um und lässt seinen Blick akribisch durchs Taxi wandern. Keine Kameras. Sehr gut. »Auuuuuu!« Das Gewimmere vom Fond des Wagens hört nicht auf. Kolja zückt aus der Seitentasche seiner Tarnhose ein russisches Armee-Messer und hält es Paul an die Kehle.

»Noch ein Ton und ich stech dich ab!«

Doch Paul hat sich nicht unter Kontrolle. Die durch Koljas Hieb verursachten Schmerzen sind zu heftig und so wimmert er weiter. Als sie drei Blocks weit gefahren sind, befiehlt Kemal dem Fahrer rechts abzubiegen.

»Stop!«, raunzt er bei einer Hinterhofeinfahrt, die Kolja und er zuvor ausgespäht haben.

Dann nimmt er sein Handy und macht zwei Aufnahmen von der unter dem Radio befestigten Taxifahrer-Lizenz.

»Wenn du klug bist, funkst du die Zentrale an und sagst, dass alles in Ordnung ist. Falls nicht, werden wir dich finden.«

Zur Demonstration hält er dem Taxi-Fahrer die Glock an den Hals. Dann legt er zwei Fünfziger neben die Gangschaltung.

»Unser Beitrag zum Bruttosozialprodukt. Und, stimmt so. Quittung brauchen wir nicht.«

Behände steigt er aus, öffnet die Tür und hilft Kolja den immer noch leise wimmernden, aber halb weggetretenen Paul zu schleppen. Das Taxi fährt an und verschwindet. Kolja und Kemal wissen, dass alles schnell gehen muss, wenn sie Risiken vermeiden wollen. Der Hinterhof der Mietskaserne ist spärlich beleuchtet. Hinter den riesigen Mülltonnen sind sie vor ungebetenen Blicken geschützt. Sie legen Paul wie ein Stück Dreck auf ein paar dunkelblauen Müllsäcken ab. Willy Brandt zieht einen kurzläufigen Revolver. Er öffnet die Trommel der Stupsnase und zeigt sie Paul. Eine Patrone befindet sich im Lauf. Dann lässt er die Trommel einrasten und dreht sie.

»Russisches Roulette«, sagt Helmut Kohl. »Das kenne ich ziemlich gut – siehe Parteifinanzierung …«

Ja, sogar die CDU muss schauen, wo sie bleibt. Aber Paul ist nicht für politische Feinheiten in der Stimmung. Seine Pupillen sind stecknadelkopfgroß.

»Was wollt ihr?«

Seine Stimme zittert. Trotz seines sedierten Zustands hat er Panik.

»Hast du KOKE verraten?«

Paul lacht irre.

»KOKE? Ich kenne nur ein Kok. Und das würde ich nie verraten, nur hochziehen. Fickt euch, ihr Schwuchteln!«

Hemut Kohl holt aus und landet einen Komahieb.

»Hast du KOKE verraten?«

Paul überlegt, insofern das in dem Zustand möglich ist.

»Kolja? Kemal? KOKE?«

Paul wiiiehert los.

»Den Muselmann und seinen Ivan? Ich und verraten?«

Kemal spannt den Hahn und steckt ihn Paul in den Mund.

»Das wagst du nicht!«, lautet Pauls Kommentar, aber seine Augen weiten sich vor Furcht.

Klick! Kemal spannt den Hahn erneut.

»Ich glaube, ich bin gekommen …«

Paul ist und bleibt ein ultra-krankes Dreckschwein. Und dagegen ist schwer anzukommen. Also drückt Kemal jetzt den Revolver an Pauls Gemächte à la Gleich kommts dir aber mal richtig, Freundchen.

»Letzte Chance, sonst ist dein Sperma rot. Und das liegt nicht an der Prostata. Also, hast du KOKE verraten?«

Paul schluckt. Die Nummer ist ihm ein wenig zu schräg.

»Wer will das wissen?«

»Arafat!«, antwortet Willy Brandt.

»Solange Arafat weiter zahlt, werde ich alles tun, was er von mir verlangt«, stammelt Paul.

Quod erat demonstrandum.

»Gut so. Dafür gibt es eine Belohnung«, verspricht Willy Brandt und tätschelt Paul unsanft die bleiche, aufgeschwemmte Wange.

Helmut Kohl hat eine Spritze aus seiner Armeehose gezogen und injiziert Paul eine Elefanten-Cocktail-Dosis. Paul schnalzt als Zeichen der Anerkennung mit der Zunge und befindet sich in seinem Lieblingszustand

- Delirium Tremens,

- 1a,

- Erste Sahne,
- Drei Galaxien weit entfernt.

»Firma dankt«, kriegt er gerade noch heraus, bevor er im Rausch versinkt.

Helmut Kohl und Willy Brandt entfernen sich zügig – aber nicht rennend – vom Tatort.

138

Dr. Halt greift energisch zum Telefonhörer. Seine Sekretärin nimmt sofort ab und meldet sich protokollgemäß.

»Herr Generalbundesanwalt?«

Halt räuspert sich. Sehr unangenehm. Unwettergefahr. Seine Stimme ist heiser.

»Wie lange hat das in meinem Posteingang gelegen?

-

Die Mail bezüglich der Anschlagswarnung.

-

Das Aktenzeichen? Das ist doch ihre Aufgabe.«

Halt steht kurz davor, die Contenance zu verlieren.

»Nein, auf dem Ausdruck steht kein Datum.

-

Ich habe Sie nicht gefragt, wo ich letzte Woche gewesen bin, sondern wie lange das in meinem Posteingang gelegen hat.

-

Fünf Tage?«

Halts Stimme überschlägt sich jetzt. Er hat das Gefühl, nichts im Griff zu haben und dass sein eigener Laden ihm auf der Nase rumtanzt. Vor allem sein Stellvertreter, dieser Bäumler. Na warte, der kann was erleben. Seufzend denkt er an einen vor Kurzem zurückgetretenen Leiter einer anderen Bundesbehörde, der auf der Pressekonferenz freimütig einräumte, dass er von seinen eigenen Leuten hinters Licht geführt wurde. Er schwört sich, dass ihm das nicht passieren wird.

»Schicken Sie Bäumler hoch.

-

Natürlich sofort.

-

Es interessiert mich nicht, ob Bäumler eine Besprechung hat. Wenn ich jetzt sage, meine ich jetzt.

-

Das will ich auch hoffen.«

Verärgert legt Halt auf. Unglaublich, was man sich als Chef alles bieten lassen muss. Halt schmort sprichwörtlich in seinem eigenen Saft. Es kommt noch dicker, denn Bäumler lässt sich fünf Minuten Zeit, was Halts Blutdruck in die Höhe schießen lässt. Halt überfliegt während der Wartezeit immer wieder die einschlägige Mail. Dabei handelt es sich um was ganz Großes. Da ist er sich ganz sicher. Das sagt ihm sein Bauchgefühl, und auf das kann er sich verlassen – ganz im Gegensatz zu Mitarbeitern wie Bäumler. Wo bleibt dieser dumme Sack nur? Halt bemüht sich, locker zu bleiben. Er versucht zu rationalisieren und wägt Möglichkeiten ab. Diese Geschichte ist die Chance, 1. sich zu profilieren 2. Kritiker zum Schweigen zu bringen 3. sich als Mann der Tat zu stilisieren 4. die NSU-Scharte auszuwetzen 5. gegen die gottverdammten islamischen Terroristen vorzugehen 6. …? Der Fall birgt so viel Potenzial, da ist er sich ganz sicher. Als Bäumler endlich entspannt das Büro betritt, bedeutet ihm Halt mit einem knappen Kopfnicken Platz zu nehmen. Er ist ganz Chef. Halt unterschreibt weiter Akten in einer riesigen Aktenmappe und würdigt Bäumler keines weiteren Blickes. Bäumler schlägt nonchalant die Beine übereinander, streicht seinen schwarzen Anzug glatt, justiert den Krawattenknoten und beobachtet amüsiert seinen Vorgesetzten. Er kennt das Spiel gut und hat viele Chefs kommen und gehen sehen. Am Anfang wollen sie prägen und Spuren hinterlassen. Am Ende wollen sie das Schiff so ruhig wie möglich in den Hafen des Ruhestands steuern. Der Strippenzieher hinter den Kulissen war immer er, Bäumler. Immer im zweiten Glied spielte er erste Geige. Ihm war klar, dass man allzu gescheite Leute nicht auf die oberste Position ließ, aber sich ihrer nur allzu gerne bediente, wenn man sie unbedingt brauchte und der Karren ziemlich tief im Dreck steckte. Dieses Gefühl der Macht entschädigt ihn dafür, dass er bei den ganz großen Fernsehauftritten und Pressekonferenzen hinter seinen Chefs zurückstehen muss. Und außerdem besitzt er den besten Draht zur Chefin, der Bundesjustizministerin, auch wenn sie ihm schon so manche schlaflose Nacht und böse Träume beschert hat. Endlich blickt Halt von der Aktenmappe auf, schraubt seinen Montblanc-Füllfederhalter zu und schiebt den Ausdruck der Mail über den Schreibtisch.

»Hören Sie, was haben Sie dazu zu sagen?«

Bäumler hatte nichts dagegen, wenn man ihn anpfiff, anschnauzte oder zusammenschiss. Was er auf den Tod nicht ausstehen konnte, war »Hören Sie«. Also schwört sich Bäumler, dass er das mit Zins und Zinseszins zurückzahlt. Ohne Eile beugt er sich herunter, liest und blickt durch die Gleitsicht-Armani-Brille seinen Vorgesetzten an.

»Wieso haben Sie das nicht umgehend an mich weitergeleitet?«, fragt Halt mit schneidender Stimme.

Bäumler zuckt die Achseln.

»Sie waren in Berlin und …« Halt läuft knallrot an, atmet hörbar ein und aus und hebt die rechte Augenbraue – Vorsicht Unwetterwarnung. »… waren bei der Kanzlerin, weshalb …« Halt haut mit der flachen Hand auf den Schreibtisch. »… ich Sie nicht mit jedem x-beliebigen Vorgang belästigen wollte, da ich davon ausging …« »Ich möchte über jeden Vorgang in meinem Hause auf dem Laufenden gehalten werden, auch wenn ich beim Papst eine Audienz habe!«, poltert Halt los und versieht Bäumler mit einem vernichtenden Blick. »Aber …« »Kein Aber! Sie sind mir dafür persönlich verantwortlich, dass mich jeder wichtige Vorgang erreicht.« Bäumler gibt sich nicht geschlagen und will anmerken, dass eigentlich die Sekretärin verantwortlich ist. Er entscheidet sich dagegen, aber so leicht knickt er trotzdem nicht ein, da kann sein Chef ihn so laut und bösartig anschreien, wie er will.

»Ich bin im Übrigen der Meinung, dass diese Mail nicht authentisch ist und eine gezielte Falschinformation darstellt«, verteidigt sich Bäumler. »Uns erreichen – wie Sie vermutlich selber wissen werden, täglich solche Mails. Deshalb habe ich entschieden, sie nicht sofort an Sie nach Berlin weiter zu leiten und damit – wie gesagt – bei der Kanzlerin zu belästigen.«

»Das überlassen Sie meiner Kompetenz, zu entscheiden, welche Informationen relevant sind. Das nächste Mal gehe ich von einer gezielten Vorenthaltung aus!«

Halt braucht den Begriff des Dienstvergehens nicht in den Mund nehmen – Bäumler ist schließlich lange genug dabei – ein Jurist und Beamter reinsten Wassers. Halt hält ihm eine Predigt, die sich gewaschen hat, was er zu beachten habe, nur damit Bäumler gezwungen ist, wie ein Schülerbub da zu sitzen und ihm zuzuhören, um dann mit einem knappen »Haben Sie noch Fragen?« zu schließen. »Ja. Wie verfahren wir in der Sache?« Bäumler hat gelernt, seinen Willen gegen Widerstände durchzusetzen. Er rundet den Rücken, zieht den Kopf zwischen den Schultern ein und vergräbt die Hände tief in den Anzugshosentaschen. Dann tippt er energisch auf das Blatt Papier, das direkt vor ihm auf dem Schreibtisch liegt.

»Ich teile Ihre Einschätzung. Es handelt sich um eine gezielte Falschinformation. Fall erledigt.«

Als Bäumler das Büro verlässt, denkt Halt: Das würde dir so passen, mir den Fall vor der Nase wegzuschnappen. Und Halt überlegt, auf wen er sich in seinem Haus verlassen kann. Er wird diesen Fall an Bäumler vorbei handhaben. Denn scheiß auf Dienstwege, die gelten nicht für ihn und auf einen Typen, der ihm Steine in den Weg wirft, wo es nur geht, kann er gerne verzichten. Adios, Bäumler, das war's. Und dann kommt ihm Jan Krieger in den Sinn, gerade erst an die Bundesanwaltschaft berufen, der jung, ehrgeizig, devot ist und drei kleine Kinder hat. Das ist doch ein perfektes Match. Er wird Krieger auf den Fall ansetzen – höchste Geheimhaltungsstufe und kurzer Dienstweg. Halt sieht sich innerlich schon bei einer Pressekonferenz und beschließt, passgenau einen Friseurtermin auszumachen. Dann fällt ihm etwas Wichtigeres ein. Er greift zum Telefonhörer.

»Verbinden Sie mich mit der Bundesjustizministerin.

-

Natürlich sofort.«

139

Die Frage lautet …

… wie kann KOKE an die Ausrüstung einer israelischen Spezialeinheit gelangen …

… ohne dass Arafat davon etwas mitkriegt?

1. Sie fliegen nach Israel 2. Sie tauchen in die geheimnisvollen Tiefen des Deep Web ein und ordern alles online 3. Sie gehen ins Rasputin II nach Kreuzberg. Eins und zwei sind sichere Varianten, dauern aber zu lange. Deshalb hat Kolja aus seinem schwarzen Cayenne Turbo alles rausgeholt, um mit quietschenden Reifen vor dem Rasputin II stehen zu bleiben. Closed Job nennt man so etwas. Russische Verschwiegenheit – in jedem Fall anderen Ethnizitäten gegenüber.

»Möchtest du keinen Parkplatz suchen?«, fragt Kemal, dem es nicht schlau vor kommt, vor dem Einfädeln eines Waffendeals in zweiter Reihe zu parken.

»Danke für deinen Rat, Sherlock. Das ist meine Show. Okay? Außerdem habe ich schon so viele Strafzettel, dass ich damit unser Büro tapezieren könnte.«

»Das finde ich nicht klug.«

»Bist du ein …«

Kolja vervollständigt seine Frage im Geiste. a) Gangster oder Hosenschisser? b) Cool oder uncool? c) Ali Baba oder Alis Papa?«

»Ist ja schon gut«, lenkt Kemal ein, obwohl er natürlich die gedachten Alternativen nicht hören kann, wohl aber Koljas Gesichtsausdruck zu deuten weiß.

Im Rasputin II herrscht Zwielicht, obwohl draußen helllichter Tag ist. Rot-goldene Lampen aus der ersten Hälfte des letzten Jahrhunderts hängen von der geweißelten Decke herab und streuen diffuses Licht. Die Tische sind sauber mit weißen Laken und Silberbesteck eingedeckt. Auf dem Boden liegen schwere Teppiche. An den Wänden hängen exklusive, farbenfrohe Strickdecken. Überall stehen auf Beistelltischen Matrjoschkas. Aus einer Jukebox dringt ein Lied von Helene Fischer. Kemal gibt Würgegeräusche von sich. Er will sich die

Gelegenheit nicht entgehen lassen, sich an Kolja für dessen Spitzen gegen Rock & Roll zu rächen.

»Hast du ein Problem?«, will Kolja wissen.

Es folgt Kopfschütteln, das durch Grinsen konterkariert wird.

»Darüber sprechen wir später, Alter«, droht ihm Kolja.

Kolja deutet in die hintere Ecke des Lokals, auf den einzigen Tisch, der besetzt ist. An ihm sitzt ein Mann mit offenem, weißen Hemd und einer dicken Goldkette, die bis zur Höhe der Brustwarzen herunterhängt.

»Da ist Sergej!«

Sergej trägt eine orange getönte Flieger-Sonnenbrille, die gut zu seiner ovalen Gesichtsform passt.

Vor Sergej steht eine 1.5-Liter-Magnum-Flasche amerikanischer Sky-Wodka, die zur Hälfte geleert ist.

»Priwjet, Sergej, alter Gauner.«

Sergej schaut langsam auf und tut so, als ob er Kolja und Kemal gerade eben erst registriert hätte.

»Kolja! Long time no see«, antwortet er mit stark russischem Akzent. »Nehmt Platz und bedient euch.«

Er schiebt den beiden Jungs zwei Wassergläser rüber und füllt sie randvoll mit Wodka. Kemal ist sich nicht sicher, ob er das jetzt trinken will, möchte aber den Deal unter keinen Umständen gefährden.

»Nastrovje!«, brüllt Sergej und hebt das Glas.

Beängstigt sieht Kemal dabei zu, wie Sergej und Kolja ihr Glas in einem Zug leeren. Um keine atmosphärischen Störungen zu verursachen, beschließt er sich anzupassen und würgt das Zeug ebenso auf Ex herunter.

»Feiner Stoff aus dem Land der Freiheit. Was verschafft mir die Ehre?«, fragt Sergej.

Kolja zählt auf:

Glock 17 Selbstladepistole / Glock 19 Selbstladepistole / Sturmgewehr Tavor TAR-21.

Sergej staunt nicht schlecht.

Aber Kolja ist noch nicht fertig, denn als Maschinenpistolen:

Micro Uzi und Micro Para Uzi / Scharfschützenwaffen IMI Galatz, Mauser 86 SR, M24 und Steyr SSG 69 / Pump Guns Remington 870 und Mossberg 500.

Sergej lacht. Als er sich beruhigt hat, fragt er, während sich seine Augen zu Schlitzen verengen:

»Kolja, was ist los? Möchtest du Sajeret Matkal spielen? Gönne dir was Gescheites. Ich habe die besten russischen Waffen und das zu super Preisen.«

»Njet. Ich benötige die komplette Liste – sofort.«

Sergej merkt, dass es Kolja ernst ist und windet sich.

»Russische und osteuropäische Fabrikate kann ich dir für einen guten Preis besorgen, aber dieses israelische Zeug ist ein Problem.«

»Der Preis spielt keine Rolle«

Erstaunt blickt Sergej zu Kemal.

»Der Preis ist dir egal? Du hast wohl schon so viele Döner verkauft, dass Geld keine Rolle spielt?«

Kolja hebt beschwichtigend die Hand. Kein Streit jetzt!

»Ich sehe, was ich machen kann. Kommt morgen wieder. Um 15 Uhr.«

KOKE verlässt das Lokal. An dem Porsche hängt kein Strafzettel.

»So einfach geht das?«, kann Kemal es kaum glauben.

»Das hast du mir doch erklärt, wie das funktioniert, mit dem Markt, der netzwerkartig, selbstorganisiert, auf Angebot und Nachfrage reagiert und den Preis bestimmt.«

Kemal staunt nicht schlecht, dass Kolja sich an seine komplizierte Aussage so gut erinnern kann.

»Und sag nie wieder in meinem Beisein zu einem Russen, dass der Preis keine Rolle spielt, sonst kann ich für nichts garantieren«, droht Kolja. »Was glaubst du, was der uns berechnet?«

Aber, denkt Kemal, es geht doch um meine geliebte Schwester, um Dischle. Dafür ist mir jeder Preis recht. Außerdem geht es um Rache, also darum, Arafat in den Arsch zu ficken.

Auge um Auge …

… Zahn um Zahn …

… Gefickt-Werden um Gefickt-Werden.

Er fühlt sich leer und verbraucht. Zudem hat er eine Heidenangst. Er merkt, dass seine Nerven nicht die besten sind, und betet, dass der Albtraum bald zu Ende ist. Oder, um es mit Goethe zu sagen: Die Geister, die ich rief, werd' ich nicht mehr los. Dabei wollte er nur sein Lebensmotto verwirklichen: Hilf den Menschen und du hilfst dir. Indem er die Menschen auf humanem, sicherem und direktem Weg ins Wohlstandsparadies bringt. Bis ein kranker Wichser auf die Idee kam, dass der daraus resultierende Profit nicht hoch genug sei und er sich auch ein Stück vom Kuchen sichern möchte. Was Kemal am meisten Angst macht, ist er selber. Denn er spürt immer stärkere Aggressionen in sich aufsteigen. Angriffslust und Zerstörungswut, die er eigentlich für immer hinter sich gelassen zu haben hoffte. Na, warte Arafat, bald ist es so weit, dann werde ich dir die Rechnung präsentieren, du Schwein! In der nächsten Sekunde überfällt ihn wieder Angst. Dass alle Anstrengungen umsonst sind und seine Schwester sterben wird. Und dass er seine Mutter zu einer unglücklichen Frau macht. Weil er und sein Freund zwei Versager sind, die im Leben nichts richtig hinbekommen.

140

Dischles Verließ – Innen – Abend

Apostel: »Hör mal zu, meine Tochter, ...«

Dischle: »Ich bin nicht deine Tochter. Es sei denn, dass Mama mir etwas verschwiegen hat. Aber das kann ich mir beim besten Willen nicht vorstellen. Denn meine Mama besitzt Geschmack, auch was Männer anbelangt.«

Apostel lacht und streicht sich genüsslich über den imposanten Schnurrbart.

Apostel: »Du bist gar nicht so übel, Kleine. Dir sitzt das Herz am rechten Fleck.«

Dischle: »Was man von dir nicht behaupten kann.«

Apostel wird doch wütend und gibt ihr eine Ohrfeige.

Apostel: »Ich wollte nur freundlich sein. Wenn du was gegen die Schmerzen brauchst, weißt du ja, wo deine Notfallapotheke ist.«

Apostel lacht dreckig.

Dischle: »Da musst du fester zuschlagen, damit ich …«

Apostel holt erneut aus und Dischle zuckt zusammen. Apostel grinst, ohne den Schlag auszuführen.

Apostel: »So. Jetzt sind wir quitt.«

Dischle: »Wenn ich Unterhaltung benötige, die mich total langweilt, schaue ich mir Raus aus den Schulden an. Also, was willst du von mir?«

Apostel: »Im Moment sieht es aus, als ob Kolja und Kemal unseren Forderungen nachkommen. Es herrscht eine Art Waffenstillstand.«

Dischle: »Und?«

Apostel: »So lange das so läuft, bist du sicher. Aber Arafat hat die Schnauze voll von deinem aufmüpfigen Bruder und dem Russen. Beim nächsten Problem bist du dran, darauf kannst du Gift nehmen.«

Dischle: »Das ist so was von langweilig. Ihr droht mir damit mich umzubringen, seitdem ich euch kenne. Lasst euch mal was Neues einfallen. Und wenn du wegen der Chips hier bist, kannst du die Tüte mitnehmen. Ich habe noch eine andere.«

Apostel: »Du hast ein großes Maul, Kleine. Aber bald wird es ernst, glaub mir. Dann wird sich zeigen, wie cool du wirklich bist. Wenn Arafat dich rannimmt.«

Apostel erhebt sich und geht Richtung Türe.

Dischle: »Kemal wird mich rausholen und euch fertigmachen, einen nach dem anderen. Verlass dich drauf. Der ist nicht so ein lächerlicher Kerl wie ihr!«

Apostel macht ein Zeichen à la Laber nur weiter.

Dischle (leiser): »Ihr werdet sehen, was ihr davon habt. Wenn ihr Krieg wollt, könnt ihr Krieg haben.«

141

Es ist eben eine Frage von … Krieg und Frieden (das hat ein anderer geschrieben). Aber für KOKE ist die Frage von Krieg und Frieden entscheidend, denn gerade befinden sie sich in einem Zwischenzustand zwischen … Krieg und Frieden. Es herrscht Waffenstillstand … in der waffenfreien Zone … wie beim Song von Nate57.

142

So langsam verliert Dischle die Nerven. Sie ist ständig in dem kleinen Keller-Verlies eingesperrt. Und dann nervt sie dieser Balkan-Opa, der aussieht wie ein alternder Porno-Schauspieler damit, dass man ihr Gott weiß was antun werde, sollte sich KOKE nicht an irgendwelche Abmachungen halten, wovon sie keine Ahnung hat und auch nichts wissen möchte. Besonders schlimm ist aber, dass sie lange keinen direkten Kontakt mit Kemal und Kolja hatte. Das ist nervig und sie macht sich ein wenig Sorgen um ihr liebes Bruderherz und Kolja. Eins ist in jedem Fall sicher. Dischle wird keinen Ausbruchsversuch unternehmen. Denn das kennt sie aus Filmen. Das ist aussichtslos und endet häufig tödlich. Außerdem würde sie Gefahr laufen, sich die verlängerten Fingernägel zu ruinieren. Sobald sie an dem Türschloss rummacht, sind die nämlich kaputt. Sie erinnert sich an einen Kneipen-Abend mit Kolja und Kemal, als Kolja sie bittet, ihm eine Message auf seinem nigelnagelneuen Blackberry einzutippen. Zuerst macht sie sich einen Spaß draus und stachelt Kolja immer mehr an, es selber zu probieren.

»Du schaffst das schon. Ich bin ja schließlich nicht immer dabei, wenn du texten möchtest.«

Und lacht Tränen, wie der Russe mit den riesigen Händen sich sprichwörtlich einen abbricht, nichts zustande kriegt und beinahe wutentbrannt das neue Handy gegen die Wand wirft. Sie gibt nach, nimmt das schwarze Blackberry und versucht Koljas Bitte nachzukommen. Sie möchte seine Nachricht »Komme gleich, Ko« eingeben und wird von dem Unbill des modernen Handy-Designs eines besseren belehrt. Die winzige Tastatur und ihre Fingernagel-Extensions verhindern den Erfolg, während sich Kemal vor Lachen kaum auf dem Barhocker halten kann. Dischle ist gewiss nicht anspruchsvoll, aber sie denkt daran, dass sie bald ein paar wichtige Termine wahrnehmen muss a) Maniküre b) Friseur c) Body-Waxing Besonders für c) wäre es Zeit, auch wenn sie sich in diesem einsamen Loch fragt, für wen. Aber es ist eine Frage der Selbstachtung, denn schließlich muss sie sich selber ja was wert sein. Und zudem möchte sie die Ausgaben der neuen Joy und Glamour lesen, um in Erfahrung zu bringen, was demnächst in den Lounges und Clubs angesagt ist. Sie hat einiges nachzuholen, wenn sie einmal ihrem Gefängnis und ihren Peinigern entronnen ist. Plötzlich öffnet sich die Tür und Arafat baut sich im Türrahmen auf – ganz Alphatier. In der rechten Hand hält er ein Skalpell, das im Widerschein der Deckenlampe funkelt.

»Deine Zeit ist abgelaufen!«, schreit er sie an und sein ohnehin schon gerötetes Gesicht tendiert ins Dunkelrote.

Jetzt geht Dischle der Arsch auf Grundeis. Plötzlich spürt sie, wie ihr abwechselnd heiß und kalt wird. Es ist aus. Die Kehle schnürt sich zusammen. Sie entdeckt die eisige Entschlossenheit in Arafats Killer-Augen. Dischles Herz wummert wie noch nie. Sie hat Angst, im Boden zu versinken und ihr ist furchtbar schwindelig. OMG! Obwohl sie nicht besonders gläubig ist, ruft sie den Allerhöchsten um Gnade an, ihr beizustehen. Arafat macht ein paar Schritte auf sie zu.

»Dein Hurensohn von Bruder führt wieder etwas im Schilde und du wirst jetzt dafür bezahlen.«

Mit behänden Bewegungen ist Arafat schnell beim Bett und hält Dischle das Skalpell unter den Hals. Dischle bemüht sich zu atmen, ganz langsam ein und aus, damit der Hals nicht den kalten Stahl berührt. Reden, sagt sie sich, rede mit ihm, dann tut er dir nix. Das kannst du doch. Reden, einfach reden. Doch ihr fällt nichts ein, vor lauter Angst hat sie Mühe, die Schließmuskeln zu kontrollieren. Arafats Atem riecht nach Whisky und Zigarettenrauch.

»Was hat Kemal vor?«, brüllt Arafat und drückt die Hand, die das Skalpell hält, fester gegen ihren Hals.

»Ich weiß von nichts«, bringt sie schließlich mühsam hervor und versucht, ihre Panik zu verbergen. »Ich darf ja nicht mal mit meinem Bruder skypen!«

Der verliert die Nerven, versucht sie sich zu beruhigen. Das ist gut. Denn er wird nicht umsonst Angst haben. Aber so richtig traut sie ihren eigenen Gedanken nicht.

»Ich schneide dir jetzt die Brüste ab, wenn du nichts sagst«, droht er und an seiner Stimme erkennt sie, dass er ernst macht, schließlich hat er ihr Ohrläppchen entfernt.

Also reißt sie sich mit aller Gewalt zusammen und sucht verzweifelt nach einem rettenden Gedanken.

»Ke besitzt Kontakte zur PKK. Schon mal daran gedacht, was dir blüht, wenn die PKK ihm hilft?«

Ein Schuss ins Blaue – fiel ihr gerade so ein. Kemal und die PKK. Klingt plausibel, da der Papa Kurde ist. Und tatsächlich, mit einem Ruck lässt Arafat sie los und überlegt.

»PKK?«

Er erhebt sich und geht langsam Richtung Türe. Dischle holt tief Luft und betastet ihre Freudenspender. Zum Glück alles in Ordnung. Das hätte sie ihm nie verziehen, wenn ihrem wunderschönen Gebirge irreversibler Schaden zugefügt worden wäre. Wenn überhaupt, dann legt sie sich nur bei den ganz Großen unters Messer. Prof. Mang zum Beispiel, denn ihre Nase bedürfte eher einer Korrektur als ihre Brüste, auch wenn sie es nicht ausschließen möchte, dass diese im Alter mal einer Straffung bedürfen.

»Das nächste Mal spuckst du es gleich aus, sonst mache ich dich alle«, poltert Arafat.

Mit dieser Drohung verlässt er ihr Reich und verriegelt die Türe. Dischle ist wieder alleine. Sie vergräbt ihren Kopf im Kissen und fängt heftig zu weinen an. Auch wenn es ihr schwer fällt, es sich einzugestehen. Sie hat Angst. Unglaubliche Angst. Und ihr wird mit einem Mal ganz eng ums Herz. Aber die Tränen helfen ihr, die Angst ein wenig zu verdrängen. Sie fühlt sich befreit. Und da es hilft, weint sie immer weiter.

143

Das Problem ist, dass Kolja und Kemal jetzt schnell ein schlagkräftiges Team zusammenstellen müssen. Okay, eigentlich ist es kein Problem, denn Kolja und Kemal kennen mehr als genug Waffen- und Sprengstoffspezialisten, mit denen sie befreundet sind und die für gutes Geld jeden Job erledigen. Sie beschließen, es zuerst mit dem verrückten Hans zu probieren, der einer der besten Sprengstoffexperten in Deutschland ist. Sie müssen sich beeilen, denn ab 18 Uhr nimmt Hans seine Pflichten als Hausmeister an einer Schule nicht mehr ernst, und man weiß nie genau, wo man ihn dann antreffen kann.

144

Arafat dreht die Cohiba nachdenklich zwischen Daumen, Zeige- und Mittelfinger hin und her, wobei er das Zigarrenblatt beinahe zerdrückt und Tabakkrümel am Mundstück herausgequetscht. Auch wenn er das Kommunistengesocks hasst, Cohibas sind die besten Zigarren. Da hilft es nicht, ideologisch verbohrt zu sein. Er hat sich ein klein wenig abgeregt. Aber wenn er an diese dumme Türkenschlampe denkt, treibt es ihn zur Weißglut. Sie besitzt keinerlei Respekt. Arafat hat das Gefühl, dass sie nicht weiß, mit wem sie es zu tun hat. Denn dann wäre sie sich darüber im Klaren, dass ihr despektierliches Verhalten ein Unding ist und nicht ohne Konsequenzen bleiben wird.

»PKK, so ein Bullshit!«, poltert er los. »Kemal kann nicht auf allen Hochzeiten tanzen! al Qaida! PKK! Bloß weil ein kurdischer Schwanz in der türkischen Grotte seiner Mutter herumgetaucht ist, heißt das noch lange nicht, dass die PKK im Spiel ist. Außerdem mache ich schon seit Jahren mit der PKK gute Geschäfte. Pah, PKK. Schwachsinn. Die Bitch möchte mich verarschen!«

Apostel bleibt regungslos stehen. Er wird sich hüten, seinem Chef zu widersprechen. Oder seine Meinung zu äußern. Die Erinnerung an die letzte Tracht Prügel und die damit verbundenen Schmerzen sind ihm präsent. Er hat Probleme beim Kauen. Und an die anstehenden Zahnarztbesuche will er lieber nicht denken.

»PKK! So ein Dreck! Die kleine Bitch verarscht mich nach Strich und Faden«, redet sich der Boss in Rage. »Oder hat sie hat von Tuten und Blasen keine Ahnung?«

Um dann etwas weniger wütend die entscheidende Frage zu stellen. »Was machen wir bloß mit ihr?« Apostel wird sich hüten, auf diese Frage zu antworten, obwohl ihm die richtige Antwort auf der Zunge liegt. Lass mich mal da ran, möchte er sagen, ich werde der Kleinen schon Respekt beibringen. Gib mir freie Hand und ich mache sie dir so gefügig, dass es unangenehm ist. Obwohl er schweigt, erntet er einen bösen Blick. Voller Geringschätzung – Hass – Verachtung.

»Du bist ein nichtsnutziger Penner«, schimpft Arafat. »Wofür zahle ich dir eigentlich Geld?«

Dafür, dass ich dir den Rücken freihalte, dafür, dass du besser schlafen kannst und dafür, dass du deine Aggressionen an mir auslassen kannst. Natürlich schweigt Apostel eisern und verzieht keine Miene. Arafat zieht kräftig an der Cohiba und verbreitet viel Rauch in dem Büro. Dann spuckt er kleine Tabakbrösel aus. Seine Miene hellt sich ein wenig auf.

»Ruf Paul an. Wir wollen uns bei ihm für seine Loyalität erkenntlich zeigen. Und Dischle eine Lektion erteilen, die sie nie vergessen wird.«

Jetzt hat sich Apostel nicht mehr im Griff. Sein Mundwinkel verzieht sich traurig nach unten. Zum Glück ist Arafat in Gedanken versunken und kriegt davon nichts mit. Denn der Anblick würde ihn an der Ergebenheit seines engsten Vertrauten zweifeln lassen. Das wirst du mir büßen, Arafat! denkt Apostel und beißt sich auf die Zähne, um nicht laut loszuschreien.

»Das ist doch ein teuflischer Plan, oder?«

Apostel hat sich wieder im Griff und steht mit seiner üblichen, versteinerten Miene da. Apostel ist froh, als sich Arafat wieder seiner Cohiba zuwendet. Denn er ist enttäuscht und getroffen. Dass sein Chef diesem deutschen, kranken Typen den Vorzug gibt und an Dischle ranlässt. Es tut Apostel weh, dass er nicht belohnt wird. Er, der seinem Chef seit Jahren in Treue dient und schlimmer als ein Hund behandelt wird. Wer ist Paul? Ein dahergelaufener Straßenköter, der seit Kurzem in Arafats Diensten steht und sich bisher kein Bein ausgerissen hat.

145

Kolja stellt Mutmaßungen an.

»Paul sitzt hinter dem Busch auf dem Schulhof, gönnt sich was Schnelles, beobachtet alles genau mit dem Fernglas und hantiert dabei gekonnt an sich herum.«

Kemal ist nicht nach Witzen oder Lachen zumute. Aber in Koljas Joke steckt Lustiges und Trauriges.

»Das nennt man Multitasking«, setzt Kolja eins drauf. »Das kann nicht jeder deutsche Beamte.«

In der Gesamtschule ist bald Feierabend. Dennoch herrscht vor dem Hausmeister-Kiosk Andrang. Über zwanzig Schülerinnen und Schüler stehen in der Schlange. Junge Menschen mit verkehrt herum aufgesetzten Baseballkappis, coolen T-Shirts und Sneakern. Ganz wenige tragen Flip-Flops, trotz der Hitze. Die jungen Mädchen sehen scharf aus. Sie tragen kurze Hosen und enge T-Shirts mit tollen Ausschnitten. So viel Fleisch sieht man sonst höchstens im Freibad. Ein Sprachenwirrwarr deutet auf die unterschiedlichen Herkünfte hin. Colas, Kakaos, Schokoladenriegel und ab und zu ein Brötchen wandern über den Tresen.

»Ich möchte kein Lehrer sein«, meint Kolja, der mit Kemal zusammen das Geschehen aus fünf Metern Entfernung beobachtet. »Das ist das Allerletzte. Im Sommer könnte ich mich keine zwei Sekunden lang konzentrieren. Ich würde den jungen Dingern ständig in die Ausschnitte starren, auf meinen Pult sabbern und mir ausmalen, wen ich wie und wann nachsitzen lasse.«

Das blöde Gelaber reicht Kemal. Er hat keinen Nerv dafür. Denn die anstehende Mission erfordert seine volle Konzentration. Dennoch überlegt er sich einen konzilianten Weg, um seinem Freund klarzumachen, was er von seinem Geschwätz hält.

»Immer wenn du nervös bist, redest du Blödsinn. Diese Gören sind dir doch viel zu jung. Und die Lehrerinnen müssen einigermaßen zünftig angezogen sein, das steht zumindest im Landesschulgesetz.«

Kolja und Kemal stehen in dem frisch geweißelten Schulflur. Woher die Schule das Geld für die Farbe genommen hat? Das ist undurchsichtig und hängt mit einer neuen Generation von Manager-Schulleitern zusammen. Der städtische Haushalt gibt das auf keinen Fall her. Ein Mitvierziger mit Brille und gesenktem Haupt schleicht an ihnen vorbei und möchte nicht wahrgenommen werden.

»Zum Glück haben die meisten Lehrer Burn-Out«, hetzt Kolja »sonst hätte uns jetzt schon jemand gefragt, was wir hier wollen und die Polizei gerufen, weil wir wie Schulhof-Dealer aussehen.«

Klar, Kolja ist auf Lehrer nicht gut zu sprechen.

»Ein paar von denen sind okay«, kontert Kemal, aber er klingt nicht sehr überzeugend.

»Sag mal, geht's noch?«, fährt ihn Kolja an. »Dir haben sie ja wohl ins Gehirn geschissen, dass du sowas sagst.«

Aber Kemal beharrt auf seiner Meinung und das gehört dieses Mal nicht zu seiner Alles-gehört-zu-allem-und-eigentlich-ist-alles-gut-Schiene. Ihm geht es jetzt eher um die Konfrontation, also darum, seinem russischen Freund Bescheid zu sagen.

»Hör mal, Kolja. Lehrer sind auch nur Menschen, wenn auch meistens keine besonders guten. Das heißt, dass die auf der Karma-Bank ständig Miese haben. Aber der Job ist knallhart, das musst du zugeben. Das würde ich für kein Geld der Welt machen wollen.«

Kemals Handy klingelt. Kurzer Blick. Check. Kemal drückt auf Anruf ablehnen. Schon wieder Ayshe, die hat ihm gerade noch gefehlt.

»Wenn das so weiter geht, schickt Mutter mir den türkischen Geheimdienst auf den Hals«, schimpft er. »Es wird Zeit, dass wir Dischle befreien und dass die Geschichte vom Tisch kommt. So langsam will ich nicht mehr.«

Solch ein Eingeständnis hört man von Kemal sonst nie. Aber die Sache geht ihm wirklich an die Nieren.

Er fühlt sich immer stärker …

… ausgebrannt …

… hilflos …

… ausgeliefert.

Im zweifelhaften Bemühen, alles ins rechte Lot zu rücken. Und die ständige Sorge um Dischles Leben. Und der Erpressungsversuch von Arafat. Und ein Plan von ihm, dessen Gelingen mehr als in den Sternen steht.

»Die Schmeißfliege von Arafat gehört auf den Friedhof!«, entfährt es ihm gehässig, woraufhin er von Kolja einen verdutzten Blick erntet.

Die Schlange vor dem Kiosk hat sich gelichtet. Die Freunde spazieren locker-lässig an den Tresen.

»Eine Kok, bitte«, bestellt Kolja.

Hans lacht.

»KOKE! Na, dann kommt mal rein in die gute Stube.«

Hans öffnet eine weiße Pressspan-Türe, die in den winzigen Verkaufsraum führt und lässt mit der anderen Hand den Rollladen bei seinem Verkaufstresen runter.

»1,50«, meint Hans, während er Kolja die Dose rüber wirft. »1a-gekühlt, so wie du es magst.«

In dem sechs Quadratmeter großen Verkaufsraum stapeln sich Dosen-Paletten, Plastikbecher, Müsliverpackungen und weiterer Proviant.

»Stimmt so.«

Kolja legt einen 5-Euro-Schein auf die Kassette. Hans mustert eingehend den Schein, als ob es sich um Falschgeld handelt, stemmt die Arme auf den Verkaufstresen und mustert die beiden Jungs.

»Kemal will jetzt bestimmt nicht noch ein Snickers kaufen, also spuckt schon aus, warum ihr hier seid.«

Und dann kann er sich den Seitenhieb nicht verkneifen.

»Im Übrigen saht ihr auch schon mal besser aus.«

Hans lacht und entblößt dabei vergilbte und verfaulte Zähne. Seine Arme sind mit Tattoos übersät. Den muskelbepackten Oberkörper verdeckt ein Ripp-Unterhemd. Auf dem rechten Oberarm prangen die Trikolore, RF und Marianne mit roter Phrygier-Mütze.

»Danke gleichfalls«, kontert Kolja. »Es ist schon ein Unterschied, ob man sich in der Fremdenlegion mit afrikanischer al Qaida herumschlägt oder hier Cokes an nordafrikanische Kids verkauft.«

Hans zuckt mit den Schultern.

»So schlecht ist der Hausmeisterjob nicht. Und die jungen Menschen sind eine Herausforderung.«

»Glaub ich gerne, Herr-Möchtegern-Pädagoge«, schneidet ihm Kolja voller Verachtung das Wort ab. »Aber die Bezahlung war bei der Grande Nation um einiges besser als bei der Stadt Berlin.«

Hans saugt hörbar Luft zwischen den Zahnlücken ein, denn wo der Russe Recht hat, hat er Recht.

»Man kann nicht alles haben. Der Schulleiter ist in Ordnung und zufrieden. Wenn ein Schüler Scheiße baut, kommt er zu mir zum Nachsitzen. Dann putzt und schrubbt er den ganzen Nachmittag lang unter meiner Aufsicht. Ich habe keinen ein zweites Mal bei mir antanzen gesehen«, beendet er zufrieden sein Resümee.

»Ist doch schön, dass du solche Erfolgserlebnisse hast«, sagt Kemal und trieft dabei vor Sarkasmus.

Dann holt er tief Luft.

»Wir stellen ein Team zusammen.«

Kolja listet auf:

brisante Mission / hochspezialisierte Mannschaft / Ausrüstung vom Feinsten.

»Aber«, fährt er dann fort, »das Ganze ist ziemlich gefährlich. Dosen und Brötchen über den Tresen wachsen lassen ist sicherer. Also wenn du Schiss hast, dann mach ruhig weiter wie bisher. Ich habe volles Verständnis, wenn du zu alt bist für den Scheiß.«

Hans funkelt Kolja böse an.

»Auch wenn du ein paar Jahre jünger bist, mache ich Bouillabaisse aus dir, du Mucki-Buden-Russe.«

Kolja zeigt ihm den Stinkefinger. Hans geht auf Kolja zu und legt ihm beide Hände auf die Schulter.

»Ich bin weder John Rambo noch Colonel Braddock. Aber mit Crank würde ich es jederzeit aufnehmen.«

Keine Zeit für Ich-bin-der-Härteste-Typ-des-Universums-Spielchen. Kemal knallt einen Stapel 500-Euro-Scheine auf die graue Kassette, die Hans als Kasse dient.

»10.000 als Anzahlung. Überleg es dir.«

Die Augen von Hans funkeln. Zum ersten Mal seit langem. Das ist die Gelegenheit, auf die er lange gewartet hat, um richtig Kasse zu machen. Seufzend blickt er sich in dem trostlosen Kabuff um.

»Wann geht es los?«

Schon sehr bald.

146

»Wie wäre es mit kostenfreiem Sex?«

Der Boss himself, Arafat, ruft an.

»Kein Scheiß?«

Paul kann sein Glück gar nicht fassen. Wenn er nicht so phlegmatisch wäre, würde er einen Luftsprung machen.

»Das Taxi holt dich in einer halben Stunde vor dem BKA ab. Im Taxi musst du eine Schlafmaske aufsetzen. Das ist Bedingung. Sonst kannst du deine Gurke heute eingepackt lassen.«

Das mit der Schlafmaske versteht Paul nicht, da er dem am besten Bezahlenden gegenüber immer loyal ist. Aber die Schlafmaske ist ohnehin ein Witz, genauso gut könnten sie ihm eine Sonnenbrille aufsetzen. Paul kann an der Seite ohne Problem vorbeischauen. Und er sieht, dass das Taxi in einem Industriegebiet auf das Firmengelände von Teppich-Traum fährt. Paul weiß, dass Teppich-Traum zu Arafats Imperium gehört und in der Großbeerenstraße liegt. Er hat selbst eine Akte darüber angelegt. Apostel nimmt ihn im Hauptgebäude in Empfang. Und drückt ihm missmutig ein Beutelchen Koks und Viagras in die Hand.

»Du kannst mit der kleinen Türkenschlampe anstellen, was du möchtest, so lange du möchtest.«

Der Mund von Paul verformt sich beinahe zu so etwas wie einem Lächeln, obwohl er spürt, dass Apostel nicht gut auf ihn zu sprechen ist, aber das ist ja dessen Problem. Das klingt nach einem Freibrief für etwas, wonach es seiner Phantasie schon lange verlangt.

Die Erfüllung aller seiner Träume

- potenzsteigernde Medikamente,
- Drogen zum Nulltarif,
- kostenneutraler Sex,
- sadistische Sex-Spielchen, ohne deshalb ein halbes Vermögen hinblättern zu müssen,
- ein Höhepunkt, der darin gipfelt, dass er der kleinen Schlampe das Lebenslicht ausblasen kann.

Aber, Apostels rau dahin gerauntes »Sie muss am Leben bleiben!« zerstört jäh Träume. Paul seufzt. Er hat es schwer. Immer schon schwer gehabt. Sein ganzes Leben lang. Und immer waren alle gegen ihn; keiner mag ihn. Das fängt in der frühesten Kindheit an und setzt sich dann fort. Als Paul an seine Kindheit denkt, wird ihm weh ums Herz. Und ein stechender Schmerz setzt im Brustbereich ein. Die Pumpe hämmert wie verrückt und er spürt, wie das Blut ihm ins Gesicht schießt. An seine Eltern möchte er nicht denken, denn sonst ist er der Überzeugung, dass er auf der Stelle einen Herzkasper kriegt. Nun gut, die Kleine muss also am Leben bleiben, man kann nicht alles haben im Leben und aufgeschoben ist nicht aufgehoben. Paul merkt wie er sich mit dem Atmen schwer tut und wie er kleine Flüssigkeitsmengen in seine Unterhose absondert, ohne dass sein Glied erigiert ist. Je länger er die Türkin durch den Spion beobachtet, desto stärker erregt ihn dieses Bild. Besonders, dass es sich bei ihr um keine Professionelle, sondern um ein normales Mädchen handelt. Sie sitzt auf der Matratze und leckt gelangweilt an einem XXL-Lolli. Sie hat ja keine Ahnung, was ihr blüht und wie symbolträchtig das Bild ist. Zu viel ist zu viel. Paul steht auf und geht durch die Türe. Jetzt wird die Kleine ihr blaues Wunder erleben. Paul bemerkt, dass seine Schnurrbartspitzen vor lauter Erregung heftig beben. Jetzt oder nie, denkt er. Die können mich mal am Arsch lecken. Da halte ich es ganz mit Götz von Berlichingen. Und wo viel Licht ist, ist auch viel Schatten. Derart mit den Residuen der klassischen Bildung gewappnet, betritt er Dischles Verließ, fest entschlossen, dem Opfer das Lebenslicht auszuknipsen, denn Arafat und Co. können ihn mal. Und zwar kreuzweise.

147

Ben sitzt in einer typischen American Sportsbar am Ostbahnhof. Die Klimaanlage ist auf 14°C eingestellt, während draußen der Asphalt brodelt. Auf den unzähligen Flachbildschirmen laufen Live-Sportübertragungen oder Aufzeichnungen aus seiner Heimat. American Football, Baseball und Basketball. Ein paar der deutschen Trottel schauen sich lieber Fußball an. Ben nimmt einen Schluck Bud Light. Warum er sich die Brühe antut, weiß er selber nicht. Vielleicht ist es Nostalgie. Dann stochert er lustlos in dem North Carolina Burger mit Ranch-Sauce und den kalten (handcut) Fritten herum. Das Essen schmeckt nicht anders als in seiner Heimat. Heimat, das ist Shitsville, irgendwo im Nirgendwo in South-Eastern-Michigan. Ben nennt seine Heimat Shitsville, weil, ja, weil in Shitsville nichts los und es scheißlangweilig ist. Nichts, aber auch rein gar nichts passiert dort. Das heißt, es gibt eine Marathon-Tankstelle und in der Tankstelle befindet sich ein Food-Court. Der Food-Court besteht aus einem Ein-Mann-Subway und einem Ein-Frau-Taco-Bell. Taco-Bell war für ihn lange Jahre sein Maximum an Exotik, was das Essen betrifft. Shitsville besteht aus einer Ansammlung von Farmen und Häusern. Ein bisschen weißer Trash, aber weit entfernt vom Abschaum der amerikanischen Gesellschaft in den Trailer-Parks. Hier wächst er auf und stirbt beinahe vor Langeweile, denn die immer gleich grüne, flache Landschaft, immer dieselben Gesichter und immer derselbe Trott sind tödlich. Das ist too much für ihn. Da helfen auch die spärlich gesäten Ausflüge in die Landeshauptstadt Lansing nichts. Immerhin gibt es hier einen Campus, ein paar nette Studentinnen, etwas fürs Auge. Ben fragt sich, warum er jetzt so sentimental ist, denn er verspürt alles andere als Heimweh. Denn Shitsville ist ein Knast, schlimmer als jeder Hochsicherheitstrakt, auch wenn die Weite der Natur unendliche Freiheit verheißt. Als Ben mit Ach und Krach sein High School Diploma eingesackt hat, schwört er sich, keine Minute länger als nötig in Shitsville zu bleiben. Also fährt er nach Lansing, um die Aufnahmeprüfung für das Community College zu absolvieren und fällt mit Pauken und Trompeten durch. Aua, das ist ziemlich peinlich, aber Ben ist ein Steher und steckt das weg. Sein Vater bietet ihm an, auf der Farm auszuhelfen, doch er hat genug von dem saufenden Choleriker, seinen Wutausbrüchen und Prügelattacken, also bewirbt er sich bei den Marines. Und, oh Wunder, er wird genommen und besteht die Ausbildung. Ben behauptet über seine Zeit bei den Marines: »Dort wird man schnell erwachsen.« Sein Sergeant entdeckt sein wahres Talent, und er erhält die Ausbildung zum Scout Sniper. Seine Aufgabe besteht darin, gezielt Schlüsselfiguren des Gegners X auszuschalten, also Anführer, Funker und Melder. Weitere Ziele sind Aufklärer, Bedienungsmannschaften und Scharfschützen. Ben und Mike bilden eine der besten Zweiergruppen der Scout Snipers, wobei Mike für das Kartenlesen, Anfertigen von Militärzeichnungen und Interpretieren von Luftaufnahmen verantwortlich ist, während Ben den Trigger drückt und den Trigger drückt und den Trigger drückt. Was nicht heißt, das Ben das andere nicht kann, aber so läuft die Arbeitsteilung bei den Marines. Als Ben nach Stationen im Irak, in Afghanistan und in Somalia mit einer fetten Abfindung versehen in die USA zurückkehrt, versucht er sein Glück in Süd-Kalifornien und verliebt sich stehenden Fußes in Audrey. Er steht total auf sie, den lebhaften, prächtig geformten Lockenkopf, der ihm manche Freude bereitet, die er selbst aus seinen reichhaltigen Erfahrungen aus den amerikanischen Frontbordellen dieser Welt nicht kennt. Ebenso wenig ist er bis dato mit Liebesschmerz vertraut und als Audrey ihn wegen eines gut betuchten und sehr gut bestückten Car-Dealers verlässt, bricht Bens Herz entzwei. Er glaubt zu verzweifeln, es nicht zu schaffen und beschließt, was total Neues zu anzufangen. Also macht er sich auf den Weg nach Europa und bleibt in Berlin hängen, eigentlich ohne besonderen Grund. Und da er irgendwie seinen Lebensunterhalt fristen muss, da Audrey kräftig dazu beigetragen hat, seine üppige Abfindung auf ein Minimum zu reduzieren, überlegt er, was er am besten kann. Und die Antwort ist einfach. Er kann Menschen töten und schießt einem die Kippe aus 1.000 Yards Entfernung aus dem Mundwinkel, wenn man darum bittet und dafür bezahlt. Und wenn ich für George W. und Cheney Leute ins Gras beißen lasse, um damit über die Runden zu kommen, dann kann ich auch Aufträge aus der Privatwirtschaft annehmen, um zu überleben, denkt er sich. Das ist eine freie Welt und jeder kann kaufen und verkaufen, was er will. Töten, um zu überleben. So einfach ist das. Nur dass die Konkurrenz in Berlin groß ist. Da gibt es Experten aus der Tschechei, aus Bulgarien und aus Rumänien, die zu Dumping-Preisen jemandem das Licht ausknipsen und ihr Hobby zum Beruf machen. Und sollte ein Auftraggeber einmal Angst haben, dass sein Killer zu schnell in den Weiten des Balkans gefasst wird, kann er sich für einen Tausender einen Profi aus Bangkok einfliegen lassen, der schneller im subtropischen Regenwald verschwindet, als die Berliner Kripo Spuren aufnehmen und eine Anfrage an Interpol senden kann. Das Leben ist hart und ungerecht, aber Ben mag Berlin, Deutschland und Europa, ohne genau sagen zu können, weshalb. Als Ben sein Bierglas abstellt, seinen Kopf hebt und KOKE auf seinen Tisch zusteuern sieht, sagt er: »Die Antwort lautet ja.« Dann beißt er in seinen Burger, denkt daran, dass KOKE immer gut bezahlt und murmelt während des Kauens: »Es ist mir scheißegal, um was für einen Auftrag es sich handelt, aber ich bin dabei, Jungs.«

»Ha-Be-Ko-Ke«, strahlt Kemal.

Ben flippt beinahe aus.

»Echt? Ohne Scheiß? Hans ist auch dabei?«

Dischle blickt Paul in die Augen. Ganz offen. Direkt. Und ohne Furcht. Dieser Blick erinnert ihn an früher, etwas er am Liebsten für immer aus seinem Leben verbannen würde. Seine Erregung verflüchtigt sich – auf einen Schlag. Das ist bedauerlich, denn vor wenigen Minuten hätte er schwören können, dass ihn heute nichts und niemand in seinem Wüten stoppt und dass sie die Einzelteile von dieser Türkenbitch auflesen können, sobald er mit ihr fertig ist. Aber dieser furchtlose Blick hat in ihm etwas ausgelöst, das sich negativ auf sein Lustempfinden auswirkt. Unzufrieden fährt er sich mit seiner klebrigen, warmen Hand über das Gesicht. Also muss er sich jetzt wieder in Fahrt bringen, aber rauszugehen und sich Koks auf den Penis schmieren ist uncool, also vielleicht klappt eine andere Variante, auf den Versuch kommt es an.

»Jetzt bist du dran, du kleine Schlampe! Wenn ich mit dir fertig bin, brauchst du eine Vaginal-Operation beim Schönheitschirurgen!«, schreit er Dischle an und lässt sie keine Sekunde aus den Augen, denn er ist allzu gierig darauf, dass sie Anzeichen von Angst zeigt.

Aber was ist das? Paul starrt Dischle mit offenem Mund an und kann es kaum glauben. Anstatt vor Panik den Blick zu senken und den Kopf in der Matratze zu vergraben, schiebt sie trotzig ihre Unterlippe nach vorne und schaut ihm weiter in die Augen. Und Paul stockt beinahe der Atem. Das ist eine Geste, die ihm vertraut ist, von … Paul wird es auf einen Schlag schwindelig, und er setzt sich auf den Boden, keine anderthalb Meter von Dischles Matratze entfernt, wobei er heftig ein und ausatmet.

»Musst du dich jetzt schon ausruhen und bist außer Atem? Pack doch deinen Prachthans mal aus, wenn du schon so damit angibst!«

Obwohl Dischle kaum Ähnlichkeit besitzt, ist ihm, als ob seine Schwester Friedericke diese Worte sprechen würde. Mit derselben Intonation, Betonung und Frechheit. Die Worte und ihr Klang sowie das Vorschieben der Unterlippe lösen in Paul Erinnerungen aus, die er zu begraben sich geschworen hatte, die nun wie ein böser Traum in ihm emporsteigen. Friedericke schiebt nämlich auch ihre Unterlippe vor und bafft ihren Vater an, an jenem Abend, als der Alte wieder einmal sternhagelvoll ist und wie so häufig auf die Kinder losgeht. Paul schreit nach seiner Mutter um Hilfe, aber die Alte liegt teilnahmslos im Koma auf dem Sofa, mit Tabletten und Alkohol bis zum Geht nicht mehr abgefüllt. Und Pauls Vater prügelt besinnungslos auf die neunjährige Friedericke ein, löst seinen Gürtel, schiebt Paul beiseite, packt Friedericke brutal unter den rechten Arm, geht mit ihr ins Schlafzimmer und verschließt die Türe. Paul hört Friederickes Schreie, die ihm durch Mark und Bein gehen und möchte ihr helfen, aber die Türe ist verschlossen und dagegen kommt er nicht an. Paul weint bittere Tränen, möchte am liebsten in diesem Moment sterben und schwört sich, niemals, aber auch niemals so zu werden wie seine Eltern, die ihm und Friedericke die Kindheit zur Hölle machen. Als sein Vater verschwitzt aus dem Schlafzimmer kommt, sagt der nur: »Die Schlampe von deiner Schwester macht ihr Maul nie wieder auf. Und dir wird es bald nicht anders gehen, wenn du irgendwo ein Wort darüber verlierst.« Paul erschauert bei den Erinnerungen, er kann kaum atmen und spürt, dass er kurz vorm Weinen steht. Schlagartig überkommt ihn die Erkenntnis, dass er schlimmer als seine Eltern geworden ist und das bricht ihm das Herz entzwei, denn jetzt kommt auf einmal alles in ihm hoch und überwältigt ihn. Er weint bittere Tränen, so wie damals, kauert sich zusammen und schützt sein Herz mit beiden Armen.

»Was ist denn mit dir los?«, hört er Dischles Stimme. »Du bist ja ein ganz Armer.«

Paul weint heftiger. Die Tränen rinnen an seinen Wangen herunter und durchnässen seinen Schnurrbart. Dann spürt er, wie ihn eine warme Hand am Kopf berührt und nach rechts sanft herunter zieht. Dann liegt sein Kopf sanft in Dischles Schoß. Sie streichelt ihm vorsichtig über den Kopf, gibt beruhigende Laute von sich und Paul fühlt sich so glücklich wie nie in seinem Leben und vielleicht ist das der Grund, warum er immer heftiger weint.

»Ich bin ein Schwein! Ich habe euch Frauen schlimme Dinge angetan! Ich war der Schlimmste von allen!«

Dischle streichelt ihn sanft weiter.

»Dann erleichtere dein Gewissen. Und nichts ist so schlimm, dass es nicht vergeben werden kann«, gibt sie sich großmütig, denn der kleine Hanswurst, der in ihren Armen schluchzt, tut ihr leid.

»Ich habe Frauen geschlagen!«, gesteht Paul atemlos.

»Männer, die Frauen schlagen, werden häufig von oben getreten, also ist es klar, dass sie Frauen schlagen«, gibt Dischle ihr Illustrierten-Wissen preis. Außerdem hattest du vermutlich eine schlimme Kindheit«, übt sie sich in Küchenpsychologie.

Jetzt glaubt Paul tatsächlich, dass er das nicht überlebt. So heftig ist das Glücksgefühl, das ihn zu erdrücken droht.

149

Seit langer Zeit steht er zum ersten Mal wieder aufrecht.

Er

- beweist Haltung
- und das Warten in der kleinen Schlange vor dem Kiosk zehrt nicht an seinen Nerven
- oder macht ihn aggressiv.

Nachdem Dischle Paul stellvertretend für alle von ihm misshandelten Frauen seine Taten verziehen hat, fühlt er sich als anderer Mensch, ja wie neugeboren. Er hat beschlossen, es in Zukunft besser zu machen und ein neues Leben zu beginnen. Was war, das war. Das wird er hinter sich lassen, ohne zurück zu schauen. Und er hat die Chance dazu, jetzt mit seinem neuen Leben zu beginnen. Indem er sich bei Dischle revanchiert. Denn Dischle verdankt er die Chance zum Neustart. Und ihm ist klar geworden, dass Dankbarkeit und Treue wichtige Dinge im Leben sind. Aber er hat Angst. Verdammte Angst. Denn wenn er Arafat verrät, weiß er, was ihm blüht, sobald dieser den Verrat herauskriegt. Dann war's das mit dem neuen Leben.

»Der Nächste!«

Einen Moment lang zögert Paul. Es hilft nichts, er braucht zuerst was gegen die Angst.

»Mariacron und ein Pils.«

Der Kioskbesitzer schiebt das Gewünschte über den Tresen. Paul bezahlt und drückt die Ware an seine Brust. Dann geht er zur Seite. Er schraubt den Deckel von dem Weinbrand auf und ihm steigt sofort der markante, gut bekannte Duft in die Nase. Paul läuft das Wasser im Mund zusammen und seine rechte Hand zittert. Und dann erinnert er sich, wie Dischle sanft seinen Kopf auf ihren Schoß zieht und ihn streichelt. Und beruhigend auf ihn einspricht. Er fühlt sich so behütet und sicher, dass er weinen muss vor Glück. So nah hat er sich einer Frau nie gefühlt. Und er hat das Gefühl, dass Dischle ihn liebt und ihn als das annimmt, was er ist. Der Weinbrandgeruch schlägt ihm aufs Herz. Er spürt heftige Stiche und ein Ziehen in der Brust. Paul macht eine Kippbewegung mit der rechten Hand und schüttet den Schnaps auf den Bürgersteig, der wegen der großen Hitze und Trockenheit sofort verdunstet. Eine Sekunde lang zögert er, denn ein Schluck Bier wäre gegen den Durst ideal. Aber dann stellt er die leere Flasche und die Bierdose auf den Boden und zückt sein Handy. Um nicht erkannt zu werden, wickelt er ein Stofftaschentuch über die Sprechvorrichtung.

»Hier spricht euer Freund. Teppich-Traum. Großbeerenstraße. Und … du hast eine großartige Schwester.«

Bevor Kemal antworten kann, hat er aufgelegt.

150

»Du bist dir sicher, dass es Paul war, der uns den Tipp gegeben hat?«, fragt Kolja zum fünften Mal, weil er es immer noch nicht recht glauben mag. »Unser Paul?«

»Die Stimme klang ein wenig gedämpft und verzerrt, aber ich bin mir sicher, dass es Paul war«, erwidert Kemal gereizt, da er Koljas Nachfragerei als ein Infragestellen seiner Integrität interpretiert. »Und er hat wortwörtlich gesagt: Du hast eine großartige Schwester.«

Kolja versteht die Welt nicht mehr und hakt deshalb nach, auch wenn er merkt, wie dünnhäutig Kemal ist.

»Entweder er hat sich was ganz Komisches reingepfiffen oder es gibt da etwas, was wir nicht wissen. In jedem Fall könnte der Tipp stimmen. Oder ist das eine plumpe Falle? Trick 17?«

Brrrrrr …

»Nicht die schon wieder«, entfährt es Kemal, als er einen Blick auf sein Handy geworfen und er den Verursacher identifiziert hat. »Mama gibt einfach keine Ruhe, bis sie mit Dischle gesprochen hat.«

Das ist ein eindeutiger Fall von …

… Mutterliebe …

… und …

… Anruf ablehnen.

»Wir müssen das schnell zu Ende bringen«, zeigt sich Kemal entnervt. »Und zwar ein für alle Mal.«

Kolja ist klar, dass Kemal damit eine Politik der verbrannten Erde meint. Er ist sich nicht sicher, ob er diese Politik mittragen möchte, denn er findet, Typen wie Arafat haben eine zweite Chance verdient. Außerdem missfällt ihm der Gedanke, unnütz Blut zu vergießen. Aber er würde seinen Freund niemals ihm Stich lassen, auch wenn es schwer fällt. Und Kolja möchte nichts lieber, als Dischle befreien und seinen Kumpel wieder glücklich zu sehen. Kolja und Kemal haben sich ins Gebüsch geschlagen. In der Großbeerenstraße. Koljas Cayenne haben sie hinter dem Gebüsch geparkt und beobachten Teppich-Traum. Das Firmengelände ist nicht sonderlich groß. Aber alles ist mit einem Sicherheitszaun versehen. Obendrauf gibt es NATO-Stacheldraht. Einige Kameras überwachen das Gelände an strategisch wichtigen Stellen. Um auf das Firmengelände zu gelangen, muss man ein mit einem Mann besetztes Wachhäuschen passieren. Die Zufahrt wird durch eine automatische Schranke kontrolliert.

»Pille-palle«, meint Kolja nach Studium der Örtlichkeiten. »Das schaffen wir im Alleingang. Ich weiß nicht, wozu wir unser Team zusammenstellen.«

»Das ist nicht so einfach wie es aussieht«, wendet Kemal kritisch ein. »Du musst bedenken, dass ich Arafat auslöschen und seine Organisation zerstören möchte.«

Wieder kriegerische Worte aus dem Mund des ansonsten so friedliebenden und Wir-sind-doch-alle-eins-Kemal.

»Ich hole Dischle sofort raus«, lässt sich Kolja nicht beirren und will als Helmut Kohl getarnt das Auto verlassen.

Kolja ist sicher, dass das die bessere und für alle Seiten friedlichere Variante ist. Kemal hält ihn vehement zurück.

»Nein. Wir tarnen die Aktion als israelische Kommando-Aktion, schon vergessen? Wir lösen alle Probleme auf einen Streich.«

Also lehnt sich Kolja wieder zurück, greift erneut zum Feldstecher und sondiert das Gelände. Wenn Kemal auf seinem Plan besteht, dann werden sie diesen durchführen. Also überlegt Kolja, wie das Ganze am besten zu bewerkstelligen wäre.

»Hier ist mein Vorschlag«, setzt Kolja an, ganz der gewiefte Stratege, als der er bekannt ist.

1. Tobias schickt Arafat eine gefälschte Meldung, dass wir in der Nähe des Lagers gesehen wurden. Dann wird der Boss sich persönlich auf den Weg machen, um nach dem Rechten zu schauen und um uns endgültig in die ewigen Jagdgründe schicken. 2. Wir platzieren israelische Sprengfallen am Straßenrand. Ich rechne mit drei Fahrzeugen. Vorhut – Arafat – Nachhut. Das bedeutet also vermutlich BMW – Jaguar (gepanzert?) – BMW. 3. Dann rücken wir auf das Gelände vor und befreien Dischle. Kemal applaudiert seinem Freund. Er hat aber einen durchaus wichtigen Einwand, denn »Das ist für Dischle zu gefährlich. Deshalb müssen wir gleichzeitig vorgehen.«

Das heißt, dass Kolja und Kemal in das Firmengelände eindringen und Dischle befreien, während zeitgleich Arafats Konvoi von ihrem Trupp angegriffen wird.

»Das ist schwer zu synchronisieren«, wendet Kolja ein.

»Deshalb haben wir die Allerbesten für diese Aktion ausgesucht. So vermeiden wir die Gefährdung Dischles.«

Kolja gibt sich nicht geschlagen.

»Dann kannst du aber nicht Arafat das Licht ausknipsen, wie du es in der Gegend herumposaunst, sondern überlässt es anderen. Das wird dir keine Ruhe lassen.«

»Stimmt. Und das ist mehr als schade. Aber die Sicherheit meiner Schwester geht vor«, lässt sich Kemal nicht beirren. »Außerdem kann mir das Team ein Foto vom toten Arafat zeigen. Dann bin ich beruhigt.«

Sie diskutieren weitere Details des Angriffs. Dann machen sie sich mit der erlaubten Höchstgeschwindigkeit vom Acker, denn sie wollen schließlich nicht von der Polizei angehalten werden. Sie müssen weitere Kämpfer rekrutieren, denn Arafat hat ihnen via Facebook angekündigt, dass er bald die nächste Fuhre von KOKE in Anspruch nimmt. Ahhhh, diese neuen sozialen Netzwerke und die damit verbundene ständige Erreichbarkeit sind nervig. Außerdem kostet jeder Tag mit der neuen Route – und ausgefallene Touren – KOKE Unsummen und verhindert, dass unschuldige, notleidende Menschen gerettet werden und ins Paradies kommen. Zudem stellt es eine mühsam aufgebaute Unternehmensstruktur und Corporate Identity in Frage und die Ungewissheit und das Hin und Her zehren gewaltig an den Nerven der Freunde.

Also, was unter gar keinen Umständen drin ist, ist ein weiterer, fies erpresster Transport a) nach Arafats Regeln und b) mit Arafats Ware wobei Kemal und Kolja gar nicht sicher sind, was schwerer wiegt, a) oder b), weshalb KOKE fest entschlossen ist … lieber ein Ende mit Schrecken … als ein Schrecken ohne Ende. Insofern ist das Glas eher halb voll als halb leer … weshalb bald We-Rock-And-Roll angesagt ist. Was aber alles andere als der berühmte Sturm im Wasserglas sein wird … darauf besteht Kemal und Kolja stimmt ihm zähneknirschend zu.

Denn der sonst so sanfte und friedfertige Kemal …

… hat die Schnauze gestrichen voll …

… möchte Tabula rasa machen …

… plädiert für eine Politik der verbrannten Erde.

Die Zeit des Appeasement ist vorbei. Diese Chance hat sich Arafat verbaut.

Und der früher militärische Lösungen favorisierende Kolja knirscht mit den Zähnen, da ihm das Blutvergießen

unnötig / barbarisch / unzivilisiert

vorkommt.

Aber was will er machen? Die Zeichen stehen auf Krieg. Und Kolja beherrscht das Kriegshandwerk wie kaum ein Zweiter.

151

Alles läuft glatt. Beinahe zu glatt. Aber irgendetwas stimmt nicht. Das sagt ihm sein Bauchgefühl. Und auf seinen Instinkt ist Verlass. Also nimmt er sich vor, auf der Hut zu sein. Er traut dem Frieden nicht. Und dem Russen und dem Türken schon gar nicht. Aber mehr als die Schwester entführen und als Faustpfand nehmen kann er nicht, da müsste er sie gleich umbringen. Eigentlich wäre es das Beste, die Sache auf sich beruhen zu lassen. Alles wieder zurück auf Los, so als ob nichts gewesen wäre. Aber das geht nicht. Dann verliert er sein Gesicht. Und das ist gleichbedeutend mit dem Anfang vom Ende. Also wird er es bis zum bitteren Ende durchziehen.

»Ich werde sie an den Eiern packen und daran aufhängen!«, sagt er vor Wut schäumend zu Apostel.

Um sich wieder ein wenig abzuregen, streichelt Arafat beinahe zärtlich das schwarze Lederpolster, das ihm teuer ist. Er stellt sich die Frage, wann er das letzte Mal seine Frau so zärtlich gestreichelt hat und kann sich daran nicht erinnern. Pah, das ist nicht seine Schuld. Sie ist so fett geworden, dass sie ihm den Cholesterinspiegel beim bloßen Anblick in schwindelerregende Höhen treibt.

»Ich möchte über alles, was die Schwanzlutscher unternehmen, auf dem Laufenden gehalten werden. Über alles. Auch wenn sie zum Kacken die Fernsehzeitung mitnehmen. Und du bist mir persönlich verantwortlich, Bericht zu erstatten. Hast du das verstanden? Capice?«

Das ist eine rhetorische Frage, denn Apostel weiß nur allzu gut, was ihm blüht, wenn er dem Befehl nicht nachkommt oder für eine Millisekunde den Eindruck erweckt es nicht zu tun. Und die dunkelrote Gesichtsfarbe von Arafat verheißt nichts Gutes.

»Elendigliche Schwanzlutscher!«, brüllt Arafat.

Arafat spürt einen großen Zorn in sich, wie er ihn schon lange nicht mehr gespürt hat. Irgendwie fühlt er sich dadurch auch wieder ziemlich – lebendig – viril – gefährlich. Er hasst die Jungs, abgrundtief. Er wünscht, dass ihre schlimmsten Alpträume wahr werden. Die Geschichte zeigt ihm, dass es Dinge gibt, die er nicht kontrollieren kann. Weil er spürt, dass sich was zusammenbraut, das wie ein Unwetter über ihn hereinbrechen wird. Und weil er spürt, dass er nichts dagegen machen kann.

»Ich werde auf der Hut sein«, murmelt er leise aber voller Hass vor sich hin und holt dann tief Luft.

Apostel steht regungslos da. Treu, gehorsam und unterwürfig. Schade, denn eigentlich wollte Arafat ihm die Fresse polieren, so sehr steht er unter Strom. Aber ganz ohne Anlass geht das nicht. Außerdem ist Apostel immer noch ein zuverlässiger Gefährte. Und schließlich braucht er für den anstehenden Kampf treue Verbündete.

152

»Ha-Be-Ko-Ke und du, Wa.«

Das muss nicht jeder lustig finden, aber es ist nicht einfach drauf zu kommen, was damit gemeint ist.

»Ha-Be-Ko-Ke-Wa?«

Hundert Punkte – Jackpot.

Habe Kok, wa? Willkommen im Berlin des 21. Jahrhunderts. Walter der Konvertit zupft sich nervös an seinem bis über die Brust ragenden roten Bart herum.

»Wem von euch ist denn dieser dämliche Spruch eingefallen? Das ist ja schlimmer als im Kindergarten.«

»Eigentlich beiden«, antwortet Kemal. »Kolja taucht häufig mit der von ihm im Berliner Dialekt vorgetragenen Bemerkung im Büro auf, woraufhin ich meistens dankend ablehne, weil ich die langsamere Variante bevorzuge. Ich hatte die Idee, unser Kommando der Sprachcodierung entsprechend zu besetzen.«

Walter lässt sich nicht gerne ein X für ein U vormachen.

»Bullshit. Erzähl keinen Dreck. Dafür ist meine Zeit zu schade. Und verarschen könnt ihr jemanden anderen.«

»Siehst du«, meint Kolja. »Das ist das Problem mit Islamisten. Sie besitzen keinen Sinn für Humor.«

Walter funkelt Kolja böse an.

»Zum Mitschreiben, du russischer Holzkopf. Ich bin Muslim, aber mein Dschihad ist vorbei. Ich habe mich zurückgezogen und bin freiberuflich tätig. Aber nur damit ich meine Familie über die Runden bringen kann.«

Endlich – an diesem Punkt wollten sie ihn haben.

»Deshalb sind wir hier«, verkündet Kemal.

Ungläubiger Blick.

»Was soll ich denn machen? Grenzposten unter Dauerfeuer nehmen, damit Nurai und Ali sicher im Goldenen Westen ankommen? Oder wollt ihr ein MG-Nest in der Firmenzentrale einrichten?«

KOKE lacht.

»Siehst du«, meint Kemal, »von wegen Islamisten und kein Humor.«

Walter haut mit der Faust auf den Kaffeetisch. Gäste blicken sich nach der in einen weißen Kaftan gewandeten Person um.

»Ich habe genug Zeit mit euch Komikern verbracht. Letzte Chance. Worum geht es?«

Kemal wird ernst. Seine klugen Gesichtszüge glätten sich und seine braunen Augen blicken Walter traurig an.

»Wir ficken denjenigen, der deine Mom auf dem Gewissen hat – und damit meinen wir nicht deinen Dad.«

Breitseite. Aua. Die meiste Zeit seiner Jugend war Walters Dad abwesend und falls nicht, dann wünschte er ihn zur Hölle. Denn Walters Dad war übel drauf und verdrosch ihn und seine Mutter. Es gelingt Walter nicht, seine Regung zu verbergen. Er reißt sich mit voller Kraft an den Barthaaren. Verzieht das Gesicht vor Schmerz.

»Kannst du dich erinnern, Walter, als du die Crackpfeife auf dem Kopfkissen deiner Mutter gefunden hast?«

Das nennt man rhetorische Frage. Wie könnte Walter das jemals vergessen? Diesem Erlebnis hatten sich gefühlte Millionen von Sitzungen bei einem Gehirn-Quacksalber angeschlossen, die seinen Schmerz nur noch verstärkten. Weshalb er zum Islam übertrat. Walter fährt sich mit der rechten Hand nervös über seinen Bart.

»Wir zahlen es Arafat heim«, resümiert Kemal.

Walter schluchzt.

»Gott sei gepriesen. Es ist mir egal, warum ihr gegen Arafat in den Krieg zieht, ich bin dabei.«

KOKE strahlt. Ha-Be-Ko-Ke-Wa. Aber es fehlen noch Spezialisten.

153

Der Drucker rattert. Apostel kann es kaum erwarten, bis das Gerät das Blatt ausspuckt. Es handelt sich um die Nachricht, auf die Arafat begierig wartet. Behutsam streicht sich Apostel über den imposanten Schnurrbart. Wenn man es genau nimmt, ist diese Meldung auch für ihn von höchstem Interesse. Denn Apostel spürt, dass die nächste Zeit gravierende Änderungen mit sich bringen wird. Die für ihn von Bedeutung sind. Bei diesen Gedanken erhöht er seine Körperspannung und entreißt dem Drucker das Blatt, um es dem Chef auf den Schreibtisch zu knallen und wie angewurzelt stehen zu bleiben.

Kolja und Kemal sind in der Nähe von Teppich-Traum dabei gesehen worden, wie sie das Lager ausspähen.

Ein Freund

Darunter befindet sich ein Foto von Koljas Porsche, ganz in der Nähe von Teppich-Traum. Und ein Bild, wie Kolja durch ein Fernglas hindurchschaut. Sollte Arafat die Nachricht in Rage versetzen, dann hat er sich gut im Griff. Er verzieht keine Miene. Dann bricht es aus ihm heraus.

»Falle! Wer soll uns die Mail geschickt haben?«

Die Frage hat sich Apostel nicht gestellt.

»Unsere Leute hätten die Mail unterzeichnet«, schlussfolgert Arafat weiter. »Ein Freund, Schwachsinn.«

»Vielleicht war es Paul«, wagt Apostel einen Versuch, würde sich sofort gerne die Zunge abbeißen, als er einen vernichtenden Blick von seinem Boss erntet.

Aber wie gesagt, Arafat ist heute die Selbstbeherrschung in Person. Es hagelt keine Schläge.

»Paul Schulz würde nicht mal seinen kleinen, linken Finger krümmen, ohne Gratifikation zu erhalten. Falls Schulz der Urheber der Mail sein sollte, hätte er seinen scheißbeschissenen deutschen Namen darunter gesetzt.«

Okay, das leuchtet Apostel ein. Klingt irgendwie logisch. So schätzt er Schulz auch ein, die kleine, fiese Ratte.

»Das ist eine verdammte Falle. Kolja und Kemal haben die Fotos selber gemacht und uns die Mail geschickt.«

Auf Apostels Gesicht spiegeln sich Fragezeichen, aber er hütet sich davor, nachzufragen.

»Ich sage dir, was wir machen. Kann ich mich nach wie vor auf dich verlassen, mon Vieux?«

Apostel ist beleidigt. Die Frage an ihn, der seinem Chef seit vielen Jahren die Treue hält. Der für ihn da war, der ihm den Rücken frei gehalten und jede erbärmliche Drecksarbeit erledigt hat, ohne mit der Wimper zu zucken.

»Chef, du kannst dich immer auf mich verlassen! Ich habe dir immer treu gedient.«

Sorgfältig studiert Arafat Apostels Augen, als er das sagt. Die Augen zeigen leicht nach rechts, was als Zeichen von Wahrhaftigkeit gilt. Außerdem zeigt Apostels Gesicht Zerknirschung, was wohl damit zusammenhängt, dass er diese Frage für ungerecht hält. Arafat ist zufrieden, lächelt und tätschelt Apostel die rechte Wange.

»Ist schon gut, Alter«, beruhigt er Apostel. »Wir von der alten Garde müssen zusammenhalten.«

Findet Apostel auch.

»Dann erkläre ich dir meinen Plan«, beginnt Arafat. »Diese Lektion werden die Hunde nie vergessen.«

154

Hans späht durch das Fernglas. Er schwitzt, was kein Wunder bei der Hitze ist. Das ist anders als Brötchen belegen, Cola-Paletten aufeinander stapeln und jungen Dingern in den Ausschnitt linsen. Zum Glück ist niemand in der Nähe, der seine Befindlichkeiten mitkriegt. Das wäre seinem Standing als Anführer von Kommando A nicht förderlich. Team A hat sich auf beiden Seiten der Straße an nicht gegenüberliegenden Standpunkten so verteilt, dass sie nicht Gefahr laufen, einander ins Kreuzfeuer zu nehmen. Das wäre ein schlimmer Anfängerfehler, sehr peinlich, mit tödlichem Ausgang. Das Funkgerät knackt (auf der verwendeten Funkfrequenz hundert Mal sicherer als Mobiltelefone). Profis nehmen Funkgeräte.

»Sie sind gleich in Sichtweite«, hört er Ivan, der als Späher fungiert, mit russischem Dialekt sagen.

Hans beugt den Zeigefinger über den roten Knopf auf der Fernbedienung.

»Ich sehe sie«, bestätigt er. »Feuerwerk!«

»Ready«, meldet sich Ben.

»Gepriesen sei Allah«, lässt Walter verlauten.

Hans sieht die Wagenkolonne. Zum Glück herrscht sonst kein Verkehr. Der Aufklärungsbericht stimmt. Drei Fahrzeuge. Große, teure Limousinen, wie es für einen Clan-Chef angemessen ist. Hans bezweifelt, dass sie gepanzert sind. Tja, Pech gehabt, an der falschen Stelle gespart. Denn hier ist nicht Afghanistan, aber Sprengfallen kann jeder bauen. Vorhut – Ziel (Arafat) – Nachhut. Nicht wie vermutet, aber so ähnlich, also Daimler – Rolls Royce (Arafat) – BMW. Der Fernspäher von Kommando A, Timo, hat gemeldet, dass Arafat, nachdem er die gefälschte Meldung von Tobias erhalten hat, sein Domizil in der Stadt verlassen und sich auf den Weg gemacht hat. Soweit läuft alles nach Plan. Timo hat in der Tiefgarage des Hochhauses Fotos geschossen, wie Arafat in den Rolls Royce einsteigt. Kolja und Kemal wollen auf Nummer sicher gehen und vermeiden, dass Unschuldige getroffen werden. Gut, dass die Berliner an diesem heißen Augusttag nicht ins Gewerbegebiet drängen, denkt Hans, denn sonst wäre es unmöglich, Kollateralschäden zu vermeiden. Noch 30 Sekunden. Hans merkt, wie er immer nervöser wird. Vermutlich wird er sich nie daran gewöhnen. Aber das ist es, was er kann und wofür er ausgebildet wurde. Sprengsätze konstruieren, Sprengsätze deponieren und Sprengsätze im richtigen Moment detonieren lassen. Also konzentriert er sich und versucht alle menschlichen Empfindungen auszuklammern. 20, 19, 18, 17, 16, 15 … Hans drückt den roten Knopf. Dadurch stellt er die Lichtschranken ein. Wodurch der Autokonvoi selber die Sprengladungen auslöst, indem er den Lichtstrahl durchbricht. Sobald das erste Auto die Lichtschranke erreicht hat, detonieren in kurzer Folge drei Sprengsätze. Die Autos fahren in dem von Hans vermuteten Abstand, sodass einem Erfolg des Unternehmens nichts im Wege steht. Erfolg bedeutet, dass die drei Autos in die Luft gejagt und die Autobesatzungen kampfunfähig gemacht werden. Und da das Ganze wie eine MOSSAD-Aktion aussehen soll, darf es keine Überlebenden geben, denn der MOSSAD macht bekanntlich selten Gefangene. Drei, Zwei, Eins, Zero!

155

Arafat hört die wuchtigen Explosionen und fährt zusammen, obwohl er fest damit gerechnet hat. Die verdammten Hunde versuchen tatsächlich, dich ins Jenseits zu befördern, denkt er. Aber dieses Mal sind sie zu weit gegangen. Das bedeutet ihren Tod! Als er Maschinengewehrfeuer hört, weiß er, dass es ernst ist. Und dass es kein Zurück gibt. Jetzt muss er die Geschichte zu Ende bringen. Koste es, was es wolle. Er spürt, wie Angst in ihm hochkriecht. Ihm wird bewusst, dass nichts auf Dauer angelegt ist.

156

Kawumm, Kawumm, Kawumm – gefolgt von drei orangenen Feuerbällen. Die ohrenbetäubenden Detonationen zerreißen jäh die Stille. Hans sieht, den Daimler hat es wie geplant vollständig erwischt. Die linke Seite ist zerstört und eingedrückt. Aus dem Auto steigen Flammen und Rauch. Der BMW ist ebenso außer Gefecht gesetzt. Aber der Rolls Royce bereitet ihm Kopfzerbrechen. Auch er ist ramponiert, scheint aber fahrtüchtig. Und tatsächlich macht er trotz platter Reifen Anstalten, sich aus dem Krater heraus zu manövrieren.

»Fahrer des Zielobjekts ausschalten!«, brüllt er ins Funkgerät.

Drei Schüsse hallen wider. Plop, plop, plop. Ben und das von GALATZ in Israel hergestellte Galil-Scharfschützengewehr verrichten mit tödlicher Präzision ihre Arbeit. Der Fahrer bricht blutüberströmt über dem Lenkrad zusammen. Plop. Um sicher zu gehen, ein finaler Schuss. Zwei Einschusslöcher in der Stirn. Zwei weitere im linken Brustbereich.

»Walter, Feuer auf die hintere Türe der Beifahrerseite des Zielobjekts eröffnen«, befiehlt Hans.

Sofort ertönen Feuerstöße aus dem IMI Negev NG7. Tack, tack, tack, tack, tack, tack, tack. Kemal hat Hans eingebläut, dass Arafat unter keinen Umständen entkommen darf. Also, sicher ist sicher.

»Ben, nimm Arafat ins Visier und liquidiere ihn!«

Das Tack, tack, tack vermischt sich mit Plop, plop, plop. Dann herrscht die Ruhe nach dem Sturm. Keine Überlebenden, so lautet der Befehl von Kemal, was hart klingen mag, aber das einzig Vernünftige ist. Es ist unmöglich, denkt Hans, dass in diesem Inferno jemand überlebt hat. Ich muss aber auf Nummer sicher gehen.

»Vorrücken«, gibt Hans deshalb die Order aus, keine zwei Minuten nachdem das Feuerwerk begonnen hat. »Alle Überlebenden ausschalten!«

Als Hans einen Blick auf die Rückbank des Rolls Royce wirft, ist er sicher, dass Ben und Walter ganze Arbeit geleistet haben. Der komisch verrenkt auf der Rückbank des Royce liegende Mann sieht aus wie ein Küchensieb. Die Polster sind blutgetränkt. Aber, was ist das? Der angeklebte Schnurrbart ist verrutscht.

»Eine Falle!«, ist Hans fassungslos.

Er muss schnellstens handeln. 1. Kolja und Kemal verständigen 2. Spuren beseitigen bzw. falsche Spuren legen 3. sich aus dem Staub machen. Denn drittens ist Befehl. Kolja und Kemal haben angeordnet, dass sich Team A nach dem Überfall verdünnisieren soll. Ohne Wenn und Aber. Egal, was passiert.

»Rückzug!«, ordnet Hans an.

Alle gehorchen bis auf Walter, der auf dem Absatz kehrt macht und Richtung Teppich-Traum läuft.

»Das ist ein Befehl!«, brüllt Hans ihm hinterher.

Walter dreht sich um, hält in dem einen Arm das Maschinengewehr, mit dem anderen zeigt er Hans den Stinkefinger. Fick dich! Dann bewegt er sich schnell Richtung Firmengebäude. Der Wachmann an der Schranke hängt blutüberströmt auf dem Tresen; sein Gesicht ist zu einer Fratze verzogen. Da gibt es nichts mehr zu verrichten. Jetzt muss er Arafat finden. Denn der muss dran glauben. Der Drecksack hat seine Mutter auf dem Gewissen.

157

Er hört Schritte vor der Tür. Sie sind da! Er spürt Schweißtropfen auf der Stirn. Sein Atem geht schnell. Er umklammert das Messer. Die Stunde der Wahrheit ist da.

158

»Dischle ist hier drin!«

Kolja deutet auf eine weiße Türe. Die Türe ist Durchschnitt, das Sicherheitsschloss aber 1a-Qualität. Schwer zu knacken. Kein Problem für Kolja und Kemal, wenn da die Zeit nicht wäre, die drängt und schnelle Maßnahmen erforderlich macht.

»Lass mich ran«, schiebt Kemal Kolja beiseite, der ungewöhnlich zögerlich wirkt. Dann zielt er mit der Glock 17 auf das Schloss.

»Weg von der Tür!«, schreit er, just in case, dass Dischle direkt hinter der Türe steht.

Bam …

… Bam …

… Bam.

Kolja versetzt der Türe mit seiner Schulter einen kräftigen Stoß, sodass sie mit einem Schwung auffliegt. Déja-vu-Erlebnis der besonderen Art.

Das Zimmer aus ihren schlimmsten Albträumen, siehe a) Videobotschaften b) Skype-Meetings c) nächtliche Träume d) Visionen auf Drogen e) beinahe goldene H-Injektionen. Gefährliches Halbdunkel. Ein leises Wimmern ist aus der hinteren, linken Ecke zu vernehmen.

»Dischle?«

Das Schluchzen wird lauter.

»Schön, dass ihr da seid. Ihr habt euch Zeit gelassen. Ich dachte schon, ihr kommt nicht mehr.«

Das kann doch nicht sein! Die Stimme gehört Arafat und trieft vor Hohn. Arrrrrrrrrrrgh. Wieso hat Timo gemeldet, dass Arafat in den Rolls Royce gestiegen ist? Aua. Haben sie sich wie zwei dumme Schülerbuben von Arafat an der Nase herumführen lassen? Verdammt, wir hätten die Funkgeräte anlassen sollen, ärgert sich Kolja. Hans hätte uns gewarnt und wir wären wir nicht in die Falle getappt. Endlich können sie die Konturen in dem Zimmer deutlich erkennen und das Horror-Szenario nimmt Gestalt an. Arafat sitzt hinter Dischle auf der Matratze – à la Kuschlige Lagerfeuerromantik im Schullandheim. Mit dem rechten Arm umfasst er ihren Bauchbereich, in der Hand hält er eine Johnnie Walker Blue Label Flasche. In Arafats Linker befindet sich ein Skalpell, das er an Dischle Halsschlagader hält. Ein Schnitt, eine einzige Bewegung und Dischle ist nicht mehr zu retten.

»Und jetzt?«

Arafats Frage klingt richtig fies. Das ist ganz klar ein Fall von unentschieden. Ein Patt.

»Okay. Du bestimmst.«

Diese Worte fallen Kemal nicht leicht, aber er sieht keine Alternative. Arafat – grinst zufrieden – hebt den rechten Arm – führt die Flasche zum Mund – trinkt einen kräftigen Schluck – schnalzt zufrieden mit der Zunge. Gedankenübertragung Kolja an Kemal und umgekehrt: Scheiße, Chance verpasst.

»Ah, das Zeug schmeckt. Und seit ihr Penner mir Ärger bereitet, fühle ich mich um zwanzig Jahre jünger.«

Toll, dass haben sich Kolja und Kemal anders vorgestellt. Jetzt wirken sie als verjüngendes Lebenselixier für einen abgehalfterten Clan-Boss und Gangster-Chef.

Und tatsächlich, Kolja findet Arafat wirkt

lebendig / viril / gefährlich.

Endlich macht sich Dischle durch ihr halb freudiges, halb ängstliches Schluchzen bemerkbar. Sie steht Todesängste aus, ist aber überglücklich, dass ihr Bruder und Kolja gekommen sind, um sie zu befreien. Jetzt wird alles gut, ist sie sicher.

»Legt die Waffen auf den Boden!«, befiehlt Arafat.

Die Jungs tun, was er von ihnen verlangt. Allerdings legen sie ihre Pistolen direkt rechts neben ihre Füße.

159

Teppich-Traum – Innen – Nachmittag

Arafat presst das Messer noch ein wenig fester an Dischles Hals, sodass ein Schnitt durch Dischles Halsschlagader nur eine Frage von Millimetern ist.

Arafat: »Und jetzt? Das kann ich euch verraten, ihr Flachwichser. Jetzt wird's haarig.«

Arafat fixiert Kolja und Kemal mit einem bitterbösen, vernichtenden Blick.

Arafat: »Ihr weigert euch, meiner höflichen Bitte nachzukommen, eine andere Route zu nehmen. Ihr stellt meine Autorität als Chef ihn Frage. Ihr diskreditiert mich vor meinen Leuten. Ihr scheißt auf Befehle. Ihr pisst mich an. Ihr zerstört meinen Fahrzeugkonvoi. Ihr tötet meine Männer. Ihr wollt mich töten. **Und jetzt? Könnt ihr euch das nicht denken?**«

Kemal spürt einen Kloß im Hals und kämpft mit Tränen.

Kemal: »Lass uns miteinander reden. Es gibt für alles eine Lösung.«

Arafat lacht herzhaft.

Arafat: »Du hättest Psychologe oder Lehrer werden sollen. Die Zeit der einvernehmlichen Lösungen ist vorbei!«

Es senkt sich unheilvolles Schweigen in das Zimmer. Die Pause verheißt nichts Gutes.

Arafat: »Also, jetzt schneide ich deiner geliebten Schwester das Hälschen durch.«

Dischle: »Neeeeeeein!«

Arafat: »Dann bleibt euch nichts übrig, als mich zu töten.«

Kolja und Kemal sind vor Schrecken wie gelähmt und bringen keinen Ton heraus.

Arafat: »Denn wenn ihr mich jetzt nicht tötet, dann werde ich euch bis in den letzten Winkel der Welt verfolgen und grausam und langsam abschlachten!«

160

Kemal ist verzweifelt. Arafat ist verrückt. So was macht kein rational denkender Mensch, der sein Leben wert schätzt. Arafat hat eine ausweglose Situation kreiert. Die … No-Exit-Option. Zwar wird Arafat hier nicht lebend rauskommen, aber das Ziel von Kolja und Kemal, Dischle lebend zu befreien, ist genauso unmöglich. Damit sind alle ihre Anstrengungen umsonst.

Dischle wird sterben, und das ist für Kemal der …

… moralische …

… psychologische …

… individuelle …

… Super-Gau!

Kemal wünscht sich, im Erdboden zu versinken und aus dem furchtbaren Albtraum aufzuwachen. Er fühlt sich wie gelähmt und blockiert. Die Tatkraft, die ihn vorangetrieben hat, ist mit einem Schlag verschwunden. Auf einmal lacht Arafat schallend los.

»Ihr Idioten glaubt alles, was ich euch erzähle?«

Klick! Der Sicherungshebel eines Sturmgewehrs wird auf Einzelfeuer umgestellt. Aaaaaaah, verdammt, Kolja und Kemal haben nicht mit einem Hinterhalt gerechnet. Denn sie haben das Gebäude durchsucht und alle ausgeschaltet, die sie finden konnten. Kemal braucht sich nicht umzusehen, um zu wissen, wer es ist. Sein Kopf knickt nach unten. Er gibt sich geschlagen. Aber er nimmt er seine ganze Kraft zusammen und schluckt den knödelgroßen Kloß im Hals herunter.

»Sag Apostel, er soll sich den Finger in den Arsch stecken, mich beeindruckt er nicht mit seinem Spielzeug. Dann gehen wir halt drauf. Okay, that's it, Motherfuckers.«

Arafat kostet seinen Triumph aus. Er prostet den Jungs zu. Schüttet ein bisschen von dem guten Stoff der total entgeisterten Dischle in den Ausschnitt und über die Haare. Er setzt die Flasche an und leert auf einen Zug ein Viertel. Arafat feiert seinen Sieg.

»Das war's«, meint Kemal leise.

»Ja, das war's, Alter«, stimmt Kolja zu. »Es hat immer Spaß gemacht mit dir. Jederzeit wieder.«

»Im nächsten Leben.«

Kemal klingt resigniert.

»Es tut mir so leid, Ko, dass ich dich …«

»Aber dafür sind Freunde doch da«, unterbricht ihn der Schrank von einem Mann und möchte gerne seinen einzigen und besten

Freund umarmen, hält sich aber zurück, da er weiß, dass Apostel dann abdrückt.

»Ko, du hast mir viel bedeutet …«, bringt Kemal hervor und versucht verzweifelt, nicht in Tränen auszubrechen.

»Einen letzten Wunsch erfülle ich euch superschwulen Schwanzlutschern«, sagt Arafat salbungsvoll und amüsiert zugleich und geht hinter Dischle in die Hocke.

Sie hören wie Apostel das Gewehr anlegt. Jetzt ist es vorbei, denkt ein verzweifelter Kemal, dem das Herz entzwei bricht, aber nicht, weil er an sich denkt. Es ist aus und vorbei. Und ich bin schuld daran. Ich habe meine Schwester und meinen besten Freund auf dem Gewissen. Ich mache meine Mutter unglücklich.

»Ihr dürft zusehen, wie Dischle ins Gras beißt.«

Arafat stellt die Whisky-Flasche neben Dischle auf die Matratze. Dann fasst er mit dem linken Arm um Dischles Hals und hält ihr Gesicht am rechten Kinn fest. Sein rechter Arm mit dem Skalpell bewegt sich – laaaaaaangsam – dabei grinst Arafat diabolisch – Richtung Dischles Halsschlagader, als Kemal einen letzten Versuch startet.

»Stop!!! Es tut mir leid. Für alles, was wir dir angetan haben. Wir werden die Route für immer ändern. Und wir werden dich entschädigen. Und nie mehr hintergehen.«

Kolja wendet seinen Kopf nach rechts und wirft dem Türken einen vernichtenden Blick zu

Wie kannst du, Mann? / Jetzt, wo sowieso alles zu spät ist? / Können wir nicht mit Würde den Abgang machen?

Und richtig. Arafat hält inne – richtet sich auf – strafft alle Glieder und Muskeln – lacht. Bis ein Schuss sein Lachen durchkreuzt. Arafat lässt das Skalpell fallen und fasst sich mit der linken Hand an die rechte Schulter, aus der Blut fließt.

»Wie kannst du es wagen, du Schweinehund?«

KOKE dreht sich um und sieht einen ziemlich angespannten Apostel, der das Gewehr im Anschlag hält und Arafat anvisiert. Den sonst so schlagfertigen Jungs fällt nichts ein, als mit offenem Mund zu staunen und zuerst Apostel und dann Arafat anzugaffen. Dischle hat sich als erste wieder gefangen und flüchtet von der Matratze aus Arafats Reichweite.

»Ich denke, es ist Zeit für einen Wechsel«, erklärt Apostel. »Und da Arafat keinen Wert auf Neuwahlen legt und sich seinen Untertanen gegenüber wie der letzte Tyrann benimmt, lösen wir das Problem auf unsere Weise. Und Tyrannen-Mord ist erlaubt.«

Wie ein Blick in die Weltliteratur und Geschichtsbücher verrät. Wir haben ja schon mehrfach erwähnt, dass Apostel nicht ganz ohne ist.

»Kemal, du bläst ihm das Licht aus«, übt sich Apostel in seiner neuen Chef-Rolle. »Ohne Wenn und Aber.«

»Damit du zu Recht behaupten kannst, dass KOKE Arafat beseitigt hat«, schlussfolgert Kemal, der sich langsam wieder fängt und sein Glück kaum fassen kann.

Apostel nickt. Ein paar Falten zeigen sich auf seiner Stirn. Er sucht nach den passenden Worten.

»Dann lasse ich euch laufen. Und ich zwinge euch zu nichts. Besser ein paar Freunde als viele Feinde.«

Hom, das ist er, der Zenbuddhist, im Gewand eines neuen Gangster-Chefs. Eine neue Ära ist angebrochen.

Beinahe erleichtert …

… hebt Kemal seine Glock vom Boden auf …

… zielt …

… schießt.

Bamm …

… Volltreffer …

… Mitten in die Stirn.

Arafats Kopf reißt es nach hinten. Sein Oberkörper fällt um wie ein Sack Mehl. Aus dem Loch in seiner Stirn sprudelt Blut.

»Du lässt uns gehen?«, möchte sich Kolja vergewissern, als plötzlich … »Keine falsche Bewegung, Fettsack!« ertönt und Walter das Maschinengewehr in Anschlag bringt. Apostel lässt verdutzt das M 16 fallen.

»Lass ihn gehen«, sagt Kemal. »Arafat ist tot. Und Apostel ist der neue Boss. Er ist unser … Freund.«

»Verschwinde!«, befiehlt Walter und schneller als er blinzeln kann, hat sich Apostel aus dem Staub gemacht.

Walter möchte sichergehen und tritt an Arafats Leiche heran. Er nickt zufrieden und spuckt auf den Feind.

»Warum habt ihr Apostel entkommen lassen?«, möchte er wissen.

»Weil Apostel die Bundesanwaltschaft bald dermaßen am Arsch hat, dass er sich um nichts anderes mehr wird kümmern können, als sich die Penner vom Hals zu halten und nicht zum Staatsfeind Nummer eins zu werden«, erklärt Kolja.

Kolja und Kemal grinsen. Dann endlich umarmen sie sich. Und atmen tief durch. Es ist, als ob eine Zentnerlast von ihren Schultern genommen würde. Dann lösen sie die Umarmung.

»Und da du hier bist, kannst du uns helfen, die Beweisstücke zu platzieren«, schließt Kemal.

»Ich bin ja so froh, euch zu sehen«, bringt sich Dischle in Erinnerung und stürmt auf ihren Bruder zu, springt an ihm hoch, umarmt ihn feste, während sie ihn mit tausend Küssen bedeckt.

161

»Ich habe schon gedacht, ich muss in diesem Loch hier sterben!«, seufzt sie, als sie sich schließlich Kolja zuwendet und diesem Bären von Mann eine innige Umarmung schenkt. »Ihr habt mich ganz schön schmoren lassen!«

»Aber du weißt doch, dass du dich auf Kemal und mich verlassen kannst! Wir sind immer für dich da!«, erwidert Kolja, der sie jetzt ein wenig zu feste an sich drückt,

cool / locker / ohne Zweifel in seiner Stimme,
wobei er Kemal zublinzelt.
Auf einmal herrscht …
… Heiterkeit …
… ausgelassene Stimmung …
… Fröhlichkeit.

Es ist beinahe, als ob nie ein Schuss gefallen oder ein Mensch gestorben wäre. Dischle ist außer sich vor Freude. Immer wieder reißt sie die Arme weit auseinander, um ihr Bruderherz und seinen russischen Freund feste an ihre üppigen Brüste zu drücken.

»Es war schlimm. Ich habe nur leckere Sachen zu essen gekriegt«, beklagt sie sich.

Dann formt sie ein O mit ihren Lippen. OMG!

»Oh mein Gott! Ich muss jetzt erst einmal 14 Tage in das Fitness-Center verschwinden, damit ich mich wieder unter die Leute trauen kann.«

Kolja und Kemal beschwichtigen sie.

»Du siehst umwerfend aus. Du könntest direkt von hier ab auf den Laufsteg zu Germany's Next Topmodel.«

Seltsam, dass Dischle in ihrem Exil so wenig an GNTM

gedacht hat, wo sie die Sendung mag und der Meinung ist, dass auch hier einmal eine Türkin gewinnen sollte. Aber halt, so leicht lässt sie sich nicht einlullen, von den beiden Freunden, also pariert sie.

»Doch. Mit so einer fetten Tonne wie mir möchte keine meiner Freundinnen weggehen. Und beim Casting würden sie sich in die Hose pissen vor Lachen, wenn ich reinrolle. Es sei denn, ich bewerbe mich bei Biggest Loser. Genau das mache ich wahrscheinlich.«

Kemal macht eine wegwerfende Handbewegung – Weibergewäsch! Kolja grinst in sich hinein.

»Sollten wir uns nicht beeilen und …«

Doch Walters gut gemeinter und vernünftiger Einwand wird von Dischle unterbrochen.

»Weißt du, als ich Stubenarrest hatte, weil ich mich geweigert habe, mich bei Ayshe zu entschuldigen, als ich sie dumme Schlampe genannt habe?«

Kemal nickt und lacht.

»Du warst schon immer stur wie ein Bock«, bestätigt er dann und überlegt, ob es nicht korrekterweise Ziege oder Geis heißen müsste.

»Und dann bist du über den Balkon in mein Zimmer geklettert und hast mich befreit!«, schwärmt Dischle. »Wir sind dann die Regenrinne runtergerutscht – zuerst du und dann ich – und sind abgehauen – einfach so. Ayshe ist beinahe gestorben vor Angst. Aber du hast mich damals gerettet – ganz so wie jetzt.«

Ayshe ist eindeutig das falsche Thema. Kemal erinnert sich nicht gerne an die zahlreichen, weggedrückten Anrufe. Und fragt sich, wie es Ayshe wohl geht und was sie zu unternehmen gedenkt. Sobald sie in Sicherheit sind, muss Dischle Ayshe anrufen und sie beruhigen. Walter wiederholt seine Aufforderung. Beeilen! Doch, das sollten sie. Denn niemand weiß, wie lange es dauert, bis die Polizei, die GSG oder sogar die Bundeswehr hier anrückt. Kemal umarmt seine Schwester ein letztes Mal und sagt zu seinem Freund: »Aktion trojanisches Pferd kann beginnen.«

162

Also zückt Kolja ein Prepaid-Handy der alten Sorte (Kolja und Kemal haben sich damit in den unendlichen Weiten des World Wide Web für Notfälle wie diesen eingedeckt) und ruft Tobias an, der in einer Telefon-Zelle (oh ja, so etwas gibt es noch) im Berliner Ostbahnhof ungeduldig wartet, da er am Abend zum FIFA-Soccer-Turnier eingeladen ist und dieses nicht verpassen möchte. Kolja gibt Anweisungen. »Aktion ›Grün‹ kann beginnen.

-

Wie geplant.

-

Wie besprochen.

-

Over and out.«

Gesprächsdauer: keine 17 Sekunden. Das entspricht einem vorher bis in letzte Detail ausgetüftelten und aufeinander abgestimmten Plan. Tobias wird in eine S-Bahn steigen, wenige Stationen fahren und dabei den Entwurf des Hamas-Bekennerschreibens auf Arafats Firmencomputer von Teppich-Traum übertragen – abgespeichert unter dem Ordner »Paradies-Reisen«. In einem zweiten Schritt wird Tobias weitere Dateien auf die Server der Firma Teppich-Traum übertragen – mit kinderpornografischem Inhalt, damit die Polizei die richtigen Schlüsse zieht. Es ist nicht einfach für Kolja und Kemal gewesen, Tobias von der Notwendigkeit dieses Schrittes zu überzeugen, denn im Grunde seines Herzens ist Tobias grundanständig, beinahe biedermeierlich. Tobias Einwand lautete: »Ich möchte keine Fotos und Filmchen von Kindefickern und gefickten Kindern verschicken. Das finde ich nicht in Ordnung. Mich ekelt schon der Gedanke daran, dass es Menschen gibt, die so etwas tun.« Dies wischt Kemal beiseite: »Aber deine Tat würde anderen Kindern helfen, damit sie nicht in die gleiche Situation geraten. Denn das ist es, was wir alle wollen. Dass keine Kinder mehr dieses Schicksal erleiden müssen. Und dazu wollen wir die Kinderhändler zu Fall bringen.«

Tobias lässt nicht locker.

»Ich soll also kinderpornografisches Material verbreiten, um in Zukunft die Entstehung von Kinderpornografie zu verhindern. Ich muss was ›Böses‹ tun, um Gutes zu erreichen. Das nenne ich ein Paradoxon.«

»So ist es, leider. Der Mehrwert an Nutzen ist für Kolja und mich gar nicht zu übersehen, denn die bestehenden Fotos sind schon gemacht und verursachen kein weiteres Leid als dasjenige, das ohnehin schon geschehen ist.«

Tobias gibt schließlich nach und legt die Bilder im Ordner Kinder-Teppiche ab. Alles wird so aussehen, als ob die transferierten Dateien schon seit einiger Zeit existieren, und keine Spuren werden darauf hindeuten, dass die Dateien von einem fremden Rechner übertragen wurden. Kemal wendet sich an Walter. »Vor der Tür stehen zwei Rucksäcke. Sie sind mit Plastiksprengstoff, Handgranaten, Kalaschnikows und Pistolen gefüllt. Wir müssen einen guten Platz finden, um die Beweisstücke so zu deponieren, dass die Bundesanwaltschaft sie erstens schnell findet und dass es zweitens so aussieht, als ob es sich um ein gut gewähltes Waffendepot der Hamas handelt.« Walter grinst anzüglich. »Und das ist alles?« Kemal nickt – und … Kolja signalisiert: Und ich? »Du bringst Dischle in Sicherheit«, bittet Kemal.

Kolja grummelt

immer ich / das ist ja das letzte / nur wenn es sein muss.

Doch Kemal ist nicht in der Stimmung für Grundsatzdiskussionen, er will jetzt nur noch alles sauber hinter sich bringen.

»Bitte, Ko! Ich erledige das hier mit Walter und wir treffen uns in meiner Wohnung.«

Auch Dischle protestiert, denn sie möchte bei ihrem Bruder bleiben, aber Kemal schneidet ihr mit einer Handbewegung das Wort ab. Als Kolja und Dischle gegangen sind, machen sich Walter und Kemal an die Arbeit. Falsche Spuren platzieren, ohne Spuren zu hinterlassen.

163

Als der ständige Stellvertreter des Generalbundesanwalts auf den Tatort zusteuert, kriegt er einen Schock. Überall sieht er Feuerwehr, Notärzte, uniformierte Polizei und GSG 9? Verdammt, was macht denn die Bundesgrenzschutzgruppe hier?, fragt er sich. Die Straße sieht aus wie ein Schlachtfeld. Drei von Sprengfallen zerstörte Autos stehen auf der Straße. Immer noch steigt Rauch aus den Autowracks auf.

»Langsamer«, weist er den Fahrer an.

Es ist unglaublich, was Bäumler beim Vorbeifahren sieht. Berlin ist nicht Afghanistan, Irak oder Jemen. Und die RAF gibt es nicht mehr. Also was um Himmels Willen ist passiert? Und was zur Hölle macht die GSG 9 hier? Bäumler hat wenige Informationen erhalten. Dass bei einer Straftat in Berlin der hinreichende Verdacht auf die Beteiligung einer ausländischen Terrororganisation gegeben sei, die das Eingreifen der Bundesanwaltschaft erforderlich mache. Punkt, Schluss, aus und fertig. Halt, dieser abgrundtief böse Mensch, hat ihn mit einem fiesen Lächeln ins offene Messer geschickt. Es wäre besser, öfter an den Tod zu denken, denkt Bäumler als er die verkohlten Leichen sieht, dann würde man sich selber, die Arbeit, die Familie und alles andere nicht ganz so ernst und wichtig nehmen. Hierher also führt ihn seine Mission. Damit er für den Boss abklärt, was an der Geschichte dran ist. Damit Halt die Lorbeeren einheimsen kann. Bei der Pressekonferenz der Bundesanwaltschaft. Er, Bäumler, der eigentliche Chef dieser Behörde, muss den Botengang verrichten, um einem anderen den Weg zu einer grandiosen Inszenierung zu ebnen. Bäumler saugt Luft durch die zusammengepressten Zähne. Die gepanzerte Daimler-Limousine biegt langsam auf das Firmengelände von Teppich-Traum. Hier sieht es noch martialischer aus als auf der Straße. Scharfschützen, Panzerwagen der GSG 9 und ein über dem Gelände kreisender GSG 9-Hubschrauber. Mehrere Leichenwagen. Das sieht böse aus. Ein Sarg wird in einen Leichenwagen reingeschoben. Bäumler zoppelt nervös an seinem Krawatten-Knoten herum, der ihm eng scheint. Er räuspert sich einmal, zweimal und dreimal, aber der Frosch im Hals will nicht verschwinden. Baümler bemerkt eine Nervosität an sich, die ihm eigentlich fremd ist. Er schickt ein Stoßgebet gen Himmel. Das hier wird doch nicht ein Desaster sein wie seinerzeit in Bad Kleinen? Damals, als die GSG 9 eine Aktion gegen die Kommandoebene der RAF durchführt und sich hinterher Anschuldigungen ausgesetzt sieht, den mutmaßlichen Terroristen Wolfgang Grams **exekutiert** zu haben. Die GSG 9 hat sich damals – entgegen allen sonst herrschenden Mythen – wie ein Haufen schießwütiger Polizeianwärter und nicht wie die Elitetruppe Deutschlands benommen. Und die Auswirkungen der Bad-Kleinen-Aktionen waren gewaltig. Der Innenminister und sein Staatssekretär mussten den Hut nehmen. Und sein damaliger Chef, der Generalbundesanwalt, hat sich auch nicht halten können. Der öffentliche Druck ist zu groß gewesen. Und er war einmal mehr im Windschatten der ganz Großen mit einem blauen Auge davon gekommen. Was aber nicht seinen Ehrgeiz lindert, es selber einmal bis an die Spitze schaffen zu wollen, wofür die Gelegenheit vielleicht im Moment gar nicht so ungünstig ist. Dieser Gedanke verleiht ihm Energie. Also steigt er aus dem kühlen Wagen in die Hitze, zieht aber trotzdem sein Sakko an, bevor er dem Oberst der GSG 9 einen harten Händedruck schenkt, damit dieser ihn von Anfang an ernst nimmt.

»Es scheint, als wären wir hier auf ein Lager der Hamas in Deutschland gestoßen«, windet sich der Oberst wie ein Aal und er weiß genau, warum. »Die erste Spurenauswertung hat ergeben, dass sich auf einem der Firmenserver ein Bekennerschreiben der Hamas befindet oder zumindest Teile davon. Und in dem Bekennerschreiben ist die Rede von einem Selbstmordattentat auf die Neue Synagoge in Berlin.«

Bäumler ist zufrieden. Das deckt sich mit seinen Informationen und der anonymen Mail. Also will er wissen: »Was ist hier passiert?«

Ein wenig ratlos zuckt der Oberst die Schulter. »Es sieht so aus, als ob ein Fahrzeugkonvoi vor dem Firmengelände angegriffen wurde. Hierbei gab es sechs Tote. Die Sprengfallen sind professionell. Danach erfolgte ein gezielter Beschuss mit einem Maschinengewehr und einem Scharfschützengewehr. Die Angreifer wollten sicher gehen, dass es keine Überlebenden gibt. Deshalb haben sie Exekutionen mit Pistolen ausgeführt.«

»Und was ist auf dem Firmengelände passiert?«, hakt Bäumler ein, da er den Zusammenhang nicht sieht.

»Das ist nicht ganz so eindeutig«, gibt sich der Oberst betont vorsichtig. »Vermutlich ist ein Kommando von zwei bis vier Mann in die Firma eingedrungen, hat mehrere Mitarbeiter oder mögliche Terroristen getötet und …«

Bäumler ist neugierig.

»Und?«

»Möglicherweise wurde eine Geisel aus dem Keller befreit.«

»Eine Geisel?«, fragt der Stellvertreter erstaunt.

»Es sieht so aus. Aus irgendeinem Grund ist an diesem Tag die Videoüberwachung der Firma ausgefallen und es gibt keine Aufzeichnungen von der Tat. Zudem haben die Angreifer keinerlei Spuren hinter lassen, außer …«

Der Oberst verstummt und Bäumler spürt, dass da noch etwas kommt, der Hammer sozusagen. Deshalb lässt er sich ein wenig Zeit, bevor er nachfasst, denn seine Aufregung soll der andere nicht mitkriegen.

»Außer?«

»Außer dass alle waffentechnischen Spuren bisher auf eine israelische Herkunft hinweisen beziehungsweise die Waffen und die Munition von israelischen Kommandoeinheiten verwendet werden.«

Uff. Mit einem Schlag spürt Bäumler die Hitze.

»Das bedeutet, dass wir es hier mit einem israelischen Kommando zu tun haben könnten, das eine Hamas-Terrorzelle in Deutschland sozusagen präventiv ausgeschaltet hat, bevor diese einen Anschlag gegen die Neue Synagoge in Berlin durchführen konnte?«

Der Oberst verzieht das Gesicht und schaut sich um, wer die Worte des stellvertretenden Generalbundesanwalts gehört haben könnte.

»Das habe ich nicht gesagt. Aber es gibt Spuren, die eine solche Interpretation des Geschehens zumindest im Bereich des Möglichen erscheinen lassen könnten.«

Großartig! Bäumler fühlt sich wie befreit. Egal welche Informationen er Halt jetzt nach Karlsruhe weiterleitet – Halt kann nur alles falsch machen. Sobald Israel mit im Spiel ist, gibt es beinahe keine andere Möglichkeit, als in ein Fettnäpfchen nach dem anderen zu treten. Alles ist gut, es sei denn, Halt tritt die Außendarstellung des Falles an ihn ab, was sein könnte. Also wäre es das Beste, sich für ein paar Tage krank zu melden. Bäumler hustet.

»Ist Ihnen nicht wohl?«, fragt der Oberst besorgt.

»Alles in Ordnung. Vielleicht eine Sommer-Grippe.«

Und nach einer kurzen Pause.

»Ich würde mir gerne die Spuren ansehen.«

»Sofort, Herr Generalbundesanwalt.«

Endlich mal jemand, der ihm mit dem notwendigen Respekt begegnet. Er hüstelt, um zu üben.

164

Im Schlafzimmer ist es heiß und stickig, obwohl die Fenster offen stehen und es tief in der Nacht ist. Lol kauert sich in der Fötushaltung zusammen. Sie schmiegt sich an die Seite von Kemal, der tief ein und aus atmet und verträumt an die orangegestrichene Zimmerdecke starrt.

»Das war unglaublich …«, setzt Kemal an, aber Lol legt ihm schnell ihren Zeigefinger auf die Lippen.

»Es ist besser, wenn man so etwas nicht ausspricht, sondern bei sich im Herzen behält«, sagt sie.

Das sieht Kemal ein.

Es ist nur so, dass sein Gefühlshaushalt unglaublich stark ins Brodeln gekommen ist …

… dass es ihm beinahe innerlich zerreißt …

… die Welt an seinem Glück teilhaben zu lassen.

Deshalb entschlüpft ihm noch ein »So glücklich habe ich mich noch …« und bevor er den Satz zu Ende sprechen kann, spürt er Lols sanfte Lippen auf den seinen. Schweige davon!

Er …

… hält inne …

… und

… saugt ihren Duft in sich auf.

Er …

… wünscht sich …

… ihren Duft …

… für immer behalten zu können.

Er möchte diesen Augenblick für die Ewigkeit konservieren. Endlich fühlt er sich als ganzer Mensch. Es ist ihm, als ob er sein Leben lang auf diesen Augenblick gewartet hat. Stille senkt sich wieder über das Schlafzimmer, bis … »Du bist ein guter Mensch, Kemal. Und was du und Kolja für die Flüchtlinge tut, ist toll.« Sachte streichelt Kemal Lol über das Gesicht.

»Aber was passiert mit ihnen, wenn sie hier sind? Wie geht es dann weiter? Wer kümmert sich um sie?«

Anstatt wütend zu werden, dass sich Lol in die Geschäfte von KOKE einmischt, stimmt Kemal ihr zu. Denn diese Fragen hat er sich auch schon oft gestellt. Und er hat versucht, nach guten Lösungen für die Geschleusten zu suchen, um ihnen einen gelungenen Start in Deutschland zu ermöglichen. Das heißt, ihm ist daran gelegen,

Möglichkeiten zu finden, die darüber hinausgehen, die Kundschaft sicher nach Deutschland zu bringen und sie in die Freiheit zu entlassen. Das Problem ist, dass man ohne gültige Papiere verkauft ist in dieser Welt.

Denn niemand schaut auf den Menschen, ob er

… gut und ein feiner Kerl …

… rechtschaffen und arbeitsam …

… lieb und ehrgeizig …

ist.

Vielmehr besitzen …

… Aufenthaltsgenehmigungen …

… Stempel …

… biometrische Daten …

… Priorität.

Kemal hat des Öfteren versucht, hier anzusetzen. Dass sie den Flüchtlingen Papiere wie Aufenthaltsgenehmigungen und Arbeitserlaubnisse besorgen. Aber Kolja hat seine Vorschläge abgebügelt. Das sei nicht praktikabel, das würde zu viel Geld kosten und schließlich sei jeder für sich selbst verantwortlich. Und KOKE müsse sich auf das Kerngeschäft konzentrieren. KOKE könne kein Sozialamt sein, das die Kundschaft nach ihrer Ankunft noch wochenlang betreut und unter seine Fittiche nimmt.

»Ich kenne viele Mädchen, denen es schlimm ergangen ist, nachdem sie nach Deutschland geschleust wurden.«

»Erzählst du mir davon?«, bittet Kemal, denn Lol ist für ihn nach wie vor ein großes Geheimnis und er ist ganz begierig darauf, mehr von ihr zu erfahren.

Lol macht einen Schmollmund.

»Später. Aber ich kann dir sofort sagen, was KOKE in Zukunft anders machen könnte.«

Und Kemal hört gebannt zu.

165

Die deutsche Presse ist der Einladung wie immer gefolgt. Halt ist zufrieden. Aber er ist nervös. Jetzt gilt es. Jetzt kann er sein Stehvermögen unter Beweis stellen. Solch eine Gelegenheit lässt er sich nicht entgehen. Er überfliegt immer wieder seinen Text. Der wasserdicht ist. Formaljuristisch betrachtet. Viele Formulierungen im Konjunktiv und potenzielle Kausalzusammenhänge, die aber andere Geschehensfolgen nicht ausschließen. Was dann die Presse daraus macht, ist deren Problem. Die nicht zu kalkulierende Konstante im Szenario ist Bäumler. Dieser miese, kleine Drecksack versucht ihn vorzuführen. Er gibt ihm unvollständige, unzusammenhängende und widersprüchliche Informationen. Aber dieses Spielchen zieht bei ihm nicht. Und wenn sich Bäumler dabei noch so subversiv anstellt. Da er der Oberguru, Chef und Boss ist und Bäumler nur die zweite Geige spielt, auch nach vielen Jahrzehnten. Halt besitzt andere Informationskanäle als Bäumler. Und alle melden ihm, dass die Spurenlage prekär, aber eindeutig ist. Ein israelisches Sonderkommando hat in Berlin eine Hamas-Zelle eliminiert. Als Präventivschlag, da ein Anschlag dieser Zelle auf die Neue Synagoge in Berlin unmittelbar bevorstand. In seiner Behörde und bei den Ermittlungsbehörden wurden Zweifel an der Spurenlage laut, die sich in etwas wie folgt zusammenfassen lassen. 1) Die Spuren sind zu eindeutig. Das sieht so aus, als ob jemand die Spuren arrangiert hat, um den Verdacht in eine bestimmte Richtung zu lenken. 2) Es gibt Widersprüche hinsichtlich der auf dem Computer gefundenen Schriftdateien (dieser technische Schnickschnack interessiert Halt nicht, das hält er für den Kompetenzbereich von Freaks). 3) Das Bekennerschreiben der Hamas weist Inkohärenzen auf und ist zu einem großen Teil von einem bereits bekannten Bekennerschreiben abgeschrieben. Die Authentizität des Textstücks sei damit in Frage gestellt (und das Guttenberg-Zeitalter hat damit spätestens jetzt die große weite Welt des Terrorismus erreicht, obwohl jedes Kind weiß, dass hier schon seit geraumer Zeit voneinander abgekupfert wurde, dass es nicht mehr feierlich war). 4) Hinsichtlich der Munitionsspuren sind Zweifel angebracht, da das

Fabrikationsdatum der Munition zu alt und damit bei den israelischen Sonderkommandos ausgemustert ist. Mit anderen Worten, die in Berlin verschossene Munition wird in der israelischen Armee nicht mehr verwendet und ist ggf. auf dunklen Kanälen in die Hände Dritter gelangt. Diese geringfügigen Bedenken entspringen kleingeistigem Denken. Ihm, Halt, soll der große Auftritt verwehrt werden. Den Auftritt, den er braucht, um in Fahrt zu kommen. Und die Chance der Bundesanwaltschaft, das Fiasko um den NSU vergessen zu machen. Außerdem gibt es für die fragwürdigen Eckpunkte seiner Theorie gute Formulierungen wie zum gegenwärtigen Zeitpunkt, nach bisherigem Ermittlungsstand, aller Wahrscheinlichkeit nach, die Spurenlage ergibt folgendes Bild, es hat den Anschein, wir gehen davon aus und so weiter. So weit zur Faktenlage. Aber die politischen Schlussfolgerungen, die unabhängig von allen Unwägbarkeiten der Spurenlage zu ziehen sind, die hat Halt deutlich in seinem Manuskript herausarbeiten lassen. Sein persönlicher Referent hing unter der Decke, so häufig hat er ihn antanzen und den Text aufs Neue schreiben lassen. Ritsch, ratsch! Überarbeitung bitte umgehend vorlegen. Ritsch, ratsch! Immer wieder dasselbe Spielchen. Manchmal macht sich Halt den Spaß und korrigiert seine eigenen Korrekturen des vorigen Durchgangs, schüttelt angewidert mit dem Kopf und bedenkt den Referenten, der die ganze Zeit vor seinem Schreibtisch stehenbleiben muss, mit einem bitterbösen Blick. Entgegen dem sonstigen Protokoll hat Halt Bäumler dazu verdonnert, ihn anzukündigen. Eine Demütigung. Bäumler geht mit rotem Bluthochdruckkopf auf die Tischreihe mit den Mikrofonen zu. Dann beugt er sich herunter, schaltet ein Mikrofon ein, klopft dagegen und räuspert sich. Blitze leuchten auf. Die Journalistenmeute verstummt und blickt gebannt nach vorne. Wissen die Trottel denn nicht, dass ich der Chef bin?, denkt Halt pikiert. Die Bilder von Bäumler können sie sich sparen. Ich gehöre auf die Titelseite, sonst niemand.

»Meine sehr geehrten Damen und Herren, der Generalbundesanwalt möchte eine vorbereitete Stellungnahme zu den Ereignissen in Berlin verlesen. Im Anschluss wird er einige ihre Fragen beantworten.«

Bäumler wendet den Kopf und schenkt Halt ein zynisches Lächeln und macht eine einladende Handbewegung zum Rednerpult. Vorbereitete Stellungnahme und verlesen sind der Gipfel. Als ob er der Förderschuldepp sei, der einen Text fehlerfrei vorlesen müsse. Na warte, das wird noch ein Nachspiel haben.

»Herr Generalbundesanwalt, ich begrüße Sie und bitte, Sie sind jetzt dran«, sagt Bäumler recht leise und es klingt wie eine Kriegserklärung.

Diese letzte Bemerkung ist die pure Gehässigkeit. Das zahl ich dir bei der nächsten Gelegenheit dreifach heim, du kleiner Drecksack, denkt Halt. Er zwingt sich aber zu einem Lächeln, nickt Bäumler von oben herab chefmäßig zu und geht angemessenen Schrittes zu seinem Platz, wo er sich langsam setzt. Dann nimmt er betont entspannt Platz und lässt den Blick selbstbewusst und einschüchternd über die Köpfe der Journalisten hinweggleiten. Diesen Blick hat er lange geübt.

»Meine sehr geehrten Damen und Herren, ich möchte eine kurze Erklärung zu den jüngsten Ereignissen in Berlin abgeben. Einerseits ist Deutschland knapp einer Terrorkatastrophe entgangen, andererseits ist es nicht unwahrscheinlich, dass eine fremde Staatsmacht auf deutschem Boden ein Blutbad mit Toten und Verletzten angerichtet hat, wie es in der deutschen Nachkriegsgeschichte einzigartig ist. Die Souveränität und Integrität Deutschlands sind somit sowohl von Terrororganisationen als auch von anderen Staaten gefährdet, sodass ein beherztes Eingreifen und Ermitteln der obersten Bundesbehörde …«

Das Blitzlichtgewitter will nicht aufhören. Die Journalisten saugen eifrig jedes Wort der Pressekonferenz auf. Bäumler steht weit hinten in der zweiten Reihe und kann sich ein Grinsen nur schwer verkneifen. Damit schaufelst du dir dein eigenes Grab, Halt, denkt er und ist zufrieden. Aus dieser Kiste kommst du nicht mehr raus. Das wird schlimmer als es die NSU-Geschichte jemals war.

166

Und so kommt es, wie es kommen muss. Kolja lässt sich etwas von Kemal aus der überregionalen Presse vorlesen, denn die berichten ja über ihn.

Kemal hat die letzten Brösel des mit Opium versetzten Haschs auf den American-Spirit-Tabak gebröselt, … rollt nun vorsichtig rote Smoking Paper wie der Sushi-Maître um die feine Mischung … und schleckt filigran wie ein Reh die Legierung des Papers ab …

… wickelt …

… wickelt …

und

… wickelt …

… klopft sie drei Mal vorsichtig auf den Bürotisch …

… entfernt das überstehende Papier …

… indem er es anzündet.

»Wenn ich solches Haschisch habe, brauche ich keine anderen Downer mehr«, erklärt er Kolja, während er die Tüte anzündet, dran zieht und sie Kolja weitergibt, um dann einen Schluck der gut gekühlten Bionade zu trinken.

»Irgendwie erzählst du immer wieder dasselbe«, entgegnet Kolja gelangweilt, während er den Rauch ausatmet. »An Alzheimer leide ich noch nicht. Bei meinem Koks-Konsum wird das aber früher oder später auf mich zukommen. Im Moment funktioniert das Oberstübchen prima. Lies mir lieber aus meiner Lieblingszeitung vor, was die über uns schreiben.«

»Du meinst die berühmte Zeitung mit den vielen Bildern und den vier Buchstaben?«

»Komm, mach schon, sonst lese ich vor«, droht Kolja.

Kolja ist bis heute in seiner ehemaligen Schule dafür berüchtigt, Lehrer durch Vorlesen verschlissen zu haben. Wenn der Lehrer nicht nach drei Sätzen (Dauer ca. fünf Minuten) vor Wut ins Klassenbuch gebissen hat, dann lag das daran, dass er sich vor der Schule gewissenhaft über Wodka-Vorräte her gemacht und tüchtig aufgetankt hat.

Also liest Kemal vor, von … einem würdevollen Generalbundesanwalt, der bei der Pressekonferenz voller Sorge um die

Demokratie / Souveränität / Integrität

Deutschlands war und – einem gerechten, wenn auch in der Durchführung fragwürdigen Akt der Selbstverteidigung Israels – unbelehrbaren palästinensischen Fanatikern, die nun den Krieg gegen Israel nach 1972 erneut auf deutschem Boden führen wollen und damit Deutschlands gute Absichten im Nahen Osten konterkarieren – der durch den Nationalsozialismus historisch bedingten Pflicht Deutschlands treu an Israels Seite zu stehen – aber auch der Pflicht Israels bei zukünftigen Aktionen die deutschen Behörden stärker mit einzubeziehen (Vielleicht wie in München 1972? Äh nein, das hat der leitende Redakteur dann doch rausgestrichen).

Kolja staunt mit offenem Mund.

»Ich wusste gar nicht, dass die solch komplizierten Artikel schreiben«, lautet sein Kommentar.

»Das liegt daran, dass du bisher nie den Politikteil, sondern höchstens Sport, Horoskop und Sexgeschichten gelesen hast«, belehrt ihn Kemal, wieder ganz der Alte.

Kolja kichert, wird dann schnell wieder ernst und meint:

»Ganz ehrlich, ich finde das Blatt gar nicht so schlecht«, resümiert er und blickt Kemal herausfordernd an.

Die Retourkutsche lässt keine zwei Sekunden auf sich warten, denn: »Ich weiß nicht, Kolja. Mir ist das alles zu einseitig.« Doch Kolja winkt ab. Nicht schon wieder politische Diskussionen. Kemal breitet ein anderes Blatt vor sich aus, das Katzenpfoten als Markenzeichen verwendet.

»Jetzt kommt die regierungskritische Version.«

Und Kemal trägt mit klarer Stimme vor, was das Blatt geschrieben und fabuliert hat, über – einen höchst angespannten und nervösen Generalbundesanwalt, dessen – verknappende, inkonsistente und höchst zweifelhafte Darstellung der Ereignisse in Berlin ein Witz sei – den zionistischen Versuch, nach der Weltherrschaft zu greifen, und die gerechte, verzweifelte Notwehr der Palästinenser – unbelehrbare Hardliner in der israelischen Regierung, die auf einer militärischen

Lösung des Palästinenser-Problems beharren und das palästinensische Volk ausrotten wollen – Hoffnung, da sich nun offensichtlich auch im Kosovo und Balkan Widerstand gegen den israelischen Imperialismus breit mache – die deutsche Pflicht, aus der schandvollen Vergangenheit zu lernen und sich gegen totalitäre und autoritäre Regime zu wenden, die auf fremdem Territorium zu Mitteln extremer Gewalt griffen – die Pflicht Deutschlands auf nationale Selbstbestimmung und äußerste Konsequenz gegen jeglichen Versuch von außen, diese zu untergraben. Was ist daraus zu lernen? Dass alles eine Frage des Standpunktes ist. Dass eine Beobachtung von Beobachtungen der Beobachtungen einen neuen Erkenntnisstand ermöglicht? Das wäre zu trivial, sorry Niklas Luhmann, da kann man die Sprache drum herum noch so kompliziert gestalten. Denn es geht um Politik, Standpunkte und Weltanschauungen. Also »lechts und rinks kann man nicht velwechsern«, zitiert Kemal den Lyriker Ernst Jandl und spielt damit auf die politischen Standpunkte der beiden Organe an, aus denen er Kolja vorgetragen hat.

»Da bin ich mir nicht sicher«, hat Kolja wie gewohnt das letzte Wort.

167

Der ins Außenministerium einbestellte israelische Botschafter bestreitet jegliche Verwicklung seiner Regierung in die Vorkommnisse in Berlin und schweigt ansonsten. Wie üblich.

168

KOKE Büro – Innen – Tag

Kolja posed. »Er sitzt betont locker auf dem Schreibtisch, hält sich ein Nasenloch zu und zieht eine Line vom Büroschreibtisch.«

Kolja: »Damit (schnief, schnief, schnief …) ist wieder alles beim Alten. Wir sind die Babos – und nicht Arafat. Siehe die Lyrics von Haftbefehl.«

Kemal lächelt und lehnt sich entspannt auf dem Bürosessel zurück.

Kemal: »Ja, mit Glück und Verstand haben wir das Schiff geschaukelt. Kinderprostituierte, Meth und COUGARS kann ich mit meinem Gewissen nicht vereinbaren.«

Kolja: »Willst du auch mal? Der Stoff ist 1a. 95% Peruvian Flakes aus Bolivien. Hahaha.«

Kolja hält Kemal den zum Röhrchen zusammengefalteten 100-Euro-Schein hin. Dabei verzieht er das Gesicht zu einer lustigen Grimasse und zwinkert Kolja zu. Kemal lehnt dankend ab.

Kemal: »Weißt du, Kolja, in gewisser Weise kann man mit Recht behaupten, dass wir in einen Zustand der Unschuld oder in ein goldenes Zeitalter zurückkehren.«

Kolja zeigt ihm den Vogel und macht einen auf Dauerscheibenwischer.

Kolja: »Sag mal, geht's noch? Mein Gott. Zu viel Abstinenz tut keinem gut. Du solltest dir dringend was reinpfeifen, sonst mache ich mir bei dem Gelaber Sorgen.«

169

Aber Kemal hat mit seinen philosophisch angehauchten Ausführungen nicht ganz Unrecht. KOKE kehrt genau in denjenigen Zustand zurück, im dem sie sich befanden, bevor Arafat versucht hat, sie zu Verträgen zu erpressen, die sie nicht erfüllen wollen.

Die Umstellung (zurück auf Los) bedeutet natürlich einiges an Arbeit, denn die für kurze Zeit ruhende Schleuser-Tätigkeit muss wieder zum Laufen gebracht werden …

… Istanbul …

… Griechenland …

… Italien …

… Bodensee …

… Berlin.

Keine – versklavten Kinder – organzersetzende Drogen – modernen Waffen mehr.

Sondern …

… arme

… hilfesuchende Menschen …

… auf der Suche nach Frieden …

Sicherheit / einem besseren Leben / materiellem Wohlstand.

Also, willkommen in der Festung Europa! Willkommen in Deutschland! Der Futtertrog ist groß genug für alle! Er wird ohnehin auf Kosten der Armen gefüllt. Sozialschmarotzer sind wir und nicht die Flüchtlinge. Jeder kann ein Stück vom Kuchen abkriegen. Kein Problem.

KOKE heißt:

Träume werden wahr / zerplatzen jäh / verändern sich.

KOKE sorgt dafür, dass die Menschen sicher ankommen, denn die vier Unternehmensprinzipien von KOKE lauten wie erinnerlich

Sicherheit

Sicherheit

Sicherheit

und Komfort.

Denn, hilf den Menschen und du hilfst dir. Je mehr Menschen mit KOKE ins Paradies geschleust werden, desto weniger Menschen laufen Gefahr, in den engen Lastwägen qualvoll zu ersticken oder zu erfrieren. Manchmal meucheln die kriminellen Schleuser sie hin und entsorgen sie in den Weiten des Ostens wie Müll. KOKE ist seriös und am Wohl des Menschen orientiert. KOKE liefert die Flüchtlinge nicht im nächstbesten Bordell oder einer Großküche ab, wo sie ihre Schulden ewig abarbeiten müssen. Bei KOKE funktioniert alles auf einer seriösen Cash-Flow-Basis. Du gibst mir Geld und KOKE bringt dich, wo du hinmöchtest, ganz ohne Zicken, ohne Kleingedrucktes und ohne fiese Nachforderungen. Einfach fair. Ein Fair-Trade-Unternehmen sozusagen. Und nachhaltig. Für die Kunden und das Unternehmen. Das goldene Zeitalter ist also beinahe angebrochen, als Dischle ins Büro reinspaziert kommt. Es gibt großes Hallo, Küsschen links, Küsschen rechts und Umarmungen. Dann stellt Dischle zwei edle, buntbedruckte Shoppingbags aus Papier auf den Büroschreibtisch.

»Ein kleines Dankeschön für Euch«, sagt Dischle mit übertriebenem Understatement, denn die Papiertüten stammen von einem der besten Juweliere Berlins, wie Kolja auf Anhieb erkennt. »Also, packt schon aus.«

Kolja ist außer sich vor Freude, denn das goldene Armband findet er todschick, wenn auch dezent. Kemal traut seinen Augen nicht, als er eine runde Rado in den Händen hält.

»Auf, zieh sie schon an!«, fordert sie auf.

»Das geht nicht. Das ist zu teuer«, windet sich Kemal wie ein Aal.

Dischle wird ärgerlich.

»Die steht dir total gut! Mama würde dasselbe sagen.«

170

»Mutter ist ein gutes Stichwort«, meint Kolja, denn wie aus dem Nichts steckt Ayshe ihren Kopf zur Büro-Tür herein.

Kemal holt drei Mal tief Luft, dann hat er sich wieder gefangen, so knapp war er schon lange nicht mehr der Schnapp-Atmung entgangen. Und Dischle braucht ebenso ein paar Sekunden, bis sie die Contenance erlangt und dann ist die Wiedersehensfreude riesig mit Beteuerungen, Küsschen und Umarmungen! Kolja steht am Rand, bis Ayshe ihm eine Umarmung schenkt und ihm ein riesiges Kompliment macht.

»Danke, dass du auf meine Kleinen so gut aufpasst.«

Als wäre das nicht schon Grund genug, um Kemal vor Scham im Boden versinken zu lassen, muss er mit anschauen, wie sein bester Freund Kolja, der Liebhaber reifer Frauen, seiner Mutter

gönnerhaft / spielerisch / halb ernst

über den Hintern tätschelt, ihr ein weiteres – sehr intensives – Küsschen auf die Wange drückt und Ayshe das Ganze irgendwie zu genießen scheint.

»Jederzeit«, erwidert Kolja,

»Mama, was machst du hier?«, fragt Dischle unverblümt, beinahe so als ob Ayshe ein Fremdkörper wäre.

Damit liegt es auf dem Tisch, das Verhältnis von Ayshe und Dischle und Ayshe und Kemal, denn die Kinder sind – unausgesprochen – alles andere als damit einverstanden, dass die Mutter den reichen Engländer geheiratet und ihre Zelte in Berlin abgebrochen hat und nach Istanbul gezogen ist. Wer Heimat und Kinder mit Füßen tritt, hat das Recht verwirkt, zurückzukehren. Vielmehr stören aber wohl beide die wiederholten und penetranten Versuche Ayshes die Kinder unter verschiedenen Vorwänden, mit List und unter der Anwendung von Erpressung nach Istanbul zu locken.

»Ach Kind«, erwidert Ayshe.

171

KOKE Büro – Innen – Tag

Ayshe fährt sich mit einer eleganten, selbstbewussten Bewegung durch ihre Lockenpracht.

Ayshe: »Ach Kind, ich bin beinahe gestorben vor Sorge.«

Dischle mimt die Unschuld und blickt ihre Mutter an.

Dischle: »Warum nur, Mama? Es ist alles bestens. Ich habe versucht, dich zurückzurufen, aber die ganze Zeit ging deine Mailbox dran.«

Ayshe: »Da befand ich mich auf dem Weg nach Berlin. Als Kemal mich in Istanbul besucht hat, habe ich ihn gebeten, so schnell wie möglich mit dir zu sprechen. Und dann habe ich euch immer wieder angerufen, aber du warst nie zu Hause in eurer Wohnung, du gingst nie ran und Kemal drückte sogar meine Anrufe weg.«

Kemal: »Anrufe weggedrückt habe ich nicht. Na gut, ein oder zwei Mal während eines Geschäftstreffens.«

Ayshe: »Und du, Dischle, hast dich nie bei mir gemeldet. Ich bin beinahe die Wände hoch gegangen vor Sorge. Bis George es nicht mehr mit anschauen konnte und mich nach Berlin geschickt hat. Im Übrigen soll ich euch von ihm ganz herzlich grüßen.«

Ayshe macht eine Pause und mustert zuerst Kemal und dann Dischle, die wegen der Grüße nicht gerade in Begeisterungsstürme ausbrechen.

Ayshe: »Und jetzt bin ich hier.«

Ihr Blick verweilt auf Dischle, sie geht auf sie zu und betastet vorsichtig die riesigen Modeschmuck-Ohrringe.

172

»Findest du die nicht ein wenig vulgär? Ich möchte ja nicht rumnörgeln, aber das sieht billig aus. Du bist doch kein Flittchen. Du hast doch immer Stil gehabt.«

Dischle neigt den Kopf hin und her und meint:

»Die sind total in. Ein absolutes **Must-Have** für alle Girlies. Für dein Alter ist das nichts, das stimmt«, lautet ihre bösartige Retour-Kutsche auf die nicht minder bösartigen Worte »billig« und »Flittchen«. »Und außerdem sind meine Ohren ohnehin zu groß«, baut sie die Selbstverteidigung dann aus. »Die Ohrringe sind super.«

Ayshe widerspricht. Sie habe immer schöne Ohren gehabt, so wie ihr Bruder Kemal und kommt dabei den Ohrringen bedrohlich nahe, so als ob sie sie entfernen möchte, bis Kemal die Initiative ergreift.

»Mama, beruhige dich. Dischle und ich waren beschäftigt, und dagegen gibt es nichts einzuwenden. Schließlich müssen wir unseren Lebensunterhalt verdienen.«

Zack, ein weiterer Seitenhieb gegen Mama.

»Ihr wollt ja kein Geld von mir«, meckert Ayshe zurück und setzt einen beleidigten Blick auf.

Fishing for Compliments und gleichzeitig auf die Tränendrüse gedrückt, das ist die hohe Kunst der Eltern.

»Aber wir haben dir ja schon in Istanbul erklärt, dass das Geschäft brummt«, springt Kolja in die Bresche.

»Ach, ihr«, sagt Dischle und beschenkt ihre Sprösslinge mit einem warmen Lächeln. »Was war, das war. In Zukunft denkt ihr an eure Mutter.«

173

Eine beklemmende Pause senkt sich über das Büro. Was jetzt? Bis Dischle den Geistesblitz hat.

»Komm, Mama, wir gehen shoppen! Hier gibt es inzwischen so viele neue Läden, die du noch nicht kennst.«

Shoppen. Wow! Da muss man erst mal in dieser Situation drauf kommen. Kein Problem für Dischle.

»Nur wenn Kolja und Kemal mitkommen«, erwidert Ayshe. »Denn Männer brauchen schicke Kleidung.«

Ihr Blick bleibt auf Kolja haften, der, wie so häufig, ein Rip-Unterhemd und protzige Gold-Ketten trägt. Ayshe kann ja nicht wissen, wie viel seine Unterhemden kosten.

»Hä, hä, hä, vielen Dank, aber Ke und ich müssen noch Papiere für den nächsten Transport fertig machen«, bügelt Kolja das Angebot geschickt ab. Akte Einkaufen ist für die Jungs geschlossen.

»Gehen wir?«, steht Dischle in den Startlöchern, jetzt scharf darauf, die Kreditkarte ihrer Mom so zum Glühen zu bringen, dass sie hinterher noch schwärzer ist.

»Gehen wir!«

Große (vorläufige) Verabschiedung bis später (irgendwann einmal, unbestimmt, aber demnächst) mit Küsschen links, Küsschen rechts, Küsschen links und dann sind sie aus der Türe draußen.

174

KOKE atmet auf. Uff, diese Kuh wäre vom Eis. Soll sich doch Dischle jetzt mit Ayshe herumschlagen. Was sie bestimmt nicht tut. Die beiden werden eine hervorragende Zeit miteinander verbringen und halb Berlin leer shoppen.

»Bei mir ziert sie sich, wenn ich ihr etwas kaufen möchte«, ist Kemal fassungslos, wie schnell Mutter und Schwester von dannen gezogen sind, obwohl ihm klar ist, dass Dischle zu einer List griff.

Die aufwühlenden Takte der russischen Nationalhymne schrecken Kemal aus seinen Überlegungen auf.

»Mein neuer Klingelton, wenn ich eine SMS erhalte«, erklärt Kolja lachend und tippt umständlich mit seinen riesigen Schaufeln auf der winzigen Tastatur rum.

Dann grinst Kolja wie ein kleiner Bub, der gerade seinem Lieblingsnachbarn in den Briefkasten gestrullert hat, geht zu Kemal rüber und hält ihm das Handy vor die Nase. Kemal kneift die Augen zusammen und liest.

»Hallo Ko,

ich bin jetzt endlich zum Besteigen und Einreiten bereit. Mein Mann ist bis Mittwoch weg.

Deine Stute

Nadia«

»Habe ich letzte Woche bei Sex Singles klar gemacht«, flüstert er in Kemals Ohr. »Mann, die hat Euter, aus denen möchte ich Wodka saufen und einen Hintern, da ist J.Lo gar nichts dagegen«, frohlockt er.

»Das waren Bilder in virtuellen Welten«, entgegnet Kemal mit gedämpfter Stimme, »ich wünsche dir auf jeden Fall viel Spaß. »Hoffentlich hat Nadia keine dicken Eier und einen schwanzgroßen Kitzler!«

Kemal fängt sich einen freundschaftlichen Klapps auf den Hinterkopf – kein Wunder.

»Darüber sprechen wir später«, sagt Kolja, zwinkert ihm zu und geht pfeifend aus dem Büro.

Vorfreude ist bekanntlich die schönste Freude.

175

Einige Tage später. Auf dem Couchtisch stehen eine große Flasche San Pellegrino und drei Wassergläser. Sonst nichts. Das ist ein ungewohnter Anblick. Und irgendwie wirkt das Apartment noch ordentlicher und aufgeräumter als sonst. So, als ob eine weibliche, ordnende Hand im Spiel wäre. Kolja spürt die Ernsthaftigkeit, mit der Kemal das Gespräch sucht. Das ist ihm nicht angenehm, aber was muss, das muss. Es geht um Veränderungen. Weitreichende Veränderungen. Das ist klar. Da muss Kemal nichts sagen. Er räuspert sich und massiert seinen Hals.

»Bist du zufrieden mit deiner neuen Perle?«, entscheidet er sich für eine relativ offene Variante der Gesprächseröffnung. »Hat auch was für sich, wenn man eine Zeitlang bei derselben Schnalle bleibt.«

Kemal sucht den direkten Blickkontakt.

»Nenne sie nicht Perle oder Schnalle. Sie heißt Lol.«

Kolja lächelt und legt die Hände auf die Oberschenkel.

»Oha. So ernst ist es schon. Also, bist du zufrieden mit Lol? Und wird sie bald bei dir einziehen?«

»Sie wohnt bereits hier.«

Baff. Kolja schluckt. Das ging aber verdammt schnell. Ihm ist, als ob etwas entzweibrechen würde, das ihn die letzten Jahre ganz gut über Wasser gehalten hat.

»Okay. Ist dein Leben. Ist deine Entscheidung«, sagt er schließlich. »Ich hoffe für dich, dass es gut geht.«

Ein schlichtes Danke, mehr nicht. Kolja fühlt sich nicht wohl in seiner Haut. Er merkt, dass das nicht alles war. Kemal hat ihn nicht zu sich nach Hause eingeladen, um ihm zu signalisieren, dass er jetzt in festen Händen ist.

»Ich finde, wir sollten aus der Geschichte mit Arafat eine Lehre ziehen.«

Boff, jetzt kommt es, denkt Kolja und wendet den Blick zu Kemal, wobei er sich zwingt zu lächeln, obwohl ihm nicht danach zumute ist. Er möchte erwidern, dass die Lehre ist, sich nichts bieten zu lassen und zurückzuschlagen, schweigt aber.

»Wir sollten KOKE besser machen. Ich meine, wir sollten noch mehr für unsere Kundschaft tun. Wir sollten den Menschen sehen und den Menschen verstehen, der hinter jedem einzelnen Geschleusten steht, und uns mehr um ihn kümmern. Es geht um Mitgefühl, Verstehen und Helfen.«

Spätestens jetzt wünscht sich Kolja ein Glas Wodka und ein bisschen Koks. Aber Geschäftsgespräche sind Geschäftsgespräche, auch unter Freunden. Und dieses Thema kommt immer wieder hoch. Also entschließt er sich für seine Standardantwort.

»Hör mal, Kemal. Wir tun viel mehr für die Flüchtlinge als alle anderen, die im Schleusergeschäft tätig sind. Unsere Lastwagen sind 1a, die Verpflegung topp und wir haben keine fiesen Verträge mit Kleingedrucktem, die jahrelange Zwangsarbeit im Bordell oder der Großküche bedeuten, sondern wir arbeiten auf einer seriösen Cash-Flow-Basis. Und wir liefern unsere Kundschaft auch da ab, wo wir es ihnen versprechen und werfen sie nicht bei der ersten brenzligen Situation aus dem Laster auf einem Feld ab wie Sondermüll.«

»Aber das reicht nicht«, entgegnet Kemal. »Was passiert hier mit den Flüchtlingen? Ich würde mir wünschen, dass KOKE sich darum kümmert, dass sie vernünftige Wohnungen und gute Jobs erhalten. Noch schöner wäre es, wenn wir für eine gelungene soziale Integration sorgen könnten. Damit sie sich wertgeschätzt fühlen, die Sprache lernen und so etwas wie Solidarität erfahren.«

Davon will Kolja nichts hören. Denn »Wie willst du das machen? Wie viel Personal sollen wir einstellen? Weißt du, was dann mit dem Profit geschieht?«

»Es gibt keinen Profit mehr in Zukunft. Wir werden in Zukunft lediglich ein Geschäftsführergehalt beziehen.«

Bang! Jetzt fällt Kolja nichts mehr ein. Mit offenem Mund starrt er seinen Freund an.

»Hey, Kemal, jetzt …«

Aber weiter kommt er nicht, denn wie von Geisterhand öffnet sich die Schlafzimmertüre und Lol betritt den Raum. Sie trägt ein blütenweißes Abendkleid und sieht darin wie ein unschuldiger Engel mit schwarzen Haaren aus. Sie geht auf Kolja zu, schenkt ihm ein bezauberndes Lächeln und reicht ihm grazil die Hand. Kolja erhebt sich, möchte beinahe die schlanke, zarte Hand küssen, nimmt sie dann aber vorsichtig in die seine und schüttelt sie sehr sachte, so, als ob er Angst habe, etwas zu zerbrechen.

»Ich bin Lol. Du musst Kolja sein.«

Als Kolja schweigt, fährt Lol fort: »Ich möchte mich nicht einmischen, aber ich denke, ich sollte dir ein wenig erzählen, über das Schicksal der Menschen, die aus fremden Ländern nach Deutschland kommen, illegal und von niemandem gewollt …«

Und dann legt sich Lol ins Zeug und leistet Überzeugungsarbeit …

176

Arafat sieht bunte Wiesen – duftende Felder – seine Heimat – seine Ehefrau – seine Kinder – die Berliner Skyline – seine Bars – seine Mitarbeiter – die Frauen, mit denen er geschlafen hat – die Frauen, die er vergewaltigt hat – die Männer, die er eigenhändig getötet hat – die Männer, die er töten ließ – Kolja und Kemal und eine Kugel, die auf ihn zufliegt und die sich in seinen Schädel bohrt, ihm das Licht ausknipst, ihn in ewige Dunkelheit katapultiert, bis er wieder auftaucht, vom Kunstlicht geblendet, Schläuche, Apparaturen und Gitter vor den Fenstern.

Wenn er hier je wieder rauskommt, das hat er sich geschworen, dann wird er furchtbare Rache üben an KOKE! Gesprochen Kok.

Ende

STEFAN SCHWEIZER, * 1973, lebt in einer deutschen Großstadt. Er bewegt sich gerne in fremden Kulturen, in exotischen subkulturellen Milieus und ist Grenzgänger zwischen den Scenes: ob psychedelische Jam-Bands, Techno-Szene oder Rap-Bewegung – Berührungsängste hat er keine. Seit 2012 veröffentlicht er Belletristik. BERLIN GANGSTAS ist der neue, moderne Gesellschaftsroman.

Stefan Schweizer
BERLIN GANGSTAS
Roman

ISBN 978-3-86265-591-5

KATALOG
Wir senden Ihnen gern kostenlos unseren Katalog.
Schwarzkopf & Schwarzkopf Verlag GmbH
Kastanienallee 32, 10435 Berlin
Telefon: 030 – 44 33 63 00
Fax: 030 – 44 33 63 044

INTERNET | E-MAIL
www.schwarzkopf-schwarzkopf.de
www.facebook.com/schwarzkopfverlag
info@schwarzkopf-schwarzkopf.de